KRĄG

DAVE EGGERS
KRĄG

Z języka angielskiego przełożył
Marek Fedyszak

Tytuł oryginału:
THE CIRCLE

Copyright © 2013, Dave Eggers
All rights reserved
Copyright © 2015 for the Polish edition by Wydawnictwo Sonia Draga
Copyright © 2015 for the Polish translation by Wydawnictwo Sonia Draga

Projekt graficzny okładki: © Jessica Hische
Redakcja: Grzegorz Krzymianowski
Korekta: Aneta Iwan, Joanna Rodkiewicz

ISBN: 978-83-7999-361-1

Sprzedaż wysyłkowa:
www.merlin.pl
www.empik.com
www.soniadraga.pl

WYDAWNICTWO SONIA DRAGA Sp. z o.o.
Pl. Grunwaldzki 8-10, 40-127 Katowice
tel. 32 782 64 77, fax 32 253 77 28
e-mail: info@soniadraga.pl
www.soniadraga.pl
www.facebook.com/wydawnictwoSoniaDraga

Skład i łamanie:
Wydawnictwo Sonia Draga

Katowice 2015. Wydanie I

Druk:
Drukarnia POZKAL Spółka z o.o.
Spółka komandytowa; Innowrocław

Przyszłość nie miała żadnych ram ani granic. Kiedyś będzie tak, że człowiek nie pomieści w sobie własnego szczęścia*.

JOHN STEINBECK
Na wschód od Edenu

---

* Fragment w przekładzie Bronisława Zielińskiego (wszystkie przypisy pochodzą od tłumacza).

KSIĘGA I

Mój Boże, pomyślała Mae. To istny raj.
Kampus był bardzo rozległy, pełen szalonych barw Pacyfiku, jednakże nawet jego najdrobniejsze detale zostały starannie przemyślane, a czyjeś ręce nadały im bardzo wymowny kształt. Tam, gdzie kiedyś znajdowała się stocznia, potem kino dla zmotoryzowanych, pchli targ, a następnie szalała zaraza ziemniaczana, teraz rozciągały się łagodne zielone wzgórza i sadzawka z fontanną projektu Calatravy. Było również miejsce na piknik, ze stołami ustawionymi w koncentrycznych kręgach. Oraz korty tenisowe, ziemne i trawiaste, boisko do siatkówki, po którym biegały z piskiem żywe jak srebro maluchy z firmowego ośrodka opieki dziennej. Pośród tego wszystkiego znajdowało się też miejsce, gdzie pracowano, sto sześćdziesiąt hektarów wypełnionych matową stalą i szkłem centrali najbardziej wpływowej firmy na świecie. Niebo powyżej było nieskazitelnie niebieskie.

Mae przemierzała teren firmy w drodze z parkingu do holu głównego, starając się sprawiać wrażenie, że jest u siebie. Brukowany pasaż wił się między drzewami cytrynowymi i pomarańczowymi, a brukowe kostki w kolorze zgaszonej czerwieni tu i ówdzie ustępowały miejsca płytom z natchnionymi hasłami. „Nie rezygnuj z marzeń" – głosiło jedno słowami wyciętymi laserem w czerwonym kamieniu. „Nie stój z boku" – stwierdzało drugie. Były ich dziesiątki: „Znajdź wspólnotę", „Wprowadzaj innowacje", „Puść wodze wyobraźni". Omal nie nadepnęła na dłoń młodego mężczyzny w szarym kombinezonie, który kładł właśnie nową płytę z napisem „Oddychaj". Był słoneczny czerwcowy poniedziałek. Mae przystanęła przed głównym wejściem pod logo wytrawionym w szklanym nadprożu. Chociaż firma istniała od sześciu lat, jej nazwa i logo – krąg zawierający utkaną siatkę z małą literą „c" w środku – należały już do najbardziej znanych na świecie. W tym miejscu, na terenie głównego kampusu, pracowało ponad dziesięć tysięcy ludzi, lecz Circle* miało biura na całej kuli ziemskiej i co tydzień zatrudniał setki młodych zdolnych ludzi. Przez cztery lata z rzędu firmę uznawano za najbardziej podziwiane przedsiębiorstwo na świecie.

Mae nie pomyślałaby, że ma szansę pracować w takim miejscu, gdyby nie trzy lata od niej starsza Annie. Przez trzy semestry studiów w college'u mieszkały razem w brzydkim budynku, w którym dało się jakoś wytrzymać dzięki łączącej je niezwykłej więzi; były trochę jak przyjaciółki, trochę jak siostry lub kuzynki, żałujące, że nie są rodzeństwem, i niewidzące powodu, by się kiedykolwiek rozstać. W pierwszym miesiącu wspólnego zamieszkiwania pewnego dnia o zmierzchu Mae złamała szczękę, zemdlawszy wskutek osłabienia grypą i niedożywieniem podczas egzaminów semestralnych. Przyjaciółka kazała jej leżeć, ale Mae poszła po kawę do 7-Eleven i ocknęła się na chodniku, pod drzewem. Annie zawiozła ją do szpitala i czekała, aż zdrutują jej żuchwę, a później została z nią na noc, śpiąc obok na drewnianym krześle. Po czym w domu przez wiele dni karmiła Mae przez słomkę. Zademonstrowała głębokie zaangażowanie i fachowość, z jakimi ranna nie zetknęła się u osoby w jej wieku. Potem Mae okazywała jej lojalność, o jaką nigdy wcześniej się nie podejrzewała. Podczas gdy sama wciąż studiowała w Carleton College, zmieniając specjalizację z historii sztuki na marketing i psychologię, by w końcu uzyskać dyplom z tej ostatniej

---

* Circle (ang.) – Krąg.

bez dalszych planów podążania w tym kierunku, Annie otrzymała dyplom MBA na Uniwersytecie Stanforda i wszędzie ją chcieli zatrudnić, szczególnie w Circle. Kilka dni po ukończeniu studiów wylądowała właśnie tutaj. Teraz miała jakieś wysokie stanowisko – Annie żartowała, że jest Dyrektorem ds. Zapewnienia Przyszłości – i zachęciła koleżankę do złożenia podania o pracę. Mae zrobiła to, i choć Annie uparcie twierdziła, że nie użyła swych wpływów, Mae była pewna, że to nieprawda, i czuła niezmierną wdzięczność wobec przyjaciółki. Setki tysięcy, miliony ludzi chciały znaleźć się na miejscu Mae, wchodzącej do wysokiego na dziewięć metrów i zalanego kalifornijskim światłem atrium pierwszego dnia pracy dla jedynej firmy, która naprawdę coś znaczyła.

Pchnęła masywne drzwi. Hol od frontu był długi niczym plac apelowy i wysoki jak katedra. U góry, po obu stronach, znajdowały się przeszklone biura. Przez chwilę zakręciło jej się w głowie. Spojrzała w dół i w nieskazitelnie czystej, błyszczącej posadzce ujrzała odbicie swojej zaniepokojonej twarzy. Czując za sobą czyjąś obecność, rozciągnęła usta w uśmiechu.

– Ty pewnie jesteś Mae.

Odwróciła się, by nad szkarłatnym szalem i białą jedwabną bluzką ujrzeć głowę pięknej młodej kobiety.

– Mam na imię Renata.

– Witaj, Renato. Szukam...

– Annie. Wiem. Jest w drodze. – Jakiś dźwięk, cyfrowa kropla, dobiegł z ucha Renaty. – Tak naprawdę... – Renata patrzyła na Mae, ale widziała coś innego. Interfejs siatkówkowy, pomyślała Mae. Kolejna stworzona tutaj innowacja. – Jest w Dzikim Zachodzie – dodała Renata, znowu skupiając wzrok na Mae – ale wkrótce tu będzie.

– Mam nadzieję, że ma trochę sucharów i silnego konia – powiedziała Mae z uśmiechem.

Renata uśmiechnęła się uprzejmie, ale nie roześmiała się. Mae znała firmowy zwyczaj, wedle którego poszczególne części kampusu nosiły nazwy epok historycznych; dzięki temu to ogromne miejsce było mniej bezosobowe, mniej korporacyjne. Biło na głowę Budynek 3B-Wschód, gdzie ostatnio pracowała. Swój ostatni dzień w przedsiębiorstwie usług komunalnych w rodzinnym mieście zaliczyła zaledwie trzy tygodnie temu – swoim wypowiedzeniem wprawiła ich w osłupienie – ale już teraz wydawało jej się, że zmarnowała tam zbyt wiele życia. Krzyżyk na drogę temu gułagowi i wszystkiemu, co sobą reprezentował.

Renata wciąż otrzymywała sygnały przez słuchawkę.

– Och, zaczekaj – powiedziała. – Teraz mówi, że wciąż jest zajęta. – Renata popatrzyła na Mae z promiennym uśmiechem. – Może zaprowadzę cię do twojego biurka? Annie powiedziała, że spotka się tam z tobą mniej więcej za godzinę.

Mae zadrżała lekko na słowa „twojego biurka" i natychmiast pomyślała o swoim tacie. Był z niej dumny. „Bardzo dumny" – powiedział, nagrywając się na jej skrzynkę głosową; pewnie pozostawił wiadomość o czwartej nad ranem. Odsłuchała ją po przebudzeniu. „Tak bardzo dumny" – powtórzył zdławionym głosem. Mae skończyła studia dwa lata temu i proszę, pracuje zarobkowo w Circle, ma ubezpieczenie zdrowotne, własne mieszkanie w mieście i nie jest ciężarem dla swoich rodziców, którzy mieli mnóstwo innych zmartwień. Wyszła za Renatą z atrium. Na trawniku na sztucznym pagórku w pstrokatym świetle słońca siedziała para młodych ludzi trzymających przezroczysty tablet i dyskutujących z przejęciem.

– Będziesz pracowała tam, w Renesansie – poinformowała Renata, wskazując na budynek ze szkła i miedzi, która zdążyła pokryć się nalotem. – Tam właśnie siedzą wszyscy ludzie z Działu Doświadczeń Klienta. Byłaś już tutaj?

Mae skinęła głową.

– Byłam. Kilka razy, ale nie w tym budynku.

– Widziałaś więc basen i strefę rekreacji. – Renata machnęła ręką w kierunku niebieskiego równoległościanu oraz wznoszącego się za nim kanciastego budynku, gdzie mieściła się siłownia. – Tam znajdują się gabinet jogi, sale do crossfitu, pilatesu i masażu oraz rowery stacjonarne. Słyszałam, że na nich ćwiczysz? Dalej są korty do gry w bocce i nowe stanowiska z piłkami na uwięzi. Stołówka znajduje się za tym trawnikiem... – Renata wskazała na pofałdowane pole golfowe z garstką młodych ludzi w strojach do gry, rozlokowanych niczym amatorzy kąpieli słonecznych. – Jesteśmy na miejscu.

Stały przed Renesansem, kolejnym budynkiem z dwunastometrowym atrium, nad którym powoli obracała się ruchoma rzeźba Caldera.

– Och, uwielbiam Caldera – wyznała Mae.

Renata się uśmiechnęła.

– Wiem o tym. – Spojrzały na rzeźbę razem. Wisiała kiedyś we francuskim parlamencie czy innym takim miejscu.

Wiatr, którego podmuch dostał się za nimi przez drzwi, teraz obrócił rzeźbę tak, że jej ramię wskazało na Mae, jakby osobiście ją witając. Renata ujęła nowo przybyłą pod rękę i zapytała:

– Gotowa? Na górę to tędy.

Weszły do windy ze szkła w lekko pomarańczowym odcieniu. Rozbłysły światła i Mae ujrzała na ścianach kabiny swoje imię wraz ze zdjęciem z licealnej księgi pamiątkowej. WITAJ, MAE HOLLAND. Z jej krtani wydobył się odgłos przypominający zdławiony okrzyk. Od lat nie widziała tej fotografii i nie cierpiała z tego powodu. Ta wizualna napaść musiała być sprawką Annie. Na zdjęciu rzeczywiście była Mae – szerokie usta, oliwkowa cera, czarne włosy, ale tutaj wysokie kości policzkowe przydawały jej powagi bardziej niż w rzeczywistości, a piwne oczy nie uśmiechały się, wydawały się małe i zimne, gotowe do walki. Odkąd zrobiono tę fotografię – miała wtedy osiemnaście lat, była gniewna i niepewna siebie – przybyło jej tak potrzebnych kilogramów, jej twarz złagodniała i pojawiły się krągłości, które przykuwały wzrok mężczyzn w najrozmaitszym wieku, kierujących się najrozmaitszymi pobudkami. Od czasów szkoły średniej starała się być bardziej otwarta, bardziej zgodna i widok tego zdjęcia, tego świadectwa dawno minionej ery, kiedy doszukiwała się w świecie najgorszych rzeczy, wyprowadził ją z równowagi. Wpadła w złość. Gdy już nie mogła dłużej na nie patrzeć, zdjęcie zniknęło.

– Taak, wszystko opiera się na czujnikach – powiedziała Renata. – Winda odczytuje twój identyfikator, po czym cię wita. To Annie dała nam tę fotografię. Musicie być w bardzo bliskich stosunkach, skoro ma twoje szkolne zdjęcia. Tak czy owak mam nadzieję, że nie masz nic przeciwko temu. Robimy to najczęściej dla naszych gości. Zazwyczaj są pod wrażeniem.

Podczas gdy winda jechała w górę, na ścianach kabiny ukazywały się informacje na temat wydarzeń, które miały się odbyć tego dnia, z obrazami i tekstem wędrującym z jednej szyby na drugą. Każdej zapowiedzi towarzyszyły film, zdjęcia, animacja i muzyka. W południe zaczynała się projekcja *Koyaanisqatsi*, o pierwszej pokaz automasażu, a o trzeciej ćwiczeń wzmacniających najważniejsze mięśnie. Jakiś kongresmen, o którym Mae nigdy nie słyszała, siwowłosy, lecz jeszcze młody, wpół do siódmej miał otwarte spotkanie z pracownikami. Obraz na drzwiach windy pokazywał go w czasie przemowy na jakimś podium, w nieznanym miejscu, na tle falujących flag, z podwiniętymi rękawami koszuli i zaciśniętymi pięściami.

Drzwi rozsunęły się, dzieląc postać kongresmena na pół.

– Jesteśmy na miejscu – powiedziała Renata, wychodząc z windy na wąską kładkę ze stalowej kratownicy. Mae spojrzała w dół i poczuła ucisk w żołądku. Widziała posadzkę położonego cztery kondygnacje niżej parteru. Próbowała pokazać, że się nie przejmuje.

– Przypuszczam, że nie umieszczacie tu osób cierpiących na lęk wysokości.

Renata zatrzymała się i odwróciła do niej z głęboko zatroskaną miną.

– Oczywiście, że nie. Ale w twoim profilu znalazłam informację, że…

– Nie, nie – wtrąciła Mae. – Nic mi nie jest.

– Mówię poważnie. Możemy cię umieścić niżej, jeśli…

– Nie, nie. Naprawdę. Wszystko gra. Przepraszam. Żartowałam.

Renata była wyraźnie poruszona.
– W porządku. Po prostu daj mi znać, gdy coś będzie nie tak.
– Dobrze.
– Zrobisz to? Bo Annie chciałaby, żebym tego dopilnowała.
– Zrobię. Obiecuję – odparła Mae i uśmiechnęła się do Renaty, która doszła do siebie i ruszyła dalej.

Dotarły kładką do głównej sali biurowej, szerokiej, zaopatrzonej w okna i przepołowionej długim korytarzem. Po obu jego stronach znajdowały się gabinety, których lokatorów było widać przez sięgające od podłogi po sufit szyby. Wszystkie pomieszczenia były starannie i gustownie urządzone – jedno pełne żeglarskich akcesoriów, w większości, jak się wydawało, unoszących się w powietrzu, zwisających z odsłoniętych belek stropowych, inne ozdobione drzewkami bonsai. Minęły niewielką kuchnię z szafkami i półkami ze szkła oraz namagnesowanymi sztućcami przyklejonymi do lodówki w równych pionowych i poziomych rzędach, a wszystko to oświetlone było szerokim żyrandolem z ręcznie dmuchanego szkła, z różnokolorowymi żarówkami, z szerokimi pomarańczowymi, brzoskwiniowymi i różowymi ramionami.

– Dobra, proszę.

Zatrzymały się przy boksie, szarym, małym i wyłożonym materiałem przypominającym sztuczny len. Serce Mae zadrżało. Był to boks niemal identyczny jak ten, w którym pracowała przez ostatnie półtora roku. I pierwsza widziana przez nią w Circle rzecz, której nie przemyślano na nowo i która przypominała o przeszłości. Ściany boksu obito – Mae nie mogła uwierzyć własnym oczom, wydawało jej się to niemożliwe – jutą. Wiedziała, że Renata ją obserwuje, i miała świadomość, że jej twarz zdradza coś na kształt przerażenia. Uśmiechaj się, pomyślała. Uśmiechaj się.

– W porządku? – zapytała Renata, mierząc ją wzrokiem.

Mae wykrzywiła usta, by pokazać odrobinę zadowolenia.

– Świetnie. Wygląda dobrze.

Nie tego oczekiwała.

– A więc w porządku. Zostawię cię, żebyś się zapoznała ze stanowiskiem pracy, a niebawem przyjdą Denise i Josiah, by cię wprowadzić i przygotować.

Mae znowu wykrzywiła usta w uśmiechu, a Renata odwróciła się i wyszła. Usiadłszy, Mae zauważyła, że oparcie jej krzesła jest pęknięte, a ono samo w ogóle się nie przesuwa – kółka sprawiały wrażenie przyklejonych do podłogi. Na biurku postawiono komputer, ale był to jakiś staroświecki model, którego nie widziała nigdzie indziej w budynku. Była zbita z tropu i stwierdziła, że pogrąża się w takiej samej otchłani przygnębienia, w jakiej tkwiła przez ostatnie kilka lat.

Czy ktokolwiek naprawdę pracował w przedsiębiorstwie usług komunalnych? Jak znalazła tam zatrudnienie? Jak to znosiła? Gdy ktoś pytał, gdzie pracuje, wolała raczej skłamać i powiedzieć, że jest bezrobotna. Czy byłoby choć trochę lepiej, gdyby firma nie znajdowała się w jej rodzinnym mieście?

Po blisko sześciu latach nienawidzenia swojego rodzinnego miasta, przeklinania rodziców za to, że przeprowadzili się tam i narazili ją na życie w takim miejscu, na jego ograniczenia i niedostatek wszystkiego – rozrywki, restauracji, światłych umysłów – ostatnio Mae zaczęła wspominać Longfield z czymś na kształt czułości. Było to niewielkie miasto położone między Fresno a Tranquillity, które w 1866 roku założył i nazwał pewien pozbawiony wyobraźni farmer. Sto pięćdziesiąt lat później liczba jego mieszkańców nie przekraczała dwóch tysięcy osób, w większości zatrudnionych w odległym o trzydzieści dwa kilometry Fresno. Życie w Longfield było tanie, a rodzice przyjaciółek Mae byli lubiącymi polowania ochroniarzami, nauczycielami i kierowcami ciężarówek. Ze swojego liczącego osiemdziesięcioro jeden uczniów rocznika maturalnego Mae była jedną z dwanaściorga osób, które poszły do czteroletniego college'u, i jedyną, która wyprowadziła się na wschód od Kolorado. Była zdruzgotana tym, że wyjechała tak daleko i tak bardzo się zadłużyła po to tylko, by wrócić i pracować w lokalnym przedsiębiorstwie usług komunalnych; zdruzgotani byli też jej rodzice, mimo że oficjalnie mówili, iż postępuje słusznie, wykorzystując konkretną okazję i zaczynając spłacać swoje pożyczki.

Budynek przedsiębiorstwa, 3B-Wschód, był beznadziejnym betonowym blokiem z wąskimi pionowymi szparami na okna. Wewnątrz większość biur miała ściany z pustaków, a wszystko było pomalowane na przyprawiający o mdłości zielony kolor. Czuła się tak, jakby pracowała w szatni. Była mniej więcej dziesięć lat młodsza od najmłodszych pracowników w tym budynku, a nawet trzydziestolatki były osobami z innego stulecia. Zachwycali się jej podstawowymi umiejętnościami obsługi komputera. Posiadali je wszyscy znajomi Mae, ale jej współpracowników wprawiały one w osłupienie. Nazywali ją Czarną Błyskawicą, za pomocą tego oklepanego określenia robiąc aluzję do koloru jej włosów, i zapewniali, że jeżeli właściwie wykorzysta swoje atuty, czeka ją tam „świetlana przyszłość". Twierdzili, że za cztery, pięć lat może zostać szefową Działu Informatycznego w całej placówce! Jej złość nie miała granic. Nie po to poszła do college'u, na elitarne studia humanistyczne, kosztujące dwieście trzydzieści cztery tysiące dolarów, by piastować takie stanowisko. Była to jednak praca, a Mae potrzebowała pieniędzy. Pożyczkodawcy byli nienasyceni i żądali comiesięcznego zaspokajania swojego apetytu, przyjęła więc tę pracę oraz wypłaty czekiem i wypatrywała lepszych możliwości spłaty pożyczek za studia.

Jej bezpośrednim zwierzchnikiem był człowiek imieniem Kevin, który pracował jako rzekomy specjalista od techniki biurowej, ale, o dziwo, nie miał o niej pojęcia. Znał się na kablach i rozdzielaczach; powinien był obsługiwać radiostację u siebie w piwnicy, a nie nadzorować pracę Mae. Codziennie, o każdej porze roku, nosił takie same koszule z krótkim rękawem i przypinanym kołnierzykiem oraz takie same krawaty w kolorze rdzy. Robił okropne wrażenie, z ust śmierdziało mu szynką, a niesforne puszyste wąsy wyłaniały się ukośnie niczym dwie małe łapy spod wiecznie rozszerzonych nozdrzy. Wszystko, łącznie z jego licznymi przewinieniami, byłoby znośne, gdyby nie fakt, że naprawdę sądził, iż Mae zależy. Wierzył, że absolwentce Carleton College, marzącej o rzeczach pięknych i wyjątkowych, zależy na pracy w przedsiębiorstwie zaopatrzenia w gaz i energię elektryczną. I że zmartwi się, gdy pewnego dnia on uzna jej poczynania za niezadowalające. Doprowadzało ją to do szału.

Chwile, gdy prosił, by przyszła do jego gabinetu, kiedy zamykał drzwi i przysiadał na rogu biurka, były koszmarne. „Czy wiesz, po co cię wezwałem?" – pytał niczym policjant z drogówki po zatrzymaniu kierowcy. W inne dni, gdy był zadowolony z wykonanej przez nią pracy, robił coś jeszcze gorszego: c h w a l i ł ją. Nazywał swoją p r o t e g o w a n ą. Uwielbiał to słowo. Przedstawiał ją tak swoim gościom, mówiąc: „A to moja p r o t e g o w a n a, Mae. Na ogół dość bystra", i mrugał do niej okiem, jakby sam był kapitanem statku, ona jego pierwszym oficerem pokładowym, a oboje oddanymi sobie na zawsze weteranami wielu marynarskich hulanek. „Jeśli sama sobie w tym nie przeszkodzi, czeka ją tu świetlana przyszłość".

Nie mogła tego znieść. Każdego dnia tej pracy, a spędziła w niej półtora roku, zastanawiała się, czy naprawdę może poprosić Annie o przysługę. Nigdy nie należała do osób, które prosiły o ratunek, o podźwignięcie z upadku. Wymagało to pewnej gotowości na emocjonalne uzależnienie, namolność – czegoś, co nazywała skłonnością do w ł a ż e n i a w t y ł e k i co nie leżało w jej naturze. Jej rodzice byli spokojni, cisi i dumni, nie chcieli nikomu wchodzić w drogę i niczego od nikogo nie wzięli.

Mae była taka sama, lecz ta praca spowodowała, że była gotowa zrobić cokolwiek, byle tylko odejść. To wszystko przyprawiało ją o mdłości. Te zielone pustaki. Automat z chłodzoną wodą. Karty zegarowe. D y p l o m y h o n o r o w e, wręczane za zrobienie czegoś, co uznawano za szczególne. I te godziny pracy! Rzeczywiście od dziewiątej do piątej! Miała wrażenie, że wszystko to pochodzi z innej, słusznie zapomnianej epoki, i sprawiało, że Mae czuła, że nie tylko ona marnuje tu życie, ale również cała ta firma marnuje życie, marnotrawi ludzkie możliwości i powstrzymuje ruch kuli ziemskiej. A kwintesencją całości był boks w biurowcu, j e j boks. Niskie ścianki wokół, mające ułatwić całkowite skupienie na bieżącym zadaniu, obito jutą, jakby każdy inny materiał mógł Mae rozproszyć, być aluzją do bardziej egzotycznych sposobów spędzania czasu. I tak przepracowała osiemnaście miesięcy w biurze, gdzie uważano, iż spośród wszystkich materiałów oferowanych przez ludzkość i naturę jedynym, który powinien oglądać personel przedsiębiorstwa, codziennie i przez cały dzień, jest juta. Tkanina paskudnego, pospolitego sortu. Tkanina workowa, dla biedoty, dla oszczędnych. O Boże, pomyślała. Gdy stamtąd odchodziła, przyrzekła sobie, że już nigdy więcej nie zobaczy, nie dotknie ani nie pogodzi się z istnieniem tego materiału.

Nie spodziewała się, że znów go ujrzy. No bo jak często, zważywszy na fakt, że nie żyła w dziewiętnastym stuleciu i nie zaglądała do dziewiętnastowiecznych sklepów wielobranżowych, człowiek spotyka jutę? Mae zakładała, że już nigdy do tego nie dojdzie, ale juta była też tutaj, dookoła, na tym nowym stanowisku pracy. I patrząc na nią, wyczuwając jej stęchłą woń, miała łzy w oczach.

– Pieprzona juta – mruknęła pod nosem.

Usłyszała za sobą westchnienie, a potem słowa:

– Teraz myślę, że to nie był najlepszy pomysł.

Mae odwróciła się z zaciśniętymi dłońmi po bokach, w pozie nadąsanego dziecka, i ujrzała swoją przyjaciółkę.

– Pieprzona juta – powiedziała Annie, naśladując jej nadąsanie, po czym wybuchnęła śmiechem. Gdy już przestała się śmiać, zauważyła: – To było niesamowite. Bardzo ci za to dziękuję, Mae. Wiedziałam, że to ci się nie spodoba, ale chciałam zobaczyć jak bardzo. Przepraszam, że omal nie doprowadziłam cię do łez. Chryste Panie.

Mae spojrzała teraz na Renatę, która podniosła wysoko ręce w akcie kapitulacji.

– To nie był mój pomysł! – zastrzegła. – To Annie mnie do tego namówiła! Tylko mnie nie znienawidź!

Annie westchnęła z zadowoleniem.

– Musiałam k u p i ć ten boks w Walmarcie. No i ten komputer! Wieki trwało, nim go znalazłam w Internecie. Myślałam, że możemy po prostu przynieść takie rzeczy z piwnicy, ale naprawdę w całym kampusie nie było nic dostatecznie brzydkiego i wystarczająco starego. O Boże, szkoda, że nie widziałaś swojej miny.

Serce Mae waliło jak młotem.

– Jesteś porąbana.

Annie udała zmieszanie.

– Ja? Wcale nie. Jestem niesamowita.

– Nie do wiary, że zadałaś sobie tyle trudu, żeby mnie zdenerwować.

– Cóż, tak właśnie dotarłam tam, gdzie teraz jestem. Chodzi o planowanie i realizację planu. – Mrugnęła do Mae szelmowsko i ta roześmiała się mimo woli. Annie naprawdę była szalona. – A teraz chodźmy. Oprowadzę cię po całej firmie.

Idąc za przyjaciółką, Mae musiała sobie przypomnieć, że Annie nie zawsze piastowała wysokie kierownicze stanowisko w spółce takiej jak Circle. Swego czasu, przed czterema zaledwie laty, była studentką college'u, chodziła w wytartych flanelowych spodniach na zajęcia, kolacje i zwyczajne randki. Jeden z monogamicznych i porządnych chłopaków Annie, a było ich sporo, nazywał ją i d i o t k ą. Mogła sobie jednak na to pozwolić. Pochodziła z bogatej, i to od pokoleń, rodziny i była śliczną dziewczyną z dołeczkami w policzkach, długimi rzęsami i z włosami tak jasnymi, że nie mogły być tlenione. Wszyscy znali ją jako osobę tryskającą życiem, wydawało się, że nic nie może jej martwić dłużej niż przez kilka chwil. Była jednak również idiotką. Przypominała tyczkę, a mówiąc, gestykulowała gwałtownie i niebezpiecznie dla swoich rozmówców, miała też osobliwą skłonność do skakania po tematach oraz dziwne obsesje – na punkcie jaskiń, amatorskiej produkcji perfum oraz muzyki doo-wop. Utrzymywała przyjazne stosunki ze wszystkimi swoimi „byłymi", ze wszystkimi dilerami narkotyków i wszystkimi profesorami (znała ich osobiście i posyłała im prezenty). Angażowała się w działalność lub kierowała chyba wszystkimi klubami i sprawami w college'u, a mimo to znajdowała czas na naukę – i tak naprawdę na wszystko – a równocześnie na imprezach robiła zazwyczaj coś żenującego, by podgrzać atmosferę, i zawsze wychodziła ostatnia. Jedynym racjonalnym wytłumaczeniem byłoby to, że Annie w ogóle nie spała, lecz rzeczy miały się inaczej. Spała namiętnie, osiem do dziesięciu godzin dziennie, mogła to robić o dowolnej porze i gdziekolwiek: podczas trzyminutowej jazdy samochodem, w lepiącym się od brudu boksie taniej restauracji poza kampusem, na czyjejś kanapie.

Mae wiedziała o tym z pierwszej ręki, będąc kimś w rodzaju szofera Annie podczas długich podróży przez Minnesotę, Wisconsin i Iowę na niezliczone i na ogół nic nieznaczące biegi przełajowe. Mae dostała częściowe stypendium sportowe, by biegać w Carleton College, i właśnie tam poznała Annie, która bez wysiłku uzyskiwała dobre wyniki, była dwa lata starsza, ale tylko czasami przejmowała się tym, czy ona sama bądź ich drużyna wygra czy przegra. Na jednych zawodach Annie była tym bardzo zainteresowana, drwiąc z przeciwniczek, rzucając obraźliwe uwagi na temat ich strojów lub wyników w nauce, a na następnych wynik w ogóle jej nie obchodził, ale chętnie jechała dla towarzystwa. I właśnie podczas tych długich podróży jej samochodem – którego kierownicę wolała powierzać Mae – wystawiała bose stopy przez okno i dowcipnie komentowała przesuwający się za nim krajobraz, a także godzinami snuła domysły, co się dzieje w sypialni ich trenerów, pary małżonków o podobnych, żołnierskich niemal fryzurach. Mae śmiała się ze wszystkiego, co Annie mówiła, i dzięki temu odrywała myśli od zawodów, gdzie ona sama, w odróżnieniu od przyjaciółki, musiała wygrać lub przynajmniej dobrze wypaść, żeby uzasadnić wsparcie zapewniane jej przez college. Stale docierały na miejsce na kilka minut przed zawodami, a Annie nie pamiętała, na jakim dystansie ma biec, i nie wiedziała, czy tak naprawdę w ogóle ma ochotę wystartować.

A zatem jak to możliwe, że ta postrzelona i śmieszna dziewczyna, która wciąż nosiła w kieszeni skrawek dziecięcego kocyka, tak szybko i tak wysoko awansowała w hierarchii Circle? Teraz należała do czterdziestu najważniejszych umysłów w tej firmie – Bandy Czterdzieściorga – wtajemniczonych w jej najbardziej sekretne plany i dane. Jak to możliwe, że z taką łatwością załatwiła zatrudnienie Mae? Że zdołała tego dokonać w ciągu kilku tygodni od momentu, gdy Mae w końcu schowała dumę do kieszeni i poprosiła o pomoc? Świadczyło to o sile woli Annie, jakimś tajemniczym i głębokim poczuciu celu. Annie nie zdradzała żadnych oznak wygórowanej ambicji, lecz Mae była pewna, że przyjaciółka ma w sobie coś, co było konieczne, by mogła znaleźć się w tym miejscu, na tym stanowisku, niezależnie od jej pochodzenia. Gdyby dorastała w syberyjskiej tundrze albo urodziła się niewidoma w rodzinie pasterzy, teraz i tak byłaby tutaj.

Mae usłyszała swój głos:

– Dzięki, Annie.

Minęły kilka sal konferencyjnych oraz świetlic i przechodziły przez nową galerię, w której wisiało sześć basquiatów właśnie zakupionych od jakiegoś stojącego na skraju bankructwa muzeum w Miami.

– Drobiazg – odparła Annie. – I przepraszam, że trafiłaś do Działu Doświadczeń Klienta. Wiem, że to paskudnie brzmi, ale przekonasz się, że zaczynała tu połowa kierownictwa firmy. Wierzysz mi?

– Tak.

– To dobrze, bo to prawda.

Opuściły galerię i weszły do stołówki na pierwszym piętrze.

– Szklana Knajpka, wiem, że nazwa jest okropna – powiedziała Annie. Lokal zaprojektowano tak, że goście jedli na dziewięciu różnych poziomach, a wszystkie podłogi i ściany zrobiono ze szkła. Na pierwszy rzut oka wyglądało to tak, jakby setka osób posilała się w powietrzu.

Przeszły przez Wypożyczalnię, gdzie każdemu pracownikowi wypożyczano bezpłatnie wszystko, od rowerów przez teleskopy aż po lotnie, i znalazły się przed akwarium, którego orędownikiem był jeden z założycieli firmy. Stały przed witryną wysoką jak one; w środku powoli, bez ładu i składu wznosiły się i opadały upiorne meduzy.

– Będę ci się przyglądać – wyjaśniła Annie – i ilekroć zrobisz coś ważnego, dopilnuję, by wszyscy się o tym dowiedzieli. Dzięki temu nie będziesz musiała tkwić tu zbyt długo. W tym dziale ludzie awansują dość regularnie, a jak wiesz, zatrudniamy niemal wyłącznie osoby już związane z firmą. Radź sobie z pracą i nie zadzieraj nosa, a zdziwisz się bardzo, jak szybko trafisz z Działu Doświadczeń Klienta w jakieś ciekawe miejsce.

Mae spojrzała przyjaciółce w jaśniejące w świetle akwarium oczy i odparła:

– Nie przejmuj się. Cieszę się, że w ogóle tu jestem.

– Lepiej być u dołu drabiny, po której chcemy wejść, niż w połowie jakiejś pieprzonej i gównianej, która nie budzi w nas ochoty na wspinaczkę. – Mae się roześmiała; była zaszokowana, słysząc podobne świństwa z ust kogoś o tak miłej twarzy.

– Zawsze tak przeklinałaś? Takiej cię nie pamiętam.

– Robię to, gdy jestem zmęczona, czyli prawie zawsze.

– Kiedyś byłaś taką miłą dziewczyną.

– Przykro mi. Cholernie mi przykro, Mae! Dobra. Zobaczmy następne rzeczy. Psiarnia!

– Czy dzisiaj w ogóle będziemy pracować? – zapytała Mae.

– Pracować? To właśnie praca. Pierwszego dnia masz poznać to miejsce, ludzi, zaaklimatyzować się. Wiesz, jak to jest, gdy kładzie się w domu nowe drewniane podłogi...

– Nie wiem.

– Cóż, wtedy najpierw trzeba zostawić tam deski na dziesięć

dni, żeby nastąpiła aklimatyzacja drewna. Dopiero potem się je układa.

– Przez analogię, ja jestem taką deską?

– Owszem.

– A potem zostanę ułożona.

– Tak, potem cię ułożymy. Przybijemy cię tysiącami maleńkich gwoździ. Będziesz zachwycona.

Zwiedziły psiarnię, pomysł Annie, której pies, Doktor Kinsmann, niedawno zdechł, ale wcześniej spędził tu kilka bardzo szczęśliwych lat, zawsze blisko swej pani. Czemu tysiące pracowników miałyby zostawiać swoje czworonogi w domu, skoro mogli je przyprowadzić tutaj, żeby przebywały w pobliżu ludzi oraz innych psów, pod troskliwą opieką, w towarzystwie? Rozumowanie Annie przyjęto szybko i skwapliwie, a teraz uznawano je za wizjonerskie. Zobaczyły również klub nocny – często wykorzystywany w czasie dnia na coś, co nazywano tańcem ekstatycznym, wspaniałym treningiem, jak stwierdziła Annie – duży amfiteatr pod gołym niebem, a także mały teatr pod dachem – „działa u nas około dziesięciu trup komedii improwizowanej". Gdy już to wszystko obejrzały, zjadły lunch w większej stołówce na parterze, gdzie na małej scenie w kącie grał na gitarze jakiś mężczyzna. Wyglądał niczym starzejący się bard, którego słuchali rodzice Mae.

– Czy to...?

– Tak – odparła Annie, nie zwalniając kroku. – Codziennie ktoś tu występuje. Muzycy, komicy, pisarze. To ukochany projekt Baileya: sprowadzić ich tutaj, żeby zapewnić im trochę reklamy, zwłaszcza że nie jest im teraz łatwo.

– Wiedziałam, że czasem się tu pojawiają, ale mówisz, że tak jest codziennie?

– Angażujemy ich z rocznym wyprzedzeniem. Nie możemy się od nich opędzić.

Bard na scenie śpiewał z wielkim przejęciem, głowę miał przechyloną, oczy zasłonięte włosami, palcami trącał gorączkowo struny instrumentu, ale zdecydowana większość obecnych w stołówce nie zwracała na niego uwagi.

– Budżet na to musi być niewyobrażalny – powiedziała Mae.

– Boże drogi, przecież im nie płacimy. Zaczekaj, musisz poznać tego człowieka.

Zatrzymała jakiegoś mężczyznę. Nazywał się Vipul i jak wyjaśniła Annie, miał niebawem zrewolucjonizować telewizję, medium, które bardziej niż inne nadal tkwiło w XX wieku.

– Raczej w dziewiętnastym – powiedział Vipul z lekkim hinduskim akcentem. Jego angielszczyzna była precyzyjna, a ton wyniosły. – To ostatnie miejsce, gdzie klienci nigdy nie dostają tego, czego chcą. Ostatnia pozostałość feudalnej umowy między twórcą przekazu a widzem. Przecież nie jesteśmy już wasalami! – dodał, szybko poprosił o wybaczenie i odszedł.

– Ten facet jest na innym poziomie – zauważyła Annie, gdy szły przez stołówkę. Zatrzymały się przy kilku kolejnych stolikach i Mae poznała fascynujących ludzi pracujących bez wyjątku nad czymś, co zdaniem Annie miało „wstrząsnąć światem", „zmienić ludzkie życie" lub „wyprzedzało wszystko inne o pół stulecia". Zakres prowadzonych prac był zdumiewający. Spotkały dwie kobiety pracujące nad głębinowym statkiem badawczym, który miał odkryć tajemnice Rowu Mariańskiego.

– Zrobią jego mapę, jakby to był Manhattan – powiedziała Annie, a konstruktorki statku nie zgłosiły zastrzeżeń do tej hiperboli. Potem przystanęły przy stoliku, gdzie trójka młodych mężczyzn patrzyła w osadzony w blacie ekran wyświetlający trójwymiarowe rysunki tanich domów nowego typu, które można było z łatwością wznosić we wszystkich krajach rozwijających się.

Annie chwyciła przyjaciółkę za rękę i pociągnęła w stronę wyjścia.

– A teraz obejrzymy Ochrową Bibliotekę. Słyszałaś o niej?

Mae nie słyszała, ale nie chciała się do tego otwarcie przyznać. Annie posłała jej porozumiewawcze spojrzenie.

– Nie powinnaś jej oglądać, ale co tam, idziemy.

Wsiadły do wypełnionej neonowym światłem windy z pleksi i ruszyły w górę atrium, mając przed oczami wszystkie pięć kondygnacji i wszystkie biura.

– Nie mogę zrozumieć, jak takie rzeczy przekładają się na zyski – zauważyła Mae.

– Boże drogi, ja też nie wiem. Ale tutaj, jak zdajesz sobie chyba sprawę, nie chodzi tylko o pieniądze. Dochody firmy wystarczają, by wspierać pasje wspólnoty. Ci goście pracujący nad ekologicznymi domami to programiści, ale kilku z nich studiowało kiedyś architekturę. Złożyli więc propozycję, a nasi Mędrcy zwariowali na punkcie tego pomysłu. Zwłaszcza Bailey. On po prostu uwielbia rozbudzać ciekawość najbardziej obiecujących młodych ludzi. A jego biblioteka jest obłędna. To nasze piętro.

Wysiadły z windy na długi korytarz, tym razem wyłożony ciemnym wiśniowym i kasztanowym drewnem, z szeregiem niewielkich żyrandoli emitujących łagodne bursztynowe światło.

– Stara szkoła – zauważyła Mae.

– Wiesz, jaki jest Bailey, prawda? Uwielbia to wiekowe gówno. Mahoń, mosiądz, witraże. To jego estetyka. W pozostałych budynkach jego pomysły są odrzucane, ale tutaj stawia na swoim. Popatrz na to.

Annie zatrzymała się przed dużym obrazem, portretem Trzech Mędrców, i dodała:

– Ohyda, co?

Obraz był marny, wyglądał tak, jakby wyszedł spod niewprawnej ręki ucznia liceum plastycznego. Widoczni na nim trzej mężczyźni, założyciele firmy, tworzyli piramidę; byli ubrani w najbardziej standardowy sposób, a ich twarze stanowiły karykatury ich osobowości. Ty Gospodinov, cudowne dziecko i wizjoner Circle, nosił nijakie okulary i ogromną bluzę z kapturem. Spoglądał w lewo i się uśmiechał; sprawiał wrażenie, jakby cieszył się samotnie chwilą, dostrojony do jakiejś odmiennej częstotliwości. Mówiono, że jest granicznym przypadkiem zespołu Aspergera, i wydawało się, że autor obrazu pragnie to podkreślić. Z ciemnymi rozczochranymi włosami i gładką twarzą wyglądał na nie więcej niż dwadzieścia pięć lat.

– Ty sprawia wrażenie nieobecnego myślami, prawda? – zauważyła Annie. – Ale to niemożliwe. Nie byłoby nas tu, gdyby nie okazał się też kurewsko genialnym specem od zarządzania. Powinnam ci wyjaśnić ten mechanizm. Będziesz szybko szła w górę, więc ci to wyłożę.

Ty, urodzony jako Tyler Alexander Gospodinov, był pierwszym Mędrcem, wyjaśniła Annie, a wszyscy zawsze nazywali go po prostu Ty.

– Wiem o tym – odparła Mae.

– Nie przerywaj mi. Wciskam ci taką samą gadkę, jaką muszę serwować głowom państw.

– W porządku.

Annie mówiła dalej.

Ty zdał sobie sprawę, że jest w najlepszym razie społecznie nieprzystosowany, a w najgorszym – beznadziejnie niezdolny do utrzymywania stosunków z innymi osobami. Pół roku przed publiczną emisją akcji swojej firmy podjął bardzo rozsądną i korzystną decyzję: zatrudnił dwóch pozostałych Mędrców, Eamona Baileya i Toma Stentona. Posunięcie to złagodziło obawy wszystkich inwestorów i ostatecznie sprawiło, że wartość spółki wzrosła trzykrotnie. Publiczna emisja akcji przyniosła trzy miliardy dolarów, rzecz bezprecedensowa, lecz nie niespodziewana, i wtedy, mając wszystkie troski o pieniądze za sobą oraz Stentona i Baileya na pokładzie, Ty mógł snuć się po firmie, ukrywać się i znikać. Z każdym kolejnym miesiącem coraz rzadziej widywano go w kampusie i w mediach. Wiódł coraz bardziej samotnicze życie, a niezależnie od jego intencji atmosfera wokół niego gęstniała. Obserwatorzy Circle zastanawiali się, gdzie się podziewa i co zamierza. Te plany trzymano do końca w tajemnicy i z każdą kolejną innowacją wprowadzaną przez firmę coraz trudniej było stwierdzić, które pomysły powstały w głowie samego Tya, a za które odpowiada coraz szersza grupa najlepszych na świecie wynalazców tworzących firmową stajnię. Większość obserwatorów przypuszczała, że nadal angażuje się w działalność spółki, a niektórzy uparcie twierdzili, że wszystkie ważne innowacje firmy Circle noszą ślady jego ingerencji, umiejętności znajdowania globalnych, eleganckich i nieograniczenie skalowalnych rozwiązań. Założył tę firmę po rocznym pobycie w college'u, nie przejawiając jakiejś szczególnej przedsiębiorczości i nie stawiając przed sobą konkretnych celów. „Nazywaliśmy go Niagara – powiedział jego kolega z pokoju w jednym z pierwszych artykułów o Gospodinovie. – Pomysły po prostu wypływały mu z głowy jak wodospad, tysiącami, co sekundę każdego dnia, bezustannie".

Ty opracował pierwotny system, Zunifikowany System Operacyjny, który łączył w sieci wszystko, co dotąd było rozdzielone i rozlazłe: profile użytkowników mediów społecznościowych, ich systemy płatności, rozmaite hasła, konta poczty elektronicznej, nazwy użytkowników, preferencje, wszystkie, co do jednego, narzędzia i przejawy ich zainteresowań. Dawny sposób – nowa transakcja, nowy system dla każdej witryny, dla każdego zakupu – był jak używanie innego samochodu do załatwienia każdej kolejnej sprawy. „Nie należy nikogo zmuszać do posiadania osiemdziesięciu siedmiu różnych aut" – mówił później Ty, gdy jego system opanował sieć i cały świat.

Zamiast tego wsadził wszystkie potrzeby i narzędzia każdego użytkownika do jednego garnka i wynalazł TruYou – jedno konto, jedną tożsamość, jedno hasło, jeden system płatności na osobę. Nie było innych haseł, wielorakich tożsamości. Twoje urządzenia wiedziały, kim jesteś, a twoją jedyną tożsamością – TruYou – niewzruszoną i nie do ukrycia, była osoba płacąca, tworząca konto, odpowiadająca, oglądająca i recenzująca, widząca i widziana. Należało używać prawdziwego nazwiska, je zaś przypisano do twoich kart kredytowych oraz banku, tak więc płacenie nie nastręczało żadnych trudności. Jeden przycisk na resztę naszego życia w sieci.

Żeby używać któregokolwiek narzędzia Circle, a były to narzędzia najlepsze, dominujące, wszechobecne i darmowe, trzeba było to robić samemu, w imieniu własnym, jako TruYou. Epoka fałszywych tożsamości, kradzieży tożsamości, wielorakich nazw użytkownika, skomplikowanych haseł i systemów płatności dobiegła końca. Ilekroć chciałeś coś zobaczyć, czegoś użyć, coś skomentować lub coś kupić, służył do tego jeden przycisk, jedno konto, wszystko powiązane, monitorowane i proste, wszystko wykonalne za pośrednictwem laptopa, tabletu bądź skanera siatkówki oka. Z chwilą założenia jednego konta można było dotrzeć do każdego zakątka sieci, każdego portalu, każdej płatnej witryny, uczynić wszystko, co chciałeś robić.

TruYou w ciągu jednego roku całkowicie zmieniło Internet. Chociaż niektóre witryny z początku stawiały opór, a zwolennicy internetowej wolności krzyczeli o prawie do zachowania anonimowości w sieci, fala TruYou była potężna i zmiażdżyła wszystkich znaczących przeciwników. Zaczęło się od witryn handlowych. Czemu jakakolwiek witryna niepornograficzna miałaby chcieć anonimowych użytkowników, skoro jej właściciele mogliby dokładnie wiedzieć, kto przekroczył próg ich sklepu? Z dnia na dzień wszystkie fora dyskusyjne stały się cywilizowane, wszyscy zamieszczający na nich wpisy odpowiedzialni. Trolle, wcześniej niemalże władające Internetem, zostały przepędzone z powrotem w krainę ciemności.

Ci zaś, którzy chcieli lub musieli śledzić ruchy konsumentów w sieci, znaleźli swoją Walhallę: rzeczywiste nawyki zakupowe rzeczywistych ludzi dało się teraz znakomicie odwzorować i zmierzyć, a marketing wobec tych rzeczywistych ludzi można było prowadzić z chirurgiczną precyzją. Większość użytkowników TruYou, większość internautów, chcących jedynie prostoty, sprawności, nieskomplikowanej i bezproblemowej obsługi, była zachwycona wynikami. Nie musieli już zapamiętywać dwunastu tożsamości i haseł; nie musieli też tolerować szaleństwa i wściekłości anonimowych hord; nie musieli znosić marketingu rozproszonego, w którym próbowano odgadnąć ich pragnienia na chybił trafił. Teraz otrzymywane wiadomości były konkretne, trafne i – na ogół – wręcz mile widziane. Ty wpadł na to wszystko w zasadzie przez przypadek. Był zmęczony koniecznością zapamiętywania tożsamości, wprowadzania haseł i informacji dotyczących jego kart kredytowych, opracował więc kod, żeby to wszystko uprościć. Czy celowo użył w nazwie TruYou liter swojego imienia? Twierdził, że ze związku między nimi zdał sobie sprawę dopiero po fakcie. Czy miał pojęcie o komercyjnych konsekwencjach TruYou? Twierdził, że nie, i większość ludzi przypuszczała, że to prawda, że monetyzacją innowacji Tya zajęli się dwaj pozostali Mędrcy, ludzie na tyle doświadczeni i przedsiębiorczy, by tego dokonać. To właśnie oni zarobili na TruYou, oni znaleźli sposoby na zbieranie owoców wszystkich wynalazków Tya i to dzięki nim firma stała się siłą, która powiązała najpierw serwisy społecznościowe: Facebooka, Twittera oraz Google, a w końcu Alacrity, Zoopa, Jefe i Quan.

– Tom nie wygląda tu zbyt korzystnie – zauważyła Annie. – Nie jest aż tak drapieżny. Ale słyszałam, że bardzo lubi ten obraz.

U dołu, na lewo od Tya, znajdował się Tom Stenton, przemierzający świat dyrektor generalny firmy, który określał samego siebie mianem K a p i t a l i s t y P r i m e'a – uwielbiał transformery – odziany we włoski garnitur i uśmiechnięty jak wilk, który właśnie pożarł babcię Czerwonego Kapturka. Miał pięćdziesiąt kilka lat, ciemne włosy i skronie przyprószone siwizną, a spojrzenie jego pozbawionych wyrazu oczu było nieodgadnione. Bardziej pasował do stereotypu nowojorskich maklerów giełdowych z lat osiemdziesiątych, niespeszonych tym, że są bogaci, nieżonaci, agresywni i potencjalnie niebezpieczni. Był szastającym pieniędzmi gigantem globalnego biznesu, wydawał się z roku na rok silniejszy i śmiało korzystał ze swoich pieniędzy i wpływów. Nie bał się prezydentów. Nie zrażał się procesami wytaczanymi przez Komisję Europejską ani groźbami wspieranych przez państwo chińskich hakerów. Nic nie było kłopotliwe ani nieosiągalne, nic nie przekraczało jego możliwości finansowych. Był właścicielem zespołu NASCAR, kilku jachtów regatowych, pilotował też własny samolot. W Circle ten szpanerski dyrektor był przeżytkiem i budził sprzeczne uczucia wśród wielu zatrudnionych tam młodych utopistów.

Jego rzucające się w oczy zamiłowanie do konsumpcji było obce pozostałym dwóm Mędrcom. Ty wynajmował zrujnowane trzypokojowe mieszkanie kilka kilometrów od kampusu, ale z drugiej strony, nikt nigdy nie widział, by tam przyjeżdżał bądź go opuszczał; przypuszczano, że mieszka na terenie firmy. Wszyscy wiedzieli za to, gdzie mieszka Eamon Bailey – w doskonale widocznym i bardzo skromnym domu z trzema sypialniami na zwyczajnej ulicy, dziesięć minut drogi od kampusu. Stenton miał jednak domy wszędzie: w Nowym Jorku, Dubaju oraz w Jackson Hole. I całe piętro na szczycie Millennium Tower w San Francisco. A także wyspę w pobliżu Martyniki.

Eamon Bailey, stojący na obrazie obok Stentona, sprawiał wrażenie zupełnie spokojnego, wręcz radosnego w towarzystwie dwóch pozostałych mężczyzn, którzy, przynajmniej na pierwszy rzut oka, wyznawali całkowicie odmienne wartości. Portret ukazywał go takim, jakim był – siwowłosym, rumianym, z błyskiem w oku, zadowolonym i szczerym. Był twarzą firmy, osobowością, którą wszyscy kojarzyli z Circle. Gdy się uśmiechał, co czynił niemal bez przerwy, uśmiechały się jego usta, uśmiechały się oczy, nawet ramiona wydawały się uśmiechać. Bailey był kpiarzem. Miał poczucie humoru. Mówił z przejęciem i zarazem z pewnością siebie, w jednej chwili serwując swoim słuchaczom wspaniałe poetyckie wyrażenia, a w następnej szczere zdroworozsądkowe sądy. Pochodził z Omaha, z zupełnie normalnej sześcioosobowej rodziny, i w jego przeszłości w zasadzie nie było niczego niezwykłego. Poszedł na studia w Notre Dame i ożenił się ze swoją dziewczyną, która chodziła do Saint Mary's College przy tej samej ulicy, a teraz mieli czworo własnych dzieci, trzy córki i w końcu syna, tyle że chłopczyk urodził się z porażeniem mózgowym. „Jest stuknięty – powiedział Bailey, oznajmiając o jego narodzinach firmie i światu. – Będziemy go więc kochać jeszcze bardziej".

Z Trzech Mędrców to właśnie jego można było najczęściej zobaczyć w kampusie, grającego jazz dixielandowy na puzonie podczas pokazu firmowych talentów, to on zwykle pojawiał się w różnych talk-show w roli przedstawiciela Circle, chichocząc lekceważąco podczas rozmów na temat rozmaitych dochodzeń FCC* lub podczas odsłaniania tajników nowej użytecznej funkcji lub przełomowej technologii. Wolał, by nazywano go Wujkiem Eamonem, a gdy maszerował przez kampus, robił to niczym ukochany wujek, prezydent Teddy Roosevelt z okresu pierwszej kadencji, przystępny i szczery. Oni trzej, w życiu i na tym portrecie, stanowili dziwny bukiet z niedopasowanych kwiatów, ale nie było wątpliwości, że to działa. Wszyscy wiedzieli, że ten trójgłowy model zarządzania się sprawdza, i taki mechanizm z różnym skutkiem naśladowano w firmach z listy pięciuset magazynu „Fortune".

– Czemu więc nie stać ich było na prawdziwy portret pędzla artysty, który zna się na rzeczy? – zapytała Mae.

Im dłużej przyglądała się obrazowi, tym dziwniejszy się wydawał. Malarz tak go zaaranżował, że każdy z Mędrców trzymał dłoń na ramieniu drugiego. Nie miało to sensu i było sprzeczne z zasadami mechaniki ludzkiego ciała.

– Bailey uważa, że jest komiczny – odparła Annie. – Chciał go umieścić w głównym korytarzu, ale Stenton się temu sprzeciwił. Wiesz, że Bailey to kolekcjoner i w ogóle, prawda? Ma niesamowite poczucie smaku. Rzecz w tym, iż sprawia wrażenie rozrywkowego chłopaka, jak przeciętny zjadacz chleba z Omaha, ale jest również koneserem i ma lekką obsesję na punkcie ochrony przeszłości, nawet złej sztuki z przeszłości. Poczekaj, aż zobaczysz jego bibliotekę.

---

* Federal Communications Commission – Federalna Komisja Łączności.

Dotarły do olbrzymich drzwi, które wyglądały na średniowieczne – i pewnie takie były. Ta przeszkoda mogłaby zatrzymać inwazję barbarzyńców. Na wysokości piersi sterczały kołatki w kształcie gargulców i Mae dała się nabrać na ten żart.
– Fajne kołatki.
Annie parsknęła, machnęła ręką nad niebieską wkładką na ścianie i wtedy drzwi się otworzyły.
Potem odwróciła się do przyjaciółki i powiedziała:
– Niezłe jaja, co?
Była to trzypiętrowa biblioteka, trzy poziomy zbudowane wokół otwartego atrium, wszystko zrobione w drewnie, miedzi i srebrze, symfonia zgaszonych barw. Zgromadzono tam co najmniej dziesięć tysięcy książek, w większości oprawionych w skórę, ustawionych równo na półkach błyszczących od lakieru. Między książkami stały popiersia wybitnych ludzi o surowych obliczach, Greków i Rzymian, Jeffersona oraz Joanny d'Arc i Martina Luthera Kinga. Z sufitu zwisał model Świerkowej Gęsi – a może była to Enola Gay? Do tego około tuzina zabytkowych globusów, oświetlonych od środka żółtawym, miękkim światłem ogrzewającym różne nieistniejące już państwa.
– Kupił tyle tych rzeczy, gdy miały być wystawione na aukcję, czyli przepaść. To jego krucjata. Jeździ do zubożałych posiadłości, do ludzi, którzy niebawem będą musieli sprzedać swoje skarby z okropną stratą, i kupuje to wszystko po cenie rynkowej, zapewniając pierwotnym właścicielom nieograniczony dostęp do nabytych przedmiotów. To właśnie oni często tu bywają, ci siwowłosi ludzie, którzy przychodzą poczytać lub dotknąć swoich rzeczy. Och, musisz to z o b a c z y ć. Zatka cię z wrażenia.
Annie poprowadziła przyjaciółkę po trzech biegach schodów wyłożonych misternymi mozaikami, będącymi, jak przypuszczała Mae, reprodukcjami motywów z epoki cesarstwa bizantyjskiego. Idąc do góry, trzymała się mosiężnej poręczy; zwróciła uwagę na brak śladów palców i jakichkolwiek plam. Widziała zielone lampy

bankierskie, błyszczące miedzią i złotem lunety wycelowane w okna z szybami z fazowanego szkła.

– Och, spójrz w górę – poleciła Annie i Mae uniosła wzrok, by stwierdzić, że sufit tworzy witraż przedstawiający niezliczoną ilość aniołów ustawionych w kręgach. – To z jakiegoś rzymskiego kościoła.

Dotarły na najwyższe piętro biblioteki i Annie prowadziła Mae wąskimi korytarzami wyłożonymi księgami o zaokrąglonych grzbietach, sięgającymi niekiedy czubka jej głowy – Biblii i atlasów, ilustrowanych historii wojen i powstań, od dawna nieistniejących państw i narodów.

– W porządku. Popatrz na to – rzekła Annie. – Zaczekaj. Zanim ci to pokażę, musisz się zobowiązać do zachowania tajemnicy.

– Nie ma sprawy.

– Mówię poważnie.

– Ja też. Tak to traktuję.

– Świetnie. A teraz, gdy przesunę tę książkę... – powiedziała Annie, popychając duży tom zatytułowany *Najlepsze lata naszego życia*. – Patrz na to – dodała i cofnęła się. Ściana z setką książek powoli zaczęła przesuwać się do wewnątrz, ukazując tajemną komorę. – Niezły czubek, co? – zapytała i weszły do tego pomieszczenia. Było okrągłe i wyłożone książkami, ale uwagę zwracał głównie otoczony miedzianą barierką otwór na środku podłogi, w którym znikała rura sięgająca nie wiadomo dokąd.

– Jest strażakiem? – zapytała Mae.

– A skąd mam wiedzieć, do cholery?

– Dokąd ona biegnie?

– O ile się orientuję, do miejsca, w którym parkuje swój samochód.

Mae powstrzymała cisnące się na usta epitety.

– Zjeżdżasz po niej?

– Niee, ryzykowne było już pokazanie mi tej komory. Nie powinien był tego robić. Tak mi powiedział. A teraz ja pokazuję ją tobie, co jest niemądre. Ale to prezentuje sposób myślenia tego gościa. Może mieć wszystko, a chce rury strażackiej, która prowadzi do garażu siedem pięter niżej.

Ze słuchawki Annie doleciał odgłos spadającej kropli.

– W porządku – powiedziała do kogoś na drugim końcu. Nadszedł czas, by opuścić bibliotekę.

– Muszę iść i trochę popracować – powiedziała Annie w windzie, gdy zjeżdżały z powrotem na piętra głównych biur. – Pora przyjrzeć się planktonowi.

– Pora co zrobić? – zdziwiła się Mae.

– No wiesz, chodzi o małe, dopiero co powstałe firmy liczące na to, że wieloryb uzna, że są dostatecznie smaczne, żeby je zjeść. Raz w tygodniu odbywamy serię spotkań z tymi ludźmi, kiepskimi naśladowcami Tya, a oni starają się nas przekonać, że musimy kupić ich firmy. To trochę smutne, zważywszy, że już nawet nie próbują udawać, że mają jakiekolwiek dochody lub chociaż szansę na to. Posłuchaj, teraz przekażę cię pod opiekę dwojga przedstawicieli firmy. Oboje bardzo poważnie traktują swoją pracę. Właściwie to miej się na baczności przed tym, j a k bardzo angażują się w to, co robią. Oprowadzą cię po pozostałej części kampusu, a potem zabiorę cię na przyjęcie z okazji przesilenia letniego, dobrze? Zaczyna się o siódmej.

Drzwi windy rozsunęły się na pierwszym piętrze, w pobliżu Szklanej Knajpki, i Annie przedstawiła ją Denise oraz Josiahowi; oboje zbliżali się do trzydziestki, oboje mieli tę samą szczerość w spokojnych oczach, oboje nosili proste koszule z przypinanymi kołnierzykami w gustownych kolorach. Każde z nich uścisnęło oburącz dłoń Mae i zamarkowało ukłon.

– Dopilnujcie, by dzisiaj nie pracowała – rzuciła Annie, zanim zniknęła z powrotem w kabinie windy.

Josiah, chudy i mocno piegowaty mężczyzna, zwrócił na Mae nieruchome spojrzenie swoich niebieskich oczu i rzekł:

– Bardzo miło nam cię poznać.

Denise, wysoka i szczupła Amerykanka azjatyckiego pochodzenia, uśmiechnęła się do Mae i zamknęła oczy, jakby delektowała się tą chwilą.

– Annie opowiedziała nam wszystkim o was, o tym, jak dawno się znacie. Ona jest duszą i sercem tego miejsca, więc mamy szczęście, że do nas dołączyłaś.

– Wszyscy bardzo ją lubią – dodał Josiah.

Okazywany przez nich szacunek budził w Mae zakłopotanie. Choć oboje z pewnością od niej starsi, zachowywali się tak, jakby była jakimś znakomitym gościem.

– Wiem, że może to być po części zbędne, ale jeśli ci to nie przeszkadza, chcielibyśmy ci wszystko pokazać. Dobrze? Obiecujemy, że nie będziemy cię zanudzać.

Mae roześmiała się zachęcająco i ruszyła za nimi.

Resztę dnia zapamiętała jak przez mgłę; wypełniły go szklane pokoje i krótkie, niesamowicie serdeczne prezentacje. Wszyscy, których poznała, byli zajęci, niemalże przepracowani, lecz mimo to podekscytowani spotkaniem, bardzo zadowoleni z obecności przyjaciółki Annie… Zwiedziła ośrodek zdrowia i poznała noszącego dredy doktora Hamptona, który nim kierował. Zwiedziła przychodnię i poznała szkocką pielęgniarkę, która przyjmowała pacjentów. Obejrzała ekologiczne ogrody o wymiarach mniej więcej sto na sto metrów, gdzie dwaj zatrudnieni na pełny etat farmerzy wygłaszali prelekcję dla dużej grupy pracowników Circle kosztujących świeżo zebranych marchewek, pomidorów oraz jarmużu. Zobaczyła pole do minigolfa, kino, kręgielnie i sklep spożywczy. W końcu, w miejscu, które jak przypuszczała, znajdowało się w rogu kampusu – widziała stamtąd ogrodzenie i dachy hoteli San Vincenzo, gdzie zatrzymywali się goście firmy – odwiedzili firmowy internat. Mae coś o nim słyszała, Annie wspominała bowiem, że czasem nocuje w kampusie i teraz woli internat od własnego domu. Chodząc po korytarzach i widząc schludne pokoje, każdy z lśniącą wnęką kuchenną, biurkiem, wyścielaną kanapą i łóżkiem, musiała przyznać, że mają nieodparty urok.

– Obecnie jest sto osiemdziesiąt pokoi, ale ich liczba szybko rośnie – wyjaśnił Josiah. – W sytuacji gdy w kampusie przebywa około dziesięciu tysięcy osób, zawsze jakaś część pracuje do późna lub po prostu musi się zdrzemnąć w ciągu dnia. Te pokoje są zawsze wolne i zawsze wysprzątane, wystarczy po prostu sprawdzić w sieci, które są dostępne. Teraz szybko się zapełniają, ale plan na najbliższe lata zakłada, że będziemy ich mieli co najmniej kilka tysięcy.

– A po przyjęciu, takim jak dzisiejsze, są za każdym razem pełne – dodała Denise z lekkim grymasem, który miał być chyba znaczącym mrugnięciem. Zwiedzanie trwało przez całe popołudnie, z przerwami na próbowanie jedzenia na zajęciach kulinarnych, prowadzonych tego dnia przez słynną młodą szefową kuchni, znaną z wykorzystywania wszystkich części zwierząt. Podała Mae danie o nazwie pieczony świński ryj. Mae stwierdziła, że smakuje jak niezwykle tłusty bekon; bardzo przypadło jej do gustu. Podczas oglądania kampusu minęli innych gości, grupy studentów i zastępy sprzedawców oraz, jak się wydawało, senatora ze świtą doradców. Oraz pasaż z zabytkowymi automatami do gry i kryte boisko do badmintona, gdzie dyżurował za opłatą były mistrz świata. Gdy Josiah i Denise przyprowadzili ją z powrotem do centrum kampusu, zapadał zmierzch i obsługa kompleksu umieszczała na trawniku zapalone pochodnie. Kilka tysięcy pracowników Circle zaczęło się gromadzić w półmroku i stojąc wśród nich, Mae zrozumiała, że zawsze chciała tutaj pracować – i zawsze chciała tu być. Jej rodzinne miasto oraz reszta Kalifornii, reszta Ameryki, wydawały się pogrążone w jakimś koszmarnym chaosie rodem z Trzeciego Świata. Poza murami Circle były jedynie zgiełk, walka, brud i upadek. Tutaj jednak wszystko doprowadzono do perfekcji. Najlepsi ludzie tworzyli najlepsze systemy, a najlepsze systemy przynosiły owoce, nieograniczone fundusze, które umożliwiły stworzenie tego miejsca, najlepszego miejsca do pracy. Mae pomyślała, że to naturalne. Któż inny bowiem, jak nie utopiści, mógł stworzyć utopię?

– Przyjęcie? To nic takiego – zapewniła ją Annie, gdy powoli przesuwały się wzdłuż dwunastometrowego bufetu. Wokół panowała ciemność, nocne powietrze ochładzało się, lecz w kampusie, nie wiedzieć czemu, było ciepło i rozświetlały go setki pochodni płonących bursztynowym światłem. – To pomysł Baileya. Nie żeby był jakąś Matką Ziemią, ale on interesuje się gwiazdami i porami roku, więc sprawa przesilenia to jego działka. Pojawi się w pewnym momencie i wszystkich powita, tak przynajmniej zwykle robi. W zeszłym roku wystąpił w czymś w rodzaju bezrękawnika. Jest bardzo dumny ze swojej muskulatury.

Mae i Annie stały na bujnym trawniku, napełniając talerze. Potem znalazły miejsca siedzące w kamiennym amfiteatrze wbudowanym w wysoki, porośnięty trawą wał. Annie napełniała kieliszek przyjaciółki z butelki rieslinga, jakiejś nowej mieszanki zawierającej mniej kalorii i więcej alkoholu, którą jak twierdziła, opracowano w kampusie. Mae spojrzała na drugą stronę trawnika, na skwierczące pochodnie rozstawione w rzędach; każdy z nich prowadził biesiadników ku miejscom zupełnie niezwiązanym z przesileniem rozrywek – tańców limbo i electric slide oraz kickballu. Pozorna przypadkowość, brak jakiegoś narzuconego harmonogramu przyczyniły się do tego, że przyjęcie zdecydowanie przewyższyło związane z nim niewielkie oczekiwania. Jego uczestnicy szybko się wstawili i niebawem Mae straciła kontakt z Annie, a potem sama straciła orientację, trafiając w końcu na boisko do gry w bocce, z którego korzystała grupka starszych pracowników Circle; wszyscy przekroczyli już trzydziestkę i próbowali trafić melonami w kręgle. Ruszyła z powrotem na trawnik, gdzie przyłączyła się do gry nazywanej przez ludzi z Circle „Ha", która wydawała się polegać jedynie na leżeniu z nogami i/lub rękami zachodzącymi na ręce i/lub nogi sąsiada. Ilekroć osoba obok powiedziała „Ha", trzeba było powiedzieć to samo. Gra była strasznie głupia, ale na razie Mae potrzebowała takiej rozrywki, ponieważ kręciło jej się w głowie i lepiej się czuła w pozycji horyzontalnej.

– Spójrz na tę. Wygląda tak spokojnie – czyjś głos rozległ się w pobliżu. Mae zdała sobie sprawę, że właściciel tego głosu, mężczyzna, mówi o niej, i otworzyła oczy. Nie zobaczyła nad sobą nikogo. Widziała tylko niebo, w przeważającej mierze bezchmurne; jedynie gdzieniegdzie nad kampusem przesuwały się szybko szare smugi, płynąc w stronę oceanu. Mae czuła, jak ciążą jej powieki. Wiedziała, że nie jest późno, a w każdym razie jeszcze nie minęła dziesiąta, i nie chciała zrobić tego, co często jej się zdarzało, czyli zasnąć po kilku drinkach. Wstała więc i poszła poszukać Annie, kolejnej porcji rieslinga bądź ich obojga. Znalazła bufet i stwierdziła, że jest w opłakanym stanie, niczym na bankiecie po napaści dzikich zwierząt lub wikingów. Skierowała się do najbliższego baru, w którym zabrakło rieslinga i teraz serwowano tam tylko jakąś mieszankę wódki i napoju energetyzującego. Ruszyła dalej, dopytując się przypadkowych przechodniów, gdzie dają wino, dopóki nie poczuła, jak przesuwa się przed nią jakiś cień.

– Tutaj jest jeszcze trochę – powiedział.

Mae odwróciła się i zobaczyła odblaskowe niebieskie okulary, które spoczywały na głowie ledwie widocznego mężczyzny. Jej rozmówca odwrócił się, żeby odejść.

– Idę za panem? – zapytała Mae.

– Jeszcze nie. Stoi pani bez ruchu. Ale powinna pani pójść, jeśli chce pani trochę wina.

Poszła za cieniem przez trawnik, pod baldachimem wysokich drzew; blask księżyca przebijał się przez ich korony setką srebrzystych włóczni. Teraz widziała go wyraźniej – miał na sobie koszulkę w piaskowym kolorze i jakąś kamizelkę z licowanej skóry lub zamszu; już dawno nie widziała takiego zestawu. Potem mężczyzna zatrzymał się i przykucnął koło sztucznego wodospadu spływającego po ścianie budynku Rewolucji Przemysłowej.

– Ukryłem tu kilka butelek – powiedział, zanurzając dłonie w sadzawce, do której spadała woda. Nie znalazłszy niczego, uklęknął i wsadził ręce do wody aż po pachy. W końcu wyciągnął dwie lśniące zielone butelki, wstał i odwrócił się do Mae. Wreszcie dobrze mu się przyjrzała. Jego twarz przypominała trójkąt zakończony podbródkiem z dołeczkiem tak delikatnym, że wcześniej był niedostrzegalny. Miał cerę dziecka, oczy znacznie starszego człowieka oraz wydatny nos, który, choć zakrzywiony i garbaty, nadawał reszcie twarzy – niczym kil jachtowi – stabilność. Brwi tworzyły grube poziome kreski biegnące ku krągłym, dużym bladoróżowym uszom. – Chcesz tam wrócić czy...? – Sugerował chyba, że to „czy" może być znacznie ciekawsze.

– Oczywiście – odparła, uświadamiając sobie, że nie zna tego człowieka i nic o nim nie wie. Ponieważ jednak on miał te butelki, a ona zgubiła Annie, a do tego ufała wszystkim ludziom przebywającym w murach Circle – w tym momencie darzyła wyjątkową sympatią każdego, kto znajdował się tutaj, gdzie wszystko było nowe i dozwolone – wróciła za nim na przyjęcie, a w każdym razie na jego obrzeża. Usiedli na kręgu stopni z widokiem na trawnik i z wysoka przyglądali się sylwetkom biegających, piszczących i przewracających się biesiadników.

Mężczyzna otworzył obie butelki, jedną podał Mae, pociągnął łyk ze swojej i powiedział, że ma na imię Francis.

– Nie Frank? – zapytała, wzięła butelkę i napełniła usta słodkim jak cukierek winem.

– Ludzie próbują zwracać się do mnie w ten sposób, a ja... proszę, by tego nie robili.

Mae się roześmiała, a on jej zawtórował.

Powiedział, że jest programistą i pracuje w firmie od prawie dwóch lat. Wcześniej był kimś w rodzaju anarchisty, prowokatora. Pracę w Circle zdobył dzięki temu, że zhakował jego system, penetrując go głębiej niż ktokolwiek inny. Teraz był członkiem zespołu ochrony.

– To mój pierwszy dzień – wyznała Mae.
– Nie wierzę.
I wtedy Mae, która zamierzała powiedzieć: „Daję słowo", przekręciła drugi wyraz i wyszło: „Daję zdrowo". Niemal natychmiast zrozumiała, że nigdy nie zapomni tych słów i przez następne dekady będzie się rumienić na ich wspomnienie.
– Dajesz zdrowo? – zapytał z udawaną powagą. – To brzmi bardzo interesująco. Taka otwartość wobec nieznajomego. No, no!
Mae usiłowała wyjaśnić, co chciała powiedzieć, jak doszło do tego niefortunnego przejęzyczenia... Nie miało to jednak sensu. Francis już się śmiał, wiedząc, że dziewczyna ma poczucie humoru, a ona wiedziała, że jemu też go nie brakuje. Jakimś cudem budził w niej poczucie bezpieczeństwa, ufność, że już więcej tej sprawy nie poruszy, że ta straszna gafa pozostanie ich tajemnicą, że oboje rozumieją, iż wszyscy popełniają błędy i skoro wszyscy uznają, że jesteśmy ludźmi, mamy swoje słabości i skłonność do ośmieszania się setki razy dziennie, należy te błędy puszczać w niepamięć.
– Twój pierwszy dzień – rzekł mężczyzna. – Cóż, moje gratulacje. Zdrowie.
Stuknęli się i wypili. Mae uniosła swoją butelkę ku księżycowi, by sprawdzić, ile jeszcze zostało; jej zawartość zrobiła się nieziemsko niebieska i okazało się, że naczynie jest w połowie puste. Mae odstawiła je na ziemię.
– Podoba mi się twój głos – powiedział. – Zawsze taki był?
– Niski i ochrypły?
– Nazwałbym go d o j r z a ł y m. U d u c h o w i o n y m. Znasz Tatum O'Neal?
– Rodzice zmuszali mnie do oglądania *Papierowego księżyca*. Chcieli mi poprawić samopoczucie.
– Uwielbiam ten film – powiedział Francis.
– Myśleli, że wyrośnie ze mnie Addie Pray, cwana, ale zachwycająca. Chcieli mieć chłopczycę. Strzygli mnie tak samo.
– Podoba mi się.

– Podoba ci się strzyżenie „na pazia"?
– Nie. Twój głos. Jak dotąd to twoja największa zaleta.
Mae milczała. Czuła się tak, jakby ją spoliczkowano.
– Cholera – mruknął. – Czy to zabrzmiało dziwnie? Starałem się jedynie powiedzieć ci komplement.

Zapadła niepokojąca cisza; Mae miała kilka okropnych doświadczeń z mężczyznami, którzy mówili zbyt gładko i błyskawicznie przechodzili do komplementów. Odwróciła się do niego, by potwierdzić, że nie jest taki, za jakiego go uważa – wielkoduszny i nieszkodliwy – lecz rzeczywiście spaczony i niezrównoważony. Kiedy jednak na niego spojrzała, zobaczyła tę samą gładką twarz, niebieskie okulary, sędziwe oczy. Miał zbolałą minę.

Popatrzył na swoją butelkę, jakby to na nią chciał zrzucić całą winę.

– Chciałem tylko, żebyś miała lepsze mniemanie o swoim głosie. Ale chyba cię obraziłem.

Mae zastanawiała się nad tym przez chwilę, lecz jej umysł, przyćmiony rieslingiem, pracował w zwolnionym tempie, myśli grzęzły po drodze. Zrezygnowała z prób analizowania jego wypowiedzi oraz intencji.

– Chyba jesteś dziwny – powiedziała.
– Jestem sierotą – odparł. – Czy to nie powód, żeby mi wybaczyć? – zapytał, po czym, uświadomiwszy sobie, że za mocno i zbyt rozpaczliwie się odsłania, dodał: – Nie pijesz.

Mae postanowiła nie drążyć tematu jego dzieciństwa.
– Jestem wstawiona – wyjaśniła. – Osiągnęłam pożądany efekt.
– Naprawdę mi przykro. Czasami źle dobieram słowa. Najszczęśliwszy jestem, gdy przy takich okazjach nie rozmawiam.
– Naprawdę jesteś dziwny – powtórzyła Mae i wcale nie żartowała. Miała dwadzieścia cztery lata, a on nie przypominał nikogo ze znanych jej osób. To przecież, pomyślała w pijanym widzie, świadectwo istnienia Boga, czyż nie? Spotkała w życiu tysiące ludzi, często tak do siebie podobnych, często niewartych zapamiętania, ale

potem pojawił się ten człowiek, nowy, dziwaczny i dziwacznie mówiący. Co dnia jakiś uczony odkrywał nowy gatunek żaby bądź lilii wodnej i to również zdawało się potwierdzać, że jakiś boski showman, jakiś niebiański wynalazca kładzie przed nami nowe zabawki, ukryte wprawdzie, ale mało starannie, akurat tam, gdzie możemy na nie natrafić. I ten Francis był właśnie kimś zupełnie odmiennym, jakimś nowym gatunkiem żaby. Mae się odwróciła, by na niego spojrzeć, myśląc, że chyba go pocałuje.

Był jednak zajęty. Jedną ręką trzymał but, z którego wysypywał piasek, drugą miał w ustach i wydawało się, że obgryza sobie paznokieć do krwi.

Ocknąwszy się z zadumy, pomyślała o domu i ciepłej pościeli.

– Jak oni wszyscy wrócą? – zapytała.

Francis spojrzał na grupę stłoczonych ludzi, którzy najwyraźniej próbowali utworzyć piramidę.

– Jest oczywiście internat. Ale założę się, że już nie ma w nim miejsc. Zawsze też czeka kilka autobusów kursujących tam i z powrotem. Pewnie o nich słyszałaś. – Pomachał butelką w stronę głównego wejścia, gdzie Mae dostrzegła dachy mikrobusów, które tego ranka widziała w drodze do kampusu. – Firma dokonuje analizy kosztów w każdej sprawie. A jeden pracownik wożący do domu zbyt zmęczonych lub, jak w tym wypadku, zbyt pijanych, by prowadzić samemu... Cóż, na dłuższą metę taki transport wychodzi znacznie taniej. Tylko mi nie mów, że nie przyszłaś tutaj z powodu tych autobusów. One są fantastyczne. W środku przypominają jachty. Sporo przedziałów i drewna.

– Sporo drewna? Sporo drewna? – Mae szturchnęła Francisa w ramię, wiedząc, że właśnie flirtuje, i mając świadomość, że to idiotyzm upijać się i flirtować z kolegą z pracy pierwszej nocy. Robiła to jednak i sprawiało jej to radość.

Sunęła ku nim jakaś postać. Mae obserwowała ją z zaciekawieniem, uświadamiając sobie najpierw, że to kobieta, a potem, że tą postacią jest Annie.

– Czy ten człowiek cię napastuje? – zapytała.

Francis odsunął się pośpiesznie od Mae, a potem ukrył swoją butelkę za plecami. Annie wybuchnęła śmiechem.

– Co cię tak spłoszyło, Francisie?

– Przepraszam. Przesłyszałem się.

– O, masz nieczyste sumienie! Zobaczyłam, jak Mae szturcha cię w ramię, i zażartowałam. Czyżbyś jednak próbował się do czegoś przyznać? Jakie masz plany, Francisie Garbanzo?

– Garaventa.

– Tak. Wiem, jak masz na nazwisko – odparła Annie i siadając niezdarnie między nimi, dodała: – Francisie, jako twoja szanowna koleżanka, ale też jako przyjaciółka muszę cię o coś zapytać. Pozwolisz?

– Oczywiście.

– To dobrze. Czy mogę przez jakiś czas zostać sam na sam z Mae? Muszę ją pocałować w usta.

Francis się roześmiał, po czym spoważniał, zauważywszy, że ani Mae, ani Annie się nie śmieją. Przestraszony, speszony i wyraźnie onieśmielony, już po chwili szedł po schodach, a potem po trawniku, unikając bawiących się ludzi. Zatrzymał się pośrodku trawnika, odwrócił i uniósł wzrok, jakby chciał się upewnić, czy Annie zamierza zastąpić go w roli towarzysza Mae tej nocy. Utwierdziwszy się w swoich obawach, wszedł pod markizę budynku Średniowiecza. Próbował otworzyć drzwi, ale nie umiał. Szarpał je i pchał, ale nie ustępowały. Wiedząc, że kobiety na niego patrzą, przeszedł za róg budynku i zniknął im z pola widzenia.

– Twierdzi, że pracuje w dziale ochrony – powiedziała Mae.

– Tak ci powiedział? Francis Garaventa?

– Rozumiem, że nie powinien był tego robić.

– Cóż, nie jest tak, że zajmuje się ścisłą ochroną. To nie Mosad. Ale czy przerwałam coś, czego z pewnością nie powinnaś robić pierwszej nocy tutaj, idiotko?

– Niczego nie przerwałaś.

– Chyba jednak tak.
– Nie. Niezupełnie.
– Wiem, że przerwałam.
Annie spostrzegła butelkę między stopami przyjaciółki.
– Myślałam, że cały alkohol skończył się nam wiele godzin temu.
– Było trochę wina w wodospadzie... przed Rewolucją Przemysłową.
– Zgadza się. Ludzie chowają tam różne rzeczy.
– Właśnie usłyszałam, jak mówię: „Było trochę wina przed Rewolucją Przemysłową".
Annie spojrzała na drugi koniec kampusu.
– Wiem. Cholera. Wiem.

W domu, po podróży mikrobusem, po zjedzeniu alkoholowej galaretki, którą ktoś poczęstował ją podczas jazdy, i wysłuchaniu tęsknych wynurzeń kierowcy na temat jego rodziny, bliźniąt oraz cierpiącej na podagrę żony, Mae nie mogła zasnąć. Leżała na tanim futonie w swoim pokoiku w mieszkaniu przy torach, dzielonym z dwiema niemal obcymi kobietami; obie były stewardesami i obie rzadko widywała. Mieszkanie znajdowało się na pierwszym piętrze dawnego motelu. Było skromne, nie do wyczyszczenia i unosiła się w nim woń desperacji oraz przypalonych potraw przyrządzanych przez poprzednich lokatorów. Wiało od niego smutkiem, zwłaszcza po całym dniu spędzonym w Circle, gdzie wszystko było wykonane z troską, miłością i wyczuciem. Mae przeleżała kilka godzin w swoim nędznym wyrku, wspominając miniony dzień i noc, myśląc o Annie i Francisie, o Denise i Josiahu, o rurze strażackiej i Enola Gay, a także o wodospadzie, pochodniach, wszystkich tych niemożliwych do zachowania rzeczach przynależących do świata wakacji oraz marzeń; potem jednak uświadomiła sobie – i to właśnie nie pozwalało jej zasnąć i sprawiało, że kręciła głową jak uradowany berbeć – że będzie wracała do miejsca, gdzie to wszystko się wydarzyło. Była w nim mile widziana, znalazła tam zatrudnienie.

Do pracy dotarła wcześnie, o ósmej. Ale na miejscu zdała sobie sprawę, że nie przydzielono jej biurka, a w każdym razie prawdziwego biurka, nie ma więc dokąd iść. Czekała godzinę pod tablicą z napisem Zróbmy To. Zróbmy To Wszystko, dopóki nie przyszła Renata i nie zawiozła ją na pierwsze piętro Renesansu, do dużej sali wielkości boiska do koszykówki, gdzie mieściło się około dwudziestu biurek, każde inne, każde z blatem z jasnego drewna o organicznym kształcie. Były odgrodzone ściankami ze szkła i zgrupowane po pięć niczym płatki jakiegoś kwiatu. Wszystkie były puste.

– Jesteś pierwsza – powiedziała Renata – ale już niebawem przyjdą inni. Każde nowe biuro doświadczeń klienta zazwyczaj zapełnia się dość szybko. I pracujecie niedaleko wszystkich przełożonych. – W tym momencie ogarnęła pomieszczenie ruchem ręki, wskazując na blisko tuzin gabinetów otaczających otwartą przestrzeń biura. Zajmujących je kierowników widać było przez szklane ściany; wszyscy w wieku od dwudziestu sześciu do trzydziestu dwóch lat, rozpoczynający dzień pracy, na pierwszy rzut oka rozluźnieni, kompetentni i mądrzy.

– Ci projektanci naprawdę lubią szkło, co? – zauważyła z uśmiechem Mae.

Renata się zatrzymała, zmarszczyła czoło i zastanowiła się nad tym spostrzeżeniem. Odgarnęła za ucho kosmyk włosów i odparła:

– Chyba tak. Mogę to sprawdzić. Ale najpierw powinniśmy wyjaśnić, jak działa system i czego możesz się spodziewać w pierwszym dniu prawdziwej pracy.

Renata zaprezentowała właściwości biurka, fotela i monitora, udoskonalonych pod kątem ergonomii, tak że można było przystosować je na potrzeby tych, którzy chcieli pracować na stojąco.

– Możesz położyć swoje rzeczy i wyregulować fotel oraz... Och, wygląda na to, że masz komitet powitalny. Nie wstawaj – powiedziała i odsunęła się.

Mae podążyła oczami za wzrokiem Renaty i ujrzała zmierzające ku niej cztery młode twarze. Łysiejący, blisko trzydziestoletni mężczyzna wyciągnął do niej rękę. Mae przywitała się, a on położył na biurku ogromny tablet.

– Cześć, Mae, jestem Rob z Działu Płac. Pewnie się cieszysz, że m n i e widzisz – rzekł, uśmiechnął się, a potem roześmiał serdecznie, jakby właśnie na nowo sobie uświadomił, jak dowcipna była jego wypowiedź. – Dobra – dodał – wszystko tu wypełniliśmy. Musisz tylko podpisać w tych trzech miejscach. – Wskazał na ekran, na którym błyskały żółte prostokąty, prosząc o złożenie podpisu.

Gdy już to zrobiła, zabrał tablet i uśmiechnął się niezwykle serdecznie.

– Dziękuję. Witaj na pokładzie.

Odwrócił się i wyszedł, ustępując miejsca kobiecie o bujnych kształtach i nieskazitelnej miedzianej cerze.

– Cześć, Mae, jestem Tasha, notariusz. – Wyciągnęła wielką księgę. – Masz przy sobie prawo jazdy? – Mae podała jej dokument. – Świetnie. Potrzebuję trzech twoich podpisów. Nie pytaj mnie dlaczego. I nie pytaj, dlaczego to jest na papierze. Przepisy rządowe. – Tasha wskazała na trzy kolejne kratki i Mae w każdej z nich wpisała swoje nazwisko.

– Dziękuję – powiedziała i wyjęła teraz niebieską poduszeczkę do tuszu. – A teraz odcisk palca obok każdego podpisu. Nie martw się, ten tusz nie plami. Przekonasz się.

Mae przycisnęła kciuk do poduszeczki, a potem do kratek obok trzech swoich podpisów. Tusz odbił się na kartce, ale gdy Mae spojrzała na palec, ten był zupełnie czysty.

Na widok jej zachwyconej miny brwi Tashy wygięły się w łuk.

– Widzisz? Jest niewidzialny. Da się go zobaczyć wyłącznie w tej księdze.

Po to właśnie Mae przyszła do tej pracy. Wszystko robiono tu lepiej. Nawet tusz do zdejmowania odcisków palców był nowoczesny, niewidoczny.

Gdy Tasha wyszła, zastąpił ją człowiek w zapinanej na zamek czerwonej koszuli. Uścisnął Mae dłoń i powiedział:
– Cześć, jestem Jon. Wczoraj wysłałem ci list z prośbą o przyniesienie metryki urodzenia. – Złączył dłonie jak do modlitwy.

Mae wydobyła metrykę z torebki i Jonowi aż pojaśniały oczy.
– Przyniosłaś! – Klasnął szybko i bezgłośnie w dłonie i odsłonił drobne zęby. – N i k t nie pamięta o tym za pierwszym razem. Jesteś moją nową ulubienicą. – Wziął metrykę, obiecując, że zwróci ją po zrobieniu kopii.

Za nim stał czwarty członek personelu, mniej więcej trzydziestopięcioletni mężczyzna z błogim wyrazem twarzy, zdecydowanie najstarsza osoba, jaką Mae spotkała tego dnia.
– Cześć, Mae. Jestem Brandon i mam zaszczyt wręczyć ci twój nowy tablet. – Trzymał w ręku jakiś błyszczący przezroczysty przedmiot z czarnymi i gładkimi niczym obsydian brzegami.

Mae była oszołomiona.
– Jeszcze nie w y p u s z c z o n o ich na rynek.

Brandon uśmiechnął się od ucha do ucha.
– Jest cztery razy szybszy od swego poprzednika. Moim bawię się od tygodnia. Jest niesamowity.
– I ja go dostanę?
– Już dostałaś – odparł Brandon. – Widnieje na nim twoje nazwisko.

Odwrócił tablet, by pokazać, że na obudowie napisano:
MAEBELLINE RENNER HOLLAND.

Wręczył go jej. Komputer ważył tyle co tekturowy talerzyk.
– No, przypuszczam, że masz swój własny tablet?
– Tak. Cóż, w każdym razie mam laptop.
– Laptop. No, no! Mogę go obejrzeć?

Mae wskazała na urządzenie i powiedziała:
– Teraz mam wrażenie, że powinnam wyrzucić go do śmietnika.

Brandon zbladł.
– Nie, nie rób tego! Przynajmniej poddaj go utylizacji.

– Och, nie, tylko żartowałam. Prawdopodobnie go sobie zostawię. Mam w nim wszystko.
– Dobrze się składa, Mae. To właśnie mam zrobić w następnej kolejności. Powinniśmy przenieść wszystkie twoje rzeczy na nowy tablet.
– Och, sama potrafię to zrobić.
– Wyświadczyłabyś mi ten zaszczyt? Całe życie szkoliłem się właśnie dla tej chwili.

Mae się zaśmiała i odsunęła fotel. Brandon ukląkł przy biurku i położył tablet obok laptopa. W ciągu kilku minut przeniósł wszystkie informacje i konta na jej nowe urządzenie.
– W porządku. A teraz zróbmy to samo z twoim telefonem. Ta-da! – Sięgnął do torby i pokazał nowy aparat, zdecydowanie nowocześniejszy od jej własnego. Podobnie jak tablet miał już wygrawerowane z tyłu jej imię i nazwisko. Brandon położył obydwa telefony obok siebie na biurku i szybko, nie używając przy tym żadnych przewodów, przeniósł całą zawartość starego urządzenia na nowy aparat. – Dobra. Teraz wszystko, co miałaś w swoim telefonie i na dysku, jest dostępne na tablecie oraz w twoim nowym aparacie, ale również skopiowane w chmurze i na naszych serwerach. Twoja muzyka, twoje zdjęcia, wiadomości i dane. Nie można ich utracić. Nawet jak zgubisz ten tablet lub telefon, to dokładnie po sześciu minutach odzyskasz swoje rzeczy i zrzucisz je na następny. To wszystko będzie tu w przyszłym roku i w przyszłym stuleciu.

Oboje spojrzeli na nowe urządzenia.
– Szkoda, że nasz system nie istniał dziesięć lat temu – rzekł Brandon. – Wtedy przepaliłem dwa twarde dyski. To tak, jakby spalono ci dom z całym dobytkiem.

Brandon wstał.
– Dziękuję – powiedziała Mae.
– Nie ma sprawy. W ten sposób możemy ci przesyłać aktualizacje oprogramowania, aplikacje, dosłownie wszystko, i będziemy wiedzieli, że jesteś na bieżąco. Jak się pewnie domyślasz, wszyscy

w Dziale Doświadczeń Klienta muszą korzystać z tej samej wersji danego oprogramowania. To chyba wszystko... – powiedział, odsuwając się od biurka. Potem znieruchomiał i dodał: – Och, wszystkie firmowe urządzenia muszą być chronione hasłem, to niezwykle istotne, więc ci je stworzyłem. Jest zapisane tutaj. – Wręczył jej skrawek papieru z ciągiem cyfr arabskich i rzymskich oraz mało znanych symboli typograficznych. – Mam nadzieję, że zdołasz je dziś zapamiętać, a potem wyrzucić. Umowa stoi?

– Stoi.

– Jeśli będziesz chciała, możemy je później zmienić. Po prostu daj mi znać, a przygotuję nowe. Wszystkie generowane są komputerowo.

Mae wzięła swój stary laptop i chciała włożyć go do torby.

Brandon spojrzał na niego tak, jakby zobaczył okaz jakiegoś inwazyjnego gatunku.

– Chcesz, żebym się go pozbył? Robimy to w sposób nieszkodliwy dla środowiska.

– Może jutro – odparła Mae. – Chcę się z nim pożegnać.

Brandon uśmiechnął się pobłażliwie.

– Och, rozumiem. W porządku. – Ukłonił się i wyszedł, a wtedy Mae ujrzała stojącą za nim Annie, która wsparła brodę na zaciśniętej dłoni i przekrzywiła głowę.

– Oto moja siostrzyczka, nareszcie dorosła!

Mae wstała i objęła przyjaciółkę.

– Dziękuję – szepnęła jej do ucha.

– Au! – Annie próbowała się wyrwać.

Mae chwyciła ją jeszcze mocniej.

– Naprawdę.

– Nie ma sprawy. – Annie w końcu wyswobodziła się z objęć przyjaciółki.

– Wyluzuj. Albo może nie przestawaj. Zaczęło mnie to rajcować.

– Naprawdę ci dziękuję – powtórzyła Mae drżącym głosem.

– Nie, nie, nie – zaprotestowała Annie. – Żadnych łez drugiego dnia w pracy.
– Przepraszam. Jestem po prostu bardzo wdzięczna.
– Przestań. – Annie wkroczyła do akcji i znowu ją przystopowała. – Powtarzam, przestań. Chryste Panie. Ależ z ciebie dziwaczka.
Mae oddychała głęboko, aż zupełnie się uspokoiła.
– Chyba już nad sobą panuję. Och, tata mówi, że też cię kocha. Wszyscy są tacy szczęśliwi.
– Dobra. To nieco dziwne, biorąc pod uwagę, że nigdy się nie spotkaliśmy. Ale przekaż mu, że też go kocham. Namiętnie. Jest w dobrej formie? Atrakcyjny? Lubi zaszaleć? Może coś razem wykombinujemy. No, czy teraz możemy się już zabrać do pracy?
– Tak, tak – odparła Mae, siadając. – Przepraszam.
Annie uniosła szelmowsko brwi i wyznała:
– Czuję się tak, jakby rozpoczynał się rok szkolny, a my właśnie odkryłyśmy, że mieszkamy w tym samym pokoju. Dali ci nowy tablet?
– Przed chwilą.
– Pokaż. – Annie obejrzała go uważnie. – Och, ten grawerunek to miły akcent. Będziemy się pakować w kłopoty razem, nieprawdaż?
– Mam nadzieję.
– Dobra, idzie szef twojego zespołu. Cześć, Dan.
Mae pośpiesznie wytarła do sucha twarz. Za plecami przyjaciółki zobaczyła przystojnego, niewysokiego, lecz muskularnego i starannie uczesanego mężczyznę. Miał na sobie brązową bluzę z kapturem, a na twarzy uśmiech wielkiego zadowolenia.
– Cześć, Annie, jak się masz? – powiedział, ściskając jej dłoń.
– Dobrze.
– Tak się cieszę.
– Mam nadzieję, że wiesz, że trafiła ci się dobra pracownica – odparła Annie, ściskając Mae za przegub dłoni.
– Jasne, że wiem.
– Uważaj na nią.

– Dobrze – powiedział Dan i odwrócił się do Mae. Uśmiech zadowolenia na jego twarzy zmienił się w wyraz całkowitej pewności.
– Będę obserwowała, jak na nią uważasz – uprzedziła go Annie.
– Dobrze wiedzieć – odparł.
– Do zobaczenia na lunchu – powiedziała Annie do przyjaciółki i zniknęła.

Wyszli wszyscy oprócz Mae i Dana, ale jego uśmiech się nie zmienił – pozostał uśmiechem człowieka, który nie robi tego na pokaz i jest dokładnie tam, gdzie chce być. Przyciągnął fotel i rzekł:
– Cieszę się, że się poznaliśmy. Świetnie, że przyjęłaś naszą propozycję.

Zważywszy na to, że żaden rozsądny człowiek nie odrzuciłby zaproszenia do pracy w tej firmie, Mae spojrzała mu w oczy, by się przekonać, czy mówi szczerze. Nie dostrzegła jednak w jego wzroku niczego podejrzanego. Dan przeprowadził z nią trzy rozmowy w sprawie tej pracy i za każdym razem wydawał się szczery jak złoto.
– Wszystkie dokumenty podpisane, a odciski palców zdjęte?
– Tak myślę.
– Masz ochotę się przejść?

Porzucili jej stanowisko pracy i po niemal stu metrach marszu szklanym korytarzem wyszli przez wysokie dwuskrzydłowe drzwi na wolne powietrze. Wspięli się po szerokich schodach.
– Właśnie skończyliśmy taras na dachu – wyjaśnił. – Myślę, że ci się spodoba.

Dotarli na szczyt i Mae się przekonała, że z tarasu roztacza się imponujący widok na większość kampusu, otaczające go miasto San Vincenzo oraz położoną za nim zatokę. Oboje ogarnęli to wszystko spojrzeniem, a potem Dan odwrócił się do niej i rzekł:
– Mae, skoro już jesteś na pokładzie, chciałem opowiedzieć ci o kilku podstawowych zasadach, jakie wyznaje się w tej firmie. Przede wszystkim jesteśmy przekonani, że równie ważna jak praca, którą tutaj wykonujemy, a robimy tu rzeczy naprawdę istotne, jest dbałość o to, byś mogła czuć się tu również człowiekiem. Chcemy,

żeby Circle było miejscem pracy, to oczywiste, ale powinno być także miejscem d l a l u d z i. To zaś oznacza, że staramy się budzić ducha wspólnoty. Tak naprawdę ta firma m u s i być wspólnotą. To, jak pewnie wiesz, jedno z naszych haseł: Po p i e r w s z e w s p ó l n o t a. Widziałaś tablice z napisem TUTAJ PRACUJĄ LUDZIE – stale podkreślam te słowa. To moja ulubiona kwestia. Nie jesteśmy automatami. Nie wykorzystujemy pracowników. Jesteśmy grupą najlepszych umysłów naszego pokolenia. P o k o l e ń. I dbałość o to, by było to miejsce, gdzie szanuje się człowieczeństwo, gdzie ludzkie opinie są traktowane z powagą a głosy słyszane, jest równie ważna jak dochody, ceny akcji czy jakiekolwiek tutejsze przedsięwzięcie. Czy to brzmi jak frazes?

– Nie, nie – pośpiesznie odparła Mae. – Na pewno nie. Właśnie dlatego tu jestem. Bardzo podoba mi się ta myśl: „Po pierwsze wspólnota". Annie mówiła mi o tym, odkąd zaczęła tu pracować. W mojej ostatniej pracy nikt tak naprawdę nie dbał o międzyludzkie kontakty. W zasadzie pod każdym względem stanowiła ona przeciwieństwo tego miejsca.

Dan spojrzał w stronę pokrytych moherowymi polami i łatami zieleni wzgórz na wschodzie.

– Nie lubię słuchać takich rzeczy. Niezależnie od dostępnej technologii nie należy podważać zalet wzajemnego kontaktu. Należy zawsze dążyć do pełnego porozumienia. To właśnie tutaj robimy. Można wręcz powiedzieć, że to misja firmy... a przynajmniej moja obsesja. Kontakt. Zrozumienie. Pełna jasność.

Dan kiwał z emfazą głową, jakby powiedział właśnie coś, co uznał za bardzo głębokie.

– Jak wiesz, w Renesansie odpowiadamy za obsługę klienta i są tacy, co uważają, że to najmniej ekscytująca część całego przedsięwzięcia. Ale moim zdaniem, oraz zdaniem Mędrców, to fundament wszystkiego, co się tutaj dzieje. Jeśli nie zapewnimy klientom zadowalającej, l u d z k i e j obsługi, to ich stracimy. To dość elementarna sprawa. Stanowimy dowód, że ta firma jest dla ludzi.

Mae nie wiedziała, co powiedzieć. Zgadzała się z tym całkowicie. Jej ostatni szef, Kevin, nie był zdolny do takich refleksji. Nie wyznawał żadnej filozofii i żadnych idei. Miał tylko wąsy i przykry zapach z ust. Mae wyszczerzyła zęby w idiotycznym uśmiechu.

– Wiem, że będziesz sobie tutaj świetnie radzić – dodał i wyciągnął ku niej rękę, jakby chciał położyć dłoń na jej barku, rozmyślił się jednak i jego ramię opadło. – Chodźmy na dół i możesz zaczynać.

Opuścili taras i zeszli po schodach. Wrócili do jej biurka, gdzie ujrzeli kędzierzawego mężczyznę.

– Oto on – rzekł Dan. – Jak zawsze przed czasem. Cześć, Jared.

Jared miał pogodną, pozbawioną zmarszczek twarz, a jego ręce spoczywały cierpliwie na szerokich kolanach. Nosił spodnie khaki i o numer za ciasną koszulę z przypinanym kołnierzykiem.

– Jared cię przeszkoli i będzie twoim głównym łącznikiem w Dziale Doświadczeń Klienta. Ja nadzoruję zespół, a on komórkę. Jared, jesteś gotów wdrożyć Mae do pracy?

– Tak – odparł Jared. – Cześć, Mae – dodał i wstał, wyciągając rękę. Mae uścisnęła mu dłoń; była krągła i miękka jak u cherubinka.

Dan pożegnał się z nimi i wyszedł.

Jared uśmiechnął się szeroko i przeczesał dłonią kędzierzawe włosy.

– A więc czas na szkolenie. Gotowa?

– Jak najbardziej.

– Musisz napić się kawy, herbaty lub czegoś innego?

Mae pokręciła głową.

– Jestem gotowa.

– Dobrze. Usiądźmy.

Mae zajęła miejsce, a on przysunął fotel.

– W porządku. Jak wiesz, na razie będziesz zajmować się obsługą mniejszych reklamodawców. Oni przesyłają wiadomość do Działu Doświadczeń Klienta, a ta kierowana jest do jednego z nas. Najpierw na chybił trafił, ale z chwilą rozpoczęcia współpracy z jakimś klientem z uwagi na ciągłość działania będzie on stale kierowany do ciebie. Dostajesz zapytanie, znajdujesz odpowiedź i odpisujesz. To istota sprawy. W teorii dość prosta. Na razie wszystko jasne? Mae skinęła głową, a on omówił dwadzieścia najczęstszych życzeń oraz pytań i pokazał jej spis gotowych odpowiedzi.

– To nie znaczy, że po prostu wklejasz odpowiedź i ją odsyłasz. Każdą odpowiedź należy najpierw spersonalizować, ukonkretnić. Jesteś człowiekiem, klient też nim jest, nie powinnaś więc naśladować robota i nie powinnaś traktować klienta, jakby on też był robotem. Wiesz, o co mi chodzi? Tutaj nie pracują roboty. Nie chcemy, by klient myślał, że ma do czynienia z bezimienną jednostką, należy zatem zawsze wprowadzić w proces obsługi ludzki element. Czy to brzmi sensownie?

Mae skinęła głową. Spodobało jej się to stwierdzenie: T u t a j n i e p r a c u j ą r o b o t y.

Omówili kilkanaście scenariuszy postępowania i za każdym razem Mae trochę bardziej wygładzała swoje odpowiedzi. Jared był cierpliwym szkoleniowcem i przećwiczył z nią wszystkie możliwe zachowania klienta. Gdyby znalazła się w kropce, mogła odesłać zapytanie do niego, a on się nim zajmie. Wyjaśnił, że właśnie to robi przez większość dnia – przyjmuje i odpowiada na trudne pytania niższych rangą przedstawicieli Działu Doświadczeń Klienta.

– Takie przypadki będą jednak dość rzadkie. Zdziwiłabyś się, na ile pytań będziesz potrafiła odpowiedzieć od razu. A teraz przyjmijmy, że odpowiedziałaś na pytanie klienta i ten wydaje się usatysfakcjonowany. Właśnie wtedy przesyłasz mu ankietę, a on ją wypełnia. To zestaw krótkich pytań o to, jak został obsłużony, o jego ogólne wrażenia, a na końcu prośba, by ocenił twą pracę. Klient odsyła ankietę, a wtedy od razu wiesz, jak się spisałaś. Ocena pojawia się tutaj.

Wskazał na róg ekranu, gdzie widniała duża liczba, 99, a poniżej siatka z innymi liczbami.

– Duże dziewięćdziesiąt dziewięć jest ostatnią oceną klienta. Klient będzie cię oceniał w skali, pewnie nie zgadniesz, od jeden do stu. Najświeższa ocena pojawi się tutaj, a w następnym okienku pojawi się uśredniona ocena z całego dnia. W ten sposób będziesz zawsze wiedziała, jak ci idzie, ostatnio i w ogóle. Wiem, co sobie teraz pomyślałaś. „No dobra, Jared, jaka średnia jest przeciętna?". Odpowiedź brzmi tak: jeśli spadnie poniżej dziewięćdziesięciu pięciu, możesz się cofnąć i sprawdzić, co da się zrobić lepiej. Może podniesiesz średnią przy następnym kliencie, może zrozumiesz, jak mogłabyś się poprawić. Gdy średnia stale się obniża, wtedy możesz się spotkać z Danem lub innym szefem zespołu, żeby przypomnieć sobie najlepsze wzory. Brzmi to sensownie?

– Owszem – odparła Mae. – Jestem ci naprawdę wdzięczna. W mojej poprzedniej pracy dopiero przy ocenach kwartalnych wiedziałam, na czym stoję. To było bardzo stresujące.

– Cóż, w takim razie ten system ci się spodoba. Jeśli klient wypełni ankietę i dokona oceny, a właściwie wszyscy to robią, wysyłasz mu kolejną wiadomość. Dziękujesz w niej za wypełnienie ankiety i zachęcasz, by przy okazji korzystania z narzędzi mediów społecznościowych Circle opowiedział znajomym o swoich wrażeniach z rozmowy z tobą. Jak wszystko pójdzie dobrze, sami puszczą przez komunikator uśmiechniętą albo skrzywioną buźkę. W najlepszym razie możesz namówić ich do puszczenia info lub napisania o tym na innej stronie do obsługi klienta. Przekonujemy ludzi, żeby dzielili się na tych stronach swoimi dobrymi wrażeniami z rozmowy z tobą, a wtedy wszyscy są zadowoleni. Rozumiesz?

– Rozumiem.

– Dobra, no to spróbujmy. Gotowa?

Mae nie była gotowa, ale przecież nie mogła się do tego przyznać.

– Gotowa.

Jared wyświetlił na monitorze życzenie jakiegoś klienta i zapoznawszy się z nim, prychnął krótko, by dać jej do zrozumienia, jak jest pospolite. Wybrał gotową odpowiedź, trochę ją zmodyfikował i życzył klientowi udanego dnia. Wymiana korespondencji trwała około dziewięćdziesięciu sekund, a dwie minuty później na ekranie pojawiło się potwierdzenie, że klient odpowiedział na pytania ankiety, pojawił się też wynik: 99. Jared rozsiadł się wygodnie i odwrócił się do Mae.

– No, to dobry wynik, prawda? Dziewięćdziesiąt dziewięć to dobra ocena. Ale nie mogę nie zapytać, dlaczego nie sto. Zobaczmy. – Otworzył arkusz z odpowiedziami klienta i przejrzał ankietę. – Cóż, nic nie wskazuje na to, że jest z czegoś niezadowolony. W większości firm powiedziano by: No, no! Dziewięćdziesiąt dziewięć punktów na sto, to p r a w i e idealnie. A ja powiem tak: to oczywiście prawda. Ale w Circle ten brakujący punkt nie daje nam spokoju. Zobaczmy zatem, czy możemy dotrzeć do sedna sprawy. Oto formularz uzupełniający, który wysyłamy klientowi.

Pokazał jej kolejną ankietę, krótszą, z pytaniem o to, co i jak można poprawić w sposobie komunikacji. Wysłali ją klientowi.

Kilka sekund później przyszła odpowiedź. „Wszystko było jak należy. Przepraszam. Powinienem przyznać Pani 100. Dzięki!!"

Jared postukał w ekran i podniesionym kciukiem wyraził uznanie dla Mae.

– W porządku. Czasem możesz po prostu trafić na kogoś, kogo naprawdę nie obchodzą wskaźniki. Warto więc zadać te pytania, zadbać o to, by mieć jasność. Dzięki temu znowu mamy wynik idealny. Jesteś gotowa zrobić to sama?

– Tak.

Pobrali zapytanie następnego klienta i Mae przewinęła listę gotowych odpowiedzi, znalazła tę właściwą, spersonalizowała ją i wysłała. Gdy wróciła do niej wypełniona ankieta, oceniono ją na 100 punktów.

Jared przez chwilę sprawiał wrażenie zaskoczonego.

– No, no! Setka za pierwszym razem. Wiedziałem, że będziesz dobra. – Szybko odzyskał rezon. – W porządku, chyba jesteś gotowa do kolejnych wyzwań. Teraz kilka innych spraw. Włączmy twój drugi ekran – rzekł, wskazując mniejszy monitor na prawo od niej.

– Służy do komunikacji wewnętrznej. Wszyscy pracownicy Circle wysyłają wiadomości przez twój główny kanał informacyjny, ale po-

jawiają się one na drugim ekranie. Ma to podkreślić ich znaczenie i pomóc je posegregować. Od czasu do czasu dostaniesz wiadomość ode mnie, tak po prostu, dla sprawdzenia, albo z jakąś poprawką czy informacjami. W porządku?
– Rozumiem.
– Pamiętaj, żeby odsyłać do mnie trudne pytania, a jak będziesz chciała porozmawiać, puść mi info lub wpadnij do mnie. Pracuję w głębi korytarza. Podejrzewam, że przez pierwszych kilka tygodni będziemy się kontaktować dość często, na oba sposoby. Dzięki temu będę wiedział, że się uczysz, więc się nie krępuj.
– Nie będę.
– Świetnie. No, jesteś gotowa naprawdę zacząć?
– Tak.
– Dobra. To znaczy, że otwieram zsyp. A gdy spuszczę na ciebie tę lawinę, będziesz miała własną kolejkę i przez dwie najbliższe godziny, aż do lunchu, będziesz zawalona robotą. Jesteś gotowa?

Mae czuła, że jest.
– Tak.
– Na pewno? Więc dobrze.

Jared aktywował jej konto, udał, że salutuje, i wyszedł. Zsyp się otworzył i w ciągu pierwszych dwunastu minut Mae odpowiedziała na cztery prośby, uzyskując 96 punktów. Spociła się jak mysz, ale ten pośpiech był elektryzujący.

Na drugim ekranie pojawiła się wiadomość od Jareda. *Jak dotąd świetnie! Zobaczmy, czy niebawem uda nam się podnieść tę ocenę do 97.*

Podniosę! – zapewniła Mae.

I prześlij uzupełniające pytania klientom, którzy punktowali poniżej 100.

Dobrze – napisała.

Wysłała siedem ankiet uzupełniających i trzech klientów skorygowało swoje oceny do maksymalnego poziomu. Do 11:45 odpowiedziała na dziesięć następnych pytań. Teraz jej łączna ocena wynosiła 98.

Na drugim ekranie ukazała się kolejna wiadomość, tym razem od Dana. *Fantastyczna robota, Mae! Jak się czujesz?*

Mae była zaskoczona. Szef zespołu, który kontaktował się z tobą, i to z taką sympatią, pierwszego dnia? *Świetnie. Dzięki!* – odpisała i ściągnęła kolejną prośbę klienta.

Pod pierwszą wiadomością od Jareda pojawiła się kolejna. *Mogę w czymś pomóc? Odpowiedzieć na jakieś pytania?*

Nie, dziękuję! – odpisała. *Na razie nie ma potrzeby. Dzięki!*

Ledwie wróciła do pierwszego ekranu, na drugim wyskoczyła następna wiadomość od Jareda. *Pamiętaj, że mogę pomóc tylko wtedy, gdy powiesz mi w czym.*

Jeszcze raz dziękuję! – odpisała.

Do lunchu odpowiedziała na trzydzieści sześć próśb i uzyskała 97 punktów.

Pokazała się wiadomość od Jareda. *Dobra robota! Prześlijmy ankiety uzupełniające do wszystkich pozostałych klientów, którzy przyznali mniej niż 100 punktów.*

Dobrze – odpowiedziała i wysłała je tym, którymi jeszcze się nie zajęła. Podniosła kilka ocen do maksymalnego poziomu i wtedy zobaczyła wiadomość od Dana: *Wspaniale, Mae!*

Kilka sekund później u dołu tej wiadomości ukazała się nowa, tym razem od Annie: *Dan twierdzi, że dajesz czadu. Zuch dziewczyna!*

Potem dostała wiadomość, że wspomniano o niej na komunikatorze. Kliknęła link, żeby przeczytać. Komunikat wyszedł od Annie. *Nowicjuszka Mae daje czadu!* Rozesłała go po całym kampusie – do 10 041 osób.

Komunikat został przesłany dalej trzysta dwadzieścia dwa razy i pojawiło się sto osiemdziesiąt siedem uzupełniających komentarzy. Ukazywały się na drugim ekranie w coraz dłuższym wątku. Mae nie miała czasu, by je wszystkie przeczytać, ale szybko je przewinęła i ten dowód odniesionego sukcesu sprawił jej przyjemność. Na koniec dnia uzyskała 98 punktów. Przyszły wiadomości z gratulacjami od Jareda, Dana i Annie. Potem pojawiły się komunikaty opiewające coś, co Annie nazwała *najlepszym wynikiem uzyskanym kiedykolwiek przez żółtodzioba z Działu DK*.

Do końca pierwszego tygodnia pracy Mae obsłużyła czterystu trzydziestu sześciu klientów i nauczyła się gotowych odpowiedzi na pamięć. Nic już jej nie dziwiło, jednak rozmaitość klientów i ich spraw przyprawiała ją o zawrót głowy. Circle było wszędzie i chociaż wiedziała o nim od lat, to teraz, gdy kontaktowała się z tymi ludźmi, z firmami liczącymi, że Circle upowszechni wiedzę o ich produktach, prześledzi ich wirtualny wpływ, zapewni informacje o tym, kto i kiedy kupuje ich towary, stało się dla niej rzeczywiste na zupełnie innym poziomie. Mae miała teraz kontakty z klientami w Clinton w Luizjanie, Putney w Vermont, w tureckim Marmaris, w Melbourne, Glasgow i Kioto. Zawsze grzecznie formułowali zapytania – dziedzictwo TruYou – i byli łaskawi w swoich ocenach.

Późnym rankiem tamtego piątku jej łączny wynik po tygodniu wynosił 97 punktów i wyrazy uznania wysyłali jej wszyscy pracownicy Circle. Praca okazała się wymagająca, a zapytania napływały nieprzerwanym strumieniem, były jednak na tyle zróżnicowane i na tyle często dostawała dowody, że dobrze jej idzie, że złapała właściwy rytm.

Właśnie miała przyjąć kolejne zapytanie, gdy dostała SMS. Był od Annie: *Zjedz ze mną, głupia.*

Siedziały na niewielkim pagórku, postawiły między sobą dwie sałatki, słońce sporadycznie wyłaniało się zza płynących powoli chmur. Obserwowały trzech młodych mężczyzn, bladych i ubranych jak inżynierowie, którzy usiłowali grać w futbol.

– A więc już jesteś gwiazdą. Czuję się jak dumna mama.

Mae pokręciła głową.

– Wcale nie jestem gwiazdą. Muszę się jeszcze dużo nauczyć.

– To oczywiste. Ale dziewięćdziesiąt siedem punktów do tej

pory? To obłędny wynik. Ja w pierwszym tygodniu nie przekroczyłam dziewięćdziesięciu pięciu. Masz wrodzony talent.
Na ich lunch padły dwa cienie.
– Możemy poznać tę nowicjuszkę?
Mae uniosła wzrok, osłaniając oczy.
– Jasne – odparła Annie. Dwoje nieznajomych usiadło na trawie. Annie wycelowała w nich widelcem i powiedziała: – Przedstawiam ci Sabine i Josefa.
Mae uścisnęła im dłonie. Sabine była mocno zbudowaną blondynką patrzącą spod przymrużonych powiek. Joe był chudy, blady i miał komicznie krzywe zęby.
– Ona już patrzy na moje zęby! – powiedział płaczliwie, wskazując na Mae. – Wy Amerykanie macie jakąś obsesję! Czuję się jak koń na aukcji.
– Ale ty naprawdę masz krzywe zęby – odparła Annie. – A firma zapewnia bardzo dobrą opiekę dentystyczną.
Josef rozpakował burrito i rzekł:
– Myślę, że moje zęby zapewniają niezbędne wytchnienie od niesamowitej doskonałości uzębienia wszystkich wokół.
Annie przechyliła głowę, przyglądając mu się uważnie.
– P o w i n i e n e ś je wyprostować, jeśli nie dla swojego dobra, to przez wzgląd na morale w firmie. Przez ciebie ludziom śnią się koszmary.
Josef, z ustami pełnymi pieczonej wołowiny, wydął teatralnie wargi. Annie poklepała go po ręce.
Sabine zwróciła się do Mae.
– Więc pracujesz w Dziale Doświadczeń Klienta? – Mae zauważyła na jej ręce tatuaż, symbol nieskończoności.
– Owszem. Od tygodnia.
– Widziałam, że bardzo dobrze sobie radzisz. Ja też tam zaczynałam. Jak niemal każdy z nas.
– A Sabine jest biochemiczką – dodała Annie.
Mae była zaskoczona.

– Jesteś biochemiczką?
– Tak.
Mae nie słyszała o biochemikach zatrudnionych w Circle.
– Mogę zapytać, nad czym pracujesz?
– Czy możesz z a p y t a ć? – Sabine się uśmiechnęła. – Oczywiście, że możesz z a p y t a ć. Ale ja nie muszę ci nic mówić.
Wszyscy westchnęli, ale po chwili Sabine przestała stroić sobie żarty.
– Ale mówiąc poważnie, nie mogę ci powiedzieć. W każdym razie nie teraz. Na ogół pracuję nad rzeczami związanymi z biometrią. No wiesz, skanowanie tęczówki i rozpoznawanie twarzy. Ale obecnie pracuję nad czymś nowym. I chociaż chętnie bym...
Annie posłała jej błagalne, uciszające spojrzenie i Sabine wzięła się za sałatkę.
– W każdym razie – powiedziała Annie – Josef pracuje w Dziale Dostępu do Edukacji. Dostarcza tablety do szkół, których w tej chwili na nie nie stać. To nasz firmowy uszczęśliwiacz. Przyjaźni się również z twoim nowym znajomym, Garbonzem.
– Garaventą – poprawiła ją Mae.
– O, jednak pamiętasz. Znowu się z nim widziałaś?
– Nie. W tym tygodniu miałam za dużo pracy.
Josef rozdziawił usta. Właśnie coś mu zaświtało.
– Masz na imię Mae?
Annie skrzywiła się i powiedziała:
– Przecież ją przedstawiałam. Jasne, że właśnie tak się nazywa.
– Przepraszam. Nie dosłyszałem. Teraz już wiem, kim jesteś.
Annie prychnęła.
– Co, dwie panienki rozmawiały ze szczegółami o wielkiej nocy Francisa? Zapisuje w swoim notesie imię Mae okolone serduszkami?
Josef westchnął pobłażliwie.
– Nie, powiedział tylko, że poznał jakąś bardzo sympatyczną Mae.
– Jakie to słodkie – zauważyła Sabine.

– Powiedział jej, że pracuje w ochronie – zauważyła Annie. – Nie wiesz, dlaczego to zrobił, Josefie?
– To ja ci tak powiedziałam – przypomniała Mae.
Annie najwyraźniej nie przejęła się jej zastrzeżeniem.
– Cóż, chyba można by to nazwać ochroną. Pracuje w Dziale Bezpieczeństwa Dzieci. Zasadniczo odgrywa główną rolę w programie zapobiegania uprowadzeniom nieletnich. Rzeczywiście mógł tak powiedzieć.
Sabine, znowu z pełnymi ustami, kiwała energicznie głową.
– Na pewno to zrobi – powiedziała, pryskając kawałkami sałatki i winegretem. – To przesądzone.
– Co jest przesądzone? – zapytała Mae. – Zamierza zapobiec wszystkim porwaniom?
– Możliwe – odparł Josef. – Motywacji mu nie brakuje.
Annie zrobiła okrągłe oczy.
– Opowiadał ci o swoich siostrach?
Mae pokręciła głową.
– Nie, nie wspominał, że ma rodzeństwo. O co chodzi?
Wszyscy troje spojrzeli po sobie, jakby chcieli ocenić, czy muszą o tym opowiadać akurat tam i w tym momencie.
– To tragiczna historia – odparła Annie. – Jego rodzice byli kompletnie popieprzeni. Myślę, że w tej rodzinie było czworo lub pięcioro dzieci, a Francis był chyba najmłodszy. W każdym razie jego ojczulek siedział w mamrze, a mama ćpała, więc dzieci porozsyłano w różne miejsca. Jedno trafiło chyba do ciotki i wuja, a dwie siostry do jakiejś rodziny zastępczej i potem zostały stamtąd porwane. Przypuszczam, że były wątpliwości, czy oddano je, czy sprzedano mordercom.
– Komu? – Mae zrobiło się słabo.
– Boże święty, przetrzymywali je w szafach i gwałcili, a potem wrzucili ich ciała do jakiegoś opuszczonego silosu rakietowego. Opowiedział o tym kilkorgu z nas, gdy przekonywał do swojego programu bezpieczeństwa dzieci. Cholera, spójrz na swoją twarz. Niepotrzebnie to wszystko mówiłam.

Mae nie była w stanie wydobyć z siebie słowa.
– Powinnaś o tym wiedzieć – rzekł Josef. – Właśnie dlatego oddaje się temu z taką pasją. Chodzi mi o to, że realizacja jego planu w zasadzie wyeliminowałaby ryzyko powtórzenia się takich dramatów w przyszłości. Czekajcie, która godzina?
Annie sprawdziła w swoim telefonie.
– Masz rację. Musimy lecieć. Bailey ma prezentację. Powinniśmy być w Wielkiej Auli.

Wielka Aula znajdowała się w budynku Oświecenia. Gdy dotarli na miejsce, do olbrzymiego pomieszczenia na trzy i pół tysiąca miejsc, wyłożonego drewnem w ciepłych barwach i stalą szczotkowaną, panował w nim gwar i atmosfera niecierpliwego wyczekiwania. Mae i Annie znalazły jedne z ostatnich wolnych miejsc na drugim balkonie i usiadły.
– Została oddana do użytku zaledwie kilka miesięcy temu – wyjaśniła Annie. – Czterdzieści pięć milionów dolarów. Bailey zaprojektował te pasy na wzór katedry w Sienie. Ładne, prawda?
Uwagę Mae przyciągnęła scena, gdzie jakiś mężczyzna wchodził właśnie na podium z akrylowego szkła przy wtórze gromkich oklasków. Był wysoki, zaokrąglony w pasie, choć nie chorobliwie otyły, miał około czterdziestu pięciu lat, nosił dżinsy i niebieski sweter z dekoltem w serek. Nie można było dostrzec mikrofonu, kiedy jednak zaczął przemawiać, jego głos rozbrzmiał głośno i wyraźnie.
– Witam wszystkich. Nazywam się Eamon Bailey – powiedział przy wtórze kolejnych oklasków, które szybko uciszył. – Dziękuję. Tak się cieszę, widząc was wszystkich tutaj. Odkąd przemawiałem ostatnim razem, dokładnie miesiąc temu, w firmie pojawiła się grupa nowych pracowników. Czy nowicjusze mogą wstać? – Annie szturchnęła Mae. Ta wstała i rozejrzała się po widowni, by stwierdzić, że podniosło się jeszcze około sześćdziesięciu innych osób, przeważnie w jej wieku, wszyscy najwyraźniej onieśmieleni, wszy-

scy dyskretnie eleganccy. Reprezentowali wszelkie możliwe rasy i grupy etniczne, a także oszałamiający wachlarz narodowości, a to dzięki staraniom szefów Circle, którym udało się rozluźnić ograniczenia, jeśli chodzi o zatrudnianie pracowników zagranicznych. Wśród głośnych oklasków reszty personelu słychać było pojedyncze okrzyki. Mae usiadła.

– Jesteś taka śliczna, gdy się rumienisz – powiedziała Annie.

Mae zagłębiła się w fotelu.

– Drodzy nowicjusze – ciągnął Bailey – czeka was coś szczególnego. Nazywamy to spotkanie „piątkiem marzeń" i prezentujemy na nim rzecz, nad którą akurat pracujemy. Często robi to jeden z naszych inżynierów, projektantów lub wizjonerów, a niekiedy właśnie ja. Tak czy siak, dziś zajmę się tym właśnie ja. Za co z góry przepraszam.

– Kochamy cię, Eamon! – rozległ się czyjś głos na widowni, a potem śmiech.

– Cóż, dziękuję. Ja też was kocham. Kocham was tak, jak trawa kocha rosę, jak ptaki kochają drzewa. – Umilkł na chwilę, pozwalając Mae złapać oddech. Oglądała te prelekcje w sieci, ale będąc tu, widząc, jak pracuje umysł Baileya, słysząc, jak improwizuje, stwierdziła, że nie sposób zrobić tego lepiej. Jak by to było, pomyślała, być kimś tak elokwentnym i natchnionym, tak swobodnym w obliczu wielotysięcznego tłumu? – Tak – ciągnął Bailey – minął miesiąc, odkąd stałem na tej scenie, i wiem, że moi zastępcy wypadli niezadowalająco. Przepraszam, że pozbawiłem was mojego towarzystwa. Zdaję sobie sprawę, że jestem niezastąpiony. – Ten żart wywołał śmiech na całej sali. – Wiem też, że wielu z was zastanawia się, gdzie, u diabła, się podziewałem.

Ktoś z przodu sali krzyknął: „Surfowałeś!" i wszyscy wybuchnęli śmiechem.

– Cóż, zgadza się. Surfowałem trochę i po części właśnie o tym zamierzam tu mówić. Uwielbiam surfować, a gdy chcę to robić, muszę wiedzieć, gdzie są fale. Kiedyś budziłem się, dzwoniłem do miejscowego sklepu z deskami i pytałem, jak tam fale. Dość szybko przestali odbierać telefony.

Starsi widzowie roześmiali się porozumiewawczo.

– Gdy rozpowszechniły się telefony komórkowe, mogłem zadzwonić do kumpli, którzy dotarli na plażę przede mną. Oni także przestali odbierać.

Kolejny wybuch gromkiego śmiechu wśród publiczności.

– Ale żarty na bok. Telefonowanie dwanaście razy każdego ranka to niezbyt praktyczne rozwiązanie. No i czy można komuś zaufać, jeśli chodzi o ocenę warunków pogodowych? Surferzy nie chcą tłoku na falach, których nie ma tutaj zbyt dużo. Tak więc potem pojawił się Internet i tu i ówdzie jacyś geniusze poustawiali na plażach kamery. Mogliśmy się zalogować i zobaczyć dość niewyraźny obraz fal przy Stinson Beach. To było niewiele lepsze niż dzwonienie do sklepu z deskami! Bardzo prymitywna technologia. Podobnie rzecz się ma ze strumieniowym przesyłaniem obrazu. A raczej podobnie się miała. Do dzisiaj.

Za jego plecami rozwinął się ekran.

– W porządku. Oto jak wyglądało to kiedyś.

Na ekranie pojawiło się typowe okno przeglądarki i jakaś niewidzialna ręka wpisała adres URL witryny internetowej zwanej SurfSight. Pojawiła się marnie zaprojektowana witryna z maleńkim obrazem linii brzegowej pośrodku. Przesyłany strumieniowo obraz był spikselizowany i komicznie spowolniony. Widownia zachichotała.

– Prawie bezużyteczny, co? Jak wiemy, jakość transmisji strumieniowej filmów w ostatnich latach znacznie się poprawiła. Ale nadal obraz jest wolniejszy niż w realu, a jego jakość dość rozczarowująca. W ostatnim roku rozwiązaliśmy, jak sądzę, te problemy. Odświeżmy tę stronę, by zaprezentować witrynę z naszym nowym przekazem wideo.

Strona została odświeżona i obraz brzegu morza ukazał się w trybie pełnoekranowym, a jego rozdzielczość była doskonała. W całej sali rozległy się okrzyki podziwu.

– Tak, to jest transmisja na żywo ze Stinson Beach. To transmisja na żywo. Wygląda całkiem nieźle, prawda? Może zamiast stać tutaj przed wami, powinienem być tam?
Annie nachyliła się ku przyjaciółce.
– Następna część jest niesamowita. Zaraz się o tym przekonasz.
– Na wielu z was nadal nie robi to specjalnego wrażenia. Jak wszyscy wiemy, sporo urządzeń może dostarczyć strumieniowo filmy o wysokiej rozdzielczości, a nasze tablety i telefony mogą już z nimi współpracować. Ale cała ta sprawa ma nowy, dwojaki aspekt. Po pierwsze, chodzi o to, jak uzyskujemy ten obraz. Czy zaskoczyłaby was informacja, że nie pochodzi z dużej kamery, tylko z jednego z tych urządzeń?
Trzymał w dłoni jakiś mały przyrząd, który wielkością i kształtem przypominał lizaka.
– To kamera wideo i właśnie ten model pozwala uzyskać tak niewiarygodną jakość obrazu. Jakość, która utrzymuje się nawet przy takim powiększeniu. To po pierwsze. Możemy teraz uzyskać obraz wysokiej rozdzielczości dzięki kamerze wielkości kciuka. No dobrze, bardzo dużego kciuka. Po drugie, jak widzicie, ta kamera nie wymaga przewodów. Transmituje ten obraz za pośrednictwem satelity.
Salą wstrząsnęła burza oklasków.
– Poczekajcie. Czy wspomniałem, że działa na baterię litową, która wystarcza na dwa lata? Nie? No to wspominam. A za rok stworzymy również model zasilany w całości przez baterie słoneczne. Do tego jest wodoszczelna, pyłoszczelna, nie przepuszcza wiatru, niestraszne jej zwierzęta, owady ani cokolwiek innego.
Przez aulę przetoczyła się kolejna burza oklasków.
– Dobra. Dzisiaj rano ustawiłem więc tę kamerę, przymocowałem ją taśmą do palika, wetknąłem palik w piasek, tak po prostu, bez żadnego pozwolenia. Tak naprawdę nikt nie wie, że ona tam jest. Dziś rano ją włączyłem, potem wróciłem do biura, uzyskałem dostęp do kamery numer jeden w Stinson Beach i otrzymałem ten obraz. Nieźle. Ale to dopiero część tego, co mam do powiedzenia.

Właściwie dziś rano byłem bardzo zajęty. Jeździłem tu i tam i zainstalowałem jedną kamerę również w Rodeo Beach.

Teraz pierwotny obraz, Stinson Beach, skurczył się i przesunął w róg ekranu. Pojawiło się następne pole, ukazujące fale w Rodeo Beach, dziesięć kilometrów dalej na południe.

– A teraz Montara. Oraz Ocean Beach. Fort Point. – Z każdą wzmianką Baileya o plaży na wybrzeżu Pacyfiku pojawiał się kolejny obraz na żywo. W tym momencie dało się zobaczyć sześć plaż w siatce pól, wszystkie doskonale widoczne i w olśniewających kolorach. – Pamiętajcie: tych kamer nikt nie widzi. Dość dobrze je ukryłem. Dla przeciętnego obserwatora wyglądają jak chwasty lub jakieś patyki. Coś w tym rodzaju. Nikt ich nie zauważa. Tak więc w ciągu kilku porannych godzin uzyskałem zupełnie swobodny dostęp do sześciu miejsc, dzięki czemu będę wiedział, jak zaplanować dzień. A przecież we wszystkim, co tutaj robimy, chodzi o wiedzę o tym, czego nie wiedzieliśmy wcześniej, zgadza się?

Skinienia głów. Pojedyncze oklaski.

– Dobrze, zapewne wielu z was myśli: Cóż, to idealnie przypomina telewizję przemysłową skrzyżowaną z technologią przesyłania strumieniowego, satelitami i całą resztą. Zgoda. Ale jak wiecie, zrobienie tego przy użyciu istniejącej technologii byłoby zbyt drogie dla przeciętnego człowieka. Gdyby jednak to wszystko udostępnić po rozsądnej cenie? Moi przyjaciele, stajemy wobec szansy sprzedaży detalicznej tych kamer, uwaga, już za kilka miesięcy, w cenie pięćdziesięciu dolarów za sztukę.

Bailey wyciągnął rękę i rzucił kamerę komuś w pierwszym rzędzie. Kobieta, która ją złapała, podniosła urządzenie, odwracając się do tyłu z radosnym uśmiechem.

– Możecie kupić ich dziesięć na gwiazdkę i nagle uzyskacie stały dostęp do miejsc, w których pragniecie być... Do domu, pracy, do informacji o warunkach na drogach. I każdy potrafi je zainstalować. Trwa to maksimum pięć minut. Pomyślcie o konsekwencjach!

Plaże na ekranie za Baileyem zniknęły i pojawiła się nowa siatka obrazów.

– Oto widok z mojego podwórka – rzekł, ukazując obraz na żywo z wysprzątanego i skromnego ogrodu za domem. – A to ogród od frontu. Mój garaż. Oto widok ze wzgórza wznoszącego się nad szosą numer sto jeden, w miejscu, gdzie w godzinach szczytu tworzą się korki. Tutaj zaś obraz z kamery koło mojego miejsca do parkowania, żebym wiedział, czy ktoś je zajął.

Wkrótce na ekranie widniało szesnaście wyraźnych obrazów, wszystkie przekazywane na żywo.

– To są tylko m o j e kamery. Dostęp do nich uzyskuję, wpisując po prostu „kamera jeden, dwa, trzy, dwanaście", cokolwiek. To proste. A co ze wspólnym korzystaniem z kamer? To znaczy co, jeśli mój kumpel ma rozstawionych kilka kamer i chce mi je udostępnić?

Teraz siatka na ekranie zagęściła się, z szesnastu pól do trzydziestu dwóch.

– Oto ekrany Lionela Fitzpatricka. Lionel jest entuzjastą narciarstwa, więc rozmieścił kamery tak, by mógł ocenić warunki w dwunastu punktach w okolicy jeziora Tahoe.

Zobaczyli teraz dwanaście obrazów ośnieżonych górskich szczytów, jasnoniebieskich dolin i grani porośniętych ciemnozielonymi drzewami iglastymi.

– Lionel może mi udostępnić obraz z dowolnej spośród tych kamer. To przypomina umieszczanie na liście znajomych, ale teraz z dostępem do ich przekazów na żywo. Zapomnijcie o kablówce. Zapomnijcie o pięciuset kanałach. Jeśli macie tysiąc znajomych, a każdy z nich ma dziesięć kamer, macie teraz okazję oglądania dziesięciu tysięcy filmów na żywo. Jeśli macie pięć tysięcy znajomych, to macie ich pięćdziesiąt tysięcy. Niebawem będziemy mogli podłączyć się do milionów kamer na całym świecie. I znowu, wyobraźcie sobie konsekwencje!

Ekran rozpadł się na tysiąc mikroekranów. Plaże, góry, jeziora, miasta, biura, salony. Publiczność zareagowała burzą oklasków. Potem ekran pociemniał i na czarnym tle ukazała się biała pacyfa.

– A teraz wyobraźcie sobie konsekwencje, jakie ma to dla praw człowieka. Demonstranci na ulicach Kairu nie muszą już podnosić kamery w nadziei, że sfilmują pogwałcenie praw człowieka bądź morderstwo, a potem jakoś wyniosą ten materiał i umieszczą go w sieci. Obecnie to równie łatwe jak przyklejenie kamery do muru. Tak naprawdę właśnie to zrobiliśmy.

Po widowni przeszedł stłumiony szmer.

– Obejrzyjmy obraz z kamery numer osiem w Kairze.

Na ekranie pojawiło się ujęcie na żywo z ulicy. Na jezdni leżały transparenty, w oddali stali dwaj policjanci w pełnym rynsztunku bojowym.

– Oni nie wiedzą, że ich widzimy, ale tak jest. Świat patrzy. I słucha. Wzmocnijcie dźwięk.

Nagle usłyszeli wyraźną rozmowę prowadzoną po arabsku przez nieświadomych niczego przechodniów mijających kamerę.

– I oczywiście większością kamer można sterować ręcznie lub za pomocą głosu. Patrzcie na to. Kamera numer osiem, obrót w lewo.

– Kamera, która przekazywała obraz kairskiej ulicy, przesunęła się w lewo. – A teraz w prawo. – Kamera powędrowała w prawo. Bailey zademonstrował, jak obraca się w górę, w dół i po przekątnej, za każdym razem niezwykle płynnie.

Publiczność znowu nagrodziła go oklaskami.

– Pamiętajcie, że te kamery są tanie, łatwe do ukrycia i nie wymagają podłączenia przewodowego. Nie mieliśmy zatem większych trudności z rozlokowaniem ich w całym mieście. Pokażmy plac Tahrir.

Stłumione okrzyki na widowni. Na ekranie pojawił się przekaz na żywo z placu Tahrir, kolebki egipskiej rewolucji.

– Nasi ludzie w Kairze montowali kamery przez ostatni tydzień. Są one tak małe, że armia nie może ich znaleźć. Nawet nie wiedzą, gdzie szukać! Pokażmy inne ujęcia. Kamera numer dwa. Kamera numer trzy. Cztery. Pięć. Sześć.

Ujrzeli sześć ujęć z placu, każde tak wyraźne, że widać było pot na twarzach ludzi, z łatwością też dało się odczytać nazwiska na naszywkach żołnierzy.

– A teraz od siódmej do pięćdziesiątej.

Na ekranie ukazała się siatka pięćdziesięciu obrazów, obejmujących chyba całe miasto. Na widowni znowu rozległ się gromki aplauz. Bailey podniósł ręce, jakby chciał powiedzieć, że za wcześnie na oklaski, że jest jeszcze mnóstwo innych rzeczy do pokazania.

– Na placu panuje obecnie spokój, ale wyobraźcie sobie, że coś się dzieje. Można by wtedy błyskawicznie wskazać odpowiedzialnych. Każdy uciekający się do aktu przemocy żołnierz byłby natychmiast nagrywany dla potomności. Można byłoby go postawić przed sądem za każdą jedną zbrodnię wojenną. Nawet jeśli usuną z placu dziennikarzy, kamery zostaną. I bez względu na to, ile razy będą próbowali się ich pozbyć, z uwagi na niewielkie rozmiary tych urządzeń nigdy nie będą pewni, gdzie się znajdują, kto, gdzie i kiedy je umieścił. A ta niepewność zapobiegnie nadużyciom władzy. Weźmy przeciętnego żołnierza, który obawia się, że kilkanaście kamer uchwyci go na całą wieczność, jak wlecze jakąś kobietę po ulicy. Cóż, powinien się obawiać. Powinien się obawiać tych kamer. Powinien obawiać się SeeChange*. Tak właśnie je nazywamy.

Wywołało to natychmiastową burzę oklasków, która się wzmogła, gdy publiczność zrozumiała rolę podwójnego znaczenia tej nazwy.

– Podoba się wam? – zapytał Bailey. – Dobra, nie chodzi wyłącznie o miejsca, gdzie dochodzi do niepokojów. Wyobraźcie sobie dowolne miasto z tego rodzaju transmisjami na żywo. Kto popełniłby przestępstwo, wiedząc, że w każdej chwili i w każdym miejscu może być obserwowany? Moi znajomi w FBI uważają, że zmniejszyłoby to wskaźniki przestępczości o siedemdziesiąt–osiemdziesiąt procent w każdej metropolii, w której występują poważne problemy z przestępczością.

Aplauz narastał.

---

* Dosł. ZobaczZmień.

– Ale na razie wróćmy w te rejony świata, gdzie w największym stopniu brakuje przejrzystości i tak rzadko mamy z nią do czynienia. Oto miejsca na kuli ziemskiej, gdzie umieściliśmy kamery. Wyobraźcie sobie teraz wpływ, jaki obecność tych kamer wywarłaby w przeszłości i jaki będzie mieć w przyszłości, jeśli podobne wydarzenia wyjdą na jaw. Oto obraz z pięćdziesięciu kamer na placu Tian'anmen.

Ekran zapełnił się ujęciami na żywo z całego placu i na widowni znowu rozległy się gromkie brawa. Bailey mówił dalej, przedstawiając relacje z kilkunastu państw totalitarnych, od Sudanu po Koreę Północną, których władze nie wiedziały, że obserwują je trzy tysiące pracowników Circle w Kalifornii – nie miały pojęcia, że m o ż n a je obserwować, że ta technologia jest lub będzie kiedyś stosowana.

Bailey znowu wyczyścił ekran i zbliżył się do widowni.

– Rozumiecie, o czym mówię, prawda? W podobnych sytuacjach zgadzam się z Hagą, z działaczami praw człowieka na całym świecie. Musimy pamiętać o naszej odpowiedzialności. Tyrani nie mogą się dłużej ukrywać. Przedstawimy dowody, pociągniemy ich do odpowiedzialności, musimy też dać świadectwo. I uparcie twierdzę, że właśnie dlatego należy wiedzieć o wszystkim, co się dzieje.

Słowa te pojawiły się na ekranie:

NALEŻY WIEDZIEĆ O WSZYSTKIM, CO SIĘ DZIEJE.

– Ludzie, jesteśmy u zarania drugiego oświecenia. I nie mówię o nowym budynku w kampusie. Mówię o epoce, w której nie pozwolimy, by większość myśli, działań, osiągnięć i ludzkiej wiedzy umykała nam niczym woda z nieszczelnego wiadra. Już raz nam się to zdarzyło. W średniowieczu, wiekach ciemnych. Gdyby nie mnisi, utracono by wtedy całą dotychczas zdobytą wiedzę. Cóż, żyjemy w podobnych czasach, gdy tracimy zdecydowaną większość tego, co robimy, widzimy i czego się uczymy. Tak jednak być nie musi. Nie w sytuacji, gdy są te kamery i gdy Circle pełni swą misję.

Znowu obrócił się w stronę ekranu i przeczytał widoczne na nim słowa, zachęcając publiczność, by wryła je sobie w pamięć.

NALEŻY WIEDZIEĆ O WSZYSTKIM, CO SIĘ DZIEJE.

Zwrócił się ponownie ku widowni i uśmiechnął się.
– W porządku, teraz chcę wam to uświadomić. Moja matka ma osiemdziesiąt jeden lat. Nie porusza się już z taką łatwością jak dawniej. Rok temu upadła i złamała kość biodrową i odtąd się o nią martwię. Prosiłem ją o zainstalowanie kilku kamer, tak żebym mógł z nich korzystać, ale odmówiła. Teraz jednak jestem już spokojny. W ubiegły weekend, gdy drzemała...

Przez widownię przeszła fala śmiechu.
– Wybaczcie mi, wybaczcie! – powiedział. – Nie miałem wyboru. Inaczej nie pozwoliłaby mi tego zrobić. Zakradłem się więc do niej i zainstalowałem kamery we wszystkich pomieszczeniach. Urządzenia są tak małe, że nigdy ich nie zauważy. Zaraz wam to zaprezentuję. Możemy pokazać obraz z kamer od pierwszej do piątej w domu mojej mamy?

Na ekranie ukazała się siatka z obrazami, włącznie z tym, który ukazywał jego matkę dreptyczącą w ręczniku przez jasny korytarz. Wybuchły gromkie śmiechy.
– Ojej, ten może pomińmy. – Obraz zniknął. – Dobra. Rzecz w tym, że wiem, że jest bezpieczna, i dzięki temu jestem spokojny. Wszyscy w Circle mamy świadomość, że przejrzystość prowadzi do spokoju umysłu. Nie muszę się już zastanawiać, jak się miewa moja mama. Nie muszę też zachodzić w głowę, co się dzieje w Birmie. Produkujemy milion egzemplarzy tego modelu i przewiduję, że po niespełna roku będziemy mieli dostęp do miliona transmisji strumieniowych na żywo. Po niespełna pięciu latach... pięćdziesiąt milionów. Po dziesięciu... dwa miliardy. Na ekranach trzymanych w dłoniach nie będziemy mogli obserwować naprawdę nielicznych zamieszkanych obszarów.

Publiczność znowu ryknęła śmiechem. Ktoś głośno krzyknął:
– Chcemy tego już teraz!

Bailey kontynuował.
– Zamiast przeszukiwać sieć, by znaleźć jakieś zmontowane wideo okropnej jakości, idzie się do SeeChange, wpisuje Birma albo

nazwisko chłopaka ze szkoły średniej. Przecież nie jest wykluczone, że są osoby, które umieściły w pobliżu kamerę, prawda? Czemu wasza ciekawość świata miałaby nie zostać nagrodzona? Chcecie zobaczyć Fidżi, ale nie możecie tam pojechać. SeeChange. Chcecie sprawdzić, czy wasz dzieciak jest w szkole? SeeChange. To jedyna w swoim rodzaju przejrzystość. Bez filtrów. Zobaczcie wszystko. Zawsze.

Mae nachyliła się ku Annie i powiedziała:

– To niewiarygodne.

– Przecież wiem – odparła.

– Czy te kamery muszą być stacjonarne? – zapytał Bailey, podnosząc ostrzegawczo palec. – Jasne, że nie. Tak się składa, że mam w tej chwili na świecie kilkunastu pomocników, którzy noszą kamery na szyjach. Złóżmy im wizytę, dobrze? Czy kamera Danny'ego mogłaby pójść w górę?

Na ekranie ukazało się Machu Picchu. Widok z miejsca usytuowanego wysoko nad starożytnymi ruinami wyglądał jak na pocztówce. Następnie kamera zaczęła się przesuwać w dół, ku stanowisku archeologicznemu. Publiczność wydała stłumiony okrzyk, a potem zaczęła wiwatować.

– Oglądamy obraz transmitowany na żywo, chociaż to chyba oczywiste. Cześć, Danny. A teraz skontaktujmy się z Sarą na górze Kenia. – Kolejny obraz, tym razem przedstawiający wysokie skaliste zbocza, pojawił się na wielkim ekranie. – Saro, możesz skierować obiektyw w kierunku wierzchołka? – Kamera przesunęła się w górę, ukazując spowity mgłą szczyt góry. – Widzicie, dzięki temu możemy cieszyć się wizualnymi namiastkami różnych rzeczy. Wyobraźcie sobie, że jestem obłożnie chory lub zbyt słabowity, by samemu zdobyć tę górę. Wysyłam kogoś z kamerą na szyi i przeżywam wszystko w czasie rzeczywistym. Zróbmy to w kilku następnych miejscach. – Bailey zaprezentował obrazy na żywo z Paryża, Kuala Lumpur oraz londyńskiego pubu. – A teraz trochę poeksperymentujmy z tym wszystkim naraz. Siedzę w domu. Loguję się i chcę poczuć kontakt ze światem. Pokażcie mi pojazdy na stojedynce. Ulice

Dżakarty. Surfowanie w Bolinas. Dom mojej mamy. Pokażcie mi obraz z kamer internetowych wszystkich osób, z którymi chodziłem do szkoły średniej.

Po każdej komendzie ukazywały się nowe obrazy, aż w końcu na ekranie było naraz co najmniej sto ujęć przesyłanych na żywo w technologii strumieniowej.

– Staniemy się wszystkowidzący i wszystkowiedzący.
Publiczność stała. W sali rozbrzmiewały gromkie brawa. Mae oparła głowę na ramieniu przyjaciółki.
– Będziemy wiedzieć o wszystkim, co się dzieje.

– Cała aż promieniejesz.
– Zgadza się.
– Wcale nie.
– Jakbyś była przy nadziei.
– Wiem, co mieliście na myśli. Przestańcie.

Ojciec Mae sięgnął nad stołem i ujął jej dłoń. Była sobota i rodzice zafundowali jej uroczystą kolację dla uczczenia pierwszego tygodnia pracy w Circle. Zawsze – a przynajmniej ostatnio – serwowali takie ckliwe i sentymentalne teksty. Była jedynym dzieckiem pary, która długo nie zamierzała w ogóle mieć dzieci. Gdy była młodsza, sytuacja w jej domu była bardziej skomplikowana. W czasie tygodnia ojciec rzadko w nim bywał. Był zarządcą budynku w kompleksie biurowym we Fresno, harował po czternaście godzin dziennie i wszystkie sprawy domowe spoczywały na barkach jej matki, która pracowała na trzy zmiany w hotelowej restauracji i reagowała na wywołany tym wszystkim stres wybuchami skupiającymi się głównie na Mae. Gdy miała dziesięć lat, rodzice oznajmili, że kupili dwupoziomowy parking niedaleko śródmieścia Fresno, i przez kilka lat obsługiwali go na zmianę. Wysłuchiwanie od rodziców jej przyjaciółek słów typu: „Hej, widziałem twoją mamę na parkingu" lub „Podziękuj tacie za to, że przedwczoraj pozwolił mi parkować za darmo" było dla Mae upokarzające, ale wkrótce sytuacja finansowa ich rodziny się unormowała i byli w stanie nająć kilku gości na zastępstwa. Kiedy zaś rodzice mogli pozwolić sobie na wolny dzień i planować z wyprzedzeniem dłuższym niż kilka miesięcy, złagodnieli, stając się bardzo spokojnym, irytująco miłym starszym małżeństwem. Tak jakby w ciągu jednego roku pod wpływem sytuacji, która ich przerosła, przeobrazili się z młodych rodziców w poruszających się powoli dziadków, serdecznych i zupełnie niezorientowanych w potrzebach swojej córki. Gdy skończyła szkołę średnią, zawieźli ją do Disneylandu, nie bardzo rozumiejąc, że jest na to odrobinę zbyt dojrzała, a samotny – z dwojgiem dorosłych, czyli praktycznie samotny – wyjazd był sprzeczny z jakimkolwiek pojęciem dobrej zabawy. Ale mieli tak dobre intencje, że nie potrafiła im odmówić i w końcu oddali się bezmyślnej zabawie, która wbrew jej obawom była możliwa w towarzystwie rodziców. Wszelki zadawniony żal, który mogła do nich żywić za emocjonalną niepewność wczesnej młodości, został uśmierzony ostatnimi latami ich wieku średniego.

I teraz przyjechali samochodem w rejon zatoki, by spędzić weekend w najtańszym pensjonacie, jaki udało im się znaleźć, położonym dwadzieścia cztery kilometry od siedziby Circle i sprawiającym wrażenie nawiedzonego. Teraz byli w mieście, w jakiejś pseudoeleganckiej restauracji, o której oboje kiedyś słyszeli, i jeśli ktokolwiek promieniał, to właśnie oni.

– A więc? Jest świetnie? – upewniła się matka.

– Owszem.

– Wiedziałam. – Matka Mae rozsiadła się wygodnie, krzyżując ręce na piersi.

– I nie chcę już nigdy pracować w innym miejscu.

– Cóż za ulga – rzekł ojciec. – My także tego nie chcemy.

Matka pochyliła się gwałtownie i wzięła Mae za rękę.

– Powiedziałam mamie Karoliny. Znasz ją – dodała, marszcząc nos; na bardziej obraźliwy grymas nie mogła się zdobyć. – Wyglą-

dała tak, jakby ktoś wetknął jej w tyłek ostry kij. Aż gotowała się z zazdrości.
– Mamo.
– Zdradziłam się niechcący z twoimi zarobkami.
– M a m o.
– Powiedziałam tylko, że mam nadzieję, że wyżyjesz z pensji w wysokości sześćdziesięciu tysięcy dolarów.
– Nie chce mi się wierzyć, że jej to powiedziałaś.
– To prawda, czyż nie?
– Właściwie to sześćdziesiąt dwa tysiące.
– O Jezu. Teraz będę musiała do niej zadzwonić.
– Nie zrobisz tego.
– No dobrze, nie zadzwonię. Ale miałam wielką frajdę. Po prostu mimochodem wtrącam to w rozmowie. Moja córka pracuje w najbardziej znanej firmie na kuli ziemskiej i ma pełne ubezpieczenie stomatologiczne.
– Nie rób tego, proszę. Po prostu mi się poszczęściło. A Annie...
Ojciec Mae nachylił się i zapytał:
– Jak ona się miewa?
– Dobrze.
– Powiedz jej, że ją kochamy.
– Powiem.
– Nie mogła dzisiaj przyjść?
– Nie. Jest zajęta.
– Ale zaprosiłaś ją?
– Tak. Pozdrawia was. Ale dużo pracuje.
– Co dokładnie robi? – zapytała jej matka.
– Wszystko, naprawdę. Jest w Bandzie Czterdzieściorga. Ma wpływ na wszystkie ważne decyzje. Myślę, że specjalizuje się w sprawach związanych z regulacjami prawnymi w innych krajach.
– Na pewno ma dużo obowiązków
– I opcji na zakup akcji! – dorzucił ojciec. – Nie wyobrażam sobie, ile jest wart jej majątek.

77

– Tato, nie próbuj.
– Po co w takim razie pracuje? Ja bym się wylegiwał na plaży. I miałbym harem.
Matka Mae położyła dłoń na jego dłoni.
– Vinnie, przestań – poprosiła, po czym powiedziała do córki: – Mam nadzieję, że może się chociaż tym wszystkim nacieszyć.
– Może – potwierdziła Mae. – W tej chwili jest pewnie na przyjęciu w kampusie.
Jej ojciec się uśmiechnął.
– Bardzo mi się podoba, że nazywasz to kampusem. To bardzo fajne. My nazywaliśmy takie miejsca b i u r a m i.
Matka Mae sprawiała wrażenie zmartwionej.
– Na przyjęciu? Nie miałaś ochoty na nie pójść?
– Miałam, ale chciałam zobaczyć się z wami. A takich przyjęć jest bez liku.
– Ale to twój pierwszy tydzień! – Matka Mae zrobiła zbolałą minę. – Może powinnaś była pójść. Teraz mam wyrzuty sumienia. Przeszkodziliśmy ci.
– Wierz mi, urządzają je tam co drugi dzień. Życie towarzyskie kwitnie. Nic nie stracę.
– Jeszcze nie wychodzisz na lunch, prawda? – zapytała matka. Tę samą uwagę zrobiła, gdy Mae zaczynała w przedsiębiorstwie usług komunalnych: Nie wychodź na lunch w pierwszym tygodniu, to zły sygnał.
– Nie ma obawy – uspokoiła Mae. – Nawet z toalety nie korzystałam.
Matka przewróciła oczami.
– Tak czy owak pozwól tylko, że powiem, jak bardzo jesteśmy dumni. Kochamy cię.
– Oraz Annie – dodał ojciec.
– Zgadza się. Kochamy ciebie i Annie.
Zjedli szybko, wiedząc, że ojciec Mae niebawem się zmęczy. Nalegał, by poszli na kolację do restauracji, chociaż u siebie rzadko

już to robił. Odczuwał permanentne zmęczenie, które nagle i bez zapowiedzi mogło przyprawić go niemal o zapaść. Podczas takich eskapad należało być gotowym do szybkiej ewakuacji, i tak też się stało przed zamówieniem deseru. Mae wróciła z nimi do pokoju i tam, wśród dziesiątek lalek właścicieli pensjonatu, porozkładanych wszędzie i czuwających nad gośćmi, wszyscy mogli się odprężyć, nie obawiając się ewentualnych problemów. Mae jeszcze nie przywykła do tego, że ojciec choruje na stwardnienie rozsiane. Diagnozę postawiono przed dwoma laty, choć symptomy choroby dało się zauważyć znacznie wcześniej. Ojciec połykał słowa, nie trafiał ręką gdzie trzeba, sięgając po różne rzeczy, i w końcu upadł, dwukrotnie, za każdym razem w holu ich domu, wyciągając rękę do klamki frontowych drzwi. Sprzedali więc parking z przyzwoitym zyskiem i teraz poświęcali czas radzeniu sobie z opieką nad chorym, co oznaczało studiowanie rachunków medycznych i walkę z towarzystwem ubezpieczeniowym przez co najmniej kilka godzin dziennie.

– Och, przedwczoraj widzieliśmy się z Mercerem – powiedziała jej matka, a ojciec się uśmiechnął. Mercer był kiedyś chłopakiem Mae, jednym z czterech, których miała na poważnie w szkole średniej i college'u. Jeśli jednak chodziło o jej rodziców, tylko on się liczył i tylko jego uznawali i pamiętali. Pomagał w tym fakt, że wciąż mieszkał w miasteczku.

– To dobrze – odparła Mae, pragnąc zakończyć ten temat. – Nadal robi żyrandole z poroży?

– Nie ekscytuj się tak – rzekł ojciec, słysząc jej zjadliwy ton. – Ma własną firmę. I nie żeby się przechwalał, ale najwyraźniej jego interes kwitnie.

Mae skinęła głową, by zmienić temat.

– Jak dotąd mam średnią ocen dziewięćdziesiąt siedem – powiedziała. – Podobno to rekord dla nowicjusza.

Na twarzach jej rodziców malowała się konsternacja. Ojciec zamrugał powoli. Nie mieli pojęcia, o czym mówi córka.

– A co to takiego, kochanie? – zapytał.

Mae dała spokój. Gdy usłyszała wypowiedziane przez siebie słowa, od razu pojęła, że wyjaśnianie sensu tego zdania zabierze jej zbyt dużo czasu.

– Jak sytuacja z ubezpieczeniem? – zapytała i natychmiast tego pożałowała. Po co zadawała takie pytania? Odpowiedź pochłonie całą noc.

– Niedobra – odparła matka. – Sama nie wiem. Mamy niewłaściwe ubezpieczenie. To znaczy, że oni po prostu nie chcą ubezpieczać twojego taty i chyba robią wszystko co mogą, żebyśmy zrezygnowali z polisy. Ale jak mamy zrezygnować? Nie mielibyśmy dokąd pójść.

Ojciec Mae wstał.

– Powiedz jej o recepcie.

– Och, no właśnie. Twój tata od dwóch lat zażywa copaxone, przeciwbólowo. Potrzebuje go. Bez niego...

– Ból staje się... nieznośny – dokończył ojciec.

– Ubezpieczyciel twierdzi, że nie jest tacie potrzebny. Nie jest na liście zatwierdzonych wcześniej leków. Mimo że zażywa go od dwóch lat!

– To wygląda na zbędne okrucieństwo – zauważył ojciec Mae.

– Nie zaproponowali innego rozwiązania. Niczego na ból!

Mae nie wiedziała, co powiedzieć.

– Przykro mi. Mogę poszukać jakichś innych możliwości w sieci? Chodzi mi o to, czy sprawdziliście, czy lekarze mogliby znaleźć inny lek, za który ubezpieczyciel zapłaci? Może jakiś zamiennik...

Ta rozmowa ciągnęła się przez godzinę i pod koniec Mae była wykończona. Stwardnienie rozsiane, bezsilność wobec szybkich postępów choroby, niemożność przywrócenia ojcu życia, które znał – to wszystko było dla niej torturą, lecz problem z ubezpieczeniem wydawał się czymś innym, niepotrzebną zbrodnią, dokładaniem cierpień. Czy ludzie z towarzystw ubezpieczeniowych nie zdawali sobie sprawy, że zaciemnianie przez nich sytuacji, odmowa udzielania świadczeń, wywołana przez nich frustracja tylko pogarszają stan ojca i zagrażają zdrowiu matki? W każdym razie było to nieskuteczne. Czas tracony na odmowę pokrycia kosztów leczenia, uzasadnianie jej, odprawianie ich z kwitkiem, przeszkadzanie – z pewnością łatwiej byłoby po prostu umożliwić jej rodzicom dostęp do odpowiedniej opieki.

– Dość tego – powiedziała matka. – Mamy dla ciebie niespodziankę. Gdzie to jest? Ty to masz, Vinnie?

Siedzieli na wysokim łóżku nakrytym wytartą pikowaną narzutą. Ojciec wręczył Mae mały zapakowany prezent. Wielkość i kształt pudełeczka sugerowały, że zawiera ono jakiś naszyjnik, ale Mae wiedziała, że to niemożliwe. Gdy zdjęła ozdobne opakowanie, otworzyła pokryte aksamitem pudełeczko i roześmiała się. Było to pióro, z gatunku tych ekskluzywnych, srebrnych i dziwnie ciężkich, które wymagają dbałości, napełniania i są przeważnie na pokaz.

– Nie martw się, nie kupiliśmy go – zastrzegł ojciec Mae.

– Vinnie! – jęknęła matka.

– Poważnie – potwierdził ojciec. – Mój przyjaciel dał mi je w zeszłym roku. Czuł się źle z tym, że nie mogę pracować. Nie wiem, do czego jego zdaniem miałbym go używać, skoro ledwie mogę pisać na maszynie. Ale ten gość nigdy nie był zbyt bystry.

– Pomyśleliśmy, że będzie dobrze wyglądało na twoim biurku – dodała matka.

– No i co, nie jesteśmy wspaniali? – rzekł ojciec.

Matka Mae się roześmiała, a co najistotniejsze, to samo zrobił jej mąż. Zarechotał głośno. W drugiej, spokojniejszej fazie ich rodzicielskiego życia ojciec stał się kpiarzem, człowiekiem, który śmiał się bez przerwy, ze wszystkiego. Śmiech ojca był głównym dźwiękiem towarzyszącym Mae, gdy była nastolatką. Ojciec zrywał boki z rzeczy, które były ewidentnie zabawne, i z takich, które u większości wywołałyby tylko grymas rozbawienia; śmiał się też wtedy, gdy powinien być zdenerwowany. Kiedy Mae źle się zachowywała, uważał, że to komiczne. Pewnej nocy przyłapał ją, jak wymykała się z domu przez okno sypialni, żeby zobaczyć się z Mercerem, i wówczas tarzał się niemal ze śmiechu. Wszystko było komiczne, wszystko w okresie jej dojrzewania sprawiało, że zaczynał rechotać. „Powinnaś była widzieć swoją minę, gdy mnie zobaczyłaś! Bezcenne!"

Potem jednak zdiagnozowano u niego stwardnienie rozsiane i ta skłonność do śmiechu zniknęła niemal zupełnie. Ból dokuczał mu nieprzerwanie. Ataki, przy których nie mógł wstać, bo nie ufał własnym nogom, powtarzały się zbyt często i były zbyt niebezpieczne. Raz w tygodniu lądował na izbie przyjęć. I w końcu, dzięki heroicznym staraniom swojej żony, trafił do kilku lekarzy, którym się chciało, otrzymał odpowiednie leki i jego stan się ustabilizował, przynajmniej na jakiś czas. A potem nastąpiły porażki w starciu z ubezpieczycielem, zejście do tego piekła opieki zdrowotnej.

Jednakże tego wieczoru ojciec był pełen życia, a matka dobrze się czuła, znalazłszy w maleńkiej kuchni pensjonatu odrobinę sherry, którym podzieliła się z Mae. Ojciec dość szybko zasnął w ubraniu, na narzucie, przy zapalonym świetle, gdy obie z matką wciąż jeszcze rozmawiały na głos. Kiedy zauważyły, że jest nieprzytomny, Mae przygotowała sobie spanie przy ich łóżku.

Spali do późnego rana i na lunch pojechali do taniej restauracji. Ojciec Mae jadł z apetytem, a ona obserwowała, jak matka udaje nonszalancję. Oboje rozmawiali o najnowszym dziwnym przedsięwzięciu biznesowym jej niesfornego stryja, polegającym chyba na hodowli homarów na poletkach ryżowych. Mae wiedziała, że matka cały czas boi się o ojca, który spożywał poza domem drugi posiłek z rzędu, i bacznie mu się przyglądała. Ojciec wyglądał na pogodnego, ale szybko opadł z sił.

– Zapłaćcie – rzekł – a ja pójdę położyć się na chwilę w samochodzie.

– Możemy ci pomóc – zaproponowała Mae, ale matka ją uciszyła. Ojciec już wstał i ruszył do drzwi restauracji.

– Męczy się. Wszystko w porządku – wyjaśniła matka. – Po prostu teraz zmienił się porządek. Odpoczywa. Robi różne rzeczy, spaceruje, je i przez jakiś czas się rusza, a potem odpoczywa. Prawdę mówiąc, robi to regularnie i bardzo go to uspokaja.

Zapłaciły rachunek i wyszły na parking. Mae dostrzegła przez szybę auta siwe pasma we włosach ojca. Prawie całą głowę miał poniżej ramy okna, odchylił fotel tak nisko, że znalazł się na tylnym siedzeniu. Gdy dotarły do samochodu, zobaczyły, że nie śpi i spogląda na krzyżujące się konary niczym niewyróżniającego się drzewa. Opuścił szybę i rzekł:

– Cóż, to było cudowne.

Mae pożegnała się i odeszła, zadowolona, że ma wolne popołudnie. Pojechała na zachód; dzień był słoneczny i spokojny, barwy przesuwającego się za oknem krajobrazu zwyczajne i czyste: błękity, żółcie i zielenie. Gdy zbliżyła się do wybrzeża, skręciła w stronę zatoki. Gdyby się pośpieszyła, mogłaby przez kilka godzin popływać kajakiem.

To Mercer wprowadził ją w ten sport, który wcześniej uważała za trudny i nudny. Siedzieć na powierzchni wody, usiłując poruszać tym dziwnym, przypominającym łopatkę do lodów wiosłem. Ciągłe skręcanie tułowia musiało być bolesne, a tempo wydawało się zdecydowanie zbyt wolne. Potem jednak spróbowała, z Mercerem, używając nie kajaka dla profesjonalistów, ale mniej wyszukanego modelu, w którym kajakarz siedział wyżej, z odsłoniętymi nogami i stopami. Wiosłowali po zatoce, poruszając się znacznie szybciej, niż się spodziewała. Widzieli foki oraz pelikany i Mae się przekonała, że to sport karygodnie niedoceniany, a zatoka jest niestety niewykorzystanym akwenem.

Wyruszali z maleńkiej plaży, w wypożyczalni nie wymagali od nich żadnego przeszkolenia, sprzętu i cackania się z kajakiem; płaciłeś po prostu piętnaście dolarów za godzinę i po kilku minutach znajdowałeś się na zimnych i czystych wodach zatoki.

Dzisiaj zjechała z szosy i skierowała się ku plaży, a tam okazało się, że woda jest spokojna i gładka jak celofan.

– Hej, ty.

Usłyszawszy te słowa, odwróciła się i ujrzała starszą kobietę o pałąkowatych nogach i mocno kręconych włosach. Była to Marion, właścicielka Dziewczęcych Rejsów. To ona była tym dziewczęciem – od piętnastu lat, odkąd wzbogaciwszy się na handlu materiałami biurowymi, uruchomiła tę firmę. Opowiedziała o tym Mae, gdy ta po raz pierwszy wypożyczyła u niej kajak, i opowiadała tę historię wszystkim, uważała bowiem za zabawne, że zarobiła pieniądze, sprzedając materiały biurowe, a otworzyła wypożyczalnię kajaków i desek z wiosłem. Mae nigdy nie zrozumiała, dlaczego Marion tak sądzi. Właścicielka wypożyczalni była jednak serdeczna i uczynna, nawet gdy Mae, jak dzisiaj, prosiła o kajak na kilka godzin przed zamknięciem.

– Na wodzie jest cudownie – powiedziała. – Tylko nie płyń daleko. – Pomogła Mae przeciągnąć kajak po piachu oraz kamieniach i wepchnąć na maleńkie fale. Zapięła jej kamizelkę ratunkową. – I pamiętaj, nie przeszkadzaj ludziom z łodzi mieszkalnych. Mają salony na wysokości twoich oczu, więc bez podglądania. Dać ci dzisiaj buty do pływania lub wiatrówkę? – zapytała. – Może zacząć wiać.

Mae odmówiła i wsiadła do kajaka, boso i w zapinanym na guziki sweterku oraz dżinsach, które miała na sobie podczas brunchu. W ciągu kilku sekund wypłynęła za linię rybackich łodzi, mijając fale przybojowe i ludzi wiosłujących na deskach, i znalazła się na otwartych wodach zatoki.

Nie widziała nikogo. Fakt, że ten akwen jest tak rzadko uczęszczany, sprawiał, że przez wiele miesięcy czuła się zbita z tropu. Nie spotykała tutaj skuterów wodnych. Zdarzali się nieliczni przypadkowi rybacy, od czasu do czasu jakaś motorówka, lecz żadnych narciarzy wodnych. Było trochę żaglówek, ale o wiele mniej, niż można by się spodziewać. Lodowata woda stanowiła tylko częściowe wytłumaczenie. Może po prostu w północnej Kalifornii ludzie mieli zbyt dużo innych rzeczy do robienia na wolnym powietrzu? Sprawa była zagadkowa, ale Mae nie narzekała. Dzięki temu miała więcej przestrzeni dla siebie.

Powiosłowała do gardzieli zatoki. Powierzchnia morza rzeczywiście zaczęła nieco się marszczyć i zimna woda zalewała jej stopy. To uczucie było tak przyjemne, że Mae wyciągnęła rękę, nabrała trochę wody w garść i zmoczyła nią twarz i kark. Gdy otworzyła oczy, sześć metrów przed sobą ujrzała fokę, wpatrzoną w nią niczym spokojny pies, na którego podwórko weszła. Miała zaokrągloną głowę, była szara i lśniąca jak polerowany marmur.

Mae trzymała wiosło na kolanach, obserwując przyglądające się jej zwierzę. Oczy foki przypominały czarne matowe guziki. Obie tkwiły nieruchomo. Były splecione nićmi wzajemnego szacunku i ta chwila, to, jak przeciągała się i rozkoszowała sobą, aż prosiła się o dalszy ciąg. Po cóż było się ruszać?

Wraz z podmuchem wiatru dotarł do niej gryzący zapach foki. Gdy Mae pływała ostatnim razem kajakiem, zauważyła, jak silną woń roztaczają te zwierzęta; było to połączenie zapachu tuńczyka i niemytego psa. Lepiej było znaleźć się od nawietrznej. Foka dała nura pod wodę, jakby nagle poczuła zażenowanie.

Mae nadal wiosłowała, oddalając się od brzegu. Postawiła sobie za cel dotarcie do czerwonej boi, którą spostrzegła w głębi zatoki, w miejscu, gdzie półwysep skręcał. Potrzebowałaby na to około trzydziestu minut, a po drodze minęłaby kilkadziesiąt zakotwiczonych barek i łodzi mieszkalnych. Wiele z nich przerobiono na różnego rodzaju domy; wiedziała, że nie powinna zaglądać do okien, ale nie umiała się opanować – ich pokłady kryły w sobie tajemnice. Dlaczego na tej barce stał motocykl? Dlaczego na tym jachcie powiewała flaga Konfederacji?

Wiatr wzmógł się, sprawiając, że szybko minęła czerwoną boję i zbliżyła się do przeciwległego brzegu. Nie planowała lądowania w tym miejscu, wcześniej nigdy też nie zdołała przepłynąć całej zatoki. Wkrótce jednak brzeg pojawił się w jej polu widzenia i szybko się zbliżał. Gdy woda zrobiła się płytsza, pokazały się morskie trawy.

Mae wyskoczyła z kajaka, pod stopami poczuła kamienie, gładkie i obłe. Kiedy wyciągała kajak na brzeg, poziom wody w zatoce podniósł się i woda zakryła jej nogi. Powodem nie była fala, ale raczej to, że lustro wody podniosło się nagle i równomiernie. Przed chwilą Mae stała na suchym brzegu, teraz zaś miała przemoczone spodnie, a woda sięgała jej goleni.

Gdy poziom wody znowu opadł, na brzegu został szeroki pas wodorostów skrzących się niczym klejnoty w świetle słońca – niebieskich, zielonych i chwilami opalizujących. Trzymała je w dłoniach, były gładkie, gumowate, z fantazyjnie pomarszczonymi brzegami. Miała mokre stopy, a woda była lodowata, ale to jej nie przeszkadzało. Usiadła na kamienistej plaży, podniosła jakiś patyk i przeciągnęła nim po stukających o siebie otoczakach. Wygrzebane spod nich maleńkie kraby czmychały poirytowane w poszukiwaniu nowego schronienia. Jakiś pelikan wylądował na brzegu, na pniu uschniętego drzewa, które zbielałe i pochylone wyrastało ze stalowoszarej wody, wskazując leniwie na niebo.

I wtedy Mae zaniosła się szlochem. Jej ojciec był w opłakanym stanie. Nie, to nieprawda. Radził sobie z tym wszystkim z nadzwyczajną godnością. Ale tego ranka było w nim jakieś ogromne znużenie, jakieś przygnębienie, pogodzenie się z losem, jakby wiedział, że nie może walczyć zarówno z tym, co się dzieje w jego ciele, jak i z firmami zarządzającymi opieką nad nim. A ona nie mogła nic dla niego zrobić. Nie, trzeba było zrobić dla niego zbyt dużo. Mogła zrezygnować z pracy. Mogła zrezygnować i pomóc rodzicom dzwonić i toczyć liczne batalie o utrzymanie go w dobrej kondycji. Właśnie tak postąpiłaby dobra córka. Dobra córka, jedynaczka, spędziłaby z nim następne trzy do pięciu lat, które mogły być ostatnimi latami, kiedy jeszcze będzie w stanie się poruszać, ostatnimi latami jego pełnej sprawności, pomagając mu, pomagając matce, będąc częścią rodzinnej machiny. Wiedziała jednak, że rodzice nie pozwolą jej tego wszystkiego zrobić. Nie dopuszczą do tego. A więc będzie tkwić między pracą, której potrzebuje i którą bardzo lubi, a rodzicami, którym nie może pomóc.

Dobrze było jednak się wypłakać, pozwolić, by drżały jej wstrząsane szlochem ramiona, czuć ciepło łez na policzkach, ich dziecięcy słony smak, wycierać smarki o spód koszuli. A gdy skończyła, znowu wypchnęła kajak na wodę i zaczęła energicznie wiosłować. Raz, na środku zatoki, przestała. Łzy jej obeschły, oddech stał się miarowy. Była spokojna i czuła się silna, zamiast jednak dotrzeć do czerwonej boi, która przestała ją już interesować, siedziała z wiosłem na kolanach, pozwalając, by fale kołysały delikatnie kajakiem, czując, jak ciepłe słońce osusza jej dłonie i stopy. Często robiła to z dala od brzegu – po prostu siedziała bez ruchu, wyczuwając ogrom oceanu pod sobą. W tej części zatoki były rekiny lamparcie, orlenie i meduzy, a od czasu do czasu trafiał się morświn, ale nie dostrzegła żadnego z nich. Skrywały się w ciemnej wodzie, w swoim czarnym równoległym świecie, a Mae dziwnie dobrze czuła się ze świadomością, że gdzieś tam są, ale nie wiadomo gdzie, i że tak naprawdę nic więcej o nich nie wie. W oddali widziała miejsce, w którym ujście zatoki prowadziło do oceanu, i zobaczyła tam wypływający na otwarte morze olbrzymi kontenerowiec, który przebijał się przez smugę niezbyt gęstej mgły. Pomyślała, by ruszyć dalej, ale uznała, że to bez sensu. Wydawało się, że nie ma powodu dokądkolwiek płynąć. W zupełności jej wystarczało, że była na środku zatoki, gdzie nie miała nic do zrobienia i zobaczenia. Została tam, dryfując powoli przez niemal godzinę. Od czasu do czasu czuła tę tuńczykowo-psią woń i obracała się, by ujrzeć kolejną ciekawską fokę; przyglądały się sobie nawzajem, a Mae się zastanawiała, czy foka, tak jak ona, wie, jakie to szczęście, że mają to wszystko dla siebie.

Późnym popołudniem wiatry znad Pacyfiku wzmogły się i powrót do brzegu ją zmęczył. Gdy dotarła do domu, ręce i nogi ciążyły jej jak ołów, a umysł pracował powoli. Przyrządziła sobie sałatkę i gapiąc się przez okno, zjadła pół torebki chrupek. O ósmej zasnęła i spała jedenaście godzin.

Zgodnie z ostrzeżeniami Dana ranek był pracowity. O ósmej zebrał wszystkich przedstawicieli Działu Doświadczeń Klienta, przypominając Mae oraz ponad stu pozostałym, że otwarcie zsypu w poniedziałek rano zawsze wiąże się z ryzykiem. Każdy klient, który w trakcie weekendu chciał otrzymać odpowiedź, z pewnością oczekiwał jej w poniedziałkowy ranek.

Dan miał rację. Zsyp się otworzył, lawina nadeszła i Mae zmagała się z nią do mniej więcej jedenastej; dopiero wtedy mogła nieco odetchnąć. Przyjęła czterdzieści dziewięć zapytań i uzyskała 91 punktów, najniższą jak dotąd ocenę łączną.

Nie przejmuj się, napisał Jared. *Dziś poniedziałek, to było do przewidzenia. Po prostu wyślij jak najwięcej ankiet uzupełniających.*

Mae robiła to przez całe przedpołudnie, z ograniczonym skutkiem. Klienci byli zrzędliwi. Jedyna dobra wiadomość tego ranka przyszła pocztą wewnętrzną, gdy pojawiło się zaproszenie na lunch od Francisa. Oficjalnie Mae oraz inni pracownicy działu mieli godzinę na posiłek, ale nie widziała, by ktokolwiek odchodził od biurka na dłużej niż dwadzieścia minut. Dała sobie tyle samo czasu, choć w głowie brzęczały jej słowa matki, która wyjście na lunch utożsamiała z drastycznym naruszeniem obowiązków.

Do Szklanej Knajpki dotarła spóźniona. Rozejrzała się uważnie i w końcu dostrzegła go kilka poziomów wyżej; siedział na wysokim stołku z pleksiglasu, dyndając nogami. Pomachała ręką, ale nie zdołała zwrócić na siebie jego uwagi. Zawołała jak najdyskretniej – na próżno. Po czym, czując się głupio, wysłała mu SMS i przyglądała się, jak Francis go odbiera, rozgląda się po stołówce, odnajduje ją wzrokiem i macha ręką. Odstała swoje w kolejce, kupiła wegetariańskie burrito oraz jakiś nowy organiczny napój gazowany i usiadła obok nowego znajomego. Miał na sobie wymiętą, czystą koszulę z przypinanym kołnierzykiem i robocze spodnie. Ze swojego stołka widział basen pod gołym niebem, w którym grupa pracowników grała w coś, co przypominało siatkówkę.

– Wysportowani to oni raczej nie są.

– Raczej nie – zgodziła się Mae. Gdy Francis się przyglądał, jak ludzie chaotycznie pluskają się na dole, ona starała się dopasować oblicze, które zapamiętała z pierwszej nocy w kampusie, do twarzy siedzącego przed nią mężczyzny. Widziała te same grube brwi, ten sam wydatny nos. Miała jednak wrażenie, że Francis się skurczył. Jego dłonie, przecinające nożem i widelcem burrito na pół, wydawały się niezwykle delikatne.

– To niemal perwersja – zauważył – mieć tutaj tyle obiektów sportowych, gdy ludziom brak jakichkolwiek predyspozycji do uprawiania sportu. To tak, jakby rodzina członków Stowarzyszenia Chrześcijańskiej Nauki mieszkała obok apteki. – Odwrócił się ku Mae i rzekł: – Dzięki, że przyszłaś. Byłem ciekaw, czy cię jeszcze zobaczę.

– Taak, mam mnóstwo pracy.

Francis wskazał na swój talerz.

– Nie chciałem, żeby wystygło. Przepraszam. Szczerze mówiąc, w ogóle nie liczyłem na to, że się zjawisz.

– Przepraszam za spóźnienie – odparła.

– Nie, wierz mi, rozumiem. Musisz się uporać z poniedziałkowym zalewem pytań. Tego oczekują klienci. Lunch to sprawa zupełnie drugorzędna.

– Muszę przyznać, że było mi przykro z powodu tego, jak zakończyła się nasza rozmowa tamtej nocy. Przepraszam za Annie.

– Naprawdę to zrobiłyście? Próbowałem znaleźć miejsce, z którego mógłbym was obserwować, ale...

– Nie.

– Pomyślałem, że jeżeli wdrapię się na drzewo...

– Nie, nie, to po prostu Annie. Jest idiotką.

– Idiotką, która przypadkiem należy do ścisłej elity intelektualnej firmy. Chciałbym być takim idiotą.

– Opowiadałeś o swoim dzieciństwie.

– O Boże. Mogę to złożyć na karb upojenia alkoholowego?

– Nie musisz mi nic mówić.

Mae czuła się okropnie. Wiedziała już, co zrobiła; liczyła na to, że Francis jej o wszystkim powie i będzie mogła poprzedni, otrzymany z drugiej ręki wariant jego historii zastąpić wersją usłyszaną bezpośrednio od niego.

– Nie, nie ma sprawy – odparł. – Poznałem sporo interesujących dorosłych, którym państwo płaciło za opiekę nade mną. To było niesamowite. Ile masz jeszcze czasu, dziesięć minut?

– Mam czas do pierwszej.

– Dobrze. Zatem jeszcze osiem minut. Jedz. Ja będę mówił. Ale nie o moim dzieciństwie. Wiesz już dość. Przypuszczam, że Annie wprowadziła cię we wszystkie makabryczne szczegóły. Lubi o tym opowiadać.

Tak więc Mae starała się zjeść jak najwięcej w jak najkrótszym czasie, podczas gdy Francis opowiadał o filmie, który obejrzał poprzedniego wieczoru w tutejszym kinie. Okazało się, że reżyserka przyjechała zaprezentować swe dzieło i po projekcji odpowiadała na pytania widzów.

– Film opowiadał o kobiecie, która zabija męża i dzieci. Podczas dyskusji okazało się, że reżyserka jest zaangażowana w przeciągającą się walkę ze swoim byłym mężem o prawo do opieki nad dziećmi. Wszyscy więc patrzyliśmy po sobie, zastanawiając się, czy ta kobieta rozwiązuje jakieś problemy na ekranie, czy też…

Mae się roześmiała, po czym, przypomniawszy sobie o potwornym dzieciństwie Francisa, ugryzła się w język.

– Nic się nie stało – rzekł Francis, domyślając się natychmiast, dlaczego przestała się śmiać. – Nie chcę, żebyś myślała, że masz chodzić wokół mnie na paluszkach. Minęło sporo czasu i gdybym nie czuł się pewnie na tym polu, nie pracowałbym nad ChildTrack.

– Cóż, mimo wszystko… przepraszam. Zawsze coś palnę. Projekt idzie zatem dobrze? Jak blisko jesteś…?

– Nadal jesteś taka rozdygotana emocjonalnie! Podoba mi się to – zauważył Francis.

– Podobają ci się rozdygotane emocjonalnie kobiety.

– Szczególnie te rozdygotane w mojej obecności. Chcę, żebyś chodziła na paluszkach, była rozdygotana emocjonalnie, onieśmielona, zakuta w kajdany i skłonna płaszczyć się przede mną na mój rozkaz.

Mae miała ochotę się roześmiać, ale okazało się, że nie potrafi. Francis wpatrywał się w talerz.

– Cholera. Ilekroć mój mózg parkuje równo na podjeździe, język wyjeżdża mi przez tylną ścianę garażu. Przepraszam. Przysięgam, że nad tym pracuję.

– Nie ma sprawy. Opowiedz mi o...

– ChildTrack. – Uniósł wzrok. – Naprawdę chcesz się czegoś o tym dowiedzieć?

– Tak.

– Bo gdy już każesz mi zacząć, poniedziałkowy zalew zapytań będzie przyjemnym wspomnieniem.

– Zostało nam pięć i pół minuty.

– Dobra, pamiętasz, jak próbowali wszczepiać implanty w Danii?

Mae pokręciła głową. Pamiętała jak przez mgłę straszne porwanie i zabójstwo dzieci...

Francis zerknął na zegarek, jakby wiedział, że wyjaśnianie sprawy z Danii pozbawi go minuty. Westchnął i zaczął mówić:

– A więc kilka lat temu rząd Danii starał się wdrożyć program, w którym dzieciom wszczepiano do nadgarstków chipy. To łatwe, zajmuje dwie sekundy, jest bezpieczne dla zdrowia i działa natychmiast. Rodzice przez cały czas wiedzą, gdzie są ich latorośle. Program ograniczono do dzieci poniżej lat czternastu i z początku wszyscy są zadowoleni. Sprawy sądowe schodzą z wokandy, ponieważ liczba zastrzeżeń jest znikoma, a poparcie dla tego rozwiązania w sondażach olbrzymie. Rodzicom bardzo się ono podoba. N a p r a w d ę podoba. Chodzi o dzieci, a przecież zrobilibyśmy wszystko, żeby zapewnić im bezpieczeństwo, prawda?

Mae skinęła głową, ale nagle sobie przypomniała, że ta historia miała makabryczny finał.

– Ale potem jednego dnia znika siedmioro dzieci. Policja, rodzice myślą: Ejże, nie ma problemu. Przecież wiemy, gdzie są. Po-

dążają za sygnałem chipów, ale gdy do nich docierają na pewnym parkingu, znajdują wszystkie siedem w papierowej torbie, wszystkie zbroczone krwią. Same chipy.
– Teraz pamiętam. – Mae zrobiło się niedobrze.
– Ciała odnajdują tydzień później, a wówczas ludzie wpadają w panikę. Wszyscy podchodzą do tego irracjonalnie. Uważają, że to chipy były powodem porwania i tych morderstw, że jakimś cudem sprowokowały zabójców, zrodziły silniejszą pokusę.
– To było potworne. I oznaczało koniec programu wszczepiania chipów.
– Owszem, ale ten sposób rozumowania pozbawiony był logiki. Szczególnie tutaj. Ile mamy uprowadzeń, dwanaście tysięcy rocznie? Ile morderstw? Problemem w tamtym przypadku było zbyt płytkie wszczepienie chipa. Każdy może go po prostu wyciąć z czyjegoś nadgarstka, jeśli tylko chce. To zbyt łatwe. Ale testy, które przeprowadzamy tutaj... Poznałaś Sabine?
– Tak.
– Cóż, jest członkiem zespołu. Sama ci tego nie zdradzi, ponieważ zajmuje się pokrewnymi sprawami, o których nie może mówić. Ale w tym przypadku wymyśliła sposób wszczepienia chipa w kość. To zaś zupełnie zmienia postać rzeczy.
– O cholera. W którą kość?
– To, jak sądzę, nie ma znaczenia. Krzywisz się.
Mae spróbowała przybrać obojętny wyraz twarzy.
– Oczywiście, to obłęd. Mam na myśli to, że niektórzy wkurzają się na myśl o chipach w naszych głowach, naszych ciałach, ale tu chodzi o rzecz równie nowoczesną jak walkie-talkie. Służy wyłącznie do informowania, gdzie coś się znajduje. Poza tym chipy już i tak są wszędzie. Co drugi kupowany wyrób ma jeden z tych miniaturowych układów scalonych. Kupujesz aparaturę stereo, ma chipa. Kupujesz samochód, ma ich całą masę. Niektóre firmy umieszczają chipy w opakowaniach produktów żywnościowych, żeby zapewnić im świeżość w momencie, gdy docierają na rynek. To po prostu zwy-

kły wskaźnik położenia. A gdy umieścisz go w kości, pozostaje tam i nie widać go gołym okiem, w odróżnieniu od tych w nadgarstkach.

Mae odłożyła swoje burrito i zapytała:

– Naprawdę w kości?

– Mae, pomyśl o świecie, w którym nigdy więcej nie mogłoby dojść do poważnego przestępstwa przeciwko dziecku. Stałoby się to niemożliwe. W chwili gdy dziecka nie ma tam, gdzie powinno być, wszczyna się powszechny alarm i można je natychmiast wytropić. I k a ż d y może to zrobić. Wszystkie służby wiedzą od razu, że dziecko zaginęło, ale też wiedzą dokładnie, gdzie się znajduje. Mogą zadzwonić do jego mamy i powiedzieć, że „córka właśnie weszła do galerii handlowej", albo w ciągu kilku sekund odnaleźć prześladowcę. Sprawca uprowadzenia mógłby jedynie liczyć na to, że ucieknie z dzieckiem do lasu, coś mu zrobi i zwieje, zanim zwali mu się na głowę cały świat. Miałby jednak na to około półtorej minuty.

– Chyba że zdołałby zablokować sygnał przesyłany z chipa.

– Oczywiście, tylko kto ma aż taką wprawę? Ilu jest pedofilów geniuszy elektroniki? Przypuszczalnie bardzo niewielu. Od razu zatem liczba uprowadzeń dzieci, gwałtów na nich i morderstw zmniejsza się o dziewięćdziesiąt dziewięć procent. A ceną za to jest wszczepienie dziecku chipa w kostce. Chcesz mieć żywe dziecko z chipem w kostce, dziecko, o którym wiesz, że będzie bezpiecznie dorastać, dziecko, które znowu może pobiec do parku, jeździć do szkoły rowerem, robić to wszystko?

– Zaraz dodasz: c z y t e ż...

– Zgadza się: czy też chcesz mieć martwego dzieciaka? Lub latami martwić się, ilekroć twoja pociecha idzie na przystanek autobusowy? Przepytaliśmy rodziców na całym świecie i gdy już przemogli początkowe opory, uzyskaliśmy osiemdziesiąt osiem procent odpowiedzi aprobujących. Z chwilą gdy sobie uświadomią, że to możliwe, krzyczą: „Czemu jeszcze tego nie mamy? Kiedy to się pojawi?". Przecież to zapoczątkuje nową złotą erę dla młodych ludzi. Erę wolną od obaw. Cholera. Jesteś już spóźniona. Spójrz.

Wskazał na zegar. Była 13:02.
Mae rzuciła się biegiem.

Popołudnie okazało się bezlitosne i Mae uzyskała zaledwie 93 punkty. Pod koniec dnia była wyczerpana. Spojrzała na drugi ekran i znalazła na nim wiadomość od Dana. *Masz chwilkę? Gina z Działu Mediów Społecznościowych miała nadzieję, że porwie cię na kilka minut.*

Odpisała mu tak: *Może za kwadrans? Mam do wysłania garść ankiet uzupełniających, a od południa nie miałam czasu się wysiusiać.* Była to prawda. Przez trzy godziny nie schodziła z fotela, a chciała również sprawdzić, czy zdoła poprawić swoją ocenę. Była pewna, że właśnie z powodu jej niskiej oceny łącznej Dan chce, by spotkała się z Giną.

Dan napisał jedynie: *Dziękuję Ci, Mae.* Analizowała te słowa w myślach, zmierzając do toalety. Czy dziękował jej, że za piętnaście minut będzie dostępna, czy też obszedł się z nią srogo, bo powiedziała mu za dużo na temat swej higieny intymnej?

Mae była już niemal w drzwiach toalety, gdy ujrzała mężczyznę w zielonych dżinsach rurkach i obcisłej koszuli z długimi rękawami, stojącego w korytarzu pod wysokim wąskim oknem i patrzącego na swój telefon. Skąpany w błękitnobiałym świetle, wydawał się czekać na wskazówki z ekranu aparatu.

Weszła do toalety.

Gdy skończyła, otworzyła drzwi i zastała go w tym samym miejscu; teraz patrzył przez okno.

– Wyglądasz, jakbyś się zgubił – powiedziała.

– Niee. Po prostu rozgryzam coś, zanim pójdę na górę. Pracujesz tu?

– Tak. Jestem nowa. W DK.

– DK?

– Doświadczenia Klienta.

– Racja. Kiedyś nazywaliśmy to obsługą klienta.

– Rozumiem więc, że ty nowy nie jesteś.
– Ja? Nie, nie. Spędziłem już tutaj trochę czasu. W tym budynku pracowałem nieco krócej. – Uśmiechnął się i spojrzał przez okno, a gdy odwrócił głowę, Mae mu się przyjrzała. Oczy miał ciemne, twarz owalną, włosy siwe, niemal białe, ale na pewno nie przekroczył trzydziestki. Był chudy, muskularny, a jego rurkowate spodnie i obcisła dżersejowa koszula sprawiały, że jego sylwetka przypominała namalowany szybkimi pociągnięciami pędzla znak kaligraficzny.

Mężczyzna obrócił się do niej ponownie, mrużąc oczy i drwiąc z siebie oraz swoich złych manier.

– Przepraszam. Jestem Kalden.
– Kalden?
– To tybetańskie imię – wyjaśnił. – Oznacza złote coś tam. Moi rodzice zawsze chcieli pojechać do Tybetu, ale nigdy nie dotarli dalej niż do Hongkongu. A jak ty masz na imię?
– Mae – odparła i podali sobie ręce. Uścisk jego dłoni był mocny, lecz zdawkowy. Nauczył się to robić, ale jak jej się wydawało, nie widział w tym sensu.

– Więc nie zabłądziłeś – powiedziała Mae, uświadamiając sobie, że ktoś czeka na nią przy jej biurku; a przecież tego dnia już raz się spóźniła.

Kalden to wyczuł.

– Och, musisz już iść. Mogę cię odprowadzić? Chcę po prostu zobaczyć, gdzie pracujesz.

– Hm – mruknęła, czując, że robi się bardzo niespokojna. – Jasne. – Gdyby nie była zorientowana i nie widziała sznurka z identyfikatorem na jego szyi, przypuszczałaby, że Kalden ze swą jednoznaczną, lecz nieukierunkowaną ciekawością jest albo kimś, kto trafił tu z ulicy, albo jakimś szpiegiem korporacyjnym. Ale nie miała o niczym pojęcia. Pracowała w Circle od tygodnia. To mógł być jakiś sprawdzian. Albo po prostu ekscentryczny kolega z firmy.

Mae poprowadziła go do swojego biurka.

– Bardzo tu czysto – zauważył.

– Wiem. Pamiętaj, że dopiero zaczęłam.

– Wiem również, że niektórzy Mędrcy lubią, gdy biurka w Circle są bardzo schludne. Widujesz ich tutaj?

– Kogo? Mędrców? – zapytała drwiąco Mae. – Tutaj nie. Przynajmniej na razie.

– Taak, rozumiem – rzekł Kalden i przykucnął z głową na wysokości jej ramienia. – Mogę zobaczyć, czym się zajmujesz?

– W pracy?

– Taak. Mogę się przyjrzeć? O ile oczywiście nie będzie cię to krępowało.

Mae się zawahała. Wszystko i wszyscy inni, z którymi miała styczność w Circle, stosowali się do logicznego modelu, do rytmu, ale Kalden był wybrykiem natury. Działał w innym rytmie, atonalnym i dziwnym, ale nie nieprzyjemnym. Miał szczerą twarz, łagodne oczy i skromne spojrzenie. Mówił tak cicho, że jakiekolwiek zagrożenie z jego strony wydawało się znikome.

– Oczywiście. Tak przypuszczam – odparła. – Ale to żadna atrakcja.

– Może tak, może nie.

Tak więc obserwował, jak Mae odpowiada na prośby klientów. Gdy po każdym na pozór nieciekawym zadaniu odwracała się do Kaldena, w jego oczach jasnym blaskiem odbijał się ekran, a twarz przybierała wyraz nabożnego skupienia, jakby w życiu nie widział nic ciekawszego. Ale w innych momentach wydawało się, że jest nieobecny myślami, że dostrzega coś, czego ona nie może zobaczyć. Patrzył w ekran, ale jego oczy widziały coś głęboko w nim ukrytego.

Pracowała dalej, a on dalej zadawał jej od czasu do czasu pytania: „A kto to był?", „Jak często się to zdarza?", „Czemu odpowiedziałaś w ten sposób?".

Przysunął się blisko Mae, zdecydowanie za blisko jak na normalną osobę ze zwyczajnym wyobrażeniem o granicach przestrzeni osobistej. Było jednak aż nadto jasne, że nie jest kimś tego typu, człowiekiem normalnym. Gdy obserwował ekran, czasem zaś palce Mae na klawiaturze, coraz bardziej zbliżał podbródek do jej ramienia, jego oddech był lekki, lecz słyszalny, a jego zapach, zwyczajna woń mydła i szamponu bananowego, dolatywał do niej wraz z wydychanym powietrzem. Wszystkie te doznania były tak osobliwe, że Mae śmiała się nerwowo co kilka sekund, nie wiedząc, co jeszcze zrobić. A potem wszystko się skończyło. Kalden odchrząknął, wstał i powiedział:

– Cóż, lepiej już sobie pójdę Po prostu się stąd wymknę. Nie chcę wybijać cię z rytmu pracy. Na pewno zobaczymy się jeszcze gdzieś w kampusie.

I zniknął.

Zanim Mae zdążyła przeanalizować cokolwiek z tego, co właśnie się wydarzyło, ujrzała obok siebie nową twarz.

– Cześć. Jestem Gina. Dan cię uprzedził, że przyjdę?

Mae skinęła głową, choć w ogóle o tym nie pamiętała. Spojrzała na Ginę, kobietę kilka lat starszą od niej, w nadziei że przypomni sobie coś o niej lub o tym spotkaniu. Oczy Giny, czarne i mocno podkreślone kredką i stalowoniebieskim cieniem do powiek, uśmiechały się do niej, choć Mae nie czuła, by z nich i samej Giny emanowało jakiekolwiek ciepło.

– Dan powiedział, że to dobry moment na założenie ci profilu na wszystkich portalach społecznościowych. Masz czas?

– Jasne – odparła Mae, mimo że nie miała go wcale.

– Zakładam, że w ubiegłym tygodniu byłaś zbyt zajęta, by założyć konto na firmowym portalu społecznościowym? I chyba nie skopiowałaś swojego starego profilu?

Mae przeklęła się w myślach.

– Przepraszam. Byłam dość przytłoczona tym wszystkim.

Gina zmarszczyła brwi.

Mae wycofała się ze swoich słów, maskując błąd w ocenie śmiechem.

– W pozytywnym sensie, rzecz jasna! Nie miałam jednak czasu na załatwienie nadprogramowych spraw.

Gina przechyliła głowę i odchrząknęła w teatralny sposób.

– To bardzo ciekawe, że tak to ujęłaś – powiedziała, uśmiechając się, choć nie sprawiała wrażenia zadowolonej. – W rzeczywistości uważamy twój profil i aktywność na portalu społecznościowym za nieodłączną część twojej pracy. Dzięki temu twoi współpracownicy, nawet ci z drugiego końca kampusu, wiedzą, kim jesteś. K o m u - n i k a c j a z pewnością nie jest sprawą nadprogramową, prawda?

Teraz Mae poczuła się zażenowana.

– Prawda – przyznała. – Oczywiście.

– Jeśli wejdziesz na stronę swojego współpracownika i napiszesz coś na tablicy, to jest to coś p o z y t y w n e g o. To akt w s p ó l n o - t o w y. Coś w rodzaju w y c i ą g n i ę c i a   r ę k i. I oczywiście nie muszę ci tłumaczyć, że ta firma istnieje za sprawą mediów społecznościowych, które ty uważasz za n a d p r o g r a m o w e. Sądziłam, że zanim tu trafiłaś, korzystałaś z naszych narzędzi komunikacyjnych.

Mae nie była pewna, co może powiedzieć, żeby ugłaskać Ginę. Była bardzo zajęta pracą i nie chciała, żeby wyglądało na to, że się od niej odrywa, odłożyła więc aktywację swojego profilu społecznościowego na później.

– Przepraszam – bąknęła. – Nie to chciałam powiedzieć. Tak naprawdę uważam, że to kluczowa sprawa. Po prostu aklimatyzowałam się w pracy i chciałam się skupić na zapoznaniu się z moimi obowiązkami.

Gina wpadła już jednak w trans i nie zamierzała przestać, dopóki nie skończy swej myśli.

– Zdajesz sobie sprawę, że wspólnota wiąże się ze wzajemną komunikacją, a w języku angielskim słowa te mają tę samą podstawę słowotwórczą, *communis*, co po łacinie znaczy wspólny, publiczny, przyjęty przez wszystkich lub wielu?

Serce Mae waliło jak młot.

– Bardzo mi przykro, Gino. Walczyłam o to, żeby dostać tu pracę. Ja to wszystko wiem. Jestem tu, ponieważ wierzę we wszystko, co powiedziałaś. Po prostu w zeszłym tygodniu byłam w lekkim szoku i nie miałam okazji założyć profilu.

– W porządku. Ale od tej chwili bądź po prostu świadoma, że obecność na portalu społecznościowym i wszystkich powiązanych z nim kontach... to jeden z powodów, dlaczego tu jesteś. Uważamy, że twoja obecność w sieci stanowi integralną część twojej pracy. To wszystko się ze sobą wiąże.

– Wiem. Jeszcze raz przepraszam, że tak nieodpowiednio się wyraziłam.

– Dobrze. W porządku, zacznijmy od założenia tego profilu. – Gina sięgnęła nad ścianką dzielącą stanowisko pracy Mae od sąsiedniego i wzięła stamtąd monitor, większy od drugiego monitora Mae. Szybko ustawiła go na biurku i podłączyła do komputera. – Dobra. Drugi monitor będzie ci umożliwiał utrzymywanie kontaktu z zespołem. I służył wyłącznie do celów służbowych. Trzeci monitor przeznaczony jest na twoją aktywność społecznościową w firmowym Circle i twoim szerszym Circle. Czy to brzmi zrozumiale?

– Tak.

Mae się przyglądała, jak Gina włącza monitor, i poczuła dreszcz emocji. Nigdy wcześniej nie miała tak rozbudowanego zestawu urządzeń. Trzy monitory dla kogoś usytuowanego tak nisko w hierarchii służbowej! Coś takiego było możliwe tylko w Circle.

– W porządku, najpierw wrócimy do drugiego ekranu – oznajmiła Gina. – Podejrzewam, że nie aktywowałaś jeszcze firmowej przeglądarki. Zróbmy to teraz. – Na ekranie pojawiła się szczegółowa trójwymiarowa mapa kampusu. – To dość proste i w razie konieczności bezpośredniej rozmowy pozwala znaleźć na terenie kampusu każdą osobę.

Gina wskazała na pulsującą czerwoną kropkę.

– Jesteś tutaj. Rozgrzana do czerwoności! Żartuję. – Sądząc chyba, że przyznanie się do żartów może być potraktowane jako rzecz niestosowna, Gina szybko przeszła do kolejnej kwestii: – Nie wspominałaś przypadkiem, że znasz Annie? Wpiszmy jej nazwisko. – Na Dzikim Zachodzie pojawiła się niebieska kropka. – A to ci niespodzianka! Jest w swoim biurze. Annie jest niezmordowana.

Mae się uśmiechnęła.
- O tak.
- Bardzo ci zazdroszczę, że tak dobrze ją znasz – powiedziała Gina, uśmiechając się wprawdzie, ale tylko przez chwilę i bez przekonania. – A tutaj masz fajną nową aplikację, która codziennie przedstawia nam coś w rodzaju historii tego, co się dzieje w budynku. Widać, kiedy każdy pracownik przyszedł do pracy i kiedy opuścił biurowiec. To nam daje naprawdę przyjemne poczucie uczestnictwa w życiu firmy. Oczywiście tej części nie musisz sama aktualizować. Jeśli pójdziesz na basen, twój identyfikator automatycznie podaje twoje położenie w kanale informacyjnym. Nie licząc informacji o tym, że gdzieś poszłaś, wszelkie dodatkowe komentarze zależą od ciebie i oczywiście są mile widziane.
- Komentarze? – zdziwiła się Mae.
- No wiesz, na przykład, co sądzisz o lunchu, o nowym przyrządzie w siłowni, cokolwiek. Po prostu podstawowe oceny, lajki i uwagi. Nic nadzwyczajnego, a oczywiście wszystkie dane pomagają nam lepiej służyć firmowej społeczności. Komentarze umieszcza się w tym właśnie miejscu – powiedziała Gina i pokazała, że można kliknąć na kontur każdego budynku i pomieszczenia, a w nim dodać wszelkie uwagi o czymkolwiek i kimkolwiek. – To zatem twój drugi monitor. Zawiera dane o twoich współpracownikach, twoim zespole, o tym, gdzie znajdują się ludzie. A teraz przechodzimy do naprawdę fajnych rzeczy. Monitor numer trzy. Tu właśnie pojawiają się ślady twojej aktywności na portalu społecznościowym i posługiwania się komunikatorem internetowym. Słyszałam, że go nie używasz?

Mae potwierdziła, ale powiedziała, że chce to zmienić.
- Świetnie – stwierdziła Gina. – Więc teraz masz na nim konto. Wymyśliłam ci imię: MaeDay. Jak rocznica jakiejś bitwy. Prawda, że fajne?

Mae nie była przekonana do tego pomysłu i nie mogła sobie przypomnieć żadnej rocznicy o tej nazwie.

– Podłączyłam też twoje konto w komunikatorze do całej społeczności Circle, zatem właśnie zyskałaś dziesięć tysięcy czterdziestu jeden obserwatorów! Niezły szpan. Jeśli chodzi o twoją aktywność, oczekiwalibyśmy około dziesięciu komunikatów dziennie, ale to w zasadzie minimum. Jestem pewna, że będziesz miała więcej do powiedzenia. Och, a tutaj jest twoja playlista. Gdy słuchasz muzyki podczas pracy, ta lista zostaje automatycznie przesłana kanałem informacyjnym do wszystkich innych i wchodzi w skład listy zbiorczej, która stanowi ranking najczęściej odtwarzanych piosenek w danym dniu, tygodniu i miesiącu. Zawiera sto najpopularniejszych utworów w kampusie, ale można także dzielić ją na setki sposobów: najczęściej odtwarzane piosenki hiphopowe, niezależne produkcje, country, dowolny gatunek. Otrzymasz rekomendacje oparte na tym, co puszczasz sama i czego słuchają osoby o zbliżonych upodobaniach. Wszystko to ma miejsce, gdy pracujesz. Rozumiesz?

Mae skinęła głową.

– Obok kanału informacyjnego komunikatora masz okno z głównymi społecznościowymi kanałami informacyjnymi. Przekonasz się, że dzielimy je na dwie części: wewnętrzny kanał CircleW oraz kanał zewnętrzny, czyli twoje CircleZ. Czyż to nie piękne? Możesz je scalić, ale uważamy, że dobrze jest widzieć dwa odrębne kanały. Ale oczywiście CircleZ pozostaje w obrębie Circle, prawda? Wszystko w nim pozostaje. Czy na razie brzmi to sensownie?

Mae przyznała, że tak.

– Nie mogę uwierzyć, że jesteś tu od tygodnia i jeszcze nie odwiedziłaś głównego społecznościowego kanału informacyjnego. Za chwilę twój świat zadrży w posadach. – Gina stuknęła w monitor i strumień informacji CircleW przekształcił się w rzekę wiadomości płynącą przez ekran monitora. – Widzisz? Otrzymujesz także wszystkie zaległości z ubiegłego tygodnia. Właśnie dlatego jest tego aż tyle. No, no, naprawdę sporo straciłaś.

Mae śledziła wzrokiem wskazania licznika u dołu ekranu rejestrującego wszystkie wiadomości przesłane jej od wszystkich innych użytkowników Circle. Licznik zatrzymał się na liczbie 1200. Potem wyświetlił 4400. Liczba wiadomości powoli, z pewnymi przerwami rosła, by w końcu osiągnąć poziom 8276.

– To wiadomości z ubiegłego tygodnia? Osiem tysięcy?

– Możesz nadrobić zaległości – odparła radośnie Gina. – Może nawet dziś wieczorem. A teraz stwórzmy ci stałe konto społecznościowe. Nazywamy je CircleZ, ale zawiera ten sam profil, te same informacje, jakie masz tam od lat. Pozwolisz, że je otworzę?

Mae nie miała nic przeciwko temu. Obserwowała, jak jej profil społecznościowy, który stworzyła wiele lat temu, ukazał się na trzecim monitorze, obok informacji z CircleW. Kaskada wiadomości i zdjęć, w sumie kilkaset sztuk, zapełniła ekran.

– W porządku, wygląda na to, że tutaj też masz do nadrobienia trochę zaległości – zauważyła Gina. – Ale uczta! Baw się dobrze.

– Dziękuję – odparła Mae, starając się wykrzesać z siebie maksimum entuzjazmu. Musiała zaskarbić sobie sympatię Giny.

– Zaczekaj. Jeszcze jedno. Powinnam ci wyjaśnić, które wiadomości są najważniejsze. Cholera, o mały włos bym o tym zapomniała. Dan by mnie zabił. W porządku, wiesz zatem, że priorytetowe są twoje obowiązki związane z wiadomościami pojawiającymi się na pierwszym ekranie. Musimy służyć naszym klientom z pełną uwagą i całym sercem. To chyba zrozumiałe.

– Owszem.

– Na drugim ekranie możesz dostawać wiadomości od Dana i Jareda bądź od Annie lub wszystkich osób bezpośrednio nadzorujących twą pracę. Te wiadomości zawierają bieżące oceny jakości twoich usług. Tak więc one pod względem ważności znajdują się na drugim miejscu. Jasne?

– Jasne.

– Trzeci ekran to wiadomości na twoim społecznościowym kanale informacyjnym, CircleW i Z. Nie są jednak, że tak powiem, zbyteczne. Mają równie duże znaczenie, jak wszystkie inne wiadomości, ale pod względem ważności plasują się na trzecim miejscu.

Niekiedy bywają pilne. Obserwuj zwłaszcza wewnętrzny kanał informacyjny, bo właśnie stąd będziesz się dowiadywać o spotkaniach personelu, obowiązkowych zebraniach oraz otrzymywać wszystkie wiadomości z ostatniej chwili. Gdy pojawi się powiadomienie w sprawie naprawdę niecierpiącej zwłoki, będzie zaznaczone na pomarańczowo. Coś niezmiernie pilnego spowoduje, że otrzymasz również wiadomość na telefon. Masz go stale na widoku? – Mae wskazała ruchem głowy aparat leżący na blacie biurka tuż pod jednym z monitorów. – To dobrze – stwierdziła Gina. – Więc to są priorytety, a czwartym jest aktywność na twoim własnym koncie społecznościowym CircleZ. Jest to równie ważne jak inne sprawy, ponieważ doceniamy znaczenie równowagi między twoim życiem a pracą, między twoim życiem w sieci tutaj, w firmie, a życiem poza nią. Mam nadzieję, że to jasne. Czy tak?

– Tak.

– Dobrze. Myślę więc, że jesteś gotowa. Jakieś pytania?

Mae odparła, że już wszystko wie.

Gina przekrzywiła sceptycznie głowę, dając do zrozumienia, że zdaje sobie sprawę, iż Mae tak naprawdę ma wiele pytań, ale nie chce ich zadać z obawy, że wyjdzie na niedoinformowaną. Wstała, uśmiechnęła się i cofnęła o krok, ale potem znieruchomiała.

– Cholera, zapomniałam o jeszcze jednej sprawie – powiedziała, przykucnęła obok Mae, pisała coś przez kilka sekund i na trzecim ekranie obok imienia i nazwiska Mae ukazała się liczba bardzo przypominająca ocenę łączną jej pracy w Dziale Doświadczeń Klienta. Mae Holland: 10 328. – To jest poziom twojej partycypacji, w skrócie PozPart. Niektórzy w firmie nazywają ten wskaźnik poziomem popularności, ale w rzeczywistości nie chodzi o popularność. To po prostu generowana algorytmicznie liczba, która uwzględnia całą twoją aktywność w CircleW. Rozumiesz?

– Chyba tak.

– Ów wskaźnik uwzględnia komunikaty w sieci, obserwatorów z zewnątrz śledzących twoje komunikaty wewnątrzfirmowe, komentarze na temat twoich komunikatów, twoje komentarze na temat komunikatów innych osób oraz na temat profili innych pracowników Circle, zamieszczone przez ciebie zdjęcia, obecność na firmowych imprezach, komentarze i zamieszczone zdjęcia z tych imprez. W zasadzie sumuje on wszystko, co tutaj robisz, i o tym zaświadcza. Oczywiście najaktywniejsi pracownicy Circle są sklasyfikowani najwyżej. Jak widzisz, twój wskaźnik jest obecnie niski, ale to dlatego, że jesteś nowa i dopiero aktywowaliśmy twój społecznościowy kanał informacyjny. Ilekroć jednak zamieszczasz coś w sieci, komentujesz lub w czymś uczestniczysz, jest to brane pod uwagę i zobaczysz, że twój wskaźnik zmienia się stosownie do tego. Wtedy właśnie masz frajdę. Zamieszczasz coś, pniesz się w rankingach. Twój post spodoba się masie osób i wtedy naprawdę gwałtownie awansujesz. To się zmienia przez cały dzień. Fajne?

– Bardzo – odparła Mae.

– Na początku dodaliśmy ci trochę punktów dla zachęty… W przeciwnym razie byłabyś na ostatnim miejscu. I powtarzam, podajemy ten wskaźnik tylko dla zabawy. Nie jesteś oceniana na podstawie swojej pozycji w rankingu lub czegoś takiego. Oczywiście niektórzy pracownicy traktują to bardzo poważnie i bardzo lubimy, gdy ludzie chcą uczestniczyć w życiu firmy, ale ten wskaźnik stanowi tylko fajny sposób, by zobaczyć, jak twoja aktywność prezentuje się w zestawieniu z całą społecznością Circle. W porządku?

– Tak.

– Więc dobrze. Wiesz, jak mnie złapać.

To powiedziawszy, Gina odwróciła się i wyszła.

Mae otworzyła strumień wiadomości wewnątrzfirmowych i zaczęła lekturę. Była zdecydowana przebić się tego wieczoru przez wszystkie zapisy na wewnętrznych i zewnętrznych kanałach informacyjnych. Natrafiała na firmowe wiadomości o jadłospisie na każdy dzień, codzienną prognozę pogody, codzienne cytaty z mądrych ludzi – ubiegłotygodniowe aforyzmy pochodziły z wypowiedzi Martina Luthera Kinga, Gandhiego, Salka, Matki Teresy oraz Steve'a Jobsa. Czytała powiadomienia o wizytach w kampusie: przedstawicieli agencji adopcji zwierząt domowych, członka stanowego senatu, kongresmena z Tennessee, dyrektora Médecins Sans Frontières. Skonstatowała z wielkim żalem, że tego właśnie ranka przegapiła wizytę Muhammada Yunusa, laureata Nagrody Nobla. Brnęła przez wszystkie wiadomości, szukając jakiejkolwiek, której nadawca mógł oczekiwać od niej odpowiedzi. Były wśród nich ankiety, co najmniej pięćdziesiąt, sondujące opinie pracowników Circle na temat polityki firmy, najdogodniejszych terminów przyszłych zebrań, grup dyskusyjnych, obchodów i przerw urlopowych. W Circle działały dziesiątki klubów zabiegających o nowych członków i zawiadamiających wszystkich o planowanych zebraniach: grupy właścicieli kotów – co najmniej dziesięć – kilka grup właścicieli królików, sześć grup posiadaczy gadów, w tym cztery ograniczające się wyłącznie do węży. Najczęściej występowały grupy skupiające właścicieli psów. Naliczyła ich dwadzieścia dwie, ale była pewna, że jest ich więcej. Jedna z nich, Szczęśliwe Pieski Salonowe, przeznaczona dla posiadaczy bardzo małych szczekających czworonogów, chciała się dowiedzieć, ile osób zainteresowanych spacerami, pieszymi wycieczkami i pomocą wstąpi do klubu weekendowego; Mae zignorowała tę wiadomość. Po czym, uświadomiwszy sobie, że to sprowokuje tylko kolejną, pilniejszą, wyjaśniła, że nie ma psa. Poproszono ją o podpisanie petycji w sprawie zwiększenia liczby potraw wegańskich w obiadowym jadłospisie – zrobiła to. Otrzymała dziewięć wiadomości od różnych grup roboczych działających w ramach firmy z prośbami o zapisanie się do ich podgrup Circle w celu uzyskania najświeższych informacji na bardziej konkretne tematy i podzielenia się nimi. Na razie zapisała się do podgrup poświęconych szydełkowaniu, piłce nożnej oraz Hitchcockowi.

Wyglądało na to, że istnieje sto grup rodzicielskich: rodziców świeżo upieczonych, rozwiedzionych, rodziców dzieci autystycznych, rodziców, którzy adoptowali dzieci z Gwatemali, Etiopii i Rosji. Było siedem grup dla adeptów komedii improwizowanej, dziewięć drużyn pływackich – w ubiegłą środę odbył się mityng pracowniczy z udziałem setek pływaków i sto wiadomości dotyczyło tych zawodów, tego, kto wygrał, jakiejś wpadki z ogłoszeniem wyników i wizyty mediatora w kampusie celem rozstrzygnięcia zaległych kwestii lub skarg. Co najmniej dziesięć razy dziennie miały miejsce wizyty firm prezentujących nowatorskie wyroby. Nowe oszczędne samochody. Nowe tenisówki produkowane zgodnie z zasadami uczciwej konkurencji. Nowe rakiety tenisowe od lokalnych wytwórców. Odbywały się zebrania wszelkich możliwych działów: badań i rozwoju, przeglądarek internetowych, mediów społecznościowych, pomocy potrzebującym, profesjonalnego nawiązywania kontaktów, działalności charytatywnej, sprzedaży reklam. Poczuwszy gwałtowny ucisk w żołądku, Mae stwierdziła, że przeoczyła zebranie dla wszystkich nowicjuszy, uważane za „w zasadzie obowiązkowe". Odbyło się w zeszły czwartek. Czemu nikt jej nie powiedział? Cóż, głupia, odpowiedziała sobie sama, przecież ci powiedzieli. Właśnie tu.

– Cholera – mruknęła pod nosem.

Do dziesiątej wieczorem uporała się z lekturą wszystkich wewnątrzfirmowych wiadomości i alertów i teraz przeszła na własne konto CircleW. Nie zaglądała tam od sześciu dni i znalazła sto osiemnaście nowych powiadomień tylko z tego dnia. Postanowiła przez nie przebrnąć, zaczynając od najnowszych. Całkiem niedawno jedna z jej znajomych z college'u zamieściła wpis na temat swojej grypy żołądkowej i sprowokowała nim długi ciąg komentarzy, w których pozostałe znajome proponowały lekarstwa, niektóre wyrażały współczucie, a inne zamieszczały zdjęcia mające poprawić jej humor. Dwa z nich oraz trzy komentarze zalajkowała, zamieściła własne życzenia powrotu do zdrowia i wysłała link do znalezionej w sieci piosenki *Rzygająca Sally*. Zapoczątkowała nowy wątek, pięćdziesiąt cztery powiadomienia, w sprawie piosenki i zespołu, który ją napisał. Pewien znajomy zabierający głos w tym wątku stwierdził, że zna basistę zespołu, a potem wciągnął go w dyskusję. Basista, Damien Ghilotti, mieszkał w Nowej Zelandii, był teraz inżynierem dźwięku w jakimś studio, ale ucieszył się na wieść, że *Rzygająca Sally* nadal wywołuje oddźwięk u chorych na grypę żołądkową. Jego wpis uradował dyskutujących i pojawiło się kolejne sto dwadzieścia dziewięć powiadomień, wszyscy ekscytowali się wiadomością od muzyka, a pod koniec wątku Damien Ghilotti został zaproszony do występu na jakimś weselu, jeśli miałby na to ochotę, oraz do wizyt w Boulder, Bath, Gainesville bądź w St. Charles w stanie Illinois, gdyby kiedykolwiek tamtędy przejeżdżał i szukał noclegu oraz domowego posiłku. Po wzmiance o St. Charles ktoś zapytał, czy jakiś jego mieszkaniec słyszał o Timie Jenkinsie, który walczy w Afganistanie; widział wzmiankę o jakimś chłopaku z Illinois zastrzelonym przez afgańskiego powstańca udającego funkcjonariusza miejscowej policji. Sześćdziesiąt wiadomości później respondenci ustalili, że chodzi o innego Tima Jenkinsa, z Rantoul, a nie z St. Charles. Wszyscy odetchnęli z ulgą, ale niebawem ten wątek ustąpił miejsca zbiorowej debacie na temat skuteczności działań wojennych w Afganistanie, polityki zagranicznej USA w ogóle, tego, czy zwyciężyliśmy w Wietnamie, na Grenadzie lub nawet w pierwszej wojnie światowej, oraz tego, czy Afgańczycy są w stanie sami rządzić swoim krajem; dyskutowano także o finansujących powstańców handlarzach opium i o możliwości legalizacji wszystkich niedozwolonych narkotyków w Ameryce i Europie. Ktoś wspomniał o przydatności marihuany w łagodzeniu skutków jaskry, a ktoś inny o tym, że pomaga też chorym na stwardnienie rozsiane, po czym wywiązała się gorączkowa wymiana zdań między trojgiem osób, których krewni cierpieli na tę chorobę. Mae, czując, że w jej sercu otwiera się mroczna otchłań, wylogowała się.

Oczy same jej się zamykały. Chociaż przebrnęła jedynie przez trzydniową porcję swoich społecznościowych zaległości, wyłączyła komputer i ruszyła w stronę parkingu.

We wtorek rano Mae była mniej zawalona pracą niż w poniedziałek, ale aktywność na trzecim ekranie sprawiła, że przez pierwsze trzy godziny tego dnia nie ruszyła się z fotela. Zanim otrzymała trzeci monitor, między momentem, w którym odpowiedziała na zapytanie, a momentem, gdy się dowiadywała, czy odpowiedź była zadowalająca, miała chwilę spokoju, dziesięć, może dwanaście sekund; wykorzystywała ten czas na zapamiętanie gotowców, załatwienie kilku ankiet uzupełniających i od czasu do czasu sprawdzenie wiadomości w telefonie. Teraz jednak praca stała się jeszcze większym wyzwaniem. Co kilka minut na trzeci ekran trafiało czterdzieści nowych wiadomości z CircleW oraz około piętnastu wpisów i komunikatów z CircleZ i Mae wykorzystywała każdą chwilę przestoju, by szybko przejrzeć ich zawartość, upewnić się, że nie ma w nich nic, co wymaga jej natychmiastowej reakcji, a potem wrócić spojrzeniem na główny ekran.

Tuż przed południem napływ informacji utrzymywał się na rozsądnym poziomie, wprawiającym ją wręcz w radosny nastrój. W Circle tyle się działo, tyle było w nim człowieczeństwa i pozytywnych uczuć i na tylu obszarach wytyczało nowe drogi, że Mae doskonaliła się przez samą obecność w pobliżu jego pracowników. Przypominało dobrze prowadzony sklep z żywnością ekologiczną: kupując w nim, wiedziałeś, że będziesz zdrowszy, nie mogłeś dokonać złego wyboru, ponieważ wszystko już dokładnie sprawdzono. W podobny sposób dokonano selekcji w Circle i dzięki temu firmowa pula genetyczna była wyjątkowa, a potencjał intelektualny fenomenalny. Było to miejsce, w którym wszyscy, nieustannie i z wielką pasją, dokładali starań, by doskonalić siebie samych i siebie nawzajem, by dzielić się swoją wiedzą oraz rozpowszechniać ją na świecie.

W porze lunchu Mae była już wykończona i tęsknie czekała na chwilę, gdy z objawami otępienia umysłowego usiądzie na godzinę na trawniku wraz z Annie, która bardzo na to nalegała.

Ale za dziesięć dwunasta na drugim ekranie pojawiła się wiadomość od Dana: *Masz kilka minut?*

Uprzedziła Annie, że może się spóźnić, i gdy przyszła do gabinetu Dana, ten opierał się o futrynę. Uśmiechnął się do niej współczująco, ale uczynił to ze zmarszczoną brwią, jakby Mae miała w sobie coś, co wprawiało go w zakłopotanie, coś, czego nie umiał wytłumaczyć. Wskazał ręką gabinet, a Mae wślizgnęła się obok. Zamknął drzwi i rzekł:

– Usiądź, Mae. Zakładam, że znasz Alistaira?

Mae nie zauważyła wcześniej mężczyzny siedzącego w kącie gabinetu, ale teraz, gdy go zobaczyła, okazało się, że go nie zna. Był wysoki, przed trzydziestką, ze starannie ułożonymi w wicherek piaskowobrązowymi włosami. Usadowił się w zaokrąglonym fotelu, jego chude ciało spoczywało w nim sztywno niczym ułożona na ukos drewniana kantówka. Nie wstał, żeby się przywitać, więc Mae wyciągnęła do niego rękę i powiedziała:

– Bardzo mi miło.

Alistair westchnął z rezygnacją i wyciągnął rękę z taką miną, jakby miał dotknąć jakiegoś wyrzuconego na brzeg, butwiejącego kawałka pnia.

Zaschło jej w ustach. Musiało się stać coś bardzo niedobrego.

Dan usiadł za biurkiem.

– No, mam nadzieję, że uda nam się jak najszybciej to naprawić – rzekł. – Chciałabyś zacząć, Mae?

Dwaj mężczyźni skierowali na nią wzrok. Spojrzenie Dana było spokojne, natomiast Alistaira pełne urazy, ale i wyczekiwania. Mae nie wiedziała, co powiedzieć, nie miała pojęcia, co się dzieje. Milczenie ciążyło jej coraz bardziej, Alistair zaś mrugał jak szalony, powstrzymując łzy.

– To nie do wiary – wykrztusił.

Dan odwrócił się do niego i powiedział:
– Alistairze, daj spokój. Wiemy, że cierpisz, ale zachowajmy do tego dystans.
Dan zwrócił się do Mae:
– Zwrócę uwagę na to, co oczywiste. Chodzi o portugalski brunch Alistaira.

Dan pozwolił, by te słowa wybrzmiały, spodziewając się, że Mae włączy się w rozmowę, lecz Mae nie wiedziała, co znaczy zwrot „portugalski brunch Alistaira". Czy mogła przyznać, że nie ma pojęcia? Wiedziała, że nie. Nie zareagowała na ten wpis. To musiało się z tym jakoś wiązać.

– Przepraszam – powiedziała. Wiedziała, że musi dreptać w miejscu do czasu, aż zdoła wywnioskować, o co w tym wszystkim chodzi.

– To dobry wstęp – stwierdził Dan. – Zgadzasz się, Alistairze?
Chudzielec wzruszył ramionami.

Mae nadal szukała po omacku. Co wiedziała? Na pewno odbył się jakiś brunch. I najwyraźniej jej na nim zabrakło. Brunch zaplanowany został przez Alistaira i teraz było mu przykro. Tego wszystkiego można było się domyślić.

– Żałuję, że nie przyszłam – zaryzykowała i natychmiast spostrzegła lekkie oznaki zrozumienia na ich obliczach. Trafiła na jakiś trop. – Nie byłam jednak pewna, czy... – Teraz postanowiła zaryzykować. – Nie byłam pewna, czy jako nowa jestem tam mile widziana.

Oblicza mężczyzn złagodniały. Mae się uśmiechnęła, wiedząc, że uderzyła w odpowiedni ton. Dan pokręcił głową, zadowolony z tego, że jego przypuszczenie – iż Mae nie jest osobą z natury złą – się potwierdziło. Wstał z fotela, obszedł biurko i oparł się o jego blat.

– Czyż nie zadbaliśmy o to, byś czuła się mile widziana? – zapytał.
– Ależ tak! Naprawdę. Nie jestem jednak członkinią zespołu Alistaira i nie miałam całkowitej pewności, jakie obowiązują zasady, no wiesz, czy członkowie jednego zespołu uczestniczą w brunchach bardziej doświadczonych członków innych zespołów.

Dan skinął głową.

– Widzisz, Alistairze? Mówiłem, że z łatwością to wyjaśnimy.

Teraz Alistair siedział prosto, jakby był gotów znowu włączyć się do rozmowy.

– Cóż, jasne, że jesteś mile widziana – rzekł, klepiąc ją żartobliwie po kolanie. – Nawet jeśli jesteś trochę nieświadoma.

– Przecież...

– Przepraszam – powiedział i odetchnął głęboko. – Już nad tym zapanowałem. Jestem bardzo zadowolony.

Padło jeszcze kilka przepraszających słów i budzących wesołość uwag o zrozumieniu i nieporozumieniach, łączności, przepływie informacji, pomyłkach i braku ładu we wszechświecie i w końcu nadszedł czas, by na tym poprzestać. Wstali.

– Obejmijmy się na zgodę – zaproponował Dan, i tak też zrobili, tworząc szczelny krąg nowo odkrytej duchowej wspólnoty.

Gdy Mae zasiadła z powrotem przy swoim biurku, czekała już na nią wiadomość.

Jeszcze raz dziękuję, że przyszłaś na spotkanie ze mną i Alistairem. Sądzę, że było ono bardzo owocne i przydatne. Dział Zarządzania Zasobami Ludzkimi wie o tym problemie i żeby zamknąć sprawę, zawsze chcą dostać wspólne oświadczenie. Sporządziłem je więc. Jeśli uznasz je za odpowiednie, po prostu podpisz i odeślij.

Zakłócenie nr 5616ARN/MRH/RK2
Dzień: poniedziałek, 11 czerwca
Uczestnicy: Mae Holland, Alistair Knight
Opis sytuacji: Alistair z Renesansu, Zespół Dziewiąty, urządził brunch dla wszystkich pracowników, którzy wcześniej wykazali zainteresowanie Portugalią. Wysłał trzy powiadomienia o tym wydarzeniu. Mae z Renesansu, Zespół Szósty, nie odpowiedziała na żadne z nich. Alistair zaniepokoił się faktem, że nie ma odpowiedzi ani żadnej wiadomości od Mae. Mae nie była

obecna na brunchu i Alistairowi, co zrozumiałe, nie dawało spokoju pytanie, dlaczego nie zareagowała na wielokrotne zaproszenia, a potem się nie zjawiła. Był to klasyczny przypadek nieuczestniczenia.

Dziś odbyło się spotkanie z udziałem Dana, Alistaira oraz Mae, na którym Mae wyjaśniła, że nie była pewna, czy jest mile widziana na takiej imprezie, zważywszy, że rolę gospodarza pełnił członek innego zespołu, a ona uczestniczyła w życiu firmy dopiero drugi tydzień. Jest jej bardzo przykro, że wywołała u Alistaira niepokój i przygnębienie – by nie wspomnieć o zagrożeniu dla delikatnej równowagi środowiska Renesansu. Obecnie wszystko zostało wyjaśnione, oboje są wielkimi przyjaciółmi i czują przypływ świeżych sił. Wszyscy zgodnie twierdzą, że nowy początek jest pewny i mile widziany.

Poniżej oświadczenia znajdowało się miejsce na podpis i Mae napisała paznokciem swoje imię na ekranie. Przesłała dokument i natychmiast otrzymała podziękowanie od Dana.

To było wspaniałe, napisał. *Alistair jest najwyraźniej dość wrażliwy, ale tylko dlatego, że tak mocno angażuje się w pracę. Tak jak ty, prawda? Dziękuję, że tak chętnie nam pomogłaś. Byłaś wspaniała. Naprzód!*

Mae się spóźniła, ale miała nadzieję, że Annie jeszcze na nią czeka. Dzień był bezchmurny i ciepły i zastała przyjaciółkę na trawniku; pisała na tablecie z batonem musli w ustach. Spojrzała na Mae spod zmrużonych powiek i rzekła:

– Hej, spóźniłaś się.

– Przepraszam.

– Jak się masz?

Mae zrobiła minę.

– Wiem, wiem. Śledziłam całą tę historię – odparła Annie, przeżuwając ostentacyjnie baton.

– Nie jedz z otwartymi ustami. Śledziłaś?

– Tylko słuchałam podczas pracy. Poprosili mnie o to. Słyszałam już znacznie gorsze historie. Na początku wszystkim się to przytrafia. A tak na marginesie, jedz szybko. Chcę ci coś pokazać.

Mae poczuła, jak przez serce przepływają jej jedna po drugiej dwie fale uczuć. Najpierw głęboki niepokój, że Annie ją podsłuchiwała, a następnie ulga na myśl o tym, że przyjaciółka była z nią choćby na odległość i może potwierdzić, że Mae wyszła z tego cało.

– A ty?

– Co ja?

– Zostałaś kiedyś wezwana na dywanik w taki sposób?

– Oczywiście. Wzywali mnie mniej więcej raz w miesiącu. I nadal wzywają. Gryź szybko.

Mae jadła tak szybko jak tylko mogła, obserwując rozgrywany na murawie mecz krokieta. Miała wrażenie, że gracze wymyślili własne zasady gry. Skończyła lunch.

– Dobrze, wstawaj – poleciła Annie i ruszyły w stronę Miasta Jutra. – O co chodzi? Na twarzy nadal masz wypisane jakieś pytanie.

– Poszłaś na ten portugalski brunch?

– Ja? – zapytała drwiąco Annie. – Nie, po co? Nie byłam zaproszona.

– Ale dlaczego zaproszono mnie? Przecież nie pisałam się na to. Nie mam bzika na punkcie Portugalii.

– Ta informacja jest na twoim profilu, prawda? Nie poleciałaś tam kiedyś?

– Jasne, że poleciałam, ale nie wspominałam o tym na moim profilu. Byłam w Lizbonie, ale to wszystko. Pięć lat temu.

Podeszły do budynku Miasto Jutra z żelazną fasadą o nieco orientalnym wyglądzie. Annie machnęła przepustką nad zamontowaną na ścianie płytką i drzwi się otworzyły.

– Robiłaś tam zdjęcia?
– W Lizbonie? Oczywiście.
– I miałaś je w swoim laptopie?
Mae musiała się przez chwilę zastanowić.
– Tak przypuszczam.
– Prawdopodobnie stąd to zaproszenie. Jeśli były w twoim laptopie, teraz są w chmurze, a chmura jest przeglądana w poszukiwaniu takich informacji. Nie musisz biegać i zapisywać się do klubów miłośników Portugalii bądź innych. Gdy Alistair zapragnął urządzić swój brunch, przypuszczalnie poprosił tylko o wyszukanie w kampusie wszystkich, którzy byli w tym kraju, robili zdjęcia lub wspomnieli o tym w e-mailu lub w inny sposób. Wtedy automatycznie dostaje listę i rozsyła zaproszenia. To pozwala zaoszczędzić blisko sto godzin bezsensownych starań. To tutaj.

Zatrzymały się na początku długiego korytarza. W oczach Annie rozbłysły figlarne ogniki.

– Dobra. Chcesz zobaczyć coś surrealistycznego?
– Wciąż jestem oszołomiona.
– To przestań być. Wejdź tu.

Annie otworzyła drzwi do pięknej sali, będącej połączeniem baru, muzeum i hali targowej.

– Niezły odjazd, co?

Pomieszczenie wyglądało trochę znajomo. Mae widziała coś podobnego w telewizji.

– Przypomina salon z prezentami dla celebrytów, prawda?

Mae zlustrowała wzrokiem salę. Na dziesiątkach stolików i podiów rozłożono towary. Nie były to jednak biżuteria i czółenka, lecz adidasy, szczoteczki do zębów i kilkanaście rodzajów chrupek, napojów i batonów energetycznych.

Mae się zaśmiała.

– Domyślam się, że to za darmo?
– Dla ciebie, dla bardzo ważnych osób jak my, tak.
– Jezu Chryste. Wszystko?

– Tak, to sala z bezpłatnymi próbkami. Zawsze jest pełna, a te rzeczy muszą tak czy owak zostać użyte. Zapraszamy na przemian różne grupy... Czasem są to programiści, czasem ludzie z Działu Doświadczeń Klienta, jak ty. Codziennie inna grupa.

– I po prostu bierzesz, co tylko chcesz?

– Cóż, musisz przejechać swoim identyfikatorem po wszystkim, co bierzesz, żeby było wiadomo, kto co wziął. Bo inaczej jakiś idiota wyniesie do domu zawartość całej sali.

– Nie widziałam jeszcze żadnej z tych rzeczy.

– W sklepach? Nie, żadna z nich nie weszła jeszcze do sprzedaży. To prototypy i serie próbne.

– To prawdziwe lewisy?

Mae trzymała w ręku parę pięknych dżinsów i była pewna, że jeszcze nikt na świecie ich nie ma.

– Na rynek trafią może za kilka miesięcy, może za rok. Chcesz? Możesz poprosić o inny rozmiar.

– I mogę je nosić?

– A co innego chciałabyś z nimi robić, podcierać sobie tyłek? Taak, chcą, żebyś je nosiła. Przecież jesteś wpływową osobą pracującą w Circle! Narzucasz styl, testujesz produkt, to twoja rola.

– To właściwie mój rozmiar.

– Dobrze. Weź dwie pary. Masz jakąś torbę?

Annie wyciągnęła jakiś płócienny worek z logo Circle na wierzchu i dała go Mae, która stała nad wystawą nowych pokrowców i akcesoriów do telefonów. Podniosła piękną obudowę komórki, która była mocna jak stal, lecz gładka niczym giemza.

– Cholera – mruknęła Mae. – Nie wzięłam ze sobą telefonu.

– Co? A gdzie jest? – zapytała zdumiona Annie.

– Pewnie na biurku.

– Mae, to niesamowite. Jesteś taka skupiona i zorganizowana, ale z drugiej strony zdarzają ci się dziwne, idiotyczne potknięcia. Przyszłaś na lunch bez komórki?

– Przepraszam.

– Nie przepraszaj. To właśnie w tobie kocham. Chwilami stąpasz twardo po ziemi, chwilami bujasz w obłokach. O co chodzi? Nie denerwuj się.
– Po prostu dzisiaj otrzymuję sporo nowych danych.
– Chyba przestałaś się już zamartwiać?
– A myślisz, że to spotkanie z Danem i Alistairem wypadło jak trzeba?
– Jak najbardziej.
– On po prostu jest taki wrażliwy?
Annie przewróciła oczami.
– Alistair? Tak bardzo, że to się nie mieści w głowie. Ale tworzy świetne programy. Ten człowiek działa jak maszyna. Znalezienie i przeszkolenie kogoś na jego miejsce trwałoby rok. Musimy więc radzić sobie z tymi szaleńcami. Po prostu jest tu trochę świrów. Świrów w potrzebie. Są też tacy jak Dan, którzy tym świrom stwarzają odpowiednie warunki. Ale nie martw się. Nie sądzę, byś zbyt często wchodziła im... a przynajmniej Alistairowi... w paradę.
– Annie sprawdziła, która godzina. Musiała już iść.
– Nie ruszaj się stąd, dopóki nie napełnisz tej torby – powiedziała. – Zobaczymy się później.

Mae została na miejscu i włożyła do torby dżinsy, żywność, buty oraz kilka pokrowców na telefon i sportowy biustonosz. Opuściła salę, czując się niczym sklepowy złodziej, ale wychodząc, nikogo nie spotkała. Gdy wróciła do swojego biurka, czekało na nią jedenaście wiadomości od Annie.

Przeczytała pierwszą z nich: *Cześć, Mae, uświadomiłam sobie, że nie powinnam była nadawać w ten sposób na Dana i Alistaira. To nie było zbyt miłe. Zupełnie nie w duchu Circle. Udawaj, że tego nie słyszałaś.*

Potem drugą: *Dostałaś moją ostatnią wiad.?*

Trzecią: *Zaczynam się trochę wkurzać. Czemu nie odpowiadasz?*

Czwartą: *Właśnie wysłałam Ci SMS-a i dzwoniłam. Żyjesz jeszcze? Cholera jasna. Zapomniałam, że zapomniałaś telefonu. Jesteś beznadziejna.*

Piątą: *Jeśli uraziło Cię to, co mówiłam o Danie i Alistairze, nie karz mnie milczeniem. Przecież przeprosiłam. Odpisz.*
Szóstą: *Dochodzą do ciebie te wiadomości? To b. ważne. Zadzwoń do mnie!*
Siódmą: *Jeżeli powtórzysz Danowi, co mówiłam, jesteś suką. Od kiedy to donosimy na siebie nawzajem?*
Ósmą: *Uświadomiłam sobie, że możesz być na jakimś zebraniu. To prawda?*
Dziewiątą: *Minęło już 25 minut. Co się DZIEJE?*
Dziesiątą: *Właśnie sprawdziłam i widzę, że wróciłaś za biurko. Zadzwoń do mnie zaraz albo między nami wszystko skończone. Myślałam, że jesteśmy przyjaciółkami.*
I jedenastą: *Cześć.*
Mae zadzwoniła do niej.
– Co, u diabła, panikaro?
– Gdzie ty się podziewałaś?
– Widziałam się z tobą dwadzieścia minut temu. Skończyłam wizytę w sali z próbkami, skorzystałam z toalety i jestem.
– Doniosłaś na mnie?
– Czy co zrobiłam?
– Czy doniosłaś na mnie?
– Annie, co ty bredzisz?
– Po prostu powiedz.
– Nie, nie doniosłam. Komu miałabym donieść?
– Co mu powiedziałaś?
– Komu?
– Danowi.
– Nawet go nie spotkałam.
– Nie wysłałaś mu wiadomości?
– Nie. Annie, cholera jasna.
– Na pewno?
– Tak.
Annie westchnęła.

– W porządku. Kurwa mać. Przepraszam. Wysłałam mu wiadomość i dzwoniłam do niego, ale się nie odezwał. Ty też się nie odzywałaś i po prostu powiązałam to sobie w dziwny sposób.
– Annie, cholera jasna.
– Przepraszam.
– Chyba jesteś zestresowana.
– Nie, nic mi nie jest.
– Pozwól, że postawię ci dziś wieczorem kilka drinków.
– Nie, dziękuję.
– Proszę.
– Nie mogę. W tym tygodniu zbyt dużo się tu dzieje. Akurat próbuję się uporać z tym burdelem w Waszyngtonie.
– W Waszyngtonie? O co chodzi?
– To bardzo długa historia. Tak naprawdę nie mogę ci powiedzieć.
– Musisz się tym zajmować? Całym Waszyngtonem?
– Mam na głowie wszystkie te utarczki z rządem. Zlecają mi je, ponieważ... sama nie wiem... ponieważ sądzą, że moje dołeczki w policzkach pomagają. Może tak jest. Nie wiem. Żałuję tylko, że takich jak ja nie ma pięciu.
– Jesteś w okropnym stanie. Zrób sobie wolny wieczór.
– Nie, nie. Nic mi nie będzie. Muszę tylko odpowiedzieć na zapytania z jakiejś podkomisji. Będzie świetnie, ale powinnam już lecieć. Kocham cię – powiedziała i rozłączyła się.

Mae zatelefonowała do Francisa.
– Annie nie chce ze mną wyjść. A ty? Wyjdziesz dziś wieczorem?
– Na miasto? Dziś wieczorem w kampusie występuje jakiś zespół. Znasz The Creamers? Zagrają w Kolonii. To koncert charytatywny.

Mae się zgodziła, pomysł wydawał się dobry, ale gdy nadeszła odpowiednia pora, nie chciała oglądać w Kolonii kapeli o nazwie The Creamers. Zwabiła Francisa do swojego samochodu i wyruszyli do San Francisco.

– Wiesz, dokąd jedziemy? – zapytał.
– Nie. Co robisz?
Francis wstukiwał jak szalony wiadomość na swoim telefonie.
– Informuję tylko wszystkich, że nie przyjdę.
– Skończyłeś?
– Tak. – Upuścił telefon.
– To dobrze. Najpierw chodźmy się napić.

Zaparkowali więc w śródmieściu i znaleźli jakąś restaurację z wyblakłymi i nieapetycznymi zdjęciami potraw, poprzyklejanymi do okien gdzie popadło. Lokal wyglądał tak okropnie, że doszli do wniosku, iż nie może być drogi. Mieli rację. Zasiadłszy na bambusowych krzesłach, które skrzypiały i z trudem trzymały pion, zjedli curry i napili się tajskiego piwa Singha. Kończąc pierwszą butelkę, Mae postanowiła, że szybko wypije drugie, a tuż po kolacji pocałuje Francisa na ulicy.

Skończyli jeść i spełniła swoje postanowienie.
– Dziękuję – powiedział.
– Czy ja dobrze słyszałam?
– Właśnie oszczędziłaś mi masy wewnętrznych rozterek. Nigdy w życiu nie wykonałem pierwszego kroku. Zwykle jednak kobieta potrzebuje wielu tygodni, żeby się domyślić, iż musi przejąć inicjatywę.

Mae znowu odniosła wrażenie, że dostała obuchem w głowę, że to komplikuje jej uczucia do Francisa, który w jednym momencie wydawał się taki słodki, a chwilę później taki dziwny i nieokrzesany.

Mimo to, płynąc na fali odurzenia tajskim piwem, zaprowadziła Francisa za rękę do auta, gdzie zaczęli się całować na bardzo ruchliwym skrzyżowaniu. Z chodnika, niczym jakiś antropolog, obserwował ich bezdomny, udając przy tym, że prowadzi notatki.

– Chodźmy – powiedziała i wysiedli z samochodu, po czym włóczyli się po mieście, znajdując otwarty japoński sklep z pamiątkami, a zaraz obok też otwartą galerię pełną fotorealistycznych obrazów przedstawiających olbrzymie ludzkie pośladki.

– Wielkie obrazy wielkich dup – zauważył Francis, gdy znaleźli ławkę na zamienionej w uliczkę arkadzie, którą uliczne latarnie zalewały błękitnym księżycowym blaskiem. – To była prawdziwa sztuka. Nie mogę uwierzyć, że jeszcze niczego nie sprzedali.

Mae znowu go pocałowała. Była w nastroju do całowania, a wiedząc, że Francis nie posunie się do agresji, czuła się spokojna i nie szczędziła mu pocałunków, zdawała sobie bowiem sprawę, że tego wieczoru na nich się skończy. Zabrała się do tego z entuzjazmem świadczącym o pożądaniu oraz przyjaźni mogącej przerodzić się w miłość i całując, myślała o jego twarzy, zastanawiała się, czy ma otwarte oczy i przejmuje się jakimś przechodniem, który zagdakał i zagwizdał szyderczo, ale poszedł dalej.

W następnych dniach Mae wiedziała, że to może być prawda, że słońce może być jej aureolą, że liście mogą istnieć po to, by zachwycać się każdym jej krokiem, ponaglać ją, gratulować jej Francisa i tego, co oboje zrobili. Świętowali buzującą w nich młodość, swoją wolność, swoje wilgotne usta i czynili to publicznie, karmieni świadomością, że bez względu na to, jakie trudności napotkali lub napotkają w przyszłości, pracują w centrum świata i próbują ze wszystkich sił go udoskonalić. Mieli powody, żeby czuć się dobrze. Mae się zastanawiała, czy jest zakochana. Nie, wiedziała, że nie jest, ale czuła, iż znajduje się co najmniej w połowie drogi do zakochania. Tego tygodnia często jadali razem lunch, choćby przez chwilę, a potem znajdowali miejsce, by tulić się do siebie i całować. Raz robili to pod wyjściem ewakuacyjnym za budynkiem Paleozoiku. Raz w Cesarstwie Rzymskim, za kortami do minitenisa. Uwielbiała nieskażony smak jego ust, naturalny niczym smak wody z cytryną, i to, jak zdejmował okulary, przez chwilę wyglądał na zagubionego, a potem zamykał oczy i stawał się niemal piękny, z twarzą gładką i dobroduszną jak u dziecka. Jego bliskość przydawała tym dniom nowego blasku. Wszystko było zdumiewające. Spożywanie posiłków w promieniach jaskrawego słońca, w kontakcie z jego rozgrzaną koszulą, z jego dłońmi na jej kostce, było zdumiewające. Spacerowanie było zdumiewające. Przesiadywanie w budynku Oświecenia, jak teraz, gdy oczekiwali piątku marzeń w Wielkiej Auli, też było zdumiewające.

– Uważaj – rzekł Francis. – Jestem przekonany, że to ci się spodoba.

Francis nie chciał zdradzić Mae, co będzie tematem prelekcji tego piątkowego popołudnia. Prelegent, Gus Khazeni, najwyraźniej uczestniczył w pracach nad projektem Francisa dotyczącym bezpieczeństwa dzieci, zanim cztery miesiące temu odszedł, by stanąć na czele nowej jednostki badawczej. Dzisiaj miał po raz pierwszy przedstawić swoje wyniki i nowy plan badań.

Mae i Francis zasiedli na prośbę Gusa z przodu. Francis powiedział, że przemawiając po raz pierwszy w Wielkiej Auli, Gus chciał widzieć jakieś przyjazne twarze. Mae się odwróciła, by zlustrować wzrokiem publiczność; kilka rzędów dalej ujrzała Dana oraz Renatę i Sabine, wpatrzone w położony między nimi tablet.

Na scenę, witany serdecznymi oklaskami, wyszedł Eamon Bailey.

– Cóż, dzisiaj mamy dla was prawdziwą gratkę – zagaił. – Większość z was zna nasz lokalny skarb i majstra do wszystkiego, Gusa Khazeniego. Większość z was wie również, że jakiś czas temu wpadł na świetny pomysł, a my gorąco namawialiśmy go, by zaczął wcielać go w życie. Dzisiaj dokona małej prezentacji, która jak sądzę, naprawdę przypadnie wam do gustu. – To powiedziawszy, ustąpił miejsca na scenie Gusowi, który łączył w sobie nieziemską urodę i wręcz mysią płochliwość. Takie przynajmniej sprawiał wrażenie, gdy przemierzał scenę drobnymi kroczkami, jakby chodził na palcach.

– Dobra, jeśli jesteście tacy jak ja, to jesteście żałosnymi singlami, rozczarowaniami dla swoich irańskich rodziców i dziadków, którzy uważają, że nie mając partnerki, partnera ani dzieci, jesteście żałosnymi nieudacznikami.

Śmiechy publiczności.

– Czy użyłem słowa ż a ł o ś n i dwukrotnie? – Kolejne śmiechy. – Gdyby tu byli moi krewni, to słowo padłoby nie raz i nie dwa. Dobra. Powiedzmy jednak, że chcecie zadowolić swoich rodziców, a może też i siebie, znajdując partnerkę lub partnera. Czy ktoś na tej sali jest tym zainteresowany?

Uniosło się kilka rąk.

– Och, ależ z was kłamcy. Tak się składa, że wiem, że dwie trzecie pracowników tej firmy to ludzie stanu wolnego. Mówię więc do was. Pozostałe trzydzieści trzy procent może iść do diabła.

Mae zaśmiała się na głos. Gus był doskonałym mówcą. Nachyliła się ku Francisowi i powiedziała:

– Ten facet bardzo mi się podoba.

Khazeni mówił dalej:

– Być może zaglądaliście na inne serwisy randkowe. I powiedzmy, że zostaliście dobrani, wszystko gra i wyruszacie na *rendez-vous*. Wszystko w porządku, rodzina jest szczęśliwa, przez chwilę żywią nadzieję, że ich DNA się nie zmarnuje. No, w chwili gdy umawiacie się z kimś na randkę, zostajecie wydymani, zgadza się? W rzeczywistości nie ma mowy o dymaniu. Żyjecie w celibacie, ale pragniecie to zmienić. Przez resztę tygodnia dręczy was pytanie: dokąd ją zabrać? Na kolację, na koncert, do muzeum figur woskowych? Do jakiejś ciemnicy? Nie macie pojęcia. Dokonacie złego wyboru, a wyjdziecie na idiotów. Wiecie, że macie bardzo różnorodne upodobania, a wasza partnerka pewnie też lubi te rzeczy, ale pierwsza taka decyzja jest szalenie ważna. Musicie uzyskać pomoc, żeby wysłać właściwy sygnał, komunikat, że jesteście wrażliwi, macie intuicję i dobry gust, jesteście osobami zdecydowanymi, po prostu chodzące z was ideały. – Publiczność nie przestawała się śmiać. Na ekranie za Gusem ukazały się teraz ikonki; każdą opatrzono wyraźnym opisem. Mae rozpoznała symbole restauracji, kina, muzyki, zakupów, rekreacji na wolnym powietrzu oraz plaży.

– W porządku – ciągnął prelegent. – Popatrzcie na to i pamiętajcie, że to tylko wersja beta. Aplikacja nosi nazwę LubLub. No dobra, może nazwa jest do kitu. Właściwie to wiem, że jest do kitu, i pracujemy nad tym. Gdy kogoś znaleźliście i wiecie, jak się nazywa, nawiązaliście kontakt, umówiliście się na spotkanie... w tym właśnie momencie przydaje się LubLub. Może znacie już na pamięć stronę serwisu randkowego tej osoby, jej stronę osobistą, wszystkie jej kanały informacyjne. Ale LubLub daje wam zupełnie inny zestaw informacji. Wprowadzacie więc dane tej osoby. Tak się zaczyna. Potem LubLub przeszukuje sieć i wykorzystuje wyszukiwarki o dużej mocy i chirurgicznej precyzji, żeby zagwarantować, że nie zrobicie z siebie osła i zdołacie znaleźć miłość oraz zmajstrować wnuki dla swojej babci, która już myśli, że jesteście bezpłodni.

– Jesteś niesamowity, Gus! – krzyknęła jakaś kobieta z widowni.

– Dziękuję! Umówisz się ze mną? – zapytał prelegent i czekał na odpowiedź. Ponieważ kobieta milczała, rzekł: – Widzicie, właśnie dlatego potrzebuję pomocy. A teraz do przetestowania tego oprogramowania jest mi chyba potrzebny ktoś, kto chce się dowiedzieć czegoś więcej o rzeczywistym obiekcie swych romantycznych porywów. Mogę prosić jakiegoś ochotnika?

Gus spojrzał w stronę widowni, teatralnie przykładając dłoń do czoła.

– Nikt się nie zgłasza? Czekajcie, widzę jedną uniesioną rękę.

Ku szokowi i przerażeniu Mae Gus patrzył w jej stronę, a konkretnie na Francisa, który podniósł rękę. I zanim zdążyła mu cokolwiek powiedzieć, Francis wstał z fotela i ruszył ku scenie.

– Nagródźcie tego śmiałka oklaskami! – powiedział Gus, a Francis wbiegł po schodach i znalazł się u jego boku w ciepłym świetle reflektora punktowego. Odkąd opuścił swoje miejsce obok Mae, nie spojrzał na nią ani razu.

– Jak się pan nazywa?

– Francis Garaventa.

Mae miała wrażenie, że zaraz zwymiotuje. Co się dzieje? To chyba sen, pomyślała. Czy on naprawdę zamierza mówić o mnie na scenie? Nie, uspokoiła samą siebie. Francis tylko pomaga przyjacielowi i przeprowadzą pokaz, posługując się zmyślonymi nazwiskami.

– Czy mogę – ciągnął Gus – założyć, że jest ktoś, z kim chciałbyś się spotykać?

– Tak, zgadza się.

Oszołomiona i przerażona Mae nie mogła nie zauważyć, że Francis, podobnie jak wcześniej Gus, na scenie przeszedł przemianę. Przystał na warunki gry, szczerząc zęby w uśmiechu; udawał nieśmiałość, ale czynił to z wielką pewnością siebie.

– Czy ta osoba naprawdę istnieje? – zapytał Gus.

– Oczywiście – odparł Francis. – Nie umawiam się już z urojonymi ludźmi. – Publiczność wybuchnęła serdecznym śmiechem, a Mae poczuła, że ma ołów w żołądku. O c h o l e r a, pomyślała. O c h o l e r a.

– A jak się nazywa?

– Mae Holland – odparł Francis i po raz pierwszy spojrzał na nią. Mae ukryła twarz w dłoniach, zerkając spomiędzy drżących palców. Niemal niedostrzegalne przekrzywienie głowy Francisa świadczyło chyba o tym, że zauważył, iż Mae jest lekko skrępowana dotychczasowym przebiegiem zdarzeń, ale gdy tylko ją dostrzegł, zwrócił się z powrotem do Gusa, uśmiechając się od ucha do ucha niczym gospodarz teleturnieju.

– Dobra – rzekł Gus, wprowadzając te dane do swojego tabletu. – Mae Holland. – Jej imię i nazwisko, zapisane metrowymi literami, ukazały się w polu wyszukiwarki.

– Zatem Francis chce chodzić z Mae i nie chce zrobić z siebie osła. Co takiego w pierwszym rzędzie musi wiedzieć? Ktoś zna odpowiedź?

– Czy jest alergiczką! – krzyknął ktoś z widowni.

– W porządku, uczulenia. Mogę poszperać.

Kliknął w ikonkę kichającego kota i pod nią natychmiast pojawiła się notatka:

Możliwe uczulenie na gluten.

Zdecydowane uczulenie na sierść konia.

Matka ma alergię na orzechy.

Innych ewentualnych uczuleń nie stwierdzono.

– W porządku. Mogę kliknąć w dowolną z wymienionych informacji i dowiedzieć się więcej. Spróbujmy tę o glutenie. – Gus kliknął w pierwszy wiersz, ujawniając bardziej złożony i gęsty zestaw linków oraz bloków tekstu. – Teraz, jak widać, LubLub przeszukał wszystko, co Mae kiedykolwiek zamieściła w sieci. Posegregował te informacje i przeanalizował pod względem związku z tematem. Być może Mae wspomniała o glutenie. Może kupowała lub przeglądała oferty sprzedaży produktów bezglutenowych. To by wskazywało, że jest uczulona na gluten.

Mae miała ochotę wyjść z sali, ale wiedziała, że urządzi tym tylko dodatkowe widowisko, więc została.

– A teraz spójrzmy na alergię na końską sierść – zaproponował Gus i kliknął w następną pozycję w wykazie. – Tutaj możemy ją stwierdzić bardziej stanowczo, zważywszy, że program znalazł trzy przykłady zamieszczonych wiadomości, które wprost mówiły, dajmy na to: *Jestem uczulona na sierść konia.*

– Czy w takim razie te informacje są przydatne? – zapytał Gus.

– Owszem – odparł Francis. – Miałem ją zabrać do jakichś stajni, żeby zjadła chleb robiony na zakwasie. – Zrobił minę do publiczności. – Teraz już wiem, czego się spodziewać!

Publiczność się roześmiała i Gus pokiwał głową, jakby chciał powiedzieć: Niezła z nas para, co?

– Dobra – ciągnął – zwróćcie uwagę, że wzmianki o uczuleniu na końską sierść pochodzą jeszcze z dwa tysiące dziesiątego, akurat z Facebooka. Zważcie na to wy wszyscy, którzy uważaliście, że zapłacenie za archiwa Facebooka tyle, ile za nie wyłożyliśmy, było głupotą! W porządku, żadnych alergii. Ale spójrzcie na to, tuż obok. Żywność... O niej właśnie pomyślałem w następnej kolejności. Francisie, chciałeś ją zabrać do restauracji?

Francis śmiało odparł:

– Tak, Gus. – Mae nie poznawała stojącego na scenie mężczyzny. Gdzie się podział dawny Francis? Miała ochotę zabić to jego wcielenie.

– W porządku. I w tym właśnie momencie sytuacja zwykle robi się paskudna i głupia. Nie ma nic gorszego niż taka oto słowna przepychanka: „Gdzie chciałabyś zjeść?", „Och, gdziekolwiek", „Nie, naprawdę, co wolisz?", „Dla mnie to nie ma znaczenia. Co ty wolisz?". Koniec z takim pie... przeniem. LubLub robi tę analizę za nas. Ilekroć ona umieszcza coś w sieci, ilekroć wyraża opinię o jakimś restauratorze, ilekroć w s p o m i n a o jedzeniu... to wszystko jest klasyfikowane i porządkowane, a do mnie trafia taki oto wykaz.

Gus kliknął w ikonkę jedzenia, a zaraz potem pokazało się wiele podzbiorów z rankingami rodzajów kuchni, nazwami restauracji, klasyfikacjami lokali według miast i według dzielnic. Listy były niesamowicie dokładne. Znalazł się na nich także lokal, w którym oboje z Francisem jedli na początku tygodnia.

– A teraz klikam w miejsce, które lubię, i jeżeli Mae płaciła za pośrednictwem TruYou, to wiem, co zamówiła, będąc tam ostatnim razem. Klikam tutaj i widzę dania specjalne serwowane w tych restauracjach w piątek, czyli w dniu, kiedy się umówiliśmy. Oto średni czas oczekiwania na stolik tego dnia. Element niepewności usunięty.

Gus mówił bez przerwy podczas całej prezentacji, przechodząc do ulubionych filmów Mae, do tras spacerowych i biegowych, ulubionych sportów i ulubionych widoków. W większości przypadków informacje były dokładne i gdy Gus oraz Francis prezentowali je z kabotyńską przesadą na scenie, a publiczność coraz bardziej zachwycała się prezentowanym oprogramowaniem, Mae najpierw ukrywała twarz w dłoniach, potem osunęła się jak najniżej w fotelu i w końcu, gdy poczuła, iż lada chwila zaproszą ją na scenę, by potwierdziła wielkie możliwości tego nowego narzędzia, wymknęła się przejściem do bocznych drzwi audytorium na matowe białe światło pochmurnego popołudnia.

– Przepraszam.
Nie mogła na niego patrzeć.
– Mae, przepraszam. Nie rozumiem, czemu jesteś taka wściekła.

Chciała, żeby trzymał się od niej z daleka. Wróciła do swego biurka, a on przyszedł jej śladem i stał teraz nad nią niczym sęp. Nie spojrzała nań nawet, bo poza pogardą, którą czuła do niego, do jego wyrażającej niemoc twarzy i rozbieganych oczu, oraz pewnością, że nie musi więcej oglądać tej żałosnej gęby, miała jeszcze pracę do wykonania. Popołudniowy zsyp został otwarty i zapytania płynęły wartkim strumieniem.

– Możemy porozmawiać później – rzuciła, ale nie miała zamiaru tego więcej robić, ani tego dnia, ani żadnego innego. Ta pewność przyniosła jej ulgę.

W końcu Francis wyszedł, przynajmniej w cielesnej postaci; pojawił się jednak kilka minut później, na trzecim monitorze, prosząc o wybaczenie. Powiedział, że wie, iż nie powinien był jej tym zaskakiwać, ale Gus się domagał, by to była niespodzianka. Przez całe popołudnie wysłał czterdzieści lub pięćdziesiąt wiadomości z przeprosinami, pisząc, że zrobiła furorę, że byłoby wręcz lepiej, gdyby weszła na scenę, bo ludzie domagali się tego oklaskami. Zapewnił, że wszystko, co pojawiło się na ekranie, jest powszechnie dostępne, żadna z tych informacji nie stawiała jej w kłopotliwym położeniu, wszystkie zostały przecież zaczerpnięte z wpisów, które sama zamieściła w sieci.

Mae wiedziała, że to prawda. Nie złościła się z powodu ujawnienia swoich alergii. Czy też ulubionych potraw. Od wielu lat nie kryła się z tymi informacjami, a przedstawianie swoich preferencji i czytanie o preferencjach innych osób było jedną z rzeczy, które uwielbiała w Internecie.

Cóż więc tak bardzo zawstydziło ją podczas prezentacji? Czyżby zegarmistrzowska precyzja algorytmów? Być może. Ale z drugiej strony nie wszystko było dokładne. Czy zatem to stanowiło problem? Przedstawienie matrycy preferencji jako twojej istoty, całej ciebie? Może właśnie dlatego tak zareagowała. Te informacje stanowiły rodzaj zwierciadła, tyle że było ono niekompletne, zniekształcone. Skoro zaś Francis potrzebował którejś z nich, czemu

nie mógł jej po prostu z a p y t a ć? Jednak trzeci ekran przez całe popołudnie zapełniały wiadomości z gratulacjami.
Jesteś niesamowita, Mae.
Dobra robota, żółtodziobie.
Nie pojeździsz sobie konno. Może na lamie?
Dotrwała jakoś do wieczora i mruganie telefonu zauważyła dopiero po piątej. Przeoczyła trzy wiadomości od matki. Gdy je odsłuchała, wszystkie brzmiały identycznie: "Przyjedź do domu".

Gdy pokonała wzgórza i przejechała tunelem, kierując się na wschód, zadzwoniła do mamy i poznała szczegóły. Ojciec miał atak, trafił do szpitala, poproszono, by spędził tam noc na obserwacji. Mama kazała Mae jechać prosto do szpitala, ale gdy dotarła na miejsce, ojca w nim nie było. Ponownie zatelefonowała do matki.
– Gdzie on jest?
– W domu. Przepraszam. Właśnie wróciliśmy. Nie przypuszczałam, że dojedziesz tak szybko. Nic mu nie jest.
Ruszyła więc do domu rodziców, a gdy przyjechała na miejsce, zła, przestraszona i bez tchu, ujrzała stojącego na podjeździe pick-upa Mercera i zjeżyła się na ten widok. Nie życzyła sobie jego obecności, która komplikowała już i tak drażliwą sytuację. Otworzyła drzwi i zamiast rodziców dostrzegła olbrzymią bezkształtną sylwetkę Mercera. Stał w holu. Ilekroć widywała go po dłuższej przerwie, była wstrząśnięta tym, jak dużym i niezdarnym jest mężczyzną. Miał teraz dłuższe włosy, co przydawało mu jeszcze ciała. Zasłaniał głową całe światło.
– Usłyszałem twoje auto – rzekł. W dłoni trzymał gruszkę.
– Co cię tu sprowadza? – zapytała.
– Wezwali mnie na pomoc.
– Tato? – Minęła w pośpiechu Mercera i weszła do salonu. Jej ojciec odpoczywał, leżąc na kanapie i oglądając mecz baseballu w telewizji.
Nie obrócił głowy, ale spojrzał w jej kierunku.

– Cześć, kochanie. Słyszałem, jak weszłaś.

Mae usiadła na niskim stoliku i ujęła dłoń ojca.

– Dobrze się czujesz?

– Tak. Tak naprawdę najedliśmy się tylko trochę strachu. Z początku było ostro, ale ból ustąpił. – Ojciec Mae niemal niepostrzeżenie powoli wyciągał głowę, żeby dojrzeć zasłonięty przez nią ekran.

– Oglądasz mecz?

– Dziewiąta runda – wyjaśnił.

Mae odsunęła się sprzed telewizora. Do salonu weszła matka.

– Zadzwoniliśmy po Mercera, żeby pomógł mi wsadzić ojca do samochodu – wyjaśniła.

– Nie chciałem jechać karetką – dodał ojciec, nie przestając oglądać meczu.

– Więc to był atak? – upewniła się Mae.

– Nie są pewni – odpowiedział z kuchni Mercer.

– Mogę usłyszeć odpowiedź z ust moich rodziców? – zawołała Mae.

– Mercer był ratownikiem – przypomniał ojciec.

– Czemu nie zadzwoniłaś do mnie, żeby mi powiedzieć, że stan taty nie jest taki poważny?

– B y ł poważny. Właśnie wtedy zadzwoniłam.

– Ale teraz ogląda mecz.

– Teraz aż tak poważny nie jest, ale przez pewien czas naprawdę nie wiedzieliśmy, co się dzieje, więc wezwaliśmy Mercera.

– Ocalił mi życie.

– Nie sądzę, tato.

– Nie twierdzę, że umierałem. Ale przecież wiesz, jak nie znoszę tego całego cyrku z pogotowiem, syrenami i dopytującymi się później sąsiadami. Po prostu zatelefonowaliśmy do Mercera, dotarł tu w pięć minut, pomógł zapakować mnie do auta, zawiózł do szpitala i to wszystko. To miało ogromne znaczenie.

Mae gotowała się z wściekłości. Jechała dwie godziny samochodem w panicznym strachu, żeby zastać ojca przed telewizorem, wylegującego się na kanapie i oglądającego baseball. A ona? Ona była tak czy owak nieistotna. Zbyteczna. To przypomniało jej o tylu rzeczach, których nie znosiła w Mercerze. Lubił być uważany za życzliwego, ale dbał o to, by wszyscy o tym wiedzieli. I ta wieczna konieczność wysłuchiwania zachwytów nad jego życzliwością, jego uczciwością, jego rzetelnością i bezgraniczną empatią doprowadzała Mae do szału. Ale wobec niej zawsze był nieśmiały, naburmuszony i zbyt często nieobecny, kiedy go potrzebowała.

– Zjesz trochę kurczaka? Mercer przywiózł – zaproponowała matka i Mae uznała, że to dobry moment, by na kilka minut zniknąć w łazience.

– Umyję się – odparła i poszła na górę.

Później, gdy już wszyscy zjedli i opowiedzieli ze szczegółami o przebiegu dnia, tłumacząc, że ojciec zaczął nagle widzieć zdecydowanie gorzej, a niedowład ręki stał się jeszcze większy – objawy, które lekarze uznali za normalne i uleczalne lub przynajmniej takie, którymi można było się zająć – i po tym, jak jej rodzice poszli spać, Mae i Mercer usiedli w ogrodzie na tyłach domu, gdzie otaczające ich drzewa, trawa i obmyte deszczem szare płoty nadal emanowały ciepłem.

– Dzięki za pomoc – powiedziała.

– Drobiazg. Vinnie jest lżejszy niż kiedyś.

Mae nie spodobał się wydźwięk tych słów. Nie chciała, by jej ojciec był lżejszy i łatwy do noszenia. Zmieniła temat.

– Jak interesy?

– Dobrze, naprawdę dobrze. Właściwie to w zeszłym tygodniu musiałem przyjąć praktykanta. Fajnie, prawda? Mam praktykanta. A twoja praca? Świetna?

Mae była zaskoczona. Mercer rzadko bywał tak ożywiony.

– Owszem – odparła.

– To dobrze. Miło to słyszeć. Miałem nadzieję, że ci się uda. Cóż zatem robisz, zajmujesz się programowaniem lub czymś takim?

– Jestem w Dziale DK. Doświadczeń Klienta. Obecnie zajmuję się reklamodawcami. Zaczekaj. Przedwczoraj widziałam coś na temat twojej branży. Przeczytałam o tobie i znalazłam komentarz o tym, że ktoś dostał uszkodzoną przesyłkę. Był na maksa wkurzony. Przypuszczam, że to widziałeś.

Mercer teatralnie westchnął.

– Nie – powiedział ze skwaszoną miną.

– Nie przejmuj się – powiedziała Mae. – To po prostu był jakiś świr.

– I teraz mam o czym myśleć.

– Nie obwiniaj mnie. Ja tylko…

– Tylko uświadomiłaś mi, że jest jakiś czub, który mnie nienawidzi i chce zaszkodzić mojej firmie.

– Były też inne komentarze, w większości sympatyczne. Właściwie to jeden był naprawdę zabawny. – Mae zaczęła przewijać zawartość ekranu swojej komórki.

– Mae. Błagam. Nie czytaj tego.

– Oto on: „Wszystkie te biedne jelenie zginęły dla tego gówna?".

– Prosiłem, żebyś mi tego nie czytała.

– C o? To było zabawne!

– Jak mam cię poprosić, żebyś spełniła moje życzenie?

To był Mercer, jakiego Mae pamiętała i jakiego nie znosiła – drażliwy, naburmuszony i arogancki.

– O czym ty mówisz?

Mercer odetchnął głęboko i Mae wiedziała, że zaraz wygłosi mowę. Gdyby stała przed nim mównica, już by się na nią gramolił, wyciągając kartki z kieszeni sportowej marynarki. Wystarczyły dwa lata nauki w college'u, by myślał, że jest jakimś profesorem. Wygłaszał jej takie mowy o ekologicznej wołowinie albo o wczesnej twórczości King Crimson i za każdym razem zaczynało się od tego głębokiego wdechu, który mówił: „Siądź wygodnie, to trochę potrwa i zrobi ci wodę z mózgu".

– Mae, muszę cię prosić, byś…

– Wiem, chcesz, bym przestała czytać komentarze twoich klientów. Nie ma sprawy.
– Nie, nie to miałem…
– Jednak c h c e s z, żebym ci je przeczytała?
– Może po prostu pozwolisz mi dokończyć zdanie? Wtedy się dowiesz, co chcę powiedzieć. Twoje odgadywanie końca każdego wypowiadanego przeze mnie zdania nie zdaje się na nic, ponieważ nigdy ci się to nie udaje.
– Ale ty tak p o w o l i mówisz.
– Mówię normalnie. Po prostu zbyt szybko tracisz cierpliwość.
– W porządku. Mów.
– Ale teraz ciężko wzdychasz.
– Chyba po prostu szybko się tym nudzę.
– Tym, że mówię.
– Tym, że mówisz w zwolnionym tempie.
– Mogę już zacząć? To zajmie trzy minuty. Potrafisz mi poświęcić trzy minuty?
– Nie ma sprawy.
– Trzy minuty, w czasie których nie będziesz myślała, że wiesz, co zaraz powiem, dobrze? To będzie niespodzianka.
– Dobra.
– W porządku. Mae, musimy zmienić sposób, w jaki się komunikujemy. Ilekroć cię widzę lub dostaję od ciebie jakąś wiadomość, to zawsze przez ten filtr. Wysyłasz mi linki, cytujesz kogoś, kto o mnie mówi, twierdzisz, że widziałaś moje zdjęcie na czyjejś ścianie… To zawsze atak ze strony osób trzecich. Nawet gdy rozmawiam z tobą w cztery oczy, mówisz mi, co myśli o mnie jakiś obcy człowiek. Jakbyśmy nigdy nie byli sami. Ilekroć cię widzę, w pokoju są dziesiątki innych ludzi. Zawsze patrzysz na mnie ich oczyma.
– Nie dramatyzuj.
– Po prostu chcę z tobą rozmawiać bez pośredników. Bez sprowadzania przez ciebie wszystkich obcych ludzi na świecie, którzy mogliby mieć na mój temat jakieś zdanie.

– Nie robię tego.
– Ależ robisz, Mae. Pamiętasz, jak przed kilkoma miesiącami przeczytałaś coś na mój temat? Gdy cię ujrzałem, traktowałaś mnie jak powietrze.
– To dlatego, że napisali, że wykorzystujesz w swojej pracy zwierzęta zagrożonych gatunków.
– Nigdy tego nie robiłem.
– A niby skąd mam to wiedzieć?
– Możesz mnie z a p y t a ć! A właściwie to zapytać m n i e. Wiesz, jakie to dziwne, że ty, moja znajoma i dawna dziewczyna, zdobywasz informacje na mój temat od jakiejś przypadkowej osoby, która nigdy mnie nie spotkała? A potem siadam naprzeciw ciebie i mam wrażenie, że patrzymy na siebie przez tę dziwną mgłę.
– Dobrze. Przepraszam.
– Obiecasz mi, że przestaniesz to robić?
– Że przestanę czytać w sieci?
– Nie obchodzi mnie, co czytasz. Ale gdy będziemy się ze sobą komunikować, chcę to robić bez pośredników. Ty piszesz do mnie, ja do ciebie. Ty zadajesz mi pytania, ja na nie odpowiadam. I przestajesz czerpać wiedzę na mój temat od osób trzecich.
– Ale przecież prowadzisz firmę. Musisz być obecny w sieci. To są twoi klienci, właśnie tak wyrażają swoje opinie i w ten sposób się dowiadujesz, czy dobrze ci idzie. – W głowie Mae pojawiła się myśl o sześciu narzędziach informatycznych Circle, które jej zdaniem pomogłyby mu w interesach; lecz Mercer nie chciał wykorzystać pełni swoich możliwości i nie wiedzieć czemu, potrafił być z tego zadowolony.
– Zrozum, to nieprawda. To nieprawda. Wiem, jak mi idzie, gdy sprzedaję żyrandole. Gdy ludzie je zamówią, wtedy je robię, a oni mi płacą. Jeśli mają potem coś do powiedzenia, mogą do mnie zadzwonić lub napisać. Chodzi mi o to, że wszystkie te rzeczy, w które się angażujecie, to plotki. To ludzie obgadujący się nawzajem za swoimi plecami. Do tego właśnie sprowadza się ogromna większość

tych mediów społecznościowych, wszystkie te recenzje, wszystkie komentarze. Wasze narzędzia zrobiły z plotki, pogłoski i domysłu główny nurt komunikacji. A poza tym to przecież cholernie durne.

Mae sapnęła, a Mercer dodał:

– Uwielbiam, gdy to robisz. Czy to znaczy, że nie wiesz, co odpowiedzieć? Posłuchaj, dwadzieścia lat temu posiadanie zegarka z kalkulatorem nie było niczym fajnym, prawda? Spędzanie całego dnia na zabawie z nim w czterech ścianach stanowiło wyraźny sygnał, że nasza pozycja towarzyska nie jest zbyt dobra. A oceny typu „podoba mi się" i „nie podoba" oraz ikonki z uśmiechniętą i skrzywioną buźką ograniczały się do poziomu gimnazjum. Ktoś napisałby krótki list z pytaniem: „Lubisz jednorożce i naklejki?", a ty odpisałabyś: „Taak, lubię jednorożce i naklejki! Uśmiech!" lub coś w tym rodzaju. Teraz jednak czynią to nie tylko gimnazjaliści, ale wszyscy, i mam wrażenie, że znalazłem się w strefie odwróconych znaczeń, w odbitym w lustrze świecie, całkowicie zdominowanym przez gówniane bzdury. Świat doprowadził się do zidiocenia.

– Czy zależy ci na tym, żeby być fajnym?

– A wyglądam na kogoś takiego? – Przesunął dłonią po rosnącym brzuchu, po rozdartym kombinezonie roboczym. – Najwyraźniej nie jestem w tym mistrzem. Ale pamiętam, jak oglądałaś Johna Wayne'a lub Steve'a McQueena i mówiłaś: „No, no! Ci goście to twardziele. Konno i na motocyklach przemierzają świat, naprawiając zło".

Mae roześmiała się mimowolnie. Sprawdziła godzinę na zegarku.

– Trzy minuty już dawno minęły.

Mercer dalej nudził:

– Teraz gwiazdy filmu błagają ludzi, żeby śledzili ich wpisy na komunikatorze. Wysyłają błagalne wiadomości, prosząc, by wszyscy się do nich uśmiechali. No i, kurwa mać, te listy subskrybentów! Wszyscy nadają niezamawiane przesyłki reklamowe. Wiesz, na co poświęcam godzinę dziennie? Na wymyślanie sposobów na wypisanie się z list subskrybentów bez urażenia czyichś uczuć. Ta nowa zależność emocjonalna... szerzy się jak zaraza. – Westchnął, jakby poczynił kilka bardzo ważnych uwag. – To po prostu zupełnie inny świat.

– Jest inny w pozytywny sposób – odparła Mae. – I lepszy na setki sposobów, które mogę wymienić. Ale nic na to nie poradzę, że nie jesteś towarzyski. Rzecz w tym, że twoje potrzeby w tym względzie są tak znikome...

– Nie o to chodzi. Jestem wystarczająco towarzyski. Ale wy kreujecie, a właściwie w y t w a r z a c i e nienaturalnie skrajne potrzeby towarzyskie. Poziom kontaktu, który zapewniacie, nikomu nie jest potrzebny. On niczego nie poprawia. Nie krzepi. Przypomina przekąskę. Wiesz, jak one są produkowane? Naukowo określa się, ile dokładnie soli i tłuszczu trzeba w nich zawrzeć, żebyś nieustannie jadła. Nie jesteś głodna, nie potrzebujesz tego jedzenia, ono ci nic nie daje, ale dalej spożywasz te puste kalorie. To właśnie lansujecie. To samo. Niezliczone puste kalorie, tyle że w cyfrowo--społecznościowej postaci. I serwujecie to w takich dawkach, że uzależnia w ten sam sposób.

– Jezu Chryste.

– Znasz to uczucie, gdy pochłaniasz torebkę chrupek i czujesz do siebie odrazę? Wiesz, że tylko sobie zaszkodziłaś. Takie samo uczucie, i wiesz, że tak jest, pojawia się po komputerowym szaleństwie. Czujesz się wyczerpana, pusta i przegrana.

– Nigdy nie czuję się przegrana. – Mae pomyślała o petycji, którą podpisała tego dnia, żeby zażądać większej liczby miejsc pracy dla imigrantów mieszkających na przedmieściach Paryża. To pobudza do działania i przyniesie efekt. Ale Mercer nie wiedział o tym ani o niczym, co robiła Mae, o niczym, co robiło Circle, a ona miała go zanadto dosyć, by mu to wszystko wyjaśniać.

– W dodatku przez to nie mogę już z tobą rozmawiać. – Mercer nie przestawał mówić. – Nie mogę wysyłać ci e-maili, ponieważ natychmiast prześlesz je komuś innemu. Nie mogę wysłać zdjęcia, bo zamieścisz je na własnym profilu. A tymczasem twoja firma przegląda wszystkie nasze wiadomości w poszukiwaniu informacji, na których może zarobić. Nie uważasz, że to chore?

Mae spojrzała na jego nalaną twarz. Mercer tył na całym ciele. Chyba zaczynały mu obwisać policzki. Czy dwudziestopięcioletni mężczyzna mógł mieć obwisłe policzki? Nic dziwnego, że myślał o przekąskach.

– Dzięki za pomoc przy tacie – powiedziała, weszła do domu i czekała, aż Mercer wyjdzie. Zabrało mu to kilka minut, uparł się, że dopije piwo, ale niebawem się pożegnał i Mae zgasiła światło na parterze, poszła do swojego dawnego pokoju i rzuciła się na łóżko. Sprawdziła otrzymane wiadomości, znalazła kilkadziesiąt takich, którymi powinna się zainteresować, po czym, ponieważ była dopiero dziewiąta, a jej rodzice już spali, zalogowała się na swoje konto w Circle i zajęła kilkoma zapytaniami, czując z każdym spełnionym życzeniem klienta, że wspomnienie Mercera zaciera się w jej świadomości. O północy poczuła się jak nowo narodzona.

W sobotę Mae obudziła się w swoim dawnym łóżku. Po śniadaniu usiadła z ojcem i we dwójkę oglądali ligę zawodową koszykówki kobiecej, co Holland senior robił od pewnego czasu z wielkim entuzjazmem. Resztę dnia zmarnotrawili, grając w karty i załatwiając sprawunki, po czym razem przygotowali kurczaka *sauté*, rodzice Mae nauczyli się przyrządzać go w ten sposób na kursie kulinarnym, na który zapisali się w YWCA*.

W niedzielę rano porządek zajęć był identyczny: Mae późno wstała, czując się ociężała i delektując się tym uczuciem, i weszła do pokoju telewizyjnego, gdzie jej ojciec znowu oglądał jakiś mecz ligi WNBA**. Tym razem miał na sobie gruby biały szlafrok, skradziony z hotelu w Los Angeles przez jego przyjaciela.

---

* Young Women's Christian Association – Chrześcijańskie Stowarzyszenie Młodzieży Żeńskiej.
** Women's National Basketball Association – amerykańska liga profesjonalnej koszykówki kobiecej.

Matka była na zewnątrz i przy użyciu taśmy instalatorskiej naprawiała plastikowy pojemnik na śmieci, uszkodzony przez szopy próbujące dostać się do jego zawartości. Mae czuła się otępiała, jej ciało nie chciało robić niczego poza przyjęciem pozycji półleżącej. Zdała sobie sprawę, że przez cały tydzień była w ciągłym pogotowiu i nie spała dłużej niż pięć godzin dziennie. Siedzenie w ciemnym salonie rodziców, oglądanie meczu koszykówki, który zupełnie jej nie obchodził, wszystkie te podskakujące końskie ogony i warkocze, ten pisk adidasów były po prostu cudowne i pokrzepiające.

– Pomożesz mi wstać, Groszku Pachnący? – zapytał ojciec. Jego pięści były wciśnięte głęboko w poduchę kanapy, nie mógł się jednak podnieść. Poduchy były zbyt miękkie.

Mae wstała i wyciągnęła do niego rękę, ale w tym momencie usłyszała ciche bulgotanie.

– Niech to szlag… – powiedział i zaczął opadać na kanapę, po czym zmienił ułożenie ciała i oparł się na boku, jakby właśnie sobie przypomniał, że na kanapie leży coś kruchego, na czym nie może usiąść. – Możesz sprowadzić matkę? – zapytał z zaciśniętymi zębami i zamkniętymi oczyma.

– Co się stało?

Otworzył oczy i Mae dostrzegła w nich nieznaną jej wcześniej furię.

– Po prostu sprowadź, proszę, swoją matkę.

– Jestem przy tobie. Pozwól, że ci pomogę – powiedziała. Znowu sięgnęła po jego dłoń. Odtrącił jej rękę.

– Sprowadź… matkę.

I wtedy poczuła tę woń. Ojciec się zabrudził.

Odetchnął głośno, uspokajając się, i teraz rzekł cichszym głosem:

– Proszę. Proszę cię, moja droga. Sprowadź mamę.

Mae podbiegła do drzwi frontowych. Odnalazła matkę przy garażu i powiedziała jej, co się stało. Matka nie rzuciła się do domu, tylko ujęła dłonie córki i powiedziała:

– Chyba powinnaś teraz wrócić do domu. On nie chce, żebyś to widziała.
– Mogę pomóc.
– Skarbie, proszę. Musisz mu zapewnić trochę poczucia godności.
– Bonnie! – zagrzmiał jego głos z wnętrza domu.
Matka ścisnęła jej dłoń.
– Córeczko, po prostu spakuj się i jedź. Zobaczymy się za kilka tygodni, dobrze?

Mae ruszyła z powrotem ku wybrzeżu, trzęsąc się z wściekłości. Nie mieli prawa tego zrobić, wzywać jej do domu, a potem z niego wyrzucać. Nie powinna wąchać jego gówna! Pomoże, owszem, spełni każdą ich prośbę, ale skoro ją tak traktują... No i Mercer! Rugał ją pod jej własnym dachem. Chryste Panie. Co za tercet. Jechała tam dwie godziny, a teraz czekały ją dwie kolejne godziny drogi powrotnej. I co dostała za wszystkie te starania? Tylko frustrację. Wieczorem jakiś grubas prawił jej morały, a za dnia rodzice wyprosili ją z domu.

Gdy wróciła na wybrzeże, była 16:14. Pomyślała, że ma czas. Wypożyczalnię zamykano o piątej czy o szóstej? Nie mogła sobie przypomnieć. Skręciła gwałtownie i zjechała w stronę przystani. Kiedy dotarła na plażę, brama do miejsca, gdzie przechowywano kajaki, była otwarta, ale nikogo nie dostrzegła. Mae rozejrzała się i zerknęła między rzędy kajaków, wioseł i kapoków.

– Halo, dzień dobry – powiedziała.
– Witam! – rozległ się czyjś głos. – Tutaj. W przyczepie.

Za rzędami sprzętu na pustakach stała przyczepa. Przez jej otwarte drzwi Mae widziała na biurku stopy jakiegoś mężczyzny, przewód telefonu ciągnął się od aparatu ku niewidocznej twarzy. Weszła po schodkach i w zaciemnionym wnętrzu ujrzała trzydziestokilkuletniego łysiejącego mężczyznę z uniesionym ku niej

palcem wskazującym. Mae co kilka minut zerkała na telefon, widząc umykające minuty: 16:20, 16:21, 16:23. Gdy się rozłączył, uśmiechnął się.
– Dzięki za cierpliwość. W czym mogę pomóc?
– Zastałam Marion?
– Nie. Jestem jej synem. Walt. – Mężczyzna wstał i uścisnął jej dłoń. Był wysoki, chudy i opalony.
– Miło cię poznać. Przyjechałam za późno?
– Za późno na co? Na obiad? – zapytał, myśląc, że udał mu się żart.
– Na wypożyczenie kajaka.
– Och. Cóż, którą mamy godzinę? Dawno nie sprawdzałem.
Mae nie musiała sprawdzać.
– Czwarta dwadzieścia sześć – odparła.
Walt odchrząknął i się uśmiechnął.
– Czwarta dwadzieścia sześć? Cóż, zwykle zamykamy o piątej, ale chyba mogę liczyć na to, że zwrócisz go o piątej dwadzieścia dwie? To chyba uczciwa propozycja? Wtedy właśnie muszę wyjechać po moją córkę.
– Dziękuję.
– Załatwmy formalności – rzekł. – Właśnie zinformatyzowaliśmy system. Mówiłaś, że jesteś naszą stałą klientką?
Mae podała mu nazwisko i Walt wpisał je do nowego tabletu, ale rejestracja się nie powiodła. Po trzech próbach zdał sobie sprawę, że jego Wi-Fi nie działa.
– Może zarejestruję cię na moim telefonie – dodał, wyciągając aparat z kieszeni.
– Możemy to zrobić, gdy wrócę? – zapytała Mae, a on się zgodził, sądząc, że dzięki temu będzie miał czas, żeby ponownie połączyć się z Internetem. Zaopatrzył Mae w kamizelkę ratunkową i kajak; gdy znalazła się na wodzie, znowu zerknęła na telefon. 16:32. Miała prawie godzinę. W zatoce godzina zawsze oznaczała mnóstwo czasu. Godzina była jak dzień.

Odbiła od brzegu; tego dnia w pobliżu przystani nie zobaczyła fok, mimo że celowo płynęła bardzo powoli, żcby je jakoś ośmielić. Dotarła do starego, na wpół zatopionego mola, gdzie czasem wygrzewały się na słońcu, ale nie było tam ani fok, ani lwów morskich, molo było puste, na słupie siedział tylko samotny ohydny pelikan.

Minęła starannie utrzymane jachty oraz statki pułapki i wypłynęła na otwarte wody. Znalazłszy się tam, odpoczywała, czując pod sobą wiele sążni gładkiej i falującej niczym żelatyna wody. Gdy tak siedziała nieruchomo, dwadzieścia metrów przed nią pojawiły się dwie głowy fok. Zerkały na siebie, jakby właśnie podejmowały decyzję, czy powinny zgodnie spojrzeć na Mae, co zaraz potem zrobiły.

Wpatrywały się w siebie nieruchomo, ona i te dwa morskie ssaki, aż w końcu jeden z nich, uświadomiwszy sobie chyba, jak nieciekawym obiektem obserwacji jest nieruchoma postać Mae, wśliznął się pod nadpływającą falę i zniknął pod wodą, a drugi szybko podążył za towarzyszem.

Przed sobą, na środku zatoki, Mae dostrzegła coś nowego, jakiś nienaturalny kształt, którego wcześniej nie zauważyła. Uznała, że dotarcie tam i sprawdzenie, co to jest, będzie jej zadaniem na ten dzień. Podpłynęła bliżej i zrozumiała, że ów kształt tworzą w rzeczywistości mała barka i przywiązana do niej stara łódź rybacka. Na barce znajdowało się coś w rodzaju wymyślnego, ale skleconego byle jak schronienia. Gdyby znajdowało się ono na lądzie, zwłaszcza w tych okolicach, zostałoby natychmiast rozebrane. Przypominało jej zdjęcia jakiegoś Hooverville* lub prowizorycznego obozu uchodźców, które kiedyś widziała.

Mae siedziała w kajaku, przyglądając się temu bałaganowi spod przymrużonych powiek, gdy zza niebieskiej plandeki wyłoniła się jakaś kobieta.

---

* Popularna nazwa osiedli bezdomnych i bezrobotnych powstających na obrzeżach amerykańskich miast w latach wielkiego kryzysu. Pochodziła od nazwiska ówczesnego prezydenta USA Herberta Hoovera, powszechnie obarczanego odpowiedzialnością za kryzys.

– Hej! – zawołała. – Zjawiłaś się tutaj nie wiadomo skąd. – Miała około sześćdziesięciu lat, długie białe włosy, gęste, potargane i ściągnięte w koński ogon. Postąpiła kilka kroków naprzód i Mae spostrzegła, że nieznajoma jest młodsza, niż przypuszczała, może tuż po pięćdziesiątce, a we włosach ma blond pasma.

– Cześć – powiedziała Mae. – Przepraszam, jeśli podpłynęłam za blisko. Ludzie na przystani stale nam powtarzają, byśmy wam tutaj nie przeszkadzali.

– Zazwyczaj tak właśnie jest – odparła kobieta. – Ale biorąc pod uwagę, że właśnie wychodzimy wypić nasz wieczorny koktajl – dodała, usiadłszy na białym plastikowym krześle – przypłynęłaś w samą porę. – Odchyliła głowę, zwracając się w stronę niebieskiej plandeki: – Masz zamiar się tam ukrywać?

– Przygotowuję drinki, gołąbeczko – odparł głos należący do jakiegoś niewidocznego mężczyzny, który usiłował być grzeczny.

Kobieta obróciła się z powrotem do Mae. W nikłym świetle jej oczy jaśniały nieco szelmowskim blaskiem.

– Sprawiasz wrażenie nieszkodliwej. Chcesz wejść na pokład? – Kobieta przechyliła głowę, taksując ją wzrokiem.

Mae podpłynęła bliżej i wtedy posiadacz męskiego głosu wynurzył się spod plandeki i przybrał ludzką postać. Mężczyzna był żylasty i nieco starszy od swojej towarzyszki. Stąpając powoli, niósł coś, co wyglądało na dwa termosy.

– Przyłączy się do nas? – zapytał kobietę, osuwając się na identyczne plastikowe krzesło obok niej.

– Zaprosiłam ją – odparła nieznajoma.

Gdy Mae znalazła się wystarczająco blisko, żeby dostrzec ich twarze, zobaczyła, że są czyści i schludni; wcześniej się obawiała, że ich ubrania potwierdzą to, co sugerował wygląd statku – że są nie tylko pływającymi włóczęgami, ale mogą być też niebezpieczni.

Przez chwilę para wagabundów przyglądała się, jak Mae podpływa do barki. Byli zaciekawieni, ale bezczynni, jakby siedzieli w salonie, a ona stanowiła dla nich przedwieczorną rozrywkę.

– P o m ó ż ż e jej – powiedziała cierpko kobieta i mężczyzna wstał z krzesła.

Dziób kajaka uderzył w stalową burtę i mężczyzna szybko obwiązał go liną, po czym przyciągnął równolegle do barki. Pomógł Mae wstać i wejść na pokład, rodzaj mozaiki z desek.

– Usiądź tutaj, kochana – powiedziała kobieta, wskazując krzesło, które zwolnił mężczyzna, żeby pomóc Mae.

Mae usiadła i spostrzegła, że mężczyzna rzuca kobiecie dzikie spojrzenie.

– Weź sobie i n n e – poradziła mu, a on zniknął pod niebieską plandeką.

– Zwykle aż tak nim nie dyryguję – powiedziała do Mae, sięgając po jeden z termosów. – Ale on nie potrafi zabawiać gości. Chcesz czerwone czy białe?

Mae nie miała powodu, by przystawać na taką propozycję po południu w sytuacji, gdy miała do zwrotu kajak, a potem czekała ją jazda do domu. Była jednak spragniona, a skoro wino było białe, smakowałoby wyśmienicie w chylącym się ku zachodowi popołudniowym słońcu, szybko więc zdecydowała, że chce się napić.

– Poproszę białe.

Z fałdów plandeki wyłonił się mały czerwony stołek, a po nim mężczyzna, ostentacyjnie obnoszący się z obrażoną miną.

– Po prostu usiądź i się napij – zaproponowała kobieta i do papierowych kubków na kawę nalała biały trunek dla Mae oraz czerwony dla siebie i swojego kompana. Mężczyzna usiadł i wszyscy troje wznieśli swoje „kieliszki"; wino, które zdaniem Mae było marnej jakości, smakowało nadzwyczajnie.

Mężczyzna mierzył ją wzrokiem.

– Rozumiem, że szukasz przygód. Sporty ekstremalne i tego typu sprawy. – Opróżnił kubek i sięgnął po termos. Mae się spodziewała, że partnerka spojrzy na niego z dezaprobatą, jak zrobiłaby jej matka, ale zwrócone ku zachodzącemu słońcu oczy kobiety były zamknięte.

Mae pokręciła głową.

– Nie, wcale nie.
– Nie widujemy tu zbyt wielu kajakarzy – powiedział, napełniając kubek. – Zwykle trzymają się bliżej brzegu.
– Myślę, że to miła dziewczyna – stwierdziła kobieta, nie otwierając oczu. – Popatrz na jej ubranie. Wygląda jak panienka z dobrego domu. Ale nie jest darmozjadem. Jest miłą dziewczyną, którą od czasu do czasu zżera ciekawość.
Teraz to mężczyzna przyjął rolę obrońcy.
– Dwa łyki wina i już jej się wydaje, że jest jasnowidzem.
– Nie ma sprawy – powiedziała Mae, choć przyjęła tę diagnozę z mieszanymi uczuciami. Gdy spojrzała na mężczyznę, a potem na kobietę, ta otworzyła oczy.
– Jutro przypłynie tutaj stado wali szarych – oznajmiła i skierowała wzrok w stronę Golden Gate. Zmrużyła oczy, jakby obiecywała w myślach oceanowi, że gdy wale przypłyną, zostaną dobrze potraktowane. Potem znowu zamknęła oczy. Wyglądało na to, że teraz obowiązek zabawienia Mae spoczął na barkach mężczyzny, który zapytał:
– No i jak dzisiaj zatoka?
– Dobrze – odparła Mae. – Jest taka spokojna.
– W tym tygodniu było bardzo spokojnie – zgodził się gospodarz barki i przez jakiś czas nikt się nie odzywał, jakby we troje chcieli uczcić spokój wód zatoki chwilą milczenia. I w tej ciszy Mae pomyślała o tym, jak Annie bądź jej rodzice zareagowaliby, widząc, że pije wino na barce. Po południu, z jej nieznajomymi mieszkańcami. Zdawała sobie sprawę, że Mercer by to pochwalił.
– Widziałaś jakieś foki? – zapytał w końcu mężczyzna.
Mae nic o tych ludziach nie wiedziała. Nie przedstawili się jej i nie zapytali, jak się nazywa.
W oddali rozległ się róg mgłowy.
– Dzisiaj tylko kilka sztuk, bliżej brzegu – odparła Mae.
– Jak wyglądały? – zapytał, a gdy opisała lśniące jak celofan szare focze łby, spojrzał na kobietę. – Stevie i Kevin.
Kobieta potwierdziła skinieniem głowy.

– Myślę, że pozostałe są dzisiaj dalej od brzegu, polują. Stevie i Kevin rzadko opuszczają tę część zatoki. Stale przypływają tu, żeby się przywitać.

Mae chciała zapytać, czy tutaj mieszkają, a jeśli nie, to co właściwie robią na tej barce przywiązanej do łodzi rybackiej, z czego żadna nie nadawała się chyba do jakiegokolwiek użytku. Czy mieszkali tutaj na stałe? I przede wszystkim, jak się tu dostali? Ale zadanie tych wszystkich pytań wydawało się niemożliwe, skoro nie zapytali jej o imię.

– Byłaś tutaj, gdy się tam paliło? – zapytał mężczyzna, wskazując na dużą niezamieszkaną wyspę pośrodku zatoki. Wznosiła się za nimi, niema i czarna. Mae pokręciła głową.

– Płonęła przez dwa dni. Właśnie tu dotarliśmy. Wieczorem ten żar... Czuć go było nawet tutaj. Co noc pływaliśmy w tych zapomnianych przez Boga i ludzi wodach, żeby się ochłodzić. Myśleliśmy, że świat się kończy.

Teraz kobieta otworzyła oczy i skupiła wzrok na Mae.

– Pływałaś w tej zatoce?

– Kilka razy. Ekstremalne doświadczenie, ale dorastając, pływałam w jeziorze Tahoe. Jest co najmniej tak samo zimne.

Mae dopiła wino i przez chwilę czuła się rozpromieniona. Spojrzała spod zmrużonych powiek na słońce, odwróciła wzrok i zobaczyła jakiegoś mężczyznę na srebrzystej żaglówce podnoszącego trójkolorową banderę.

– Ile masz lat? – zapytała kobieta. – Wyglądasz na jedenaście.

– Dwadzieścia cztery – odparła Mae.

– Mój Boże. Masz skórę jak u dziecka. Czy my też byliśmy kiedyś tacy młodzi, kochany? – Odwróciła się do mężczyzny, który długopisem drapał się po podbiciu. Wzruszył ramionami i kobieta nie drążyła tematu.

– Pięknie tu – zauważyła Mae.

– To prawda – potwierdziła kobieta. – To piękno aż krzyczy, dniem i nocą. Dziś rano wschód słońca był taki wspaniały. A dziś wieczorem będzie pełnia księżyca. Wschodzi na pomarańczowo, stopniowo przybierając srebrny kolor. Woda będzie skąpana w złocie, a potem w platynie. Powinnaś zostać.

– Muszę go zwrócić – odparła Mae, wskazując na kajak. Spojrzała na telefon. – Za mniej więcej osiem minut.

Wstała. To samo zrobił także mężczyzna i wziął od niej kubek, do którego wsadził swój własny.

– Myślisz, że dasz radę przepłynąć z powrotem w osiem minut? – zapytał.

– Spróbuję.

Kobieta cmoknęła głośno z dezaprobatą.

– Nie mogę uwierzyć, że ona już się zbiera. Polubiłam ją.

– Ona jeszcze żyje, moja droga. Nadal jest z nami – zauważył mężczyzna. – Nie bądź niegrzeczna. – Pomógł Mae wsiąść do kajaka i odwiązał linę.

Mae zanurzyła dłoń w wodzie i zmoczyła sobie kark.

– Leć, zdrajczyni – powiedziała kobieta.

Mężczyzna przewrócił oczami i rzekł:

– Przepraszam.

– Nie ma sprawy. Dzięki za wino. Jeszcze tu wrócę.

– Byłoby świetnie – odparła kobieta, mimo że wcześniej wydawało się, że skończyła już z Mae. Tak jakby przez moment myślała, że Mae jest taką a taką osobą, ale teraz, wiedząc, iż jest inna, mogła się z nią rozstać, mogła zwrócić ją światu.

Mae powiosłowała w kierunku brzegu z sercem lekkim jak piórko i krzywym uśmieszkiem na zwilżonych winem ustach. I dopiero wówczas uświadomiła sobie, na jak długo zapomniała o rodzicach, o Mercerze, o stresach w pracy. Wiatr się wzmógł, wiejąc teraz ze wschodu, i wiosłowała z nim brawurowo, pryskając na wszystkie strony wodą moczącą jej nogi, twarz i ramiona. Czuła się bardzo silna, jej mięśnie nabierały śmiałości z każdym bryzgiem zimnej wody. To wszystko – widok swobodnie unoszących się na powierzchni zatoki łodzi, ukazujących się i ujawniających swe nazwy przycumowanych w klatkach jachtów i wreszcie nabierającej kształtu plaży z Waltem, który czekał na linii wody – sprawiało jej wielką radość.

W poniedziałek, gdy dotarła do pracy i się zalogowała, na drugim ekranie czekało około stu wiadomości.
Od Annie: *Brakowało nam Cię w piątkowy wieczór!*
Jared: *Ominęła Cię superbalanga.*
Dan: *Żałuj, że nie byłaś na niedzielnej fecie!*
Mae zajrzała do kalendarza i zdała sobie sprawę, że w piątek w Renesansie odbyło się przyjęcie dla wszystkich. W niedzielę urządzono grilla dla nowicjuszy – tych, którzy dołączyli do firmy w ciągu dwóch tygodni jej pracy w Circle.
Pracowity dzień, napisał Dan. *Zajrzyj do mnie jak najszybciej.*
Stał w kącie swojego gabinetu, zwrócony twarzą do ściany. Mae zapukała delikatnie do drzwi, a on, nie odwracając się, uniósł palec wskazujący, prosząc, by dała mu jeszcze chwilę. Obserwowała go cierpliwie i w milczeniu, dopóki nie uświadomiła sobie, że używa interfejsu siatkówkowego i potrzebuje pustego tła. Widziała już pracowników Circle robiących coś takiego – odwracających się do ściany, ażeby obrazy na ich wyświetlaczach siatkówkowych były wyraźniejsze. Skończywszy, odwrócił się do Mae, błyskając na chwilę życzliwym uśmiechem.
– Nie mogłaś wczoraj przyjść?
– Przepraszam. Byłam u rodziny. Mój tata…
– Wspaniała impreza. Byłaś chyba jedyną nieobecną nowicjuszką. Ale o tym możemy porozmawiać później. Teraz muszę cię prosić o przysługę. Zważywszy na to, jak szybko rozwija się sytuacja, musieliśmy sprowadzić sporo nowych ludzi do pomocy, zastanawiałem się więc, czy mogłabyś mi pomóc z niektórymi z nowo przybyłych.
– Oczywiście.
– Myślę, że nie będziesz miała z tym żadnych problemów. Wszystko ci pokażę. Wrócimy do twojego biurka. Renato?

Renata poszła za nimi, niosąc niewielki monitor, zbliżony wielkością do notebooka. Zainstalowała go na biurku Mae i wyszła.

– Dobra. Najlepiej byłoby, gdybyś robiła to samo co Jared, pamiętasz? Ilekroć pojawi się trudne pytanie i trzeba będzie przekazać je bardziej doświadczonemu pracownikowi, ty się tym zajmiesz. Teraz jesteś weteranem. Czy to brzmi sensownie?

– Tak.

– Po drugie, chcę, aby nowicjusze mogli zadawać ci pytania podczas pracy. Najłatwiej będzie pokazywać je na tym ekranie. – Dan wskazał na mały monitor, który został umieszczony pod głównym monitorem. – Jak coś się tu pojawi, będzie wiadomo, że wyszło od kogoś z twojej grupy, dobrze? – Odwrócił się do nowego ekranu, wpisał w swoim tablecie „Mae, pomocy!" i te słowa ukazały się na nowym, czwartym ekranie. – Czy to wydaje się dostatecznie proste?

– Owszem.

– Dobrze. Tak więc nowicjusze znajdą się tutaj po przeszkoleniu u Jareda. Robi to zbiorowo właśnie teraz. Około jedenastej zjawi się tu dwanaście nowych osób. W porządku? – wyjaśnił Dan, podziękował jej i wyszedł.

Do jedenastej miała sporo pracy, ale jej rating wyniósł 98. Było kilka ocen poniżej 100 i dwie poniżej 90, które poprawiła; w większości przypadków klienci podnieśli swoją punktację do 100 punktów. O jedenastej oderwała wzrok od monitora i ujrzała, jak Jared wprowadza na salę grupę ludzi. Wszyscy sprawiali wrażenie bardzo młodych i wszyscy stąpali ostrożnie, jakby bali się obudzić jakieś niewidoczne niemowlę. Jared usadził ich przy biurkach i sala, która przez tydzień była zupełnie pusta, w ciągu kilku minut zapełniła się niemal w całości.

Jared stanął na krześle i zawołał:

– No dobra! To zdecydowanie najszybszy proces wdrażania nowych pracowników w historii naszej firmy. I nasza najszybsza sesja szkoleniowa. Oraz najbardziej szalony pierwszy dzień. Wiem jednak, że wszyscy dacie sobie radę. Zwłaszcza że przez cały dzień będę tu, żeby wam pomagać, i będzie tu również Mae. Mae, możesz wstać?

Mae zrobiła to, ale było oczywiste, że widzi ją zaledwie kilku zebranych w sali nowicjuszy.

– Może staniesz na fotelu? – zaproponował Jared i Mae spełniła jego prośbę, wygładzając spódnicę; czuła się bardzo głupio i miała nadzieję, że nie spadnie. – Oboje będziemy tutaj cały dzień, żeby odpowiadać na pytania i rozwiązywać bardziej złożone problemy. Jeśli otrzymacie trudne zgłoszenie, po prostu prześlijcie je dalej. Zostanie przekazane temu z nas dwojga, które ma mniej roboty. Jeśli będziecie mieli jakieś pytanie, tak samo. Prześlijcie je kanałem, który wam pokazałem na szkoleniu, a ono trafi do mnie lub do Mae. Będziemy waszym zabezpieczeniem. Wszyscy dobrze się czują? – Nikt się nie poruszył i nie powiedział ani słowa. – To dobrze. Znowu otworzę zsyp i popracujemy do dwunastej trzydzieści. Lunch będzie dziś krótszy z uwagi na szkolenie i całą resztę, ale w piątek wam to wynagrodzimy. Wszyscy gotowi? – Wydawało się, że nikt nie jest gotowy. – Jazda!

Jared zeskoczył, a Mae zeszła z fotela, znowu na nim usiadła i natychmiast otrzymała trzydzieści zapytań. Zaczęła odpowiadać na pierwsze i po niespełna minucie miała pytanie na czwartym ekranie, tym dla nowicjuszy.

Klient chce cały rejestr płatności z zeszłego roku. Jest dostępny? I gdzie?

Mae wskazała nowicjuszowi odpowiedni folder, po czym wróciła do zapytania, które miała przed oczami. Pracowała dalej w ten sposób, co kilka minut odrywana od własnych zajęć pytaniem jakiegoś nowicjusza, do wpół do pierwszej, gdy ponownie ujrzała Jareda na krześle.

– Stop! – zawołał. – Czas na lunch. Było gorąco, prawda? Ale daliśmy radę. Nasza łączna średnia wynosi dziewięćdziesiąt trzy punkty, co normalnie nie jest wynikiem zbyt dobrym, ale może być, biorąc pod uwagę nowy system i zwiększony napływ zgłoszeń. Gratuluję. Zjedzcie coś, podładujcie akumulatory i do zobaczenia o pierwszej. Mae, zajrzyj do mnie, gdy znajdziesz chwilkę.

Znowu zeskoczył z krzesła i zanim zdążyła ruszyć do jego gabinetu, stał przy jej biurku. Na jego twarzy malował się wyraz życzliwej troski.

– Nie byłaś w przychodni.
– Ja?
– To prawda?
– Chyba tak.
– Powinnaś była pójść tam w pierwszym tygodniu.
– Och.
– Czekają. Możesz iść dzisiaj?
– Jasne. Teraz?
– Nie, nie. Teraz, jak widzisz, jesteśmy zawaleni robotą. Może o czwartej? Mogę obsłużyć ostatnią zmianę. A po południu wszystkie te żółtodzioby będą już o wiele lepsze. Dobrze się dotąd bawiłaś?
– Oczywiście.
– Zestresowana?
– Cóż, to trochę zmienia sytuację.
– Oj, zmienia. I zapewniam cię, że tych zmian będzie więcej. Wiem, że ktoś taki jak ty znudziłby się zwykłą pracą w Dziale Doświadczeń Klienta, więc w przyszłym tygodniu zapoznamy cię z inną stroną tej roboty. Myślę, że bardzo ci się spodoba. – Zerknął na swoją bransoletę i zobaczył która godzina. – O cholera. Powinnaś iść na lunch. Odejmuję ci jedzenie od ust. Idź, masz dwadzieścia dwie minuty.

Mae znalazła przygotowaną zawczasu kanapkę w najbliższej kuchni i zjadła przy biurku. Przewinęła wiadomości z portali społecznościowych na trzecim ekranie, szukając wszystkiego, co pilne lub wymagające odpowiedzi. Znalazła i odpowiedziała na trzydzieści jeden wiadomości, czując satysfakcję, że poświęciła należytą uwagę wszystkim, którzy tego potrzebowali.

Popołudnie było jak pociąg, który wymknął się spod kontroli. Wbrew zapewnieniom Jareda, który kilkanaście razy wychodził z biura i z przejęciem rozmawiał przez telefon, pytania od nowicjuszy napływały nieprzerwanym strumieniem. Mae uporała się z podwójną porcją zapytań i o 15:48 sama miała 96 punktów na koncie; średnia ocena grupy wyniosła 94. Nieźle, pomyślała, biorąc pod uwagę dodatkowe dwanaście nowych osób i konieczność pomagania im w pojedynkę przez większość tych trzech godzin. Gdy nadeszła czwarta, wiedziała, że oczekują jej w przychodni. Mając nadzieję, że Jared o tym pamięta, wstała od biurka. Okazało się, że patrzy w jej kierunku; podniósł kciuk na znak, że dobrze jej poszło. Wyszła z biura.

Hol przychodni tak naprawdę w ogóle nie był holem. Bardziej przypominał restaurację, w której pracownicy Circle rozmawiali w parach, na ścianie pięknie rozłożono zdrowe produkty spożywcze oraz zdrowe napoje, przygotowano bar sałatkowy z warzywami uprawianymi w kampusie i zawieszono na murze zwój z przepisem na zupę paleo.

Mae nie wiedziała, do kogo ma podejść. W pomieszczeniu było pięć osób. Cztery z nich pracowały na tabletach, jedna korzystała z interfejsu siatkówkowego, stojąc w kącie holu. Nie było tam niczego, co przypominało zwykłe okienko, w którym powitałaby ją rejestratorka medyczna.

– Mae?

Odwróciła się w stronę głosu i zobaczyła twarz kobiety z krótkimi czarnymi włosami, dołeczkami w obu policzkach i uśmiechem na ustach.

– Jesteś gotowa?

Przeszły niebieskim korytarzem do pokoju, który wyglądał raczej na designerską kuchnię niż na gabinet lekarski. Kobieta z dołeczkami w policzkach zostawiła tam Mae, wskazując jej wyściełane krzesło.

Mae usiadła na nim, po czym wstała, przyciągnięta widokiem znajdujących się wzdłuż ścian szafek. Widziała cienkie jak nić poziome linie wyznaczające dolną krawędź jednej szuflady i górną następnej, nie było jednak gałek ani klamek. Przesunęła dłonią po powierzchni frontów, ledwie wyczuwając mikroskopijne szczeliny. Nad szafkami biegła stalowa listwa z wygrawerowanym napisem: Żeby Uleczyć, Trzeba Wiedzieć. Żeby Wiedzieć, Trzeba Się Dzielić.

Drzwi się otworzyły i zaskoczona Mae się przestraszyła.

– Cześć, Mae – powiedziała olśniewająca, uśmiechnięta kobieta, zbliżając się do niej. – Jestem doktor Villalobos.

Mae uścisnęła dłoń lekarki, stojąc z rozdziawionymi ustami. Ta kobieta nie pasowała do tego miejsca, tego gabinetu, była na to zbyt efektowna. Miała nie więcej niż czterdzieści lat, czarny koński ogon i lśniącą skórę. Wiszące na jej szyi eleganckie okulary do czytania spoczywały na klapach kremowego żakietu opiętego na pokaźnym biuście. Nosiła buty na pięciocentymetrowych obcasach.

– Miło cię widzieć.

Mae nie wiedziała, co powiedzieć.

– Dziękuję, że mnie pani przyjęła – bąknęła i natychmiast poczuła się głupio.

– Nie, to ja dziękuję, że przyszłaś – odparła lekarka. – Nalegamy, by wszyscy przyszli tu w pierwszym tygodniu pracy, więc zaczęliśmy się o ciebie martwić. Czy zwlekałaś tak długo z jakiegoś konkretnego powodu?

– Nie, nie. Po prostu jestem zajęta.

Mae zlustrowała lekarkę od góry do dołu w poszukiwaniu jakiejś skazy i w końcu dostrzegła pieprzyk na jej szyi, z którego sterczał maleńki włos.

– Tylko mi nie mów, że zbyt zajęta, by dbać o zdrowie! – Lekarka stała plecami do Mae, przygotowując jakiś napój. Odwróciła się i uśmiechnęła. – To tak naprawdę tylko badanie wstępne, podstawowe badanie kontrolne, któremu poddajemy w Circle wszystkich nowych pracowników. W naszej przychodni kładziemy przede wszystkim nacisk na zapobieganie. Aby nasi pracownicy cieszyli się dobrym zdrowiem, zapewniamy im kompleksowe usługi. Czy to pokrywa się z tym, co o nas słyszałaś?

– Tak. Mam przyjaciółkę, która pracuje tutaj od kilku lat. Twierdzi, że opieka zdrowotna jest niesamowita.

– Cóż, miło to słyszeć. Jak nazywa się twoja przyjaciółka?

– Annie Allerton.

– Och, zgadza się. To było w twojej ankiecie sporządzanej przy naborze. Wszyscy ją uwielbiają. Przekaż jej pozdrowienia. Chociaż chyba mogę sama je przekazać. Annie jest na mojej zmianie, więc widujemy się co dwa tygodnie. Mówiła ci, że badania kontrolne przeprowadza się w odstępach dwutygodniowych?

– A więc to jest...

Lekarka się uśmiechnęła.

– Co dwa tygodnie. To się składa na dobre samopoczucie. Jeśli będziesz tu przychodziła tylko wtedy, gdy pojawi się jakiś problem, nigdy nie zapobiegniesz chorobom. Te kontrole wiążą się z zaleceniami dietetycznymi, monitorujemy też wszelkie zmiany w ogólnym stanie zdrowia. To niezbędny warunek wczesnego wykrycia choroby, określenia dawek lekarstw, które możesz zażywać, dostrzeżenia wszelkich problemów zawczasu, nie zaś po tym, jak się na ciebie zwalą. Brzmi rozsądnie?

Mae pomyślała o swoim tacie, o tym, jak późno zdali sobie sprawę, że objawy wskazują na stwardnienie rozsiane.

– Tak – odparła.

– A wszystkie dane, które tutaj uzyskujemy, są dostępne dla ciebie w sieci. Wszystko, co robimy i o czym rozmawiamy, i oczywiście wszystkie historie twoich dawnych chorób. Gdy zaczynałaś pracę, podpisałaś formularz, dzięki któremu mogliśmy ściągnąć wszystkie informacje od innych twoich lekarzy, więc w końcu będziesz je miała w jednym miejscu. Są dostępne dla ciebie, dla nas i zważywszy na dostęp do pełnych danych, możemy podejmować decyzje, widzieć prawidłowości, dostrzec potencjalne problemy. Chcesz to zobaczyć? – zapytała lekarka, po czym aktywowała ekran na ścianie. Cała kartoteka medyczna Mae ukazała się jej w postaci wykazów, obrazów oraz ikonek. Doktor Villalobos dotykała ściennego ekranu, otwierając foldery i przesuwając obrazy, ujawniając efekty wszystkich jej wizyt w gabinetach lekarskich, aż po pierwsze badanie kontrolne przed pójściem do zerówki.

– Jak twoje kolano? – zapytała lekarka. Znalazła wyniki badania MRI, które Mae zrobiła kilka lat temu. Postanowiła nie poddawać się rekonstrukcji wiązadła krzyżowego; jej poprzednie ubezpieczenie zdrowotne nie pokrywało kosztu takich zabiegów.

– Działa.

– Cóż, jeśli chcesz się tym zająć, daj mi znać. Robimy to tutaj, w klinice. Zabieg potrwałby kilka godzin i oczywiście byłby bezpłatny. Firma Circle lubi, gdy jej pracownicy mają sprawne stawy kolanowe. – Lekarka odwróciła się od ekranu, by uśmiechnąć się do Mae w wyćwiczony, ale przekonujący sposób. – Rekonstruowanie niektórych uszkodzonych tkanek w czasach, gdy byłaś bardzo młoda, stanowiło wyzwanie, ale od chwili obecnej będziemy dysponowali niemal pełnymi informacjami. Co dwa tygodnie wykonamy ci badanie krwi, testy zdolności poznawczych, zbadamy twoje odruchy, przeprowadzimy szybkie badanie oczu oraz naprzemiennie szereg mniej standardowych badań, jak rezonans magnetyczny i temu podobne.

Mae nie mogła tego pojąć.

– Ale jak was na to stać? Przecież koszt samego rezonansu magnetycznego...

– Cóż, profilaktyka jest tania. Szczególnie w porównaniu z sytuacją, kiedy wykrywa się guz w bardzo zaawansowanym stadium, jeśli można było to zrobić w stadium początkowym. Wtedy różnica kosztów jest ogromna. Ponieważ pracownicy Circle są na ogół młodzi i zdrowi, koszty naszej opieki zdrowotnej stanowią ułamek kosztów w firmie podobnej wielkości... tyle że nie tak dalekowzrocznej.

Mae miała wrażenie, z którym zdążyła się już oswoić w Circle, że tylko tutaj ludzie są zdolni myśleć – lub po prostu jako jedyni potrafią je w d r o ż y ć – o reformach, które wydawały się bezdyskusyjnie potrzebne i niecierpiące zwłoki.

– Kiedy więc miałaś ostatnie badanie kontrolne?

– Może na studiach?

– No dobrze. Zacznijmy od objawów czynności życiowych, od wszystkich kwestii zasadniczych. Widziałaś już coś takiego? – Lekarka podała jej srebrną bransoletę szerokości siedmiu–ośmiu centymetrów. Mae widziała już urządzenia monitorujące stan zdrowia u Jareda i Dana, ale ich bransolety były wykonane z gumy i luźne. Ta była cieńsza i lżejsza.

– Chyba tak. Mierzy się tym tętno?

– Zgadza się. Większość pracowników Circle z długim stażem nosi inną wersję tego monitora, ale narzekają, że jest zbyt luźny, jak jakaś bransoletka. Zmodyfikowaliśmy go więc tak, że się nie rusza. Chcesz przymierzyć?

Mae włożyła monitor. Lekarka dopasowała go do przegubu jej lewej dłoni i zamknęła z cichym trzaskiem. Przylegał ciasno do skóry.

– Jest ciepły – zauważyła Mae.

– Tak będzie przez kilka dni, a potem przywykniecie do siebie nawzajem. Ale oczywiście musi się stykać ze skórą, żeby mierzyć to, co chcielibyśmy zmierzyć... czyli wszystko. Chciałaś pełen program, prawda?

– Chyba tak.

– Przy naborze powiedziałaś, że chcesz pełny zalecany wachlarz pomiarów. Nadal tak jest?

– Tak.

– W porządku. Możesz to wypić? – Lekarka wręczyła Mae gęsty zielony płyn, który wcześniej przygotowywała. – To koktajl owocowy.

Mae wypiła. Płyn był kleisty i zimny.

– Dobra. Właśnie połknęłaś czujnik, który będzie połączony z monitorem na twoim nadgarstku. Znajdował się w tej szklance.
– Lekarka trąciła Mae żartobliwie w ramię. – Uwielbiam to robić.

– Już go połknęłam? – zdziwiła się Mae.

– To najlepszy sposób. Gdybym ci go włożyła do ręki, zaczęłabyś się wahać. Ale ten czujnik jest oczywiście organiczny i tak mały, że pijesz, nie zauważasz i sprawa załatwiona.
– Więc on jest już we mnie?
– Owszem. A teraz – powiedziała lekarka, stukając w monitor na nadgarstku Mae – a teraz jest aktywny. Będzie gromadził dane na temat twojego tętna, ciśnienia krwi, strumienia cieplnego, spożycia kalorii, czasu i jakości snu, efektywności trawienia i tak dalej. Fajną rzeczą dla pracowników Circle, zwłaszcza takich jak ty, którzy miewają stresującą pracę, jest to, że czujnik mierzy zmianę oporności elektrycznej skóry pod wpływem bodźca, co pozwala stwierdzić, kiedy jesteś podniecona lub zaniepokojona. Gdy widzimy nienormatywne poziomy stresu u jakiegoś pracownika lub w jakimś dziale, możemy na przykład skorygować obciążenie pracą. Mierzy poziom pH potu, więc możesz ocenić, kiedy musisz się napić wody alkalicznej. Wykrywa twoją postawę, więc wiesz, kiedy masz zmienić pozycję. Zawartość tlenu we krwi i tkankach, liczba czerwonych krwinek w milimetrze sześciennym krwi oraz takie rzeczy jak pokonywany dystans. Jak wiesz, lekarze zalecają wykonywanie około dziesięciu tysięcy kroków dziennie i ten pomiar pokaże ci, jak bardzo zbliżasz się do tego poziomu. Właściwie to przejdź się teraz po pokoju.

Mae dostrzegła liczbę 10 000 na swoim nadgarstku, która spadała z każdym zrobionym przez nią krokiem – 9999, 9998, 9997.

– Wszystkich nowicjuszy prosimy, żeby nosili modele drugiej generacji, i za kilka miesięcy skoordynujemy wyniki badań wszystkich pracowników Circle. Dysponując pełnymi informacjami, możemy zapewnić lepszą opiekę. Niepełne informacje tworzą lukę w naszej wiedzy, a z medycznego punktu widzenia są one źródłem pomyłek i zaniedbań.

– Wiem – odparła Mae. – Na tym polegał mój problem w college'u. Dane medyczne przekazywało się samemu, więc były rozproszone. Troje studentów zmarło na zapalenie opon mózgowych, zanim zdano sobie sprawę, jak rozprzestrzenia się choroba.

Twarz doktor Villalobos spochmurniała.

– Teraz coś takiego jest po prostu zbędne. Przede wszystkim nie można liczyć na to, że studenci sami będą to robić. To wszystko należy robić za nich, żeby mogli się skupić na nauce. Same choroby weneryczne, wirusowe zapalenie wątroby typu C... Wyobraź sobie... gdyby te dane po prostu były wtedy dostępne. Można byłoby podjąć odpowiednie przeciwdziałania. Żadnych domysłów. Słyszałaś o tym eksperymencie na Islandii?

– Chyba tak – odparła Mae, ale nie była tego do końca pewna.

– Ponieważ ludność Islandii jest niesamowicie jednorodna, większość mieszkańców wyspy ma korzenie sięgające wielu wieków wstecz. Każdy może z łatwością odnaleźć ślady swoich przodków u zarania drugiego tysiąclecia. Zaczęto więc mapować genomy wszystkich Islandczyków, dzięki czemu można było prześledzić rozwój wszelkiego rodzaju chorób od momentu, gdy się pojawiły. Z tej puli genetycznej uzyskano wiele cennych danych. Nic nie dorówna ustalonej i względnie jednorodnej grupie wystawionej na działanie tych samych czynników, i to takiej, którą można badać w ciągu wielu lat. Konkretna grupa i pełne informacje, obydwa te elementy wpłynęły zasadniczo na maksymalizację efektów badań. Tak więc jest nadzieja, że coś takiego zrobimy i tutaj. Jeśli będziemy mogli was, wszystkich nowicjuszy, a w końcu z górą dziesięć tysięcy pracowników Circle, obserwować, uda nam się zarówno dostrzec problemy na długo przedtem, zanim staną się poważne, jak i zgromadzić dane na temat tej populacji jako całości. Większość z was, nowo przybyłych, jest mniej więcej w tym samym wieku i na ogół dobrego zdrowia, nawet inżynierowie – powiedziała, śmiejąc się z najwyraźniej często opowiadanego żartu. – Kiedy zatem pojawiają się odstępstwa od normy, chcielibyśmy o nich wiedzieć i sprawdzić, czy pojawiają się tendencje, z których możemy wyciągnąć pouczające wnioski. Rozumiesz?

Uwagę Mae rozpraszała bransoleta.

– Mae?

– Tak, jak najbardziej.

Bransoleta, pulsujący afisz ze światełkami, wykresami i liczbami, była piękna. Tętno Mae obrazował delikatnie zarysowany pąk róży, otwierający się i zamykający. Pojawiał się wykres EKG, przemykający raz po raz niczym błękitny grom. Temperatura była przedstawiona na zielono, dużymi cyframi 98,6*, przypominającymi jej dzisiejszą ocenę łączną, 97, którą musiała jeszcze poprawić.

– A do czego służą one? – zapytała. Poniżej wyświetlanych danych znajdował się rząd przycisków i podpowiedzi.

– Możesz kazać bransolecie zmierzyć około setki innych rzeczy. Gdy będziesz biec, zmierzy dystans. Prześledzi twoje tętno spoczynkowe w stosunku do wysiłkowego. Zmierzy wskaźnik masy ciała, spożycie kalorii… Widzisz, właśnie się wyświetla.

Mae była pochłonięta eksperymentowaniem. Monitor stanowił jeden z najbardziej eleganckich przedmiotów, jakie kiedykolwiek widziała. Wyświetlane informacje miały kilkadziesiąt poziomów odniesienia, każdy element danych pozwalał prosić o więcej, sięgać głębiej. Gdy postukała w cyfry aktualnej temperatury swojego ciała, monitor mógł pokazać średnią temperaturę dla poprzedniej doby, maksimum i minimum oraz medianę.

– I oczywiście – ciągnęła lekarka – wszystkie te dane są przechowywane w chmurze i w twoim tablecie, gdzie tylko chcesz. Są zawsze dostępne i stale aktualizowane. Jeśli więc upadniesz, uderzysz się w głowę, znajdziesz się w karetce, sanitariusz pogotowia może w ciągu kilku sekund uzyskać dostęp do wszystkich informacji medycznych na twój temat.

– I to jest bezpłatne?

– Oczywiście. To element twojego ubezpieczenia zdrowotnego.

– Jest taki ładny – zauważyła Mae.

– Taak, wszystkim się bardzo podoba. Powinnam zatem zadać ci resztę standardowych pytań. Kiedy miałaś ostatni okres?

---

* 37°C.

Mae próbowała sobie przypomnieć.
– Około dziesięciu dni temu.
– Czy prowadzisz aktywne życie seksualne?
– Obecnie nie.
– Ale na ogół?
– Na ogół oczywiście tak.
– Zażywasz pigułki antykoncepcyjne?
– Tak.
– Dobrze. Możesz realizować swoją receptę u nas. Wychodząc, porozmawiaj z Tanyą, to da ci trochę prezerwatyw na wypadek sytuacji, przed którymi nie chroni pigułka. Jakieś inne leki?
– Nie.
– Antydepresanty?
– Nie.
– Określiłabyś się zasadniczo jako osobę szczęśliwą?
– Tak.
– Jakieś uczulenia?
– Tak.
– Zgadza się. Mam je tutaj. Końska sierść, wielka szkoda. Jakieś choroby w rodzinie?
– W moim wieku?
– W dowolnym. Twoi rodzice? Cieszą się dobrym zdrowiem?

Coś w sposobie, w jaki lekarka zadała to pytanie, w tym, jak wyraźnie oczekiwała na potwierdzenie, z rysikiem zawieszonym nad tabletem, poraziło Mae. Zaniemówiła.

– Och, kochanie – powiedziała, obejmując Mae ramieniem i przyciągając ją bliżej. Pachniała delikatnie kwiatami. – No, uspokój się – dodała i Mae się rozpłakała; ramiona trzęsły się jej od płaczu, ciekło jej z nosa, z oczu lały się łzy. Wiedziała, że moczy nimi bawełniany fartuch lekarki, ale sprawiało jej to ulgę i dawało namiastkę przebaczenia. Uświadomiła sobie, że opowiada lekarce o objawach ojca, jego wyczerpaniu i wypadku, który przydarzył mu się w weekend.

– Och, Mae – powiedziała lekarka, głaszcząc ją po włosach. – Mae. Mae.

Mae nie mogła przestać. Opowiedziała o dramatycznej sytuacji z ubezpieczeniem, o tym, że jej matka spędzi prawdopodobnie resztę życia, troszcząc się o ojca, walcząc o każdą terapię, codziennie godzinami dyskutując z tymi ludźmi przez telefon...

– Czy pytałaś w Dziale Personalnym o możliwość objęcia rodziców firmowym ubezpieczeniem? – zapytała lekarka.

Mae spojrzała na doktor Villalobos.

– Słucham?

– Jest grupa pracowników Circle, którzy objęli ubezpieczeniem chorych członków swoich rodzin. Przypuszczam, że w twojej sytuacji byłoby to możliwe.

Mae nigdy o czymś takim nie słyszała.

– Powinnaś zapytać w tym dziale. A może po prostu powinnaś zwrócić się z tym do Annie.

– Czemu nie powiedziałaś mi o tym wcześniej? – zapytała Annie tego wieczoru. Siedziały w jej gabinecie, dużym pokoju z oknami na całą ścianę i dwiema niskimi kanapami. – Nie wiedziałam, że twoi rodzice mają takie koszmarne doświadczenia z ubezpieczycielem.

Mae patrzyła na ścianę z oprawionymi fotografiami, każda przedstawiała drzewo lub krzew przycięte tak, by kojarzyły się z pornografią.

– Ostatnim razem, gdy tu byłam, miałaś ich tylko sześć albo siedem, zgadza się?

– Wiem. Rozeszło się, że je namiętnie kolekcjonuję, więc teraz codziennie ktoś mi coś przesyła. I są coraz bardziej nieprzyzwoite. Widzisz tę u góry? – Annie wskazała na fotografię ogromnego fallicznego kaktusa.

W drzwiach ukazała się czyjaś śniada twarz.

– Jestem ci potrzebna?
– Oczywiście, że jesteś, Vickie – odparła Annie. – Nie wychodź.
– Miałam zamiar wybrać się na rozpoczęcie tej saharyjskiej imprezy.
– Nie zostawiaj mnie – poprosiła Annie ze śmiertelnie poważną miną. – Kocham cię i nie chcę, byśmy się rozstawały. – Vickie się uśmiechnęła, ale najwyraźniej się zastanawiała, kiedy Annie skończy tę komedię i pozwoli jej wyjść. – Dobrze. Ja też powinnam się wybrać, ale nie mogę. Więc idź.
Vickie zniknęła.
– Znam ją? – zapytała Mae.
– Pracuje w moim zespole. Jest nas teraz dziesięcioro, ale na niej zawsze mogę polegać. Słyszałaś o tej saharyjskiej imprezie?
– Chyba tak. – Mae czytała o tym w wiadomości z CircleW. Powstał plan policzenia ziaren piasku na Saharze.
– Przepraszam, przecież rozmawiałyśmy o twoim tacie – przypomniała Annie. – Nie mogę zrozumieć, dlaczego nie chciałaś mi o tym powiedzieć.

Mae wyznała jej prawdę – nie widziała żadnego związku między zdrowiem ojca a Circle. W kraju nie było żadnej firmy, której ubezpieczenie obejmowałoby rodziców bądź rodzeństwo pracownika.
– Oczywiście, ale wiesz, co tutaj mówimy – powiedziała Annie. – Wszystko, co czyni życie naszych pracowników lepszym... – Wydawało się, że czeka, aż Mae dokończy to zdanie. Mae nie znała jednak dalszego ciągu. – ...staje się natychmiast możliwe. Powinnaś o tym wiedzieć!
– Przepraszam.
– Wspominano o tym przy naborze. Mae! W porządku, załatwię to. – Annie wpisywała coś do telefonu. – Przypuszczalnie późnym wieczorem. Teraz jednak pędzę na spotkanie.
– Jest szósta – powiedziała Mae, spojrzała na nadgarstek i dodała: – Nie, wpół do siódmej.

– Jeszcze wcześnie! Będę tu do dwunastej. A może całą noc. Dzieją się bardzo zabawne rzeczy. – Jej twarz promieniała, wyrażała świadomość rysujących się możliwości. – Zajmuję się sprawami podatkowymi jakichś bardzo interesujących Rosjan. Ci goście się nie opieprzają.
– Nocujesz w internacie?
– Niee. Prawdopodobnie po prostu zsunę te dwie kanapy. O cholera. Lepiej już pójdę. Kocham cię.

Annie uścisnęła przyjaciółkę i wyszła z pokoju.

Mae została sama w jej gabinecie, oszołomiona. Czy to możliwe, że jej ojciec będzie miał niebawem ubezpieczenie gwarantujące mu prawdziwą ochronę? Że okrutny paradoks egzystencji jej rodziców – fakt, że ich ciągłe batalie z towarzystwami ubezpieczeniowymi w rzeczywistości doprowadziły do pogorszenia stanu zdrowia ojca i uniemożliwiły pracę zawodową matce, pozbawiając ją możliwości zarobienia pieniędzy na opłacenie opieki nad nim – zniknie?

Rozległ się dzwonek jej komórki. Telefonowała Annie.
– No i nie martw się. Wiesz, że jestem dobra w te klocki. Załatwię to – powiedziała i rozłączyła się.

Mae spojrzała przez okno na San Vincenzo, w większości zbudowane lub odrestaurowane w ciągu kilku ostatnich lat – restauracje do obsługi pracowników Circle, sklepy liczące na to, że zwabią ich oraz odwiedzające firmę osoby, szkoły dla firmowych dzieci. Circle przejęło w sąsiedztwie ponad pięćdziesiąt budynków, przekształcając zniszczone magazyny w siłownie ze ściankami wspinaczkowymi, szkoły i serwerownie, wszystko to śmiało zaprojektowane, bezprecedensowe, spełniające najwyższe standardy LEED*.

Telefon Mae ponownie zadzwonił i znowu była to Annie.
– W porządku, dobre wieści szybciej niż się spodziewałam.

---

* Leadership in Energy and Environmental Design – dosł. lider w projektowaniu energooszczędnym i bezpiecznym dla środowiska.

Sprawdziłam i okazało się, że to żaden problem. W systemie ubezpieczenia mamy kilkanaścioro rodziców innych osób, a nawet parę sióstr i braci. Przycisnęłam kilka osób i dowiedziałam się, że można podciągnąć pod ubezpieczenie twojego tatę.

Mae spojrzała na swój aparat. Odkąd wspomniała o tym wszystkim Annie, minęły cztery minuty.

– O cholera. Mówisz poważnie?

– Chcesz objąć ubezpieczeniem także mamę? Pewnie, że chcesz. Jest zdrowsza, więc to łatwa sprawa. Włączymy ich oboje.

– Kiedy?

– Chyba natychmiast.

– Nie mogę w to uwierzyć.

– Daj spokój, okaż mi trochę zaufania – powiedziała Annie zziajana. Szła dokądś szybkim krokiem. – To nie takie trudne.

– Więc mam im powiedzieć?

– A co, chcesz, żebym ja to zrobiła?

– Nie, nie. Upewniam się tylko, że to przesądzone.

– Tak. To naprawdę nic wielkiego. Mamy w systemie jedenaście tysięcy osób. Możemy dyktować warunki, prawda?

– Dziękuję ci, Annie.

– Jutro zadzwoni do ciebie ktoś z Działu Personalnego. Możecie ustalić szczegóły. Znowu muszę kończyć. Teraz jestem naprawdę spóźniona.

I ponownie się rozłączyła.

Mae zadzwoniła do rodziców. Powiedziała o tym najpierw swojej mamie, a potem tacie. Było trochę okrzyków radości, były łzy, kolejne pochwały dla Annie jako zbawiciela rodziny i trochę bardzo żenujących słów o tym, że Mae naprawdę wydoroślała, że rodzice są zawstydzeni i upokorzeni tym, że mają w niej oparcie, że tak bardzo zdają się na pomoc swojej młodej córki; powiedzieli, że to przez ten pochrzaniony system, w którym wszyscy tkwimy. Ale podziękowali i powiedzieli, że są z niej bardzo dumni. A gdy na linii została tylko matka, Mae usłyszała:

– Uratowałaś życie nie tylko ojcu, ale i mnie, przysięgam na Boga, moja najdroższa Maebelline.

O siódmej Mae stwierdziła, że dłużej tego nie wytrzyma. Nie mogła usiedzieć na miejscu. Musiała wstać i jakoś to uczcić. Sprawdziła program wieczoru w kampusie. Nie zdążyła na rozpoczęcie liczenia ziarenek piasku na Saharze i już tego żałowała. Był jeszcze slam poetycki, w kostiumach. Umieściła go na szczycie listy swoich preferencji i nawet potwierdziła swoje przybycie. Potem jednak zobaczyła wiadomość o zajęciach kulinarnych, na których miał zostać upieczony i zjedzony cały kozioł. Przyznała im drugie miejsce. O dziewiątej występowała jakaś działaczka potrzebująca pomocy Circle w kampanii przeciwko okaleczeniom genitalnym kobiet w Malawi. Gdyby Mae się postarała, mogłaby dotrzeć choć na kilka z tych imprez, ale przygotowując sobie rodzaj marszruty, zauważyła coś, co odsunęło resztę na drugi plan: w kampusie, na trawniku obok budynku Epoki Żelaza, o siódmej miał wystąpić Cyrk Podrygującej Dupy. Słyszała o nim, zbierał fantastyczne recenzje i oceny, a myśl o cyrku najlepiej współgrała tego wieczoru z jej euforycznym nastrojem.

Próbowała namówić Annie, ale przyjaciółka nie mogła; co najmniej do jedenastej miała być na spotkaniu. Firmowa przeglądarka wskazała jednak, że będzie tam grupa osób, które znała, z Renatą, Alistairem i Jaredem włącznie – ci dwaj ostatni byli już na miejscu – dokończyła więc robotę i poleciała.

Zapadał zmrok przetykany złotymi nićmi światła, gdy skręciła za rogiem budynku Epoki Trzech Królestw i ujrzała wysokiego na dwa piętra mężczyznę, który stał i ział ogniem. Za nim jakaś kobieta w mieniącym się pióropuszu podrzucała i chwytała neonową buławę – Mae znalazła cyrkowców.

Na murawie stało około dwustu osób, które luźno otaczały artystów występujących pod gołym niebem z minimalną liczbą rekwizytów i jak się wydawało, maksymalnie ograniczonym budżetem. Od pracowników Circle zgromadzonych wokół areny bił blask pochodzący albo z monitorów na nadgarstkach, albo z telefonów rejestrujących przebieg pokazu. Szukając Jareda i Renaty i mając się na baczności przed obecnym gdzieś w tłumie Alistairem, Mae obserwowała wirujących przed nią cyrkowców. Można było odnieść wrażenie, że pokaz nie miał wyraźnego początku – gdy przyszła, już trwał – trudno też było dostrzec w nim jakiś scenariusz. Cyrkowa trupa składała się z mniej więcej dziesięciu wciąż znajdujących się na widoku osób, wszystkie miały na sobie wytarte kostiumy, które bawiły swoją wiekową skromnością. Jakiś drobny mężczyzna wykonywał szalone akrobacje, nosząc przerażającą maskę słonia. Prawie zupełnie naga kobieta z twarzą ukrytą pod głową flaminga pląsała w kółko, wykonując na przemian ruchy baletnicy i zataczającej się pijaczki.

Tuż za nią Mae dostrzegła Alistaira, który pomachał do niej, a potem zaczął pisać SMS. Chwilę później sprawdziła telefon i wyczytała, że Alistair urządza w przyszłym tygodniu kolejną, jeszcze większą i lepszą, imprezę dla wszystkich miłośników Portugalii. *To będzie jak grom z jasnego nieba*, napisał. *Filmy, muzyka, poezja, opowieści i radość!* Odpisała, że przyjdzie i już nie może się doczekać. Widziała, jak czyta jej wiadomość na drugim końcu trawnika, za flamingiem. Obserwowała, jak unosi wzrok i macha do niej.

Powróciła do oglądania cyrkowców. Można było odnieść wrażenie, że wokół artystów nie tylko unosi się woń ubóstwa, ale w nim żyją – wszystko, co się z nimi wiązało, wydawało się stare, wydzielało woń starości i rozkładu. Otaczający ich pracownicy Circle rejestrowali występ w telefonach, chcąc zapamiętać tę osobliwą trupę z pozoru bezdomnych hulaków, udokumentować, jak absurdalnie ten pokaz wygląda w siedzibie Circle, pośród starannie zaplanowanych ścieżek i ogrodów, wśród ludzi, którzy tutaj pracują, którzy regularnie biorą prysznic, próbują być w miarę modni i piorą swoje ubrania.

Przeciskając się przez tłum, Mae znalazła Josiaha i Denise, którzy szalenie się ucieszyli na jej widok, ale oboje wydawali się zgorszeni cyrkowymi popisami. Uważali, że artyści posuwają się za daleko, a Josiah zdążył już krytycznie ocenić ich wysiłki. Mae zostawiła ich, zadowolona ze spotkania, z tego, że odnotowali jej obecność, i poszła poszukać czegoś do picia. Spostrzegła w oddali rząd stoisk i zmierzała w ich kierunku, gdy jakiś półnagi wąsaty mężczyzna podbiegł do niej z trzema sztyletami. Wydawało się, że się chwieje, i na chwilę przed tym, jak do niej dotarł, Mae pojęła, iż wprawdzie cyrkowiec chce sprawiać wrażenie opanowanego i stanowi to element jego występu, ale w rzeczywistości zamierza wpaść na nią z naręczem sztyletów. Zamarła i gdy dzieliło ich kilkanaście centymetrów, poczuła, że ktoś chwyta ją za ramiona i popycha. Upadła na kolana, plecami do cyrkowca.

– Nic ci się nie stało? – zapytał jakiś inny mężczyzna. Uniosła wzrok i zobaczyła, że stoi tam, gdzie przed chwilą stała ona.

– Chyba nie.

Wtedy mężczyzna odwrócił się do żylastego żonglera.

– Co robisz, błaźnie?

Czyżby to był Kalden?

Cyrkowiec spojrzał na Mae, żeby się upewnić, czy nic jej nie jest, po czym skierował wzrok na stojącego przed nim mężczyznę.

Ujrzawszy wiotką sylwetkę, Mae nabrała pewności, że to Kalden. Nosił zwykły podkoszulek z dekoltem w szpic i popielate spodnie, równie wąskie jak dżinsy, w których widziała go za pierwszym razem. Nie wydawał jej się człowiekiem skorym do zwady, a jednak stał zwarty i gotowy, gdy cyrkowy artysta mierzył go nieruchomym wzrokiem, jakby wybierał między trzymaniem się roli cyrkowca, doprowadzeniem pokazu do końca i zainkasowaniem honorarium, pokaźnego honorarium od tej ogromnej, bogatej i wpływowej firmy, a wdawaniem się w bójkę z tym gościem na oczach dwustu osób.

W końcu postanowił się uśmiechnąć, teatralnie podkręcił wąsa i odwrócił się.

– Przepraszam za to, co się stało – rzekł Kalden, pomagając jej wstać. – Na pewno nic ci nie jest?

Mac odparła, że nie. Wąsacz jej nie tknął, jedynie przestraszył, i to tylko na chwilę.

Wpatrywała się w jego twarz, która w nagle błękitnym świetle wyglądała niczym gładkie i idealnie owalne oblicze rzeźby Brancusiego. Brwi tworzyły romańskie łuki, nos przypominał pyszczek jakiegoś małego morskiego stworzenia.

– Przede wszystkim tych dupków nie powinno tu być – zauważył. – Zgraja nadwornych błaznów zabawiających rodzinę królewską. Nie widzę w tym sensu – dodał i stanąwszy na palcach, zaczął się rozglądać. – Możemy stąd pójść?

Po drodze znaleźli stół z jedzeniem i napojami. Wzięli tapas, kiełbaski oraz kubki z czerwonym winem i usiedli przy rzędzie drzew cytrynowych za budynkiem Ery Wikingów.

– Nie pamiętasz, jak mam na imię – powiedziała Mae.

– Nie, ale cię znam i chciałem się z tobą zobaczyć. Właśnie dlatego byłem w pobliżu, gdy ten wąsacz cię zaatakował.

– Mae.

– Zgadza się. Ja jestem Kalden.

– Wiem. Mam pamięć do imion.

– Ja też staram się je pamiętać. Zawsze próbuję. Więc Josiah i Denise to twoi znajomi?

– Sama nie wiem. Oczywiście. To znaczy, szkolili mnie przy naborze i... no wiesz, od tego czasu rozmawiamy. Dlaczego pytasz?

– Bez powodu.

– Czym się tu zajmujesz?

– A Dan? Spędzacie razem czas?

– Dan jest moim szefem. Nie powiesz mi, czym się zajmujesz, prawda?

– Chcesz cytrynę? – zapytał i wstał. Sięgając ręką do korony drzewa i zrywając duży owoc, nie spuszczał wzroku z Mae. Ten gest, to, jak się wyciągnął płynnym ruchem w górę, wolniej niż można się było po nim spodziewać, odznaczał się męskim wdziękiem, który przywiódł jej na myśl skoczka do wody. Nie patrząc na cytrynę, wręczył ją Mae.

– Jest zielona – zauważyła.

Spojrzał na owoc spod przymrużonych powiek i rzekł:

– Och, myślałem, że się uda. Wybrałem największą, jaką zdołałem znaleźć. Powinna być żółta. Wstań.

Podał jej rękę, pomógł się podnieść i postawił niedaleko drzewa. Potem chwycił rękami pień i potrząsał nim, dopóki nie posypały się cytryny. Kilka z nich trafiło w Mae.

– Jezu Chryste. Przepraszam – powiedział. – Idiota ze mnie.

– Nie. To było fajne – zapewniła Mae. – Były ciężkie i dwie trafiły mnie w głowę. Bardzo mi się spodobało.

Wtedy Kalden położył dłoń na jej głowie i zapytał:

– Coś poważnego?

Mae odparła, że nic jej się nie stało.

– Człowiek zawsze rani tych, których kocha – zauważył. Jego twarz tworzyła ciemną bryłę nad Mae. Jakby uświadamiając sobie sens swoich słów, odchrząknął i dodał: – Tak w każdym razie mawiali moi rodzice. I bardzo mnie kochali.

Rano Mae zadzwoniła do Annie, która była w drodze na lotnisko. Leciała do Meksyku, żeby rozwikłać jakąś beznadziejnie pogmatwaną sytuację związaną z uregulowaniami prawnymi.

– Poznałam kogoś intrygującego – powiedziała Mae.

– To dobrze, bo nie przepadałam za tym wcześniejszym. Gallipolim.

– Garaventą.

– Francisem. To nerwowy szczurek. A ten nowy? Co o nim wiemy? – Mae wyczuła, że jej przyjaciółka chce szybko przejść do sedna.

Mae próbowała go opisać, ale zdała sobie sprawę, że prawie nic o nim nie wie.

– Jest chudy. Piwne oczy, raczej wysoki.
– To wszystko? Piwne oczy i raczej wysoki?
– Chwileczkę – wtrąciła Mae, śmiejąc się z samej siebie. – Miał siwe włosy. M a siwe włosy.
– Zaczekaj. Co takiego?
– Jest młody, ale ma siwe włosy.
– W porządku, Mae. Skoro chcesz uganiać się za dziadkami, nie ma sprawy...
– Nie, nie. Jestem pewna, że jest młody.
– Twierdzisz, że jest przed trzydziestką, ale ma siwe włosy?
– Daję słowo.
– Nie znam tutaj nikogo takiego.
– Znasz całe dziesięć tysięcy ludzi z Circle?
– Może ma kontrakt czasowy. Nie znasz jego nazwiska?
– Próbowałam się tego dowiedzieć, ale nie był skory do zwierzeń.
– Ha. To niepodobne do naszych pracowników, prawda? I miał siwe włosy?
– Niemal białe.
– Jak u pływaka? Gdy używają tego szamponu?
– Nie. Nie były srebrzyste, ale po prostu siwe. Jak u staruszka.
– I jesteś pewna, że to n i e był staruszek? Jak niektórzy starcy, których spotykasz na ulicy?
– Nie.
– Włóczyłaś się po mieście? Pociąga cię ta szczególna woń starszego mężczyzny? Znacznie starszego? To woń piżma. Przypomina zapach mokrego tekturowego pudła. Podoba ci się to?
– Błagam...
Annie dobrze się bawiła, więc ciągnęła ten wątek:
– Domyślam się, że dobrze jest wiedzieć, że facet ma uprawnienia emerytalne. I pewnie jest szalenie wdzięczny za jakiekolwiek oznaki czułości... O cholera. Jestem na lotnisku. Zadzwonię do ciebie.

Nie zadzwoniła, ale wysłała SMS z pokładu samolotu, a później, z Mexico City, MMS-y ze zdjęciami różnych starców, których zobaczyła na ulicy. *To on? Ten? Tamten? Ése? Ése?*

Annie w końcu zostawiła ją w spokoju i Mae mogła się nad tym trochę zastanowić. Jak to możliwe, że nie zna nazwiska Kaldena? Przejrzała wstępnie firmowy katalog i nie znalazła w nim żadnych Kaldenów. Spróbowała z Kaldanem, Kaldinem i Khaldenem. Nic. Może błędnie wpisywała jego imię albo się przesłyszała? Mogłaby poszukać dokładniej, gdyby wiedziała, w jakim jest dziale i w której części kampusu może pracować, ale nie miała o tym bladego pojęcia.

A jednak stale zaprzątał jej myśli. Jego biały podkoszulek, jego smutne oczy, które starały się przybrać inny wyraz, jego obcisłe popielate spodnie, które mogły być eleganckie albo okropne, po ciemku nie potrafiła tego ocenić, to, jak ją trzymał pod koniec wieczoru, gdy podeszli do lądowiska helikopterów w nadziei, że jakiś zobaczą, po czym, nie widząc żadnego, wrócili do cytrynowego zagajnika. Tam powiedział, że musi już iść, i zapytał, czy Mae może stamtąd dojść do mikrobusu. Wskazał na rząd mikrobusów oddalonych o niespełna dwieście metrów, a ona z uśmiechem odparła, że da sobie radę. Wtedy przyciągnął ją do siebie tak niespodziewanie, zbyt niespodziewanie, by wiedziała, czy ma zamiar ją pocałować, obmacywać, czy zrobić coś innego. On natomiast przycisnął ją do siebie, kładąc prawą rękę na jej plecach i ramieniu, a lewą dłoń z rozcapierzonymi palcami opierając znacznie niżej i śmielej na jej kości krzyżowej.

Po czym odsunął się i uśmiechnął.

– Na pewno nic ci nie jest?

– Na pewno.

– Nie jesteś wystraszona?

Mae się roześmiała.

– Nie, nie jestem.

– To dobrze. Dobranoc.

To powiedziawszy, odwrócił się i ruszył nie w stronę lądowiska lub cyrku, ale wąską ocienioną ścieżką.

Przez cały tydzień myślała o jego oddalającej się postaci oraz o wyciągniętych ku niej silnych rękach i patrzyła na dużą zieloną cytrynę, którą zerwał z drzewa, a ona odszukała w trawie, i błędnie sądziła, że z upływem czasu owoc dojrzeje na jej biurku. Pozostał zielony.

Nie mogła się z nim jednak skontaktować. Rozesłała kilka ogólnofirmowych komunikatów, szukając Kaldena i starając się nie sprawiać wrażenia zdesperowanej. Ale odpowiedzi nie dostała.

Wiedziała, że Annie może rozgryźć ten problem, ale jej przyjaciółka była teraz w Peru. Firma miała pewne kłopoty z realizacją swoich planów nad Amazonką – projektu wymagającego użycia dronów do sfotografowania i policzenia wszystkich drzew, które tam jeszcze rosną. W końcu, między jednym a drugim spotkaniem z członkami różnych instytucji ochrony środowiska i organów nadzorujących, jej przyjaciółka oddzwoniła.

– Może poznam go po twarzy. Wyślij mi zdjęcie.

Mae nie miała jednak fotografii Kaldena.

– Żartujesz. Ani jednej?

– Było ciemno. Oglądaliśmy pokazy cyrkowe.

– Już to mówiłaś. A więc dał ci zieloną cytrynę i nie masz zdjęć. Jesteś pewna, że nie był jedynie gościem?

– Przecież spotkałam go już wcześniej, pamiętasz? Koło toalety. A potem wrócił ze mną do mojego biurka i przyglądał się, jak pracuję.

– No, no. Ten facet to chyba jakiś cud. Rozdaje zielone cytryny i dyszy ci przy uchu, gdy odpowiadasz na zapytania klientów. Gdybym była choć trochę paranoiczką, pomyślałabym, że to jakiś dywersant lub niezbyt groźny natręt. – Annie musiała się rozłączyć, ale potem, po godzinie, napisała w SMS-ie: *Musisz mnie na bieżąco informować o tym gościu. Coraz bardziej się niepokoję. Na przestrzeni lat mieliśmy u nas trochę dziwnych natrętów. W zeszłym roku trafił się gość, ktoś w rodzaju blogera, który wziął udział w przyjęciu i został w kampusie na dwa tygodnie, ukrywając się i śpiąc w pomieszczeniach magazynowych. Okazał się stosunkowo nieszkodliwy, ale sama widzisz, że jakiś Niezidentyfikowany Dziwak mógłby być powodem do obaw.* Ale Mae nie żywiła obaw. Ufała Kaldenowi i nie wierzyła, by miał niecne zamiary. Jego twarz wyrażała szczerość i niewątpliwą prostolinijność – Mae nie potrafiła tego wytłumaczyć przyjaciółce, ale nie miała co do niego cienia wątpliwości. Wiedziała jednak, że nie jest zbyt komunikatywny, a zarazem wiedziała, była tego pewna, iż znowu się z nią skontaktuje. I chociaż w jakimkolwiek innym przypadku drażniłaby ją myśl, że nie może do kogoś dotrzeć, to świadomość, że Kalden tam jest, nieosiągalny, ale przypuszczalnie obecny gdzieś na terenie kampusu, przynajmniej przez kilka dni, przyprawiała ją o przyjemne dreszcze. Obciążenie pracą w tym tygodniu było spore, ale gdy myślała o Kaldenie, każde zapytanie było jak wspaniała aria. Klienci wyśpiewywali dla niej, a ona rewanżowała się tym samym. Bardzo ich wszystkich lubiła. Bardzo lubiła Risę Thomason z Twin Falls w stanie Idaho. Oraz Macka Moore'a z Gary w Indianie. Bardzo lubiła otaczających ją nowicjuszy. Bardzo jej się podobało zatroskane czasami oblicze Jareda, ukazującego się w drzwiach swojego gabinetu, proszącego ją o sprawdzenie, jak mogą utrzymać swoją ocenę łączną powyżej 98 punktów. Bardzo jej się podobało również to, że umiała ignorować Francisa i jego ciągłe próby skontaktowania się z nią. Jego filmiki. Jego pocztówki dźwiękowe z pozdrowieniami. Jego playlisty złożone w całości z piosenek pełnych żalu i skruchy. Francis był teraz wspomnieniem, wymazanym przez Kaldena i jego elegancką sylwetkę, jego silne, badawcze dłonie. Bardzo jej się podobało, że w łazience może sama symulować kontakt z tymi dłońmi, że może własną dłonią stworzyć namiastkę ucisku jego ręki. Tylko gdzie on się podział? To, co było intrygujące w poniedziałek i wtorek, w środę zaczęło być denerwujące, a w czwartek nie do zniesienia. Jego zniknięcie zaczęło sprawiać wrażenie zamierzonej prowokacji. Przecież obiecał, że będzie w kontakcie, prawda? Może nie obiecał, pomyślała. Co dokładnie powiedział? Pogrzebała w pamięci i z czymś na kształt panicznego lęku zdała sobie sprawę, że wszystko, co powiedział na zakończenie wieczoru, to „dobranoc". Ale w piątek wracała Annie i wspólnie, mając choćby godzinę, mogły go odnaleźć, poznać jego nazwisko i nie pozwolić mu odejść.

I wreszcie w piątkowy ranek Annie wróciła. Zaplanowały, że spotkają się tuż przed piątkiem marzeń. Miała się wówczas odbyć prezentacja dotycząca przyszłych losów CirclePieniądze – sposobu na przesyłanie wszystkich zakupów w sieci za pośrednictwem Circle i wyeliminowanie w końcu papierowych pieniędzy – ale potem ją odwołano. Wszystkich pracowników poproszono, by obejrzeli jakąś konferencję prasową zorganizowaną w Waszyngtonie.

Mae udała się w pośpiechu do holu budynku Renesansu, gdzie kilkaset zatrudnionych w Circle osób patrzyło na zajmujący całą ścianę ekran. Jakaś kobieta w fioletowym spodnium stała w otoczeniu doradców na tle dwóch amerykańskich flag za pulpitem przystrojonym mikrofonami. Na pasku poniżej przesuwał się napis: Senator Williamson dąży do rozbicia Circle. Z początku było zbyt gwarno, by mogli cokolwiek usłyszeć, ale seria uciszających syków i kilkakrotne zwiększenie poziomu głośności sprawiły, że dało się wreszcie zrozumieć słowa kobiety. Senator właśnie odczytywała pisemne oświadczenie: „Zebraliśmy się tu dzisiaj, żeby domagać się zbadania przez senacką grupę roboczą do spraw procedur antytrustowych, czy firma Circle działa jak monopolista. Wierzymy, że Departament Sprawiedliwości uzna Circle za to, czym jest, za monopol w najprawdziwszym znaczeniu tego słowa, i zabierze się do jego rozbicia, tak jak uczynił ze Standard Oil, AT&T oraz wszystkimi innym firmami, którym w przeszłości udowodniono stosowanie praktyk monopolistycznych. Dominacja Circle niszczy konkurencję i jest groźna dla naszego modelu wolnorynkowego kapitalizmu".

Gdy skończyła, ekran pociemniał, by zacząć pełnić swą zwyczajową funkcję – prezentować przemyślenia personelu firmy Circle. A w zebranym w holu tłumie przemyśleń było wiele. Zgadzano się, że pani senator słynie z tego, że od czasu do czasu wygłasza jakąś kontrowersyjną opinię – wcześniej sprzeciwiała się wojnom w Iraku i Afganistanie – i w związku z tym jej antytrustowa krucjata spełznie na niczym. Circle było firmą popularną po obu stronach sceny politycznej, znaną ze swojego pragmatycznego stanowiska praktycznie w każdej kwestii politycznej oraz ze swych hojnych darowizn, tak więc owa centrolewicowa senator nie zdoła uzyskać większego poparcia u swoich liberalnych kolegów – a tym bardziej nie uzyska go w szeregach republikanów.

Mae zbyt mało wiedziała o ustawach antytrustowych, żeby mieć wyrobioną opinię na ten temat. Czy rzeczywiście na rynku nie było konkurencji? Circle kontrolowało dziewięćdziesiąt procent rynku przeglądarek internetowych. Osiemdziesiąt osiem procent rynku darmowej poczty, dziewięćdziesiąt dwa procent rynku usług SMS-owych. Z jej perspektywy świadczyło to po prostu o tym, że tworzą i dostarczają najlepszy produkt. Karanie firmy za sprawność i dbałość o szczegóły wydawało się szaleństwem.

– Tu jesteś – powiedziała Mae, widząc, że Annie podchodzi do niej. – Jak było w Meksyku? I w Peru?

– Idiotka – zauważyła drwiąco Annie, patrząc przez zmrużone oczy na ekran, na którym niedawno pojawiła się pani senator.

– Więc to cię nie niepokoi?

– Chodzi ci o to, czy naprawdę coś w ten sposób osiągnie? Nie. Ale osobiście uważam, że siedzi po uszy w gównie.

– Co przez to rozumiesz? Skąd to wiesz?

Annie spojrzała na Mae, po czym odwróciła się plecami do ekranu. Tom Stenton gawędził z kilkoma pracownikami Circle, stojąc ze skrzyżowanymi na piersi rękami w pozie, która u kogoś innego mogłaby świadczyć o zaniepokojeniu, a nawet złości. Przede wszystkim jednak wyglądał na rozbawionego.

– Chodźmy – powiedziała Annie i ruszyły przez kampus, licząc na to, że dostaną lunch w serwującym meksykańskie potrawy barze na kółkach, który wynajęto, by tego dnia nakarmić pracow-

ników Circle. – Jak tam twój przyjaciel dżentelmen? Tylko mi nie mów, że zmarł podczas stosunku.
– Nie widziałam go od zeszłego tygodnia.
– Zero kontaktu? – zdziwiła się Annie. – Ale kanał.
– Myślę, że po prostu jest przybyszem z jakiejś innej epoki.
– Jakiejś innej epoki? I ma siwe włosy? Pamiętasz ten moment w *Lśnieniu*, gdy Nicholson ma w łazience coś w rodzaju erotycznego spotkania z kobietą? I jak później ta kobieta okazuje się żywym trupem?

Mae nie miała pojęcia, o czym jej przyjaciółka mówi
– Właściwie to… – dodała Annie i jej oczy zaczęły błądzić.
– Co?
– Wiesz, w związku z tym śledztwem senator Williamson martwi mnie to, że jakiś tajemniczy gość szuka czegoś w kampusie. Możesz mnie powiadomić, gdy zobaczysz się z nim następnym razem?

Mae spojrzała na swoją przyjaciółkę i po raz pierwszy, odkąd pamiętała, dostrzegła u niej coś w rodzaju autentycznej obawy.

O 16:30 Dan przysłał wiadomość: *Jak na razie to wspaniały dzień! Spotkanie o piątej?*

Mae zjawiła się na progu jego gabinetu. Dan wstał, wskazał jej fotel i zamknął drzwi. Usiadł za biurkiem i postukał w szklany ekran swojego tabletu.

– Dziewięćdziesiąt siedem. Dziewięćdziesiąt osiem. Dziewięćdziesiąt osiem. Dziewięćdziesiąt osiem. W tym tygodniu masz fantastyczne oceny łączne.

– Dziękuję.

– Naprawdę imponujące. Zwłaszcza biorąc pod uwagę zwiększone obciążenie pracą z nowicjuszami. Trudno było tego dokonać?

– Może przez pierwszych kilka dni, ale teraz wszyscy są przeszkoleni i już tak bardzo mnie nie potrzebują. Wszyscy są doskonali, więc może nawet jest nieco łatwiej, gdy mamy więcej ludzi do pracy.

– Dobrze. Miło to słyszeć. – Dan uniósł teraz wzrok i spojrzał jej głęboko w oczy. – Mae, czy jesteś zadowolona ze swej dotychczasowej pracy w Circle?

– Jak najbardziej.

Twarz mu pojaśniała.

– Świetnie. To bardzo dobra wiadomość. Zaprosiłem cię, żeby, cóż, po prostu zestawić to z twoją aktywnością w naszej społeczności i tym, jak ona jest rozumiana. Myślę, że chyba nie zdołałem właściwie przekazać ci wszystkiego, co ma związek z twoją pracą. Tak więc to moja wina, jeśli nie zrobiłem tego wystarczająco dobrze.

– Nie, nie. Wiem, że dobrze się spisałeś. Jestem tego pewna.

– Cóż, dziękuję, Mae. Doceniam to. Ale musimy porozmawiać o czymś, co jest, cóż… Pozwól, że ujmę to inaczej. Wiesz, że Circle nie należy do firm, w których odbija się kartę zegarową na dzień dobry i do widzenia. Rozumiesz?

– Och, wiem. Nigdy bym nie… Czy dałam do zrozumienia, że sądzę, że…

– Nie, nie. Niczego nie dałaś do zrozumienia. Po prostu nie widujemy cię zbyt często po piątej, zastanawialiśmy się więc, czy… no wiesz… czy nie możesz się doczekać powrotu do domu.

– Nie, nie. Mam zostawać dłużej?

Dan skrzywił się i odparł:

– Nie, nie w tym rzecz. Z pracą radzisz sobie znakomicie. Ale brakowało cię na wieczornym przyjęciu w Dzikim Zachodzie w zeszły czwartek, które było niezwykle istotną imprezą integracyjną koncentrującą się na produkcie, który napawa nas wszystkich dumą. Nie było cię na co najmniej dwóch imprezach dla nowicjuszy, a w cyrku wyglądało na to, że nie możesz się doczekać końca pokazów. Wyszłaś chyba po dwudziestu minutach. I to wszystko byłoby zrozumiałe, gdyby twój poziom partycypacji nie był taki niski. Wiesz, ile wynosi?

Mae zakładała, że przekracza 8000.

– Tak sądzę.

– Tak sądzisz – powtórzył Dan i sprawdził na ekranie swojego tabletu. – Wynosi dziewięć tysięcy sto jeden. To się zgadza? – Spadł, odkąd sprawdzała go przed godziną.

Dan cmoknął z dezaprobatą i skinął głową, jakby próbował dojść do tego, skąd się wzięła plama na jego koszuli.

– Tak więc to się niejako zsumowało i, no cóż, zaczęliśmy się martwić, że jakoś cię odstraszamy.

– Nie, nie! Nic podobnego.

– W porządku, skupmy się na czwartku kwadrans po piątej. Urządziliśmy spotkanie w Dzikim Zachodzie, gdzie pracuje twoja przyjaciółka, Annie. Było to na wpół obowiązkowe przyjęcie powitalne dla grupy potencjalnych wspólników. Przebywałaś wtedy poza kampusem, co naprawdę wprawia mnie w zakłopotanie. Tak jakbyś uciekała.

Umysł Mae pracował na przyspieszonych obrotach. Dlaczego nie poszła? Gdzie była? Nie wiedziała o tej imprezie. Odbywała się po drugiej stronie kampusu, w budynku Dzikiego Zachodu – jakim cudem przegapiła na wpół obowiązkowe spotkanie? Powiadomienie zapewne było ukryte gdzieś głęboko w zasobach trzeciego ekranu.

– Boże, przepraszam – powiedziała, przypomniawszy sobie w końcu. – O piątej opuściłam kampus, żeby kupić trochę aloesu w tym sklepie ze zdrową żywnością w San Vincenzo. Mój tato prosił o ten szczególny rodzaj...

– Mae – przerwał jej Dan protekcjonalnym tonem – w naszym firmowym sklepie mają aloes. Nasz sklep jest lepiej zaopatrzony niż jakiś sklep na rogu ulicy, a do tego są w nim znacznie lepsze produkty. Nasz aloes jest starannie dobrany.

– Przykro mi. Nie wiedziałem, że w firmowym sklepie jest coś takiego jak aloes. Ale bardzo się cieszę, że...

– Pozwól, że ci przerwę, ponieważ powiedziałaś coś ciekawego. Stwierdziłaś, że nie poszłaś najpierw do naszego sklepu?

– Nie. Przepraszam. Po prostu nie przypuszczałam, że coś takiego tam znajdę, więc...

– Posłuchaj, Mae. Powinienem przyznać, że wiem, że nie poszłaś do naszego sklepu. To jedna ze spraw, o których chciałem z tobą porozmawiać. Nie byłaś w nim ani razu. Ty... uprawiająca sport w college'u... nie byłaś na siłowni i prawie w ogóle nie zwiedzałaś kampusu. Myślę, że korzystasz z blisko jednej setnej naszej infrastruktury.

– Przykro mi. Po prostu do tej pory przebijałam się przez zawieruchę.

– A w piątek wieczorem? Wtedy także odbywała się ważna impreza.

– Przepraszam. Chciałam iść na to przyjęcie, ale musiałam pędzić do domu. Mój tata miał atak. W końcu się okazało, że to drobna sprawa, ale dowiedziałam się o tym dopiero wtedy, gdy dotarłam na miejsce.

Dan spojrzał na swoje szklane biurko i spróbował zetrzeć serwetką jakąś smugę z blatu. Zadowolony z efektu, uniósł wzrok.

– To zupełnie zrozumiałe. Wierz mi, uważam, że spędzanie czasu z rodzicami jest bardzo fajne. Po prostu pragnę podkreślić s p o ł e c z n o ś c i o w y c h a r a k t e r tej pracy. Postrzegamy się jako w s p ó l n o t ę i każda pracująca tu osoba stanowi c z ę ś ć tej wspólnoty. Sprawienie, by to wszystko działało, wymaga pewnego poziomu partycypacji. To tak, jakbyśmy byli klasą w zerówce. Jedna z dziewcząt urządza przyjęcie urodzinowe i zjawia się na nim tylko połowa klasy. Jak się czuje mała solenizantka?

– Niezbyt dobrze. Wiem o tym. Ale byłam na występie cyrku i to było świetne. N a p r a w d ę świetne.

– Było świetnie, prawda? I wspaniale było się tam zobaczyć. Nie mamy jednak ani śladu twojej obecności na pokazie. Żadnych zdjęć, żadnych komunikatów, recenzji, powiadomień, transferów na bumpie. Dlaczego?

– Nie wiem. Chyba znalazłam się w centrum...

Dan głośno westchnął.

– Przecież wiesz o tym, że lubimy otrzymywać od ludzi wiadomości, prawda? I o tym, że opinie pracowników Circle są nieocenione?

– Oczywiście.

– I o tym, że Circle opiera się w dużej mierze na wkładzie i partycypacji osób takich jak ty?

– Wiem.

– Posłuchaj. Jest rzeczą całkowicie zrozumiałą, że chciałabyś spędzać czas z ojcem i matką. To twoi rodzice! Twoja postawa jest godna najwyższego szacunku. Jak już mówiłem, to bardzo fajne. Chodzi mi tylko o to, że m y też bardzo cię lubimy i chcemy lepiej poznać. I dlatego zastanawiam się, czy byłabyś skłonna zostać jeszcze kilka minut, żeby porozmawiać z Josiahem i Denise. Chyba pamiętasz ich ze szkolenia przy naborze? Bardzo chcieliby przedłużyć naszą rozmowę i nieco zgłębić temat. Dasz radę?

– Jasne.

– Nie musisz pędzić do domu albo…?

– Nie, jestem do waszej dyspozycji.

– Bardzo dobrze. Cieszę się, że to słyszę. Oto i oni.

Mae się odwróciła i po drugiej stronie szklanych drzwi gabinetu Dana ujrzała Denise i Josiaha; oboje jej pomachali.

– Mae, jak się masz? – powiedziała Denise, gdy szli we trójkę do sali konferencyjnej. – Nie do wiary, że od czasu, gdy oprowadzaliśmy cię po firmie, minęły trzy tygodnie! Porozmawiamy tutaj.

Josiah otworzył drzwi sali, obok której Mae przechodziła wiele razy. Pomieszczenie miało owalny kształt i szklane ściany.

– Może usiądziesz tutaj – zaproponowała Denise, wskazując skórzany fotel z wysokim oparciem. Ona i Josiah zasiedli naprzeciw niej, ustawiając swoje tablety i poprawiając fotele, jakby szykowali się do zadania, którego wykonanie może zająć wiele godzin i niemal na pewno nie będzie przyjemne. Mae próbowała się uśmiechnąć.

– Jak wiesz – dodała Denise, zatknąwszy kosmyk ciemnych włosów za ucho – jesteśmy z Działu Zarządzania Zasobami Ludzkimi i jest to po prostu normalna odprawa z udziałem nowych członków

naszej wspólnoty. Przeprowadzamy je codziennie gdzieś na terenie firmy i jest nam szczególnie miło widzieć cię znowu. Jesteś prawdziwą zagadką.
– Doprawdy?
– Owszem. Nie pamiętam kogoś, kto dołączyłby do nas w ciągu ostatnich lat i był spowity taką... mgłą tajemnicy.
Mae nie bardzo wiedziała, jak na to zareagować. Nie czuła się spowita mgłą tajemnicy.
– Pomyślałam więc, że chyba zaczniemy od krótkiej rozmowy o tobie, a gdy już cię lepiej poznamy, możemy porozmawiać o tym, w jaki sposób mogłabyś się poczuć swobodnie, aktywniej włączając się w życie naszej wspólnoty. Czy to brzmi sensownie?
Mae skinęła głową.
– Oczywiście – odparła i spojrzała na Josiaha, który nie odezwał się jeszcze ani słowem, ale pracował zawzięcie na swoim tablecie, zapisując coś i przeciągając palcem po ekranie.
– Dobrze. Pomyślałam, że zaczniemy od tego, że naprawdę cię lubimy – stwierdziła Denise.
Josiah przemówił w końcu z promiennym spojrzeniem błękitnych oczu.
– Tak – potwierdził. – Naprawdę lubimy. Jesteś fantastycznym członkiem zespołu. Wszyscy tak uważają.
– Dziękuję – powiedziała Mae, mając pewność, że właśnie ją zwalniają. Prosząc o włączenie rodziców do firmowego ubezpieczenia, posunęła się za daleko. Jak mogła to zrobić tak szybko po przyjęciu do pracy?
– Wszyscy uważamy też, że pracujesz wzorowo – ciągnęła Denise. – Twoja średnia ocena wynosi dziewięćdziesiąt siedem punktów, i to jest doskonały rezultat, zwłaszcza jak na pierwszy miesiąc. Czujesz się usatysfakcjonowana swoimi wynikami?
Mae próbowała domyślić się prawidłowej odpowiedzi.
– Tak.
Denise skinęła głową.

– To dobrze. Ale jak wiesz, nie chodzi tutaj wyłącznie o pracę. Lub raczej nie chodzi tylko o oceny, aprobatę i tego typu rzeczy. Nie jesteś jakimś trybikiem w machinie.

Josiah energicznie kiwał głową na potwierdzenie jej słów.

– Uważamy, że jesteś autonomiczną ludzką istotą o nieograniczonych możliwościach. I bardzo istotną członkinią naszej wspólnoty.

– Dziękuję – odparła Mae, teraz już mniej pewna, że ją zwalniają.

Uśmiech Denise był bolesny.

– Jak jednak wiesz, miałaś kilka wpadek, jeśli chodzi o dopasowanie się do tutejszej wspólnoty. Czytaliśmy rzecz jasna raport z incydentu z Alistairem i jego portugalskim brunchem. Uznaliśmy twoje wyjaśnienia za w pełni przekonujące i utwierdziły nas one w przekonaniu, że chyba zdajesz sobie sprawę z wchodzących w grę problemów. Ale z drugiej strony pojawia się kwestia twojej nieobecności na większości imprez weekendowych i wieczornych, w których udział jest oczywiście całkowicie dobrowolny. Czy chcesz jeszcze dodać cokolwiek, by ułatwić nam zrozumienie tego wszystkiego? Może w związku z Alistairem?

– Tylko to, że było mi naprawdę przykro, że mogłam nieumyślnie sprawić mu przykrość.

Na twarzach Denise i Josiaha pojawił się uśmiech.

– Bardzo dobrze – pochwaliła ją Denise. – Fakt, że rozumiesz sytuację, sprawia jednak, iż nie bardzo potrafię to pogodzić z twoim zachowaniem p o tamtej rozmowie. Zacznijmy od minionego weekendu. Wiemy, że opuściłaś kampus w piątek o piątej czterdzieści dwie i wróciłaś tu o ósmej czterdzieści sześć w poniedziałek rano.

– Czy w weekend firma pracowała? – Mae szukała w swojej pamięci. – Coś przeoczyłam?

– Nie, nie, nie. W weekend nie trzeba było pracować. Co nie znaczy, że w sobotę i niedzielę nie było tutaj tysięcy osób korzystających z atrakcji naszego kampusu i aktywnych na sto różnych sposobów.

– Wiem, wiem. Ale byłam w domu. Mój tato zachorował i pojechałam pomóc rodzicom.

– Przykro mi to słyszeć – rzekł Josiah. – Czy miało to związek z tym, że cierpi na stwardnienie rozsiane?

– Owszem.

Josiah zrobił współczującą minę, a Denise pochyliła się nad stołem.

– Zobacz, właśnie tutaj szczególnie trudno mi się w tym połapać. Nic nie wiemy o tym epizodzie. Czy w tej krytycznej sytuacji dotarłaś do jakichś pracowników Circle? Wiesz, że w kampusie działają cztery grupy wsparcia dla osób mających do czynienia z tą chorobą? Czy odszukałaś choć jedną z nich?

– Nie, jeszcze nie. Miałam taki zamiar.

– W porządku – powiedziała Denise. – Poddajmy na chwilę tę myśl dyskusji, ponieważ fakt, że byłaś świadoma istnienia tych grup, ale ich nie odszukałaś, jest pouczający. Z pewnością dostrzegasz pożytek z dzielenia się informacjami o tej chorobie?

– Tak.

– I że dzielenie się doświadczeniami z innymi młodymi ludźmi, których rodzice cierpią na tę chorobę... Widzisz w tym korzyść?

– Oczywiście.

– Na przykład gdy usłyszałaś, że miał atak, przejechałaś ze sto pięćdziesiąt kilometrów i w tym czasie ani razu nie spróbowałaś zebrać informacji od użytkowników CircleW ani szerszego CircleZ. Czy nie uważasz tego za zmarnowaną okazję?

– Teraz uważam, bez dwóch zdań. Czułam się po prostu zdenerwowana i zaniepokojona i pędziłam jak szalona. Byłam trochę nieobecna myślami.

Denise podniosła palec.

– Właśnie, o b e c n a. To wspaniałe słowo. Cieszę się, że go użyłaś. Czy uważasz, że zwykle jesteś o b e c n a myślami?

– Staram się być.

Josiah się uśmiechnął i wstukał do tabletu lawinę słów.

– A przeciwieństwem tego słowa będzie...? – zapytała Denise.
– Nieobecna?
– Tak. Nieobecna. Zatrzymajmy się i przy tej myśli. Wróćmy do tematu twojego taty i tego weekendu. Czy doszedł do siebie?
– Owszem. Okazało się, że to był fałszywy alarm.
– Dobrze. Bardzo się z tego cieszę. Ale to dziwne, że z nikim nie podzieliłaś się tą wiadomością. Czy umieściłaś gdzieś jakiś wpis o tym zdarzeniu? Komunikat, komentarz na jakimkolwiek portalu?
– Nie.
– Hmm. Dobra – powiedziała Denise, wzdychając. – Czy sądzisz, że ktoś inny mógłby spożytkować twoje doświadczenia? To znaczy, może następna osoba, która mogłaby jechać dwie lub trzy godziny do domu, skorzystałaby na wiedzy, jaką ty wyniosłaś z tego zdarzenia, że był to tylko drobny niby-atak?
– Bez wątpienia. Uważam, że to byłoby przydatne.
– Dobrze. Jak zatem powinien twoim zdaniem wyglądać plan działania?
– Myślę, że wstąpię do klubu osób dotkniętych problemem stwardnienia rozsianego – odparła Mae. – I powinnam zamieścić jakiś wpis o tym, co się wydarzyło. Wiem, że to przyniesie korzyści.

Denise się uśmiechnęła.

– Fantastycznie. A teraz porozmawiajmy o pozostałej części weekendu. W piątek dowiadujesz się, że twój tato ma się dobrze. Ale na resztę tygodnia w zasadzie znikasz. Tak jakbyś przepadła! – Jej oczy zrobiły się okrągłe. – Wtedy właśnie ktoś taki jak ty, z niskim poziomem partycypacji, mógłby ten poziom podnieść, gdyby chciał. Ale twój wręcz spadł... o dwa tysiące punktów. Nie chodzi o to, by się podniecać liczbami, ale w piątek byłaś na poziomie ośmiu tysięcy sześciuset dwudziestu pięciu, a w niedzielę późnym wieczorem zeszłaś do dziesięciu tysięcy dwustu osiemdziesięciu ośmiu.

– Nie wiedziałam, że jest aż tak źle – odparła Mae, nienawidząc samej siebie, tej strony swojego charakteru, która najwyraźniej stale

stała jej na przeszkodzie. – Przypuszczam, że po prostu dochodziłam do siebie po stresie spowodowanym tą historią z moim ojcem.
– Możemy porozmawiać o tym, co robiłaś w sobotę?
– To żenujące – powiedziała Mae. – Nic.
– Nic, czyli co?
– Cóż, przez większość dnia siedziałam w domu rodziców i po prostu oglądałam telewizję.
Josiah się rozpromienił i zapytał:
– Coś ciekawego?
– Mecze kobiecej ligi koszykówki.
– W kobiecej koszykówce nie ma nic złego! – wyrzucił z siebie Josiah. – Ja u w i e l b i a m kobiecy basket. Śledziłaś moje wpisy o WNBA na komunikatorze?
– Nie, masz w komunikatorze kanał informacyjny na ten temat?
Josiah skinął głową; wyglądał na urażonego, wręcz oszołomionego.
Denise włączyła się do rozmowy.
– I znowu to po prostu ciekawe, że nie zdecydowałaś się tym z nikim podzielić. Czy włączałaś się w jakiekolwiek dyskusje o sporcie? Ilu członków liczy nasza globalna grupa dyskusyjna o WNBA, Josiahu?
Josiah, wciąż wyraźnie wstrząśnięty wiadomością, że Mae nie czytuje jego wpisów na ten temat, zdołał znaleźć te dane w swoim tablecie i wymamrotał:
– Sto czterdzieści trzy tysiące ośmiuset dziewięćdziesięciu jeden.
– A ilu użytkowników komunikatora skupia się na WNBA?
Josiah szybko znalazł te dane i rzekł:
– Dwanaście tysięcy dziewięćset dziewięćdziesięciu dwóch.
– A ciebie nie ma wśród nich. Jak myślisz, dlaczego tak jest?
– Chyba po prostu nie sądziłam, że poziom mojego zainteresowania rozgrywkami WNBA uprawnia mnie do przyłączenia się do jakiejś grupy dyskusyjnej bądź śledzenia czegokolwiek. Aż tak mnie to nie pasjonuje.

Denise spojrzała na Mae spod przymrużonych powiek.
– Ciekawy dobór słów: P a s j a. Słyszałaś o PPP? Pasja, Partycypacja i Przejrzystość? – Mae widziała litery PPP w całym kampusie i aż do tej chwili nie łączyła ich z tymi trzema słowami. Czuła się jak idiotka. Denise położyła dłonie na stole, jakby miała wstać, i dodała: – Wiesz, że Circle jest firmą technologiczną, prawda?
– Oczywiście.
– I że widzimy siebie na czele mediów społecznościowych.
– Tak.
– Znasz też termin p r z e j r z y s t o ś ć, zgadza się?
– Znam. Jak najbardziej.
Josiah spojrzał na Denise w nadziei, że ją uspokoi. Położyła dłonie na kolanach, a on przejął pałeczkę. Uśmiechnął się i przesunął palcem po ekranie tabletu, odsłaniając nową stronę.
– W porządku. Przejdźmy do niedzieli. Opowiedz nam o niej.
– Po prostu wróciłam samochodem.
– To wszystko?
– Pływałam kajakiem.
Na twarzach Josiaha i Denise pojawiło się zaskoczenie.
– Pływałaś kajakiem? – rzekł Josiah. – Gdzie?
– W zatoce.
– Z kim?
– Z nikim. Po prostu sama.
Denise i jej kolega mieli urażone miny.
– Ja też pływam kajakiem – oznajmił Josiah, po czym zapisał coś w tablecie, mocno naciskając na ekran.
– Jak często to robisz? – zapytała Denise.
– Może raz na kilka tygodni.
Josiah wpatrywał się uważnie w ekran tabletu.
– Mae, oglądam twój profil i nie znajduję w nim żadnych informacji na ten temat. Żadnych uśmiechniętych buziek, żadnych ocen, żadnych wpisów, pusto. I teraz mówisz, że r a z na k i l k a t y g o d n i pływasz kajakiem?

– Cóż, może trochę rzadziej.

Mae się roześmiała, ale im nie było do śmiechu. Josiah nadal gapił się w ekran, podczas gdy Denise patrzyła jej głęboko w oczy.

– A gdy pływasz kajakiem, co wtedy widzisz?
– Nie wiem. Rozmaite rzeczy.
– Foki?
– Oczywiście.
– Lwy morskie?
– Zazwyczaj tak.
– Ptaki wodne? Pelikany?
– Oczywiście.

Denise postukała w swój tablet.

– W porządku. W tej chwili szukam nazwy, której użyłaś do opisu dokumentacji wizualnej dowolnej z twoich kajakowych wycieczek. I nic nie widzę.

– Och, nigdy nie biorę ze sobą aparatu.
– To jak rozpoznajesz te ptaki?
– Mam mały atlas. To prezent od mojego byłego chłopaka. Mały składany atlas lokalnej flory i fauny.

– Więc to po prostu jakaś broszurka?
– Taak, to znaczy jest wodoodporny i...

Josiah głośno westchnął.

– Przykro mi – powiedziała Mae.

Josiah przewrócił oczami.

– Nie, mam na myśli... Trochę zbaczam z tematu, ale mój problem z papierem polega na tym, że on zabija wszelką komunikację międzyludzką. Nie daje szans na dalszy ciąg. Spoglądasz w swą papierową broszurę i w tym momencie sprawa się kończy. Kończy się na t o b i e. Jakbyś tylko ty się liczyła. Ale pomyśl, co by było, gdybyś to d o k u m e n t o w a ł a. Gdybyś używała narzędzia, które pomogłoby potwierdzić gatunek widzianych przez ciebie ptaków. Wtedy wszyscy mogą skorzystać... przyrodnicy, studenci, historycy, straż przybrzeżna. Wówczas wszyscy będą mogli się dowiedzieć, jakie ptaki przebywały tamtego dnia w zatoce. To po prostu irytujące, gdy człowiek pomyśli, ile wiedzy traci się codziennie przez taką krótkowzroczność. Nie chcę nazywać tego egoizmem, ale...

– Nie, to było egoistyczne, zdaję sobie z tego sprawę – odparła Mae.

Josiah złagodniał.

– Ale pomijając kwestię dokumentacji, zafrapowało mnie, dlaczego nigdzie nawet słowem nie wspomniałaś o pływaniu kajakiem. Przecież to c z ę ś ć ciebie. Nieodłączna część.

Mae mimo woli zaśmiała się drwiąco.

– Naprawdę nie sądzę, by była aż tak nieodłączna. Bądź interesująca.

Josiah uniósł wzrok, oczy mu płonęły.

– Ale tak jest!

– Wiele osób pływa kajakiem – zauważyła Mae.

– No właśnie! – odparł i zrobił się natychmiast czerwony jak burak. – Nie chciałabyś poznać i n n y c h ludzi, którzy to robią? – Josiah postukał w ekran swojego tabletu. – W twoim otoczeniu jest dwa tysiące trzysta trzydzieści jeden osób, które także lubią pływać kajakiem. Ze mną włącznie.

Mae uśmiechnęła się i zauważyła:

– Sporo.

– Więcej czy mniej, niż się spodziewałaś? – zapytała Denise.

– Chyba więcej.

Josiah i Denise się uśmiechnęli w odpowiedzi.

– Mamy więc zarejestrować cię na jakimś forum, byś dowiedziała się więcej o ludziach z twojego otoczenia, którzy lubią popływać kajakiem? Jest tyle narzędzi... – Wydawało się, że Josiah otwiera stronę, na której mógł ją zarejestrować.

– Sama nie wiem – odparła Mae.

Miny im zrzedły.

Josiah znowu sprawiał wrażenie zagniewanego.

– W czym rzecz? Myślisz, że twoje pasje są nieistotne?

– Niezupełnie o to chodzi. Ja po prostu...

Josiah się pochylił.

– Jak twoim zdaniem czują się inni pracownicy Circle, wiedząc, że w sensie fizycznym jesteś tak blisko nich, że na pozór stanowisz część tutejszej wspólnoty, ale nie chcesz, by wiedzieli o twoich hobby i zainteresowaniach? Jak myślisz, jak oni się czują?

– Nie wiem. Myślę, że nic nie czują.

– Ale tak nie jest! – powiedział Josiah. – Rzecz w tym, że nie angażujesz się w kontakty z otaczającymi cię ludźmi!

– To tylko pływanie kajakiem! – zauważyła Mae, znowu się śmiejąc i starając się, by dyskusja ponownie nabrała beztroskiego charakteru.

Josiah pracował na swoim tablecie.

– Tylko pływanie kajakiem? Zdajesz sobie sprawę, że kajakarstwo to branża o wartości trzech miliardów dolarów? I mówisz, że to „tylko pływanie kajakiem"?! Nie rozumiesz, że to wszystko się ze sobą łączy? Masz do odegrania swoją rolę i musisz ją odegrać.

Denise przyglądała się jej uważnie.

– Mae, muszę ci zadać delikatne pytanie.

– Dobrze.

– Czy nie sądzisz... Cóż, czy nie sądzisz, że być może chodzi o poczucie własnej godności?

– Słucham?

– Czy nie chcesz się wypowiadać, ponieważ się boisz, że twoje opinie są niewłaściwe?

Mae nigdy wcześniej nie myślała o tym w ten sposób, ale to przypuszczenie nie było pozbawione sensu. Czyżby za bardzo wstydziła się wypowiadać?

– Właściwie to nie wiem – odparła.

Denise zmrużyła oczy i rzekła:

– Nie jestem psychologiem, ale gdybym była, pewnie bym cię zapytała o poczucie własnej wartości. Badaliśmy pewne wzorce takiego zachowania. Nie chcę twierdzić, że to zachowanie jest aspołeczne, ale z pewnością można je uznać za subspołeczne i dalekie od przejrzystości. Rozumiemy też, że to zachowanie wypływa z niskiego poczucia własnej wartości i bierze się z przekonania, że to, co mamy do powiedzenia, nie jest zbyt istotne. Czy w ten sposób opisałabyś swój punkt widzenia?

Mae czuła się za bardzo wyprowadzona z równowagi, by mieć klarowny obraz samej siebie.

– Być może – odparła, zyskując na czasie, świadoma tego, że nie może być zbyt uległa. – Czasem jednak jestem przekonana, że to, co mówię, jest ważne. I gdy mam do dodania coś istotnego, na pewno czuję, że mam prawo to zrobić.

– Ale zauważ, że powiedziałaś „czasem jestem przekonana" – rzekł Josiah, kiwając palcem. – Interesuje mnie to „czasem". A może powinienem powiedzieć, że mnie niepokoi. Myślę bowiem, że taka sytuacja ma miejsce zbyt rzadko – dodał i rozsiadł się w fotelu, jakby odpoczywał po zakończeniu ciężkiej pracy nad wyjaśnieniem jej zagadki.

– Mae – powiedziała Denise – bardzo byśmy chcieli, żebyś wzięła udział w specjalnym programie. Czy to cię interesuje?

Mae nie miała pojęcia, o co chodzi, ponieważ jednak była w tarapatach i zabrała im już tak dużo czasu, wiedziała, że powinna się zgodzić, uśmiechnęła się więc i odparła:

– Jak najbardziej.

– Dobrze. Włączymy cię do niego jak najszybciej. Spotkasz się z Pete'em Ramirezem i on wyjaśni ci szczegóły. Sądzę, że dzięki temu mogłabyś się czuć przekonana, że masz rację, nie tylko „czasem", ale „zawsze". Czy to brzmi lepiej?

Po tej rozmowie, przy swoim biurku, Mae rugała się w duchu, zastanawiając się nad sobą. Przede wszystkim była zawstydzona. Nie wykraczała poza niezbędne minimum. Myślała o sobie z odrazą i współczuła Annie. Z pewnością słyszała o swojej leniwej przyjaciółce, która przyjęła prezent, tę upragnioną pracę w Circle – firmie, która ubezpieczyła jej rodziców i ocaliła ich przed rodzinną katastrofą! – i teraz postępuje w nieodpowiedzialny sposób. Do diabła, Mae, zacznij się przejmować!, pomyślała. Przydaj się na coś światu.

Napisała do Annie, przepraszając, obiecując, że się poprawi, przyznając, że jest zażenowana, że nie chciała nadużywać tego przywileju, tego daru, i zapewniając, że nie musi odpowiadać na ten list, że po prostu będzie się spisywać tysiąc razy lepiej niż dotąd, natychmiast, od tej chwili. Annie wysłała jej SMS, kazała się nie martwić, dodając, że to była tylko lekka reprymenda, środek wychowawczy, częsty w przypadku nowicjuszy.

Mae spojrzała na zegar. Była szósta. Miała mnóstwo czasu, żeby się poprawić, więc wzięła się ostro do roboty, wysyłając cztery komunikaty, zamieszczając trzydzieści dwa komentarze i przesyłając osiemdziesiąt osiem uśmiechów. W ciągu godziny jej poziom partycypacji podniósł się do 7288. Pokonanie bariery 7000 było trudniejsze, ale przed ósmą, po dołączeniu do jedenastu grup dyskusyjnych i zamieszczeniu wpisów na ich forach, rozesłaniu kolejnych dwunastu komunikatów, z których jeden znalazł się wśród pięciu tysięcy najczęściej czytanych o tej porze na świecie, oraz zarejestrowaniu się na sześćdziesięciu siedmiu następnych kanałach informacyjnych, dokonała i tego. Była na poziomie 6872 i zwróciła uwagę na wiadomości z portalu społecznościowego CircleW. Miała do przeczytania kilkaset wpisów i przebrnęła przez nie, odpowiadając na blisko siedemdziesiąt wiadomości, potwierdzając udział w jedenastu imprezach w kampusie i podpisując dziewięć petycji; opatrzyła również komentarzami oraz poddała konstruktywnej krytyce cztery produkty w wersji testowej. O 22:16 jej poziom partycypacji wynosił 5342 i znowu trudno było pokonać kolejną barierę – tym razem 5000. Napisała szereg komunikatów o nowym serwisie firmowym, który zapewniał posiadaczom kont informację o każdorazowym wymienieniu ich nazwiska w jakiejkolwiek przesłanej wiadomości, i jeden z nich, siódmy na ten temat, wzbudził gwałtowne zainteresowanie, pojawiło się pod nim 2904 odpowiedzi, to zaś podniosło jej poziom partycypacji do 3887.

Miała głębokie poczucie spełnienia i własnych możliwości, któremu już po chwili zaczęło towarzyszyć wrażenie niemal zupełnego wyczerpania. Zbliżała się północ i Mae potrzebowała snu. Było za późno, by jechać do domu, więc sprawdziła, czy są wolne pokoje w internacie, zarezerwowała jeden, otrzymała kod dostępu, przemierzyła kampus i weszła do Rodzinnego Miasta.

Gdy zamknęła drzwi swojego pokoju, było jej głupio, że nie korzystała z internatu wcześniej. Pokój był nieskazitelnie czysty, pełen srebrnych elementów wyposażenia i mebli z jasnego drewna, podłogi promieniały ciepłem, a śnieżnobiałe prześcieradła i poszewki na poduszkach były tak wykrochmalone, że szeleściły przy dotknięciu. Materac, jak wyjaśniała kartka przy łóżku, był organiczny, nie zawierał sprężyn ani pianki, lecz nowe włókno, które okazało się twardsze, a zarazem bardziej sprężyste – lepsze niż w jakimkolwiek łóżku, w którym dotąd spała. Otuliła się białą jak chmura i wypełnioną puchem kołdrą.

Nie mogła jednak zasnąć. Teraz, myśląc o tym, o ile lepiej może sobie radzić, znowu się zalogowała, tym razem na swoim tablecie, i przyrzekła sobie, że popracuje do drugiej nad ranem. Była zdecydowana pokonać granicę 3000. I dokonała tego, choć gdy do tego doszło, była już 3:19. W końcu, nie całkiem wyczerpana, lecz świadoma faktu, że potrzebuje odpoczynku, wsunęła się pod kołdrę i zgasiła światło.

Rankiem zajrzała do szaf i komód, wiedząc, że pokoje internatu zaopatrzone są w szeroki asortyment nowych ubrań, które można było wypożyczyć lub zatrzymać. Wybrała nowiutkie rybaczki i nowiutką bawełnianą koszulkę. Na umywalce stały nowe buteleczki z mleczkiem nawilżającym i płynem do płukania ust, produktami organicznymi z lokalnych wytwórni, i Mae spróbowała jednego i drugiego. Wzięła prysznic, ubrała się i o 8:20 siedziała z powrotem przy swoim biurku.

Owoce jej wysiłków były natychmiast widoczne. Na trzecim ekranie pojawił się zalew powinszowań od Dana, Jareda, Josiaha i Denise, po pięć, sześć wiadomości od każdego z nich oraz co najmniej tuzin od Annie, która zdawała się pękać z dumy i podekscytowania. Wieść szybko rozeszła się po CircleW i do południa Mae otrzymała 7716 uśmiechów. Wszyscy wiedzieli, że jest w stanie tego dokonać. Wszyscy widzieli przed nią wspaniałą przyszłość w firmie, wszyscy byli pewni, że niebawem, najpóźniej we wrześniu, awansuje z Działu DK, rzadko bowiem ktoś tak szybko i z tak ogromną precyzją piął się w rankingu partycypacji.

Nowe dla Mae poczucie pewności siebie i świadomość własnych kompetencji niosły ją przez cały tydzień i zważywszy na to, jak bardzo zbliżyła się do czołowych 2000, siedziała przy swoim biurku do późna przez weekend i na początku następnego tygodnia, zdecydowana przebić się tam możliwie szybko. Co noc spała w tym samym pokoju w internacie. Wiedziała, że górne dwa tysiące, nazwane G2T, to grupa pracowników Circle przejawiających niemal maniakalną aktywność na portalach społecznościowych i elita dla swoich obserwatorów. Osoby przynależące do G2T w zasadzie nie zmieniały się od osiemnastu miesięcy, a liczba nowych członków tej grupy i przetasowania w jej szeregach były znikome.

Mae wiedziała jednak, że musi spróbować. W czwartek wieczorem dotarła na poziom 2219, wiedząc, że należy do grupy podobnych osób, które, jak ona, gorączkowo dążyły do awansu w klasyfikacji. Po godzinie pracy zobaczyła, że wspięła się tylko o dwa miejsca wyżej. Wiedziała, że sprawa nie będzie łatwa, ale wyzwanie było wspaniałe. Ilekroć zaś poprzednio zostawiała za sobą kolejny tysiąc, czuła, że spłaca dług wdzięczności, zwłaszcza wobec Annie, i otrzymywała tyle dowodów najwyższego uznania, że dodatkowo ją to dopingowało.

O dziesiątej, akurat wtedy, gdy zaczęła odczuwać zmęczenie i gdy dotarła na poziom 2188, doznała objawienia, że jest młoda, silna i jeżeli popracuje przez całą noc, jedną zarwaną noc, to zdoła się przebić do G2T, gdy wszyscy inni będą spać. Pokrzepiła się napojem energetyzującym oraz żelkami i gdy kofeina oraz cukier podziałały, poczuła się niezwyciężona. CircleW na trzecim ekranie okazało się za małe. Włączyła kanał informacyjny CircleZ i bez trudu radziła sobie z jego zawartością. Kontynuowała pracę, rejestrując się na kilkuset następnych kanałach informacyjnych komunikatora, zaczynając od jednego komentarza na każdym. Wkrótce była na poziomie 2012 i tam trafiła na prawdziwy opór. Zamieściła trzydzieści trzy komentarze w witrynie testowania produktów i awansowała o trzy miejsca. Spojrzała na nadgarstek lewej ręki, żeby sprawdzić, jak jej ciało reaguje na wzmożony wysiłek, i zadrżała na widok wskazań tętna. Panowała nad tym wszystkim i potrzebowała więcej danych. Łączna liczba parametrów statystycznych, które śledziła, wynosiła tylko 41. Monitor podawał łączną ocenę jej usług wynoszącą 97 punktów. Oraz ostatni wynik, czyli 99. Była również średnia jej grupki – 96 punktów. Do tego dochodziła liczba zapytań obsłużonych tego dnia, 221, oraz poprzedniego, 219, średnia liczba zapytań obsługiwanych przez nią, 220, oraz przez innych członków jej grupy, 198. Na drugim ekranie widniała liczba wiadomości przesłanych tego dnia przez innych pracowników, 1192, liczba tych, które przeczytała, 239, oraz tych, na które odpowiedziała, 88. Wyświetlono na nim również liczbę niedawnych zaproszeń na imprezy firmowe, 41, i liczbę tych, na które odpowiedziała, 28. A także liczbę wszystkich odwiedzających tego dnia witryny Circle, 3,2 miliarda, i liczbę odsłon, 88,7 miliarda. Liczba jej znajomych w CircleZ wynosiła 762, do rozpatrzenia zostało 27 próśb od osób, które chciały nimi zostać. Ekran wyświetlał liczbę użytkowników komunikatora, których wpisy śledziła, 10 343, oraz liczbę tych, którzy śledzili jej wpisy, 18 198. Oraz liczbę nieprzeczytanych komunikatów, 887. Podano też liczbę wskazanych jej użytkowników komunikatora, 12 862. Oraz liczbę piosenek w jej cyfrowej płytotece, 6877, liczbę wykonawców, 921, i – zgodnie z jej upodobaniami muzycznymi – liczbę polecanych artystów estradowych, 3408. Była także liczba obrazów w jej bibliotece, 33 002, oraz liczba tych rekomendowanych, 100 083. Ekran informował o temperaturze wewnątrz budynku, 70°F, oraz na zewnątrz, 71°F. Podawał też liczbę pracowników obecnych tego dnia w kampusie, 10 981, i liczbę gości, 248. Mae miała opcję powiadamiania o nowych wiadomościach ustawioną dla czterdziestu pięciu osób i tematów. Ilekroć więc wspomniano o nich na dowolnym z jej ulubionych kanałów informacyjnych, otrzymywała powiadomienie. Tego dnia było ich 187. Widziała, ile osób przeglądało tego dnia jej profil, 210, i ile średnio poświęciły na to czasu, 1,3 minuty. Oczywiście gdyby chciała, mogłaby wejść głębiej i zobaczyć, co dokładnie przeglądała każda osoba. Dane dotyczące stanu jej zdrowia wzbogaciły się o kilkadziesiąt parametrów; każdy z nich zapewnił jej poczucie wielkiego spokoju i panowania nad sytuacją. Znała swoje tętno i wiedziała, że jest prawidłowe. Znała liczbę zrobionych tego dnia kroków, niemal 8200, i wiedziała, że z łatwością może dobić do 10 000. Wiedziała, że nie jest odwodniona, a liczba spożytych tego dnia kalorii mieści się w granicach przyjętych dla osoby o jej wskaźniku masy ciała. W nagłym przebłysku świadomości zdała sobie sprawę, że tym, co zawsze wywoływało u niej lęk, stres lub niepokój, nie była żadna siła, nic niezależnego i zewnętrznego – nie było to zagrożenie, które czuła, ani ciągłe nieszczęścia innych ludzi oraz ich problemy. To kryło się wewnątrz, było subiektywne, wynikało z n i e w i e d z y. Nie chodziło o to, że pokłóciła się z przyjaciółką lub że została wzięta na dywanik przez Josiaha i Denise – chodziło o brak wiedzy, co to znaczy, o nieznajomość ich zamiarów, nieznajomość konsekwencji, przyszłości. Gdyby je znała, uspokoiłaby się. Wiedziała w stopniu graniczącym niemal z pewnością, gdzie są jej rodzice – w domu, jak zawsze. Dzięki swojej przeglądarce wiedziała, gdzie jest Annie – w swoim gabinecie, też pewnie nadal pracowała. Ale gdzie podziewał się Kalden? Nie widziała go od dwóch tygodni i nie miała od niego żadnych wieści. Wysłała swojej przyjaciółce SMS.

Nie śpisz?
Jak zawsze.
Wciąż nie mam wieści od Kaldena.
Od tego starca? Może umarł. Miał szczęśliwe, długie życie.
Naprawdę sądzisz, że był po prostu intruzem?
Sądzę, że uniknęłaś poważnych problemów. Cieszę się, że nie wrócił. Obawiałam się, że to może być jakiś szpieg.
Nie był szpiegiem.
No to po prostu był stary. Może dziadek któregoś z pracowników przyszedł z wizytą i zabłądził? I bardzo dobrze. Jesteś za młoda, żeby zostać wdową.

Mae pomyślała o jego dłoniach. Te dłonie zburzyły jej spokój. W tym momencie pragnęła jedynie znowu poczuć je na swoim ciele. Jego dłonie na jej plecach, przyciągające ją do niego. Czy to możliwe, by jej pragnienia były tak nieskomplikowane? I gdzie, u diabła, się podział? Nie miał prawa tak zniknąć. Znowu sprawdziła w firmowej przeglądarce; szukała go w ten sposób ze sto razy, bez powodzenia. Przecież miała prawo wiedzieć, gdzie jest. Przynajmniej tyle: gdzie jest i kim jest. To było to niepotrzebne i archaiczne brzemię niepewności. Mogła się błyskawicznie dowiedzieć, jaka jest temperatura w Dżakarcie, a nie umiała znaleźć na terenie kampusu jednego mężczyzny? Gdzie jest ten człowiek, który dotykał cię w tak szczególny sposób? Gdyby udało się pozbyć tego rodzaju niepewności – kiedy i kto znowu cię tak dotknie – zniknęłaby większość bodźców stresowych oraz, być może, fala rozpaczy, która wzbierała w sercu Mae. Kilka razy w miesiącu czuła w sobie to potworne, bolesne rozdarcie. Zwykle nie trwało to długo, ale gdy zamknęła oczy, widziała maleńką dziurę w czymś, co wyglądało na czarne sukno, i przez to maleńkie rozdarcie słyszała krzyki milionów niewidzialnych dusz. Zdawała sobie sprawę, że to bardzo dziwne, i nikomu by o tym nie wspomniała. Mogłaby opisać to Annie, ale nie chciała jej niepokoić na samym początku swojej pracy w Circle. Ale co to było za uczucie? Kto krzyczał przez to rozdarte sukno?

Doszła do wniosku, że najlepszym sposobem zapanowania nad tym jest jeszcze większe skupienie, unikanie bezczynności, dawanie z siebie coraz więcej. Przemknęła jej przez głowę niedorzeczna myśl, że może znaleźć Kaldena za pomocą LubLub. Zajrzała tam i poczuła się idiotycznie, gdy jej wątpliwości znalazły potwierdzenie. Wrażenie wewnętrznego rozdarcia wzmagało się, ogarniała ją ciemność. Zamknęła oczy i usłyszała podwodne krzyki. Mae przeklinała tę niewiedzę i wiedziała, że potrzebuje kogoś, kogo można poznać. I kogo można zlokalizować.

Pukanie do drzwi było ciche i nieśmiałe.
– Otwarte – powiedziała Mae.
Francis wsadził głowę do pokoju i przytrzymał drzwi.
– Na pewno?
– Zaprosiłam cię – odparła.
Wślizgnął się do środka i zamknął drzwi, jakby w ostatniej chwili uciekł przed pościgiem w korytarzu. Rozejrzał się i rzekł:
– Podoba mi się, jak urządziłaś to miejsce.
Mae roześmiała się w odpowiedzi.
– Chodźmy do mojego – zaproponował.
Miała zamiar zaprotestować, ale chciała zobaczyć, jak wygląda jego lokum. Wszystkie pokoje w internacie różniły się nieznacznie, ponieważ zaś cieszyły się takim wzięciem i stały się tak praktyczne, że wielu pracowników Circle mieszkało w nich właściwie bez przerwy, bywało, że lokatorzy przerabiali je zgodnie ze swoimi potrzebami. Gdy znaleźli się u Francisa, spostrzegła, że pokój jest lustrzanym odbiciem jej własnego, choć zawierał kilka jego drobiazgów, w szczególności maskę z papier mâché, którą zrobił w dzieciństwie. Żółta, z olbrzymimi oczami za szkłami okularów, spoglądała znad łóżka. Francis zauważył, że Mae się w nią wpatruje.
– Co? – zapytał.
– Nie sądzisz, że to dziwne? Maska nad łóżkiem?

– Nie widzę jej, gdy śpię. Napijesz się czegoś? – Zajrzał do lodówki i znalazł tam soki i nowy gatunek sake w okrągłym naczyniu z barwionego na różowo szkła.

– Fajnie wygląda – zauważyła Mae. – Nie mam takiej w pokoju. Moja jest w zwyczajnej butelce. Może to inny gatunek.

Francis przyrządził im obojgu drinki, przepełniając obie szklanki.

– Co wieczór strzelam sobie kilka luf – powiedział. – To jedyny sposób, żeby spowolnić bieg myśli, tak abym mógł uderzyć w kimono. Też masz ten problem?

– Potrzebuję godziny, żeby zasnąć.

– Cóż – rzekła Francis – to skraca ten proces do kwadransa.

Wręczył jej szklankę. Mae spojrzała na nią, myśląc z początku, że ta cowieczorna sake to coś bardzo smutnego, a potem zrozumiała, że jutro sama wypróbuje tę metodę.

Francis wpatrywał się w punkt między jej brzuchem a łokciem.

– O co chodzi?

– Nigdy nie mogę się nadziwić twojej talii – odparł.

– Słucham? – powiedziała Mae, myśląc, że przecież nie warto, to niemożliwe, by było warto obcować z człowiekiem, który wygaduje takie rzeczy.

– Nie, nie! – zawołał. – Mam na myśli to, że jest taka niezwykła. Jej kształt, to, jak się wygina niczym łuk.

I wtedy jego dłonie zakreśliły w powietrzu kontury jej talii w postaci dwóch wydłużonych C.

– Bardzo mi się podoba, że masz biodra i ramiona. I z tą talią… – Uśmiechnął się, patrząc Mae prosto w oczy, jakby nie zdawał sobie sprawy z dziwnej bezpośredniości swoich słów lub się tym nie przejmował.

– Chyba powinnam ci podziękować – powiedziała.

– To tak naprawdę komplement. Mam wrażenie, że te łuki zostały stworzone po to, by ktoś kładł na nich dłonie. – Pokazał na migi, jak kładzie swoje dłonie na wyimaginowanej talii Mae.

Mae wstała i wypiła łyk sake, zastanawiając się, czy powinna rzucić się do ucieczki. Ale to rzeczywiście był komplement. Obdarzył ją – niestosownie i niezręcznie, ale bardzo szczerze – komplementem, którego z pewnością nigdy nie zapomni i który już wprawił jej serce w nowe i nieregularne drżenie.

– Chcesz coś obejrzeć? – zapytał Francis.

Mae wzruszyła ramionami, wciąż oniemiała z wrażenia.

Zrobił szybki przegląd. Mieli dostęp do praktycznie wszystkich istniejących filmów oraz programów telewizyjnych i spędzili pięć minut, zapisując różne rzeczy, które mogliby zobaczyć, a potem przypominając sobie coś innego, co było podobne, ale jeszcze lepsze.

– A słyszałaś te nowe nagrania Hansa Willisa?

Mae postanowiła zostać i uznała, że w towarzystwie Francisa dobrze się czuje we własnej skórze. Że ma tutaj władzę i że sprawia jej to przyjemność.

– Nie. Kto to taki?

– Jeden z muzyków rezydentów. W zeszłym tygodniu nagrał cały koncert.

– To zostało wydane?

– Nie, ale gdy uzyska dobre oceny u pracowników Circle, może spróbują wypuścić to na rynek. Pozwól, że sprawdzę, czy uda mi się to znaleźć.

Odtworzył nagranie, delikatny utwór fortepianowy, który przypominał szmer deszczu. Mae wstała, żeby zgasić światło, zostawiając jedynie szarą poświatę ekranu monitora, w której upiornie rysował się Francis.

Mae zauważyła grubą książkę w skórzanej oprawie.

– Co to? – zapytała, podnosząc ją z półki. – W moim pokoju niczego takiego nie ma.

– Och, to należy do mnie. To album. Po prostu zdjęcia.

– Rodzinne? – zapytała Mae, po czym przypomniała sobie jego skomplikowany życiorys. – Przepraszam. Wiem, że chyba mogłam ująć to inaczej.

– Nie ma sprawy – odparł. – Można je poniekąd nazwać rodzinnymi. Na niektórych widać moich braci i siostry. Ale na ogół to tylko ja i rodziny zastępcze. Chcesz obejrzeć?
– Trzymasz go tutaj, w Circle?
Francis wziął album od Mae i usiadł na łóżku.
– Nie, zazwyczaj jest w domu, ale przyniosłem go do roboty. Chcesz je obejrzeć? Większość jest przygnębiająca.
Zdążył już otworzyć album. Mae usiadła obok i gdy przewracał kartki, oglądała zdjęcia. Przed oczami migała jej postać Francisa w skromnie urządzonych, oświetlonych złocistożółtym światłem salonach, w kuchniach, od czasu do czasu w wesołym miasteczku. Sylwetki rodziców zawsze były niewyraźne albo powycinane ze zdjęć. W pewnym momencie dotarł do fotografii, na której siedział na deskorolce, spoglądając w obiektyw przez wielkie okulary.
– Pewnie należały do matki – wyjaśnił. – Spójrz na te oprawki. – Przesunął palcem po okrągłych szkłach. – Są damskie, prawda?
– Tak sądzę – potwierdziła Mae, wpatrzona w młodsze oblicze Francisa. Miał ten sam szczery wyraz twarzy, ten san wydatny nos, tę samą pełną dolną wargę. Czuła, że łzy napływają jej do oczu.
– Nie przypominam sobie, bym miał takie okulary – rzekł. – Nie wiem, skąd się wzięły. Mogę się tylko domyślać, że moje się zepsuły, a te należały do niej i pozwoliła mi je nosić.
– Bardzo ładnie wyglądasz – zauważyła Mae, ale miała ochotę się rozpłakać.
Francis patrzył na fotografię spod przymrużonych powiek, jakby miał nadzieję, że wyczyta z niej jakieś informacje, jeśli tylko będzie patrzył wystarczająco długo.
– Gdzie to było? – zapytała Mae.
– Nie wiem.
– Nie wiesz, gdzie wtedy mieszkałeś?
– Nie mam pojęcia. Nawet to, że mam zdjęcia, jest dość rzadkie. Nie wszyscy rodzice zastępczy dawali ci zdjęcia, a gdy już dawali,

dbali o to, by nie pokazywać na nich niczego, co mogłoby pomóc w ich odnalezieniu. Żadnych widoków domu z zewnątrz, żadnych adresów, tablic z nazwą ulicy ani punktów orientacyjnych.

– Mówisz poważnie?

Francis spojrzał na Mae i odparł:

– Tak działa opieka zastępcza.

– Po co? Żebyś nie mógł wrócić?

– Taka po prostu obowiązywała zasada. Owszem, żeby nie można było wrócić. Jeżeli mieli cię przez rok, taka była umowa i nie chcieli, byś znowu wylądował na progu ich domu, zwłaszcza w starszym wieku. Niektóre dzieciaki miały bardzo złe skłonności, więc rodzice zastępczy musieli się zabezpieczyć przed ryzykiem odnalezienia ich po latach.

– Nie wiedziałam.

– Taak. To dziwny system, ale sensowny. – Francis wypił resztę sake i wstał, żeby podregulować aparaturę grającą.

– Mogę spojrzeć? – zapytała Mae.

Wzruszył ramionami. Mae przekartkowała album, szukając jakichś obrazów umożliwiających identyfikację otoczenia. Ale na dziesiątkach zdjęć nie dostrzegła żadnych adresów ani domów. Wszystkie ukazywały wnętrza lub anonimowe ogródki za budynkami.

– Założę się, że niektórzy chcieliby otrzymać od ciebie jakąś wiadomość.

Francis uporał się z aparaturą i rozbrzmiała kolejna piosenka, stara kompozycja, której tytułu nie mogła sobie przypomnieć. Usiadł obok Mae.

– Być może. Ale umowa tego nie przewiduje.

– Więc nie próbowałeś się z nimi kontaktować? Przecież dzięki oprogramowaniu pozwalającemu rozpoznawać twarze…

– Sam nie wiem. Nie zdecydowałem się na to. To znaczy, po to przyniosłem album. Jutro zeskanuję te zdjęcia, żeby się przekonać. Może uzyskamy kilka trafień. Nie zamierzam jednak robić wiele więcej. Jedynie wypełnić kilka luk.

– Masz prawo dowiedzieć się przynajmniej kilku podstawowych rzeczy.

Mae kartkowała album i zatrzymała się na zdjęciu małego, co najwyżej pięcioletniego Francisa z dwiema dziewczynkami w wieku dziewięciu lub dziesięciu lat po bokach. Wiedziała, że to jego siostry, te dwie, które zostały zabite, i nie mając pojęcia dlaczego, nie mogła oderwać od nich wzroku. Nie chciała go zmuszać do mówienia o nich, wiedziała też, że nie powinna się odzywać, nie powinna dopuścić do tego, by rozpoczął jakąkolwiek rozmowę na ich temat, a jeśli tego zaraz nie uczyni, powinna przewrócić stronę w albumie.

Francis milczał, więc zrobiła to, przepełniona współczuciem dla niego. Potraktowała go wcześniej zbyt surowo. Był tutaj, lubił ją, chciał ją mieć przy sobie i był najsmutniejszym człowiekiem, jakiego znała. Mogła to zmienić.

– Serce bije ci jak oszalałe – zauważył.

Mae spojrzała na swoją bransoletę i spostrzegła, że jej tętno wynosi 134.

– Pokaż mi swój monitor – odparła.

Podwinął rękaw koszuli. Mae chwyciła go za przegub i obróciła monitor ku sobie. Wskazywał 128.

– Sam też nie jesteś zbyt spokojny – stwierdziła i położyła mu dłoń na kolanie.

– Nie ruszaj dłoni i obserwuj, jak przyspiesza – rzekł Francis i razem obserwowali wskazania tętna. To było zadziwiające. Tętno szybko skoczyło mu do 134 uderzeń na minutę, a Mae zadrżała na myśl o tym, jak silny był jej wpływ; dowód miała naprzeciw i dało się to zmierzyć. Tętno przyspieszyło mu do 136.

– Chcesz, żebym coś sprawdziła?

– Chcę – wyszeptał, z trudem łapiąc oddech.

Mae sięgnęła dłonią do fałdów na spodniach Francisa i stwierdziła, że jego członek napiera na klamrę paska. Pomasowała jego czubek palcem wskazującym i razem obserwowali, jak wskazania monitora rosną do 152.

– Tak łatwo cię podniecić – powiedziała. – Wyobraź sobie, że coś by się naprawdę działo.

Francis miał zamknięte oczy.

– Zgadza się – rzekł w końcu, z trudem oddychając.

– Podoba ci się to?

– Yhm – zdołał wykrztusić.

Mae poczuła dreszcz emocji na myśl o władzy, którą ma nad tym mężczyzną. Przyglądając się Francisowi, wspartemu dłońmi na łóżku, z członkiem napierającym z całej siły na materiał spodni, zastanawiała się, co może powiedzieć. To było oklepane i nigdy by się tak nie wyraziła, gdyby uznała, że ktoś się kiedyś o tym dowie, ale uśmiechnęła się na tę myśl i zrozumiała, że to doprowadzi tego nieśmiałego chłopca do ostateczności.

– Co j e s z c z e można tym zmierzyć? – zapytała i wykonała gwałtowny ruch do przodu.

W jego oczach pojawił się obłęd. Mocował się ze swoimi spodniami, próbując je zdjąć, ale w chwili gdy ściągnął je na uda, z jego ust wydobyło się jękliwe „O Boże" lub inne, podobne słowa i zgiął się wpół, kręcąc gwałtownie głową, po czym padł na łóżko, zwrócony głową ku ścianie. Mae się cofnęła, patrząc na Francisa, na jego podciągniętą koszulę i obnażone krocze. Przyszło jej na myśl ognisko, jedno niewielkie bierwiono oblane w całości mlekiem.

– Przepraszam – powiedział.

– Czemu? Podobało mi się.

– Nigdy wcześniej nie zareagowałem tak szybko. – Francis nadal ciężko dyszał. Wtedy jakaś niesforna synapsa w jej mózgu powiązała tę scenę z obrazem jej ojca, z tym, jak widziała go na kanapie, niepanującego nad swoim ciałem, i Mae gwałtownie zapragnęła znaleźć się gdzieś indziej.

– Powinnam już iść – powiedziała.

– Naprawdę? Dlaczego?

– Jest po pierwszej, muszę się przespać.

– W porządku – rzekł Francis w sposób, który uznała za nieprzyjemny. Wydawało się, że pragnie, żeby sobie poszła, równie mocno, jak ona chciała wyjść.

Wstał i podniósł telefon, który stał oparty o ścianę na szafce, zwrócony w ich stronę.

– Filmowałeś nas? – zażartowała Mae.

– Być może – odparł, a z jego tonu wyraźnie wynikało, że to robił.

– Czekaj. Poważnie?

Mae wyciągnęła rękę po aparat.

– Nie. To moje – powiedział i wsunął go do kieszeni.

– T w o j e? To, co właśnie zrobiliśmy, jest t w o j e?

– W takim samym stopniu jak twoje. I to ja z nas dwojga, no wiesz, szczytowałem. Czemu się tym przejmujesz? Przecież nie byłaś naga i w ogóle.

– Nie mogę w to uwierzyć. Wykasuj to. Teraz.

– Powiedziałaś „wykasuj"? – zapytał żartobliwym tonem, ale znaczenie tych słów było jasne: w Circle niczego nie kasujemy. – Muszę mieć możliwość obejrzenia tego nagrania.

– Zatem w s z y s c y mogą to zobaczyć.

– Nie będę się z tym afiszował.

– Francisie, proszę.

– Daj spokój, Mae. Musisz zrozumieć, jak wiele to dla mnie znaczy. Nie jestem jakimś ogierem. Takie wydarzenie to dla mnie rzadkość. Nie mogę zachować pamiątki z tego przeżycia?

– Nie możesz się tym martwić – powiedziała Annie.

Znajdowały się w Wielkiej Auli budynku Oświecenia. Stenton miał wygłosić – co nie zdarzało się zbyt często – prelekcję na temat nowych pomysłów; zapowiedziano też udział gościa specjalnego.

– Ale się martwię – odparła Mae. Od czasu spotkania z Francisem nie mogła się skupić. Nikt inny nie oglądał filmu, skoro jednak był w jego telefonie, to znajdował się w chmurze Circle i wszyscy mieli do niego dostęp. Przede wszystkim była rozczarowana samą sobą. Pozwoliła, by jeden mężczyzna dwa razy wykręcił jej taki sam numer.

– Tylko mnie znowu nie proś, żebym to skasowała – zastrzegła Annie, machając do kilku wyższych rangą pracowników firmy, członków Bandy Czterdzieściorga.

– Skasuj to, proszę.

– Wiesz, że nie mogę. My tutaj nie kasujemy niczego. Bailey by się wkurzył... Rozpłakałby się. Gdy ktokolwiek choćby rozważa skasowanie jakichś informacji, zadaje mu tym osobisty ból. On twierdzi, że to jak mordowanie dzieci. Przecież o tym wiesz.

– Ale to dziecko robi dobrze ręką. Nikt nie chce takiego dziecka. Musimy je skasować.

– Nikt nigdy tego nie zobaczy. Wiesz o tym. Nikt nie ogląda dziewięćdziesięciu dziewięciu procent tego, co znajduje się w chmurze. Możemy znowu pogadać, jeśli film będzie miał choćby jedną odsłonę. Dobrze? – Annie nakryła dłonią dłoń przyjaciółki i dodała: – A teraz patrz. Nawet nie wiesz, jak rzadko udaje się skłonić Stentona, by wygłosił przemówienie. To musi być coś ważnego i na pewno dotyczy jakiejś sprawy związanej z rządem. To jego działka.

– Nie wiesz, co ma powiedzieć?

– Mam pewne przypuszczenia.

Stenton wszedł na scenę bez żadnych wstępów. Publiczność powitała go oklaskami, ale to powitanie wyraźnie różniło się od tego, które zgotowano Baileyowi. Bailey był ich utalentowanym wujaszkiem, który osobiście uratował każdemu życie. Stenton zaś szefem, przed którym musieli zachowywać się profesjonalnie i którego musieli profesjonalnie oklaskiwać. W nieskazitelnie skrojonym czarnym garniturze, bez krawata, przeszedł na środek sceny i nie przedstawiając się ani nie witając, zaczął mówić.

– Jak wiecie, nasza firma opowiada się za przejrzystością. Szukamy inspiracji u kogoś takiego jak Stewart... Człowiek, który skłonny jest pokazać swoje życie, żeby posunąć naszą zbiorową wiedzę do przodu. Od pięciu lat filmuje i nagrywa każdą przeżytą chwilę. Stanowi to bezcenny atut Circle, a niebawem, jak przypuszczam, będzie atutem całego rodzaju ludzkiego. Stewarcie?

Stenton spojrzał na widownię i odszukał wzrokiem Stewarta, Przejrzystego Człowieka, który stał tam z czymś, co wyglądało na zawieszony na szyi mały teleobiektyw. Stewart był łysy, miał około sześćdziesięciu lat i lekko się garbił, jakby ciężar spoczywającego na jego piersi urządzenia przyginał go ku ziemi. Zanim usiadł, otrzymał gorące i gromkie oklaski.

– Tymczasem zaś – ciągnął Stenton – istnieje inny obszar życia publicznego, w którym pragniemy i oczekujemy przejrzystości. To demokracja. Mieliśmy szczęście urodzić się i wychowywać w demokracji, którą stale udoskonalamy. Gdy byłem dzieckiem, obywatele domagali się ustaw zapewniających prawo do jawności informacji, na przykład by walczyć z zakulisowymi układami politycznymi. Ustawy te dają obywatelom prawo wstępu na spotkania polityków i wglądu w kopie dokumentów. Ludzie mogą uczestniczyć w posiedzeniach organów publicznych oraz występować z wnioskami o dokumenty. Mimo to, tak długo po stworzeniu naszej demokracji, wybrani przez nas przywódcy nadal wikłają się w skandale, zazwyczaj robiąc coś, czego robić nie powinni. Coś potajemnego, nielegalnego, sprzecznego z wolą oraz interesami republiki. Nie dziwi więc, że wskaźnik zaufania publicznego do Kongresu wynosi jedenaście procent.

Przez widownię przeszedł szmer będący wodą na jego młyn.

– Poziom aprobaty dla Kongresu rzeczywiście jest tak niski! I jak wiecie, właśnie ujawniono, że pewna senator wplątała się w jakieś bardzo podejrzane interesy.

Publiczność śmiała się, wznosiła okrzyki i chichotała.

Mae nachyliła się ku Annie i zapytała:

– Zaraz, zaraz, jaka senator?

– Williamson. Nie słyszałaś? Przymknęli ją za rozmaite dziwne sprawki. Śledztwo dotyczy sześciu zarzutów, wszelkiego rodzaju naruszeń kodeksu etycznego. Wszystko znaleźli w jej komputerze, setkę dziwnych wyszukiwań w sieci, pobranych materiałów... niektóre wręcz odrażające.

Mae mimo woli pomyślała o Francisie, po czym znowu skupiła uwagę na Stentonie.

– Można by srać na głowy starszych obywateli – dodał – i mieć wyższy wskaźnik aprobaty. Cóż więc da się zrobić? Co można uczynić, żeby przywrócić w ludziach zaufanie do wybranych przez nich przywódców? Miło mi oznajmić, że jest jedna kobieta, która wszystko to traktuje bardzo poważnie i robi coś, by zająć się tą kwestią. Pozwólcie, że przedstawię wam Olivię Santos, przedstawicielkę Okręgu Czternastego.

Korpulentna kobieta około pięćdziesiątki, w czerwonym spodnium i żółtym kwiecistym szalu, wyszła zza kulis, machając obiema rękami nad głową. Pojedyncze i podyktowane uprzejmością oklaski świadczyły wyraźnie, że tylko nieliczni zebrani w Wielkiej Auli wiedzieli, kim jest.

Stenton objął ją sztywno, a gdy stanęła obok ze splecionymi z przodu dłońmi, podjął na nowo:

– Tych, którym trzeba przypomnieć o prawach i obowiązkach obywatela, informuję, że pani Santos reprezentuje w Kongresie właśnie nasz okręg. Jeśli jej nie znaliście, to nic nie szkodzi. Teraz już znacie. – Odwrócił się do niej i zapytał: – Jak się pani dziś miewa?

– Świetnie, Tom, znakomicie. Bardzo się cieszę, że tu jestem.

Stenton posłał jej własną wersję serdecznego uśmiechu, po czym odwrócił się z powrotem do publiczności.

– Pani Santos przybyła tu, żeby ogłosić coś, co muszę nazwać bardzo ważną zmianą w dziejach rządzenia. I jest to krok ku całkowitej przejrzystości, o którą wszyscy zabiegamy u wybieranych przez nas przywódców od zarania demokracji przedstawicielskiej. Szanowna pani?

Stenton cofnął się i usiadł za nią na wysokim stołku. Santos przeniosła się na przód sceny, z dłońmi splecionym teraz z tyłu, i omiotła salę wzrokiem.

– Zgadza się, Tom. Tak samo jak tobie chodzi mi o to, żeby obywatele wiedzieli, co robią wybrani przez nich przywódcy. Przecież to wasze prawo, prawda? Macie prawo wiedzieć, jak spędzają czas. Z kim się spotykają. Z kim rozmawiają. Co robią za pieniądze z kieszeni podatnika? Dotychczas działo się to w ramach doraźnego systemu odpowiedzialności. Senatorowie i członkowie Izby Reprezentantów, burmistrzowie i radni sporadycznie ogłaszali swoje plany zajęć i w różnym stopniu umożliwiali obywatelom dostęp do informacji. Nadal jednak się zastanawiamy, dlaczego spotykają się z byłym senatorem, który został lobbystą. I za co jakiś kongresmen dostał sto pięćdziesiąt tysięcy dolarów, które agenci FBI znaleźli w jego lodówce? Jakim cudem ten drugi senator umawiał się na schadzki z kolejnymi kobietami, podczas gdy jego żona leczyła się na raka? Przecież złe uczynki popełniane w okresie, gdy urzędnicy otrzymują pensje z waszych, obywateli, kieszeni, są nie tylko godne ubolewania, nie tylko nie do przyjęcia, ale również nie na miejscu.

Rozległo się trochę oklasków. Santos uśmiechnęła się, skinęła głową i mówiła dalej:

– Wszyscy pragniemy przejrzystości i oczekujemy jej od wybieranych przez nas przywódców, lecz wcześniej nie było technologii, która to w pełni umożliwiała. Ale to się zmieniło. Jak zademonstrował Stewart, bardzo łatwo zapewnić całemu światu pełny wgląd w wasze codzienne życie, zobaczyć to, co wy widzicie, usłyszeć to, co słyszycie i co mówicie. Dziękuję ci za odwagę, Stewarcie.

Publiczność z nowym zapałem nagrodziła Stewarta oklaskami, niektórzy już odgadli, co Santos zaraz obwieści.

– Zamierzam więc pójść śladem Stewarta na jego ścieżce oświecenia. A po drodze mam zamiar pokazać, jaka może i powinna być demokracja: całkowicie otwarta, całkowicie przejrzysta. Począwszy od dzisiaj, będę nosiła takie samo urządzenie, jakie nosi Stewart. Każde moje spotkanie, każdy ruch, każde słowo będą dostępne dla wszystkich moich wyborców i całego świata.

Stenton wstał ze stołka i podszedł do Olivii Santos. Spojrzał na zebranych pracowników Circle i zapytał:
– Czy możemy nagrodzić panią Santos owacją?
Ale publiczność już klaskała. Słychać było okrzyki oraz gwizdy. Santos promieniała. Podczas gromkiego aplauzu jakiś technik wyłonił się zza kulis i zawiesił na szyi kobiety mniejszą wersję kamery, którą nosił Stewart. Santos zbliżyła obiektyw do ust i pocałowała go. Publiczność przyjęła ten gest owacjami. Po minucie Stenton uniósł ręce i tłum ucichł. Szef Circle zwrócił się do kongresmenki:
– A więc twierdzi pani, że wszystkie pani rozmowy, wszystkie spotkania i wszystko, co pani robi przez cały dzień, będzie transmitowane?
– Tak. Wszystko będzie dostępne na mojej stronie w portalu Circle. Każda sekunda, do czasu, aż zasnę. – Publiczność znowu zgotowała jej owację i Stenton pozwolił na to, a potem znowu poprosił o ciszę.
– A jeżeli ci, którzy zapragną się z panią zobaczyć, nie będą chcieli, by wasze spotkanie było transmitowane?
– Cóż, wtedy się ze mną nie zobaczą – odparła. – Albo człowiek jest przejrzysty, albo nie jest. Albo człowiek jest odpowiedzialny, albo nie jest. Co takiego ktoś mógłby mieć mi do powiedzenia, czego nie można by powiedzieć publicznie? Jaka część reprezentowania przeze mnie narodu powinna być nieznana temu narodowi, który reprezentuję?
Aplauz zagłuszał jej słowa.
– W rzeczy samej – rzekł Stenton.
– Dziękuję wam! Dziękuję! – powiedziała Santos, kłaniając się i składając dłonie jak do modlitwy.
Oklaski nie ustawały przez wiele minut. W końcu Stenton jeszcze raz poprosił o spokój i zapytał:
– Kiedy zatem wciela pani w życie ten nowy program?
– Co masz zrobić jutro, zrób dzisiaj – odparła. Przycisnęła guzik na urządzeniu zawieszonym na szyi i ukazał się obraz z kamery

rzucony na olbrzymi ekran za jej plecami. Publiczność ujrzała siebie, bardzo wyraźnie, i zawyła z aprobatą.

– Dla mnie zaczyna się teraz, Tom. I mam nadzieję, że wkrótce zacznie się dla reszty wybrańców narodu w tym kraju... i dla rządzących we wszystkich demokracjach świata. – Ukłoniła się, znowu złożyła dłonie, po czym zaczęła schodzić ze sceny. Zbliżając się do lewej kulisy, przystanęła. – Nie ma powodu, bym szła tamtędy... jest tam zbyt ciemno. Pójdę tędy – powiedziała i gdy schodziła na widownię, lampy w auli rozbłysły jasnym światłem i setki twarzy rozentuzjazmowanych widzów nagle stały się widoczne. Olivia Santos ruszyła przejściem między fotelami, a wszystkie ręce wyciągnęły się ku niej, uśmiechnięte twarze mówiły: dziękujemy, dziękujemy, idź i spraw, żebyśmy byli z ciebie dumni.

Tamtego wieczoru w budynku Kolonii odbyło się przyjęcie dla kongresmenki Santos i nadal roiło się wokół niej od nowych wielbicieli. Mae przez chwilę nosiła się z zamiarem podejścia do niej na tyle blisko, by uścisnąć jej dłoń, ale otaczający kobietę tłum nie zmalał przez cały wieczór, więc tylko zjadła w bufecie jakąś szarpaną wieprzowinę, którą przyrządzono w kampusie, i czekała na Annie. Jej przyjaciółka powiedziała, że spróbuje zejść na dół, ale goniły ją terminy – przygotowywała coś na jakieś posiedzenie w siedzibie Unii Europejskiej. „Znowu marudzą w sprawie podatków" – wyjaśniła.

Mae błąkała się po sali, która została ozdobiona pustynnymi motywami w postaci kilku kaktusów i piaskowca, umieszczonymi przed ścianami ukazującymi wirtualne zachody słońca. Przywitała się z Danem i Jaredem oraz z kilkoma nowicjuszami, których szkoliła. Szukała wzrokiem Francisa, mając nadzieję, że go nie spotka, ale potem z wielką ulgą przypomniała sobie, że pojechał na konferencję w Las Vegas – zjazd przedstawicieli organów ścigania, których miał zapoznać z programem ChildTrack. Gdy tak wędrowała, zachód słońca na ściennym ekranie znikł, a jego miejsce zajęła twarz Tya. Mędrzec był nieogolony, miał worki pod oczami i chociaż najwyraźniej był bardzo zmęczony, uśmiechał się od ucha do ucha. Jak zwykle nosił za dużą czarną bluzę z kapturem. Niespiesznie wytarł w rękaw szkła okularów, po czym spojrzał na widownię, w lewo i w prawo, jakby widział ją z miejsca, w którym się znajdował. Może i tak było. W sali szybko zapanowała cisza.

– Witam wszystkich. Przykro mi, że nie mogę być z wami. Pracuję nad kilkoma bardzo ciekawymi nowymi projektami, które nie pozwalają mi uczestniczyć w niezwykłych działaniach społecznościowych, jak te, w których bierzecie udział. Chcę jednak pogratulować wam wszystkim tego fenomenalnego nowego osiągnięcia. Myślę, że to dla Circle bardzo istotny kolejny krok i że będzie on wiele znaczył dla ogólnego wizerunku naszej firmy. – Przez chwilę można było odnieść wrażenie, że patrzy na kogoś, kto obsługuje kamerę, jakby potwierdzał, że nie powie nic więcej. Potem znowu spojrzał na salę i dodał: – Dziękuję wam wszystkim za ciężką pracę nad tym pomysłem i zacznijcie się wreszcie bawić!

Twarz Tya zniknęła i na ekranie znowu ukazał się cyfrowy zachód słońca. Mae gawędziła z kilkoma nowicjuszami ze swojej grupy; część z nich nigdy wcześniej nie widziała na żywo przemówień Tya i byli bliscy euforii. Mae zrobiła zdjęcie, rozesłała je na komunikatorze, opatrując dopiskiem: *Ekscytujące!*

Wzięła drugi kieliszek wina, zastanawiając się, co zrobić z leżącą pod nim serwetką, która nie była jej do niczego potrzebna, więc wylądowała w jej kieszeni. I właśnie wtedy ujrzała Kaldena. Siedział na stopniach ciemnych schodów. Klucząc, dotarła do niego. Na jej widok pojaśniała mu twarz.

– O, cześć – powiedział.

– O, cześć?

– Przepraszam – zreflektował się i pochylił ku Mae, mając zamiar ją objąć.

Cofnęła się i zapytała:

– Gdzie byłeś?
– Byłem?
– Zniknąłeś na dwa tygodnie.
– Chyba nie minęło aż tyle czasu? Byłem na miejscu. Szukałem cię któregoś dnia, ale wyglądało na to, że jesteś zajęta.
– Przyszedłeś do mojego działu?
– Tak, ale nie chciałem zawracać ci głowy.
– Nie mogłeś zostawić wiadomości?
– Nie znałem twojego nazwiska – odparł z uśmiechem, jakby wiedział znacznie więcej, niż zdradzał. – A czemu ty nie skontaktowałaś się ze mną?
– Też nie znałam twojego nazwiska. A imię Kalden nigdzie nie figuruje.
– Naprawdę? Jak je zapisywałaś?

Mae zaczęła wyliczać możliwości, które testowała, gdy Kalden jej przerwał:

– Słuchaj, to nie ma znaczenia. Oboje daliśmy ciała. A teraz jesteśmy tutaj.

Mae się cofnęła, żeby mu się przyjrzeć, myśląc, że może w ten sposób odpowie sobie na pytanie, czy on istnieje naprawdę – czy jest prawdziwym pracownikiem firmy, prawdziwym człowiekiem. Znowu miał na sobie obcisłą koszulę z długimi rękawami, tym razem w wąskie poziome prążki w różnych odcieniach zieleni, czerwieni i brązu, i znowu włożył wąskie czarne spodnie, które nadawały jego nogom kształt odwróconego V.

– Pracujesz tu, prawda? – zapytała.
– Jasne. Jak inaczej mógłbym wejść do środka? Ochrona działa tutaj całkiem sprawnie. Zwłaszcza w takim dniu jak dzisiejszy, w obecności naszego znamienitego gościa. – Wskazał ruchem głowy na Olivię Santos, która składała autograf na czyimś laptopie.
– Wyglądasz tak, jakbyś szykował się do wyjścia.
– Naprawdę? – zdziwił się Kalden. – Nie, nie. Czuję się tu swobodnie. Lubię siedzieć podczas tych imprez. I chyba lubię też mieć

możliwość ucieczki. – Wskazał uniesionym kciukiem za siebie, na widoczne za jego plecami gwiazdy.

– Ja po prostu się cieszę, że moi zwierzchnicy widzieli mnie tutaj – wyznała Mae. – To było dla mnie najważniejsze. Czy ciebie też musi tu zobaczyć twój zwierzchnik lub ktoś taki?

– Zwierzchnik? – Przez chwilę Kalden patrzył na nią tak, jakby powiedziała coś w znajomym, a mimo to niezrozumiałym języku. – O, tak – odparł, kiwając głowa. – Widzieli mnie tu. Dopilnowałem tego.

– Mówiłeś mi już, czym się tutaj zajmujesz?

– Ach, nie wiem. Mówiłem? Spójrz na tamtego gościa.

– Którego?

– Och, nieważne – odparł Kalden, sprawiając wrażenie, że już zapomniał, na kogo patrzy. – Więc pracujesz w piarze?

– Nie, w Dziale Doświadczeń Klienta.

Kalden przechylił głowę.

– Och, wiedziałem – rzekł nieprzekonująco. – Od dawna tam jesteś?

Mae nie mogła powstrzymać śmiechu. Temu człowiekowi brakowało piątej klepki. Wydawało się, że buja w obłokach.

– Przepraszam – powiedział, zwracając ku niej twarz, na której teraz odmalowała się niesamowita szczerość, i jasne spojrzenie. – Ale ja n a p r a w d ę chcę pamiętać te informacje na twój temat. Właściwie to miałem nadzieję, że zobaczę cię tutaj.

– To jak długo tutaj pracujesz?

– Ja? Hmm. – Poskrobał się po głowie. – No, no! Nie wiem. Już jakiś czas.

– Miesiąc? Rok? Sześć lat? – pytała, myśląc, że naprawdę jest jakimś uczonym.

– Sześć? Musiałbym tu być od początku. Myślisz, że wyglądam na tyle staro, by być tutaj sześć lat? Nie chcę wyglądać tak staro. To przez te siwe włosy?

Mae nie wiedziała, co powiedzieć. Oczywiście, że chodziło o siwe włosy.

– Może powinniśmy się napić? – zaproponowała.
– Ja nie, ale ty idź – odparł.
– Boisz się wyjść ze swojej kryjówki?
– Nie, po prostu stronię od towarzystwa.

Mae ruszyła do stołu, na którym czekało kilkaset kieliszków z winem.

– Mae, prawda?

Odwróciła się i ujrzała dwie kobiety, Daynę i Hilary, które budowały statek głębinowy dla Stentona. Mae pamiętała, że spotkała je pierwszego dnia i odtąd co najmniej trzy razy dziennie otrzymywała od nich raporty na drugim ekranie. Od ukończenia prac dzieliły je tygodnie; Stenton zamierzał opuścić się w statku na dno Rowu Mariańskiego.

– Śledzę postępy waszej pracy – powiedziała Mae. – Niewiarygodne. Budujecie go tutaj? – zapytała i zerknęła przez ramię, żeby się upewnić, czy Kalden nie wyszedł w pośpiechu.

– Taak, z ludźmi z Projektu Dziewiątego – odparła Hilary, wskazując machnięciem ręki na inną, nieznaną Mae część kampusu. – Bezpieczniej robić to u nas, nie ma wtedy ryzyka ujawnienia nieopatentowanych rozwiązań.

– To pierwszy wystarczająco pojemny statek głębinowy, by przywieźć w nim duże okazy morskiej fauny – dodała Dayna.

– I możecie nim popłynąć?

Kobiety się roześmiały.

– Nie – odpowiedziała Hilary. – Budujemy go dla jednego człowieka, Toma Stentona, i tylko dla niego.

Dayna spojrzała krzywo na koleżankę, a potem z powrotem na Mae.

– Koszty stworzenia statku zdolnego pomieścić więcej osób są właściwie zaporowe.

– Zgadza się – potwierdziła Hilary. – To właśnie miałam na myśli.

Gdy Mae wróciła na schody z dwoma kieliszkami wina, Kalden siedział w tym samym miejscu. Jakimś cudem jednak sam też zdobył dwa kieliszki.

– Ktoś przechodził obok z tacą – wyjaśnił, wstając.

Stali przez chwilę, każde z dłońmi zaciśniętymi na kieliszkach, i Mae nie przyszło do głowy nic innego, niż stuknąć się wszystkimi czterema kieliszkami, co też zrobili.

– Przypadkiem wpadłam na dziewczyny z zespołu budującego statek głębinowy – powiedziała. – Znasz je?

Kalden przewrócił oczami. Mae była zaskoczona. Nie widziała w Circle nikogo, kto by się tak zachowywał.

– O co chodzi?

– O nic – odparł. – Podobało ci się przemówienie?

– Cały ten pomysł Santos? Owszem. Bardzo ekscytujący. – Ostrożnie dobierała słowa. – Myślę, że to będzie doniosły... moment w dziejach demo... – Zawahała się, widząc, że Kalden się uśmiecha. – O co chodzi?

– O nic. Nie musisz wygłaszać przemówienia. Słyszałem, co mówił Stenton. Naprawdę sądzisz, że to dobry pomysł?

– Ty nie?

Kalden wzruszył ramionami i opróżnił kieliszek do połowy.

– Ten człowiek czasami wzbudza we mnie niepokój – odparł, po czym, wiedząc, że nie powinien był mówić czegoś takiego o jednym z firmowych Mędrców, zmienił taktykę. – Jest po prostu tak bystry, że to wręcz przeraża. Naprawdę uważasz, że wyglądam staro? Ile byś mi dała? Trzydzieści?

– Aż tak dużo to nie.

– Nie wierzę ci. Wiem, że na tyle wyglądam.

Mae napiła się z jednego ze swoich kieliszków. Zaczęli oglądać obraz z kamery Olivii Santos. Wyświetlano go na przeciwległej ścianie; grupa pracowników Circle stała wpatrzona w ekran, podczas gdy kongresmenka rozmawiała z ludźmi kilka metrów dalej. Pewien pracownik spostrzegł własną postać uchwyconą przez kamerę i umieścił dłoń tak, by zasłonić swą drugą, wyświetloną twarz.

Kalden przyglądał się temu bacznie ze zmarszczonym czołem.

– Hmm – mruknął i przechylił głowę niczym podróżnik próbujący zrozumieć jakieś dziwne lokalne zwyczaje. Potem odwrócił się do Mae i spojrzał na jej dwa kieliszki oraz na własne, jakby właśnie sobie uświadomił, jak komiczne jest to, że oboje stoją z zaciśniętymi dłońmi w wejściu do sali. – Pozbędę się tego – rzekł i opróżnił kieliszek trzymany w lewej ręce. Mae poszła za jego przykładem.

– Przepraszam – powiedziała bez wyraźnego powodu. Wiedziała, że wkrótce się wstawi, zapewne zbyt mocno, żeby to ukryć, i że efektem tego będą błędne decyzje. Póki mogła, starała się powiedzieć coś inteligentnego. – Więc dokąd to wszystko trafia? – zapytała.

– Obraz z tej kamery?

– Taak. Jest gdzieś tutaj przechowywany? W chmurze?

– Cóż, jest w chmurze, to jasne, ale musi być również przechowywany w konkretnym miejscu. Obraz z kamery Stewarta... Zaczekaj, chcesz coś zobaczyć?

Dzięki swoim zwinnym pająkowatym kończynom był już w połowie schodów.

– No nie wiem – odparła Mae.

Kalden spojrzał na nią tak, jakby go zraniła.

– Mogę ci pokazać, gdzie trzymają materiały Stewarta. Chcesz? Nie zabieram cię do lochu.

Mae rozejrzała się po sali, wypatrując Dana i Jareda, ale nie mogła ich znaleźć. Była tu przez godzinę i już ją widzieli, założyła więc, że może się ulotnić. Zrobiła kilka zdjęć, zamieściła je w sieci i wysłała serię komunikatów, opisując szczegółowo przebieg wydarzeń i je komentując. Potem ruszyła po schodach za Kaldenem, pokonując trzy kondygnacje w drodze na, jak przypuszczała, poziom piwnicy.

– Naprawdę ci ufam – powiedziała.

– Powinnaś – odparł, podchodząc do dużych niebieskich drzwi. Przesunął palcami nad zamocowaną w ścianie płytką i drzwi się otworzyły. – Chodź.

Podążyła za nim długim korytarzem, mając wrażenie, że przechodzą z budynku do budynku tunelem biegnącym głęboko pod ziemią. Wkrótce ukazały się kolejne drzwi i Kalden znowu odryglował zamek dzięki identyfikacji linii papilarnych. Mae szła za nim, czując, że zaraz zakręci jej się w głowie. Była zaintrygowana tym, że Kalden ma dostęp do tak niezwykłych miejsc, i zbyt wstawiona, by ocenić, na ile rozsądna jest wędrówka po tym labiryncie za człowiekiem o wiotkiej sylwetce. Zjechali, jak jej się zdawało, cztery piętra niżej, weszli w następny długi korytarz, po czym znaleźli się na kolejnych schodach, którymi znowu zeszli. Wkrótce Mae uznała, że drugi kieliszek z winem jest nieporęczny, więc go opróżniła.

– Mogę to gdzieś odstawić? – zapytała.

Kalden bez słowa wziął od niej kieliszek i umieścił go na najniższym stopniu schodów, którymi właśnie zeszli.

Kim był ten człowiek? Miał dostęp do wszystkich napotykanych pomieszczeń i korytarzy, ale także cechy anarchisty. Nikt inny w Circle nie zostawiłby kieliszka w ten sposób – był to gest równoznaczny z rażącym zaśmiecaniem otoczenia – nikt inny też nie wybrałby się na taką wycieczkę w trakcie firmowego przyjęcia. Jakiś stłumiony głos w głowie Mae uświadamiał jej, że Kalden może być mąciwodą, a to, co teraz robią, najprawdopodobniej jest sprzeczne z wszelkimi obowiązującymi zasadami i przepisami.

– Nadal nie wiem, co tutaj robisz – zauważyła.

Szli słabo oświetlonym korytarzem, który łagodnie opadał i najwyraźniej nie miał końca.

Kalden skręcił i krocząc szybko przed Mae, odparł:

– Niewiele. Chodzę na spotkania. Słucham. Wyrażam opinie. Nic szczególnie ważnego.

– Znasz Annie Allerton?

– Oczywiście. Bardzo ją lubię. – Teraz odwrócił się do Mae i zapytał: – Masz jeszcze tę cytrynę ode mnie?

– Nie. Pozostała zielona.

– Hmm – mruknął i jego zwrócone na nią spojrzenie na chwilę straciło ostrość, jakby musiał je skupić na czymś innym, ukrytym głęboko w zakamarkach jego umysłu, żeby przeprowadzić szybką, lecz bardzo istotną kalkulację.

– Gdzie jesteśmy? – zapytała Mae. – Czuję się tak, jakbym była trzysta metrów pod ziemią.

– Niezupełnie – odparł, a jego wzrok odzyskał ostrość. – Ale niewiele się pomyliłaś. Słyszałaś o Projekcie Dziewiątym?

Z tego co wiedziała, Projekt Dziewiąty był ogólną nazwą tajnych badań prowadzonych w Circle. Obejmowały wszystko, od technologii kosmicznej – Stenton sądził, że firma może zaprojektować i skonstruować zdecydowanie lepszy statek kosmiczny wielokrotnego użytku niż wykorzystywane dotychczas – po rzekomy plan osadzenia i udostępnienia ogromnych ilości danych w ludzkim DNA.

– Czy tam właśnie idziemy?

– Nie – odparł Kalden i otworzył kolejne drzwi.

Weszli do dużego pomieszczenia, zbliżonego rozmiarami do boiska do koszykówki, oświetlonego jedynie słabym blaskiem kilkunastu reflektorów punktowych, skierowanych na wielką jak autobus czerwoną skrzynię o metalicznym połysku. Wszystkie jej ściany były gładkie i wypolerowane, a całość oplatała skomplikowana sieć lśniących srebrzystych rur.

– To mi wygląda na jakąś rzeźbę Donalda Judda – zauważyła Mae.

Kalden odwrócił się do niej z rozpromienioną twarzą.

– Tak się cieszę, że to dostrzegłaś. Judd był dla mnie wielką inspiracją. Bardzo mi się podoba to, co kiedyś powiedział: „Rzeczy, które istnieją, istnieją, a wszystko jest po ich stronie". Czy widziałaś kiedyś jego rzeźby na własne oczy?

Mae znała twórczość Donalda Judda bardzo pobieżnie – poświęcili mu kilka dni na zajęciach z historii sztuki – ale nie chciała sprawiać Kaldenowi zawodu.

– Nie, ale bardzo go lubię – odparła. – Uwielbiam masywność jego prac.

Po tych słowach na twarzy Kaldena pojawił się nowy wyraz, pewien respekt dla Mae lub zaciekawienie nią, jakby w tym momencie stała się pełnowymiarowa i nieprzemijająca.

I wtedy Mae zniweczyła to wrażenie.

- Zrobił to dla firmy? – zapytała, wskazując ruchem głowy masywną czerwoną skrzynię.
Kalden się roześmiał, a potem spojrzał na nią, teraz już ze znacznie mniejszym zaciekawieniem.
- Ależ nie. Nie żyje od kilku dekad. To powstało po prostu pod wpływem jego estetyki. To tak naprawdę maszyna. Czy raczej maszyna kryje się w jej wnętrzu. To szafa magazynowa.
Spojrzał na Mae, oczekując, że dopowie tę myśl.
Nie potrafiła.
- To Stewart – wyjaśnił w końcu.
Mae nie miała pojęcia o przechowywaniu danych, ale uległa ogólnemu przekonaniu, że takie informacje można przetrzymywać w zdecydowanie mniejszym miejscu.
- I to wszystko dla jednej osoby? – zdziwiła się.
- Cóż, chodzi o przechowywanie nieprzetworzonych danych, a potem zdolność do wykorzystania ich we wszelkiego rodzaju scenariuszach. Każdy kawałek filmu jest odwzorowywany na sto różnych sposobów. Wszystko to, co widzi Stewart, zostaje zestawione z resztą materiału filmowego, który mamy do dyspozycji, to zaś pomaga odwzorować świat oraz wszystko, co zawiera. I oczywiście to, co otrzymujemy za pośrednictwem kamer Stewarta, jest o wiele bardziej szczegółowe i zróżnicowane niż wytwory dowolnego urządzenia użytkowego.
- Po co trzymać to tutaj, a nie w chmurze albo gdzieś na pustyni?
- Niektórzy chcą, by rozrzucono ich prochy, a inni lubią mieć grób blisko domu, prawda?
Mae nie była do końca pewna, co to znaczy, ale uznała, że nie może się do tego przyznać.
- A te rury doprowadzają prąd? – zapytała.
Kalden otworzył usta, zawahał się, a potem uśmiechnął.
- Nie, to na wodę. Do chłodzenia procesorów potrzebna jest tona wody. Tak więc woda przepływa w instalacji, chłodząc całą

aparaturę. Miliony litrów co miesiąc. Chcesz zobaczyć salę Olivii Santos? Wprowadził ją przez drzwi do innego, identycznego pomieszczenia z kolejną wielką czerwoną skrzynią zajmującą większość miejsca.

– Była przeznaczona dla kogoś innego, ale gdy Santos się zgłosiła, przydzielono ją jej.

Mae powiedziała już tego wieczoru zbyt dużo głupstw i kręciło jej się w głowie, nie zadała więc pytań, które chciała zadać, takich jak: jak to możliwe, że to wszystko zajmuje tyle miejsca? I zużywa tyle wody? I jak moglibyśmy sobie poradzić, gdyby choćby sto następnych osób zapragnęło przechować filmowy zapis każdej minuty swojego życia, skoro egzystencja każdego człowieka zajmuje tyle miejsca? Gdzie trafiłyby wszystkie te wielkie czerwone skrzynie?

– Zaczekaj, zaraz coś się wydarzy – rzekł Kalden, wziął ją za rękę i zaprowadził z powrotem do sali Stewarta, gdzie stali we dwoje, słuchając szumu urządzeń.

– I co, wydarzyło się? – zapytała, drżąc pod wpływem kontaktu z jego miękką dłonią oraz ciepłymi i długimi palcami.

Kalden zmarszczył brwi i nakazał jej cierpliwość.

Z góry dobiegł głośny szum, wyraźnie świadczący o przepływie wody. Mae uniosła wzrok, bojąc się przez chwilę, że ich zleje, uświadomiła sobie jednak, iż to tylko woda płynąca w rurach i zmierzająca do Stewarta, by schłodzić wszystko to, co robił i widział.

– Bardzo przyjemny odgłos, nie uważasz? – rzekł Kalden, patrząc na nią; sądząc po jego oczach, pragnął wrócić w miejsca, gdzie Mae była mniej efemeryczna.

– Piękny – przyznała, po czym, ponieważ wino wywołało u niej huśtawkę nastroju, Kalden właśnie chwycił ją za rękę, a coś w tym szumie wody uwolniło ją od zahamowań, ujęła jego twarz obiema dłońmi i pocałowała go w usta.

Kalden uniósł ręce i chwycił ją niepewnie w talii, delikatnie, jakby Mae była balonem, którego nie chciał przebić. Ale przez jedną straszną chwilę jego usta były nieruchome, sparaliżowane. Mae myślała, że popełniła błąd. Po czym, jakby wiązka sygnałów w końcu dotarła do jego mózgu, wargi Kaldena ocknęły się i odwzajemnił pocałunek z równą siłą.

– Poczekaj – rzekł po chwili i się odsunął. Skinął głową w stronę czerwonej skrzyni i wyprowadził Mae z sali za rękę na wąski korytarz, którego wcześniej nie zauważyła. Był nieoświetlony i gdy weszli głębiej, światło z sali Stewarta nie rozpraszało panującego tu mroku.

– Zaczynam się bać – powiedziała.

– Zaraz będziemy na miejscu – odparł.

Potem rozległ się zgrzyt stalowych drzwi. Otworzyły się, ukazując ogromną izbę oświetloną słabym błękitnym blaskiem. Kalden wprowadził ją do pomieszczenia, które wyglądało niczym wielka grota, wysoka na dziesięć metrów i zwieńczona sklepieniem beczkowym.

– Co to jest? – zapytała Mae.

– Tędy miał biec tunel metra – wyjaśnił Kalden. – Ale zarzucono ten pomysł i teraz jest to tylko dziwne, puste połączenie sztucznego tunelu i prawdziwej groty. Widzisz te stalaktyty?

Kalden wskazał w głąb wielkiego tunelu, któremu nacieki krystaliczne nadawały wygląd paszczy pełnej nierównych zębów.

– Dokąd prowadzi?

– Łączy się z tunelem biegnącym pod zatoką. Przeszedłem nim prawie kilometr, ale dalej robi się zbyt mokro.

Z miejsca, w którym stali, widać było czarną wodę, płytkie jezioro na dnie tunelu.

– Przypuszczam, że tutaj właśnie trafią przyszli Stewartowie – powiedział Kalden. – Tysiące skrzyń, prawdopodobnie już nie tak dużych. Jestem pewien, że dość szybko zmniejszą pojemniki z danymi do rozmiarów człowieka.

Spoglądali razem w głąb tunelu i Mae wyobraziła sobie tworzoną przez czerwone skrzynie bezkresną sieć ciągnącą się w ciemności.

Kalden spojrzał na nią i zastrzegł:

– Nie możesz nikomu zdradzić, że cię tu zabrałem.

– Nie zdradzę – odparła Mae, wiedząc, że aby dotrzymać obietnicy, będzie musiała okłamać Annie. W tym momencie wydawało się to niewielką ceną. Chciała znowu pocałować Kaldena i znowu przyciągnęła jego twarz do swych rozchylonych ust. Zamknęła oczy i wyobraziła sobie długą grotę, błękitne światło u góry oraz ciemną wodę u dołu.

I wtedy, w ciemnościach, z dala od Stewarta, w Kaldenie zaszła jakaś zmiana i jego dłonie nabrały pewności siebie. Przyciągnął ją z większą siłą. Jego usta oderwały się od jej warg, przesunęły po policzku i zatrzymały na szyi, po czym wspięły się do ucha, na którym poczuła jego gorący oddech. Starała się za nim nadążyć, trzymając go oburącz za głowę, wodząc dłońmi po jego karku i plecach, ale to on prowadził, to on miał plany. Prawa dłoń Kaldena spoczęła tuż nad jej pośladkami. Przyciągnął ją do siebie i poczuła na brzuchu jego twardą męskość.

Potem ją podniósł. Znalazła się w powietrzu i oplotła go nogami, gdy zdecydowanym krokiem zmierzał do jakiegoś miejsca przed sobą. Otworzyła oczy i zamknęła je po chwili, nie chcąc wiedzieć, dokąd ją niesie. Ufała mu, choć wiedziała, jak ryzykownie jest ufać tak głęboko pod ziemią człowiekowi, którego nie potrafiła znaleźć w firmowej bazie danych i którego nazwiska nie znała.

Potem pochylił się powoli i Mae przygotowała się na kontakt z kamienną posadzką groty. Zamiast na twardym podłożu wylądowała na czymś w rodzaju miękkiego materaca. Otworzyła oczy. Znajdowali się w jakiejś wnęce, w grocie wewnątrz groty, wydrążonej w ścianie kilkadziesiąt centymetrów wyżej. Wnęka była wyłożona kocami oraz poduszkami i Kalden ostrożnie ułożył na nich Mae.

– To tutaj śpisz? – zapytała, w swoim rozgorączkowaniu uznając to za niemal całkowicie logiczne.

– Czasami – odrzekł i oblał jej ucho oddechem gorącym jak ogień.

Przypomniała sobie o prezerwatywach otrzymanych w gabinecie doktor Villalobos.

– Mam coś dla ciebie – powiedziała.
– To dobrze – odparł i wziął jedną od Mae, rozrywając opakowanie i zsuwając spodnie z bioder.
Potem dwoma szybkimi ruchami ściągnął jej spodnie oraz majtki i cisnął je na bok. Zanurzył twarz w jej brzuchu, wsuwając dłonie pod uda; jego palce sunęły po nagiej skórze i wpijały się w nią.
– Chodź tutaj – powiedziała Mae.
Spełnił jej życzenie i wysyczał do ucha jej imię.
Słowa uwięzły jej w krtani.
– Mae – powtórzył, a ona oddała mu się bez pamięci.

Obudziła się w internacie i z początku myślała, że jej się to przyśniło, bo wszystkie te rzeczy, podziemne komory, woda, czerwone skrzynie, ta dłoń na jej pośladkach, a potem łóżko, poduszki w grocie wewnątrz groty, wydawały się nieprawdopodobne. Były rodzajem przypadkowego asamblażu, niezdarnie komponowanego przez sny z detali, z których żaden nie mógł zaistnieć w realnym świecie.
Kiedy jednak wstała, wzięła prysznic i się ubrała, uświadomiła sobie, że wszystko wydarzyło się tak, jak to zapamiętała. Całowała się z Kaldenem, o którym tak niewiele wiedziała, a on nie tylko przeprowadził ją przez ciąg ściśle strzeżonych komór, ale i zaniósł do jakiegoś ciemnego przedpokoju, gdzie zatracili się na wiele godzin i w końcu zasnęli.
Zadzwoniła do Annie.
– Skonsumowaliśmy znajomość.
– My, czyli kto? Ty i ten starzec?
– On wcale nie jest starcem.
– Nie było od niego czuć stęchlizną? Wspominał o swoim rozruszniku albo o pieluszce? Tylko mi nie mów, że na tobie zszedł.
– On nie ma nawet trzydziestki.
– Czy tym razem dowiedziałaś się, jak ma na nazwisko?
– Nie, ale dał mi numer, pod który mogę do niego dzwonić.

– Och, co za szyk. Próbowałaś już?
– Jeszcze nie.
– Jeszcze nie?
Mae poczuła ucisk w żołądku. Annie głośno westchnęła.
– Wiesz, że obawiam się, czy nie jest jakimś szpiegiem lub natrętem. Sprawdziłaś, czy jest czysty?
– Tak. Pracuje w Circle. Powiedział, że cię zna, miał też dostęp do wielu miejsc. Jest normalny. Może tylko trochę ekscentryczny.
– Dostęp do wielu miejsc? Co przez to rozumiesz?
W tym momencie Mae zrozumiała, że musi zacząć okłamywać przyjaciółkę. Zapragnęła znowu być z Kaldenem, rzucić mu się na szyję, i nie chciała, by Annie zrobiła cokolwiek, co zagrażałoby ich kontaktom, dostępowi do jego szerokich ramion, możliwości cieszenia oczu jego elegancką sylwetką.
– To, że zna kampus – odparła Mae. Chwilami myślała, że być może rzeczywiście przebywał tam bezprawnie, że jest jakimś intruzem. W nagłym przebłysku świadomości zdała też sobie sprawę, że Kalden chyba mieszka w tej dziwnej podziemnej kryjówce. Mógł przecież reprezentować pewne siły będące w opozycji do Circle. Może pracował w jakiś sposób dla senator Williamson lub był niedoszłym konkurentem Circle. Mógł także być zwykłym anonimowym blogerem natrętem, który chciał zbliżyć się do machiny będącej w centrum uwagi świata.
– Gdzież więc skonsumowaliście waszą znajomość? W twoim pokoju w internacie?
– Tak – odparła Mae. Kłamać w ten sposób nie było trudno.
– I został do rana?
– Nie, musiał wrócić do domu. – Zdając sobie sprawę, że im więcej czasu spędzi na rozmowie z Annie, tym więcej zaserwuje jej kłamstw, znalazła pretekst, by przerwać połączenie. – Powinnam się dzisiaj podłączyć do CircleSondaże – wyjaśniła, co w zasadzie było prawdą.
– Zadzwoń do mnie potem. I musisz się dowiedzieć, jak ma na nazwisko.

– W porządku.
– Nie jestem twoją szefową. Nie chcę cię pilnować. Ale firma musi wiedzieć, kim jest ten facet. Nie wolno nam lekceważyć kwestii związanych z bezpieczeństwem. Przyprzyjmy go dzisiaj do muru, dobrze? – Głos Annie się zmienił; przybrała ton niezadowolonego zwierzchnika. Mae zapanowała nad sobą i odłożyła słuchawkę.

Zadzwoniła pod numer podany przez Kaldena, ale telefon nie odpowiadał, a poczty głosowej nie było. Znowu zdała sobie sprawę, że nie ma jak się z nim skontaktować. Przez całą noc od czasu do czasu przychodziło jej do głowy, żeby zapytać, jak ma na nazwisko, poprosić o jakiekolwiek inne informacje, ale moment nigdy nie był odpowiedni, a on też niczego nie chciał się dowiedzieć, zakładała więc, że przy rozstaniu wymienią się tymi danymi. Potem jednak zapomnieli, a przynajmniej ona zapomniała to zrobić. I jak w ogóle się rozstali? Kalden odprowadził ją do internatu i znowu pocałował, tam, przy wejściu. A może nie. Mae znowu się zastanowiła i przypomniała sobie, że zrobił to, co wcześniej: odciągnął ją na bok, z dala od światła, i pocałował cztery razy, w czoło, brodę i w obydwa policzki – znak krzyża. Po czym odwrócił się na pięcie i zniknął w ciemności koło wodospadu, pod którym Francis znalazł wino.

W porze lunchu Mae skierowała się do gmachu Rewolucji Kulturalnej, gdzie na życzenie Jareda, Josiaha i Denise miała być wyposażona w sprzęt umożliwiający udzielanie odpowiedzi na pytania w ramach CircleSondaże. Zapewniono ją, że to nagroda, zaszczyt, i to zaszczyt przyjemny – być jednym z pracowników firmy pytanym o upodobania, preferencje, nawyki zakupowe oraz plany; te informacje miały się przydać klientom Circle.

– To naprawdę kolejny właściwy krok z twojej strony – zapewnił Josiah.

Denise skinęła głową.

– Myślę, że bardzo ci się to spodoba.

Pete Ramirez był dość przystojnym, o kilka lat starszym od Mae mężczyzną. W jego okrągłym gabinecie nie było biurka, krzeseł ani kątów prostych. Gdy Mae weszła do środka, Pete stał, spoglądając przez okno, i rozmawiał w słuchawkach na uszach, wymachując kijem. Gestem przywołał ją do siebie i zakończył rozmowę. Gdy ściskał jej dłoń prawą ręką, w lewej nadal trzymał kij.

– Mae Holland. Miło cię widzieć. Wiem, że masz przerwę na lunch, więc załatwimy to szybko. Za siedem minut będziesz wolna, o ile wybaczysz mi moją obcesowość, dobrze?

– Dobrze.

– To świetnie. Czy wiesz, dlaczego tu jesteś?

– Chyba tak.

– Jesteś tu, ponieważ twoje opinie są nieocenione. Na tyle, że świat musi je poznać... poznać twoje zdanie niemal na każdy temat. Czy to ci nie pochlebia?

– Pochlebia – odparła z uśmiechem.

– W porządku. Widzisz ten zestaw słuchawkowy?

Ramirez wskazał na swoją głowę. Wzdłuż jego kości policzkowej biegł cieniutki wysięgnik zakończony mikrofonem.

– Podłączę cię do takiego samego uroczego układu. Może być?

– Mae się uśmiechnęła, ale Pete nie oczekiwał odpowiedzi. Założył jej na głowę identyczne słuchawki i dopasował mikrofon. – Możesz coś powiedzieć, żebym mógł sprawdzić parametry dźwięku?

Nie miał tabletu ani widocznego ekranu, więc Mae uznała, że korzysta wyłącznie z interfejsu siatkówkowego – po raz pierwszy poznała kogoś takiego.

– Powiedz, co jadłaś na śniadanie.

– Banana i granolę.

– Świetnie. Najpierw ustalmy sygnał dźwiękowy. Masz jakiś ulubiony na swoje powiadomienia? Na przykład ćwierkanie, tryton czy coś takiego?

– Może zwyczajne ćwierkanie?

– Brzmi tak – rzekł Pete i Mae usłyszała je w słuchawkach.

– Może być.
– To za mało. Będziesz je słyszeć wielokrotnie. Powinnaś być pewna. Wypróbuj kilka następnych.

Przesłuchali kilkanaście innych sygnałów, decydując się w końcu na dźwięk dzwoneczka, dobiegający z daleka i z intrygującym echem, jakby dzwoniono w jakimś odległym kościele.

– Świetnie. A teraz wyjaśnię ci, jak to działa. Chodzi o to, by wnikliwie zbadać sondaże przeprowadzone wśród wybranych członków Circle. To bardzo ważne zadanie. Zostałaś wybrana, ponieważ twoje opinie są bardzo istotne dla nas i dla naszych klientów. Odpowiedzi, których udzielisz, pomogą nam dostosować nasze usługi do ich potrzeb. W porządku?

Mae już miała odpowiedzieć, ale on kontynuował wyjaśnienia:

– Ilekroć zatem usłyszysz ten dzwonek, skiniesz głową, zestaw to zarejestruje i w słuchawkach usłyszysz pytanie. Odpowiesz na nie w standardowej angielszczyźnie. W wielu przypadkach otrzymasz pytanie sformułowane tak, by odpowiedzią na nie był u ś m i e c h albo d e z a p r o b a t a. Rejestrator głosu jest doskonale dostrojony do tych dwóch odpowiedzi, nie musisz się więc przejmować tym, że mamroczesz, czy czymś takim. I oczywiście nie powinnaś mieć kłopotu z żadną odpowiedzią, jeśli ją wypowiesz. Chcesz spróbować?

Mae skinęła głową. Na dźwięk dzwonka zrobiła to samo i w słuchawce rozległo się pytanie:

– Co sądzisz o butach?

Mae się uśmiechnęła, po czym odparła:

– Uśmiech.

Pete mrugnął do niej i rzekł:

– Proste.

Głos w słuchawce zapytał:

– Co sądzisz o eleganckich butach?

– Uśmiech.

Pete podniósł rękę.

– Oczywiście odpowiedzi na większość pytań nie będą ograniczone do trzech możliwości: uśmiechu, dezaprobaty i obojętności. Na każde pytanie możesz odpowiedzieć bardziej szczegółowo. Następne będzie wymagać obszerniejszej odpowiedzi. Proszę.

– Jak często kupujesz nowe buty?

– Raz na dwa miesiące – odpowiedziała Mae i rozległ się dźwięk dzwoneczka. – Słyszałam dzwonek. Czy to dobrze?

– Taak, przepraszam. Po prostu włączyłem dzwonek, który będzie oznaczał, że twoja odpowiedź została usłyszana i zarejestrowana, a następne pytanie jest już gotowe. Wtedy możesz znowu skinąć głową, co spowoduje zadanie następnego pytania, albo zaczekać na podpowiedź.

– Na czym polega różnica?

– Cóż, dysponujesz pewnym… nie chcę tego nazwać p r z y d z i a ł e m, ale jest pewna liczba pytań, na które powinnaś w idealnej sytuacji odpowiedzieć w danym dniu roboczym. Powiedzmy, że pięćset, ale może być więcej, może być mniej. Możesz albo przerobić je we własnym tempie, sprężając się, albo rozłożyć sobie na cały dzień pracy. Większość osób potrafi odpowiedzieć na pięćset pytań w ciągu godziny, więc nie jest to zbyt stresujące. Możesz też czekać na przypomnienia, które się pojawią, gdy program uzna, że powinnaś zwiększyć tempo. Czy kiedyś miałaś do czynienia z internetowymi programami kolegium do spraw wykroczeń w ruchu drogowym?

Miała. Zadano jej dwieście pytań i szacowano, że odpowiedź na nie powinna zająć dwie godziny. Ona zrobiła to w ciągu dwudziestu pięciu minut.

– Owszem.

– Tu jest dokładnie tak samo. Jestem pewien, że błyskawicznie uporasz się z dzienną porcją pytań. Oczywiście jeśli naprawdę się rozkręcisz, możemy zwiększyć tempo. Dobrze?

– Świetnie – odparła Mae.

– Potem zaś, jeśli akurat będziesz zajęta, po pewnym czasie rozlegnie się drugi sygnał, który przypomina o powrocie do pytań. Ten sygnał powinien być inny. Chcesz wybrać drugi?

Znowu więc przesłuchali sygnały dźwiękowe i Mae wybrała daleki odgłos rogu mgłowego.

– Niektórzy wybierają też sygnał losowy. Posłuchaj tego. A właściwie... poczekaj chwilę. – Ramirez odwrócił uwagę od Mae i zaczął mówić do mikrofonu: – Demo głosu Mae, M-A-E. – Teraz znowu zwrócił się do niej: – W porządku, proszę.

Mae usłyszała swoje imię, wypowiadane cicho, niemal szeptem, jej własnym głosem. Brzmiało intymnie i wzbudziło w niej dziwny niepokój.

– To twój głos, zgadza się?

Mae się zarumieniła, oszołomiona – intonacja była zupełnie inna – ale zdołała skinąć głową.

– Ten program przechwytuje głos z twojego telefonu, a potem może tworzyć dowolne słowa. Nawet twoje własne imię! Czy zatem ma to być twój drugi sygnał?

– Tak – odparła Mae. Nie była pewna, czy chce słyszeć swoje imię wypowiadane wielokrotnie jej własnym głosem, ale wiedziała też, że pragnie usłyszeć je jak najszybciej. Brzmiało tak osobliwie, trochę inaczej niż normalnie.

– Dobrze. Więc skończyliśmy. Wróć do biurka, a rozlegnie się pierwszy dzwonek. Odpowiedz dziś po południu na jak najwięcej pytań... co najmniej na pierwszych pięćset. Dobrze?

– Dobrze.

– Aha, i gdy wrócisz do biurka, zobaczysz nowy monitor. W razie potrzeby, od czasu do czasu jednemu z pytań będzie towarzyszył obraz. Takie sytuacje ograniczamy jednak do minimum, gdyż wiemy, że nie możesz się rozpraszać.

Gdy Mae dotarła do swojego biurka, okazało się, że nowy monitor, jej piąty, ustawiono na prawo od ekranu, na którym pojawiały się pytania od nowicjuszy. Do pierwszej zostało kilka minut, przetestowała więc system. Rozległ się pierwszy dzwonek, a ona skinęła głową. Jakiś kobiecy głos, przypominający głos prezenterki wiadomości, zapytał:

– Jeśli chodzi o wakacje, skłaniasz się ku relaksowi, na przykład na plaży lub w luksusowym hotelu, czy ku przygodzie, na przykład podczas spływu górską rzeką?

– Ku przygodzie – odparła Mae.

Rozległ się cichy i przyjemny dźwięk dzwoneczka.

– Dziękuję. Jakiego rodzaju przygodzie? – zapytał głos.

– Spływowi górską rzeką.

Kolejny odgłos dzwoneczka i skinienie głową Mae.

– Dziękuję. Jeśli chodzi o spływ górską rzeką, wolisz spływ wielodniowy, z noclegami pod namiotem, czy jednodniowy?

Mae uniosła wzrok, by stwierdzić, że sala zapełnia się resztą członków grupy wracających z lunchu. Była 12:58.

– Wielodniowy – odparła.

Kolejny dzwonek. Skinęła głową.

– Dziękuję. Jak ci się podoba pomysł spływu Wielkim Kanionem?

– Uśmiech.

Dzwoneczek zaśpiewał cicho, a ona znowu skinęła głową.

– Dziękuję. Byłabyś skłonna zapłacić tysiąc dwieście dolarów za tygodniowy spływ w Wielkim Kanionie? – zapytał głos.

– Obojętność – odpowiedziała Mae i uniosła spojrzenie, by zobaczyć stojącego na krześle Jareda.

– Zsyp otwarty! – zawołał.

Niemal natychmiast pojawiło się dwanaście zapytań od klientów. Mae odpowiedziała na pierwsze, otrzymała 92 punkty, wysłała ankietę uzupełniającą i ocena wzrosła do 97. Odpowiedziała na dwa kolejne ze średnią ocen 96 punktów.

– Mae – dobiegł ją kobiecy głos. Rozejrzała się, myśląc, że może należeć do Renaty. Ale w pobliżu nie było nikogo.

– Mae.

Dopiero teraz zdała sobie sprawę, że to jej własny głos, przypomnienie, na które się zgodziła. Był głośniejszy, niż się spodziewała, głośniejszy od pytań i dźwięku dzwoneczka, a mimo to ku-

szący i elektryzujący. Ściszyła dźwięk w słuchawkach, a głos znowu powiedział:
— Mae.

Teraz, ściszony, nie był aż tak intrygujący, ale z drugiej strony mniej przypominał jej głos, a bardziej głos jej starszego i mądrzejszego wcielenia. Pomyślała, że gdyby miała starszą siostrę, starszą siostrę, która widziała więcej od niej, to właśnie tak brzmiałby jej głos.
— Mae — powtórzył głos.

Miała wrażenie, że podrywa ją z fotela i wprawia w ruch wirowy. Ilekroć go słyszała, serce biło jej szybciej.
— Mae.
— Słucham — odparła w końcu, nic się jednak nie stało. Głos nie był zaprogramowany na udzielanie odpowiedzi. Ramirez nie nauczył jej reagować. Spróbowała skinąć głową.
— Dziękuję ci, Mae — rzekł jej głos i rozległ się dźwięk dzwoneczka.
— Byłabyś skłonna zapłacić tysiąc dwieście dolarów za tygodniowy spływ w Wielkim Kanionie? — zapytał ten pierwszy głos.
— Tak.
Usłyszała dźwięk dzwoneczka.

Przyswojenie sobie tego wszystkiego było dość łatwe. Pierwszego dnia przebrnęła przez 652 pytania sondażowe i otrzymała wiadomości z gratulacjami od Pete'a Ramireza, Dana oraz Jareda. Czując się pewnie i pragnąc zrobić na nich jeszcze większe wrażenie, nazajutrz odpowiedziała na 820, a dzień później na 991 pytań. Nie było to trudne, a powinszowania sprawiały jej przyjemność. Pete powiedział, że klienci bardzo doceniają jej zaangażowanie, szczerość i spostrzeżenia. To, z jaką łatwością opanowała ten program, sprawiło, że łatwiej było go rozszerzyć na innych członków jej grupy, i pod koniec drugiego tygodnia dwanaście osób na sali także odpowiadało na pytania sondażu. Przyzwyczajenie się do widoku tylu ludzi tak często – i w tak różnym stylu, po części gwałtownie jak ptaki, po części płynnie – kiwających głowami zajęło jej kilka dni, ale wkrótce było równie normalne, jak reszta ich codziennych zajęć polegających na pisaniu, siedzeniu i obserwowaniu efektów ich pracy, które ukazywały się na ekranach. W pewnym momencie dało się spostrzec zabawny obrazek – rząd głów kiwających się w na pozór zgodnym rytmie, jakby wszyscy słuchali tej samej muzyki.

Dodatkowa porcja obowiązków związanych z CircleSondaże pomogła Mae oderwać myśli od Kaldena, który jeszcze się z nią nie skontaktował i który ani razu nie odebrał jej telefonu. Po dwóch dniach przestała dzwonić i postanowiła w ogóle nie wspominać o nim Annie ani komukolwiek innemu. Poświęcone mu myśli podążyły podobną drogą jak po ich spotkaniu w cyrku. Z początku jego nieprzystępność była intrygująca, wręcz oryginalna, lecz po trzech dniach wydawała jej się rozmyślna i szczeniacka. Czwartego dnia Mae zmęczyła się tą grą. Nikt, kto tak znikał, nie był człowiekiem poważnym. Nie traktował poważnie ani jej, ani jej uczuć. Ilekroć się spotykali, sprawiał wrażenie wyjątkowo wrażliwego, ale potem, gdy się oddalał, Mae odczuwała jego nieobecność jako akt przemocy, ponieważ była całkowita – i dlatego że w miejscu takim jak Circle całkowity brak kontaktu był tak trudny. Chociaż Kalden był jedynym mężczyzną, którego naprawdę pożądała, skończyła z nim. Wolała mieć kogoś mniejszego kalibru, jeśli tylko ten człowiek był dostępny, dobrze znany i można go było zlokalizować.

Tymczasem Mae poprawiała swoje osiągi w CircleSondaże. Ponieważ wyniki sondażowe jej współpracowników były udostępniane, rywalizacja była zdrowa i utrzymywała ich wszystkich w ryzach. Średnia Mae wynosiła 1345 pytań dziennie i ustępowała tylko wynikowi nowicjusza imieniem Sebastian, który siedział w kącie sali i nigdy nie opuszczał biurka w porze lunchu. Zważywszy, że na jej czwartym ekranie wciąż pojawiały się pytania przekraczające kompetencje nowicjuszy, druga pozycja w tej jednej kategorii w pełni ją zadowalała. Tym bardziej że przez cały miesiąc jej wskaźnik partycypacji nie spadał poniżej 2000, a Sebastian musiał dopiero przełamać poziom 4000.

Pewnego wtorkowego popołudnia usiłowała dostać się do osiemnastej setki, komentując kilkaset zdjęć oraz wpisów w CircleW, gdy ujrzała jakąś postać opierającą się o framugę drzwi na przeciwległym końcu sali. Był to mężczyzna, w takiej samej prążkowanej koszuli, jaką nosił Kalden, gdy widziała go po raz ostatni. Skrzyżował ręce i pochylił głowę, jakby widział coś, czego nie mógł w pełni zrozumieć i w co nie potrafił uwierzyć. Mae była pewna, że to Kalden, i z wrażenia przestała oddychać. Zanim zdążyła wymyśleć jakąś mniej entuzjastyczną reakcję, pomachała mu, a on odwzajemnił pozdrowienie, unosząc rękę nieco powyżej pasa.

– Mae – rzekł głos w słuchawkach.

W tym momencie postać w drzwiach okręciła się na pięcie i zniknęła.

Mae zdjęła słuchawki i podbiegła do drzwi, ale on już przepadł. Odruchowo weszła do toalety, przy której spotkała go po raz pierwszy, ale tam też go nie było.

Kiedy wróciła do biurka, w jej fotelu siedział Francis.

– Wciąż jest mi przykro – rzekł.

Mae popatrzyła na niego. Grube brwi, nos przypominający kil, niepewny uśmiech. Westchnęła i zmierzyła go wzrokiem. Zdała sobie sprawę, że to uśmiech człowieka, który nie jest pewien, czy zrozumiał usłyszany właśnie dowcip. Mimo to Mae w ostatnich dniach myślała o Francisie, o tym, jak głęboko różni się od Kaldena. Kalden był duchem pragnącym, by Mae go ścigała, Francis zaś był całkowicie dostępny, zupełnie pozbawiony tajemnicy. W chwilach słabości zastanawiała się, co zrobi, gdy ponownie się spotkają. Czy ulegnie jego ciągłej gotowości, zwykłemu faktowi, że Francis chce być blisko niej? To pytanie tkwiło w jej głowie od wielu dni, ale dopiero teraz poznała odpowiedź. Nie. Nadal budził w niej obrzydzenie. Swoją potulnością. Swoim uzależnieniem emocjonalnym. Swoim błagalnym tonem. Swoim złodziejstwem.

– Skasowałeś ten film? – zapytała.

– Nie. Przecież wiesz, że nie mogę – odparł, po czym uśmiechnął się, obracając na fotelu. Myślał, że nadal są przyjaciółmi. – Miałaś pytanie sondażowe w CircleW, a ja na nie odpowiedziałem. Zakładam, że aprobujesz wysyłanie przez firmę pomocy do Jemenu?

Wyobraziła sobie przez chwilę, jak wbija mu pięść w twarz.

– Proszę, wyjdź.

– Mae. Tego filmu nikt nie oglądał. To po prostu część archiwum. Jeden z dziesięciu tysięcy klipów, które codziennie pojawiają się tutaj w samym Circle. I jeden z miliarda na całym świecie, każdego dnia.

– Wcale nie chcę, by był jednym z miliarda.

– Wiesz, że formalnie rzecz biorąc, żadne z nas nie jest już właścicielem tego filmu. Nie mógłbym go skasować, nawet gdybym spróbował. Jest jak wiadomości. Nie należą do ciebie, nawet gdy opisują to, co ci się zdarza. Historia nie jest twoją własnością. Obecnie stanowi część zbiorowego rejestru.

Mae czuła, że zaraz wybuchnie.

– Muszę pracować – powiedziała, zdoławszy go nie spoliczkować. – Możesz wyjść?

Chyba po raz pierwszy pojął, że Mae naprawdę go nie znosi i nie chce, by się do niej zbliżał. Zrobił kwaśną minę i spojrzał w podłogę.

– Wiesz, że w Vegas zatwierdzili ChildTrack?

Na moment zrobiło jej się go żal. Francis był desperatem, który nie miał prawdziwego dzieciństwa i z pewnością przez całe życie starał się zadowolić ludzi ze swojego otoczenia, kolejnych rodziców zastępczych, którzy nie zamierzali go zatrzymać.

– To wspaniale, Francisie – odparła. Jego twarz wygładziły zalążki uśmiechu. W nadziei że to go uspokoi i umożliwi jej powrót do pracy, posunęła się krok dalej. – Uratujesz wiele ludzkich istnień.

Teraz się rozpromienił.
— Za sześć miesięcy ten program może funkcjonować w całym kraju. Wszędzie. Pełne nasycenie. Wszystkie dzieci monitorowane, wszystkie na zawsze bezpieczne. Powiedział mi to sam Stenton. Słyszałaś, że odwiedził moje laboratorium? Zainteresował się tym osobiście. I najwyraźniej mogą zmienić nazwę na TruYouth. Rozumiesz, TruYouth?

— To świetnie — powiedziała Mae owładnięta falą współczucia dla niego, mieszanką empatii, litości, a nawet podziwu. — Pogadamy później.

W owym czasie takie osiągnięcia jak to Francisa zdarzały się niewiarygodnie często. Mówiono, że Circle, a konkretnie Stenton, przejmie zarządzanie w San Vincenzo. Było to sensowne rozwiązanie, zważywszy, że to firma sfinansowała i udoskonaliła większość usług w tym mieście. Krążyła pogłoska, że inżynierowie Projektu Dziewiątego wynaleźli sposób na zastąpienie galimatiasu nocnych snów uporządkowanym myśleniem i rozwiązywaniem problemów dnia codziennego. Kolejny zespół Circle był bliski opracowania sposobu tłumienia tornad w zarodku. Do tego doszedł najbardziej lubiany projekt, realizowany od wielu miesięcy: liczenie ziaren piasku na Saharze. Czy świat naprawdę tego potrzebował? Użyteczność tego pomysłu nie była oczywista, ale Mędrcy podchodzili do tego z humorem. Stenton, który zainicjował to przedsięwzięcie, nazywał je hecą, czymś, co robili przede wszystkim po to, żeby sprawdzić, czy da się to zrobić — chociaż chyba nikt w to nie wątpił, biorąc pod uwagę prostotę zastosowanych algorytmów — a dopiero w drugim rzędzie dla jakichś naukowych korzyści. Mae rozumiała to tak jak większość pracowników Circle: jako pokaz siły oraz demonstrację, że dzięki woli, pomysłowości i środkom finansowym Circle można będzie znaleźć odpowiedź na wszystkie ziemskie pytania. Tak więc po trzech miesiącach jesieni, nieco teatralnie — przeciągnęli proces liczenia ponad niezbędną miarę, ponieważ obliczenia zajęły im tylko trzy tygodnie – w końcu ujawnili komicznie dużą liczbę ziaren piasku na Saharze, która poza tym, że dowodziła, że Circle dotrzymało obietnicy, nikomu nic nie mówiła. Załatwili sprawę w imponującym tempie i imponująco skutecznie.

Głównym osiągnięciem, na którego temat Bailey co kilka godzin osobiście wydawał komunikaty, był szybki wzrost liczby wybrańców narodu, w USA oraz na całym świecie, którzy postanowili stać się „przejrzyści". W przekonaniu większości był to symbol niepowstrzymanego postępu. Gdy Santos ogłosiła, że jej działania staną się przejrzyste, pojawiły się relacje w mediach, ale nie doszło do eksplozji zainteresowania, na którą liczono w Circle. Potem jednak, w miarę jak ludzie zaczęli się logować i oglądać kongresmenkę, uświadamiając sobie, że ta mówi śmiertelnie poważnie – że pozwala widzom dokładnie zobaczyć i usłyszeć, co składa się na jej dzień, bez selekcji i bez cenzury – widownia gwałtownie się powiększyła. Santos codziennie zamieszczała w sieci swój dzienny rozkład zajęć i w drugim tygodniu, gdy spotykała się z grupą lobbystów pragnących umożliwić wiercenia na obszarze alaskiej tundry, oglądały ją miliony. Nie stosowała wobec nich gry pozorów, nie prawiła im kazań ani nie schlebiała. Była tak szczera, zadając pytania, które zadałaby za zamkniętymi drzwiami, że transmisja przykuła uwagę widzów, była wręcz porywająca.

W trzecim tygodniu dwudziestu jeden innych wybrańców narodu w Stanach Zjednoczonych poprosiło, by Circle pomogło im stać się przejrzystymi. Zrobił to pewien burmistrz w Sarasocie. Senator z Hawajów i, jak można się było spodziewać, obaj senatorzy z Kalifornii. Cała rada miejska San Jose. Zarządca miasta Independence w stanie Kansas. I za każdym razem gdy jeden z nich składał zobowiązanie, firmowi Mędrcy informowali o tym na komunikatorze, pokazując moment, w którym ich życie stawało się przejrzyste, i odbywała się zorganizowana naprędce konferencja prasowa. Pod koniec pierwszego miesiąca z całego świata napłynęły tysiące zgłoszeń. Stenton i Bailey byli zdumieni i do głębi poruszeni, twierdzili, że im to pochlebia, ale zostali zaskoczeni. Circle nie było w stanie zaspokoić popytu, ale usiłowało to zrobić. Produkcja kamer, które wówczas nie były jeszcze dostępne dla konsumentów, ruszyła pełną parą. W fabryce w chińskiej prowincji Guangdong uruchomiono dodatkowe zmiany i zaczęto budowę drugiego zakładu, żeby czterokrotnie zwiększyć zdolności produkcyjne. Ilekroć instalowano nową kamerę i nowy polityk czynił swoją działalność przejrzystą, Stenton wydawał kolejne oświadczenie, urządzano kolejną fetę, a oglądalność rosła. Pod koniec piątego tygodnia wybrańców narodu, którzy zadeklarowali całkowitą przejrzystość, było 16 188, od Lincoln po Lahore, a lista oczekujących stale się wydłużała.

Presja na tych, którzy tego nie uczynili, z początku delikatna, stała się przytłaczająca. Pytanie, zadawane głośno przez ekspertów i wyborców, było oczywiste: skoro nie jesteś przejrzysty, co przed nami ukrywasz? Chociaż niektórzy obywatele i komentatorzy zgłaszali zastrzeżenia związane z potrzebą ochrony prywatności, utrzymując, że władze, praktycznie na każdym szczeblu, przez wzgląd na bezpieczeństwo i skuteczność swoich działań zawsze muszą robić pewne rzeczy przy drzwiach zamkniętych, przybierająca na sile fala obaliła wszystkie takie argumenty i proces postępował. Jeśli nie działałeś jawnie, co robiłeś w tajemnicy?

Zwykle też miało miejsce cudowne zjawisko, zakrawające na akt sprawiedliwości: ilekroć ktoś podnosił krzyk o rzekomym monopolu Circle lub o nieuczciwym zarabianiu przez firmę na danych osobowych użytkowników bądź formułował jakieś inne paranoiczne i w oczywisty sposób bezpodstawne pretensje, dość szybko okazywało się, że człowiek ten jest ordynarnym przestępcą lub obrzydliwym zboczeńcem. Jeden był związany z siatką terrorystyczną w Iranie. Drugi kupował pornografię dziecięcą. Można było odnieść wrażenie, że za każdym razem pojawiali się w dziennikach telewizyjnych, w materiałach filmowych przedstawiających funkcjonariuszy śledczych opuszczających ich domy z komputerami, na których mnóstwo razy przeglądano okropne treści i przechowywano całą masę nielegalnych i niestosownych materiałów. I wtedy układało się to w sensowną całość. Któż bowiem oprócz elementów skrajnych próbowałby przeszkodzić w bezsprzecznym ulepszaniu świata?

Po kilku tygodniach nieprzejrzystych funkcjonariuszy publicznych traktowano jak pariasów. Przejrzyści chcieli się z nimi spotykać tylko przed kamerą i w ten sposób politycy ci byli pomijani. Wyborcy zastanawiali się, co mają do ukrycia, i ich los podczas elekcji był niemal przesądzony. Niewielu ośmieliłoby się startować w jakichkolwiek wyborach, nie deklarując przejrzystości – to zaś, zakładano, natychmiast i trwale poprawi jakość kandydatów. Nigdy więcej żaden polityk nie wykręci się od natychmiastowej i całkowitej odpowiedzialności, ponieważ ich słowa i czyny będą znane, zarejestrowane i poza dyskusją. Skończą się nieformalne spotkania, zawieranie niejasnych umów. Będzie wyłącznie przejrzystość, pełna jasność.

Przejrzystość musiała też nieuchronnie dotrzeć do Circle. W miarę jak idea ta rozpowszechniała się wśród wybieranych oficjeli, wewnątrz i na zewnątrz firmy zaczęto szemrać: a co z samym Circle? Tak, stwierdził Bailey, publicznie i w wystąpieniu dla pracowników firmy, my także powinniśmy być przejrzyści. My także powinniśmy być otwarci. I tak powstał plan przejrzystości Circle, którego realizację rozpoczęto od zainstalowania tysięcy kamer SeeChange na terenie kampusu. Najpierw umieszczono je we wspólnych pomieszczeniach, stołówkach i miejscach pod gołym niebem. Potem, gdy Mędrcy oszacowali problemy w obszarze ochrony własności intelektualnej, jakie mogą się pojawić wskutek obecności kamer, umieszczono je w korytarzach, na stanowiskach pracy, a nawet w laboratoriach. Nie wszędzie oczywiście znalazły się kamery – pozostały jeszcze setki bardziej poufnych miejsc, obecność kamer była również wykluczona w toaletach i innych pomieszczeniach prywatnych, ale poza tym kampus nagle stał się przejrzysty i otwarty dla spojrzeń blisko miliarda użytkowników portali Circle, a miłośnicy Circle, którzy już wcześniej byli wierni firmie i zauroczeni otaczającą ją aurą tajemniczości, poczuli z nią teraz bliższą więź, poczuli się częścią otwartego i gotowego ich przyjąć świata.

W grupie Mae zainstalowano osiem kamer SeeChange, a na czas ich pracy jej oraz pozostałym osobom na sali dostarczono kolejny monitor, na którego ekranie widzieli mozaikowy podgląd z własnych kamer i mieli dostęp do obrazu z dowolnego miejsca w kampusie. Mogli zobaczyć, czy ich ulubiony stolik w Szklanej Knajpce jest wolny. Widzieli, czy w klubie zdrowotnym jest tłoczno. Mogli sprawdzić, czy mecz kickballowy to poważna rzecz, czy też zabawa tylko dla patałachów. Mae była zaskoczona tym, jak ciekawe dla osób z zewnątrz jest życie w kampusie. Po niespełna kilku godzinach dostała wiadomości od przyjaciół z liceum i college'u, którzy ją odnaleźli i teraz mogli się przyglądać, jak pracuje. Jej gimnazjalny nauczyciel wuefu, który kiedyś uważał, że Mae nie dość poważnie podchodzi do szkolnego testu sprawnościowego, teraz był chyba pod wrażeniem. *Miło widzieć, że tak ciężko pracujesz, Mae!* Gość, z którym przez krótki czas chodziła w college'u, napisał: *Czy ty w ogóle nie odchodzisz od biurka?*

Zaczęła się trochę bardziej zastanawiać nad rzeczami, które nosiła w pracy. Częściej myślała o tym, gdzie się drapie, kiedy wyciera nos i jak. Był to jednak dobry rodzaj refleksji, który skłaniał ją do odpowiedniego zachowania, a świadomość, że jest oglądana, że Circle z dnia na dzień stało się najbardziej obserwowanym miejscem pracy na świecie, przypomniał jej, bardziej dobitnie niż kiedykolwiek, jak radykalnie zmieniło się jej życie w ciągu zaledwie kilku miesięcy. Dwanaście tygodni temu pracowała w przedsiębiorstwie usług komunalnych w rodzinnym mieście, o którym nikt nie słyszał. Teraz kontaktowała się z klientami na całym świecie, mając do dyspozycji sześć ekranów, szkoląc kolejną grupę nowicjuszy i czując się ogólnie bardziej potrzebna, bardziej ceniona i bardziej pobudzona na intelektualnie, niż kiedykolwiek wydawało jej się to możliwe.

Dzięki narzędziom udostępnionym przez Circle miała poczucie, że może wpływać na bieg świata, ratować życie nawet po drugiej stronie globu. Tego właśnie ranka przyszła wiadomość od jej przyjaciółki ze studiów, Tanii Schwartz, z prośbą o pomoc w przedsięwzięciu, w które zaangażował się jej brat. W Gwatemali działało paramilitarne ugrupowanie, które poniekąd kontynuowało brutalne metody używane wobec mieszkańców tego kraju w latach osiemdziesiątych XX wieku. Jego członkowie napadali na wsie i więzili kobiety. Jedna z nich, Ana María Herrera, uciekła i opowiedziała o rytualnych gwałtach, o nastolatkach, z których robiono nałożnice, i mordowaniu tych, które nie chciały się na to godzić. Przyjaciółka Mae, która w college'u nigdy nie była aktywistką, napisała, że te okropieństwa zmusiły ją do działania, i prosiła wszystkich znajomych o przyłączenie się do inicjatywy pod nazwą Słyszymy Cię, Ano Marío. *Dopilnujmy, żeby wiedziała, iż ma na całym świecie przyjaciół, którzy tego nie zaakceptują*, brzmiała wiadomość od Tanii.

Mae zobaczyła zdjęcie Any Marii siedzącej w białym pokoju na składanym krześle, patrzącej w górę z twarzą bez wyrazu, z bezimiennym dzieckiem na kolanach. Obok zdjęcia znajdowała się ikonka z uśmiechniętą buźką opatrzona napisem „Słyszę Cię, Ano Marío", po kliknięciu której nazwisko Mae uzupełniłoby listę osób udzielających poparcia Anie. Mae zrobiła to. *Równie ważne*, napisała Tania, *jest to, że wysyłamy komunikat do członków tego paramilitarnego ugrupowania, iż potępiamy ich działania*. Poniżej zdjęcia Any Marii widniała niewyraźna fotografia grupy idących przez gęstą dżunglę mężczyzn w niejednolitych wojskowych mundurach. Obok niej znajdowała się ikonka ze skrzywioną buźką opatrzona napisem „Potępiamy Siły Bezpieczeństwa Centralnej Gwatemali". Mae zawahała się przez chwilę, zdając sobie sprawę ze znaczenia tego, co zaraz miała uczynić – wystąpienia przeciwko tym gwałcicielom i mordercom – ale musiała zająć stanowisko. Kliknęła przycisk. Otrzymała podziękowania za pośrednictwem automatycznej odpowiedzi i informację, że jest 24 726. osobą, która wysłała „uśmiech"

Anie Maríi oraz 19 282., która kliknęła na ikonkę ze skrzywioną buźką członkom ugrupowania. Tania wspomniała, że „uśmiechy" są przesyłane prosto do telefonu Any Maríi, brat Tanii wciąż natomiast pracuje nad sposobem przesłania wyrazów dezaprobaty Siłom Bezpieczeństwa Centralnej Gwatemali.

Po lekturze petycji Tanii Mae siedziała przez chwilę, czując się bardzo pobudzona i świadoma, wiedząc, że prawdopodobnie nie tylko zyskała potężnych wrogów w Gwatemali, ale mając też świadomość, że obserwowało to tysiące użytkowników SeeChange. To bardzo pogłębiło jej samoświadomość i dało jej wyraźne poczucie władzy, którą mogła się posłużyć na swoim stanowisku. Postanowiła skorzystać z toalety, spryskać twarz zimną wodą i trochę się przespacerować i właśnie w toalecie usłyszała dzwonek telefonu. Tożsamość telefonującego była zastrzeżona.

– Halo?
– To ja, Kalden.
– Gdzie się podziewałeś?
– Teraz to skomplikowane. Przez te wszystkie kamery.
– Nie jesteś szpiegiem, prawda?
– Przecież wiesz, że nie.
– Annie uważa, że jesteś.
– Chcę się z tobą zobaczyć.
– Jestem w toalecie.
– Wiem.
– Skąd?
– Firmowa przeglądarka, kamery SeeChange... Nietrudno cię znaleźć.
– A gdzie ty jesteś?
– Już idę. Zostań tam.
– Nie. Możemy się spotkać później. Wieczorem w Nowym Królestwie ma być impreza. Mikrofon dla wszystkich, na folkowo. Bezpieczne publiczne miejsce.
– Nie, nie. Nie mogę tego zrobić.

– Tutaj przyjść nie możesz.
– Mogę i przyjdę – odparł Kalden i rozłączył się.
Mae zajrzała do torebki. Miała w niej prezerwatywę. Została. Wybrała ostatnią kabinę i czekała. Wiedziała, że to niemądre i pod wieloma względami niewłaściwe. Nie mogłaby powiedzieć o tym Annie. Jej przyjaciółka nie miała nic przeciwko stosunkom cielesnym, ale nie tutaj, nie w pracy, nie w toalecie. To dowodziłoby błędnej oceny sytuacji i źle świadczyło o Annie. Mae sprawdziła, która godzina. Minęły dwie minuty, a ona dalej tkwiła w kabinie, czekając na mężczyznę, którego ledwie znała i który jak przypuszczała, chciał ją jedynie przelecieć, wielokrotnie i w coraz dziwniejszych miejscach. Dlaczego więc została? Dlatego że chciała, aby do tego doszło. Chciała, żeby ją wziął, w kabinie, w pracy, i żeby wiedzieli o tym tylko oni dwoje. Dlaczego potrzebowała takiej błyskotki? Usłyszała, jak otwierają się drzwi, a następnie trzask zamka. Zamka, z którego istnienia nie zdawała sobie sprawy. Potem rozległy się długie kroki Kaldena. Zatrzymały się w pobliżu kabin, ustępując miejsca piskowi oraz trzeszczeniu śrub i stali pod obciążeniem. Wyczuła nad sobą cień i zadarła głowę, by zobaczyć opuszczającą się postać. Kalden wspiął się po wysokiej ściance pierwszej kabiny i przeczołgał po kracie, żeby się do niej dostać. Poczuła, jak zsuwa się za nią. Ciepło jego ciała ogrzewało jej plecy, jego gorący oddech owiewał jej kark.
– Co ty wyprawiasz? – zapytała.
Poczuła, jak wsuwa jej język do ucha. Mae wydała stłumiony okrzyk i oparła się o kochanka. Położył jej dłonie na brzuchu, odnalazł talię, szybko przesunął ręce na jej uda i ścisnął je mocno. Przytrzymała mu dłonie przy swym ciele i skierowała je w górę, bijąc się z myślami i w końcu sobie na to pozwalając. Miała dwadzieścia cztery lata i jeśli nie zrobi czegoś takiego teraz – nie zrobi właśnie t e g o, właśnie w t y m momencie – nie zrobi tego nigdy. Tak nakazywała młodość.
– Mae, przestań myśleć – powiedział szeptem Kalden.

– Dobrze.
– I zamknij oczy. Wyobrażaj sobie to, co z tobą zrobię.

Poczuła jego usta na szyi; całował ją i lizał, a jego ręce zajęły się spódnicą i majtkami. Zsunął je z bioder Mae na posadzkę i przyciągnął ją do siebie, od razu w nią wchodząc.

– Mae – szepnął, gdy naparła nań pośladkami, sprawiając, że znalazł się tak głęboko, iż czuła czubek jego członka gdzieś w pobliżu serca. – Mae – wyjęczał, a ona opierała ręce na ścianach kabiny, jakby powstrzymywała inwazję reszty świata.

Doszła ze stłumionym okrzykiem; Kalden również skończył, drżąc cały, ale w milczeniu. I natychmiast potem oboje roześmieli się cicho, wiedząc, że uczynili coś lekkomyślnego, ryzykując utratę pracy, i że muszą stamtąd wyjść. Kalden obrócił ją ku sobie i pocałował w usta. Oczy miał otwarte, a w nich wyraz zdumienia i figlarne błyski.

– Cześć – rzucił, a ona tylko pomachała mu dłonią z zamkniętymi oczami, czując, jak wspina się po ścianie kabiny i kieruje do wyjścia.

Ponieważ przystanął przy drzwiach, żeby je otworzyć, i ponieważ Mae pomyślała, że może go już więcej nie zobaczyć, wyjęła telefon, sięgnęła ręką nad ścianę kabiny i zrobiła zdjęcie, nie wiedząc, czy go na nim uchwyci. Gdy spojrzała na to, co utrwalił aparat, zobaczyła jedynie prawą rękę Kaldena, od łokcia po czubki palców; reszta zniknęła za drzwiami.

Czemu mam ją okłamywać? – pytała się w duchu Mae, nie znając odpowiedzi, ale wiedząc, że i tak okłamie Annie. Doprowadziwszy się do porządku w toalecie, wróciła do biurka i natychmiast, nie mogąc się opanować, wysłała wiadomość swojej przyjaciółce, która właśnie leciała do Europy bądź nad Europą: *Znowu z siwowłosym*. Jakakolwiek informacja na ten temat doprowadziłaby do serii kłamstw, drobnych i wierutnych, i Mae zaczęła się zastanawiać, ile ma zataić i dlaczego, zanim Annie niechybnie odpowie.

W końcu przyszła wiadomość od jej przyjaciółki. *Muszę natychmiast poznać wszystkie szczegóły. Jestem w Londynie z jakimiś pachołkami z parlamentu. Jeden chyba właśnie wyjął monokl z oka. Dostarcz mi trochę rozrywki.*

Rozstrzygając, ile powiedzieć Annie, Mae dawkowała szczegóły. *W toalecie.*

Odpowiedź była błyskawiczna.

Z tym starcem? W toalecie? Korzystaliście ze stanowiska do przewijania?

Nie. W kabinie. I był PEŁEN WIGORU.

Ktoś za Mae wypowiedział jej imię. Odwróciła się i ujrzała Ginę i jej szeroki nerwowy uśmiech.

– Masz chwilkę?

Mae próbowała odwrócić ekran z dialogiem z Annie, ale Gina zdążyła już go zobaczyć.

– Rozmawiasz z Annie? – zapytała. – Jesteście ze sobą naprawdę blisko, co?

Mae skinęła głową i odwróciła ekran. Uśmiech na twarzy Giny zgasł całkowicie.

– Czy to nadal dobra pora na wyjaśnienie sprawy współczynnika konwersji i czystej sprzedaży?

Mae zupełnie zapomniała, że Gina miała przyjść, żeby zaprezentować nowe elementy danych.

– Oczywiście.

– Czy Annie ci już o tym mówiła? – zapytała Gina z bardzo niepewną miną.

– Nie.

– Nie powiedziała ci o współczynniku konwersji?

– Nie.

– Ani o czystej sprzedaży?

– Nie.

Twarz Giny pojaśniała.

– W porządku. Dobrze. Więc zrobimy to teraz? – powiedziała, patrząc badawczo na twarz Mae, jakby szukała najmniejszych oznak zwątpienia, które mogłyby się stać powodem jej całkowitego załamania nerwowego.

– Świetnie – stwierdziła Mae i Gina znowu się rozpromieniła.

– Dobrze. Zacznijmy od współczynnika konwersji. To jest dość oczywiste, ale Circle nie istniałoby, nie rozwinęłoby się i nie zbliżyło do swojego strategicznego celu, gdyby nie dokonywano prawdziwych zakupów, gdyby nie pobudzano prawdziwego handlu. Jesteśmy tu po to, by stworzyć bramę sieciową umożliwiającą dostęp do wszystkich informacji na świecie, ale wspierają nas reklamodawcy, którzy liczą, że za naszym pośrednictwem dotrą do klientów. Zgadza się?

Gina się uśmiechnęła, duże białe zęby na chwilę zdominowały całą jej twarz. Mae starała się skupić, ale myślała o przyjaciółce na spotkaniu w brytyjskim parlamencie, która zapewne rozmyślała teraz o niej i Kaldenie. Kiedy zaś robiła to sama, zamknąwszy oczy, wyolbrzymiała wszystko w myślach, wyobrażając sobie na talii dłonie kochanka, którymi przyciągał ją delikatnie do swoich lędźwi...

Gina nadal mówiła.

– Tylko jak sprowokować, jak skłonić do kupowania... Właśnie tego dotyczy współczynnik konwersji. Możesz rozsyłać komunikaty, mogłabyś zamieszczać komentarze, oceniać i zwracać uwagę na dowolny produkt, czy jednak potrafisz przełożyć to wszystko na działanie konsumentów? Podniesienie swojej wiarygodności w celu wywołania działania... To bardzo istotne, zgadza się?

Gina siedziała teraz obok Mae, z dłońmi na klawiaturze. Na ekranie pojawił się skomplikowany arkusz kalkulacyjny. W tym momencie na drugim ekranie ukazała się kolejna wiadomość od Annie. Mae obróciła nieco monitor. *Teraz muszę zapytać jak szefowa: czy tym razem dowiedziałaś się, jak ma na nazwisko?*

Mae zauważyła, że Gina też czyta tę wiadomość, wcale się z tym nie kryjąc.

– Odpisz – powiedziała. – To chyba ważne.

Mae sięgnęła do swojej klawiatury i jak zakładała od chwili opuszczenia toalety, odpowiedziała kłamstwem: *Tak. Wiem wszystko.* Odpowiedź Annie przyszła natychmiast: *I nazywa się...?*
Gina spojrzała na wiadomość i powiedziała:
– Dostawać wiadomości od Annie Allerton... to musi być niesamowite.
– Tak przypuszczam – odparła Mae i napisała: *Nie mogę tego zdradzić.*
Gina przeczytała również tę wiadomość i wydawała się mniej zainteresowana jej treścią niż faktem, że ta wymiana odbywa się na jej oczach.
– Wysyłacie do siebie wiadomości tak zwyczajnie? – zapytała.
Mae złagodziła jej szok, mówiąc:
– Nie przez cały dzień.
– Nie przez cały dzień? – Twarz Giny ożywił nieśmiały uśmiech.
Annie wypaliła: *Naprawdę mi nie powiesz? Zrób to, teraz.*
– Przepraszam – powiedziała Mae. – Zaraz skończymy – dodała i napisała: *Nie. Narobisz mu kłopotów.*
Wyślij mi zdjęcie.
Mam jedno, ale nie wyślę – odpisała Mae, serwując drugie kłamstwo, które uznała za konieczne. Rzeczywiście, miała zdjęcie Kaldena i z chwilą gdy zdała sobie sprawę, że je ma, że może o tym powiedzieć przyjaciółce i mówić prawdę, nie mówiąc całej prawdy, gdy sobie uświadomiła, że to zdjęcie wraz z niewinnym kłamstwem w kwestii nazwiska pozwoli jej kontynuować znajomość z tym człowiekiem, który równie dobrze mógł stanowić zagrożenie dla Circle, wiedziała, że okłamie Annie po raz drugi i zyska dzięki temu więcej czasu – więcej czasu na przeżywanie wzlotów i upadków z Kaldenem i na równoczesną próbę ustalenia, kim dokładnie jest i czego od niej chce.
To zdjęcie migawkowe, dopisała. *Przeprowadziłam identyfikację na podstawie obrazu twarzy i wszystko się zgadza.*
Dzięki Bogu, odpowiedziała Annie. *Ty zdziro.*

Gina, która przeczytała i tę wiadomość, była wyraźnie wytrącona z równowagi.
– Może powinnyśmy zrobić to później? – zaproponowała, a jej czoło nagle zalśniło od potu.
– Nie, przepraszam – odparła Mae. – Mów dalej. Odwrócę ten ekran.
Wcześniej pojawiła się na nim wiadomość od Annie. Odwracając monitor, Mae zerknęła na wpis. *Czy siedząc na nim, słyszałaś trzask pękających kości? Starsi ludzie mają kości jak ptaki i nacisk, o którym piszesz, mógł być brzemienny w skutki.*
– W porządku – powiedziała Gina, z trudem przełykając ślinę.
– Od wielu lat pomniejsze firmy analizują związek między wzmiankami w sieci, recenzjami, komentarzami oraz ocenami a rzeczywistymi zakupami i próbują nań wpłynąć. Programiści Circle znaleźli sposób na zmierzenie wpływu tych czynników, a tak naprawdę naszej partycypacji, i wyrażają go współczynnikiem konwersji.
Pojawiła się następna wiadomość, lecz Mae zignorowała ją i Gina posuwała się naprzód, zachwycona tym, że chociaż na chwilę została uznana za osobę ważniejszą od Annie.
– Tak więc każdy zakup zainicjowany lub spowodowany przez twoją rekomendację podnosi twój współczynnik konwersji. Jeśli pod wpływem twojego zakupu bądź rekomendacji pięćdziesiąt innych osób uczyni to samo, wtedy twój WK wynosi pięćdziesiąt. Są pracownicy ze współczynnikiem konwersji na poziomie tysiąca dwustu. Oznacza to, że średnio tysiąc dwieście osób kupuje to co oni. Zyskali na tyle dużą wiarygodność, że osoby śledzące ich wpisy ufają ich rekomendacjom bezgranicznie i są głęboko wdzięczne za poczucie pewności, z jaką robią zakupy. Oczywiście Annie ma jeden z najwyższych WK w firmie.
W tym momencie rozległ się kolejny dźwięk spadającej kropli. Gina zamrugała powiekami, jakby ktoś ją spoliczkował, ale kontynuowała wykład.
– Dobra. Twój średni współczynnik konwersji wynosi zatem jak dotąd sto dziewiętnaście. Tyle że w skali od jeden do dziesięciu

tysięcy jest jeszcze sporo miejsca na poprawę. Poniżej współczynnika konwersji widnieje twoja czysta sprzedaż, łączna wartość brutto zarekomendowanych produktów. Powiedzmy więc, że polecasz pewien breloczek i tysiąc osób przyjmuje twoją rekomendację; wtedy ten tysiąc breloczków w cenie czterech dolarów za sztukę podnosi twoją czystą sprzedaż do poziomu czterech tysięcy dolarów. To po prostu wartość brutto transakcji handlowych, które zainicjowałaś. Fajnie, co?

    Mae skinęła głową. Bardzo jej się podobała myśl, że rzeczywiście można śledzić wpływ jej upodobań i słów aprobaty.

    Rozległ się dźwięk kolejnej spadającej kropli. Wydawało się, że Gina połyka łzy. Wstała od biurka.

    – Dobra. Mam wrażenie, że przeszkadzam ci w czasie przeznaczonym na lunch i przyjacielskie kontakty. Tak zatem wygląda współczynnik konwersji i czysta sprzedaż. Wiem, że to rozumiesz. Pod koniec dnia otrzymasz nowy monitor do pomiaru tych parametrów. – Gina próbowała się uśmiechnąć, ale chyba nie mogła unieść kącików ust na tyle, by wyglądało to przekonująco. – Aha, i od aktywnych pracowników Circle oczekuje się współczynnika konwersji na poziomie co najmniej dwustu pięćdziesięciu oraz tygodniowej czystej sprzedaży wartości czterdziestu pięciu tysięcy dolarów. Oba te cele są dość skromne i większość pracowników znacznie je przekracza. Jeśli zaś będziesz miała jakieś pytania… – Przerwała, patrząc niepewnie. – Z pewnością możesz zadać je Annie.

    To powiedziawszy, odwróciła się i wyszła.

Kilka dni później, w bezchmurny czwartkowy wieczór, Mae pojechała do domu – po raz pierwszy od czasu, gdy zaczęło działać firmowe ubezpieczenie jej ojca. Wiedziała, że ojciec czuje się o wiele lepiej, i nie mogła się już doczekać spotkania, mając niedorzeczną nadzieję na jakąś cudowną zmianę i zarazem zdając sobie sprawę, że zobaczy jedynie niewielkie symptomy poprawy. Mimo to opinie rodziców wyrażane w rozmowach telefonicznych i SMS-ach były entuzjastyczne. „Teraz wszystko wygląda inaczej" – mówili od tygodni i prosili, by przyjechała to uczcić. Tak więc ciesząc się na rychłe wyrazy wdzięczności, jechała na południowy wschód, a gdy przybyła na miejsce, ojciec powitał ją w progu. Wyglądał na znacznie silniejszego i co ważniejsze, bardziej pewnego siebie; bardziej też przypominał mężczyznę – mężczyznę, którym kiedyś był. Wyciągnął rękę z monitorem na nadgarstku i ustawił go równolegle do monitora na ręce Mae.

– Spójrz. Dobrana z nas para. Chcesz trochę wina?

W domu zasiedli we troje, tak jak zawsze siadali, wzdłuż kuchennego blatu, przy którym kroili mięso w kostkę, obtaczali w bułce i rozmawiali o tym, pod iloma względami poprawiło się zdrowie ojca. Teraz sam mógł wybierać lekarzy. Nikt nie ograniczał go w kwestii leków, które mógł zażywać; ubezpieczenie obejmowało koszt każdego z nich i nie było mowy o współpłatności. Gdy opowiadali o jego stanie zdrowia, Mae zauważyła, że matka jest bardziej pogodna, pełniejsza życia. Miała na sobie bardzo skąpe szorty.

– Najlepsze jest to – rzekł ojciec Mae – że teraz twoja matka ma mnóstwo czasu. Wszystko jest takie proste. Mam wizytę u lekarza, a Circle troszczy się o resztę. Bez pośrednika. Bez dyskusji.

– Czy mnie oczy nie mylą? – zapytała Mae. Nad stołem w jadalni wisiał srebrny żyrandol, po bliższym zbadaniu odniosła jednak wrażenie, że wyszedł spod ręki Mercera. Srebrne ramiona okazały się pomalowanymi rogami jelenia. Jego wyroby tylko czasami budziły jej zachwyt – gdy chodzili ze sobą, z trudem znajdowała dla nich słowa uznania – ale ten żyrandol naprawdę jej się podobał.

– Nie mylą – odparła matka.

– Niezły.

– Niezły? – zdziwił się ojciec. – To jego najlepsze dzieło, i dobrze o tym wiesz. W jednym z butików w San Francisco ten żyrandol poszedłby za pięć kafli. A on dał go nam za darmo.

Mae była pod wrażeniem.

– Dlaczego za darmo?
– Dlaczego za darmo? – powtórzyła matka. – Dlatego że to nasz przyjaciel. Dlatego że jest miłym młodym człowiekiem. I powstrzymaj się przed przewracaniem oczami i dowcipnymi uwagami.

Mae rzeczywiście się pohamowała i zrezygnowawszy z kilku nieprzyjemnych rzeczy, które mogła powiedzieć o Mercerze, na rzecz milczenia, poczuła się wielkoduszna. Ponieważ już go nie potrzebowała, ponieważ teraz była bardzo istotnym i mierzalnym elementem napędzającym światowy handel i ponieważ mogła w Circle wybierać między dwoma mężczyznami – z których jeden, z wiotką sylwetką i wybuchowym temperamentem, był zagadką i wspinał się po ścianach, by wziąć ją od tyłu – mogła sobie pozwolić na wielkoduszność wobec biednego Mercera z jego kudłatą głową i groteskowym tłustym tyłkiem.

– To naprawdę miłe – przyznała Mae.

– Cieszę się, że tak myślisz – powiedziała matka. – Za kilka minut będziesz mogła mu to powiedzieć. Przyjdzie na kolację.

– Nie – jęknęła Mae. – Proszę, tylko nie to.

– Mae – rzekł stanowczo ojciec – on przyjdzie, zgoda?

Wiedziała, że nie może się spierać. Zamiast tego nalała więc sobie kieliszek czerwonego wina i nakrywając do stołu, wypiła połowę. Gdy Mercer zapukał i wszedł do domu, miała mocno otępiałą twarz i zmącone myśli.

– Cześć, Mae – powiedział i objął ją niepewnie.

– Twój żyrandol jest naprawdę świetny – pochwaliła i już wypowiadając te słowa, widziała, jak na niego działają, więc posunęła się jeszcze dalej i dodała: – I przepiękny.

– Dzięki – odparł Mercer i spojrzał na jej rodziców, jakby szukał potwierdzenia, że też to słyszeli. Mae dolała sobie wina.

– Naprawdę piękny – ciągnęła. – Oczywiście zdaję sobie sprawę, że jesteś dobry w tym, co robisz. – Gdy to mówiła, odwróciła wzrok, wiedząc, że w oczach Mercera ujrzy powątpiewanie. – Ale to najlepszy żyrandol, jaki dotąd wykonałeś. I bardzo się cieszę, że tak wiele włożyłeś w... po prostu się cieszę, że twoje dzieło, które tak bardzo mi się podoba, jest w jadalni moich rodziców.

Wyjęła aparat i pstryknęła zdjęcie.

– Co robisz? – zapytał Mercer, choć sprawiał wrażenie zadowolonego, że uznała jego wyrób za godny sfotografowania.

– Chciałam tylko zrobić zdjęcie. Zobacz – odparła i pokazała mu fotografię na ekranie.

Jej rodzice zniknęli, myśląc zapewne, że Mae pragnie zostać na jakiś czas sam na sam z Mercerem. Ich zachowanie było komiczne i niedorzeczne.

– Wygląda dobrze – przyznał, wpatrując się w zdjęcie nieco dłużej, niż Mae się spodziewała. Najwyraźniej nie odmawiał sobie czerpania przyjemności i dumy z własnej pracy.

– Wygląda n i e s a m o w i c i e – sprostowała. Wino uderzyło jej do głowy. – To bardzo miłe z twojej strony. I wiem, że dużo dla nich znaczy, zwłaszcza teraz. Przydaje temu wnętrzu czegoś bardzo ważnego. – Mae była w euforii, i to nie tylko pod wpływem wina. Czuła ulgę. Jej rodzina została wybawiona z opresji. – Ten pokój był taki ciemny – dodała.

Przez chwilę wydawało się, że ona i Mercer powrócili do dawnych relacji. Mae, która przez wiele lat na myśl o nim czuła rozczarowanie graniczące z litością, przypomniała sobie, że Mercer potrafi świetnie pracować. Wiedziała, że jest empatyczny i bardzo życzliwy ludziom, choć jego ograniczone horyzonty były irytujące. Ale ten żyrandol... Czy mogła go nazwać dziełem sztuki? W każdym razie je przypominał, co wraz z tym, jak żyrandol zmienił wnętrze domu, na nowo rozbudziło w niej wiarę w Mercera.

To podsunęło jej pewien pomysł. Udając, że idzie się przebrać do swojego pokoju, przeprosiła go i ruszyła w pośpiechu na piętro. Jednak zamiast się przebrać, siedząc na swoim dawnym łóżku w ciągu trzech minut zamieściła zdjęcie żyrandola na dwudziestu kilku kanałach informacyjnych związanych z projektowaniem i aranżacją wnętrz, podając link do jego strony internetowej – która zawierała jedynie numer telefonu oraz kilka fotografii; Mercer od lat jej nie aktualizował – oraz jego adres poczty elektronicznej. Skoro nie był na tyle inteligentny, by przyciągać klientów, ona z radością zrobi to za niego.

Gdy wróciła na dół, Mercer siedział z jej rodzicami przy kuchennym stole, zastawionym sałatką, podsmażonym kurczakiem i warzywami. Wszyscy troje śledzili ją wzrokiem, gdy szła po schodach.

– Wołałem cię – rzekł ojciec.
– Nie lubimy zimnych potraw – dodała matka.
Mae nie słyszała wezwań.
– Przepraszam. Po prostu... No, no, co za widok. Nie sądzisz, tatku, że żyrandol Mercera jest niesamowity?
– Sądzę. I tak właśnie powiedziałem i tobie, i jemu. Od roku prosiliśmy o jedno z jego dzieł.
– Potrzebowałem po prostu odpowiedniego poroża – rzekł Mercer. – Przez długi czas nie otrzymywałem żadnych naprawdę okazałych. – Następnie wyjaśnił, gdzie się w nie zaopatruje, jak kupuje je od zaufanych kooperantów, ludzi, o których wiedział, że nie upolowali jelenia, a jeśli nawet, to uczynili to zgodnie z zaleceniami stanowego departamentu rybołówstwa i myślistwa, służącymi ograniczeniu liczby zwierzyny łownej.
– To fascynujące – skomentowała matka Mae. – Póki pamiętam, chcę wznieść toast... Co się stało?
Telefon Mae zabrzęczał.
– Nic – odparła. – Ale już za chwilę będę miała pomyślne wieści. Mów dalej, mamo.
– Właśnie mówiłam, że chcę wypić za nasze...
Teraz dzwonił telefon Mercera.
– Przepraszam – rzekł i sięgnąwszy dłonią ku paskowi spodni, odnalazł wyłącznik aparatu.
– Wszyscy skończyli? – upewniła się matka.
– Przepraszam panią. Proszę kontynuować.

Ale w tym momencie znowu rozległ się głośny brzęczek telefonu Mae. Gdy spojrzała na ekran aparatu, zobaczyła, że przyszło trzydzieści siedem nowych komunikatów i wiadomości.

– Czy to coś, czym musisz się natychmiast zająć? – zapytał ojciec.

– Nie, jeszcze nie – odparła Mae, chociaż była zbyt podekscytowana, żeby dłużej czekać. Była dumna z Mercera i już niebawem będzie mu mogła pokazać, jakich odbiorców byłby w stanie znaleźć poza Longfield. Skoro w pierwszych kilku minutach otrzymała trzydzieści siedem wiadomości, za kwadrans będzie ich sto.

Jej matka mówiła dalej:

– Zamierzałam podziękować ci, córeczko, za wszystko, co zrobiłaś dla poprawienia stanu zdrowia ojca i mojego stanu psychicznego. Chciałam też wznieść toast za Mercera jako członka naszej rodziny i podziękować mu za jego piękne dzieło. – Przerwała, jakby się spodziewała, że za chwilę zabrzęczy telefon. – Cóż, cieszę się, że dobrnęłam do końca. Jedzmy, bo wszystko wystygnie.

Zaczęli więc jeść, ale już po kilku minutach Mae usłyszała tyle dzwonków i tyle razy widziała, jak zmienia się aktualny zapis na ekranie jej telefonu, że nie mogła dłużej zwlekać.

– Dobra, dłużej tego nie zniosę. Zamieściłam w sieci zdjęcie twojego żyrandola i okazało się, że bardzo się spodobał! – Uśmiechnęła się promiennie i uniosła kieliszek. – I właśnie za to powinniśmy wypić.

Mercer nie wyglądał na rozbawionego.

– Chwileczkę. Gdzie je zamieściłaś?

– To wspaniale, chłopcze – rzekł ojciec Mae i uniósł kieliszek.

Kieliszek Mercera pozostał na stole.

– Gdzie je zamieściłaś?

– We wszystkich użytecznych miejscach – odparła Mae. – I komentarze są zdumiewające. – Przejrzała informacje na ekranie. – Pozwól, że przeczytam pierwszy. Cytuję: *No, no! To cudowne*. To komentarz dość znanego projektanta wzornictwa przemysłowego ze

Sztokholmu. Oto następny: *Super. Przypomina mi coś, co widziałam w zeszłym roku w Barcelonie.* To od projektantki z Santa Fe, która ma własny sklep. Przyznała twojemu żyrandolowi trzy gwiazdki na cztery możliwe i zaproponowała kilka ulepszeń. Założę się, że gdybyś chciał, mógłbyś je u niej sprzedawać. Tutaj mam kolejny...
Mercer trzymał dłonie na stole.
– Proszę cię, przestań.
– Czemu? Nie usłyszałeś jeszcze najlepszego. Na portalu DesignMind masz już sto dwadzieścia dwie uśmiechnięte buźki. W tak krótkim czasie to niewiarygodnie dużo. Prowadzą tam ranking i na dzisiaj jesteś w pierwszej pięćdziesiątce. Właściwie to wiem, jak mógłbyś w nim awansować... – W tej samej chwili uświadomiła sobie, że tego rodzaju aktywność z pewnością podniesie jej poziom partycypacji do osiemnastej setki. Gdyby zaś zdołała skłonić dostatecznie dużo osób do zakupu dzieła Mercera, oznaczałoby to wysoki współczynnik konwersji i pokaźną czystą sprzedaż...
– Mae, przestań. Proszę cię, przestań. – Mercer wpatrywał się w nią swoimi małymi okrągłymi oczami. – Nie chcę stracić nad sobą kontroli w domu twoich rodziców, ale albo przestaniesz, albo będę musiał wyjść.
– Poczekaj chwilę – odparła Mae i przewinęła wiadomości, szukając na ekranie tej, która z całą pewnością zrobiłaby na nim wrażenie. Zauważyła wcześniej wiadomość przesłaną z Dubaju i wiedziała, że gdy tylko ją znajdzie, jego opór zostanie złamany.
Usłyszała, jak jej matka mówi:
– Mae. Mae.
Nie umiała jednak odnaleźć tej wiadomości. Gdzie ona jest? Podczas gdy dalej je przewijała, rozległo się szuranie krzesła. Była tak blisko celu, że nie uniosła wzroku. Gdy to zrobiła, okazało się, że Mercer zniknął, a rodzice się w nią wpatrują.
– Myślę, że to miłe z twojej strony, że chcesz wesprzeć Mercera – zauważyła jej matka. – Nie potrafię tylko zrozumieć, czemu robisz to teraz. Próbowaliśmy cieszyć się smacznym posiłkiem.

Mae spojrzała na matkę, przyjmując tyle jej rozczarowania i zdumienia, ile tylko mogła znieść, po czym wybiegła przed dom i dopadła Mercera, gdy ten wyjeżdżał tyłem z podjazdu.

Wskoczyła na fotel obok kierowcy i powiedziała:

– Zatrzymaj się.

Jego oczy były pozbawione blasku i życia. Przestawił dźwignię automatycznej skrzyni biegów na parkowanie i ułożył dłonie na kolanach, wzdychając z całą wyniosłością, na jaką go było stać.

– O co, u diabła, ci chodzi?

– Prosiłem, żebyś przestała, a ty tego nie zrobiłaś.

– Uraziłam cię?

– Nie. Moje szare komórki. Myślę, że jesteś kompletnie porąbana. Prosiłem, byś przestała, a ty nie chciałaś słuchać.

– Nie chciałam przestać próbować ci pomóc.

– Nie prosiłem cię o pomoc. I nie pozwoliłem ci zamieścić w sieci zdjęcia mojego dzieła.

– Twojego d z i e ł a. – W jej głosie pobrzmiewał zjadliwy ton, który na pewno nie był właściwy ani pomocny.

– Jesteś złośliwa, podła i bezduszna.

– Co? Wcale nie jestem bezduszna. Przeciwnie, próbuję ci pomóc, bo wierzę w to, co robisz.

– Nieprawda. Mae, ty po prostu nie jesteś w stanie pozwolić, by coś żyło w jednym miejscu. Moje dzieło istnieje w jednym miejscu. Nie istnieje nigdzie indziej. I właśnie tak ma być.

– Więc nie potrzebujesz klientów?

Mercer spojrzał przez przednią szybę, po czym się odchylił.

– Nigdy nie czułem wyraźniej, że światem zawładnął jakiś kult. Wiesz, co ktoś próbował mi przedwczoraj sprzedać? I założę się, że jest to jakoś związane z Circle. Słyszałaś o Ziomalu? Systemie, w którym telefon przeczesuje dom w poszukiwaniu kodów kreskowych wszystkich produktów...

– Owszem. A potem zamawia nowe rzeczy, gdy tylko zaczyna czegoś ubywać. Genialne rozwiązanie.

– Uważasz, że to w porządku? – zdziwił się Mercer. – Wiesz, jak sformułowali ofertę? Jak zwykle przedstawia się utopijną wizję. Tym razem twierdzili, że to zmniejszy marnotrawstwo. Jeśli sklepy wiedzą, czego potrzeba ich klientom, nie ma nadprodukcji, nie ma wysyłania nadmiernej ilości towarów, nie trzeba wyrzucać niezakupionych rzeczy. Chodzi mi o to, że podobnie jak ze wszystkim, co promujecie, brzmi to doskonale, postępowo, ale niesie ze sobą jeszcze więcej kontroli, więcej odgórnego śledzenia wszystkiego, co robimy.

– Circle to grupa ludzi takich jak ja. Twierdzisz, że w ten czy inny sposób wszyscy znaleźliśmy się gdzieś w jednym pomieszczeniu i cię obserwujemy, żeby zapanować nad światem?

– Nie. Po pierwsze, w i e m, że to ludzie tacy jak ty. I właśnie to jest tak przerażające. P o j e d y n c z o nie zdajecie sobie sprawy, co robicie r a z e m. Po drugie jednak, nie zakładaj, że wasi szefowie są tacy szlachetni. Przez wiele lat ci, którzy kontrolowali główne kanały internetowe, byli na szczęście tak naprawdę dość przyzwoitymi ludźmi. A przynajmniej nie byli drapieżni i mściwi. Ale zawsze się martwiłem, co będzie, jeśli ktoś zechce użyć tej władzy do ukarania tych, którzy podważają ich wiarygodność.

– Co masz na myśli?

– Sądzisz, że to zbieg okoliczności, że ilekroć jakiś polityk lub bloger mówi o monopolu, nagle się okazuje, że jest uwikłany w jakiś okropny skandal seksualno-pornograficzno-okultystyczny? Przez dwadzieścia lat w Internecie można było zniszczyć każdego w ciągu kilku minut, ale dopiero wasi Trzej Mędrcy, lub przynajmniej jeden z nich, się na to zdobyli. Twierdzisz, że o tym nie wiedziałaś?

– Jesteś paranoikiem. Rojące ci się w głowie teorie spiskowe zawsze wpędzały mnie w depresję. Jesteś taki niedouczony. A twierdzenie, że Ziomal to jakaś przerażająca nowość… Przecież przez dziesiątki lat mleczarze przynosili nam mleko. Wiedzieli, kiedy go potrzebowaliśmy. Rzeźnicy sprzedawali nam mięso, piekarze przywozili chleb…

– Ale mleczarz nie przeszukiwał mojego domu! W ten sposób można namierzyć wszystko, co ma kod kreskowy. Telefony milionów osób już teraz przeszukują ich domy i komunikują wszystkie te informacje światu.

– I co z tego? Nie chcesz, by zarząd Charmina wiedział, ile zużywasz ich papieru toaletowego? Czy firma Charmin gnębi cię w jakiś znaczący sposób?

– Nie, Mae, to inna sprawa. To dałoby się łatwiej zrozumieć. W tym przypadku jednak nie ma żadnych gnębicieli. Nikt cię do tego nie zmusza. Z własnej woli podpinasz się do tych smyczy. Dobrowolnie popadasz w zupełny autyzm społeczny. Przestajesz wychwytywać podstawowe tropy niezbędne w komunikacji międzyludzkiej. Siedzisz przy stole z trzema osobami, które na ciebie patrzą i próbują z tobą rozmawiać, a ty gapisz się w ekran, szukając jakichś obcych ludzi w Dubaju.

– Sam też nie jesteś bez zmazy i skazy. Korzystasz z poczty elektronicznej. Masz stronę internetową.

– Powiem to z przykrością, ale rzecz w tym, że przestałaś być interesująca. Siedzisz przy biurku przez dwanaście godzin dziennie i nie masz z tego nic z wyjątkiem jakichś liczb, które za tydzień będą nieaktualne lub nikt nie będzie ich pamiętał. Nie zostawiasz po sobie żadnych świadectw swojego istnienia. Nie ma na nie dowodu.

– Pieprz się, Mercer.

– A co gorsze, nie r o b i s z już nic ciekawego. Niczego nie widzisz, nic nie mówisz. Dziwaczny paradoks polega na tym, że myślisz, że jesteś w centrum wszystkiego, i to czyni twoje opinie cenniejszymi, ale w tobie samej jest coraz mniej życia. Założę się, że od miesięcy nie zrobiłaś niczego prywatnie. Prawda?

– Ale z ciebie kutas.

– Bywasz jeszcze gdzieś poza biurem i domem?

– Ty za to jesteś kimś interesującym, czyż nie? Idiota, który wytwarza żyrandole z fragmentów martwych zwierząt? Jesteś cudownym dzieckiem i wszystko, czym się zajmujesz, jest fascynujące?

– Wiesz, co myślę, Mae? Myślę, że twoim zdaniem siedzenie przy biurku i klikanie w emotikony jakimś cudem sprawia, że naprawdę prowadzisz fascynujące życie. Komentujesz różne rzeczy, zamiast je robić. Oglądasz zdjęcia z Nepalu, klikasz ikonkę z uśmiechniętą buźką i sądzisz, że to równa się wyjazdowi. No bo cóż by się stało, gdybyś rzeczywiście tam pojechała? Twoje kretyńskie oceny, czy co tam, kurwa, wam przyznają, spadłyby poniżej dopuszczalnego poziomu. Mae, czy zdajesz sobie sprawę, jak niewiarygodnie nieciekawą osobą się stałaś?

Przez wiele lat nie gardziła nikim bardziej niż Mercerem. Nie było to nic nowego. Zawsze miał wyjątkową zdolność doprowadzania jej do wściekłości. To jego profesorskie samozadowolenie. Te staroświeckie brednie. I przede wszystkim jego podstawowe założenie – jakże mylne – że ją zna. Znał w niej to, co lubił i z czym się zgadzał, i udawał, że to jej prawdziwe ja, jej istota. Niczego nie rozumiał.

Ale z każdym pokonywanym kilometrem w drodze do domu, z każdym kolejnym kilometrem dzielącym ją od tego dupka Mae czuła się lepiej. Świadomość, że kiedyś z nim sypiała, przyprawiała ją o mdłości. Czyżby opętał ją jakiś dziwny demon? Na te trzy lata jej ciałem musiała zawładnąć jakaś okropna siła, która uczyniła ją ślepą na to, jak jest nikczemny. Już wtedy był tłuściochem, prawda? Który facet jest gruby w wieku licealnym? I on, mając dwadzieścia kilo nadwagi, mówi m i o siedzeniu za biurkiem? Poprzewracało mu się w głowie.

Wiedziała, że była to ich ostatnia rozmowa, i ta myśl stanowiła pewne pocieszenie. Ulga spłynęła na nią niczym ciepła woda. Już nigdy nie zamieni z nim słowa ani do niego nie napisze. Zażąda, by jej rodzice zerwali z nim wszelkie kontakty. Zamierzała również zniszczyć żyrandol. Będzie to wyglądało na przypadek. Może sfinguje włamanie. Mae roześmiała się pod nosem, myśląc o ostatecznym uwolnieniu się od tego idioty. Ten paskudny, wiecznie spocony, przemądrzały dupek już nigdy nie będzie miał nic do powiedzenia w jej świecie.

Zobaczyła tablicę wskazującą drogę do Dziewczęcych Rejsów i zignorowała ją. Minęła obojętnie zjazd. Ale kilka sekund później zjeżdżała z szosy i zawracała w kierunku plaży. Dochodziła dziesiąta, więc było wiadomo, że wypożyczalnia jest od dawna zamknięta. Co więc wyprawiała? Nie reagowała na bzdurne pytania Mercera o to, co robi lub czego nie robi poza biurem i domem. Sprawdzała jedynie, czy już zamknęli; wiedziała, że wypożyczalnia nie będzie otwarta, ale może Marion jest na miejscu i może pozwoli jej wziąć kajak na pół godziny? Przecież mieszka w przyczepie obok. Może uda się ją zastać i przekonać do wypożyczenia kajaka.

Zaparkowała samochód i zajrzała przez siatkę, ale zobaczyła tylko budkę wypożyczalni z opuszczonymi żaluzjami, rzędy kajaków oraz desek do wiosłowania. Stała, mając nadzieję, że zobaczy sylwetkę właścicielki w przyczepie, ale nikogo tam nie było. Różowawe światło w środku było przyćmione, przyczepa pusta.

Podeszła do maleńkiej plaży i stała tam, przyglądając się, jak blask księżyca igra na nieruchomej powierzchni zatoki. Usiadła. Nie chciała wracać do domu, choć pozostanie tutaj nie miało sensu. Myśli zaprzątał jej Mercer, wspomnienie jego twarzy olbrzymiego dziecka i wszystkich bzdur, które wypowiedział podczas tego wieczoru oraz wszystkich poprzednich. Była pewna, że już nigdy więcej nie spróbuje mu w jakikolwiek sposób pomóc. Należał do jej przeszłości, zamkniętej przeszłości, był starym, nieciekawym, martwym eksponatem, który mogła spokojnie zostawić na strychu.

Wstała, myśląc, że powinna wrócić do pracy nad podniesieniem swojego poziomu partycypacji, gdy zauważyła coś dziwnego. Naprzeciwko, na zewnątrz wypożyczalni, o ogrodzenie opierał się chwiejnie jakiś duży przedmiot – kajak albo deska do wiosłowania. Szybko ruszyła w tę stronę. Zdała sobie sprawę, że to stojący po drugiej stronie płotu kajak; obok znajdowało się wiosło. Było to trochę bez sensu – nigdy wcześniej nie widziała stojącego pionowo kajaka i Marion z pewnością by się na coś takiego nie zgodziła. Widocznie ktoś przyniósł kajak po zamknięciu wypożyczalni i starał się go zostawić jak najbliżej.

Uznała, że powinna przynajmniej położyć kajak na ziemi, żeby zmniejszyć ryzyko, że upadnie, co też uczyniła, umieszczając go ostrożnie na piasku. Zaskoczył ją jego niewielki ciężar.

Wtedy przyszła jej do głowy pewna myśl. Od wody dzieliło ją zaledwie trzydzieści metrów i wiedziała, że z łatwością zdoła zaciągnąć kajak na brzeg. Czy pożyczenie kajaka, który został już wypożyczony, będzie kradzieżą? Przecież nie przenosi go przez ogrodzenie, a tylko przedłuża czas wypożyczenia, co zrobił już przecież ktoś inny. Zwróci go za kilka godzin i nikt nie poczuje różnicy.

Wsadziła wiosło do środka i przeciągnęła kajak po piasku na odległość metra, sprawdzając, jak się z tym czuje. Czy to j e s t kradzież? Gdyby Marion się dowiedziała, z pewnością by zrozumiała. Marion była wolnym duchem, nie zaś skrępowaną przepisami sekutnicą i sprawiała wrażenie osoby, która na miejscu Mae postąpiłaby tak samo. Nie chciałaby ponosić konsekwencji swojej odpowiedzialności prawnej, ale z drugiej strony, czy w tym przypadku w ogóle wchodziły one w grę? Jak można byłoby obarczyć Marion odpowiedzialnością, skoro kajak został zabrany bez jej wiedzy?

Mae była już przy brzegu, a dziób kajaka zanurzał się w wodzie. Czując to i mając wrażenie, że prąd wyrywa jej kajak z rąk, zrozumiała, że jednak to zrobi. Jedyną komplikacją był brak kamizelki ratunkowej. Tylko ją bowiem pożyczający zdołał przerzucić przez ogrodzenie. Wody zatoki były jednak tak spokojne, że Mae nie sądziła, by pływając blisko brzegu, mogła narazić się na jakieś niebezpieczeństwo.

Kiedy jednak znalazła się na wodzie i poczuła pod sobą jej ciężką taflę oraz szybkość, z jaką płynie, pomyślała, że chyba nie zostanie na płyciźnie. Że ta noc jest w sam raz na to, by dotrzeć do Błękitnej Wyspy. Wyspa Aniołów stanowiła łatwy cel, ludzie stale tam pływali, ale Błękitna Wyspa była dziwna, miała poszarpane brzegi, nigdy jej nie odwiedzano. Mae się uśmiechnęła, wyobrażając sobie siebie na tej wyspie, a jej uśmiech stał się jeszcze szerszy, gdy pomyślała o zaskoczonym, zbitym z tropu Mercerze, o jego kołtuńskiej twarzy. Przyszło jej do głowy, że z powodu tuszy nie zmieściłby się do kajaka i że był zbyt leniwy, aby wypłynąć z przystani. Mężczyzna szybko zbliżający się do trzydziestki, robiący żyrandole z poroży i pouczający ją – osobę pracującą w Circle! – w kwestii wyboru dróg życiowych. To jakiś żart. Lecz Mae, która znalazła się w G2T i szybko pięła się w hierarchii, była również odważna, zdolna wypłynąć w nocy kajakiem na czarne wody zatoki, żeby spenetrować wyspę, którą Mercer obejrzy jedynie przez teleskop, siedząc na swoim tłustym tyłku i malując poroża zwierząt srebrną farbą.

Płynąc, nie kierowała się logiką. Nie znała prądów w głębi zatoki ani ryzyka związanego z bezpośrednią bliskością szlaku żeglugowego, z którego korzystały tankowce. Ryzyka tym większego, że miała płynąć w ciemności, zupełnie dla nich niewidoczna. Zanim dotrze lub zbliży się do wyspy, pogorszenie warunków pogodowych może uniemożliwić jej powrót. Ale napędzana wewnętrzną siłą, równie wielką i odruchową jak potrzeba snu, wiedziała, że nie zrezygnuje, dopóki nie dotrze do Błękitnej Wyspy albo coś jej przed tym nie powstrzyma. Jeżeli nadal będzie bezwietrznie i morze będzie spokojne, zdoła dotrzeć do celu.

Kierując się za linię żaglówek i fal przybojowych, spoglądała spod zmrużonych powiek na południe w poszukiwaniu barki, na której mieszkała poznana wcześniej para, ale kontury odległych obiektów były niewyraźne, a zresztą o tak późnej porze oboje najprawdopodobniej już spali. Nie zmieniła kursu, płynąc szybko poza zakotwiczonymi jachtami w głąb okrągłego brzucha zatoki.

Usłyszała za sobą krótki plusk i odwróciła się, by niespełna pięć metrów dalej ujrzeć czarną głowę foki pospolitej. Czekała, aż foka się zanurzy, ale zwierzę zostało i gapiło się na nią. Odwróciła się i znowu zaczęła wiosłować w kierunku wyspy, a foka przez krótki czas podążała za nią, jakby także pragnęła zobaczyć to, co chciała obejrzeć dziwna istota w kajaku. Mae zastanawiała się przez chwilę, czy zwierzę popłynie za nią aż do celu, czy też zmierza do skał w pobliżu wyspy, gdzie przejeżdżając mostem nad zatoką, wielokrotnie widywała wygrzewające się w słońcu foki. Kiedy jednak znowu się odwróciła, foki nie było.

Powierzchnia wody pozostała gładka nawet wtedy, gdy Mae zapuściła się jeszcze dalej w głąb zatoki. Tam, gdzie zazwyczaj wystawiona na wiatry znad oceanu woda zaczynała kipieć, tej nocy była zupełnie spokojna i Mae nadal posuwała się szybko naprzód. W ciągu dwudziestu minut znalazła się w połowie drogi, tak jej się w każdym razie zdawało. Dystansu nie dało się ocenić, zwłaszcza w nocy, lecz wyspa rosła w oczach i widać już było fragmenty skał, z których istnienia nie zdawała sobie sprawy. Dostrzegła coś odblaskowego u góry, księżyc odlał to w błyszczącym srebrze. Na czarnym piasku brzegu ujrzała resztki czegoś, co z pewnością było kiedyś oknem. Z cieśniny Golden Gate dobiegł ją daleki dźwięk rogu mgłowego. Pomyślała, że mgła musi być tam gęsta, mimo że w miejscu, w którym się znalazła, zaledwie kilka kilometrów dalej, noc była bezchmurna, a księżyc jasny i niemal idealnie okrągły. Jego odbity w lustrze wody blask był nieziemski i tak jasny, że Mae musiała zmrużyć oczy. Pomyślała o skałach koło wyspy, gdzie kiedyś widziała foki i lwy morskie. Czy będą tam teraz i czy uciekną, zanim dopłynie? Od zachodu nadciągnęła bryza, spływający ze wzgórz wiatr znad Pacyfiku. Mae siedziała przez chwilę nieruchomo, oceniając jego siłę. Jeśli stanie się silniejszy, będzie musiała zawrócić. Miała teraz bliżej do wyspy niż do przystani, ale gdyby morze się choć trochę wzburzyło, sama w kajaku, bez kamizelki, nie byłaby w stanie sprostać niebezpieczeństwu. Wiatr ucichł jednak równie szybko, jak się pojawił.

Głośny pomruk sprawił, że skierowała wzrok na północ. Zmierzał ku niej jakiś statek, coś w rodzaju holownika. Na dachu kabiny dostrzegła światła, białe oraz czerwone, i już wiedziała, że to jakiś kuter patrolowy, przypuszczalnie Straż Przybrzeżna, i są na tyle blisko, by mogli ją zobaczyć. Gdyby pozostała wyprostowana, szybko zdradziłaby swą obecność. Rozpłaszczyła się na dnie kajaka w nadziei, że gdy zauważą bryłę kajaka, uznają, że to jakaś skała, bierwiono, foka bądź po prostu szeroka czarna fala przecinająca mieniącą się srebrem taflę zatoki. Jęk silnika stał się głośniejszy i Mae była pewna, że wkrótce zaleje ją jasne światło, lecz kuter przemknął obok i pozostała niezauważona.

Ostatni odcinek dzielący ją od wyspy pokonała tak szybko, że zaczęła wątpić w swoje wyczucie odległości. Najpierw miała wrażenie, że jest w najlepszym razie w połowie dystansu, a chwilę później pędziła ku plaży na wyspie, jakby pchał ją silny wiatr. Zeskoczyła z dziobu do lodowatej wody. W pośpiechu ciągnęła swój środek transportu na brzeg, dopóki cały nie znalazł się na piasku. Pamiętając, jak kiedyś szybki przypływ omal nie porwał jej kajaka, obróciła go równolegle do brzegu i z obu stron kadłuba położyła duże kamienie.

Wyprostowała się, dysząc ciężko, czując się silna jak olbrzym. Jakie to dziwne, że tu jestem, pomyślała. W pobliżu znajdował się most i przejeżdżając nim wcześniej dziesiątki razy, nigdy nie widziała na wyspie nikogo, ani ludzi, ani zwierząt. Nikt nie miał odwagi tu przypłynąć lub nie zawracał sobie tym głowy. Skąd wzięła się u niej aż taka ciekawość? Pomyślała, że był to jedyny, a w każdym razie najlepszy sposób, by się tu znaleźć. Marion nie chciałaby, żeby Mae wypływała tak daleko, i pewnie posłałaby motorówkę, żeby ją odnaleźć i ściągnąć z powrotem. A czy Straż Przybrzeżna nie odwodziła wciąż ludzi od takich pomysłów? Czyżby to była prywatna wyspa? Wszystkie te pytania i obawy nie miały teraz znaczenia, ponieważ było ciemno, nikt jej nie widział i nikt się nie dowie, że tu była. Ale ona będzie wiedziała.

Ruszyła wzdłuż brzegu. Plaża okalała prawie całą południową stronę wyspy, a potem ustępowała miejsca urwistemu klifowi. Mae spojrzała w górę; nie dostrzegła żadnego oparcia dla nóg, a poniżej były spienione fale, wróciła więc tą samą drogą. Okazało się, że zbocze wzgórza jest nierówne i kamieniste, a brzeg właściwie niczym się nie wyróżnia. Dostrzegła gruby pas wodorostów z pancerzami krabów oraz wyniesionymi na brzeg szczątkami i zanurzyła w nich palce. Blask księżyca wydobywał z glonów widoczne wcześniej zielonkawe światło, dodając tęczowy połysk, jakby ktoś podświetlał je od spodu. Przez chwilę miała wrażenie, że znalazła się na jakimś księżycowym akwenie, z paletą barw dobraną w dziwnie przewrotny sposób. To, co powinno być zielone, wydawało się szare, to, co powinno być niebieskie, miało kolor srebra. Nigdy wcześniej czegoś takiego nie widziała. I w momencie gdy o tym pomyślała, kątem oka ujrzała nad Pacyfikiem spadającą gwiazdę. Dotąd widziała taki meteoryt tylko raz i nie mogła mieć pewności, czy jest właśnie świadkiem tego samego zjawiska – świetlistego łuku znikającego za czarnymi wzgórzami. Czymże innym jednak mogło to być? Siedziała przez chwilę na plaży, wpatrując się w ten sam punkt na niebie, jakby mogła z niego spaść jeszcze jedna gwiazda lub cały deszcz meteorytów.

Wiedziała jednak, że opóźnia tylko to, co najbardziej pragnęła zrobić, czyli wspinaczkę na wierzchołek niewysokiej skały, do której teraz się przymierzała. Nie prowadziła nań żadna ścieżka, co bardzo ją ucieszyło – nikt lub prawie nikt nie był nigdy w tym miejscu – i szła, przytrzymując się rękami kęp trawy oraz korzeni i opierając stopy na wystających tu i ówdzie głazach. Zatrzymała się raz, odkrywszy w zboczu dużą, niemal idealnie okrągłą i prawie idealnie czystą norę. Zapewne stanowiła siedlisko jakiegoś zwierzęcia, trudno było jednak ocenić, jakie to mogło być zwierzę. Wyobraziła sobie kryjówki królików i lisów, węży, kretów i myszy, bo każde z nich pasowało do tego miejsca, a potem kontynuowała marsz, coraz wyżej i wyżej. Wspinaczka nie była trudna. Po kilku minutach znalazła się na szczycie, dołączając do samotnej sosny, niewiele wyższej niż Mae. Stanęła obok i chwytając się dla równowagi jej szorstkiego pnia, obróciła dokoła. Zobaczyła maleńkie białe okna budynków odległego miasta. Przyglądała się, jak niski tankowiec unosi konstelację czerwonych świateł w głąb Pacyfiku.

Nagle wydało jej się, że plaża znajduje się daleko w dole, i poczuła lekkie zdenerwowanie. Mając teraz lepszy widok na focze skały, spojrzała na wschód i zobaczyła tam kilkanaście tych morskich ssaków, wylegujących się i śpiących. Popatrzyła na biegnący powyżej most, mniejszy od Golden Gate, po którym o północy nadal płynął biały nieprzerwany strumień samochodów, i zastanawiała się, czy ktoś widzi jej sylwetkę na tle srebrzystej zatoki. Przypomniała sobie, co powiedział kiedyś Francis: że nie wiedział, że pod tym mostem w ogóle jest jakaś wyspa. Większość kierowców i ich pasażerów nie patrzyła więc na nią, nie miała bladego pojęcia o jej istnieniu.

Potem, nadal trzymając chudy pień sosny, na górnych konarach drzewa zauważyła gniazdo. Nie miała odwagi go dotknąć, wiedząc, że zaburzy ptasią harmonię zapachów i naruszy delikatną konstrukcję, ale strasznie chciała sprawdzić, co jest w środku. Stanęła na kamieniu, próbując znaleźć się nad gniazdem, zajrzeć do niego, ale nie mogła wspiąć się na tyle wysoko, by dobrze widzieć. Czy może tylko na chwilę podnieść gniazdo, ściągnąć je, żeby na nie zerknąć? Przecież może, nieprawdaż? A potem odłoży je na miejsce. Nie. Wiedziała wystarczająco dużo, by mieć świadomość, że to niemożliwe. Gdyby tak zrobiła, zniszczyłaby wszystko, co znajdowało się w środku.

Usiadła twarzą w stronę południa, gdzie widać było światła, mosty oraz czarne i puste wzgórza odgradzające zatokę od oceanu. Słyszała kiedyś, że kilka milionów lat temu wszystko to zalewała woda. Wszystkie te przylądki i wyspy znajdowały się tak głęboko pod jej powierzchnią, że ledwie odznaczały się na dnie oceanu. Po drugiej stronie srebrzystej zatoki dostrzegła kilka ptaków, czapli śnieżnych bądź białych, szybujących nisko w drodze na północ. Siedziała przez pewien czas, z coraz większą pustką w głowie. Myślała o lisach, które mogą znajdować się poniżej, o krabach, które mogą się ukrywać pod kamieniami na brzegu, o ludziach podróżujących samochodami, które przejeżdżały mostem, o ludziach na holownikach i tankowcach, przybijających do portu lub wypływających w morze, o wszystkich, którzy już wszystko widzieli. Próbowała odgadnąć, jakie istoty, wytrwale dążąc do celu bądź dryfując, żyją w tych głębokich wodach, ale nie rozmyślała zbyt długo o żadnej z nich. Wystarczyło zdawać sobie sprawę z tysięcy możliwych kombinacji w otaczającym ją świecie i czerpać pocieszenie ze świadomości, że jej wiedza o nim nigdy nie będzie, i tak naprawdę nie może być, duża.

Gdy Mae wróciła na plażę przy wypożyczalni, z początku wyglądało na to, że nic się tam nie zmieniło. Nie widać było żywego ducha, a przyćmione światło w przyczepie Marion miało – jak wcześniej – różowy kolor.

Mae zeskoczyła na brzeg, zapadając się z cichym szmerem w mokrym piasku, i zaczęła wyciągać kajak na plażę. Bolały ją nogi, więc zatrzymała się, puściła kajak i się przeciągnęła. Z rękami nad głową spojrzała w stronę parkingu i ujrzała swój samochód. Obok stało jednak teraz jeszcze jedno auto. I w chwili gdy przyglądała się temu drugiemu samochodowi, zastanawiając się, czy Marion wróciła do wypożyczalni, oślepiło ją białe światło.

– Zostać na miejscu! – zagrzmiał czyjś głos.

Odruchowo odwróciła się od światła.

Głos rozległ się znowu, tym razem pobrzmiewała w nim złość.

– Nie ruszać się!

Mae zastygła w bezruchu, zaskoczona, martwiąc się przez chwilę, jak długo zdoła wytrzymać w takiej pozycji, ale nie było takiej potrzeby. Dopadły ją znienacka dwie zjawy, wykręciły jej brutalnie do tyłu ręce i zakuły w kajdanki.

Siedziała z tyłu radiowozu, a policjanci, teraz już spokojniejsi, oceniali, czy to, co im mówi – że stale wypożycza tutaj kajaki, że jest zapisana do wypożyczalni i tylko spóźniła się z oddaniem kajaka – może być prawdą. Skontaktowali się z Marion telefonicznie, a ona potwierdziła, że Mae jest jej klientką. Kiedy jednak zapytali, czy Mae wypożyczała tego dnia kajaki i po prostu się spóźniła ze zwrotem, Marion powiedziała, że zaraz będzie na miejscu, i się rozłączyła.

Przyjechała dwadzieścia minut później. Siedziała na fotelu pasażera w starym czerwonym pick-upie, brodacz za kierownicą wyglądał na zdumionego i wkurzonego. Mae, widząc, jak Marion podchodzi chwiejnym krokiem do radiowozu, zdała sobie sprawę, że oboje z brodatym mężczyzną najprawdopodobniej pili. On nadal siedział w samochodzie i wydawało się, że postanowił go nie opuszczać.

Gdy Marion zmierzała w ich kierunku, Mae napotkała jej wzrok i wydawało się, że właścicielka wypożyczalni, widząc ją z tyłu radiowozu, w kajdankach, natychmiast wytrzeźwiała.

– Och, Chryste Panie – powiedziała, podchodząc w pośpiechu do Mae, i odwróciła się do policjantów. – To Mae Holland. Nasza stała klientka. Ma sprzęt do swojej dyspozycji. Jak to się, u diabła, stało? Co tu się dzieje?

Policjanci wyjaśnili, że otrzymali z dwóch odrębnych źródeł zawiadomienie o możliwej kradzieży.

– Zadzwonił do nas obywatel, który nie chce ujawniać swojej tożsamości. A drugie ostrzeżenie przyszło z jednej z pani kamer, pani Lefebvre.

Tej nocy Mae prawie nie spała. Podniesiony poziom adrenaliny sprawił, że myśli tłukły się jej po głowie przez całą noc. Jak mogła być taka głupia? Przecież nie jest złodziejką. A gdyby Marion nie uratowała jej skóry? Mogła wszystko stracić. Zadzwoniono by do rodziców w sprawie kaucji, straciłaby swą pozycję w Circle. Wcześniej nigdy nie otrzymała nawet mandatu za przekroczenie prędkości, nigdy nie była w jakichkolwiek tarapatach, a teraz kradła kajak wartości tysiąca dolarów.

Ale sprawa została zamknięta, a Marion nalegała nawet, gdy się żegnały, by Mae nie zrywała z nią kontaktów.

– Wiem, że będziesz czuła się zakłopotana, ale chcę, żebyś tu wróciła. Jeśli tego nie zrobisz, odnajdę cię. – Wiedziała, że Mae wstydzi się tak strasznie i jest tak bardzo zażenowana, że nie zechce pokazywać się jej na oczy.

Gdy obudziła się jednak po kilku godzinach przerywanego snu, miała dziwne poczucie wyzwolenia, jakby ocknęła się z koszmaru, by sobie uświadomić, że się nie wydarzył. Z czystym kontem poszła do pracy.

Zalogowała się o wpół do dziewiątej. Jej poziom partycypacji wynosił 1892. Pracowała do południa w niezwykłym skupieniu, możliwym przez kilka godzin po w dużej mierze nieprzespanej nocy. Co jakiś czas nachodziły ją wspomnienia z poprzedniego wieczoru – srebrzysta tafla cichej wody, samotna sosna na wyspie, oślepiające światło radiowozu, plastikowa woń jego wnętrza, idiotyczna rozmowa z Mercerem – kiedy jednak zaczęły się zacierać, same lub przy jej usilnych staraniach, otrzymała na drugim ekranie wiadomość od Dana: *Przyjdź, proszę, jak najszybciej do mojego gabinetu. Jared cię zastąpi.*

Pobiegła tam i gdy dotarła na próg jego gabinetu, Dan już stał, gotowy. Jego twarz wyrażała zadowolenie, że nie zwlekała. Zamknął drzwi i oboje usiedli.

– Wiesz, o czym chcę porozmawiać?

Czy to miał być test na jej prawdomówność?

– Przykro mi, ale nie wiem – spróbowała skłamać.

Dan zmrużył oczy i rzekł:

– Masz ostatnią szansę.

– Chodzi o zeszłą noc? – zapytała. Gdyby Dan nie wiedział o interwencji policji, mogłaby wymyślić coś innego, coś, co zdarzyło się po godzinach.

– Owszem, to bardzo poważna sprawa.

A więc wiedział. Boże święty, wiedział. W zakamarkach jej umysłu kryła się świadomość, że firma musi mieć jakieś pogotowie powiadamiające jej szefów, ilekroć jeden z jej pracowników zostaje oskarżony bądź przesłuchany przez policję. Tylko tak dało się to wytłumaczyć.

– Przecież nie wniesiono oskarżenia. Marion wszystko wyjaśniła.

– Marion to właścicielka tej wypożyczalni?

– Tak.

– Oboje wiemy jednak, że zostało popełnione przestępstwo, prawda?

Mae nie wiedziała, co powiedzieć.

– Oszczędzę ci niepewności. Wiedziałaś, że pracownik Circle, Gary Katz, umieścił na tej plaży kamerę SeeChange?

Żołądek podjechał jej do gardła.

– Nie wiedziałam.

– I że syn właścicielki, Walt, też jedną zainstalował?

– Nie.

– Dobra, przede wszystkim samo w sobie jest to niepokojące. Pływasz czasem kajakiem, prawda? Widzę na twoim profilu, że jesteś kajakarką. Josiah i Denise twierdzą, że odbyliście na ten temat ciekawą rozmowę.

– Rzeczywiście czasem pływam. Ale od ostatniego razu minęło trochę czasu.

– Jednak o tym, by sprawdzić warunki pogodowe w SeeChange, nie pomyślałaś?

– Nie. Powinnam. Ale ilekroć idę popływać, decyzję podejmuję naprawdę spontanicznie. Ta plaża jest po drodze z domu moich rodziców, więc...

– Byłaś wczoraj u rodziców? – powiedział Dan tonem, który wyraźnie wskazywał, że jeśli Mae to potwierdzi, wpadnie w jeszcze większą złość.

– Tak. Na kolacji.

Dan wstał i odwrócił się od niej. Słyszała jego oddech, serię gniewnych prychnięć.

Wyraźnie czuła, że lada moment zostanie zwolniona. I wtedy przypomniała sobie o swojej przyjaciółce. Czy Annie mogła ją ocalić? Nie tym razem.

– No dobra – rzekł Dan. – Zatem jedziesz do domu, tracąc sporo zajęć tutaj, a gdy wracasz, zatrzymujesz się przy wypożyczalni, po godzinach. Tylko mi nie mów, że nie wiedziałaś, że jest zamknięta.

– Tak myślałam, ale po prostu chciałam się upewnić.

– I gdy ujrzałaś kajak za ogrodzeniem, po prostu postanowiłaś go zabrać.

– Pożyczyć. Jestem członkiem tej wypożyczalni.

– Widziałaś zapis wideo?

Włączył swój ekran ścienny. Mae zobaczyła wyraźny, oświetlony blaskiem księżyca obraz plaży z szerokokątnej kamery. Krótki opis u dołu ekranu wskazywał, że film nakręcony został o 22:14.

– Nie sądzisz, że obraz z takiej kamery by ci się przydał? – zapytał. – Chociażby do sprawdzania warunków pogodowych? – Nie czekając na odpowiedź, dodał: – Obejrzyjmy cię na tym filmie. – Przewinął nagranie kilka sekund do przodu i Mae zobaczyła, że na plaży pojawia się jej niewyraźna postać. Wszystko było bardzo czytelne – jej zaskoczenie na widok kajaka, chwile wahania i wątpliwości, a potem szybkie wodowanie i wypłynięcie poza kadr.

– W porządku – stwierdził Dan – jak widać, to dość oczywiste, że wiedziałaś, że robisz coś złego. Tak nie zachowuje się ktoś, kto ma stałą umowę z Marge czy kimkolwiek. I cieszę się, że uzgodniłyście wersję wydarzeń i nie zostałaś aresztowana, bo to uniemożliwiłoby ci dalszą pracę w Circle. Przestępcy tu nie pracują. Ale i tak, szczerze mówiąc, wszystko to przyprawia mnie o mdłości. Kłamstwa i rzeczy budzące niechęć. Już sam fakt, że muszę się tym zajmować, jest zdumiewający.

Mae znowu odniosła wyraźne wrażenie, że właśnie jest zwalniana, dało się to wyczuć w powietrzu. Gdyby jednak tak było, to Dan nie poświęcałby jej chyba tyle czasu. I czy zwolniłby kogoś, kogo zatrudniła Annie, która była na wyższym niż on szczeblu w firmowej hierarchii? Gdyby miała dowiedzieć się od kogoś o wypowiedzeniu, to tą osobą byłaby sama Annie. Siedziała więc, licząc na to, że rozmowa zmierza do czegoś innego.

– A czego tu brakuje? – zapytał, wskazując na zastygły w bezruchu obraz Mae wsiadającej do kajaka.

– Nie wiem.

– Naprawdę nie wiesz?

– Zgody na korzystanie z kajaka?

– Oczywiście – rzekł szorstko. – Ale czego jeszcze?

Mae pokręciła głową.

– Przykro mi, ale nie wiem.

– Nigdy nie nosisz kamizelki ratunkowej?

– Owszem, noszę. Ale kamizelki były po drugiej stronie ogrodzenia.

– A gdyby, Boże uchowaj, coś ci się tam stało, jak czuliby się twoi rodzice? Jak czułaby się Marge?

– Marion.

– Jak ona by się czuła, Mae? Jej firma z dnia na dzień plajtuje. Ona jest skończona. Wszyscy, którzy dla niej pracują, tracą pracę. Plaża zostaje zamknięta. Pływanie kajakiem w zatoce, jako branża, upada. A wszystko to przez twoją beztroskę oraz, wybacz mi obcesowość, przez twój egoizm.

– Wiem – powiedziała Mae, mając bolesną świadomość, że to prawda. Była egoistką. Myślała wyłącznie o zaspokojeniu własnych pragnień.

– To smutne, bo przecież czynisz tak duże postępy. Twój poziom partycypacji wynosił już aż 1668. Współczynnik konwersji i czysta sprzedaż lokują cię w górnym kwartylu. A teraz to. – Dan westchnął teatralnie. – Chociaż to wszystko jest bardzo przygnębiające, to dla nas okazja do nauki. Może to być lekcja, która zmieni coś w twoim życiu. Dzięki temu żenującemu epizodowi masz szansę poznać samego Eamona Baileya.

Mae wydała stłumiony, acz słyszalny okrzyk.

– Tak. Eamon zainteresował się tą sprawą, widząc, jak bardzo pokrywa się z jego zainteresowaniami oraz ogólnymi celami Circle. Chciałabyś z nim na ten temat porozmawiać?

– Tak – zdołała wykrztusić Mae. – Oczywiście.

– Dobrze. Eamon pragnie cię poznać. Dziś wieczorem o szóstej zostaniesz zaprowadzona do jego biura. A tymczasem zbierz myśli.

W głowie Mae rozbrzmiewały słowa samopotępienia. Nienawidziła samej siebie. Jak mogła to zrobić, jak mogła ryzykować utratę pracy, postawić w kłopotliwej sytuacji najlepszą przyjaciółkę i narazić ojca na problemy z ubezpieczeniem zdrowotnym? Zachowała się jak kretynka, to jasne, ale czy nie cierpi również na jakiś rodzaj schizofrenii? Co ją opętało poprzedniej nocy? Kto robi coś takiego? Jej umysł spierał się sam ze sobą, gdy ona pracowała gorączkowo, próbując dowieść swojego zaangażowania. Załatwiła 140 zapytań od klientów, pobijając swój dotychczasowy rekord, i w tym czasie odpowiedziała na 1129 pytań sondażowych oraz dbała o to, by nowicjusze osiągnęli zakładany poziom. Łączna ocena jej grupy wyniosła 98 punktów i Mae była z tego dumna, chociaż wiedziała, że pomógł w tym szczęśliwy traf oraz Jared – który wiedział, co się z nią dzieje, i zapowiedział, że jej pomoże. O piątej po południu zsyp został zamknięty i Mae przez trzy kwadranse popracowała nad swoim poziomem partycypacji, podnosząc go z 1827 do 1430, co wymagało zamieszczenia 344 komentarzy oraz wpisów i przesłania niemal tysiąca uśmiechów oraz wyrazów dezaprobaty. Przerobiła 38 ważnych tematów i 44 pośledniejsze, a jej czysta sprzedaż wyniosła 24 050 dolarów. Była pewna, że zostanie to zauważone i docenione przez Baileya, który spośród Trzech Mędrców przykładał największą wagę do poziomu partycypacji.

Za kwadrans szósta ktoś wykrzyknął jej imię. Uniosła wzrok i ujrzała w drzwiach jakąś nieznaną jej postać, mężczyznę około trzydziestki. Spotkała się z nim w progu.

– Mae Holland?
– Tak.
– Dontae Peterson. Pracuję u Eamona. Poprosił, bym przyprowadził cię do jego biura. Jesteś gotowa?

Poszli tą samą drogą, którą wcześniej przeszła w towarzystwie Annie, i Mae zdała sobie sprawę, że mężczyzna nie wie, iż była już w biurze Baileya. Annie nigdy nie zobowiązała jej do zachowania tego w tajemnicy, lecz fakt, że Peterson o tym nie wiedział, świadczył o tym, że nie był tego świadomy również Bailey i że nie powinna sama się z tym zdradzać.

Gdy znaleźli się w długim szkarłatnym korytarzu, Mae była mokra od potu. Czuła, jak jego strużki ściekają jej spod pach do pasa. Nie czuła stóp.

– Tutaj wisi zabawny portret Trzech Mędrców – rzekł Dontae, gdy przystanęli przed drzwiami. – Namalowała go siostrzenica Baileya.

Mae udała, że jest zaskoczona i zachwycona jego prymitywizmem oraz surową przenikliwością autorki.

Dontae chwycił za dużą kołatkę w kształcie gargulca i zastukał. Drzwi się otworzyły i pustą przestrzeń za progiem wypełniła uśmiechnięta twarz Baileya.

– Witam – rzekł. – Cześć, Dontae, cześć Mae! – Uśmiechnął się szerzej, zadowolony z rymu. – Wejdźcie.

Miał na sobie spodnie khaki i białą koszulę z przypinanym kołnierzykiem; wyglądał, jakby wyszedł prosto spod prysznica. Mae podążyła za jego spojrzeniem, gdy ogarnął wzrokiem pokój, drapiąc się po karku, jakby był niemal zażenowany tym, że tak dobrze udało mu się go urządzić.

– A to mój ulubiony pokój. Widziało go naprawdę niewiele osób. Nie żebym go ukrywał czy coś takiego, ale brak czasu nie pozwala mi na oprowadzanie gości i tym podobne rzeczy. Widziałaś wcześniej coś takiego?

Mae chciała, ale nie potrafiła się przyznać, że już tu była.

– Nigdy w życiu – odparła.

W tym momencie z twarzą Baileya coś się stało, pojawił się jakiś skurcz, który sprawił, że lewy kącik oka i lewy kącik ust jakby się do siebie zbliżyły.

– Dziękuję, Dontae – rzekł Mędrzec.

Peterson się uśmiechnął i wyszedł, zamykając za sobą masywne drzwi.

– A więc, Mae. Herbaty? – Bailey stał przed zabytkowym serwisem, ze srebrnego dzbanka wydobywała się wąska spiralna smuga pary.

– Bardzo proszę.

– Zielona, czarna? – zapytał z uśmiechem. – Earl grey?

– Zielona, dzięki. Ale naprawdę nie trzeba.

Bailey zajął się przygotowywaniem poczęstunku.

– Od dawna znasz naszą kochaną Annie? – zapytał, ostrożnie nalewając herbatę do filiżanek.

– Tak. Od drugiego roku studiów. To już pięć lat.

– Pięć lat! Czyli ile, z jedną trzecią twojego życia?

Mae wiedziała, że trochę zaokrąglił wynik swoich obliczeń, ale cicho się zaśmiała.

– Mniej więcej. Szmat czasu.

Bailey wręczył jej filiżankę na spodku i dał znak, żeby usiadła. W gabinecie były dwa fotele, obydwa wyściełane skórą.

Opadł na swoje miejsce z głośnym westchnieniem i oparł kostkę jednej nogi na kolanie drugiej.

– Cóż, Annie jest dla nas bardzo ważna, tak więc ty też jesteś ważna. Mówi o tobie tak, jakbyś mogła stać się bardzo cennym nabytkiem dla naszej społeczności. Myślisz, że to prawda?

– Że mogłabym być cennym nabytkiem?

Skinął głową, po czym podmuchał na herbatę. Patrzył nieruchomo na Mae znad filiżanki. Mae napotkała jego spojrzenie, po czym, przytłoczona, już po chwili odwróciła wzrok, po to tylko, by znowu natrafić na jego twarz, tym razem na oprawionej fotografii stojącej nieopodal na półce. Był to oficjalny czarno-biały portret rodziny Baileya; trzy córki stały koło rodziców. Ubrany w dres syn Baileya siedział na kolanach ojca, z figurką Iron Mana w dłoni.

– Cóż, mam nadzieję – powiedziała Mae. – Staram się ze wszystkich sił. Uwielbiam Circle i nie potrafię wyrazić, jak bardzo doceniam szansę, którą tu dostałam.

Bailey się uśmiechnął.

– Bardzo dobrze. Powiedz mi zatem, jak się czujesz po tym, co się wczoraj stało? – Zadał to pytanie tak, jakby był naprawdę ciekaw, jakby jej odpowiedź mogła przybrać najróżniejszą postać.

Mae stanęła teraz na pewnym gruncie. Wszystko było jasne i klarowne.

– Okropnie – odparła. – Prawie nie spałam. Ze wstydu chce mi się rzygać. – Gdyby rozmawiała ze Stentonem, nie użyłaby tego słowa, ale uznała, że Bailey potrafi docenić tę rubaszność.

Uśmiechnął się niemal niedostrzegalnie i przeszedł do kolejnego pytania.

– Pozwól, że cię o coś zapytam. Czy gdybyś wiedziała o kamerach SeeChange na przystani, zachowałabyś się inaczej?

– Tak.

Bailey pokiwał głową ze zrozumieniem.

– W porządku. Jak?

– Nie zrobiłabym tego, co zrobiłam.

– A to dlaczego?

– Dlatego, że zostałabym przyłapana.

Bailey przechylił głowę.

– I to wszystko?

– Cóż, nie chciałabym, żeby ktoś widział, jak to robię. To nie było właściwe. To żenujące.

Bailey odstawił filiżankę na stolik obok fotela i położył delikatnie splecione dłonie na kolanach.

– Czy zatem, ogólnie rzecz biorąc, powiedziałabyś, że zachowujesz się inaczej, gdy wiesz, że jesteś obserwowana?

– Jasne. Oczywiście.

– I gdy wiesz, że ktoś pociągnie cię do odpowiedzialności za to zachowanie.
– Tak.
– I gdy będzie zapis archiwalny. To znaczy, gdy informacje o twoim zachowaniu będą stale dostępne. I na przykład film ukazujący twoje zachowanie będzie istniał po wsze czasy.
– Tak.
– Dobrze. A czy pamiętasz moją prelekcję z początku lata na temat ostatecznego celu SeeChange?
– Wiem, że gdyby kamery były wszędzie, wyeliminowałoby to większość przestępstw.

Bailey sprawiał wrażenie zadowolonego.

– Zgadza się. Tak jest. Zwykli obywatele, tacy jak, w tym przypadku, Gary Katz i Walt Lefebvre, pomagają zapewnić nam wszystkim bezpieczeństwo, ponieważ poświęcili czas na zainstalowanie swoich kamer. Przestępstwo w tym wypadku było drobne i dzięki Bogu obyło się bez ofiar. Ty żyjesz. Firma Marion i branża kajakowa w ogóle nie ucierpiały. Ale jeden wieczór, podczas którego pofolgowałaś swemu egoizmowi, mógł temu wszystkiemu zagrozić. Jeden postępek może mieć niemal nieograniczone reperkusje. Zgadzasz się ze mną?

– Tak. Wiem. To było horrendalne. – Mae znowu poczuła, że jest niezwykle krótkowzroczna i wielokrotnie naraziła na szwank wszystko, co otrzymała od Circle. – Panie Bailey, nie mogę uwierzyć, że to zrobiłam. Wiem też, że zastanawia się pan, czy tutaj pasuję. Chcę tylko, żeby pan wiedział, jak bardzo cenię sobie moją pozycję w firmie i pańską wiarę we mnie. I chcę to uszanować. Zrobię wszystko, żeby to panu wynagrodzić. Poważnie. Wezmę na siebie dodatkowe obowiązki, zrobię cokolwiek. Niech pan tylko powie, co to miałoby być.

Rozbawiony Bailey uśmiechnął się szeroko.

– Mae, nie grozi ci utrata posady. Jesteś tu na dobre. Annie również. Przepraszam, jeśli choć przez chwilę sądziłaś, że może być inaczej. Nie chcemy, by którakolwiek z was odeszła.

– Bardzo mi miło to słyszeć. Dziękuję – powiedziała Mae, teraz serce waliło jej jednak jeszcze mocniej.

Bailey się uśmiechnął, kiwając głową, jakby był szczęśliwy i odczuwał ulgę, że to wszystko zostało wyjaśnione.

– Nie sądzisz jednak, że ten epizod niesie z sobą bardzo ważną naukę? – Pytanie to wydawało się retoryczne, ale Mae i tak skinęła głową. – Kiedy tajemnica jest czymś dobrym? – dodał.

Mae potrzebowała kilku sekund do namysłu.

– Gdy chroni czyjeś uczucia.

– Na przykład?

– Cóż... – szukała właściwej odpowiedzi. – Powiedzmy, że wiemy, że chłopak naszej przyjaciółki oszukuje ją, ale...

– Ale co? Nie mówisz o tym przyjaciółce?

– No dobrze, to nie jest dobry przykład.

– Mae, cieszysz się, gdy twoja przyjaciółka coś przed tobą zataja?

Mae pomyślała o wielu drobnych kłamstwach, którymi niedawno uraczyła Annie. Kłamstwach nie tylko w mowie, ale i na piśmie, kłamstwach uwiecznionych i niezaprzeczalnych.

– Nie, ale rozumiem, gdy musi to robić.

– To ciekawe. Przypominasz sobie sytuację, gdy się cieszyłaś, że jedna z twoich przyjaciółek coś przed tobą zataiła?

Mae nie mogła sobie niczego takiego przypomnieć.

– Nie w tej chwili. – Zrobiło jej się niedobrze.

– W porządku – zauważył Bailey. – Tymczasem nie potrafimy wymienić przykładów dobrych tajemnic między przyjaciółmi. Przejdźmy do rodzin. Czy w rodzinie sekret to dobra rzecz? Czy, teoretycznie, myślisz czasem: *Czyż nie byłoby wspaniale mieć przed moją rodziną jakieś tajemnice?*

Mae pomyślała o wielu rzeczach, które rodzice prawdopodobnie przed nią ukrywali – o różnych upokorzeniach, które spotykały jej rodziców z powodu choroby ojca.

– Nie – odparła.

– Żadnych tajemnic w rodzinie?

– Właściwie to nie wiem – odparła Mae. – Na pewno są sprawy, o których nie chcemy mówić rodzicom.
– Czy twoi rodzice c h c i e l i b y wiedzieć o tych sprawach?
– Być może.
– Pozbawiasz ich więc czegoś, czego pragną. To jest dobre?
– Nie, ale może lepsze dla wszystkich.
– Lepsze dla ciebie. Lepsze dla strażnika tajemnicy. Jakiś mroczny sekret lepiej przed rodzicami ukryć. Czy to sekret dotyczący jakiejś wspaniałej rzeczy, którą zrobiłaś? Może wiedza o tym wniosłaby po prostu zbyt wiele radości w życie twoich rodziców?
Mae się zaśmiała.
– Nie. Najwyraźniej tajemnica jest czymś, czego nie chcemy im wyjawiać, ponieważ wstydzimy się za siebie bądź chcemy oszczędzić im świadomości, że daliśmy plamę.
– Zgadzamy się jednak, że chcieliby wiedzieć?
– Owszem.
– A czy mają do tego prawo?
– Chyba tak.
– W porządku. Możemy się więc zgodzić, że mówimy o sytuacji, w której, w idealnym świecie, nie będziesz robić nic, co wstydziłabyś się wyjawić rodzicom?
– Oczywiście. Ale są też inne rzeczy, których mogliby nie zrozumieć.
– Ponieważ sami nie byli synami ani córkami?
– Nie, ale…
– Mae, masz jakichś krewnych lub przyjaciół, którzy są gejami?
– Jasne.
– A wiesz, jak bardzo świat zmienił się dla gejów po tym, jak zaczęli ujawniać swoje skłonności?
– Mogę sobie wyobrazić.
Bailey wstał i zajął się serwisem do herbaty. Dolał sobie oraz Mae i znowu usiadł.
– No nie wiem. Jestem z pokolenia, które zmagało się z proble-

mem ujawnienia orientacji seksualnej. Mój brat jest gejem i przyznał się do tego ojcu i matce dopiero, gdy miał dwadzieścia cztery lata. Wcześniej omal go to nie zabiło. Był to jątrzący się i rosnący w nim dzień po dniu wrzód. Czemu jednak mój brat myślał, że lepiej będzie tego nie ujawniać? Gdy powiedział naszym rodzicom, przyjęli to niemal zupełnie obojętnie. Cały ten dramat, całą tę tajemnicę i znaczenie swego wielkiego sekretu stworzył w swoim umyśle. A z historycznego punktu widzenia część problemu stanowili inni ludzie utrzymujący podobne sprawy w tajemnicy. Ujawnienie odmiennych skłonności seksualnych było tak trudne, dopóki nie uczyniły tego miliony innych mężczyzn i kobiet. Chyba się zgodzisz, że później stało się to o wiele łatwiejsze? Gdy miliony osób wyszły z ukrycia, homoseksualizm stał się nie jakąś tajemniczą „dewiacją", ale należącą do głównego nurtu drogą życiową. Rozumiesz?

– Tak, ale…

– I twierdzę, że w każdym miejscu na świecie, gdzie geje są nadal prześladowani, można by natychmiast osiągnąć wielki postęp, gdyby wszyscy geje i lesbijki nagle ujawnili publicznie swoją orientację seksualną. Wtedy ludzie, którzy ich prześladują, oraz wszyscy ci, którzy milcząco to popierają, zdaliby sobie sprawę, że prześladowanie ich będzie oznaczało dyskryminację co najmniej dziesięciu procent ludności, z ich synami, córkami, sąsiadami i przyjaciółmi włącznie, nawet ich własnych rodziców. Nie dałoby się tego dłużej bronić. Jedynie brak jawności umożliwia prześladowanie gejów lub innych mniejszości.

– W porządku. Wcześniej nie myślałam o tym w ten sposób.

– Nie ma sprawy – rzekł Bailey, zadowolony, i wypił łyk herbaty. Przesunął palcem po górnej wardze. – Tak więc zbadaliśmy tajemnice rodzinne i między przyjaciółmi oraz to, w jaki sposób brak jawności wpływa na prześladowanie dużych grup ludzi. Spróbujmy zatem w dalszym ciągu znaleźć jakieś uzasadnienie dla braku jawności. Przyjrzyjmy się polityce. Myślisz, że prezydent powinien mieć tajemnice przed narodem, którym rządzi?

– Nie, ale muszą być pewne rzeczy, o których nie możemy wiedzieć. Choćby z uwagi na bezpieczeństwo narodowe.

Bailey się uśmiechnął, najwyraźniej zadowolony, że powiedziała to, co spodziewał się usłyszeć.

– Naprawdę? Przypominasz sobie, jak Julian Assange ujawnił kilka milionów stron tajnych amerykańskich dokumentów?

– Czytałam o tym.

– Cóż, po pierwsze, amerykańskie władze były bardzo zaniepokojone, podobnie jak znaczna część mediów. Wiele osób uważało, że doszło do poważnego naruszenia bezpieczeństwa i stwarza to ewidentne zagrożenie dla naszych żołnierzy tutaj i za granicą. Czy pamiętasz jednak, czy jacyś żołnierze zostali naprawdę poszkodowani w wyniku opublikowania tych dokumentów?

– Nie wiem.

– Żaden. Ani jeden. To samo stało się w latach siedemdziesiątych z dokumentami Pentagonu. Po opublikowaniu tych dokumentów żaden żołnierz nie oberwał nawet odłamkiem. Pamiętam, że dowiedzieliśmy się z nich przede wszystkim, że wielu naszych dyplomatów plotkuje o przywódcach innych krajów. Miliony dokumentów, z których dało się wywnioskować głównie to, że amerykańscy dyplomaci uważali Kaddafiego z tymi jego gwardzistkami i dziwnymi nawykami kulinarnymi za świra. Jeśli już, to opublikowanie tych dokumentów po prostu zmusiło tych dyplomatów, by lepiej się zachowywali. Ostrożniej dobierali słowa.

– Ale bezpieczeństwo narodowe…

– No właśnie. W niebezpieczeństwie jesteśmy tylko wtedy, gdy nie znamy planów ani motywów działania krajów, z którymi rzekomo się nie zgadzamy. Lub wtedy, gdy one nie znają naszych zamiarów, ale się ich obawiają, prawda?

– Oczywiście.

– A gdybyśmy tak znali wzajemnie nasze zamiary? Nagle uwolniono by się od czegoś, co nazywano ryzykiem gwarancji wzajemnego zniszczenia, a zamiast niego uzyskalibyśmy gwarancję wzajemnego z a u f a n i a. Stany Zjednoczone nie działają przecież z całkowicie nikczemnych pobudek, prawda? Nie zamierzamy wymazać z mapy świata żadnego kraju. Czasem jednak podejmujemy dyskretne kroki, żeby dostać to, czego chcemy. Ale gdyby wszyscy byli i musieli być otwarci i szczerzy?

– Byłoby lepiej?

Bailey uśmiechnął się szeroko.

– Owszem. Zgadzam się – rzekł, odstawił filiżankę i położył dłonie na kolanach.

Mae wiedziała, że nie powinna na niego naciskać, ale miała niewyparzony język i zauważyła:

– Ale chyba nie uważa pan, że wszyscy powinni wszystko wiedzieć.

Bailey zrobił okrągłe oczy, jakby się ucieszył, że naprowadziła go na pomysł, który pragnął jej przedstawić.

– Oczywiście, że nie. Twierdzę jednak, że wszyscy powinni mieć p r a w o i n a r z ę d z i a ku temu, by wszystko wiedzieć. Nie starczy nam czasu, by się wszystkiego dowiedzieć, choć naprawdę bardzo tego żałuję.

Przerwał, zamyśliwszy się na chwilę, po czym skierował uwagę na Mae.

– Rozumiem, że nie byłaś zbyt zadowolona, że stałaś się przykładowym obiektem podczas urządzonego przez Gusa pokazu oprogramowania LubLub.

– Po prostu byłam zaskoczona. Nie uprzedził mnie o tym.

– To wszystko?

– No cóż, pokaz zaprezentował zafałszowany obraz mojej osoby.

– Czy przedstawione przez niego informacje były niedokładne? Popełnił jakieś błędy rzeczowe?

– Nie o to chodzi. Były... fragmentaryczne. I chyba to sprawiło, że w y d a w a ł y się nieprawidłowe. Wzięto kilka okruchów i zaprezentowano je jako mój pełny portret...

– Sprawiał wrażenie niepełnego.

– Owszem.
– Mae, bardzo się cieszę, że tak to ujęłaś. Jak wiesz, Circle samo próbuje stać się pełne. Próbujemy domknąć krąg. – Uśmiechnął się.
– Ale przypuszczam, że znasz ogólne cele tego procesu.
Mylił się.
– Tak sądzę – odparła.
– Spójrz na nasze logo – rzekł Bailey i wskazał na ekran ścienny, gdzie w tym momencie pojawił się symbol firmy. – Widzisz, że znajdujący się w środku krąg jest otwarty? Od lat nie daje mi to spokoju i stało się symbolem tego, co zostało tutaj do zrobienia, czyli domknięcia go. – Otwarty krąg na ekranie zamknął się i stał się idealnym okręgiem. – Widzisz to? Koło to najdoskonalsza figura geometryczna we wszechświecie. Nic nie może jej dorównać, nic nie może być lepsze ani doskonalsze. A tacy właśnie chcemy być: doskonali. Zatem wszystkie informacje, które nam umykają, wszystko, co nie jest dostępne, przeszkadza nam w osiągnięciu doskonałości. Rozumiesz?
– Tak – odparła Mae, chociaż nie była tego pewna.
– Jest to zgodne z naszą wizją tego, jak Circle może pomóc nam, każdemu z osobna, osiągnąć pełnię i poczuć, że nasz wizerunek w oczach innych jest kompletny… oparty o pełne informacje. Oraz uchronić nas przed poczuciem, którego sama doświadczyłaś, że nasz obraz prezentowany jest światu w zniekształconej postaci. Jak w rozbitym lustrze. Gdy patrzymy w rozbite lustro, lustro, które jest popękane bądź brakuje w nim fragmentów, co otrzymujemy?
Teraz Mae zrozumiała. Każda ocena, osąd lub obraz wykorzystujący niepełne informacje zawsze będą niewłaściwe.
– Zniekształcone i rozbite odbicie – odparła.
– Racja. A jeśli lustro jest całe?
– Widzimy wszystko.
– Lustro daje prawdziwy obraz, zgadza się?
– Oczywiście. To przecież zwierciadło. To rzeczywistość.
– Ale zwierciadło może dawać prawdziwy obraz tylko wtedy,

gdy jest całe. I sądzę, że twój problem z prezentacją oprogramowania Gusa polegał na tym, że była niepełna.
– Zgadza się.
– Zgadza się?
– Cóż, to prawda – odparła Mae. Nie była pewna, dlaczego otworzyła usta, ale te słowa padły, zanim zdołała ugryźć się w język.
– Ale i tak myślę, że są sprawy, nawet jeśli jest ich bardzo niewiele, które pragniemy zachować tylko dla siebie. Przecież wszyscy robią różne rzeczy, sami albo w sypialni, których się wstydzą.
– Czemu mieliby się ich wstydzić?
– Może nie chodzi o wstyd, lecz o sprawy, którymi nie chcą się dzielić. Może myślą, że ludzie ich nie zrozumieją. Albo zaczną ich postrzegać w inny sposób.
– Zgoda, w takiej sytuacji w końcu nastąpi jedna z dwóch rzeczy. Po pierwsze, zdamy sobie sprawę, że zachowanie, o którym mówimy, jest tak powszechne i nieszkodliwe, że nie musi być tajemnicą. Jeśli je zdemistyfikujemy, jeśli przyznamy, że jest to coś, co wszyscy robimy, wtedy nie może już szokować. Idziemy w kierunku szczerości i odchodzimy od wstydu. Albo druga i jeszcze lepsza ewentualność: jeśli my wszyscy, jako społeczeństwo, uznamy, że jest to zachowanie, którego powinniśmy raczej unikać, to fakt, iż wszyscy wiedzą lub mogą się dowiedzieć, kto się tak zachowuje, zapobiegłby takiemu zachowaniu. Jest dokładnie tak, jak powiedziałaś: nie ukradłabyś, gdybyś wiedziała, że jesteś obserwowana.
– To prawda.
– Czy ten gość w głębi korytarza oglądałby pornosy w pracy, gdyby wiedział, że jest obserwowany?
– Nie. Przypuszczam, że nie.
– Problem więc rozwiązany, zgadza się?
– Tak. Tak przypuszczam.
– Czy kiedykolwiek miałaś tajemnicę, która ciążyła ci coraz bardziej, a gdy wyszła na jaw, poczułaś się lepiej?
– Oczywiście.

– Ja też. Taka jest natura tajemnic. Skrywane, są niczym tkanka rakowata, ale po ujawnieniu zupełnie nieszkodliwe.
– Więc twierdzi pan, że nie powinno być żadnych tajemnic.
– Myślę o tym od lat i jeszcze nie wyczarowałem scenariusza, w którym tajemnica czyni więcej dobra niż zła. Tajemnice sprzyjają zachowaniom aspołecznym, niemoralnym i destrukcyjnym. Rozumiesz, jak to jest?
– Chyba tak, ale…
– Wiesz, co powiedziała mi moja żona przed wielu laty, gdy się pobraliśmy? Poradziła, bym podczas rozłąki, na przykład w czasie ewentualnej podróży służbowej, zachowywał się tak, jakbym był w obiektywie kamery. Jakby mnie obserwowała. Wtedy mówiła czysto teoretycznie, pół żartem, pół serio, ale to wyobrażenie kamery bardzo mi pomogło. Gdybym znalazł się w jakimś pokoju sam na sam z koleżanką, zadałbym sobie pytanie: Co pomyślałaby o tym Karen, gdyby oglądała mnie w telewizji przemysłowej? Delikatnie kierowałoby to moim postępowaniem i uchroniłoby mnie nawet przed namiastką zachowania, które by się jej nie spodobało i z którego ja nie byłbym dumny. Dzięki temu pozostałem uczciwy. Rozumiesz, co mam na myśli?
– Tak.
– Możliwość śledzenia aut samojezdnych rozwiązuje oczywiście sporo takich problemów. Małżonkowie coraz częściej wiedzą, gdzie drugie z nich było, zważywszy na to, że auto loguje się na trasie przejazdu. Ale chodzi mi o to, co by było, gdybyśmy w s z y s c y zachowywali się tak, jakby nas obserwowano? Prowadziłoby to do bardziej moralnego stylu życia. Któż bowiem zrobiłby coś nieetycznego, gdyby był obserwowany? Gdyby jego nielegalne przelewy pieniężne były monitorowane? Gdyby nagrywano, jak szantażuje kogoś przez telefon? Gdyby jego napad z bronią w ręku na stację benzynową został sfilmowany przez kilkanaście kamer, a w dodatku zidentyfikowano go po siatkówkach? Gdyby jego miłosne podboje były dokumentowane na kilkanaście sposobów?

– Nie wiem. Przypuszczam, że to wszystko zostałoby znacznie ograniczone.
– Mae, wreszcie zostalibyśmy zmuszeni ukazać nasze najlepsze oblicze. Myślę też, że ludziom by ulżyło. Rozległoby się niesamowite globalne westchnienie ulgi. W końcu, nareszcie możemy być dobrzy. W świecie, gdzie złe wybory nie są już możliwe, nie pozostaje nam nic innego, jak być dobrymi ludźmi. Możesz to sobie wyobrazić?

Mae skinęła głową.

– No, a skoro mowa o uldze, czy jest coś, co chciałabyś mi powiedzieć, zanim skończymy?

– Sama nie wiem. Chyba wiele rzeczy – odparła Mae. – Ale był pan uprzejmy spędzić ze mną tyle czasu, więc...

– Czy jest coś konkretnego, co ukrywasz przede mną podczas naszej rozmowy?

Mae od razu wiedziała, że kłamstwo nie wchodzi w grę.

– Że byłam tu już przedtem?

– A byłaś?

– Tak.

– Ale gdy tu weszłaś, dałaś do zrozumienia, że nie.

– Przyprowadziła mnie Annie. Powiedziała, że to coś w rodzaju tajemnicy. Sama nie wiem. Nie wiedziałam, co robić. Żadne rozwiązanie nie wyglądało na idealne. Tak czy owak będę miała kłopoty.

Bailey uśmiechnął się od ucha do ucha.

– A widzisz, to nieprawda. Tylko kłamstwa pakują nas w kłopoty. Tylko to, co skrywamy. Ja o c z y w i ś c i e wiedziałem, że tu byłaś. Doceń mnie trochę! Zdziwiłem się jednak, że zataiłaś to przede mną. To sprawiło, że poczułem chłód. Sekret między dwojgiem znajomych, Mae, to ocean. Szeroki, głęboki, a my się w nim gubimy. Czy teraz, gdy znam już twój sekret, czujesz się lepiej czy gorzej?

– Lepiej.

– Ulżyło ci?

– Tak.

Mae rzeczywiście poczuła ulgę, nagły przypływ tego uczucia przypominającego miłość. Ponieważ nadal miała pracę i nie musiała wracać do Longfield, ponieważ jej ojciec miał pozostać silny, a matka odciążona w opiece nad nim, chciała, by Bailey ją objął, by nobilitował ją swą mądrością i wielkodusznością.

– Mae – rzekł – ja naprawdę wierzę, że gdybyśmy mieli przed sobą wyłącznie słuszną, najlepszą drogę, przyniosłoby to coś w rodzaju ostatecznej i wszechogarniającej ulgi. Wybacz, że ujmuję to w kategoriach moralnych. Odzywa się we mnie praktykujący chrześcijanin ze Środkowego Zachodu. Ale wierzę w możliwość osiągnięcia doskonałości przez istoty ludzkie. Uważam, że możemy być lepsi. Uważam, że możemy być doskonali lub bliscy doskonałości. A gdy ukazujemy swoje najlepsze oblicze, możliwości są nieograniczone. Potrafimy rozwiązać każdy problem. Potrafimy uleczyć każdą chorobę, położyć kres głodowi, uczynić wszystko, ponieważ nie będziemy ściągani w dół przez nasze słabości, nasze nieistotne tajemnice, gromadzenie informacji i wiedzy dla siebie. W końcu wykorzystamy nasz potencjał.

Wspomnienie rozmowy z Baileyem przyprawiało ją o zawroty głowy przez wiele dni, a teraz był piątek i myśl o tym, że w porze lunchu wejdzie na scenę, niemal zupełnie ją rozpraszała. Wiedziała jednak, że musi pracować, a przynajmniej dać przykład swojej grupie, zważywszy, że to najprawdopodobniej był jej ostatni pełny dzień w DK.

Napływ zleceń utrzymywał się na stałym, ale nie przytłaczającym poziomie i tego ranka przebrnęła przez 77 zapytań klientów. Uzyskała 98 punktów, a łączna ocena grupy wyniosła 97. Obie oceny były bardzo przyzwoite. Jej poziom partycypacji wynosił 1921, kolejny świetny wynik, który sprawiał, że wchodząc do budynku Oświecenia, nie miała się czego wstydzić.

O godzinie 11:38 wstała od biurka i poszła do auli, docierając do jej bocznych drzwi na dziesięć minut przed południem. Zapukała i w progu powitał ją kierownik sceny, starszy, przypominający niemal widmo mężczyzna o imieniu Jules, który zaprowadził ją do zwyczajnej garderoby z białymi ścianami oraz bambusową podłogą. Teresa, energiczna kobieta z olbrzymimi oczami, których kontur podkreśliła na niebiesko, posadziła Mae przed lustrem, przyjrzała się jej włosom, nałożyła róż na twarz delikatnym pędzlem i przypięła jej do bluzki mały mikrofon.

– Nie musisz niczego dotykać – wyjaśniła. – Zostanie włączony, gdy wejdziesz na scenę.

Wszystko działo się bardzo szybko, ale Mae czuła, że tak jest najlepiej. Gdyby miała więcej czasu, tylko by się bardziej denerwowała. Słuchała więc wskazówek Jules'a i Teresy, a kilka minut później znalazła się za kulisami, skąd słyszała, jak setki pracowników Circle wchodzą na widownię, rozmawiając, śmiejąc się i opadając na fotele z głuchym łoskotem. Przez chwilę zastanawiała się, czy jest tam gdzieś Kalden.

– Mae.

Odwróciła się i ujrzała Eamona Baileya, w błękitnej koszuli, uśmiechającego się do niej serdecznie.

– Jesteś gotowa?

– Chyba tak.

– Świetnie ci pójdzie – powiedział. – Nie martw się. Po prostu bądź naturalna. Odtworzymy rozmowę, którą prowadziliśmy w zeszłym tygodniu. W porządku?

– W porządku.

Po czym Bailey znalazł się na scenie i pomachał do klaszczącej żywiołowo publiczności. Na scenie ustawiono naprzeciw siebie dwa fotele w bordowym kolorze. Bailey podszedł do jednego z nich i przemówił do pogrążonej w mroku widowni:

– Witajcie.

– Witaj, Eamonie! – ryknęła w odpowiedzi publiczność.

– Dziękuję wam, że jesteście tu dziś, w szczególny piątek marzeń. Pomyślałem, że wprowadzimy drobną zmianę i nie będzie prelekcji, lecz wywiad. Jak niektórzy z was wiedzą, robimy to od czasu do czasu, by przedstawić członków Circle oraz ich przemyślenia, nadzieje i, w tym przypadku, ich ewolucję.

Usiadł w fotelu i uśmiechnął się w kierunku kulis.

– Onegdaj odbyłem z młodą pracownicą Circle rozmowę i chciałbym się podzielić płynącymi z niej wnioskami. Poprosiłem więc Mae Holland, którą część z was pewnie zna jako jedną z grona naszych nowicjuszy z Działu Doświadczeń Klienta, by dzisiaj do mnie dołączyła. Mae?

Mae wkroczyła na oświetloną scenę. I natychmiast poczuła zwiewną lekkość; miała wrażenie, że unosi się w czarnej przestrzeni, oślepiana przez dwa odległe, lecz bardzo jasne słońca. Nie widziała nikogo na widowni i z trudem się orientowała, w którym miejscu sceny się znajduje. Na nogach jak z waty i stopach zmienionych w ołów zdołała jednak skierować się w stronę Baileya. Znalazła swój fotel i wspierając się obiema rękami, usiadła w nim z uczuciem, że jest odrętwiała i ślepa.

– Witaj, Mae. Jak się masz?

– Jestem przerażona.

Publiczność zareagowała śmiechem.

– Nie denerwuj się – rzekł Bailey, uśmiechając się do widowni i spoglądając na Mae z ledwie dostrzegalną obawą.

– Łatwo ci powiedzieć – odparła i w całej sali rozległ się śmiech, który sprawił jej przyjemność i uspokoił. Odetchnęła i spojrzała na pierwszy rząd, wyławiając z mroku kilka niewyraźnych twarzy; wszystkie były uśmiechnięte. Uświadomiła sobie jednak i głęboko w to wierzyła, że jest wśród przyjaciół. Była bezpieczna. Wypiła łyk wody, poczuła, jak chłodna ciecz studzi w niej emocje, i położyła dłonie na kolanach. Czuła, że jest gotowa.

– Mae, jak jednym słowem opisałabyś przebudzenie, którego doznałaś w minionym tygodniu?

Tę część wywiadu przećwiczyli. Wiedziała, że Bailey chce zacząć rozmowę od idei przebudzenia.

– To było właśnie to, Eamonie – polecił jej zwracać się do siebie po imieniu – przebudzenie.
– Ojej! Chyba właśnie wyszedłem przed szereg – zauważył. Publiczność się roześmiała. – Powinienem był zapytać, czego doświadczyłaś w tym tygodniu. Ale powiedz nam, skąd akurat to słowo?
– Cóż, p r z e b u d z e n i e wydaje mi się odpowiednie… – odparła Mae, po czym dodała: – …teraz.

Ostatnie słowo padło o ułamek sekundy później, niż powinno, i Baileyowi drgnęła powieka.

– Porozmawiajmy o tym przebudzeniu – zaproponował. – To się zaczęło w niedzielę wieczorem. Wiele osób na tej sali zna już te wydarzenia w ogólnym zarysie, wie o kamerach SeeChange i całej reszcie. Przedstaw je nam jednak w skrócie.

Mae spojrzała na swoje dłonie w geście, z którego teatralności od razu zdała sobie sprawę. Nigdy wcześniej nie zasygnalizowała w ten sposób własnego zawstydzenia.

– Właściwie to popełniłam przestępstwo – powiedziała. – Pożyczyłam kajak bez wiedzy jego właścicielki i popłynęłam nim na wyspę pośrodku zatoki.

– Rozumiem, że była to Błękitna Wyspa?
– Tak.
– Czy uprzedziłaś kogoś, że to zrobisz?
– Nie.
– A czy miałaś zamiar powiedzieć komuś o tej eskapadzie po fakcie?
– Nie.
– A udokumentowałaś to wszystko? Na zdjęciach, filmie?
– Nie, wcale.

Z widowni dobiegły szmer. Oboje z Eamonem spodziewali się jakiejś reakcji na te rewelacje i przerwali, żeby publiczność mogła oswoić się z tą informacją.

– Czy wiedziałaś, że pożyczając ten kajak bez wiedzy właścicielki, robisz coś złego?

– Tak.
– Ale i tak to zrobiłaś. Dlaczego?
– Ponieważ sądziłam, że nikt się nie dowie.
Kolejny cichy szmer z widowni.
– To bardzo ciekawe. Sam fakt, że sądziłaś, że ten postępek pozostanie tajemnicą, pozwolił ci popełnić przestępstwo, zgadza się?
– Owszem.
– Czy zrobiłabyś to, gdybyś wiedziała, że ktoś cię obserwuje?
– Na pewno nie.
– A więc w pewnym sensie robienie tego wszystkiego w ciemności, niepostrzeżenie i z niewiadomego powodu sprzyjało odruchom, których teraz żałujesz?
– Z całą pewnością. Fakt, że myślałam, że jestem sama, nieobserwowana, skłonił mnie do popełnienia przestępstwa. I w dodatku ryzykowałam życie. Nie miałam na sobie kamizelki ratunkowej.
Po widowni znowu przeszedł głośny szmer.
– Więc nie dość, że popełniłaś przestępstwo na szkodę właścicielki tego mienia, to jeszcze narażałaś własne życie. A wszystko dlatego, że pozwoliły ci na to pewne... pewne pozory niewidzialności?
Publiczność wybuchnęła gromkim śmiechem. Bailey nie odwracał od Mae oczu mówiących: Wszystko idzie dobrze.
– Zgadza się.
– Mam pytanie. Czy gdy jesteś obserwowana, zachowujesz się lepiej czy gorzej?
– Lepiej. Bez wątpienia.
– A gdy jesteś sama, nieobserwowana, bezkarna, co się dzieje?
– Cóż, po pierwsze, kradnę kajaki. – Publiczność odpowiedziała nagłym wybuchem radosnego śmiechu. – A poważnie, robię rzeczy, których nie chcę robić. Kłamię.
– Tamtego dnia, podczas naszej rozmowy, ujęłaś to zwięźle w sposób, który wydał mi się bardzo interesujący. Możesz nam wszystkim powtórzyć, co powiedziałaś?
– Powiedziałam, że tajemnice to kłamstwa.

– Tajemnice to kłamstwa. Warto to zapamiętać. Możesz nam wytłumaczyć, jak należy rozumieć te słowa?
– Cóż, gdy coś jest utrzymywane w tajemnicy, mają miejsce dwie rzeczy. Po pierwsze, dzięki temu możliwe są przestępstwa. Gdy jesteśmy bezkarni, zachowujemy się gorzej. To się rozumie samo przez się. A po drugie, tajemnice skłaniają do spekulacji. Kiedy nie wiemy, co się przed nami ukrywa, odgadujemy, wymyślamy odpowiedzi.
– To ciekawe, prawda? – Bailey zwrócił się do publiczności. – Gdy nie możemy skontaktować się z ukochaną osobą, snujemy domysły. Wpadamy w panikę. Wymyślamy rozmaite historie na temat tego, gdzie jest i co się z nią stało. Jeśli zaś jesteśmy małoduszni bądź zazdrośni, uciekamy się do kłamstw. Czasem bardzo niszczących. Zakładamy, że ta osoba robi coś nikczemnego. A wszystko dlatego, że czegoś nie wiemy.
– Podobnie jak wtedy, gdy widzimy dwie szepczące do siebie osoby – wtrąciła Mae. – Obawiamy się, czujemy się zagrożeni, wymyślamy okropne rzeczy, które mogą padać z ich ust. Zakładamy, że mówią o nas jak najgorzej.
– Podczas gdy przypuszczalnie jedna pyta drugą, gdzie jest toaleta. – Bailey wywołał salwę śmiechu i sprawiło mu to wyraźną przyjemność.
– Właśnie – potwierdziła Mae. Wiedziała, że zaraz wygłosi kilka ważnych zdań i musi to zrobić należycie. Wypowiedziała je w bibliotece Baileya i teraz po prostu musiała je wiernie powtórzyć.
– Na przykład jeśli jakieś drzwi są zamknięte na klucz, zaczynam snuć najprzeróżniejsze historie o tym, co może się za nimi znajdować. Mam wrażenie, że to jakaś tajemnica, i to sprawia, że puszczam wodze fantazji. Jeśli jednak wszystkie drzwi są otwarte, w sensie fizycznym i metaforycznym, jest tylko jedna prawda.
Bailey się uśmiechnął. Dała sobie radę.
– Podoba mi się to, Mae. Gdy drzwi są otwarte, jest tylko jedna prawda. Odtwórzmy to pierwsze sformułowanie Mae. Możemy wyświetlić je na ekranie?

Słowa TAJEMNICE TO KŁAMSTWA pojawiły się na ekranie za jej plecami. Widok liter ponadmetrowej wysokości wzbudził w niej mieszane uczucia, coś między ogromną radością a strachem. Twarz Baileya rozpłynęła się w uśmiechu. Kręcąc głową, podziwiał jej słowa.

– W porządku, ustaliliśmy, że gdybyś wiedziała, że zostaniesz pociągnięta do odpowiedzialności za swoje czyny, nie popełniłabyś tego przestępstwa. Ciemności, w tym wypadku iluzoryczne, sprzyjają złemu zachowaniu. A gdy człowiek wie, że jest obserwowany, ukazuje swoje lepsze oblicze. Zgadza się?

– Owszem.

– Porozmawiajmy teraz o drugim odkryciu, którego dokonałaś po tym zdarzeniu. Wspomniałaś, że w żaden sposób nie udokumentowałaś tej eskapady na Błękitną Wyspę. Dlaczego?

– Cóż, po pierwsze, wiedziałam, że to, co robię, jest niezgodne z przepisami.

– Jasne. Powiedziałaś jednak, że często pływasz kajakiem po zatoce, a nigdy tych wycieczek nie dokumentowałaś. Nie wstąpiłaś do żadnych firmowych klubów kajakowych i nie zamieszczałaś relacji, zdjęć, filmów ani komentarzy na ten temat. Czy odbywałaś te wycieczki pod patronatem CIA?

Mae i publiczność wybuchnęli śmiechem.

– Nie.

– Skąd więc te potajemne eskapady? Nie mówiłaś o nich przed ani po, nie wspominałaś o nich na żadnym forum. Nie istnieją żadne relacje z tych wypadów, mam rację?

– Tak.

Mae usłyszała, jak po auli rozchodzą się głośne cmoknięcia.

– A co widziałaś na tej ostatniej wycieczce? Rozumiem, że było to bardzo piękne?

– Owszem, Eamonie. Księżyc był niemal w pełni, a woda bardzo spokojna i miałam wrażenie, że płynę po ciekłym srebrze.

– Brzmi niesamowicie.

– I tak było.

– Jakieś zwierzęta? Dzika flora i fauna?
– Przez pewien czas płynęła za mną foka. Zanurzała się i wynurzała, jakby była ciekawa i jakby mnie poganiała. Nigdy nie byłam na tej wyspie. Bardzo niewiele osób ją odwiedziło. I gdy do niej dotarłam, wspięłam się na szczyt. Widok był niesamowity. Widziałam złote światła miasta i czarne pogórze ciągnące się do Pacyfiku, a nawet zobaczyłam spadającą gwiazdę.
– Spadającą gwiazdę! Ty to masz szczęście.
– Miałam sporo szczęścia.
– Ale zdjęcia nie zrobiłaś.
– Nie.
– Ani filmu.
– Nie.
– A więc nic z tego nie zostało zarejestrowane.
– Nie. Tylko w mojej pamięci.

Z widowni dobiegły dość głośne pomruki. Bailey odwrócił się do publiczności, kręcąc pobłażliwie głową.

– W porządku – rzekł takim tonem, jakby się do czegoś szykował. – W tym momencie zajmiemy się pewną prywatną sprawą. Jak wszyscy wiecie, mam syna, Gunnera, który urodził się z MPD, mózgowym porażeniem dziecięcym. Chociaż żyje pełnią życia, a my staramy się je urozmaicić, jest przykuty do wózka. Nie może chodzić. Nie może biegać. Nie może popływać kajakiem. Cóż więc robi, gdy chce doświadczyć czegoś takiego? Ogląda filmy. Patrzy na zdjęcia. Znaczną część przeżyć czerpie z doświadczeń innych ludzi. I oczywiście wielu z was okazało ogromną wielkoduszność, dostarczając mu filmów i zdjęć ze swoich podróży. Gdy ogląda na obrazie z kamery SeeChange, jak jeden z pracowników Circle wspina się na górę Kenia, czuje się tak, jakby sam wszedł na ten szczyt. Gdy ogląda film nakręcony przez członka załogi jachtu walczącego o Puchar Ameryki, czuje, na swój sposób, że też żeglował w tych regatach. Te przeżycia były możliwe dzięki wielkodusznym ludziom, którzy dzielą się ze światem, z moim synem włącznie, tym, co zobaczyli.

I możemy sobie tylko wyobrazić, ilu jeszcze jest na świecie takich jak Gunner. Być może są niepełnosprawni. Może są w podeszłym wieku, nie wychodzą już z domów. Może są podobni do niego na tysiąc innych sposobów. Rzecz jednak w tym, iż są miliony ludzi, którzy nie mogą zobaczyć tego, co ty, Mae, widziałaś. Czy uważasz za słuszne pozbawienie ich możliwości obejrzenia tego, co zobaczyłaś?

Mae zaschło w gardle i starała się ukryć swe emocje.

– Nie. Uważam, że to bardzo niewłaściwe. – Pomyślała o synu Baileya i o swoim ojcu.

– Myślisz, że mają prawo widzieć wszystko, tak jak ty to widziałaś?

– Tak.

– Może w tym krótkim życiu – zapytał Bailey – wszyscy powinni zobaczyć to, co pragną zobaczyć? Może wszyscy powinni mieć równy dostęp do atrakcji turystycznych na całym świecie? Do wiedzy o świecie? Do wszystkich dostępnych na nim przeżyć?

Głos Mae był niewiele głośniejszy od szeptu:

– Powinni.

– Ale swoje przeżycia zachowałaś dla siebie. Co jest rzeczą dziwną, ponieważ ty naprawdę dzielisz się informacjami w sieci. Pracujesz w Circle. Twój poziom partycypacji mieści się w górnych dwóch tysiącach. Czemu więc zatajać przed światem twoje szczególne hobby, te niezwykłe wyprawy?

– Szczerze mówiąc, nie za bardzo potrafię zrozumieć, co sobie wtedy myślałam – przyznała Mae.

Na widowni rozległ się szmer. Bailey skinął głowa.

– W porządku. Właśnie rozmawialiśmy o tym, jak my, ludzie, ukrywamy to, czego się wstydzimy. Robimy coś, co jest niezgodne z prawem lub nieetyczne, i zatajamy to przed światem, bo wiemy, że to niewłaściwe. Ale zatajenie czegoś wspaniałego, cudownej wycieczki w zatoce, gdy z nieba spływał blask księżyca i spadały gwiazdy...

– To było po prostu samolubne, Eamonie. Samolubne i tyle. W taki sam sposób dziecko nie chce się dzielić ulubioną zabawką. Rozumiem, że skrytość jest zachowaniem anormalnym. Bierze się z czegoś mrocznego i małodusznego. I gdy pozbawiamy swoich przyjaciół bądź kogoś takiego jak twój syn, Gunner, podobnych przeżyć, w zasadzie ich okradamy. Pozbawiamy ich czegoś, do czego mają prawo. Wiedza stanowi podstawowe prawo człowieka. Równy dostęp do wszystkich możliwych ludzkich doświadczeń jest podstawowym prawem człowieka.

Mae zaskoczyła samą siebie swoją elokwencją, a publiczność odpowiedziała gromkimi oklaskami. Bailey spoglądał na nią niczym dumny ojciec. Gdy aplauz ucichł, powiedział cicho, jakby nie chciał wchodzić jej w paradę:

– Ujęłaś to w taki sposób, że chciałbym, abyś powtórzyła swe słowa.

– Cóż, to żenujące, ale powiedziałam, że dzielenie się jest lekiem na każde strapienie.

Publiczność zareagowała śmiechem. Bailey uśmiechnął się serdecznie.

– Nie sądzę, by to było żenujące. Nie odkryłaś Ameryki, ale te słowa mają tutaj zastosowanie, prawda, Mae? I chyba są wyjątkowo trafne.

– Myślę, że to proste. Jeśli troszczymy się o dobro naszych bliźnich, dzielimy się z nimi naszą wiedzą. Dajemy im wszystko, co możemy dać. Jeśli obchodzi nas ich ciężki los, ich cierpienie, ich ciekawość świata, ich prawo do poznania wszystkiego, co świat zawiera, dzielimy się z nimi. Dzielimy się tym, co mamy, co widzimy i co wiemy. Dla mnie to rozumowanie jest niezaprzeczalnie logiczne.

Publiczność urządziła jej owację i w tym momencie na ekranie pod trzema poprzednimi słowami pojawiły się nowe: DZIELENIE SIĘ – LEK NA KAŻDE STRAPIENIE. Bailey pokręcił głową, zdumiony.

– Bardzo mi się to podoba. Mae, umiesz dobierać słowa. Jest jeszcze jedno określenie, które moim zdaniem powinno zakończyć tę, chyba wszyscy zebrani tutaj się ze mną zgodzą, niesamowicie inspirującą i pouczającą rozmowę.

Publiczność odpowiedziała serdecznymi oklaskami.

– Rozmawialiśmy o tym, co uważałaś za odruchową chęć zachowania wszystkiego dla siebie.

– Cóż, nie jestem z tego dumna i myślę, że to zwykły egoizm. Teraz naprawdę to rozumiem. Rozumiem, że mamy obowiązek, jako ludzie, dzielić się tym, co widzimy i wiemy. I że cała wiedza musi być powszechnie dostępna.

– Swoboda dostępu do informacji to stan naturalny.

– Zgadza się.

– Wszyscy mamy prawo wiedzieć wszystko, co się da. Wszyscy posiadamy wspólnie skumulowaną wiedzę o świecie.

– Zgadza się – potwierdziła Mae. – Cóż więc się dzieje, gdy pozbawiam kogoś lub wszystkich czegoś, co wiem? Czy okradam swoich bliźnich?

– Rzeczywiście – rzekł Bailey, kiwając z przekonaniem głową. Mae spojrzała na widownię i zobaczyła, że cały pierwszy rząd, jedyne osoby, których twarze były widoczne ze sceny, także kiwa głowami. – Zważywszy na twoją umiejętność doboru słów, Mae, zastanawiam się, czy możesz nam opowiedzieć o trzecim i ostatnim odkryciu, którego dokonałaś. Co od ciebie usłyszałem?

– Powiedziałam, że prywatność to kradzież.

Bailey odwrócił się do publiczności i rzekł:

– Czyż nie jest to, moi drodzy, ciekawe sformułowanie? „Prywatność to kradzież".

Słowa te pojawiły się na ekranie za nim, napisane wielkimi białymi literami:

Prywatność to kradzież

Mae się odwróciła, by popatrzeć na te trzy kwestie zestawione razem. Widząc je, powstrzymywała łzy. Czy naprawdę wymyśliła to wszystko sama?

TAJEMNICE TO KŁAMSTWA
DZIELENIE SIĘ – LEK NA KAŻDE STRAPIENIE
PRYWATNOŚĆ TO KRADZIEŻ

Poczuła suchość w ściśniętym gardle. Wiedziała, że nie może mówić, miała więc nadzieję, iż Bailey jej o to nie poprosi. Rozumiejąc chyba, jak się czuje, że jest skonana, mrugnął do niej i zwrócił się do publiczności:

– Podziękujmy Mae za szczerość, błyskotliwość oraz skończone człowieczeństwo, dobrze?

Publiczność wstała. Mae miała rozpaloną twarz. Nie wiedziała, czy ma siedzieć, czy stać. Podniosła się na chwilę, po czym poczuła się głupio, więc znowu usiadła i pomachała dłonią znad kolan.

Przekrzykując gwałtowny aplauz, Bailey zdołał ogłosić najważniejszą wiadomość – że Mae, ze względu na chęć podzielenia się wszystkim, co widziała i mogła zaproponować światu, natychmiast stanie się przejrzysta.

KSIĘGA II

Był to dziwaczny stwór, upiorny, groźny i ani na moment niezastygający w bezruchu, ale nikt, kto przed nim stał, nie mógł oderwać od niego wzroku. Mae była nim zahipnotyzowana, zahipnotyzowana jego płaską bryłą, jego przypominającymi noże płetwami i szarymi jak wełna oczami. Z pewnością był to rekin, miał charakterystyczne rekinie kształty i złowrogie spojrzenie, ale reprezentował nowy gatunek, wszystkożerny i ślepy. Stenton przywiózł go z wyprawy na dno Rowu Mariańskiego statkiem głębinowym skonstruowanym w Circle. Rekin nie był jedynym odkryciem – Stenton odnalazł nieznane do tej pory meduzy, koniki morskie, manty, wszystkie niemal półprzezroczyste, zwiewne w swoich ruchach i pokazywane w olbrzymich akwariach, które zbudował niemal z dnia na dzień, żeby je gdzieś umieścić.

Mae miała pokazać te bestie swoim widzom, w razie potrzeby wyjaśnić im, co mają przed oczyma, i poprzez obiektyw kamery na swojej szyi być oknem na ten nowy świat oraz, w zasadzie, na świat Circle. Co rano wkładała ten naszyjnik, bardzo podobny do kamery Stewarta, lecz lżejszy, mniejszy i z obiektywem noszonym na wysokości serca. Obraz stamtąd był najbardziej stabilny i najszerszy. Kamera widziała wszystko, co widziała Mae, a często jeszcze więcej. Jakość nieobrobionego obrazu była na tyle dobra, że widzowie mogli go przybliżać, przesuwać, zatrzymywać i powiększać. System rejestracji dźwięku był starannie zaprojektowany, by można się było skupić na jej rozmowach i nagrywać każdy dźwięk z otoczenia lub głosy na drugim planie, ale tak, aby tworzyły jedynie tło. To w istocie oznaczało, że dowolny widz mógł skanować każde pomieszczenie, w którym przebywała; mógł też skupić uwagę na dowolnym kącie i – z pewnym trudem – wyodrębnić każdą inną rozmowę i jej wysłuchać.

Lada moment miało się rozpocząć karmienie wszystkich stworzeń odkrytych przez Stentona, ale zwierzęciem, które budziło szczególne zainteresowanie Mae i oglądających ją internautów, był rekin. Nie widziała wcześniej, jak jadł, ale krążyły wieści, że jest nienasycony i bardzo szybki. Choć ślepy, błyskawicznie znajdował swój pokarm, bez względu na rozmiary ofiar i na to, czy były żywe, czy martwe, po czym trawił je w zatrważającym tempie. Do zbiornika wrzucano śledzia lub kałamarnicę, a już po chwili bestia składała na dnie akwarium wszystko, co zostało z pokarmu – drobnoziarnistą substancję przypominającą popiół. Było to tym bardziej fascynujące, że półprzezroczysta skóra rekina umożliwiała swobodny wgląd w jego proces trawienny.

Mae usłyszała w słuchawce odgłos spadającej kropli.

– Karmienie przesunięte na pierwszą dwie – oznajmił głos. Teraz była 12:51.

Mae popatrzyła w głąb ciemnego korytarza, na trzy inne akwaria, każde następne mniejsze od poprzedniego. Sala była nieoświetlona, aby jak najlepiej wyeksponować jasnoniebieskie zbiorniki i pływające w nich mlecznobiałe stworzenia.

– Przejdźmy na razie do ośmiornicy – zaproponował głos w słuchawce.

Główny sygnał dźwiękowy, przesyłany z Centrum Dodatkowych Zaleceń, docierał do Mae z maleńkiej słuchawki. Dzięki temu zespół konsultantów CDZ mógł dawać jej okazjonalnie wskazówki – na przykład zaproponować, by wstąpiła do budynku Epoki Maszyn, żeby pokazać internautom nowrgo, napędzanegoenergią słoneczną drona użytkowego, który mógł przemierzać nieograniczone odległości, przez kontynenty i morza, o ile tylko miał zapewniony dostateczny kontakt ze słońcem; tę wizytę odbyła we wcześniejszych godzinach. Obchód różnych działów firmy i prezentacja nowych produktów, stworzonych bądź lansowanych przez Circle, zajmowały jej sporą część dnia. Dzięki temu każdy dzień w pracy był inny i Mae w ciągu sześciu tygodni od zadeklarowania przejrzystości zajrzała praktycznie w każdy kąt kampusu, od budynku Epoki Żaglowców do gmachu Starego Królestwa, gdzie, głównie dla hecy, pracowano nad projektem założenia kamer wszystkim żyjącym jeszcze niedźwiedziom polarnym.

– Zobaczmy ośmiornicę – powiedziała do swoich widzów.

Przeniosła się przed wysoką na pięć metrów szklaną konstrukcję o średnicy trzech i pół metra. Wewnątrz jakiś blady bezkręgowiec koloru chmur, pokryty niebieskimi i zielonymi żyłkami, obmacywał dno zbiornika, sondując i wymachując ramionami niczym niedowidzący człowiek, który szuka po omacku swoich okularów.

– Oto krewniak głowonoga głębinowego – wyjaśniła – ale ten nigdy przedtem nie został schwytany żywcem.

Wydawało się, że głowonóg stale zmienia kształt, w jednym momencie był balonowaty i cebulkowaty, jakby zwierzę samo się nadymało, pewne siebie i coraz większe, a chwilę później kurczył się, wirował, rozpościerał ramiona, niepewny swojej prawdziwej postaci.

– Jak widać, bardzo trudno określić jego prawdziwe rozmiary. W jednej sekundzie wydaje się, że można by go zmieścić w dłoni, a w następnej ogarnia ramionami prawie cały zbiornik.

Wyglądało na to, że macki zwierzęcia chcą poznać wszystko: kształt akwarium, topografię korala na jego dnie, konsystencję wody w każdym punkcie zbiornika.

– On jest niemalże ujmujący – zauważyła Mae, przyglądając się, jak ośmiornica sięga od ściany do ściany, rozciągając się w wodzie niczym sieć. Jej ciekawość czyniła z niej wrażliwą, pełną wątpliwości i pragnień istotę.

– Stenton pierwszy znalazł tego głowonoga – powiedziała o ośmiornicy, która teraz powoli i ekspresyjnie unosiła się z dna. – Nadpłynęła od tyłu jego statku i wystrzeliła do przodu, jakby prosiła, by ruszył za nią. Widzicie teraz, jak szybko mogła się poruszać. – Głowonóg okrążał teraz akwarium, napędzając się ruchami przypominającymi otwieranie i składanie parasola.

Mae sprawdziła, która godzina. Była 12:54. Zostało jej kilka minut, z którymi nie miała co zrobić. Nie odrywała obiektywu kamery od ośmiornicy.

Nie łudziła się, że każda minuta dnia jest równie atrakcyjna dla jej widzów. W tygodniach jej przejrzystości zdarzyły się dość częste okresy przestoju, ale jej głównym zadaniem było zapewnienie wglądu w życie w Circle, to wspaniałe i to banalne. „Jesteśmy teraz na siłowni – mogła powiedzieć, pokazując internautom po raz pierwszy ośrodek zdrowia. – Ludzie biegają, pocą się i wymyślają sposoby na umawianie się na randki bez ryzyka przyłapania na gorącym uczynku". Potem, godzinę później, jadła lunch, swobodnie i bez komentarza, siedząc naprzeciwko innych pracowników Circle, którzy zachowywali się lub próbowali się zachowywać tak, jakby nikt ich nie obserwował. Większość jej koleżanek i kolegów cieszyła się z tego, że jest filmowana, a po kilku dniach wszyscy pracownicy wiedzieli, iż stanowi to część ich pracy w Circle oraz elementarny składnik Circle i kropka. Skoro byli firmą opowiadającą się za przejrzystością i wskazującą na globalne i nieograniczone korzyści z pełnego dostępu, musieli wcielać ten ideał w życie, zawsze i wszędzie, a zwłaszcza w kampusie.

Na szczęście w murach Circle działo się wystarczająco dużo, by to objaśniać i upamiętniać. Jesień i zima błyskawicznie przyniosły to, co nieuchronne. W całym kampusie widać było oznaki rychłego Domknięcia. Wiadomości były enigmatyczne, miały rozbudzać ciekawość i wywoływać dyskusje. *Co oznacza Domknięcie?* Pracowników proszono, by się nad tym zastanowili, przedstawili odpowiedzi i zapisali je na tablicach pomysłów. *Wszyscy Ziemianie mają konto w Circle!* – głosiła pewna popularna wiadomość. *Circle rozwiązuje problem głodu na świecie* – stwierdzała następna. *Circle pomaga mi odnaleźć przodków* – napisano w kolejnej. *Żadne dane, dotyczące ludzi, liczb, uczuć bądź historii, już nigdy nie zostaną utracone.* Tę wiadomość sformułował i podpisał sam Bailey. Największą popularnością cieszyło się hasło: *Circle pomaga mi odnaleźć siebie.*

Bardzo dużo z tych nowych rozwiązań od dawna było w Circle w fazach planowania, ale okoliczności nigdy wcześniej nie były aż tak sprzyjające, a rozmach prac aż tak potężny. Obecnie, w sytuacji gdy Waszyngton stał się w dziewięćdziesięciu procentach przejrzysty, a pozostałe dziesięć procent polityków znalazło się pod pręgierzem podejrzeń swoich kolegów oraz wyborców i zostało wystawione na grad pytań o to, co ukrywają, opór słabł w oczach. Plan zakładał, że większość pracowników Circle stanie się przejrzysta w ciągu roku, ale na razie, póki nie rozwiązano problemu wirusów i nie oswojono wszystkich z tą myślą, przejryści byli tylko ona i Stewart; jego eksperyment został jednak w znacznym stopniu przyćmiony przez poczynania Mae. Była młoda, poruszała się zdecydowanie szybciej niż on i miała ten swój głos – widzowie go uwielbiali, porównując do muzyki, do dźwięku drewnianych instrumentów dętych i cudownych solówek na gitarze akustycznej. Mae też bardzo lubiła czuć, jak przenika ją sympatia milionów.

Trzeba było jednak przywyknąć do tego, poczynając od podstawowej obsługi sprzętu. Kamera była lekka i po kilku dniach Mae niemal nie wyczuwała ciężaru lekkiego jak medalion obiektywu. Wypróbowano różne sposoby utrzymania go na jej piersi, w tym rzepy przyszyte do garderoby, żaden nie był jednak równie skuteczny i prosty, jak zwykłe zawieszenie go na szyi. Drugą modyfikacją, która stale ją fascynowała i od czasu do czasu drażniła, była możliwość zobaczenia – w małej ramce na prawym nadgarstku – tego, co widzi kamera. Mae niemal zapomniała o swoim monitorze zdrowotnym, lecz kamera wykorzystywała tę drugą bransoletę, na prawym przegubie. Miała taką samą wielkość i wykonano ją z identycznego materiału co pierwszą, ale z większym ekranem, niezbędnym, żeby pomieścić film i zestawienie wszystkich danych z jej pozostałych ekranów. Z dopasowaną bransoletą z satynowanej stali na każdym nadgarstku czuła się jak Wonder Woman i uświadamiała sobie własną moc – chociaż ta myśl była zbyt niedorzeczna, by o niej komukolwiek mówić.

Na lewym nadgarstku widziała swoje tętno; na prawym to, co oglądali jej widzowie – obraz z kamery w czasie rzeczywistym, dzięki któremu mogła dokonywać niezbędnych korekt kadru. Wyświetlacz podawał jej również aktualną liczbę widzów, jej rankingi i ratingi, a także zwracał uwagę na najnowsze i najbardziej popularne komentarze oglądających. W tym momencie, stojąc przed akwarium z ośmiornicą, miała 441 762 widzów, nieco powyżej średniej, wciąż jednak mniej, niż chciała przyciągnąć podczas ujawniania podmorskich odkryć Stentona. Inne wyświetlane dane nie były zaskoczeniem. Jej relacje filmowe na żywo oglądało codziennie 845 029 różnych osób, a 2,1 miliona śledziło jej kanał informacyjny na komunikatorze internetowym. Nie musiała już się obawiać, że wypadnie z G2T; to, że była znana, oraz potęga jej publiczności gwarantowały niebotyczną wysokość współczynników konwersji i czystej sprzedaży i zapewniały stałą pozycję w pierwszej dziesiątce.

– Obejrzyjmy koniki morskie – zaproponowała i przeniosła się przed następne akwarium. Wśród pastelowego bukietu koralowca i pierzastych liści niebieskich wodorostów zobaczyła setki, może nawet tysiące maleńkich, nie większych od palców dziecka istot kryjących się w koralowych zakamarkach i trzymających się kurczowo podwodnego listowia. – Nie są to zbyt życzliwe ryby. Zaraz, zaraz, czy to w ogóle ryby? – zapytała i spojrzała na przegub, na którym widniała już odpowiedź przesłana przez jakiegoś widza. Jak najbardziej! *Z gromady Actinopterygii. Tej samej, do której należą dorsz oraz tuńczyk.*

– Dziękuję ci, Susanno Win z Greensboro! – powiedziała Mae i za pomocą komunikatora przesłała tę informację swoim widzom. – A teraz sprawdźmy, czy uda nam się znaleźć tatusia tych wszystkich małych koników. Jak pewnie wiecie, w przypadku koników morskich to samiec nosi potomstwo. Setki maleństw, które widzicie, urodziły się tuż po tym, jak tatuś tutaj przybył. No i gdzie on się podział? – Mae obeszła akwarium i wkrótce go znalazła. Był wielkości jej dłoni, odpoczywał na dnie zbiornika, oparty o szklaną ścianę. – Myślę, że się ukrywa – dodała – ale chyba nie wie, że jesteśmy po drugiej stronie szyby i wszystko widzimy.

Zerknęła na nadgarstek i lekko skorygowała kąt ustawienia obiektywu kamery, by uzyskać jak najlepszy obraz wątłej ryby, która zwrócona grzbietem do Mae zwinęła się w kłębek, sprawiając wrażenie wyczerpanej i onieśmielonej. Mae przystawiła twarz i kamerę do szyby tak blisko konika, że widziała maleńkie mętne plamki w jego inteligentnych oczach i niesamowite piegi na delikatnym pyszczku. Był niezwykłym stworzeniem, strasznie marnym pływakiem, zbudowanym jak chiński lampion i zupełnie bezbronnym. Wyświetlacz na nadgarstku wyeksponował wyjątkowo wysoko oceniany komunikat. *Croissant królestwa zwierząt* – brzmiał wpis i Mae powtórzyła go na głos. Mimo swojej wątłej budowy jakoś jednak się już rozmnożył, dał życie stu swoim odpowiednikom, podczas gdy ośmiornica i rekin tylko pływały wzdłuż ścian swoich akwariów i jadły. Nie żeby konik morski się tym przejmował. Przebywał z dala od swojej progenitury, jakby nie miał pojęcia, skąd się wzięła, i nie ciekawiło go, co się z nią stanie.

Mae sprawdziła, która godzina. 13:02. W słuchawce odezwało się Centrum Dodatkowych Zaleceń.

– Karmienie rekina już się zaczęło.

– W porządku – powiedziała Mae, zerkając na bransoletę na przegubie. – Widzę, że masa osób życzy sobie, byśmy wrócili do rekina. Jest już po pierwszej, więc chyba tak zrobimy. – Odeszła od konika morskiego, który odwrócił się do niej na moment, jakby nie chciał żeby odchodziła.

Mae ruszyła z powrotem do pierwszego i największego akwarium, w którym trzymano zdobycz Stentona. Ujrzała nad nim młodą

kobietę z kręconymi czarnymi włosami, w białych dżinsach z podwiniętymi nogawkami, stojącą na szczycie lśniącej czerwonej drabiny.
— Cześć — powiedziała do niej. — Jestem Mae.

Wydawało się, że kobieta zaraz powie: „Wiem", ale potem, jakby przypomniawszy sobie, że jest filmowana, przybrała wystudiowany ton.
— Witaj, Mae. Mam na imię Georgia i będę teraz karmiła rekina pana Stentona.

I wtedy rekin, choć był ślepy, a w zbiorniku jeszcze nie było pożywienia, wyczuł chyba, że zbliża się uczta. Zaczął się kręcić niczym cyklon, wędrując ku powierzchni wody. Liczba widzów Mae wzrosła już o 42 000.
— Ktoś tutaj jest głodny.

Rekin, który wcześniej tylko chwilami wydawał się niebezpieczny, teraz ujawnił swoje groźne oblicze czującej istoty, okazał się ucieleśnieniem drapieżnego instynktu. Georgia próbowała sprawiać wrażenie pewnej siebie i kompetentnej, lecz Mae dostrzegła w jej oczach trwogę.
— Wszystko gotowe? — zapytała, nie odrywając wzroku od płynącej ku niej bestii.
— Jesteśmy gotowi — odparła Mae.
— W porządku, dzisiaj zamierzam nakarmić rekina czymś nowym. Jak wiecie, dostawał dotąd najrozmaitsze rzeczy, od łososia przez śledzie po meduzy. Wszystko pożerał z równym zapałem. Wczoraj spróbowaliśmy z mantą, nie spodziewając się, by przypadła mu do gustu, ale nie wahał się ani chwili i zjadł ją z apetytem. Dzisiaj więc znowu eksperymentujemy. Jak widzicie — powiedziała i Mae zauważyła, że kubeł, który Georgia trzyma w ręku, jest wykonany ze szkła akrylowego, i dostrzegła w środku coś niebieskiego i brązowego, z bardzo wieloma nogami. Usłyszała stukanie o ścianki kubła. Homar. Mae nigdy się nie zastanawiała, czy rekiny jedzą homary, ale nie widziała powodu, by miały ich nie jeść.
— Mamy tu zwykłego homara amerykańskiego, z którego zjedzeniem rekin może sobie nie poradzić.

Georgia starała się chyba odegrać przedstawienie, ale nawet Mae się obawiała, że trzyma homara nad wodą zbyt długo. Wrzuć go, pomyślała. Proszę, zrób to.

Georgia trzymała go jednak dalej, przypuszczalnie z myślą o Mae i jej widzach. Tymczasem rekin wyczuł już zdobycz, zapewne określił jej kształt dzięki właściwościom swych zmysłów i krążył coraz szybciej, wciąż posłuszny, ale bliski utraty cierpliwości.

– Niektóre rekiny mogą trawić pancerze takich skorupiaków, a inne nie – wyjaśniła, trzymając teraz homara tak, że kleszczami dotykał leniwie powierzchni wody. Wrzuć go, pomyślała Mae. Proszę, zrób to teraz.

– Wrzucę zatem po prostu tego malucha do…

Zanim jednak zdążyła dokończyć zdanie, rekin wynurzył się z wody i porwał homara z ręki swojej opiekunki. Gdy Georgia krzyknęła i złapała się za palce, jakby chciała je policzyć, bestia była już z powrotem pośrodku zbiornika, skorupiak znikał w jej szczękach, a strzępy jego białego mięsa wylatywały z szerokiej paszczy drapieżnika.

– Ugryzł cię? – zapytała Mae.

Georgia pokręciła głową, powstrzymując łzy.

– Mało brakowało – odparła, masując sobie dłoń, jakby się poparzyła.

Homar został skonsumowany i Mae zobaczyła coś przerażającego i wspaniałego zarazem: skorupiak był trawiony w organizmie rekina na jej oczach, w błyskawicznym tempie i w niewiarygodnie klarowny sposób. Widziała, jak homar jest rozrywany na dziesiątki, a następnie na setki kawałków w paszczy rekina, potem widziała, jak te kawałki wędrują przez przełyk, żołądek i jelita. W ciągu kilku minut skorupiak zmienił się w ziarnistą substancję. Odchody wydostały się z ciała ryby i opadły niczym śnieg na dno akwarium.

– Wygląda na to, że wciąż jest głodny – zauważyła Georgia. Znowu stała na szczycie drabiny, teraz jednak z innym pojemnikiem

ze szkła akrylowego. W czasie gdy Mae oglądała trawienie homara, opiekunka przyniosła drugi posiłek.
– Czy ja dobrze widzę? – zapytała Mae.
– To żółw morski z Pacyfiku – odparła Georgia, unosząc pojemnik z gadem. Pozbawione swobody ruchu w ciasnej przestrzeni piękne zwierzę o barwach tworzących mozaikę zieleni, błękitu i brązu było mniej więcej wielkości tułowia Georgii. Opiekunka otworzyła drzwiczki na jednej ściance pojemnika, jakby zachęcała żółwia, by wyszedł, jeśli tylko będzie miał na to ochotę. Gad postanowił, że zostanie na miejscu. – Prawdopodobieństwo, że nasz rekin napotkał takiego żółwia, jest niewielkie, zważywszy, że żyją w innych środowiskach naturalnych – zaznaczyła Georgia. – Ten żółw nie miałby powodu przebywać tam, gdzie mieszka rekin Stentona, a rekin na pewno nigdy nie odwiedzał nasłonecznionych miejsc, w których mieszkają żółwie.

Mae chciała zapytać, czy Georgia naprawdę zaraz rzuci rekinowi gada na pożarcie. Spostrzegł on już pływającego w dole drapieżnika i teraz resztkami sił przesuwał się do tyłu pojemnika. Poświęcenie tego poczciwego stworzenia, niezalcżnie od konieczności czy ewentualnych korzyści dla nauki, wielu widzom Mae nie sprawiłoby przyjemności. Przez monitor na jej nadgarstku już przewijały się wpisy na komunikatorze. *Błagam, nie zabijajcie tego żółwia. On wygląda jak mój dziadek!* Był jednak również drugi wątek, w którym internauci twierdzili, że rekin, który był niewiele większy od żółwia, nie będzie w stanie połknąć i przetrawić gada z jego twardą i szczelną skorupą. Ale w chwili gdy Mae miała zakwestionować sensowność całego pomysłu, w jej słuchawce rozległ się głos z CDZ.
– Trzymaj się mocno. Stenton chce to zobaczyć.

W zbiorniku rekin znowu krążył, na pozór równie smukły i wygłodniały jak przedtem. Homar był dla niego nic nieznaczącą przekąską. Wiedząc, że szykuje się danie główne, zbliżył się do Georgii.
– Proszę – powiedziała Georgia i przechyliła pojemnik, dopóki żółw nie zaczął się powoli ześlizgiwać w stronę wprawionej przez

rekina w ruch wirowy podświetlonej wody, która burzyła się poniżej. Gdy pojemnik przechylił się o dziewięćdziesiąt stopni i głowa żółwia wysunęła się poza jego krawędź, drapieżnik nie wytrzymał. Wynurzył się z wody, chwycił głowę żółwia w paszczę i wciągnął go pod powierzchnię. Po czym żółw, podobnie jak homar, został pożarty w ciągu kilku sekund, ale tym razem drapieżnik musiał zmienić kształt, czego nie wymagał skorupiak. Wydawało się, że rekin rozszczepił szczękę, podwajając rozmiary swojej paszczy, dzięki czemu mógł z łatwością połknąć całego żółwia za jednym zamachem. Georgia opowiadała widzom, że wiele rekinów po strawieniu mięsistych części żółwia zwraca pożartą skorupę gada. Ale rekin Stentona miał inne sposoby. Wydawało się, że skorupa rozpuszcza się w jego paszczy i żołądku niczym namoczony w ślinie krakers. I po niespełna minucie cały żółw zmienił się w sproszkowaną substancję. Wyszedł z ciała ryby tak jak homar, w płatkach, które opadały powoli na dno akwarium, łącząc się z tymi, które znalazły się na nim wcześniej; razem były nie do odróżnienia.

Przyglądając się temu, Mae ujrzała jakąś męską postać, czy też zaledwie jej zarys, po drugiej stronie szkła, za przeciwległą ścianą akwarium. Ciało mężczyzny było tylko cieniem, jego twarz pozostała niewidoczna, potem jednak, na chwilę, padające z góry światło odbiło się od krążącej w wodzie ryby i ukazało jego oblicze.

To był Kalden.

Mae nie widziała go przez miesiąc, a odkąd stała się przejrzysta, nie miała od niego żadnych wieści. Annie była najpierw w Amsterdamie, później w Chinach, potem w Japonii, a następnie wróciła do Genewy. Nie miała więc czasu, by skupiać się na kochanku Mae, ale od czasu do czasu wymieniały wiadomości na jego temat. Jak bardzo powinien ich niepokoić ten tajemniczy mężczyzna?

Potem jednak zniknął.

Teraz stał tam nieruchomo, patrząc na Mae.

Chciała zawołać, ale potem pomyślała z niepokojem: Kim on jest? Czy wołanie do niego, uchwycenie go w obiektywie kamery nie doprowadzi do jakiejś sceny? Czy wtedy ucieknie? Nie otrząsnęła się jeszcze z szoku spowodowanego widokiem rekina trawiącego żółwia, zła bijącego z martwych ślepi drapieżnika; stwierdziła, że głos uwiązł jej w krtani i nie ma siły wymówić imienia kochanka. Wpatrywała się więc w niego, a on w nią. Pomyślała, że jeśli zdoła go uchwycić w obiektywie kamery, będzie mogła pokazać film Annie, to zaś mogłoby doprowadzić do jego identyfikacji. Kiedy jednak spojrzała na przegub ręki, zobaczyła na ekranie tylko bardzo ciemną postać z niewidoczną twarzą. Obiektyw kamery był ustawiony pod innym kątem i chyba nie mógł ukazać szczegółów. Gdy śledziła ruch jego sylwetki na monitorze, Kalden cofnął się i zniknął w ciemności. Tymczasem Georgia paplała o rekinie i o tym, czego byli świadkami, a Mae w ogóle tego nie sfilmowała. Teraz jednak opiekunka machała do niej ze szczytu drabiny, licząc na to, że Mae skończyła, ponieważ nie zostało jej nic, czym mogłaby nakarmić rybę. Pokaz dobiegł końca.

– No dobrze – powiedziała Mae, wdzięczna za to, że ma szansę wyrwać się stamtąd i podążyć za Kaldenem. Podziękowała Georgii i pożegnała się z nią, po czym żwawo ruszyła ciemnym korytarzem.

Dostrzegła jego sylwetkę w drzwiach na drugim końcu i przyspieszyła kroku, starając się nie potrząsać kamerą ani nie wołać. Drzwi, przez które wymknął się z korytarza, prowadziły do newsroomu, jej wizyta tam byłaby logiczną konsekwencją wcześniejszej relacji z akwarium.

– Zobaczmy, co się dzieje w newsroomie – powiedziała, wiedząc, że wszyscy tam obecni uświadomią sobie, iż nadchodzi, zanim zrobi dwadzieścia kroków dzielących ją od celu. Wiedziała też, że zainstalowane w korytarzu nad otworem drzwiowym kamery SeeChange musiały sfilmować Kaldena i prędzej czy później dowie się, czy to był rzeczywiście on. Każdy ruch w obrębie Circle był rejestrowany przez jakąś kamerę, zazwyczaj przez trzy, i odtworzenie czyjejś marszruty po nagraniu zajmowało kilka minut.

Podchodząc do drzwi newsroomu, myślała o dłoniach Kaldena na swoim ciele. O rękach sięgających w dół, przyciągających jej nagie biodra. Słyszała niski tembr jego głosu. Czuła smak jego ust, przypominający wilgotne świeże owoce. A jeśli go odnajdzie? Nie może przecież zabrać go do toalety. Czy aby na pewno? Znajdzie jakiś sposób.

Otworzyła drzwi newsroomu, rozległej przestrzeni, którą Bailey zaprojektował na wzór dawnych redakcji gazet, z setką niskich boksów, wszechobecnymi dalekopisami oraz zegarami i analogowymi aparatami telefonicznymi z rzędem białych przycisków pod klawiaturą, mrugających w arytmiczny sposób na każdym biurku. Znajdowały się tam stare drukarki, faksy, teleksy i maszyny drukarskie. Wystrój był oczywiście tylko na pokaz. Ani jedno z tych starych urządzeń nie działało. Zbierający informacje, których twarze zwrócone były teraz ku Mae, witali ją oraz jej widzów uśmiechami; większość swojej reporterskiej pracy mogli wykonywać za pośrednictwem SeeChange. Na całym świecie działało obecnie ponad sto milionów kamer, co czyniło bezpośrednie relacje niepotrzebnie kosztownym i niebezpiecznym zajęciem, nie mówiąc już o szkodliwych efektach emisji dwutlenku węgla, z czym wiązały się podróże lotnicze.

Gdy szła przez newsroom, pracownicy machali do niej, niepewni, czy to oficjalna wizyta. Mae machała w odpowiedzi, lustrując pomieszczenie i zdając sobie sprawę, że sprawia wrażenie roztargnionej. Gdzie się podział Kalden? Z newsroomu było jeszcze tylko jedno wyjście, więc Mae szła przezeń w pośpiechu, kiwając głową i uśmiechając się, aż dotarła do drzwi na drugim końcu sali. Otworzyła je, wzdragając się pod wpływem jasnego światła dziennego, i ujrzała Kaldena. Szedł przez szeroki trawnik, mijając nową rzeźbę autorstwa tego chińskiego dysydenta – pamiętała, że powinna niebawem, może nawet tego samego dnia, zwrócić na nią uwagę internautów – i właśnie wtedy odwrócił się na chwilę, jakby sprawdzał, czy Mae nadal za nim idzie. Jego oczy napotkały jej wzrok, co sprawiło, że blady uśmieszek wykwitł na jego ustach, po czym znowu się odwrócił i obszedł szybko budynek Okresu Pięciu Dynastii.

– Dokąd idziesz? – zapytał głos w słuchawce.
– Przepraszam. Donikąd. Po prostu… Nieważne.

Mae mogła rzecz jasna chodzić, gdzie chciała – wielu widzów najbardziej ceniło właśnie jej błąkanie się po kampusie – ale biuro Centrum Dodatkowych Zaleceń i tak lubiło od czasu do czasu się zgłaszać. Gdy tak stała w słońcu, otoczona zewsząd pracownikami Circle, usłyszała dzwonek telefonu. Zerknęła na nadgarstek; dzwoniono z zastrzeżonego numeru. Wiedziała, że to może być tylko Kalden.

– Halo?
– Musimy się spotkać – powiedział.
– Słucham?
– Twoi widzowie mnie nie słyszą. Słyszą tylko ciebie. W tej chwili wasi inżynierowie zastanawiają się, dlaczego nie działa system rejestracji przychodzącego sygnału dźwiękowego. Naprawią to za kilka minut. – W jego drżącym głosie było napięcie. – Posłuchaj, większość tego, co się dzieje, musi się skończyć. Mówię poważnie. Circle jest niemal domknięte i wierz mi, Mae, że to będzie miało złe skutki dla ciebie, dla mnie i dla całej ludzkości. Kiedy możemy się spotkać? Jeśli to musi się odbyć w toalecie, nie mam nic przeciwko temu…

Mae się rozłączyła.

– Przepraszamy – powiedział głos z CDZ przez słuchawkę. – Nie wiedzieć czemu system rejestracji przychodzącego sygnału audio nie działał. Pracujemy nad tym. Kto to był?

Mae wiedziała, że nie może skłamać. Nie była pewna, czy ktoś nie usłyszał jednak Kaldena.

– Jakiś szaleniec – improwizowała, dumna z siebie. – Bełkoczący coś o końcu świata.

Zerknęła na przegub ręki. Ludzie już się zastanawiali, co i jak się stało. Najpopularniejszy wpis na komunikatorze brzmiał tak: *Problemy techniczne w centrali Circle? W następnej kolejności: Święty Mikołaj zapomina o Bożym Narodzeniu?*

– Powiedz im prawdę, jak zawsze – zasugerowało CDZ.
– Dobra, nie mam pojęcia, co się właśnie stało – wyznała na głos. – Gdy się dowiem, dam wam wszystkim znać.
Była jednak wstrząśnięta. Nadal stała w słońcu, machając od czasu do czasu do pracowników Circle, którzy ją rozpoznali. Wiedziała, że jej widzowie mogą się zastanawiać, co się zaraz stanie i dokąd teraz pójdzie. Nie chciała zerkać na bransoletę, zdając sobie sprawę, że komentarze będą wyrażały konsternację, a nawet zaniepokojenie. W oddali ujrzała coś, co wyglądało na mecz krokieta, i zapalając się do pewnego pomysłu, ruszyła w tamtym kierunku.

– Jak wszyscy wiecie, nie zawsze się tutaj bawimy – powiedziała, znalazłszy się na tyle blisko, by widzieć czterech graczy i pomachać im na powitanie. Zdała sobie sprawę, że to dwaj pracownicy Circle i para gości z Rosji. – Czasem musimy pracować, czego najlepszym dowodem jest ta grupka. Nie chcę im przeszkadzać, ale mogę was zapewnić, że to, co robią, wiąże się z rozwiązywaniem problemów oraz ze skomplikowanymi algorytmami i spowoduje udoskonalenie produktów i usług, które możemy wam zapewnić. Delektujmy się grą.

To dało jej kilka minut, żeby się zastanowić. Chwilami kierowała obiektyw na coś takiego, mecz, pokaz lub przemówienie, i dzięki temu wędrowała myślami, podczas gdy jej widzowie oglądali obraz z kamery. Sprawdziła wyświetlacz na nadgarstku i spostrzegła, że liczba jej widzów, 432 028, mieści się w średnim zakresie i nie ma żadnych pilnych komentarzy, zostawiła więc sobie trzy minuty, zanim ponownie przejmie kontrolę nad kanałem informacyjnym.

Uśmiechając się szeroko – była bowiem na pewno widoczna na obrazie z trzech lub czterech kamer SeeChange pod gołym niebem – odetchnęła. Była to nowo nabyta przez nią umiejętność, zdolność sprawiania wrażenia osoby bardzo pogodnej, a nawet radosnej, podczas gdy w jej głowie panował chaos. Chciała zadzwonić do Annie, nie mogła jednak tego zrobić. Pragnęła Kaldena. Chciała z nim być na osobności. Chciała znaleźć się znowu w tamtej toalecie i siedzieć na nim, czując, jak się w nią wbija. Ale Kalden nie był normalny. Odgrywał tutaj rolę szpiega, anarchisty, czarnowidza. Co miał na myśli, przestrzegając ją przed domknięciem Circle? Nie wiedziała nawet, co to znaczy. Nikt tego nie wiedział. Firmowi Mędrcy zaczęli jednak ostatnio o tym napomykać. Pewnego dnia na nowych płytach w całym kampusie pojawiły się zagadkowe komunikaty: MYŚL O DOMKNIĘCIU, DOMKNIJ CIRCLE oraz CIRCLE MUSI BYĆ CAŁE i te hasła wzbudziły pożądane zaintrygowanie. Nikt jednak nie wiedział, co znaczą, a Mędrcy nie chcieli tego wyjawić.

Mae sprawdziła, która godzina. Obserwowała mecz krokieta od dziewięćdziesięciu sekund. Mogła pozostać w tej pozycji przez minutę lub dwie. Czy miała obowiązek zgłosić tę rozmowę? Czy ktoś rzeczywiście słyszał słowa Kaldena? Jeśli tak, to co? A jeśli był to jakiś sprawdzian, czy doniesie o telefonie typa spod ciemnej gwiazdy? Może stanowiło to część Domknięcia – test przypominający badanie, w którym oceniono jej lojalność i psuto szyki każdemu, kto przeszkodziłby w Domknięciu? O cholera, zaklęła w duchu. Chciała porozmawiać z Annie, ale wiedziała, że to niemożliwe. Pomyślała o rodzicach, którzy mogliby jej udzielić jakiejś cennej rady, ale ich dom też był przejrzysty i pełen kamer SeeChange – był to warunek terapii ojca. Może mogła tam pojechać i spotkać się z n i m i w toalecie? Nie. Od kilku dni nie kontaktowała się z domem. Rodzice uprzedzili ją, że mają jakieś trudności techniczne, że wkrótce znowu się odezwą, że ją kochają, potem zaś przez dwie doby nie odpowiedzieli na żadną z wysłanych im wiadomości. I w tym czasie nie sprawdziła kamer w ich domu. Musi to w końcu zrobić. Zanotowała to w pamięci. Może do nich zadzwoni? Upewni się, czy niczego im nie brakuje, a potem jakoś da do zrozumienia, że chce porozmawiać o czymś bardzo niepokojącym i osobistym?

Nie, nie. To jakieś szaleństwo. Przypadkiem zadzwonił do niej człowiek, który jak już wiedziała, jest świrem. Zaklęła w myślach, mając nadzieję, że nikt się nie domyśli, jaki ma w głowie mętlik. Cieszyła się z tego, że jest tam, gdzie jest, na widoku, że odgrywa rolę kanału informacyjnego, przewodnika dla swoich widzów, lecz ta odpowiedzialność, ta niepotrzebna intryga przygniatały ją. A gdy odniosła wrażenie, że jest sparaliżowana, uwięziona między zbyt wieloma możliwościami i niewiadomymi, wiedziała, że tylko jedno miejsce poprawi jej samopoczucie.

O godzinie 13:44 Mae weszła do gmachu Renesansu, poczuła, że powoli obracająca się nad nią rzeźba Caldera wita ją ciepło, i wjechała windą na czwarte piętro. Już sama ta jazda w górę złagodziła napięcie. Przejście kładką z widokiem na atrium poniżej przyniosło jej ukojenie. Tutaj, w Dziale Doświadczeń Klienta, był jej dom, w którym wszystko wydawało się jasne.

Początkowo się zdziwiła, kiedy poproszono, by nadal pracowała, przynajmniej przez kilka godzin tygodniowo, w DK. Dobrze wspominała spędzony tu czas, ale zakładała, że przejrzystość będzie oznaczać definitywne rozstanie z tym działem. „W tym właśnie rzecz – wyjaśnił Bailey. – Myślę, że po pierwsze, nie stracisz dzięki temu kontaktu z pracą u podstaw, którą tu wykonywałaś. Po drugie, uważam, że twoi obserwatorzy i widzowie docenią, że nadal wykonujesz tę bardzo ważną pracę. Będzie to niezwykle wzruszający akt pokory, nie sądzisz?"

Mae od razu sobie uświadomiła, jaką ma władzę – błyskawicznie stała się jednym z trojga najbardziej widocznych pracowników Circle – i postanowiła nie obnosić się z tą świadomością. Znajdowała więc czas, by każdego tygodnia wracać do swojej dawnej grupy i dawnego biurka, którego nikt po niej nie zajął. Dokonano pewnych zmian – było teraz dziewięć ekranów, a pracowników Działu DK zachęcano do głębszego wnikania w problemy klientów, do świadczenia wzajemnych, daleko idących przysług – ale praca w istocie wyglądała tak samo. Mae stwierdziła, że ceni sobie jej rytm, niemal medytacyjny walor robienia czegoś, co znała na wylot, i uświadomiła sobie, iż w chwilach stresu lub niepowodzeń ciągnie ją do DK.

Tak więc w trzecim tygodniu swojej przejrzystości, w słoneczne środowe popołudnie zamierzała popracować przez dziewięćdziesiąt minut w Dziale DK, zanim pochłoną ją zajęcia zaplanowane na resztę dnia. O trzeciej musiała oprowadzić internautów po budynku Epoki Napoleońskiej, gdzie prezentowano system eliminujący zastosowanie gotówki – możliwość śledzenia przepływu waluty w Internecie wykluczyłaby z dnia na dzień ogromną część przestępstw – a o czwartej miała zwrócić uwagę na nowe rezydencje dla muzyków: dwadzieścia cztery w pełni wyposażone mieszkania, gdzie muzycy, zwłaszcza ci, którzy nie mogli liczyć na to, że wyżyją ze sprzedaży swoich utworów, mogli mieszkać za darmo i grać regularnie dla pracowników firmy. To zajęłoby jej całe popołudnie. O piątej miała być świadkiem oświadczenia kolejnego polityka, który wybrał przejrzystość. Zagadką dla niej i wielu jej widzów było, dlaczego nadal składali te deklaracje – obecnie nazywano je Wyjaśnieniami – z taką pompą. W całym kraju i na świecie były dziesiątki tysięcy przejrzystych urzędników pochodzących z wyboru i ten krok był raczej czymś nieuchronnym niż nowatorskim; większość obserwatorów przewidywała pełną przejrzystość władz, przynajmniej w demokracjach – a wskutek stosowania kamer SeeChange wkrótce miało już nie być państw innych niż demokratyczne – w ciągu niespełna osiemnastu miesięcy. Po Wyjaśnieniu w kampusie urządzano konkurs komedii improwizowanych, zbiórkę pieniędzy na szkołę na pakistańskiej wsi, degustację win i wreszcie grillowanie na terenie całego kampusu przy transowym śpiewie peruwiańskiego chóru.

Mae weszła do sali, w której pracowała jej dawna grupa i gdzie jej odlane ze stali słowa – TAJEMNICE TO KŁAMSTWA; DZIELENIE SIĘ – LEK NA KAŻDE STRAPIENIE; PRYWATNOŚĆ TO KRADZIEŻ – zajmowały niemal całą ścianę. W środku roiło się od nowicjuszy, którzy unieśli wzrok, zaniepokojeni i zadowoleni jej wizytą. Pomachała im na powitanie, złożyła teatralny ukłon, ujrzała stojącego w drzwiach swojego gabinetu Jareda i jego także powitała gestem. Potem, zdecydowana popracować bez fanfar, usiadła, zalogowała się do sieci i otworzyła zsyp. Odpowiedziała na trzy zapytania jedno po drugim, ze średnią oceną 99 punktów. Jej czwarta klientka jako pierwsza zauważyła, że zajmuje się nią Mae, Przejrzysta Mae.

Oglądam Cię – napisała klientka, nabywca czasu i powierzchni reklamowej w mediach dla importera sprzętu sportowego z New Jersey. Miała na imię Janice i nie mogła się nadziwić, że może patrzeć, jak Mae pisze odpowiedź na jej zapytanie w czasie rzeczywistym na ekranie, tuż obok okna, w którym otrzymywała wyjaśnienie. *Gabinet luster!!* – dodała.

Po Janice przyszła kolej na serię klientów, którzy nie wiedzieli, że to ona odpowiada na ich zapytania, i okazało się, że to ją martwi. Dystrybutorka koszulek z Orlando o imieniu Nanci poprosiła, by dołączyła do jej sieci kontaktów zawodowych i Mae chętnie na to przystała. Jared powiedział jej wcześniej o nowym poziomie rewanżowania się, do którego zachęcano pracowników Circle. Jeśli wysyłasz ankietę, sam też bądź przygotowany do odpowiedzi na pytania ankietera. Po dołączeniu do sieci kontaktów dystrybutorki z Orlando Mae otrzymała następną wiadomość od Nanci, która prosiła o wypełnienie krótkiego kwestionariusza na temat jej preferencji w zakupach odzieży sportowej, i zgodziła się to zrobić. Weszła na stronę internetową dystrybutorki i zdała sobie sprawę, że kwestionariusz wcale nie jest krótki; zawierał sto dwadzieścia pytań. Jednak Mae z przyjemnością na nie odpowiedziała, czując, że jej opinia się liczy i jest brana pod uwagę, a tego rodzaju rewanż zrodzi lojalność Nanci oraz wszystkich, z którymi ma styczność. Po udzieleniu odpowiedzi na pytania dystrybutorka przysłała jej wylewny list z podziękowaniami i napisała, że może sobie wybrać dowolną koszulkę, kierując Mae na stronę swojego sklepu. Mae odpisała, że zrobi to później, ale Nanci odpowiedziała, że nie może się doczekać, żeby zobaczyć, którą koszulkę wybierze. Mae zerknęła na zegar; od ośmiu minut zajmowała się klientką z Orlando, znacznie przekraczając określony w nowych wytycznych limit dwóch i pół minuty na zapytanie.

Wiedziała, że będzie musiała szybko uporać się z następnymi dziesięcioma zapytaniami, żeby jej średnia ocena wróciła do zadowalającego poziomu. Weszła na stronę sklepu, wybrała koszulkę z nadrukiem psa z kreskówki w kostiumie superbohatera, a Nanci pochwaliła ją za świetny wybór. Potem Mae przyjęła następne zapytanie i była w trakcie prostej przeróbki gotowej odpowiedzi, gdy otrzymała od Nanci kolejną wiadomość. *Przepraszam, że jestem nadwrażliwa, ale po tym, jak poprosiłam Cię, byś dołączyła do sieci moich kontaktów zawodowych, Ty nie poprosiłaś mnie o to samo i choć wiem, że w Orlando jestem nikim, uznałam, że muszę Ci powiedzieć, że poczułam się przez to niedoceniona.* Mae odpisała, że nie zamierzała wzbudzać w niej takiego uczucia, że jest po prostu bardzo zajęta i dlatego spóźniła się z tym bardzo ważnym rewanżem, co szybko naprawiła. Skończyła zajmować się ostatnim zapytaniem, otrzymała 98 punktów i wysyłała właśnie ankietę uzupełniającą, gdy dostała kolejną wiadomość od Nanci: *Czy widziałaś moją wiadomość na temat sieci kontaktów zawodowych?* Mae zajrzała na wszystkie swoje kanały informacyjne i nie znalazła żadnej wiadomości od Nanci. *Zamieściłam ją na tablicy wiadomości sieci twoich kontaktów zawodowych!* – dodała. Tak więc Mae weszła na tę stronę, którą odwiedzała dość rzadko, i zobaczyła wpis Nanci: *Witaj, Nieznajoma!* Mae wystukała w odpowiedzi: *Ty też witaj! Ale ty nie jesteś nieznajomą!!!* i przez chwilę myślała, że to będzie oznaczało koniec ich rozmowy, lecz zatrzymała się na tej stronie na moment, mając wrażenie, że Nanci jeszcze nie skończyła. I nie pomyliła się. *Tak się cieszę, że odpisałaś! Myślałam, że jesteś obrażona tym, że nazwałam cię „Nieznajomą". Na pewno nie byłaś poirytowana?* Mae zapewniła, że nie jest poirytowana, odpowiedziała „uściskami i całuskami", przesłała jej dziesięć kolejnych uśmiechów i powróciła do swoich zapytań, mając nadzieję, że Nanci jest usatysfakcjonowana i szczęśliwa i wszystko gra. Załatwiła trzy następne zapytania, uzupełniając odpowiedzi ankietami, i zobaczyła, że jej średnia ocena wynosi 99 punktów. To wywołało lawinę gratulacji na komunikatorze od widzów z radością przyjmujących jej nieustające zaangażowanie w codzienną pracę w Circle, niezwykle istotną dla sprawnego funkcjonowania świata. Przypomniano, że bardzo wielu jej widzów też pracuje przy biurkach, a ponieważ ona kontynuowała swą pracę, dobrowolnie i z wyraźną radością, stanowiła dla nich wzór oraz inspirację. To było przyjemne. I naprawdę cenne dla Mae. Klienci czynili ją lepszą. A służenie im teraz, gdy zadeklarowała przejrzystość, sprawiało, że była o wiele lepsza. Spodziewała się tego. Stewart powiedział, że gdy oglądają nas tysiące lub nawet miliony, prezentujemy się z najlepszej strony. Jesteśmy bardziej pogodni, pozytywnie nastawieni, grzeczniejsi, bardziej wielkoduszni i bardziej dociekliwi. Nie wspomniał jednak o drobniejszych pozytywnych zmianach w jej zachowaniu.

Kamera po raz pierwszy wpłynęła na jej poczynania, gdy poszła do kuchni po coś do jedzenia. Kiedy szukała wzrokiem przekąski, obraz wyświetlany na jej nadgarstku ukazywał wnętrze lodówki. Normalnie wzięłaby schłodzone ciastko czekoladowe z orzechami, ale widząc na ekranie sięgającą po nie rękę i wiedząc, że zobaczą to wszyscy inni, cofnęła dłoń. Zamknęła lodówkę, z miski na kuchennym blacie wybrała paczkę migdałów i wyszła z kuchni. Później tego samego dnia poczuła ból głowy, spowodowany, jak sądziła, tym, że zjadła mniej czekolady niż zwykle. Sięgnęła do torebki, gdzie trzymała kilka jednorazowych porcji aspiryny, ale znowu na ekranie swojego monitora zobaczyła to, co wszyscy widzieli. Ujrzała dłoń przeszukującą jej torebkę, palce chwytające za paczuszkę i natychmiast poczuła, że jest beznadziejna i żałosna niczym jakaś lekomanka.

Obyła się bez aspiryny. Codziennie obywała się bez rzeczy, których nie chciała chcieć. Rzeczy, które nie były jej potrzebne. Zrezygnowała z napojów gazowanych i energetyzujących oraz z przetworów spożywczych. Na firmowych imprezach towarzyskich powoli sączyła jednego drinka i za każdym razem starała się zostawić coś w szklance. Każdy przejaw nieumiarkowania wywołałby lawinę komentarzy z wyrazami zaniepokojenia na komunikatorze, zachowywała więc wstrzemięźliwość. I okazało się, że to działa wyzwalająco. Uwolniła się od złych nawyków. Wyzwoliła się od robienia rzeczy, których nie chciała robić, jedzenia i picia produktów, które jej szkodziły. Odkąd postawiła na przejrzystość, wyszlachetniała. Ludzie nazywali ją wzorem do naśladowania. Matki twierdziły, że ich córki ją podziwiają, i to zwiększało w niej poczucie odpowiedzialności, a owo poczucie odpowiedzialności – wobec pracowników Circle, wobec ich klientów i wspólników, wobec młodzieży, która widziała w niej źródło inspiracji – nie pozwalało jej bujać w obłokach i dodawało na co dzień sił.

Przypomniała sobie o pytaniach sondażowych Circle, założyła słuchawki z mikrofonem i zaczęła odpowiadać. Owszem, stale przedstawiała własne opinie swoim widzom i czuła się bardziej wpływowa niż przedtem. Ale brakowało jej równego rytmu i dialogicznego charakteru sondaży. Odpowiedziała na jeszcze jedno zapytanie klienta, po czym skinęła głową. Rozległ się dźwięk odległego dzwonu. Skinęła ponownie.

– Dziękuję. Jesteś zadowolona ze stanu bezpieczeństwa na lotniskach?

– Uśmiech – odparła Mae.

– Dziękuję. Czy przyklaśniesz zmianie procedur bezpieczeństwa na lotniskach?

– Tak.

– Dziękuję.

Pytania padały nadal i Mae zdołała przebrnąć przez dziewięćdziesiąt cztery, zanim pozwoliła sobie na chwilę nieuwagi. Wkrótce powrócił ten głos, niezmieniony.

– Mae.

Zignorowała go celowo.

– Mae.

To imię, wypowiedziane jej głosem, nadal robiło na niej silne wrażenie. I nadal nie wiedziała, dlaczego tak się dzieje.

– Mae.

Tym razem to słowo zabrzmiało jakby czyściej.
– Mae.
Spojrzała na swą bransoletę, widząc na komunikatorze wiele pytań, czy nic jej nie jest. Wiedziała, że musi odpowiedzieć, żeby jej widzowie nie pomyśleli, iż postradała zmysły. Była to jedna z wielu drobnych zmian, do których musiała się przyzwyczaić – teraz tysiące osób widziało to co ona i miało dostęp do informacji na temat jej zdrowia, słyszało jej głos, oglądało jej twarz. Oprócz kamery zainstalowanej w monitorze stale pokazywała ją któraś z kamer SeeChange w kampusie – kiedy więc coś naruszało jej pogodę ducha, ludzie to zauważali.
– Mae.
Chciała usłyszeć to jeszcze raz, więc się nie odezwała.
– Mae. – Był to głos jej lepszej, bardziej nieustraszonej wersji.
– Mae.
Ilekroć go słyszała, czuła się silniejsza.

Została w DK do piątej. Wtedy zaprezentowała swoim widzom najnowsze Wyjaśnienie w wykonaniu gubernatora Arizony, z przyjemnością też sfilmowała niespodziewane deklaracje przejrzystości całego jego personelu, które składało wielu urzędników, żeby zagwarantować swoim wyborcom, iż umowy nie są zawierane w tajemnicy, z dala od ich deklarującego przejrzystość szefa. Na uroczystości spotkała się z Renatą, Denise i Josiahem – pracownikami Circle, którzy kiedyś mieli nad nią pewną władzę, a teraz byli jej akolitami. Potem zaś wszyscy zjedli kolację w Szklanej Knajpce. Nie było specjalnego powodu wychodzić z kampusu na posiłki, zważywszy, że Bailey, licząc na pobudzenie dyskusji, kontaktów towarzyskich i skłonności do dzielenia się pomysłami wśród pracowników firmy, wprowadził nowe zasady, zgodnie z którymi wszystkie potrawy nie dość, że miały być, jak zawsze, bezpłatne, to jeszcze przyrządzane codziennie przez innego znakomitego szefa kuchni. Kucharze cieszyli się z tej darmowej reklamy – tysięcy pracowników Circle przesyłających uśmiechy, komunikaty i zamieszczających zdjęcia w sieci – a kulinarny program Baileya zyskał natychmiast szaloną popularność i w stołówkach zaroiło się od ludzi; przypuszczalnie też rodziło się tam mnóstwo pomysłów.

Mae posilała się pośród tej wieczornej krzątaniny targana zmiennymi uczuciami, a zagadkowe słowa Kaldena wciąż kołatały jej się w głowie. Cieszyła się więc na zaplanowane na wieczór rozrywki. Konkurs komedii improwizowanych był odpowiednio okropny i zabawny mimo całkowitej niekompetencji uczestników, zbiórka pieniędzy na szkołę w Pakistanie dodała wszystkim otuchy – zdołano zebrać dwa miliony trzysta tysięcy uśmiechów – i wreszcie było grillowanie, przy którym Mae pozwoliła sobie na drugi kieliszek wina, zanim wylądowała w internacie.

Pokój od sześciu tygodni należał do niej. Powroty samochodem do mieszkania, które było kosztowne i w którym ostatnio, po ośmiu dniach nieobecności, zagnieździły się myszy, nie miały już sensu. Zrezygnowała więc z jego wynajmu i stała się jedną z setki Osadników, pracowników Circle, którzy na stałe przeprowadzili się do kampusu. Korzyści z tego rozwiązania były oczywiste i lista oczekujących liczyła obecnie tysiąc dwieście dziewięć nazwisk. W kampusie było teraz miejsce na noclegi dla dwustu osiemdziesięciu ośmiu pracowników, a firma kupiła właśnie pobliski budynek, dawną fabrykę, z zamiarem zaadaptowania go na pięćset następnych pokoi. Pokój Mae został zmodernizowany i miał teraz w pełni inteligentne urządzenia, ekrany ścienne i rolety, wszystko centralnie monitorowane. Sprzątano w nim codziennie i zaopatrywano lodówkę zarówno w normalne produkty – wyszukiwane za pośrednictwem Ziomala – jak i te, których jeszcze nie było w normalnej sprzedaży. Mogła mieć wszystko, co chciała, pod warunkiem przekazywania producentom opinii o ich wyrobach.

Umyła się i usadowiła w śnieżnobiałej pościeli. Po dziesiątej wieczorem przejrzystość nie była obowiązkowa i po umyciu zębów, co jak się okazało, na ogół interesowało ludzi i zdaniem Mae mogło sprzyjać dbałości o zdrowe uzębienie u młodszych internautów, wyłączała kamerę. O godzinie 22:11 życzyła dobrej nocy swoim widzom – w tym momencie było ich tylko 98 027, z czego kilka tysięcy odwzajemniło życzenia – zdjęła kamerę i umieściła ją w futerale. Wolno jej było wyłączyć zainstalowane w pokoju kamery SeeChange, ale okazało się, że robi to rzadko. Wiedziała, że materiał filmowy, który sama może zgromadzić, na przykład na temat ruchów we śnie, może być kiedyś cenny, więc pozostawiała je włączone. Do snu z monitorami na nadgarstkach przywykła dopiero po kilku tygodniach – pewnej nocy podrapała sobie twarz, a innej uszkodziła ekran prawego monitora – ale firmowi inżynierowie udoskonalili konstrukcję, zastępując sztywne ekrany bardziej elastycznymi i nietłukącymi się, i teraz czuła się bez nich niekompletna.

Siedziała w łóżku, wiedząc, że jak zwykle zaśnie mniej więcej za godzinę. Włączyła ekran ścienny, zamierzając sprawdzić, co słychać u rodziców, ale ich kamery SeeChange były wyłączone. Wysłała im wiadomość na komunikatorze, nie doczekała się jednak żadnej reakcji. Wysłała też wiadomość Annie, lecz nie otrzymała odpowiedzi. Przejrzała kanał informacyjny na swoim komunikatorze, zapoznając się z treścią kilku zabawnych wpisów, i – ponieważ odkąd zadeklarowała przejrzystość, schudła o dwa i pół kilograma – spędziła dwadzieścia minut, szukając nowej spódnicy i koszulki. Gdzieś przy ósmej odwiedzanej witrynie poczuła się znowu rozdarta. Bez konkretnego powodu sprawdziła, czy witryna Mercera nadal jest niedostępna, i okazało się, że nic się w tej mierze nie zmieniło. Bezskutecznie szukała jakiejś niedawnej wzmianki o nim w sieci bądź informacji o miejscu jego pobytu. Czuła się coraz bardziej rozbita, widziała przed sobą otwierającą się szybko niezgłębioną ciemność. W lodówce miała jeszcze trochę sake, którą nauczył ją pić Francis, wstała więc, nalała sobie o wiele za dużo i wypiła. Weszła na portal SeeChange i oglądała obrazy z plaży w Sri Lance i w Brazylii, dzięki czemu poczuła namiastkę spokoju i ciepła tropików. I wtedy przypomniała sobie, że kilka tysięcy studentów rozjechało się po całej planecie, instalując kamery w najbardziej odległych regionach świata. Przez jakiś czas oglądała więc obraz z kamery w wiosce na namibijskiej pustyni, na którym dwie kobiety przyrządzały posiłek, a ich dzieci bawiły się w tle. Jednak po kilku minutach stwierdziła, że poczucie rozdarcia się w niej nasila, podwodne krzyki stają się głośniejsze, słyszy nieznośny szum. Znowu szukała Kaldena, zapisując jego imię na kilkanaście nowych i irracjonalnych sposobów, przeglądając przez trzy kwadranse twarze ludzi figurujących w firmowym katalogu i nie znajdując nikogo, kto byłby do niego podobny. Wyłączyła kamery SeeChange i nalała sobie następną porcję sake. Wskoczyła do łóżka i myśląc o Kaldenie oraz jego dłoniach, o jego chudych nogach i długich palcach, wodziła lewą dłonią po sutkach, a prawą zsunęła majtki i naśladowała ruchy języka, jego języka. Daremnie. Dzięki sake wyzbyła się jednak obaw i w końcu, tuż przed dwunastą, zapadła w coś na kształt snu.

– No dobra – powiedziała Mae. Ranek był jasny, a ona czuła się dostatecznie radosna, by wypróbować zwrot, który mógł jej zdaniem zyskać popularność w całym Circle bądź poza jego granicami. – To dzień jak wszystkie w tym sensie, że nie przypomina żadnego innego! – To powiedziawszy, sprawdziła wyświetlacz na przegubie, ale niewiele wskazywało na to, że jej słowa trafiły na podatny grunt. Na moment uszło z niej powietrze, ale sam dzień, wielkie nadzieje, jakie ze sobą niósł, podniósł ją na duchu. Była godzina 9:34, słońce znowu mocno przygrzewało, a w kampusie panował spory ruch i gwar. Jeśli pracownicy Circle potrzebowali potwierdzenia, że znajdują się w centrum wszystkiego, co ma znaczenie, to ten dzień już je przyniósł. Począwszy od 8:31, kampusem wstrząsały kolejne lądowania śmigłowców, które przywoziły szefów wszystkich ważnych towarzystw ubezpieczeniowych, światowych agencji zdrowia, ośrodków kontroli chorób oraz najbardziej znaczących firm farmaceutycznych. Krążyły pogłoski, że dojdzie do pełnej wymiany informacji między przedstawicielami tych dotychczas niepowiązanych ze sobą czy wręcz wrogich instytucji, a gdy ich działania zostaną skoordynowane i podzielą się ze sobą wszystkimi danymi zdrowotnymi, co w znacznym stopniu umożliwiło Circle oraz, co ważniejsze, TruYou, można będzie poskromić wirusy w zarodku i wykryć źródła chorób.

Przez cały ranek Mae przyglądała się, jak dyrektorzy, lekarze oraz urzędnicy kroczą radośnie przez kampus w drodze do właśnie wybudowanego gmachu Rogu Ammona. Mieli w nim spędzić dzień na spotkaniach – tym razem prywatnych, lecz obiecywano dyskusje na forach publicznych w nieodległej przyszłości – a potem miał się odbyć koncert jakiegoś podstarzałego piosenkarza i kompozytora, którego jedynym fanem był Bailey i który przybył poprzedniego wieczoru na kolację z Trzema Mędrcami.

Najważniejsze dla Mae było jednak to, że jeden z wielu porannych śmigłowców przywiózł Annie, która wreszcie wracała do domu. Wyjechała na niemal miesiąc do Europy, Chin oraz Japonii, by dopracowywać kwestie regulacji prawnych i spotykać się z niektórymi z tamtejszych deklarujących przejrzystość przywódców. Rezultaty tych spotkań wydawały się dobre, sądząc po liczbie uśmiechów, które Annie zamieściła na swoim kanale informacyjnym pod koniec podróży. Bardziej konkretne rozmowy między przyjaciółkami okazały się jednak trudne. Annie pogratulowała Mae przejrzystości, w n i e b o w s t ą p i e n i a, jak to ujęła, ale potem była bardzo zajęta. Zbyt zajęta, by pisać coś znaczącego, zbyt zajęta, by prowadzić rozmowy telefoniczne, których nie musiałaby się wstydzić. Codziennie wymieniały krótkie wiadomości, lecz harmonogram zajęć Annie był – takiego użyła słowa – z w a r i o w a n y, a różnica czasu sprawiała, że rzadko mogły się zgrać i pogadać w wyczerpujący sposób.

Annie obiecała przyjechać rano, prosto z Pekinu, i czekając na nią, Mae miała kłopoty z koncentracją. Na próżno obserwowała lądujące helikoptery, patrząc przez zmrużone powieki na dachy budynków i szukając wzrokiem żółtowłosej Annie. Teraz zaś musiała spędzić godzinę w Pawilonie Protagorasa, spełniając, czego była świadoma, ważne zadanie, które normalnie uznałaby za fascynujące; tego dnia jednak wydawało się ono murem skutecznie odgradzającym ją od najlepszej przyjaciółki.

Na granitowej tablicy przed Pawilonem Protagorasa przytoczono niezbyt precyzyjnie słowa człowieka, którego imię nosił budynek: „Ludzie są miarą wszechrzeczy".

– Dla naszych celów ważniejsze jest to – powiedziała Mae, otwierając drzwi budynku – że teraz l u d z i e mogą wszystko z m i e r z y ć dostępnymi narzędziami. Zgadza się, Terry?

Stał przed nią wysoki Amerykanin koreańskiego pochodzenia, Terry Min.

– Witaj, Mae, witajcie, jej widzowie i obserwatorzy.

– Widzę, że masz nową fryzurę – zauważyła.

Myśląc o powrocie Annie, Mae czuła się trochę skołowana, a Terry na moment stracił rezon. Nie spodziewał się nieuzgodnionych pytań.

– Eee, owszem – odparł, rozczesując włosy palcami.

– Jest geometryczna – stwierdziła.

– Racja. Jest bardziej geometryczna. Chyba powinniśmy wejść do środka?

– Powinniśmy.

Projektanci budynku zadali sobie sporo trudu, by zastosować naturalne kształty i złagodzić sztywne matematyczne zasady codziennej pracy inżynierów. Atrium było wyłożone srebrem i wydawało się falować, jakby stanęli u dołu ogromnej rury z blachy falistej.

– Co dzisiaj obejrzymy, Terry?

– Pomyślałem, że zaczniemy od zwiedzania, a potem wejdziemy nieco głębiej w projekty, które wykonujemy dla sektora edukacyjnego.

Mae chodziła za Terrym po budynku, który bardziej przypominał matecznik inżyniera niż te części kampusu, do których zwiedzania przywykła. Sposobem na przyciągnięcie uwagi jej publiczności było zestawianie rzeczy prozaicznych z bardziej reprezentacyjnymi częściami Circle; należało pokazywać jedne i drugie, z pewnością też tysiące widzów bardziej ciekawiły kotłownie niż luksusowe apartamenty na ostatnim piętrze, ale proporcje musiały być precyzyjnie dobrane.

Minęła Josefa i jego krzywe zęby, po czym przywitała się z różnymi programistami i inżynierami, którzy kolejno, najlepiej jak umieli, wyjaśniali, nad czym pracują. Mae sprawdziła, która godzina, i spostrzegła, że ma nowe powiadomienie od doktor Villalobos. Lekarka prosiła, by jak najszybciej przyszła do niej z wizytą. *To nic pilnego*, napisała. *Ale powinnyśmy spotkać się dzisiaj*. Gdy przemierzali budynek, odpisała lekarce, że przyjdzie za trzydzieści minut.

– Może teraz powinniśmy się zapoznać z tym projektem edukacyjnym?

– Myślę, że to świetny pomysł – odparł Terry.

Przeszli skręcającym korytarzem i znaleźli się w wielkim pomieszczeniu bez ścian działowych, z co najmniej setką pracowników. To miejsce przypominało trochę parkiet giełdowy z połowy poprzedniego wieku.

– Jak być może wiedzą twoi widzowie – rzekł Terry – Departament Oświaty przyznał nam spory grant...

– Trzy miliardy dolarów? – zapytała Mae.

– Cóż, jakie to ma znaczenie? – odpowiedział Terry, niezmiernie zadowolony z przyznanej sumy i z tego, o czym świadczyła jej wysokość: że Waszyngton wie, iż w Circle można zmierzyć wszystko, z osiągnięciami uczniów włącznie, lepiej, niż na to liczą władze. – Rzecz jednak w tym, iż poproszono nas o zaprojektowanie i wdrożenie sprawniejszego systemu kompleksowej oceny danych dla uczniów szkół krajowych. O, zaczekaj, to jest super – dodał.

Zatrzymali się przed kobietą i małym dzieckiem. Chłopczyk wyglądał na trzy latka i bawił się błyszczącym srebrnym zegarkiem zapiętym na nadgarstku.

– Cześć, Marie – powitał kobietę Terry. – Jak zapewne wiesz, to jest Mae.
– Dobrze znam Mae – potwierdziła Marie z bardzo nieznacznym francuskim akcentem – i Michel też ją zna. Przywitaj się, synku.
Michel postanowił pomachać rączką.
– Powiedz coś do Michela, Mae – zaproponował Terry.
– Jak się masz, chłopcze? – zapytała Mae.
– Dobrze, a teraz pokaż pani – rzekł Terry, szturchając malca w ramię.
Zegarek na rączce Michela zarejestrował na swoim maleńkim wyświetlaczu cztery słowa właśnie wypowiedziane przez Mae. Poniżej tych słów znajdowała się licznik z wyświetloną liczbą 29 266.
– Badania wykazują, że dzieci muszą słyszeć co najmniej trzydzieści tysięcy słów dziennie – wyjaśniła Mae. – Zegarek robi więc coś bardzo prostego, rozpoznając, klasyfikując i, co najważniejsze, licząc te słowa. Jest przeznaczony głównie dla dzieci wychowywanych w domu, w wieku przedszkolnym. Gdy już trafiają do szkoły, zakładamy, że wszystko to jest rejestrowane w klasie.
– Dobra puenta – ocenił Terry. Podziękowali Marie oraz Michelowi i przeszli korytarzem do dużego pomieszczenia urządzonego jak szkolna klasa, tyle że przeobrażona, z dziesiątkami ekranów, ergonomicznymi krzesłami i wspólnymi stanowiskami do pracy.
– A oto Jackie – powiedział Terry.
Jackie, zgrabna trzydziestokilkuletnia kobieta, podeszła do nich i uścisnęła Mae dłoń. Miała na sobie sukienkę bez rękawów, podkreślającą jej szerokie ramiona i ręce modelki. Na przegubie prawej ręki nosiła niewielki gipsowy opatrunek.
– Cześć, Mae. Tak się cieszę, że mogłaś nas dziś odwiedzić. – Jej głos był wyćwiczony, profesjonalny, ale miał w sobie nutę kokieterii. Jackie stała przed kamerą ze splecionymi dłońmi.
– Czy możesz nam więc trochę opowiedzieć o tym, co tutaj robisz? – rzekł Terry, wyraźnie ciesząc się, że jest blisko niej.
Mae spostrzegła sygnał alarmowy na swoim monitorze i przerwała:

– Może powiedz nam najpierw, co robiłaś, zanim zaczęłaś kierować tym projektem. To ciekawa historia.
– Cóż, dziękuję, że to mówisz, Mae. Nie wiem, na ile to ciekawe, ale zanim dołączyłam do Circle, pracowałam w prywatnym funduszu kapitałowym, a wcześniej byłam w grupie, która zapoczątkowała...
– Byłaś pływaczką – podpowiedziała Mae. – Startowałaś w igrzyskach olimpijskich!
– Och, to – odparła Jackie z uśmiechem, machając lekceważąco ręką.
– W dwutysięcznym roku zdobyłaś brązowy medal?
– Owszem. – Niespodziewana nieśmiałość Jackie była ujmująca. Mae sprawdziła na monitorze i zobaczyła kilka tysięcy potwierdzających jej odczucia uśmiechów.
– Powiedziałaś też w węższym gronie, że twoje doświadczenia zawodniczki światowej klasy wpłynęły na projekt, który tu realizujesz?
– Owszem, Mae – przyznała Jackie, pojmując chyba wreszcie, dokąd Mae zmierza. – Tutaj, w Pawilonie Protagorasa, moglibyśmy rozmawiać o bardzo wielu sprawach, ale rzeczą interesującą naszych widzów jest to, co nazywamy klasyfikacją młodzieży. Podejdź na chwilę. Spójrzmy na tę dużą tablicę. – Doprowadziła Mae do ekranu ściennego szerokości około sześciu metrów. – Od kilku miesięcy testujemy pewien system w stanie Iowa, a twoja wizyta to chyba dobra okazja, by go zademonstrować. Może jeden z naszych widzów, jeśli uczęszcza obecnie do szkoły średniej w tym stanie, zechciałby przesłać ci swoje dane i nazwę szkoły?
– Słyszeliście – powiedziała Mae. – Czy jest ktoś, kto ogląda nas w stanie Iowa i chodzi obecnie do szkoły średniej?
Mae zerknęła na bransoletę na nadgarstku, na której pojawiło się jedenaście komunikatów. Pokazała je Jackie, która skinęła głową.
– W porządku – stwierdziła Mae. – Wystarczy ci więc jej imię i nazwisko?
– Oraz nazwa szkoły – odparła Jackie.

Mae przeczytała jedną z wiadomości z komunikatora.
– Mam tutaj Jennifer Batsuuri, która pisze, że uczęszcza do Akademii Sukcesu w Cedar Rapids.
– Dobrze – powiedziała Jackie, odwracając się z powrotem do ekranu. – Pokażmy Jennifer Batsuuri z Akademii Sukcesu.
Nazwisko dziewczyny pojawiło się na ekranie wraz ze szkolnym zdjęciem. Wynikało z niego, że Jennifer jest szesnastoletnią Amerykanką indyjskiego pochodzenia, z aparatem korekcyjnym na zębach, noszącą zielono-brązowy mundurek. Obok zdjęcia wirowały dwa liczniki, których wskazania szybko rosły, po czym zwolniły i zatrzymały się, górne na wartości 1396, a dolne na poziomie 179 827.
– No, no. Gratulacje, Jennifer! – powiedziała Jackie ze wzrokiem utkwionym w ekran. Odwróciła się do Mae i dodała: – Wygląda na to, że mamy prawdziwą dziewczynę sukcesu z Akademii Sukcesu. Wśród stu siedemdziesięciu dziewięciu tysięcy ośmiuset dwudziestu siedmiu licealistów ze stanu Iowa Jennifer jest sklasyfikowana na tysiąc trzysta dziewięćdziesiątej szóstej pozycji.

Mae sprawdziła, która godzina. Musiała przyśpieszyć pokaz Jackie.

– I jest to obliczane...

– Pozycja Jennifer wynika z porównania wyników jej sprawdzianów pisemnych, pozycji w klasie, miejsca szkoły w rankingach akademickich oraz wielu innych czynników.

– Co o tym sądzisz, Jennifer? – zapytała Mae. Sprawdziła na ekranie monitora, ale kanał informacyjny dziewczyny milczał.

Nastąpił krótki, niezręczny moment, gdy obie z Jackie oczekiwały odpowiedzi Jennifer, wyrazów radości z jej strony, ale licealistka się nie odezwała. Mae wiedziała, że pora przejść do następnego punktu, i zapytała:

– Czy można te wskaźniki porównać z wynikami wszystkich pozostałych uczniów w kraju, a może nawet na świecie?

– Taki przyświeca nam cel – odparła Jackie. – Tak samo jak w ramach Circle znamy na przykład nasz poziom partycypacji, tak wkrótce będziemy mogli w dowolnym momencie dowiedzieć się, jak nasi synowie i córki wypadają na tle reszty amerykańskich uczniów, a potem na tle uczniów za granicą.

– Wydaje się to bardzo pomocne – zauważyła Mae. – I wyeliminowałoby mnóstwo wątpliwości i stresów.

– Cóż, pomyśl, jak wpłynęłoby to na świadomość rodziców co do szans ich dziecka na przyjęcie do college'u. Co roku na uniwersytetach Ivy League jest dwanaście tysięcy wolnych miejsc. Jeżeli twój syn lub córka znajdzie się w najlepszych dwunastu tysiącach w skali kraju, to możesz przypuszczać, że ma spore szanse na przyjęcie na uczelnię.

– A jak często ten ranking będzie aktualizowany?

– Codziennie. Gdy tylko uzyskamy pełne dane ze wszystkich szkół i okręgów, będziemy mogli prowadzić codzienne notowania, a wszystkie egzaminy i wszystkie kartkówki będą uwzględniane natychmiast. I oczywiście można to rozbić na szkoły publiczne i prywatne, na regiony, a rankingi można łączyć, wyważać i analizować, by dostrzec tendencje w kształtowaniu się różnych innych czynników: społeczno-gospodarczych, rasowych, etnicznych, jakichkolwiek.

W uchu Mae zabrzmiał dzwonek z CDZ.

– Zapytaj, jak to się wiąże z TruYouth.

– Jackie, rozumiem, że łączy się to w ciekawy sposób z TruYouth, znanym dawniej jako ChildTrack. – Mae wypowiedziała te słowa na chwilę przedtem, zanim ogarnęła ją fala mdłości i oblał ją pot. Nie chciała się spotkać z Francisem. A może nie będzie to Francis? Przy projekcie pracowali też inni ludzie. Zerknęła w monitor na nadgarstku, myśląc, że może zdoła znaleźć go szybko przy użyciu firmowej przeglądarki. Ale chwilę potem ujrzała, jak zmierza ku niej wielkimi krokami.

– Oto Francis Garaventa – powiedziała Jackie, nieświadoma jej cierpienia. – Może nam opowiedzieć o związku między klasyfikacją młodzieży a TruYouth, co, muszę przyznać, jest równocześnie rewolucyjne i konieczne.

Gdy Francis szedł w ich stronę z rękami założonymi z fałszywą skromnością z tyłu, przyglądały mu się obie; Mae czuła, jak pot spływa jej pod pachy, i miała wrażenie, że Jackie żywi do niego nie tylko koleżeńską sympatię. Był to inny Francis – nadal nieśmiały, nadal drobny, ale uśmiechał się z pewnością siebie, jakby niedawno otrzymał pochwałę i oczekiwał następnych.

– Cześć, Francis – powiedziała Jackie, ściskając mu dłoń zdrową ręką i kokieteryjnie obracając ramię. Dla kamery ani dla Francisa nie było to oczywiste, lecz dla Mae dorównywało subtelnością uderzeniu gongu.

– Witaj, Jackie, witaj, Mae – rzekł Francis. – Mogę wprowadzić was do mojego matecznika? – Uśmiechnął się i nie czekając na odpowiedź, odwrócił się i zaprowadził je do sąsiedniego pomieszczenia. Mae nie widziała wcześniej jego gabinetu i na myśl o oglądaniu go wspólnie z widzami targały nią sprzeczne uczucia. Był to ciemny pokój z dziesiątkami ekranów tworzących na ścianie nieprzerwaną taflę.

– Tak więc, jak twoi widzowie chyba wiedzą, wprowadzamy program mający poprawić bezpieczeństwo naszych dzieci. W stanach, w których testowano jego działanie, przestępczość zmalała o niemal dziewięćdziesiąt procent, nastąpił też stuprocentowy spadek liczby uprowadzeń dzieci. W całym kraju odnotowaliśmy łącznie tylko trzy uprowadzenia i wszystkie ofiary odnaleziono w ciągu kilku minut dzięki temu, że mogliśmy śledzić lokalizację dzieci objętych programem.

– To było wprost niewiarygodne – zauważyła Jackie, kręcąc głową; jej głos był niski i przesycony czymś na kształt zmysłowości.

Francis uśmiechnął się do niej, nie zważając na to lub udając obojętność. Ekran na nadgarstku Mae ożywił się tysiącami uśmiechów i setkami komentarzy. Rodzice w stanach nieobjętych programem TruYouth rozważali przeprowadzkę. Francisa przyrównywano do Mojżesza.

– A tymczasem – dodała Jackie – ekipa zatrudniona w Pawilonie Protagorasa pracuje nad skoordynowaniem wszystkich parametrów uczniowskich, pragnąc dopilnować, by zadania domowe, lektury, obecność w szkole oraz wyniki sprawdzianów pisemnych były przechowywane w jednej ujednoliconej bazie danych. Prace są niemal na ukończeniu. Jesteśmy bardzo bliscy momentu posiadania pełnej wiedzy o wszystkim, czego nauczył się kandydat na studenta college'u. O każdym przeczytanym przezeń słowie, każdym wyszukanym haśle, każdym podkreślonym zdaniu, każdym zapisanym równaniu, każdej odpowiedzi i korekcie. Skończą się przypuszczenia, jaki poziom prezentują uczniowie i co naprawdę wiedzą.

Na bransolecie Mae komentarze przewijały się w szalonym tempie. *Czemu tego nie było 20 lat temu?* – napisał pewien widz. *Moje dzieci poszłyby na Yale.*

Teraz włączył się Francis. Myśl, że oboje z Jackie przygotowywali się do tej rozmowy, przyprawiła Mae o mdłości.

– Ekscytujące i piekielnie proste w tym projekcie jest to – rzekł, uśmiechając się do Jackie z szacunkiem kolegi po fachu – że możemy umieścić wszystkie te informacje w niemal mikroskopijnym chipie, który teraz stosuje się wyłącznie przez wzgląd na bezpieczeństwo. A jeśli zapewni on możliwość śledzenia zarówno lokalizacji, jak i postępów edukacyjnych ucznia? Jeśli to wszystko znajdzie się w jednym miejscu?

– Odpowiedź jest oczywista – zauważyła Jackie.

– Cóż, mam nadzieję, że rodzice spojrzą na to w ten sposób. W przypadku rodzin objętych programem będą one miały stały dostęp w czasie rzeczywistym do wszystkiego: lokalizacji, wyników, statystyki obecności i całej reszty. I nie znajdzie się to w jakimś podręcznym urządzeniu, które dziecko mogłoby zgubić. Będzie w chmurze i w ciele dziecka, skąd nigdy nie zginie.

– Idealne rozwiązanie – pochwaliła Jackie.

– Mam taką nadzieję – rzekł Francis, patrząc pod nogi, skrywając się za zasłoną fałszywej, jak przekonała się Mae, skromności. – Jak wszyscy wiecie – dodał, odwracając się do Mae i mówiąc do jej widzów – dużo rozmawiamy tutaj o Domknięciu. I chociaż nawet my, pracownicy Circle, nie wiemy jeszcze, co dokładnie ono oznacza, mam wrażenie, że właśnie coś takiego. Łączenie usług i programów, które mają wiele elementów wspólnych. Śledzimy lokalizację dzieci dla bezpieczeństwa, śledzimy informacje o ich nauce. Teraz po prostu połączymy te dwa wątki, a gdy już to zrobimy, wreszcie posiądziemy pełną wiedzę o dziecku. To proste i, śmiem twierdzić, kompletne.

Mae stała na zewnątrz, pośrodku zachodniej części kampusu, wiedząc, że gra na zwłokę do czasu powrotu Annie. Była 13:44, znacznie później niż zakładała, i obawiała się, że nie zdąży zobaczyć się z przyjaciółką. O drugiej miała umówioną wizytę u doktor Villalobos, która mogła trochę potrwać, zważywszy, że lekarka uprzedziła, iż muszą porozmawiać o czymś dość poważnym, ale niedotyczącym aktualnego stanu zdrowia, jak wyraźnie zaznaczyła. Lecz myśli o Annie i lekarce wypierał Francis, który nagle, w dziwny sposób, znowu zaczął ją pociągać.

Mae wiedziała, jakiego spłatano jej figla. Francis był chudy, miał zupełnie zwiotczałe mięśnie, słaby wzrok i wyraźny problem z przedwczesnym wytryskiem, a jednak tylko dlatego, że dostrzegła w oczach Jackie pożądanie, zapragnęła znowu znaleźć się z nim sam na sam. Chciała sprowadzić go na noc do swojego pokoju. Musi wyzbyć się takich obłąkańczych myśli. Wydawało się, że nadeszła odpowiednia chwila, by pokazać i objaśnić nową rzeźbę.

– Dobra, musimy to zobaczyć – powiedziała. – To dzieło znanego chińskiego artysty, który często miewa problemy z władzami w swoim kraju. – W tym momencie nie mogła sobie jednak przypomnieć nazwiska rzeźbiarza. – Póki jesteśmy przy tym temacie, pragnę podziękować wszystkim widzom, którzy przesyłają tamtejszym władzom emotikony wyrażające dezaprobatę zarówno w związku z prześladowaniem tego artysty, jak i z ograniczaniem wolności w sieci. Z samych Stanów Zjednoczonych wysłaliśmy ich ponad sto osiemdziesiąt milionów i możecie być pewni, że to ma jakiś wpływ na chiński reżim.

Mae nadal nie potrafiła sobie przypomnieć nazwiska rzeźbiarza i czuła, że to przeoczenie zaraz zostanie zauważone. I wtedy otrzymała je wraz z wyświetlonym na bransolecie poleceniem *Podaj nazwisko tego człowieka!*

Skierowała obiektyw kamery na rzeźbę i kilkoro stojących przed nią pracowników Circle odsunęło się na bok.

– Nie, nie, to mi nie przeszkadza – powiedziała. – Dzięki wam mogę pokazać jej rozmiary. Zostańcie tam – wyjaśniła, a oni przesunęli się z powrotem w stronę rzeźby, która przytłaczała ich swą wielkością.

Miała ponad cztery metry wysokości i była zrobiona z cienkiego i całkowicie przezroczystego pleksiglasu. Poprzednie prace artysty były przeważnie konceptualne, ta miała jednak charakter figuratywny: masywna dłoń, wielka jak samochód, wystawała z dużego prostokąta, który zdaniem większości oznaczał ekran komputerowy.

Rzeźba nosiła tytuł *Sięgając po dobro ludzkości* i natychmiast po odsłonięciu zwróciła powszechną uwagę swoją powagą, nietypową dla dotychczasowych dzieł autora, które zwykle emanowały mrocznym szyderstwem, zazwyczaj wymierzonym w awansujące w hierarchii gospodarczej Chiny i w towarzyszące tej wspinaczce poczucie własnej wartości.

– Ta rzeźba naprawdę porusza pracowników naszej firmy do głębi – powiedziała Mae. – Słyszałam o osobach, które przed nią płaczą. Jak widzicie, ludzie lubią robić sobie tutaj zdjęcia. – Mae widziała wcześniej pracowników Circle pozujących przed olbrzymią dłonią, tak aby się wydawało, że po nich sięga i właśnie ma ich podnieść. Postanowiła przeprowadzić wywiad z dwojgiem ludzi, którzy stali niedaleko wielkich rozcapierzonych palców.

– Nazywasz się…?
– Gino. Pracuję w Epoce Maszyn.
– Co dla ciebie oznacza ta rzeźba?

– Cóż, nie znam się na sztuce, ale myślę, że jej wymowa jest dość oczywista. Autor stara się powiedzieć, że potrzebujemy następnych sposobów na sięgnięcie przez ekran, prawda?

Mae kiwnęła głową, ponieważ to znaczenie było jasne dla wszystkich w kampusie, uznała jednak, że należy to powiedzieć do kamery wszystkim osobom mniej doświadczonym w sztuce interpretacji dzieł artystycznych. Próby skontaktowania się z artystą po zainstalowaniu rzeźby nie powiodły się. Bailey, który zamówił tę pracę, powiedział, że nie wpłynął – „znacie mnie i moje kalambury" – na wybór tematu i wykonania. Był jednak zachwycony efektem i bardzo pragnął, by rzeźbiarz przybył do kampusu porozmawiać o swojej pracy; ale artysta powiedział, że nie może przyjechać ani nawet wziąć udziału w telekonferencji. Mae zwróciła się do towarzyszącej Ginowi kobiety.

– A jak ty się nazywasz?

– Rinku. Też pracuję w Epoce Maszyn.

– Zgadzasz się z Ginem?

– Tak. To dla mnie niezwykle wzruszające. Na przykład w tym sensie, że musimy znaleźć więcej sposobów nawiązywania kontaktów. Ekran w tej rzeźbie jest barierą, a ręka wykracza poza nią...

Mae potakiwała, myśląc, że musi to zakończyć, gdy przez przezroczysty nadgarstek olbrzymiej ręki ujrzała kogoś, kto przypominał Annie. Młoda kobieta, blondynka, mniej więcej jej wzrostu i budowy, szła żwawym krokiem przez czworokątny dziedziniec. Rinku, wyraźnie się rozkręciwszy, mówiła nadal:

– Chodzi mi o to, jak Circle może znaleźć sposób na wzmocnienie więzi między nami a użytkownikami naszych portali. To niesamowite, że ten artysta, mieszkający tak daleko i pochodzący z tak odmiennego świata, wyraził to, co zaprzątało umysły nas wszystkich tutaj, w Circle. No wiesz, jak sobie lepiej radzić w pracy, więcej robić, dalej sięgać. Jak wydostać się przez ten ekran, by zbliżyć się do świata i wszystkich, którzy go zamieszkują.

Mae obserwowała, jak przypominająca jej przyjaciółkę postać zmierza w stronę budynku Rewolucji Przemysłowej. Gdy drzwi się rozsunęły i Annie, lub jej bliźniacze wcielenie, weszła do środka, Mae uśmiechnęła się do Rinku, podziękowała jej oraz Ginowi i sprawdziła, która godzina.

Była 13:49. Za jedenaście minut musiała być u doktor Villalobos.

– Annie!

Kobieta nie zatrzymała się. Mae była rozdarta między chęcią krzyknięcia na cały głos, co zazwyczaj denerwowało widzów, a pragnieniem pobiegnięcia za Annie, co sprawiłoby, że kamera trzęsłaby się gwałtownie – to zaś także wyprowadzało oglądających z równowagi. Zdecydowała się na marszobieg, przytrzymując kamerę przy piersi. Annie skręciła za załomem ściany, po czym zniknęła z pola widzenia. Mae usłyszała trzask drzwi prowadzących na klatkę schodową i ruszyła ku nim w pośpiechu. Gdyby nie znała swojej przyjaciółki, pomyślałaby, że Annie jej unika.

Gdy weszła na schody, spojrzała w górę, spostrzegła na poręczy charakterystyczną rękę przyjaciółki i krzyknęła:

– Annie!

Oddalająca się postać przystanęła. Rzeczywiście, była to Annie. Odwróciła się, powoli ruszyła w dół schodów, a gdy ujrzała Mae, posłała jej wyćwiczony, zmęczony uśmiech. Objęły się; Mae wiedziała, że każdy taki uścisk zawsze stanowił dla jej widzów na wpół komiczne, od czasu do czasu zaś lekko erotyczne przeżycie, jako że ciało tej drugiej osoby gwałtownie zbliżało się i w końcu zakrywało obiektyw kamery.

Annie cofnęła się, spojrzała na kamerę, wystawiła język i zwróciła wzrok na przyjaciółkę.

– Przedstawiam wszystkim Annie – powiedziała Mae. – Na pewno o niej słyszeliście... Jedna z Bandy Czterdzieściorga, obieżyświat, piękna olbrzymka i moja dobra przyjaciółka. Przywitaj się, Annie.

– Cześć.

– Jak ci się udała podróż?

Annie się uśmiechnęła, chociaż Mae poznała po chwilowym grymasie, że jej przyjaciółce ta rozmowa jest nie w smak. Wyczarowała jednak maskę zadowolenia i błyskawicznie ją przywdziała.

– Wspaniale – odparła.

– Chciałabyś się czymś z nami podzielić? Jak ci poszło w Genewie?

Uśmiech na twarzy Annie przygasł.

– Och, przecież wiesz, że nie powinniśmy za dużo mówić o tych sprawach, zważywszy, że wiele z nich jest…

Mae skinęła głową, zapewniając przyjaciółkę, że zdaje sobie z tego sprawę.

– Przepraszam. Mówiłam jedynie o Genewie jako miejscu. Fajne?

– No pewnie – odparła Annie. – Po prostu świetne. Widziałam von Trappów. Sprawili sobie nowe stroje. Również uszyte z zasłon.

Mae zerknęła na bransoletę na nadgarstku. Do wizyty u doktor Villalobos zostało jej dziewięć minut.

– Chciałabyś jeszcze o czymś powiedzieć? – zapytała.

– O czymś jeszcze? Cóż, niech pomyślę…

Annie przechyliła głowę, jakby była zaskoczona i lekko zirytowana, że ta niby-wizyta jeszcze się nie zakończyła. Ale wtedy coś ją tknęło, jakby wreszcie oswoiła się z tym, co się dzieje – że tkwi przed kamerą i musi przejąć obowiązki rzeczniczki firmy.

– W porządku, jest jeszcze jeden bardzo fajny program, o którym wspominamy już od pewnego czasu, system zwany PastPerfect. I właśnie w Niemczech usuwałam ostatnie przeszkody na drodze do jego realizacji. Aktualnie szukamy w firmie odpowiedniego ochotnika, żeby wypróbował ten system, a gdy już znajdziemy właściwą osobę, będzie to oznaczało początek zupełnie nowej epoki dla Circle oraz, żeby przesadnie nie dramatyzować, dla ludzkości.

– W tym wcale nie ma przesady! – zawołała Mae. – Możesz powiedzieć coś więcej na ten temat?

– Oczywiście, Mae. Dziękuję, że pytasz – powiedziała Annie, patrząc przez chwilę pod nogi, a potem znowu unosząc wzrok na

Mae z profesjonalnym uśmiechem na ustach. – Mogę powiedzieć, że zasadniczo pomysł polega na tym, by wykorzystać możliwości społeczności Circle i odwzorować nie tylko teraźniejszość, ale również przeszłość. W tej chwili dygitalizujemy wszystkie zdjęcia, wszystkie kroniki filmowe, wszystkie amatorskie filmy we wszystkich archiwach w kraju oraz w Europie... A w każdym razie robimy co w naszej mocy, by je zdygitalizować. Zadanie jest herkulesowe, ale z chwilą osiągnięcia masy krytycznej i dzięki postępom w rozpoznawaniu twarzy możemy, liczymy na to, zidentyfikować niemal każdego na każdym zdjęciu i filmie. Chcesz znaleźć wszystkie zdjęcia swoich pradziadków, możemy sprawić, że to archiwum można będzie przeszukać, a ty zdołasz, oczekujemy tego, jesteśmy o tym przekonani, lepiej ich wtedy zrozumieć. Może dostrzeżesz ich w tłumie na Wystawie Światowej w tysiąc dziewięćset dwunastym roku. Może znajdziesz film przedstawiający twoich rodziców na meczu baseballu w roku tysiąc dziewięćset siedemdziesiątym czwartym. Mamy nadzieję, że w końcu uzupełnimy twoją pamięć i zapisy historyczne. A dzięki badaniom DNA i znacznie lepszemu oprogramowaniu do analiz genealogicznych mamy nadzieję, że za niespełna rok każdy po jednym zapytaniu będzie mógł szybko dotrzeć do wszystkich dostępnych danych na temat swojego rodowodu, wszystkich obrazów i filmów.

– I wyobrażam sobie, że gdy w projekt włączą się wszyscy inni, to znaczy uczestnicy działań Circle, luki w naszej wiedzy szybko zostaną uzupełnione. – Mae się uśmiechnęła, jej oczy mówiły przyjaciółce, że świetnie sobie radzi.

– Zgadza się – potwierdziła Annie, a jej słowa przeszywały dzielącą je przestrzeń. – Podobnie jak w każdym projekcie w sieci, większość prac uzupełniających wykona społeczność internautów. Gromadzimy miliony własnych zdjęć i filmów, ale reszta świata dostarczy następnych miliardów. Spodziewamy się, że nawet przy częściowym udziale internautów zdołamy z łatwością uzupełnić większość braków w wiedzy historycznej. Jeśli szukasz wszystkich mieszkańców pewnego budynku w Polsce w roku tysiąc dziewięćset trzynastym i brakuje ci jednej osoby, namierzenie tego ostatniego lokatora poprzez odniesienie się do wszystkich innych danych, które uzyskamy, nie potrwa długo.

– To niezwykle ekscytujące.

– Owszem – przyznała Annie i przewróciła oczami, zachęcając Mae do zakończenia całej rozmowy.

– Ale nie macie jeszcze królika doświadczalnego? – upewniła się Mae.

– Jeszcze nie. Na początek szukamy kogoś, kogo korzenie rodzinne sięgają dość głęboko w przeszłość Stanów Zjednoczonych. Po prostu tutaj będziemy mieli pełniejszy dostęp do archiwów niż w innych krajach.

– I w planach firmy jest ukończenie wszystkiego w tym roku? Realizacja tego planu nadal przebiega zgodnie z harmonogramem?

– Tak. PastPerfect jest prawie gotowy. A jeśli chodzi o wszystkie pozostałe aspekty Domknięcia, zanosi się, że nastąpi ono na początku przyszłego roku. Jeszcze osiem miesięcy i będziemy gotowi. Ale kto wie, sytuacja rozwija się tak, że z pomocą bardzo wielu użytkowników Circle moglibyśmy skończyć przed czasem.

Mae się uśmiechnęła, skinęła głową i przez długą, pełną napięcia chwilę w oczach Annie znowu widać było pytanie, jak długo jeszcze muszą ciągnąć ten na wpół teatralny dialog.

Promienie słońca przebiły się przez chmury i wpadając przez okno, oświetliły oblicze Annie. Wtedy Mae po raz pierwszy dostrzegła, jak staro wygląda jej przyjaciółka. Twarz Annie była wymizerowana, skóra blada. Nie skończyła jeszcze dwudziestu siedmiu lat, ale już miała worki pod oczyma. W tym świetle wydawało się, że w ciągu ostatnich dwóch miesięcy postarzała się o pięć lat.

Annie wzięła Mae za rękę i zatopiła paznokcie w jej dłoni na tyle mocno, by zwrócić uwagę przyjaciółki.

– Właściwie to muszę skorzystać z toalety. Chcesz pójść ze mną?

– Jasne. Też muszę tam zajrzeć.

Chociaż przejrzystość Mae była pełna w tym sensie, że nie mogła w dowolnej chwili wyłączyć wizji ani fonii, przewidziano kilka wyjątków, na które nalegał Bailey. Jeden dotyczył korzystania z toalety lub przynajmniej czasu spędzonego na sedesie. Kanał wizyjny miał pozostać włączony, ponieważ jak twierdził Bailey, kamera będzie skierowana na drzwi kabiny, więc to bez znaczenia. Wyłączano jednak dźwięk, oszczędzając Mae zakłopotania, a widzom konieczności wysłuchiwania tego rodzaju odgłosów.

Mae weszła do kabiny. Annie znalazła się w sąsiedniej i wtedy Mae wyłączyła dźwięk. Zgodnie z przyjętą zasadą miała maksimum trzy minuty; dłuższa cisza wzbudziłaby zaniepokojenie zarówno widzów, jak i pracowników Circle.

– Więc jak się masz? – zapytała Mae. Nie widziała przyjaciółki, ale palce jej stóp, krzywe i wymagające starannej pielęgnacji, widać było pod przegrodą.

– Świetnie. A ty?

– Dobrze.

– Cóż, nic dziwnego. Idziesz jak burza!

– Tak uważasz?

– Daj spokój. Mnie na fałszywą skromność nie nabierzesz. Powinnaś być w siódmym niebie.

– No, dobra. Jestem.

– Przecież wpadłaś tu jak meteoryt. To jakiś obłęd. Ludzie przychodzą do mnie, próbując dotrzeć do ciebie. To po prostu... szaleństwo.

Do głosu Annie wkradło się coś, w czym Mae rozpoznała zazdrość lub pokrewne uczucie. Przeanalizowała w myślach ewentualne odpowiedzi. Żadna nie była odpowiednia. „Bez ciebie bym tego nie dokonała" nie załatwiłoby sprawy; brzmiało zarówno autokreacyjnie, jak i protekcjonalnie. W końcu postanowiła zmienić temat.

– Przykro mi, że zadawałam ci tam te idiotyczne pytania.

– Nie ma sprawy. Ale postawiłaś mnie w niezręcznej sytuacji.

– Wiem. Po prostu... zobaczyłam cię i chciałam spędzić z tobą

trochę czasu. Nie wiedziałam, o co jeszcze pytać. Więc naprawdę dobrze się czujesz? Wyglądasz na wykończoną.
– Dziękuję, Mae. Wiesz, jak bardzo się cieszę, słysząc w kilka sekund po tym, jak zobaczyły mnie miliony ludzi, że okropnie wyglądam. Dziękuję. Jesteś kochana.
– Po prostu się martwię. Spałaś w samolocie?
– Sama nie wiem. Chyba wypadłam z rytmu. Jestem zmęczona po długiej podróży.
– Mogę ci w czymś pomóc? Pozwól, że zabiorę cię na obiad.
– Zabierzesz mnie na obiad? W obiektywie twojej kamery i gdy tak okropnie wyglądam? To brzmi fantastycznie, ale nie.
– Pozwól mi coś dla ciebie zrobić.
– Nie, nie. Po prostu muszę się wciągnąć w robotę.
– Coś ciekawego?
– Och, wiesz, to co zwykle.
– Sprawy tych uregulowań prawnych poszły jak trzeba? Naprawdę miałaś na głowie masę obowiązków. Martwiłam się.
W głosie Annie pojawił się nagły chłód.
– Cóż, nie miałaś powodu się martwić. Nie zajmuję się tym od wczoraj.
– Miałam na myśli inny rodzaj zmartwień.
– Cóż, nie martw się w o g ó l e.
– Wiem, że dasz sobie z tym radę.
– Dziękuję ci! Mae, twoja wiara we mnie doda mi skrzydeł.
Mae postanowiła zignorować ten sarkastyczny ton i zapytała:
– Kiedy więc w końcu się zobaczymy?
– Wkrótce. Coś wymyślimy.
– Dziś wieczorem? Proszę!
– Nie. Zamierzam uderzyć w kimono i odpocząć do jutra. Mam kupę spraw na głowie. Jest świeża robota nad Domknięciem i...
– Domknięciem Circle?
Nastąpiła długa pauza, podczas której Annie z pewnością delektowała się tą nieznaną Mae informacją.

– Taak. Bailey ci nie powiedział? – W głosie Annie pojawiły się pewne irytujące nuty.
 – Sama nie wiem – odparła Mae z goryczą w sercu. – Może powiedział.
 – Czują, że są bardzo blisko celu. W Europie usuwałam ostatnie bariery. Mędrcy uważają, że zostało nam do pokonania tylko kilka przeszkód.
 – Och, to chyba słyszałam – powiedziała Mae, mając świadomość, jak małostkowo zabrzmiał jej ton. Ale była zazdrosna. To oczywiste. Czemu miała mieć dostęp do informacji, które były znane Annie? Wiedziała, że nie ma do tego prawa, ale i tak chciała je mieć i czuła, że nie powinna dowiadywać się o tym od Annie, która od trzech tygodni była na drugim końcu świata, dalej niż ona. Fakt, że została pominięta, strącił ją z powrotem w jakieś upokarzające miejsce w Circle, do podrzędnej pozycji rzecznika, do roli zwykłego naganiacza.
 – Jesteś więc pewna, że nie mogę nic dla ciebie zrobić? Może dam ci maseczkę na podpuchnięte oczy? – Mae poczuła do siebie odrazę za te słowa, ale w tym momencie sprawiły jej wielką ulgę, jakby podrapała swędzące miejsce.
 Annie odchrząknęła i odparła:
 – To bardzo miłe z twojej strony, ale powinnam już iść.
 – Na pewno?
 – Mae. Nie chcę, żeby to zabrzmiało nieuprzejmie, ale w tej chwili najlepszy dla mnie będzie powrót za biurko, żebym mogła się zabrać do pracy.
 – W porządku.
 – Nie mówię tego przez nieuprzejmość. Ja naprawdę muszę się wciągnąć w robotę.
 – Wiem. Rozumiem. Nie ma sprawy. I tak zobaczymy się jutro. Na zebraniu Królestwa Pomysłów.
 – Co?
 – Jest spotkanie w Królestwie Pomy...

– Wiem, co to takiego. Wybierasz się na nie?
– Tak. Bailey uznał, że powinnam przyjść.
– I transmitować obrady?
– Oczywiście. Czy to jakiś problem?
– Nie, nie – odparła Annie, wyraźnie grając na zwłokę, analizując to, co usłyszała. – Jestem tylko zaskoczona. Na tych zebraniach omawia się mnóstwo poufnych danych objętych ochroną własności intelektualnej. Może zamierza zlecić ci obsługę rozpoczęcia lub coś takiego. Nie wyobrażam sobie, byś...

Rozległ się szum spłuczki w toalecie Annie i Mae spostrzegła, że jej przyjaciółka wstała.

– Wychodzisz?
– Tak. Na myśl o tym, jak bardzo już jestem spóźniona, zbiera mi się na wymioty.
– Dobra. Ale nie wymiotuj.

Annie podeszła w pośpiechu do drzwi toalety i zniknęła na korytarzu.

Mae miała cztery minuty na dotarcie do gabinetu doktor Villalobos. Wstała z sedesu, z powrotem włączyła dźwięk i opuściła toaletę.

Po chwili wróciła tam, ściszyła dźwięk, usiadła w tej samej kabinie i dała sobie minutę, żeby się pozbierać. Niech ludzie myślą, że cierpi na zaparcie. Nie przejmowała się tym. Była pewna, że bez względu na to, gdzie jest teraz Annie, już płacze. Ona sama szlochała i przeklinała przyjaciółkę, przeklinała jej każdy jasny włos, jej kołtuńskie przekonanie o swej uprzywilejowanej pozycji. Co z tego, że była w Circle dłużej? Teraz były sobie równe, lecz Annie nie potrafiła tego zaakceptować. Mae będzie musiała dopilnować, by to jednak zrobiła.

Gdy przybyła na miejsce, była 14:02.

– Cześć, Mae – powiedziała doktor Villalobos, witając ją w holu przychodni. – Widzę, że masz normalne tętno, przypuszczam też, że dzięki tej przebieżce wszyscy twoi widzowie również uzyskają trochę interesujących danych. Wejdź. – Z perspektywy czasu nie powinno dziwić, że doktor Villalobos też stała się ulubienicą internautów. Dzięki swoim bajecznym krągłościom, zmysłowym oczom i dźwięcznemu głosowi robiła na ekranie piorunujące wrażenie. Była lekarką, którą wszyscy, zwłaszcza heteroseksualni mężczyźni, pragnęli mieć. Chociaż na TruYou czyniono na jej temat lubieżne komentarze, nie do zaakceptowania dla kogokolwiek, kto pragnął zachować pracę i współmałżonka, doktor Villalobos stworzyła nobliwą, niemniej wyrazistą, uznaną markę. *Jak miło ujrzeć dobrego lekarza!* – napisał pewien człowiek, gdy Mae wchodziła do gabinetu. *Niech zacznie się badanie* – stwierdził inny, śmielszy. A doktor Villalobos, dającej pokaz rzutkości i fachowości, chyba też się to podobało. Tego dnia miała na sobie zapinaną na zamek bluzkę, która ukazywała taką część jej bujnych piersi, która oglądana z odpowiedniej odległości wyglądała niewinnie, lecz w obiektywie znajdującej się tuż przed nią kamery sprawiała na swój sposób obsceniczne wrażenie.

– A więc z twoimi organami wszystko w porządku – powiedziała do Mae.

Mae siedziała na stole do badań, lekarka stała przed nią. Patrząc na bransoletę, sprawdziła, co widzą jej obserwatorzy, i zrozumiała, że mężczyźni będą zadowoleni. Doktor Villalobos odwróciła się do ekranu ściennego, jakby zdała sobie sprawę, że ten widok może stać się zbyt prowokacyjny. Na ekranie wyświetlono kilkaset danych.

– Pokonywany przez ciebie pieszo dystans mógłby być większy – dodała. – Robisz średnio pięć tysięcy trzysta kroków, podczas gdy powinno ich być dziesięć tysięcy. A osoba w twoim wieku powinna chodzić jeszcze więcej.

– Wiem – odparła Mae. – Po prostu ostatnio byłam zajęta.

– W porządku. Ale zwiększmy ich liczbę. Obiecujesz? A teraz, ponieważ mówimy do wszystkich twoich widzów, chciałabym rozpropagować ogólny program, do którego wprowadzane są twoje dane. Chodzi o program Pełnych Danych Zdrowotnych, w skrócie

PEDRO. Pedro to mój były. Jeśli mnie oglądasz, Pedro, to wiedz, że nie nazwałam go tak przez wzgląd na ciebie.
Ekran na bransolecie Mae gwałtownie zapełnił się wiadomościami. *Pedro, ty głupku.*
– Za pośrednictwem PEDRO otrzymujemy aktualne dane o wszystkich pracownikach Circle. Ty i nasi nowicjusze dostaliście nowe bransolety, ale od tego czasu zaopatrzyliśmy w nie wszystkie pozostałe osoby w Circle. To zaś pozwoliło nam uzyskać idealnie dokładne i pełne dane o zdrowiu jedenastu tysięcy zatrudnionych tu ludzi. Możecie to sobie wyobrazić? Po raz pierwszy mogliśmy się przekonać o dobrodziejstwach tego systemu, gdy w zeszłym tygodniu w kampusie pojawiła się grypa i w ciągu kilku minut wiedzieliśmy, kto ją przyniósł. Odesłaliśmy tę osobę do domu i nikt inny się nie zaraził. Gdybyśmy tylko mogli zapobiec przynoszeniu zarazków na teren kampusu, prawda? Gdyby nigdy się tu nie przedostały, mielibyśmy problem z głowy. Ale pozwól, że zsiądę ze swojego konika i skupię się na tobie.

– Pod warunkiem że ma pani dla mnie dobre wiadomości – odparła Mae i spróbowała się uśmiechnąć. Była jednak niespokojna i chciała już mieć to wszystko za sobą.

– Cóż, myślę, że są dobre – powiedziała lekarka. – Pochodzą od pewnego widza ze Szkocji. Śledził on wyniki badań twoich narządów wewnętrznych i zestawiając je z twoimi markerami genetycznymi, zdał sobie sprawę, że to, jak się odżywiasz, zwłaszcza zawarte w twojej diecie azotany, zwiększa podatność na raka.

– Chryste Panie, naprawdę? Czy to jest ta zła wiadomość, którą miałam tu usłyszeć?

– Nie, nie! Nie martw się. Ten problem łatwo rozwiązać. Nie masz raka i pewnie na niego nie zachorujesz. Wiesz jednak, że masz wskazujący na zwiększone ryzyko zachorowania marker nowotworu żołądka i jelita i ten badacz z Glasgow, który śledził twoje wyniki oraz stan twoich trzewi, spostrzegł, że jesz salami oraz inne mięsa z azotanami, które mogą sprzyjać mutacji komórek.

– Stale mnie pani straszy.
– O Boże, przepraszam! Nie mam takiego zamiaru. Ale on, dzięki Bogu, cię obserwował. To znaczy, my też cię obserwujemy i coraz lepiej nam to wychodzi. Ale najlepsze w posiadaniu tylu znajomych w sieci jest to, że jeden z nich, oddalony o osiem tysięcy kilometrów, pomógł ci zapobiec rosnącemu ryzyku.
– A więc koniec z azotanami.
– Zgadza się. Darujmy je sobie. Przesłałam ci na komunikatorze listę produktów spożywczych, w których są zawarte. Mogą ją obejrzeć także twoi widzowie. Zawsze powinny być spożywane w umiarkowanych ilościach, ale jeśli w przeszłości w rodzinie były zachorowania lub istnieje ryzyko raka, należy zupełnie ich unikać. Mam nadzieję, że nie omieszkasz przekazać tych zaleceń rodzicom, jeśli nie sprawdzają kanału informacyjnego na swoim komunikatorze.
– Jestem pewna, że to robią.
– W porządku, a teraz niezbyt dobra wiadomość. Nie chodzi o ciebie ani o twoje zdrowie. Chodzi o twoich rodziców. Czują się dobrze, ale chcę ci coś pokazać. – Lekarka poruszyła temat obrazu z kamer SeeChange zainstalowanych w domu rodziców Mae miesiąc po rozpoczęciu terapii ojca. Zespół medyczny w Circle bardzo interesował się przypadkiem chorobowym jej ojca i chciał mieć jak najwięcej danych. – Dostrzegasz tu coś niewłaściwego?
Mae spojrzała na ekran na ścianie. W miejscu, gdzie powinna być widoczna siatka szesnastu obrazów, dwanaście pól było ciemnych.
– Działają tylko cztery kamery.
– Zgadza się – potwierdziła lekarka.
Mae oglądała cztery obrazy w poszukiwaniu oznak obecności swoich rodziców. Żadnych nie dostrzegła.
– Czy technicy byli tam, żeby sprawdzić, co się dzieje?
– Nie było potrzeby. Widzieliśmy, jak to robili. Każdą kamerę zasłonili pokrowcem. A może tylko jakąś naklejką lub kawałkiem tkaniny. Wiedziałaś o tym?
– Nie. Przykro mi. Nie powinni byli tego robić.

Mae sprawdziła odruchowo aktualną liczbę widzów: 1 298 001. Podczas wizyt u doktor Villalobos zawsze gwałtownie rosła. I teraz ci wszyscy ludzie o tym wiedzieli. Czuła, że się rumieni.
– Miałaś ostatnio od nich jakieś wieści? Z naszych rejestrów wynika, że nie. Ale może...
– W ciągu ostatnich kilku dni nie – odparła Mae. W rzeczywistości nie kontaktowała się z nimi od ponad tygodnia. Próbowała bezskutecznie się do nich dodzwonić. Przesłała wiadomość na komunikatorze, ale nie odpowiadali.
– A byłabyś gotowa ich odwiedzić? Jak wiesz, trudno zapewnić dobrą opiekę lekarską, gdy człowiek nic nie wie.

Mae jechała samochodem do domu, wyszedłszy z pracy o piątej – czego nie robiła od wielu tygodni – i rozmyślała o rodzicach, o tym, jakie szaleństwo nimi owładnęło. Obawiała się, że to Mercer zaraził ich jakoś swoim obłędem. Jak śmieją odłączać kamery! Po wszystkim, co zrobiła, żeby im pomóc, po wszystkim, co uczyniono w Circle, aby naginając wszelkie zasady, przyjść im z pomocą! I co by na to powiedziała Annie?

Niech ją diabli wezmą, pomyślała Mae, zmierzając do rodzinnego domu. W miarę jak oddalała się od Pacyfiku, powietrze stawało się coraz cieplejsze. Kamerę umieściła na desce rozdzielczej, wsuwając ją do specjalnej oprawy wykonanej z myślą o czasie, który miała spędzać w samochodzie. Ta pieprzona debiutantka. Doszło do tego w złym momencie. Annie najprawdopodobniej znajdzie jakiś sposób, żeby obrócić to wszystko na swoją korzyść. Akurat wtedy, gdy coraz bardziej zazdrościła Mae – i o to właśnie chodziło, to było aż nadto oczywiste – mogła jej utrzeć nosa. Mae i jej zapyziałe miasteczko, jej zarządzający parkingiem rodzice, którzy nie potrafili utrzymać w odpowiednim stanie drzwi siatkowych, którzy nie byli w stanie zadbać o własne zdrowie. Którzy przyjęli wielki dar, bezpłatną opiekę zdrowotną najwyższej jakości, i zrobili z niego niewłaściwy użytek. Mae wiedziała, jaka myśl dojrzewa w małej, uprzywilejowanej, jasnowłosej głowie jej przyjaciółki: Pewnym ludziom po prostu nie można pomagać.

Początki rodu Annie sięgały 1620 roku, gdy jej przybyli na pokładzie „Mayflower" przodkowie – których antenaci mieli w Anglii znaczne posiadłości ziemskie – zasiedlili Amerykę. Wydawało się, że mieli błękitną krew już od czasów wynalezienia koła. I rzeczywiście, jeśli czyjkolwiek ród naprawdę wynalazł koło, to na pewno był to ród Annie. Byłoby to rzeczą zupełnie zrozumiałą i nikogo by nie zaskoczyło.

Mae odkryła to wszystko w pewne Święto Dziękczynienia w domu Annie, w obecności dwadzieściorga iluś krewnych, wszystkich z wąskimi nosami, różową skórą i oczami skrytymi za dwudziestoma parami szkieł okularów, gdy podczas stosownie skromnej rozmowy – rodzina Annie bowiem tak samo nie miała ochoty zbyt dużo mówić o swoim rodowodzie i za bardzo się nim przejmować – uzmysłowiła sobie, że jakiś ich daleki krewny uczestniczył w pierwszym Święcie Dziękczynienia.

– O Boże, a kogóż to obchodzi? – powiedziała matka Annie, gdy Mae dopytywała się o szczegóły. – Jakiś przypadkowy gość wsiadł na pokład jakiegoś statku. Pewnie był po uszy zadłużony w ojczystym kraju.

I dalej jedli kolację. Potem, wskutek nalegań Mae, Annie pokazała jej jakieś dokumenty, stare pożółkłe kartki szczegółowo przedstawiające dzieje jej rodziny, piękną czarną teczkę z drzewami genealogicznymi, artykułami naukowymi, fotografiami ponurych starców z bujnymi bokobrodami, stojących koło chat z grubo ciosanych bali.

Podczas innych wizyt w domu Annie jej rodzice byli równie wielkoduszni, skromni i równie niedbale traktowali swoje nazwisko. Kiedy jednak siostra Annie wychodziła za mąż i przybyła tam ich dalsza rodzina, Mae zobaczyła jej drugie oblicze. Posadzono ją przy stole dla kawalerów i niezamężnych kobiet, przeważnie kuzynów i kuzynek Annie, obok jej ciotki, czterdziestokilkuletniej, żylastej

kobiety o rysach upodabniających ją do siostrzenicy, lecz składających się na gorszy efekt. Rozwiodła się niedawno, odchodząc od mężczyzny o „niższej pozycji", jak wyjaśniła z udawaną wyniosłością.
— A ty znasz Annie z...? — zwróciła się do Mae po raz pierwszy pełne dwadzieścia minut po rozpoczęciu obiadu.
— Z college'u. Mieszkałyśmy razem.
— Myślałam, że jej współlokatorka była Pakistanką.
— Tak było na pierwszym roku.
— A ty uratowałaś sytuację. Skąd pochodzisz?
— Ze środka stanu. Z Doliny Kalifornijskiej. Z miasteczka, o którym nikt nie słyszał. Dość blisko Fresno.

Mae jechała dalej, wspominając to wszystko, a niektóre wspomnienia przepełniały ją świeżym, przenikliwym bólem.
— No, no! Fresno! — powiedziała ciotka, udając, że się uśmiecha. — Dzięki Bogu, od dawna nie słyszałam tej nazwy. — Wypiła łyk ginu z tonikiem i spod przymrużonych powiek spojrzała na przyjęcie weselne. — Najważniejsze, że się stamtąd wyrwałaś. Wiem, że dobre uniwersytety szukają takich jak ty. Przypuszczalnie właśnie dlatego nie dostałam się tam, gdzie chciałam się dostać. Nie daj sobie wmówić, że nauka w Exeter* w czymkolwiek pomaga. Tyle miejsc z przydziału do zapełnienia studentami z Pakistanu i Fresno, prawda?

Pierwszy przyjazd do domu, od kiedy złożyła deklarację przejrzystości, okazał się odkrywczy i przydał blasku wierze Mae w człowieczeństwo. Spędziła zwyczajny wieczór z rodzicami, przygotowując i jedząc kolację. W tym czasie rozmawiali o różnicach w leczeniu ojca przed i po tym, jak oboje zostali objęci firmowym ubezpieczeniem. Widzowie mogli zobaczyć zarówno efekty udanej terapii — ojciec Mae wydawał się pełen życia i poruszał się po domu z łatwością —

---

*   Phillips Exeter Academy — elitarna prywatna szkoła średnia w Exeter w stanie New Hampshire.

jak i niekorzystny wpływ choroby na jego stan. Upadł niezdarnie, próbując wejść po schodach, i potem otrzymała lawinę wiadomości od zatroskanych widzów, a następnie tysiące uśmiechów z całego świata. Ludzie sugerowali nowe zestawy leków, nowe rodzaje fizjoterapii, nowych lekarzy, eksperymentalne sposoby leczenia, medycynę orientalną i wstawiennictwo Jezusa. W setkach kościołów zapowiedziano uwzględnienie intencji jego uzdrowienia w cotygodniowych modlitwach. Rodzice Mae mieli zaufanie do swoich lekarzy, a większość internautów widziała, że jej ojcu zapewniono wyjątkową opiekę, ważniejsze więc i częstsze od tych medycznych komentarzy były te, które po prostu dodawały otuchy jemu oraz jego rodzinie. Mae płakała, czytając te wiadomości; dała się porwać tej fali miłości. Ludzie, często sami żyjący ze stwardnieniem rozsianym, dzielili się własnymi historiami. Inni opowiadali o własnych zmaganiach – z osteoporozą, z samoistnym porażeniem nerwu twarzowego, z chorobą Leśniowskiego-Crohna. Mae przekazywała te wiadomości rodzicom, ale po kilku dniach postanowiła upublicznić ich własny adres mailowy, tak aby jej rodzice mogli być codziennie dopingowani i podbudowywani tym zalewem informacji.

Była przekonana, że druga z kolei wizyta w domu wypadnie jeszcze lepiej. Po zajęciu się sprawą zasłonięcia kamer, co jak się spodziewała, było wynikiem jakiegoś nieporozumienia, miała zamiar dać wszystkim, którzy wyciągnęli pomocną dłoń, szansę ponownego zobaczenia jej rodziców, a rodzicom sposobność podziękowania wszystkim tym, którzy przysłali im uśmiechy oraz deklaracje pomocy.

Zastała ich w kuchni, podczas krojenia warzyw.

– Jak się macie? – powiedziała, zmuszając ich do trójstronnego uścisku. Oboje pachnieli cebulą.

– Ależ jesteś dzisiaj serdeczna! – zauważył ojciec.

– Ha! Ha! Ha! Bardzo śmieszne – powiedziała Mae i próbowała zasygnalizować ruchem powiek, że nie powinni dawać do zrozumienia, iż kiedyś było inaczej.

Rodzice skorygowali swoje zachowanie, jakby pamiętali, że są w obiektywie kamery, a ich córka jest teraz osobą bardziej znaną i ważną. Zrobili lasagne z kilkoma dodanymi przez Mae składnikami, o których przywiezienie i pokazanie widzom poprosiło Centrum Dodatkowych Zaleceń. Gdy kolacja była gotowa i Mae odpowiednio długo prezentowała ją w kadrze, wszyscy zasiedli do stołu.

– Ludzie z ośrodka zdrowia wyrażają lekkie zaniepokojenie tym, że niektóre z waszych kamer nie działają – powiedziała Mae, zachowując lekki ton.

– Naprawdę? – odparł ojciec z uśmiechem. – Może powinniśmy sprawdzić baterie? – dodał i puścił oko do matki.

– Oj, ludzie, ludzie – powiedziała Mae, wiedząc, że musi to oświadczyć bardzo wyraźnie, mając świadomość, że to decydująca chwila, jeśli chodzi o ich zdrowie i system gromadzenia ogólnych danych zdrowotnych, który Circle stara się zorganizować. – Jak ktokolwiek może zapewnić wam dobrą opiekę, skoro nie pozwalacie sprawdzić, jak sobie radzicie? To tak, jakby pójść do lekarza i nie pozwolić zmierzyć sobie tętna.

– Bardzo trafna uwaga – odparł ojciec. – Chyba powinniśmy zabrać się do jedzenia.

– Zaraz każemy je naprawić – obiecała matka i te słowa zapoczątkowały bardzo dziwny wieczór, podczas którego rodzice Mae bez oporu zgadzali się ze wszystkimi jej argumentami w sprawie przejrzystości, kiwali energicznie głowami, gdy mówiła, że wszyscy muszą się w to zaangażować, wyciągnąć wnioski z tego, iż szczepionki działają tylko dzięki powszechności szczepień. Całkowicie się z tym wszystkim zgadzali, wielokrotnie komplementując jej zdolność perswazji i logicznej argumentacji. Ich skłonność do współpracy była tak duża, że aż dziwna.

Zasiedli do stołu i Mae zrobiła coś, czego nie robiła nigdy wcześniej, mając nadzieję, że jej rodzice nie zniszczą efektu i zachowają się tak, jakby była to nadzwyczajna sprawa – wzniosła toast.

– Wznoszę toast za wasze zdrowie – oświadczyła. – A skoro przy tym jesteśmy, toast za pomyślność tysięcy osób, które wyciągnęły do was pomocną dłoń po mojej ostatniej wizycie.

Rodzice Mae uśmiechnęli się sztywno i podnieśli kieliszki. Potem jedli przez chwilę, a gdy matka starannie przeżuła i połknęła pierwszy kęs, uśmiechnęła się i spojrzała prosto w obiektyw – czego Mae wielokrotnie zabraniała jej robić.

– Cóż, z pewnością dostaliśmy d u ż o wiadomości – powiedziała.

Ojciec włączył się do rozmowy.

– Mama przegląda je i codziennie uszczuplamy nieco ich stos. Muszę jednak przyznać, że jest z tym sporo roboty.

Matka położyła dłoń na ręce Mae.

– Nie żebyśmy tego nie doceniali, bo tak nie jest. Jak najbardziej doceniamy. Chcę tylko publicznie prosić wszystkich o wybaczenie nam opieszałości, z jaką odpowiadamy na te wszystkie wiadomości.

– Dostaliśmy ich tysiące – zauważył ojciec Mae, dziobiąc widelcem w sałatce.

Matka uśmiechnęła się sztywno.

– I powtórzę, doceniamy ten zalew wiadomości. Ale nawet jeśli na każdą odpowiedź przeznaczymy minutę, to daje tysiąc minut. Pomyślcie: szesnaście godzin na prostą odpowiedź na te wiadomości! O matko, teraz jestem chyba niewdzięczna.

Mae się ucieszyła, że matka to powiedziała, bo rzeczywiście oboje sprawiali wrażenie niewdzięcznych. Skarżyli się, że ludzie się o nich troszczą. I w chwili gdy już myślała, że jej matka się wycofa, zachęci do wysyłania kolejnych dobrych życzeń, odezwał się ojciec i pogorszył sprawę. Podobnie jak jej matka mówił prosto do obiektywu kamery.

– Prosimy was jednak, byście odtąd posyłali swoje najlepsze życzenia w eter. Albo jeśli to robicie, po prostu się za nas pomódlcie. Nie trzeba ubierać tego w słowa. Po prostu – zamknął oczy i mocno zacisnął powieki – prześlijcie swoje dobre życzenia, swoje dobre fluidy w naszym kierunku. Nie ma potrzeby wysyłać e-maili, komunikatów czy czegokolwiek. Po prostu dobre myśli. Wyślijcie je w eter. To wszystko, o co prosimy.

– Myślę, że po prostu chcesz powiedzieć – odparła Mae, starając się nie stracić nad sobą panowania – że odpowiedź na te wszystkie wiadomości zajmie wam trochę czasu. Ale w końcu zajmiecie się nimi wszystkimi.

Jej ojciec się nie wahał.

– Cóż, tego nie mogę powiedzieć, Mae. Nie chcę składać takich obietnic. To jest naprawdę bardzo stresujące. Już i tak wiele osób gniewa się na nas, gdy nie dostają odpowiedzi w odpowiednim czasie. Wysyłają jedną wiadomość, a potem, tego samego dnia, dziesięć kolejnych. „Czy napisałem coś niewłaściwego?" „Przepraszam". „Chciałem tylko pomóc". „Chuj Wam w dupę". Prowadzą ze sobą te neurotyczne rozmowy. Nie chcę więc sugerować błyskawicznej zmiany sytuacji na lepsze, czego chyba wymaga większość twoich znajomych.

– Tato. Przestań. To brzmi okropnie.

Matka Mae nachyliła się.

– Córeczko, twój tata próbuje powiedzieć, że nasze życie już i tak jest pełne napięcia i mamy mnóstwo roboty, płacąc rachunki i dbając o swoje zdrowie. Jeśli będziemy mieli szesnaście godzin dodatkowej pracy, to nie damy sobie rady. Nie widzisz, w jakiej jesteśmy sytuacji? I mówię to, znowu, z całym należnym szacunkiem i wdzięcznością dla wszystkich, którzy nam dobrze życzą.

Po kolacji rodzice chcieli obejrzeć film, *Nagi instynkt*, i ojciec postawił na swoim. Oglądał go częściej niż jakikolwiek inny film, stale powołując się na podobieństwa do Hitchcocka, na zawarte w tym obrazie liczne dowcipne hołdy dla niego, chociaż wcześniej nigdy nie ujawniał zamiłowania do twórczości tego reżysera. Mae od dawna podejrzewała, że ten film roznamiętniał go rozmaitymi scenami pełnymi niesłabnącego napięcia seksualnego.

Gdy rodzice oglądali film, Mae próbowała uczynić ten czas bardziej interesującym, rozsyłając szereg komunikatów na jego temat, śledząc i komentując wiele scen obraźliwych dla mniejszości seksualnych. Odzew był znakomity, ale potem zobaczyła, że jest już wpół do dziesiątej, i uznała, że powinna ruszać w drogę i wrócić do firmy.

– Cóż, będę się zbierać – oznajmiła.

Wydawało jej się, że spostrzegła coś w oczach ojca, szybkie spojrzenie na matkę, które chyba mówiło: n a r e s z c i e, ale mogła się mylić. Włożyła płaszcz. Matka czekała na nią przy drzwiach z kopertą w dłoni.

– Mercer prosił, żebym ci to dała.

Mae wzięła zwykłą kopertę w standardowym formacie. Nie była nawet zaadresowana. Żadnego imienia, nic.

Pocałowała matkę w policzek, wyszła z domu na wciąż ciepłe powietrze. Ruszyła od krawężnika i pojechała w kierunku autostrady. Na kolanach miała jednak kopertę i ciekawość zwyciężyła. Zjechała na pobocze i ją otworzyła.

> Droga Mae,
> tak, możesz i powinnaś przeczytać to przed kamerą. Spodziewałem się, że tak zrobisz, więc piszę ten list nie tylko do Ciebie, ale również do Twoich „widzów". Witajcie.

Mae niemal słyszała, jak Mercer bierze na wstępie oddech, jak przymierza się do ważnego przemówienia.

> Nie mogę się już z Tobą widywać. Nasza przyjaźń i tak nie była niezachwiana ani nieskalana, ale nie mogę być dalej Twoim przyjacielem oraz częścią waszego eksperymentu. Stracę Cię z żalem, ponieważ byłaś w moim życiu kimś ważnym. Poszliśmy jednak odmiennymi drogami i wkrótce będziemy zbyt daleko, żeby się porozumieć.

Jeżeli widziałaś się ze swoimi rodzicami i Twoja mama dała Ci ten list, to widziałaś wpływ, jaki wywarł na nich zainstalowany przez was sprzęt. Napisałem te słowa po spotkaniu z nimi; oboje byli wycieńczeni potopem, który na nich ściągnęłaś. Tego już za wiele. Tak nie wolno. Pomogłem im zasłonić część kamer. Kupiłem nawet tkaninę. Zrobiłem to z przyjemnością. Oni nie chcą, by się do nich uśmiechano w sieci, krzywo na nich patrzono i wysyłano im wiadomości na komunikatorze. Chcą być sami. I nie chcą być obserwowani. Inwigilacja nie powinna iść w parze z żadną cholerną usługą, z jakiej korzystamy.

Jeśli sytuacja się nie zmieni, będą dwa społeczeństwa, mam przynajmniej taką nadzieję: jedno, które pomagasz stworzyć, oraz drugie, alternatywne. Ty i osoby Twojego pokroju będziecie żyli, chętnie i z radością, pod ciągłym nadzorem, oglądając siebie nawzajem, głosując, lubiąc się i nie lubiąc, przesyłając uśmiechy oraz wyrazy dezaprobaty i nie robiąc poza tym wiele więcej.

Przez ekran na jej nadgarstku już płynęły komentarze. *Mae, zawsze byłaś taka młoda i głupia? Jak mogłaś umawiać się z takim zerem?* Ten cieszył się największym powodzeniem, szybko ustępując pola wpisów: *Właśnie obejrzałem jego zdjęcie. Ma wśród swoich przodków jakąś Wielką Stopę?*
Czytała dalej:

> Zawsze będę Ci dobrze życzył. Mam też nadzieję, chociaż zdaję sobie sprawę, jak mało jest to prawdopodobne, że z biegiem czasu, gdy twój triumfalizm i triumfalizm twoich rówieśników – przekonanie o niepowstrzymanym Boskim Przeznaczeniu całego

procesu – przekroczy miarę i upadnie, odzyskasz dystans i swoje człowieczeństwo. Cholera, co ja mówię? To już przekroczyło wszelką miarę. Powinienem powiedzieć, że oczekuję dnia, gdy jakaś hałaśliwa mniejszość w końcu się zbuntuje i p o w i e, że to zaszło za daleko, że to narzędzie, które jest bardziej podstępne niż jakikolwiek z wcześniejszych wynalazków człowieka, musi być powstrzymane, unormowane, zawrócone i że przede wszystkim musimy mieć możliwości wycofania się. Żyjemy teraz w bezwzględnym państwie, w którym nie wolno nam...

Mae sprawdziła, ile jest jeszcze stron. Cztery następne zapisane obustronnie kartki, prawdopodobnie zawierające kolejną porcję takiej samej czczej gadaniny. Rzuciła stos kartek na fotel pasażera. Biedny Mercer. Zawsze był bufonem i zawsze mylił się w ocenie swojej publiczności. I choć wiedziała, że wykorzystuje jej rodziców przeciwko niej, jedna rzecz nie dawała jej spokoju. Czy rzeczywiście byli aż tak poirytowani? Przejechała tylko dwie przecznice, więc wysiadła z auta i poszła z powrotem do domu. Jeśli naprawdę się denerwują, to cóż, ona potrafi się tym zająć i zajmie się tym.

Gdy weszła do środka, nie zastała ich w dwóch najbardziej prawdopodobnych miejscach, salonie i kuchni, i zajrzała do jadalni. Zniknęli. Jedynym dowodem ich obecności w domu był garnek z gotującą się na kuchence wodą. Starała się nie wpaść w panikę, ale ten garnek z wrzątkiem oraz upiorna cisza ułożyły się w jej wyobraźni w pokrętną całość i nagle przyszły jej na myśl rabunki, wspólne samobójstwa i porwania.

Wbiegła po schodach, pokonując po trzy stopnie naraz, a gdy dotarła na piętro i szybko skręciła w lewo, do sypialni rodziców, ujrzała ich wpatrzonych w nią okrągłymi i przerażonymi oczami. Ojciec siedział na łóżku, a matka klęczała na podłodze, z jego członkiem w dłoni. Przy udzie ojca spoczywał mały pojemnik z kremem nawilżającym. W ułamku sekundy wszyscy uświadomili sobie konsekwencje tej sytuacji.

Mae się odwróciła, kierując kamerę w stronę komody. Nikt nie powiedział ani słowa. Przyszło jej tylko do głowy, by wycofać się do łazienki, gdzie skierowała obiektyw na ścianę i wyłączyła dźwięk. Przewinęła zapis obrazu, żeby zobaczyć, co uchwyciła kamera. Miała nadzieję, że kołyszący się na szyi obiektyw jakimś cudem pominął rażący widok.

Tak się jednak nie stało. Jeśli już, to szerokokątny obiektyw ukazał ten akt wyraźniej, niż sama go widziała. Wyłączyła odtwarzanie i zadzwoniła do CDZ.

– Czy możemy coś z tym zrobić? – zapytała.

Po kilku minutach rozmawiała przez telefon z samym Baileyem. Cieszyła się, że do niego dotarła, wiedziała bowiem, że jeśli ktokolwiek zgodzi się z nią w tej kwestii, to właśnie Bailey, człowiek kierujący się niezawodnym wyczuciem moralnym. Nie chciał chyba, by tego rodzaju akt seksualny był rozpowszechniany na całym świecie? Cóż, obraz został już nadany, ale z pewnością mogliby usunąć kilka sekund, tak żeby nie można ich było wyszukać w sieci, żeby nie zostały w niej już na zawsze.

– Mae, daj spokój – odparł. – Przecież wiesz, że nie możemy tego zrobić. Czym byłaby przejrzystość, gdybyśmy mogli kasować wszystko, co uważamy za pod jakimś względem żenujące? Wiesz, że my nie kasujemy. – Jego głos był ojcowski i pełen zrozumienia i Mae wiedziała, że zastosuje się do wszystkiego, co powie. On wiedział najlepiej, widział o wiele dalej niż Mae oraz inni i najlepiej świadczył o tym jego nieziemski spokój. – Żeby ten eksperyment i projekt Circle jako całości się powiodły, muszą być nieograniczone. Muszą być nieskażone i pełne. Wiem, że przez kilka dni ten epizod będzie dla ciebie bolesny, ale wierz mi, coś takiego bardzo szybko przestanie kogokolwiek interesować. Gdy wszystko jest wiadome, wszystko, co dopuszczalne, będzie akceptowane. Na razie musimy być zatem silni. Musisz być tutaj wzorem do naśladowania. Musisz wytrwać.

Mae pojechała z powrotem do firmy, zdecydowana pozostać w kampusie, gdy już tam dotrze. Miała już dość rodzinnego chaosu, Mercera, swojego nędznego rodzinnego miasta. Nie zapytała nawet rodziców o kamery SeeChange. Dom oznaczał szaleństwo. Na terenie kampusu wszystko było znajome. Nie musiała się tłumaczyć i nie musiała wyjaśniać, dokąd zmierza świat, pracownikom Circle, którzy z istoty rzeczy rozumieli ją, planetę oraz to, jaka musi być i jaka niebawem będzie.

Coraz częściej okazywało się, że i tak trudno jej jest przebywać poza kampusem. Byli tam ludzie bezdomni oraz towarzyszące im silnie drażniące zapachy, były niesprawne urządzenia oraz niemyte posadzki i fotele, był też, wszędzie, chaos nieuporządkowanego świata. Wiedziała, że Circle pomaga temu zaradzić i zajmuje się wieloma z tych spraw – wiedziała, że problem bezdomności można złagodzić lub rozwiązać z chwilą zakończenia analizy przydziału miejsc w schroniskach i publicznej gospodarki mieszkaniowej; pracowano nad tym w budynku Okresu Nara – tymczasem jednak przebywanie w szaleńczym środowisku poza bramami Circle było coraz bardziej kłopotliwe. Spacer po San Francisco, Oakland lub San Jose, a tak naprawdę po każdym dużym mieście, coraz bardziej przypominał jej kontakt z Trzecim Światem, z niepotrzebnym brudem, niepotrzebnymi konfliktami oraz niepotrzebnymi błędami i nieudolnością – na każdym kroku setki problemów możliwych do usunięcia przy pomocy dość prostych algorytmów i dostępnej technologii oraz chętnych członków społeczności internetowej. Nie wyłączyła swojej kamery.

Jazda zajęła jej niespełna dwie godziny i gdy przybyła do kampusu, dopiero wybiła północ. Była podminowana tą podróżą, ciągłym trzymaniem nerwów na wodzy, i potrzebowała relaksu oraz rozrywki. Udała się do Działu DK, wiedząc, że może się tam przydać i że tam jej wysiłki zostaną docenione, od razu i w konkretny sposób. Weszła do budynku, patrząc przez chwilę na powoli obracającą się rzeźbę Caldera, i wjechawszy windą, przeszła spokojnie kładką do dawnego stanowiska pracy.

Przy biurku spostrzegła dwie wiadomości od swoich rodziców. Nadal nie spali; byli przybici i oburzeni. Mae próbowała przesłać im pozytywne komentarze z komunikatora, w których fetowano fakt, że starszy człowiek, dotknięty ni mniej, ni więcej, tylko stwardnieniem rozsianym, może wciąż być aktywny seksualnie. Nie byli nimi jednak zainteresowani.

Prosimy, przestań. Już wystarczy.

Podobnie jak Mercer zażądali też, by kontaktowała się z nimi wyłącznie prywatnie. Starała się im wytłumaczyć, że są anachroniczni, ale nie chcieli jej słuchać. Wiedziała, że w końcu ich przekona, że to jedynie kwestia czasu, w ich i nie tylko ich przypadku – nawet w przypadku Mercera. On i jej rodzice późno sprawili sobie komputery, późno kupili telefony komórkowe, wszystko robili późno. Zwlekanie z przyjęciem niewątpliwego daru, nieuchronnej przyszłości, było komiczne i smutne. Było też bezcelowe.

Tak więc poczeka. Tymczasem zaś otworzyła zsyp. Ludzi potrzebujących wsparcia w sprawach niecierpiących zwłoki było o tej porze niewielu, nigdy nie brakowało jednak zapytań oczekujących na rozpoczęcie pracy w normalnych godzinach, uznała więc, że może odciążyć nieco nowicjuszy, zanim zjawią się w biurze. Może załatwi wszystkie, wprawi ludzi w osłupienie, niech zaczną z czystym kontem, z pustym zsypem.

Uśpionych zapytań było 188. Zrobi co może. Jakiś klient z Twin Falls chciał dostać zestawienie wszystkich innych firm odwiedzanych przez klientów, którzy odwiedzili stronę jego firmy. Mae bez trudu znalazła te informacje, przesłała je i natychmiast poczuła się spokojniejsza. Następne dwa zapytania załatwiła z łatwością gotowymi odpowiedziami. Wysłała ankiety i w obu otrzymała 100 punktów. Jeden z klientów wysłał jej w zamian swoją; odpowiedziała na pytania i po dziewięćdziesięciu sekundach była gotowa. Kilka następnych zapytań było bardziej skomplikowanych, ale utrzymała swoje oceny na poziomie 100 punktów. Szóste było jeszcze trudniejsze, ale odpowiedziała na nie, dostała 98 punktów, wysłała ankietę uzupełniającą i poprawiła ocenę na 100. Klient, firma reklamująca instalacje grzewcze i klimatyzacyjne z Melbourne, zapytał, czy może ją dodać do sieci swoich zawodowych kontaktów, a ona chętnie się zgodziła. Właśnie wtedy zdał sobie sprawę, że ma do czynienia z Mae.

*TA Ma*e? – napisał. Miał na imię Edward.

Nie mogę zaprzeczyć – odpowiedziała.

Jestem zaszczycony. Która u Was godzina? My właśnie kończymy dzień pracy. Odpisała, że jest późno. Zapytał, czy może ją dodać do swojej listy adresowej, i znowu chętnie wyraziła zgodę. Jej rychłym następstwem był zalew informacji o lokalnym świecie ubezpieczeń. Edward zaproponował, że uczyni ją honorową członkinią MHAPG, melbourneńskiej gildii – dawniej stowarzyszenia – dostawców sprzętu grzewczego i klimatyzacyjnego, a ona odpisała, że będzie zaszczycona. Dodał ją do grona znajomych na swoim osobistym profilu w Circle i poprosił, by odwzajemniła ten gest. Zrobiła to.

A teraz muszę wracać do pracy – napisała. – *Pozdrów wszystkich w Melbourne!* Już teraz poczuła, że wspomnienie całego szaleństwa jej rodziców i szaleństwa Mercera ulatnia się jak dym. Przyjęła następne zapytanie, które przyszło od sieci salonów pielęgnacji zwierząt domowych z siedzibą w Atlancie. Otrzymała 99 punktów, wysłała ankietę uzupełniającą, dostała 100 i wysłała sześć innych sondaży, otrzymując odpowiedzi od klientów na pięć z nich. Przyjęła następne zapytanie, tym razem z Bangalore, i była w trakcie dopasowywania gotowej odpowiedzi, gdy od Edwarda nadeszła następna wiadomość. *Czy widziałaś prośbę mojej córki?* W końcu wyjaśnił, że jego córka ma inne nazwisko i studiuje w Nowym Meksyku. Uświadamiała ludziom ciężki los tamtejszych bizonów i prosiła Mae o podpis pod petycją w ich obronie oraz o wzmiankę o tej kampanii na wszystkich możliwych forach. Mae obiecała, że spróbuje to zrobić, i szybko rozesłała komunikat w tej sprawie. *Dziękuję!* – odpisał Edward, a kilka minut później nadeszło podziękowanie od jego córki, Heleny. *Nie mogę uwierzyć, że Mae Holland podpisała się pod moją petycją! Dzięki!* Mae odpowiedziała na trzy następne zapytania, ocena jej pracy spadła do 98 punktów i chociaż wysłała do tych trzech klientów po kilka ankiet uzupełniających, nie uzyskała satysfakcjonującej poprawy. Wiedziała, że musi otrzymać dwadzieścia dwie setki, by podnieść średnią do maksymalnego poziomu; spojrzała na zegar. Była 0:44. Miała mnóstwo czasu. Przyszła kolejna wiadomość od Heleny z pytaniem o pracę w Circle. Mae dała jej zwykłą w takich sytuacjach radę i wysłała adres e-mailowy Działu Personalnego. *Czy możesz się za mną wstawić?* Odpisała, że zrobi tyle, ile może zrobić, zważywszy na fakt, że nigdy się nie spotkały. *Ale teraz znasz mnie już bardzo dobrze!* – zauważyła dziewczyna i skierowała ją na stronę ze swoim profilem. Zachęciła Mae do lektury swoich szkolnych wypracowań na temat ochrony dzikiej flory i fauny oraz do przeczytania pracy, którą się posłużyła, żeby dostać się do college'u i która jej zdaniem nadal mogła być użyteczna. Mae odpisała, że w miarę możliwości spróbuje się z nią zapoznać. Dzika flora i fauna przypomniały jej o Mercerze. O tym obłudnym niedojdzie. Gdzie się podział ten mężczyzna, który kochał się z nią na skraju Wielkiego Kanionu? Oboje byli wtedy tak przyjemnie zagubieni, gdy zabrał ją z college'u i ruszyli samochodem przez południowo-wschodnie stany bez planu, bez marszruty, nie wiedząc, gdzie zatrzymają się na noc. Przejechali przez Nowy Meksyk w śnieżycy, po czym znaleźli się w Arizonie. Zaparkowali i znaleźli klif z widokiem na kanion, bez barierek ochronnych. I tam ją rozebrał, w południowym słońcu, z tysiącdwustumetrowym urwiskiem za jej plecami. Trzymał ją w ramionach, a ona czuła się pewnie, ponieważ był wtedy młodym silnym mężczyzną z wizją. Teraz był stary, a sprawiał wrażenie jeszcze starszego. Odszukała stronę internetową z profilem, który dla niego stworzyła, i okazało się, że jest pusta. Wysłała zapytanie do obsługi technicznej i dowiedziała się, że Mercer próbował zlikwidować witrynę. Wysłała mu komunikat i nie dostała odpowiedzi. Sprawdziła stronę jego firmy, ale ona też została zamknięta; była tylko wiadomość informująca, że teraz prowadzi firmę tylko w realu. Przyszła jeszcze jedna wiadomość od Heleny: *I co myślisz?* Mae wyjaśniła, że nie miała jeszcze czasu na czytanie czegokolwiek, i następną wiadomość dostała od jej ojca, Edwarda: *Z pewnością wiele by dla nas znaczyło, gdybyś poleciła Helenę do pracy w Circle. Przymusu nie ma, ale liczymy na Ciebie!* Mae znowu obiecała, że zrobi co w jej mocy. Na drugim ekranie pojawiło się powiadomienie o firmowej kampanii na rzecz likwidacji ospy wietrznej w Afryce Zachodniej. Podała swoje nazwisko, wysłała uśmiech, zobowiązała się do przekazania pięćdziesięciu dolarów i rozesłała komunikat na ten temat. Natychmiast spostrzegła, że Helena i Edward przekazali tę wiadomość dalej na komunikatorze. *Wniesiemy* swój *wkład!* – napisał Edward. *Quid pro quo?* Była 1:11, gdy ogarnął ją czarny pesymizm. W ustach poczuła kwaśny smak. Zamknęła oczy i ujrzała rozdarcie, wypełnione teraz światłem. Znowu otworzyła oczy. Wypiła łyk wody, ale to chyba wzmogło tylko jej paniczny lęk. Sprawdziła liczbę swoich widzów; było ich tylko 23 010, nie chciała jednak pokazywać im swoich oczu, obawiając się, że zdradzą jej stan. Znowu je zamknęła, na minutę, uznawszy, że po tylu godzinach przed ekranem wyda się to dość naturalne. *Daję odpocząć oczom* – napisała i wysłała ten komunikat. Wtedy jednak ujrzała w wyobraźni rozdarcie – było wyraźniej zarysowane i przykuwało uwagę głośniejszym dźwiękiem. Czym był ten dźwięk? Krzykiem stłumionym przez niezgłębione wody, przeraźliwym krzykiem miliona zatopionych głosów. Otworzyła oczy. Zatelefonowała do rodziców. Nikt nie odebrał. Napisała do nich. Nic. Zadzwoniła do Annie. Nie odebrała. Napisała do niej. Nic. Sprawdziła w firmowej wyszukiwarce, ale nie było jej w kampusie. Weszła na stronę z profilem przyjaciółki, przejrzała kilkaset zdjęć, w większości z podróży do Chin i Europy, i czując pieczenie w oczach, znowu je zamknęła. I ponownie ujrzała rozdarcie, światło usiłujące się zeń wydostać, podwodne krzyki. Uniosła powieki. Od Edwarda przyszła kolejna wiadomość. *Mae? Jesteś tam? Z pewnością fajnie byłoby wiedzieć, czy możesz nam pomóc. Odpisz, proszę.* Czy to naprawdę możliwe, by Mercer tak zniknął? Była zdecydowana go odnaleźć. Zaczęła szukać wiadomości, które być może wysłał do innych osób. Nic. Zadzwoniła do niego, ale jego numer został wyłączony. Radykalny krok, zmienić numer telefonu i nie zostawić nowego. Co ona w nim widziała? Jego odrażający gruby tyłek, te okropne kępki włosów na ramionach. Chryste, gdzie on się podział? To, że nie można było znaleźć kogoś, kogo próbowało się odszukać, było zupełnie nie w porządku. 1:32. *Mae? To znowu ja, Edward. Czy możesz zapewnić Helenę, że niebawem zajrzysz na jej stronę? Jest trochę zdenerwowana. Przydałoby się jej jakiekolwiek słowo zachęty. Wiem, że jesteś dobrym człowiekiem i nie mąciłabyś jej w głowie, obiecując pomoc, a potem ją ignorując. Cześć! Edward.* Mae weszła na stronę dziewczyny, przeczytała jedno z jej wypracowań, pogratulowała jej, napisała, że jest znakomite, i wysłała komunikat z informacją dla wszystkich, że Helena z Melbourne/Nowego Meksyku to głos, z którym należy się liczyć, i powinni wspierać jej pracę jak tylko mogą. Jednak wrażenie wewnętrznego rozdarcia nie zniknęło i musiała się z niego otrząsnąć. Nie bardzo wiedząc, co może jeszcze zrobić, włączyła CircleSondaże i skinęła głową, żeby zacząć.

– Czy regularnie używasz odżywki do włosów?
– Tak – odparła.
– Dziękuję. A co myślisz o organicznych produktach do włosów?
Od razu trochę się uspokoiła.
– Uśmiech.
– Dziękuję. Co myślisz o nieorganicznych produktach do włosów?
– Dezaprobata – odparła Mae. Ten rytm wyraźnie jej służył.

– Dziękuję. Gdy twój ulubiony produkt do włosów nie jest dostępny w sklepie, gdzie zazwyczaj robisz zakupy, ani w sieci, zastąpiłabyś go produktem podobnej marki?
– Nie.
– Dziękuję.
Dobrze się czuła z tym spokojnym wykonywaniem kolejnych zadań. Spojrzała na bransoletę, której ekran pokazywał setki nowych uśmiechów. W komentarzach twierdzono, że jest coś krzepiącego w widoku firmowej półcelebrytki, takiej jak ona, powiększającej w ten sposób zasoby danych. Otrzymywała również wiadomości od klientów, którym pomogła w okresie pracy w DK. Klienci z Columbus, Johannesburga i Brisbane witali się i składali gratulacje. Właściciel firmy marketingowej z Ontario podziękował jej za pośrednictwem komunikatora za to, że świeci przykładem, że wykazuje dobra wolę, i Mae korespondowała z nim przez chwilę, pytając, jak mu idą interesy.

Odpowiedziała na trzy następne zapytania i skłoniła wszystkich trzech klientów do wypełnienia długich ankiet sondażowych. Ocena grupy wynosiła 95 punktów i Mae liczyła, że osobiście pomoże ją podwyższyć. Czuła się bardzo dobrze, czuła się potrzebna.
– Mae.
Dźwięk jej imienia, wypowiedzianego jej przetworzonym głosem, był irytujący. Miała wrażenie, że nie słyszała go od miesięcy, ale nie stracił mocy. Wiedziała, że powinna skinąć głową, ale chciała go znowu usłyszeć, więc zwlekała.
– Mae.
Poczuła się jak w domu.

Mae wiedziała, że jest w pokoju Francisa tylko dlatego, że wszyscy inni na razie ją opuścili. Po dziewięćdziesięciu minutach w biurze DK sprawdziła w firmowej przeglądarce, gdzie przebywa Francis, i okazało się, że jest w jednym z internatów. Potem spostrzegła, że

nie śpi i jest w sieci. Kilka minut później zaprosił ją do siebie, ciesząc się bardzo, jak się wyraził, z wieści od niej. *Przepraszam* – napisał – *i powtórzę to, gdy przekroczysz próg mojego pokoju.* Wyłączyła kamerę i poszła do niego.
Drzwi się otworzyły.
– Bardzo przepraszam – powiedział Francis.
– Przestań – odparła Mae. Weszła do środka i zamknęła drzwi.
– Masz na coś ochotę? – zapytał. – Woda? Jest też nowa wódka, czekała na mnie, gdy wróciłem wieczorem. Możemy jej spróbować.
– Nie, dzięki – odparła i usiadła na kredensie pod ścianą. Francis ustawił tam swój przenośny telewizor.
– Zaczekaj. Nie siedź tam – poprosił.
Mae wstała.
– Nie usiadłam na twoich urządzeniach.
– Chodzi o kredens – wyjaśnił. – Powiedzieli mi, że to delikatny mebel – dodał z uśmiechem. – Na pewno nie chcesz drinka ani nic do picia?
– Nie. Jestem naprawdę zmęczona. Po prostu nie chciałam być sama.
– Posłuchaj – rzekł Francis. – Wiem, że powinienem był najpierw poprosić cię o zgodę. Wiem o tym. Ale mam nadzieję, że rozumiesz, dlaczego to zrobiłem. Nie mogłem uwierzyć, że jestem z tobą. I chwilami zakładałem, że drugiego razu nie będzie. Chciałem to zapamiętać.

Mae wiedziała, jaką ma nad nim władzę, i ta władza naprawdę ją ekscytowała. Usiadła na łóżku.
– Odnalazłeś ich więc?
– Co masz na myśli?
– Kiedy się ostatnio widzieliśmy, zamierzałeś zeskanować zdjęcia z twojego albumu.
– O, tak. Chyba od tego czasu nie rozmawialiśmy. Rzeczywiście je zeskanowałem. Cała ta sprawa nie była trudna.
– Więc odkryłeś, kim są.

– Większość z nich ma konta w Circle, mogłem więc zidentyfikować ich tożsamość na podstawie obrazu twarzy. Zajęło to około siedmiu minut. W kilku przypadkach musiałem skorzystać z bazy danych FBI. Nie mamy jeszcze pełnego dostępu, ale możemy obejrzeć zdjęcia DMV*. Jest na nich większość dorosłych mieszkańców kraju.
– I skontaktowałeś się z nimi?
– Jeszcze nie.
– Ale wiesz, skąd wszyscy są?
– Taak, taak. Gdy poznałem ich nazwiska, mogłem znaleźć ich adresy. Niektórzy przeprowadzali się kilka razy, ale mogłem odnieść te informacje do lat, w których prawdopodobnie u nich byłem. Właściwie to sporządziłem harmonogram, kiedy mogłem mieszkać w każdym miejscu. Większość z nich znajdowała się w Kentucky. Kilka w Missouri. Jedno było w Tennessee.
– Więc to wszystko?
– Cóż, sam nie wiem. Kilka osób zmarło, więc... nie wiem. Mógłbym po prostu przejechać obok niektórych z tych domów. Tylko po to, żeby uzupełnić pewne luki. Sam nie wiem. Och – powiedział, odwracając się do niej z bardziej pogodnym obliczem. – Dokonałem jednak kilku odkryć. Przeważnie były to zwykłe wspomnienia tych ludzi. Ale była jedna rodzina, w której przebywała starsza dziewczyna, gdy ja miałem dwanaście lat, ona miała piętnaście. Nie pamiętałem dużo, ale wiem, że była pierwszym obiektem moich poważnych seksualnych fantazji.

Dwa ostatnie słowa natychmiast podziałały na Mae. Ilekroć w przeszłości padały w towarzystwie jakiegoś mężczyzny lub z jego ust, prowadziło to do dyskusji o takich fantazjach oraz do tego, że do pewnego stopnia odgrywali potem jedną z nich. Co też oboje z Francisem postanowili uczynić, choćby przez chwilę. On miał wyjść z pokoju i zastukać, udając, że jest zagubionym nastolatkiem

---

* Department of Motor Vehicles – wydział komunikacji.

pukającym do drzwi pięknego podmiejskiego domu. Jej przypadła rola samotnej, skąpo odzianej i rozpaczliwie spragnionej towarzystwa gospodyni domowej i zadanie zaproszenia go do środka.

Tak więc zapukał, a ona powitała go w progu. Powiedział, że zabłądził, a ona odparła, że powinien zrzucić z siebie te stare łachy i włożyć rzeczy jej męża. Francisowi spodobało się to tak bardzo, że akcja nabrała tempa i kilka sekund później on był rozebrany, a ona siedziała na nim. Leżał pod nią kilka minut, pozwalając Mae podnosić się i opadać i patrząc na nią z zachwytem małego chłopca podczas wizyty w zoo. Potem zamknął oczy. Po chwili wstrząsnęły nim parkosyzmy rozkoszy i wydając z siebie krótki pisk, doszedł z tłumionym jękiem.

Teraz, gdy mył zęby, Mae – wyczerpana i czująca nie miłość, lecz coś na kształt zadowolenia – ułożyła się pod grubą kołdrą i odwróciła twarzą do ściany. Zegar wskazywał 3:11.

Francis wyszedł z łazienki.

– Mam jeszcze jedną fantazję – rzekł, naciągając na siebie koc i zbliżając twarz do karku Mae.

– Ja już zasypiam – wymamrotała.

– To nie będzie nic męczącego. Nie wymaga żadnej aktywności. Tylko słów.

– W porządku.

– Chcę, żebyś mnie oceniła.

– Co takiego?

– Tylko tyle. Tak jak robisz w Dziale DK.

– Od jednego do stu?

– Właśnie.

– Ocenić co? Twój występ?

– Tak.

– Daj spokój. Nie chcę tego robić.

– Tylko dla zabawy.

– Francisie, proszę. Nie mam ochoty. To mi odbiera przyjemność z seksu.

Francis usiadł na łóżku z głośnym westchnieniem.
– Cóż, mnie odbiera przyjemność fakt, że tego nie wiem.
– Nie wiesz czego?
– Jak się spisałem.
– Jak się s p i s a ł e ś? Świetnie.
Francis wydał głośny jęk obrzydzenia.
Mae odwróciła się do niego.
– O co chodzi?
– Świetnie? Jestem ś w i e t n y?
– O Boże. Jesteś wspaniały. Doskonały. Gdy mówię, że świetnie, po prostu chodzi mi o to, że nie mogłeś spisać się lepiej.
– W porządku – rzekł, przysuwając się bliżej. – Czemu w takim razie nie powiedziałaś tego od razu?
– Chyba powiedziałam.
– Myślisz, że „świetnie" to to samo co „doskonale" i „nie mogłeś spisać się lepiej"?
– Nie. Wiem, że nie. Jestem po prostu zmęczona. Powinnam była wyrazić się z większą precyzją.
Na twarzy Francisa odmalował się uśmiech samozadowolenia.
– Wiesz, że właśnie dowiodłaś moich racji.
– Jakich racji?
– Właśnie spieraliśmy się o to wszystko, o słowa, których użyłaś, i o ich znaczenie. Rozumieliśmy je w odmienny sposób i roztrząsaliśmy do znudzenia. Gdybyś jednak po prostu posłużyła się liczbą, od razu bym zrozumiał. – Pocałował ją w ramię.
– W porządku. Rozumiem – powiedziała i zamknęła oczy.
– No i?
Otworzyła oczy i ujrzała ułożone błagalnie usta Francisa.
– No i co?
– Nadal nie podasz mi mojej oceny?
– Naprawdę ci na tym zależy?
– Mae! Jasne, że tak.
– Dobra, sto – rzuciła i znowu odwróciła się twarzą do ściany.

– To jest ta ocena?
– Tak. Dostajesz pełne sto punktów.
Mae miała wrażenie, że słyszy, jak jej kochanek uśmiecha się od ucha do ucha.
– Dziękuję – rzekł i pocałował ją w potylicę. – ...branoc.

Okazała sala ze szklanym sufitem i imponującym widokiem mieściła się na najwyższym piętrze budynku Epoki Wiktoriańskiej. Mae weszła do środka i została powitana przez większość Bandy Czterdzieściorga, grupy innowatorów, którzy rutynowo oceniali i aprobowali nowe przedsięwzięcia Circle.
– Witaj, Mae! – powiedział czyjś głos i Mae odnalazła jego właściciela, Eamona Baileya, zajmującego właśnie miejsce na drugim końcu długiego pomieszczenia. W zapinanej na zamek bluzie z podwiniętymi powyżej łokcia rękawami wszedł w teatralny sposób i pomachał do niej oraz do wszystkich, którzy mogli go oglądać. Spodziewała się, że widownia będzie spora, zważywszy, że ona sama i szefostwo firmy informowali o spotkaniu od wielu dni. Zerknęła na bransoletę i okazało się, że aktualna liczba widzów wynosi 1 982 992. Niewiarygodne, pomyślała. A miała jeszcze wzrosnąć. Usiadła pośrodku stołu, żeby widzowie lepiej widzieli i słyszeli nie tylko Baileya, ale i większość członków Bandy, ich komentarze i reakcje.
Gdy siedziała i było już za późno na przenosiny, zdała sobie sprawę, że nie wie, gdzie jest Annie. Zlustrowała wzrokiem czterdzieści twarzy osób siedzących naprzeciw niej, po drugiej stronie stołu, i nie dostrzegła wśród nich przyjaciółki. Wyciągnęła szyję, pilnując, by obiektyw kamery nadal był skierowany na Baileya, i w końcu zauważyła Annie przy drzwiach, za dwoma rzędami pracowników Circle, stojących tam na wypadek, gdyby musieli wyjść niepostrzeżenie. Mae wiedziała, że Annie ją widziała, ale nie dała tego po sobie poznać.

– Dobra – rzekł Bailey, uśmiechając się szeroko do zebranych. – Chyba powinniśmy po prostu zacząć obrady, skoro wszyscy są obecni. – W tym momencie zatrzymał na chwilę wzrok na Mae i kamerze zawieszonej na jej szyi. Powiedziano jej, że ważne jest, by całe zdarzenie wyglądało naturalnie i żeby się wydawało, iż Mae oraz widzowie zostali zaproszeni na zupełnie zwyczajną imprezę. – Witaj, bando – dodał. – To zamierzona gra słów. – Czterdzieścioro mężczyzn i kobiet uśmiechnęło się w odpowiedzi. – W porządku. Kilka miesięcy temu wszyscy spotkaliśmy się z Olivią Santos, bardzo odważną i wizjonerską ustawodawczynią, która wynosi przejrzystość na nowy i... śmiem twierdzić... n a j w y ż s z y poziom. Pewnie widzieliście, że do dzisiaj ponad dwadzieścia tysięcy innych przywódców i ustawodawców na całym świecie poszło w jej ślady i przyrzekło uczynić swoje życie w służbie publicznej całkowicie przejrzystym. Bardzo nas to zbudowało.

Mae sprawdziła obraz na swoim monitorze. Kamera była skierowana na mówcę i ekran za jego plecami. Już napływały komentarze z podziękowaniami dla niej i firmy za dostęp do takiego spotkania. Jeden z widzów przyrównał to do oglądania dyskusji nad projektem Manhattan. Inny wspomniał o laboratorium Edisona w Menlo Park około 1879 roku.

Bailey kontynuował:

– Teraz idea nowej epoki przejrzystości współgra z kilkoma innymi moimi przemyśleniami na temat demokracji oraz roli, którą technika może odegrać w jej dopełnieniu. I używam słowa d o - p e ł n i e n i e celowo, gdyż nasze prace na rzecz przejrzystości mogą rzeczywiście przyczynić się do ustanowienia rządu w pełni odpowiedzialnego przed wyborcami. Jak widzieliście, gubernator Arizony nakazał przejrzystość całemu swojemu sztabowi, co jest kolejnym krokiem na tej drodze. W kilku przypadkach, nawet gdy wybrany urzędnik deklarował przejrzystość, dochodziło do korupcji za kulisami. Przejrzyści urzędnicy byli wykorzystywani w roli figurantów osłaniających zakulisowe machinacje. Sądzę jednak, że to się wkrótce zmieni. Niemający nic do ukrycia urzędnicy, a także całe ich biura, staną się przejrzyści w ciągu roku, przynajmniej w tym kraju, a ja i Tom dopilnowaliśmy, żeby w tym celu dostali pokaźny rabat na niezbędny sprzęt, oraz zapewniliśmy odpowiednią przepustowość serwerów.

Czterdziestka zaczęła ochoczo klaskać.

– Ale to dopiero połowa tej batalii. Połowa związana z ludźmi przez nas w y b r a n y m i. Ale co z drugą połową... n a s z ą połową jako obywateli? Tą połową, w której wszyscy powinniśmy partycypować?

Za plecami Baileya ukazał się obraz pustego lokalu wyborczego w sali gimnastycznej jakiejś opuszczonej szkoły. Po chwili przeszedł on w kolumny liczb.

– Oto liczby biorących udział w ostatnich wyborach. Jak widać, na poziomie kraju frekwencja wynosi około pięćdziesięciu ośmiu procent uprawnionych do głosowania. Niewiarygodne, prawda? A potem schodzimy niżej, do wyborów stanowych oraz lokalnych, i odsetek głosujących gwałtownie spada: trzydzieści dwa procent dla wyborów stanowych, dwadzieścia dwa dla okręgów, siedemnaście dla wyborów w większości małych miast. Czy to logiczne, że im bliżej domu są władze, tym mniej nas to obchodzi? Nie uważacie, że to absurd?

Mae sprawdziła liczbę swoich widzów; było ich ponad dwa miliony. Jej relacja co sekundę przyciągała około tysiąca nowych odbiorców.

– No dobrze – ciągnął Bailey. – Wiadomo, że jest masa sposobów ułatwiających głosowanie, do czego w sporej mierze przyczyniła się tworzona tutaj technika. Bazujemy na od dawna podejmowanych próbach zwiększenia i ułatwienia dostępu. W moich czasach uchwalono ustawę o rejestracji wyborców podczas wyrabiania lub odnawiania prawa jazdy. To pomogło. Potem niektóre stany pozwoliły się rejestrować bądź aktualizować rejestrację w sieci. Świetnie. Tylko jak to wpłynęło na frekwencję wyborczą? W niewystarczają-

cym stopniu. Ale w tym miejscu rzecz staje się ciekawa. Tutaj widać, ile osób głosowało w ostatnich wyborach krajowych.
Ekran za plecami Baileya wskazywał 140 milionów.
– A oto liczba osób uprawnionych do głosowania.
Na ekranie widniała liczba 244 milionów.
– No i jeszcze jesteśmy my. Tylu Amerykanów jest zarejestrowanych w Circle.
Na ekranie widniała liczba 241 milionów.
– To zdumiewające wyliczenia, prawda? Zarejestrowało się u nas sto milionów więcej osób, niż głosowało na prezydenta. O czym to świadczy?
– Że jesteśmy fantastyczni! – krzyknął z drugiego rzędu jakiś starszy mężczyzna z siwym kucykiem i w postrzępionej koszulce. Po sali przeszedł śmiech.
– Na pewno – przyznał Bailey – ale poza tym? Świadczy to o tym, że Circle potrafi skłaniać ludzi do udziału. I w Waszyngtonie jest sporo osób, które się z tym zgadzają. Są tam ludzie, którzy upatrują w nas szansy na stworzenie w pełni uczestniczącej demokracji.
Za plecami Baileya pojawił się znany wizerunek Wuja Sama z wyciągniętym palcem wskazującym. A potem obok Wuja Sama pojawił się kolejny obraz – Baileya noszącego taki sam strój, w identycznej pozie. Publiczność zarechotała.
– Tak więc teraz dochodzimy do sedna dzisiejszej sesji, a jest nim pytanie: a gdyby tak posiadanie profilu w Circle oznaczało a u t o m a t y c z n ą rejestrację na listach wyborców?
Bailey omiótł wzrokiem salę, wahając się na myśl o Mae i jej widzach. *Dostałem gęsiej skórki* – napisał jeden z widzów.
– Żeby stworzyć profil na TruYou, trzeba być prawdziwą osobą, z prawdziwym adresem, pełnymi danymi osobowymi, prawdziwym numerem ubezpieczenia społecznego, prawdziwą i możliwą do sprawdzenia datą urodzenia. Innymi słowy, ze wszystkimi informacjami, których tradycyjnie żądają władze podczas rejestracji na listach wyborców. Jak wszyscy wiecie, faktycznie mamy znacz-

nie w i ę c e j informacji. Czemu więc nie miałyby one wystarczyć do rejestracji? Tym bardziej zaś, czemu władze... nasze lub jakiekolwiek... nie miałyby po prostu u z n a ć, że z a r e j e s t r o w a l i ś m y s i ę z chwilą stworzenia profilu na TruYou?

Czterdzieści osób skinęło głowami, niektóre z uznaniem dla sensowności idei, niektóre, najwyraźniej zastanawiające się nad tym wcześniej, na potwierdzenie, że ten pomysł był od dawna przedmiotem dyskusji.

Mae spojrzała na swoją bransoletę. Liczba widzów rosła szybciej, o dziesięć tysięcy na sekundę, i przekraczała teraz 2 400 000. Otrzymała 1248 wiadomości. Większość przyszła w ostatnich dziewięćdziesięciu sekundach. Bailey zerkał na swoją bransoletę, z pewnością widząc te same dane. Ciągnął z uśmiechem:

– Nie ma powodu, by tak nie było. I wielu ustawodawców zgadza się ze mną. Na przykład kongresmenka Santos. Mam też ustne deklaracje stu osiemdziesięciu jeden innych członków Kongresu i trzydziestu dwóch senatorów. Wszyscy zobowiązali się poprzeć projekt ustawy czyniącej nasz profil na TruYou automatyczną drogą do rejestracji. Nieźle, prawda?

Odpowiedziała mu krótka burza oklasków.

– A teraz pomyślcie – rzekł Bailey, a jego głos przeszedł w szept nadziei i zachwytu – pomyślcie, że możemy zbliżyć się do stanu pełnego uczestnictwa we wszystkich wyborach. Skończyłyby się narzekania stojących z boku ludzi, którzy nie wzięli w nich udziału. Nie byłoby już kandydatów wybranych przez skrajne, dzielące społeczeństwo grupy. Jak wiemy tutaj, w Circle, z pełną partycypacją przychodzi pełna wiedza. Wiemy, czego chcą pracownicy Circle, dlatego że pytamy i dlatego że oni wiedzą, że ich odpowiedzi są potrzebne, by można było uzyskać pełny i dokładny obraz pragnień całej firmowej społeczności. Jeśli zatem zachowamy ten sam model w skali kraju, w skali całego elektoratu, to myślę, że uda się nam zbliżyć do stuprocentowej frekwencji wyborczej. Stuprocentowa demokracja.

W sali rozległy się oklaski. Bailey uśmiechnął się szeroko, a Stenton wstał; był to koniec przedstawienia, przynajmniej dla niego. Ale w głowie Mae zrodził się pewien pomysł. Podniosła niepewnie rękę.

– Słucham, Mae – rzekł Bailey z twarzą wciąż zastygłą w szerokim, triumfalnym uśmiechu.

– Zastanawiam się, czy nie moglibyśmy pójść krok dalej. Mam na myśli… Cóż, właściwie to nie sądzę, by…

– Nie, nie. Mów dalej, Mae. Dobrze zaczęłaś. Podobają mi się słowa „krok dalej". Tak właśnie zbudowano tę firmę.

Mae rozejrzała się po sali. Twarze zebranych wyrażały zachętę i niepokój. Potem zatrzymała wzrok na obliczu Annie, ponieważ zaś malowały się na nim surowość oraz niezadowolenie i wyglądało na to, że jej przyjaciółka spodziewa się, że Mae poniesie porażkę i okryje się wstydem, lub tego pragnie, zebrała się w sobie, wzięła głęboki oddech i podjęła wątek.

– Owszem, cóż, mówił pan, że możemy się zbliżyć do stuprocentowej partycypacji. I zastanawiam się, dlaczego nie moglibyśmy po prostu wyjść od tego celu, wykorzystując wszystkie przedstawione przez pana kroki. I wszystkie narzędzia, którymi już dysponujemy.

Mae rozejrzała się po sali, gotowa zrezygnować na widok pierwszego sceptycznego spojrzenia, ale dostrzegła jedynie zaciekawienie, powolne zbiorowe skinienia grupy ludzi wyćwiczonych w zatwierdzaniu pomysłów z góry.

– Kontynuuj – powiedział Bailey.

– Mam zamiar jedynie powiązać fakty – wyjaśniła Mae. – Cóż, przede wszystkim zgadzamy się, że chcielibyśmy osiągnąć stuprocentową partycypację i że stuprocentowa frekwencja to stan idealny.

– Tak – potwierdził Bailey. – To z pewnością ideał idealisty.

– A obecnie osiemdziesiąt trzy procent uprawnionych do głosowania Amerykanów jest zarejestrowanych w portalach Circle?

– Tak.

– I wygląda na to, że zmierzamy do sytuacji, w której wyborcy będą mogli się zarejestrować, a może nawet głosować za pośrednictwem Circle?

Bailey kiwał głową na boki, co wskazywało, że nie ma całkowitej pewności, ale uśmiechał się, a w jego oczach można było wyczytać zachętę.

– Jeszcze trochę do tego brakuje, ale dobra, mów dalej.

– Czemu więc nie postawić wymogu, by każdy obywatel w wieku uprawniającym do głosowania miał konto w Circle?

W sali zapanowało pewne zamieszanie i rozległy się westchnienia, szczególnie wśród starszych pracowników firmy.

– Dajcie jej dokończyć – rozległ się jakiś nowy głos. Mae rozejrzała się i stwierdziła, że Stenton stoi przy drzwiach. Ręce miał skrzyżowane na piersi, wzrok wbity w podłogę. Spojrzał przez chwilę na Mae i skinął szorstko głową. Wtedy sobie przypomniała, do czego dąży.

– W porządku, wiem, że początkową reakcją będzie sprzeciw. No bo jak możemy wymagać, by ktoś korzystał z naszych usług? Musimy jednak pamiętać, że jest cała masa rzeczy, które dla obywateli tego kraju są obowiązkowe... i te rzeczy są obowiązkowe w większości krajów uprzemysłowionych. Czy musicie posyłać dzieci do szkoły? Tak. To obowiązkowe. Tak mówi prawo. Dzieci muszą chodzić do szkoły albo trzeba zorganizować naukę w domu. Ale jest to obowiązkowe. Obowiązkowe jest także rejestrowanie się do poboru, prawda? I pozbywanie się śmieci w możliwy do przyjęcia sposób; nie można wyrzucić ich na ulicę. Jeśli chcemy prowadzić samochód, trzeba mieć prawo jazdy, a gdy nim jeździmy, musimy mieć zapięte pasy.

Stenton znowu się włączył:

– Wymagamy, by ludzie płacili podatki. I opłacali ubezpieczenie społeczne. Żeby pełnili funkcje sędziów przysięgłych.

– Zgadza się – potwierdziła Mae. – Oraz żeby nie sikali na ulicy. Rzecz w tym, że mamy dziesięć tysięcy ustaw. Wymagamy tyle uzasadnionych rzeczy od obywateli Stanów Zjednoczonych. Czemu więc nie możemy wymagać od nich głosowania? Głosują przecież obowiązkowo w dziesiątkach państw.

– Była już taka propozycja – zauważył jeden ze starszych pracowników Circle.

– Ale nie my ją złożyliśmy – odparował Stenton.

– I właśnie o to mi chodzi – powiedziała Mae, skinąwszy mu.

– Wcześniej nie było odpowiedniej technologii. Przecież w przeszłości dotarcie do wszystkich i zarejestrowanie ich na listach wyborców, a potem dopilnowanie, by rzeczywiście zagłosowali, było zbyt kosztowne. Trzeba by było chodzić od drzwi do drzwi. Wozić ludzi do lokali wyborczych. Robić te wszystkie niewykonalne rzeczy. Nawet w krajach, gdzie głosowanie jest obowiązkowe, tak naprawdę się tego nie narzuca. Teraz jednak można to osiągnąć. Wystarczy zestawić dowolne spisy wyborców z nazwiskami w bazie danych naszego TruYou, a od razu znaleźlibyśmy tam połowę zaginionych osób. Rejestrujemy ich automatycznie, a potem, gdy nadchodzi dzień głosowania, dopilnowujemy, by oddali swój głos.

– Jak mamy to zrobić? – zapytał jakiś kobiecy głos.

Mae zdała sobie sprawę, że to głos Annie. Nie było to bezpośrednie wyzwanie, ale ton pytania też nie był przyjazny.

– O matko – odparł Bailey – na sto sposobów. To łatwe. Przypomnieć im tego dnia dziesięć razy. Może w dniu wyborów ich konto nie będzie funkcjonować, dopóki nie zagłosują. Byłbym za takim właśnie rozwiązaniem. Takie upomnienie mogłoby brzmieć następująco: „Cześć, Annie! Poświęć pięć minut na wybory". Cokolwiek. Przecież wiesz, Annie, że robimy to w naszych sondażach.

– Gdy wypowiadał jej imię, zabarwił to nutą rozczarowania i przestrogi, zniechęcając ją do robienia kolejnych uwag. Rozchmurzył się i zwrócił z powrotem do Mae. – A maruderzy? – zapytał.

Mae uśmiechnęła się do niego. Miała gotową odpowiedź. Spojrzała na swoją bransoletę. W tym momencie oglądało ich 7 202 821 osób. Kiedy to się stało?

– Cóż, wszyscy muszą płacić podatki, zgadza się? Ile osób robi to teraz przez Internet? W zeszłym roku zrobiło tak chyba osiemdziesiąt procent ludzi. A gdybyśmy przestali powielać treści serwisów internetowych i włączyli je wszystkie do jednego zunifikowanego systemu? Używamy konta w Circle do zapłacenia podatków, zarejestrowania się w spisie wyborców, zapłacenia mandatów za złe parkowanie, do wszystkiego. Przecież wtedy oszczędzilibyśmy każdemu użytkownikowi konta setek godzin i mnóstwa niedogodności, a kraj jako całość zaoszczędziłby miliardy.

– Setki miliardów – poprawił ją Stenton.

– Słusznie – przyznała Mae. – Nasze interfejsy są o niebo łatwiejsze w użytkowaniu niż, powiedzmy, zlepek witryn DMV w całym kraju. A gdyby można było za naszym pośrednictwem odnowić prawo jazdy? A gdyby korzystanie z wszystkich serwisów administracji rządowej można było ułatwić dzięki naszej sieci? Ludzie skwapliwie skorzystaliby z tej szansy. Zamiast zaglądać na sto różnych witryn internetowych w poszukiwaniu setki różnych serwisów administracji rządowej, wszystko to można by zrobić poprzez Circle.

Annie znowu się odezwała. Mae wiedziała, że to z jej strony błąd.

– Czemu władze nie miałyby po prostu zbudować podobnego wszechstronnego serwisu? – zapytała. – Do czego jesteśmy im potrzebni?

Mae nie potrafiła ocenić, czy to pytanie retoryczne, czy też Annie naprawdę sądzi, że to słuszna uwaga. W każdym razie znaczna część zebranych parsknęła śmiechem. Rząd budujący od zera system mający konkurować z Circle? Mae spojrzała na Baileya i Stentona. Ten drugi uśmiechnął się, zadarł głowę i postanowił odpowiedzieć osobiście.

– Cóż, Annie, rządowy projekt budowy podobnej platformy od podstaw byłby czymś groteskowym, kosztownym i niewykonalnym. My już mamy infrastrukturę oraz osiemdziesiąt trzy procent elektoratu. Nie wydaje ci się to sensowne?

Annie skinęła głową, w jej oczach widać było strach, żal i może nawet odrobinę szybko słabnącej przekory. Stenton mówił lekceważącym tonem i Mae miała nadzieję, że złagodzi go w dalszej części wypowiedzi.

– Teraz bardziej niż kiedykolwiek – dodał jeszcze bardziej protekcjonalnie – Waszyngton próbuje oszczędzać i nie jest skłonny tworzyć od zera nowych wielkich jednostek administracyjnych. W tej chwili umożliwienie oddania każdego głosu kosztuje władze około dziesięciu dolarów. Głosuje dwieście milionów ludzi i urządzenie wyborów prezydenckich co cztery lata pochłania z kas służb federalnych dwa miliardy. To koszt samego przetworzenia wyników tych jednych wyborów, tego jednego dnia. Weźcie pod uwagę wszystkie wybory stanowe i lokalne, to kwestia setek miliardów dolarów niepotrzebnych kosztów związanych ze zwykłym przetwarzaniem wyników, co roku. Przecież w niektórych stanach nadal robią to na papierze. Jeśli dostarczymy te usługi za darmo, pozwolimy rządowi zaoszczędzić miliardy dolarów i co ważniejsze, wyniki będą znane w jednej chwili. Nie sądzisz, że to prawda?

Annie skinęła ponuro głową i Stenton spojrzał na nią tak, jakby na nowo ją oceniał. Odwrócił się do Mae, dając znak, by mówiła dalej.

– Jeśli zaś trzeba będzie mieć konto TruYou, żeby zapłacić podatki lub otrzymać jakąkolwiek pomoc od władz – powiedziała – to jesteśmy bardzo bliscy zgromadzenia u nas stu procent obywateli. A wtedy będziemy mogli zmierzyć każdemu temperaturę o dowolnej porze. Małe miasto chce, żeby wszyscy głosowali nad rozporządzeniem lokalnych władz. TruYou zna adresy wszystkich mieszkańców, głosować więc mogą tylko oni. A gdy zagłosują, wyniki będą znane w ciągu kilku minut. Jakiś stan chce sprawdzić, co wszyscy sądzą o nowym podatku. To samo: natychmiastowe, przejrzyste i możliwe do zweryfikowania dane.

– Położyłoby to kres domysłom – dodał Stenton, stojący teraz u szczytu stołu. – A także działalności lobbystów. Oraz sondażom.

Mogłoby nawet położyć kres istnieniu Kongresu. Skoro będziemy mogli poznać wolę narodu w dowolnym momencie, bez filtra, bez nadinterpretacji i zniekształceń, czy znaczna część waszyngtońskiej administracji nie straciłaby racji bytu?

Noc była zimna, a podmuchy wiatru smagały ją boleśnie po twarzy, ale Mae nie zwracała na to uwagi. Wszystko było dobre, czyste i słuszne. Zyskać akceptację Mędrców, skierować, być może, całą firmę na nowe tory, zapewnić, być może, b y ć   m o ż e, nowy poziom demokracji uczestniczącej – czy to możliwe, by Circle, dzięki jej nowej idei, naprawdę zdołało u d o s k o n a l i ć demokrację? Czyżby stworzyła rozwiązanie liczącego tysiąc lat problemu?

Tuż po spotkaniu dawano wyraz pewnym obawom co do tego, że prywatna firma przejmuje kontrolę nad tak powszechnym aktem jak głosowanie. Ale logika tego rozwiązania, związane z nim nierozerwalnie oszczędności przeważyły. A gdyby szkoły dostały te dwa miliardy? Gdyby trafiły do systemu opieki zdrowotnej? Dzięki tego rodzaju oszczędnościom – uzyskiwanym nie tylko co cztery lata, ale w podobnej wysokości co roku – można by się zająć dowolnymi bolączkami społecznymi w kraju lub je usunąć. Położyć kres wszystkim kosztownym wyborom, zastąpić je wyborami natychmiastowymi, niepociągającymi za sobą niemal żadnych kosztów.

Takie nadzieje wiązano z Circle. Taka była wyjątkowa pozycja firmy. Takie komunikaty rozsyłali internauci. Mae czytała je, jadąc z Francisem pociągiem tunelem pod zatoką; oboje byli uśmiechnięci od ucha do ucha, obłędnie szczęśliwi. Rozpoznawano ich. Ludzie stawali przed Mae, żeby znaleźć się w jej filmie, a ona się tym nie przejmowała, ledwie zwracała na nich uwagę, ponieważ wiadomości pojawiające się na ekranie bransolety na jej prawej ręce były zbyt dobre, by odrywać od nich oczy.

Zerknęła na moment na przegub lewej ręki; puls miała przyspieszony, tętno 130. Była jednak zachwycona. Gdy przyjechali do śródmieścia, pokonywali po trzy stopnie schodów naraz i znaleźli się na powierzchni, na Market Street, nagle skąpani w złotym świetle; w oddali migotał Bay Bridge.

– O cholera, to przecież Mae! – Kto to powiedział? Okazało się, że idzie ku nim w pośpiechu dwóch nastolatków w bluzach z kapturem i ze słuchawkami na uszach. – Jesteś super, Mae – dodał drugi z aprobatą w oczach, zafascynowany gwiazdą Internetu, po czym obaj zbiegli po schodach, wyraźnie nie chcąc sprawiać wrażenia nachalnych.

– To było zabawne – zauważył Francis, obserwując, jak się oddalają.

Mae ruszyła w stronę wody. Pomyślała o Mercerze i wyobraziła go sobie w postaci szybko znikającego widma. Od czasu swojego wystąpienia nie miała od niego ani od Annie żadnych wieści, ale nie przejmowała się tym. Jej rodzice nie odezwali się w ogóle i pewnie nie widzieli jej występu; okazało się, że jest jej to obojętne. Liczył się dla niej wyłącznie ten moment, ta noc, bezchmurne i bezgwiezdne niebo.

– Niewiarygodne, jak bardzo byłaś opanowana – rzekł Francis i pocałował ją w usta suchymi wargami, jak zawodowiec.

– Dobrze wypadłam? – zapytała, wiedząc, jak niedorzecznie zabrzmiało tego rodzaju pytanie po tak oczywistym sukcesie. Pragnęła jednak jeszcze raz usłyszeć, że wykonała dobrą robotę.

– Doskonale – odparł. – Na sto punktów.

Gdy szli w stronę wody, przejrzała najpopularniejsze z ostatnich komentarzy. Na komunikatorze pojawił się jeden szczególny, płomienny tekst, coś o tym, jak to wszystko może doprowadzić lub po prostu doprowadzi do totalitaryzmu. Wpadła w przygnębienie.

– Daj spokój. Nie możesz słuchać takich szaleńców – rzekł Francis. – Co ona może wiedzieć? Jakaś węsząca spiski zrzęda w czapce z cynfolii. – Mae się uśmiechnęła, nie wiedząc, co oznacza wzmianka o czapce. Pamiętała jednak, że to samo mówił jej ojciec, i ta myśl wywołała uśmiech na jej twarzy.

- Urządźmy libację - rzekł Francis i wybrali skrzącą się od świateł piwiarnię nad wodą z szerokim patio od frontu. Gdy się do niej zbliżali, Mae spostrzegła w oczach grupy sympatycznych młodych ludzi popijających pod gołym niebem, że została rozpoznana.
- To Mae - powiedział jeden z nich.
Młody mężczyzna, który wydawał się zbyt młody, by w ogóle móc pić alkohol, skierował twarz w stronę kamery i rzekł:
- Cześć, mamo, uczę się w domu.
Kobieta około trzydziestki, która chyba była z nim, powiedziała, usuwając się z pola widzenia kamery:
- Cześć, kochanie, jestem w klubie książki z paniami. Pozdrów dzieci!
Noc była beztroska i radosna i minęła zbyt szybko. Mae nie ruszała się niemal z miejsca w tym barze nad zatoką - była oblegana, stawiano jej drinki, poklepywano po ramieniu. Przez całą noc obracała się niczym szwankujący zegar po kilka stopni naraz, żeby powitać każdego nowego sympatyka. Wszyscy chcieli zrobić sobie z nią zdjęcie, dowiedzieć się, kiedy to wszystko nastąpi. „Kiedy przełamiemy te wszystkie niepotrzebne bariery?" - pytali. Teraz, gdy rozwiązanie wydawało się jasne i dość łatwe do zastosowania, nikt nie chciał czekać. Jakaś nieco starsza od Mae kobieta o bystrym spojrzeniu i z koktajlem Manhattan w ręku wyraziła to najlepiej, choć bezwiednie:
- Jak - zapytała lekko bełkotliwie, rozlewając alkohol - mamy szybciej dotrzeć do tego, co nieuchronne?
Potem oboje z Francisem znaleźli się w mniej gwarnym lokalu na Embarcadero, gdzie zamówili następną kolejkę i stwierdzili, że dołączył do nich pięćdziesięciokilkuletni mężczyzna. Usiadł z nimi nieproszony, trzymając oburącz szklankę pokaźnych rozmiarów. Po kilku sekundach wyznał, że kiedyś studiował teologię, mieszkał w Ohio i szykował się do stanu kapłańskiego, ale odkrył komputery. Rzucił wszystko i przeniósł się do Palo Alto, ale czuł, że jest daleko od spraw ducha. Aż do teraz.

– Widziałem dzisiaj twoje wystąpienie – powiedział. – Połączyłaś to wszystko. Znalazłaś sposób na zbawienie wszystkich ludzi. To właśnie robiliśmy w kościele... Próbowaliśmy ich wszystkich przyciągnąć. Jak wszystkich zbawić? To od tysiącleci jest zadanie misjonarzy. – Zaczynał bełkotać, ale znowu pociągnął ze szklanki. – Ty i twoi współpracownicy w Circle – w tym momencie zakreślił kółko w powietrzu, w płaszczyźnie poziomej, i Mae przyszła na myśl aureola – zbawicie wszystkie dusze. Zbierzecie wszystkich w jednym miejscu, nauczycie tych samych rzeczy. Może istnieć jedna moralność, jeden zbiór zasad. Wyobraź to sobie! – To powiedziawszy, uderzył otwartą dłonią w blat żelaznego stolika, aż zabrzęczała jego szklanka. – Teraz wszyscy ludzie będą mieli oczy Boga. Znacie ten fragment? „Wszystko odkryte i odsłonięte jest przed oczami Boga". Coś w tym rodzaju. Znacie Biblię? – Widząc obojętne wyrazy twarzy Mae i Francisa, uśmiechnął się drwiąco i pociągnął spory łyk swojego koktajlu. – Teraz wszyscy jesteśmy Bogiem. Każdy z nas będzie mógł wkrótce zobaczyć i osądzić wszystkich innych. Zobaczymy to, co widzi On. Wyrazimy na głos Jego werdykt. Wylejemy na kogoś Jego gniew i udzielimy Jego przebaczenia. Na globalnym i niezmiennym poziomie. Wszystkie religie czekały na moment, w którym każdy człowiek stanie się bezpośrednim i błyskawicznym posłańcem woli Bożej. Rozumiecie, o czym mówię? – Mae spojrzała na Francisa, który bez większego powodzenia hamował śmiech. Wybuchł nim pierwszy, a ona poszła w jego ślady i razem rechotali, usiłując przeprosić mężczyznę, unosząc ręce, błagają go o wybaczenie. Ale on miał tego dość. Odsunął się od stolika, po czym zawrócił gwałtownie po swój koktajl i teraz, mając już wszystko, zataczając się, ruszył wzdłuż nabrzeża.

Mae obudziła się obok Francisa. Była siódma rano. Film urwał się im w jej pokoju tuż po drugiej w nocy. Zerknęła zapuchniętymi oczami na telefon, znajdując w nim 322 nowe wiadomości. Gdy trzymała go w dłoni, aparat zadzwonił. Numer, z którego telefonowano, był zastrzeżony i wiedziała, że to może być tylko Kalden. Poczekała, aż włączy się poczta głosowa. Do południa dzwonił do niej jeszcze dwanaście razy. Dzwonił, gdy Francis wstał, pocałował ją i wrócił do swojego pokoju. Dzwonił, gdy brała prysznic i gdy się ubierała. Wyszczotkowała włosy, poprawiła bransolety i właśnie zawieszała kamerę na szyi, gdy znowu zatelefonował. Zignorowała telefon i otworzyła skrzynkę z wiadomościami.

Znalazła w niej szereg gratulacji z Circle i spoza firmy, a do najbardziej intrygujących zachęcił sam Bailey, który powiadomił ją, że programiści Circle zaczęli już uwzględniać jej pomysły. Pracowali przez całą noc, w gorączkowym natchnieniu, i liczyli na to, że w ciągu tygodnia stworzą prototypową wersję aplikacji wykorzystującej pomysły Mae. Aplikacja zostanie wykorzystana najpierw w firmie, poprawią ją tam, a potem wypromują w każdym państwie, gdzie członkowie Circle stanowią wystarczająco silną grupę, by można było zastosować to rozwiązanie w praktyce.

Nazywamy ją Demokranimusz – napisał Bailey na komunikatorze. *To demokracja z* Twoim *głosem i* Twoim *animuszem. I wkrótce trafi do użytkowników.*

Tamtego ranka Mae zaproszono na spotkanie z grupą programistów, gdzie zastała około dwudziestu wyczerpanych, lecz natchnionych inżynierów i projektantów, którzy najwyraźniej mieli już gotową wersję testową Demokranimusza. Gdy Mae weszła do ich kapsuły, rozległy się wiwaty, przygasły światła, a jedna lampa oświetliła kobietę z długimi czarnymi włosami i twarzą emanującą z trudem powstrzymywaną radością.

– Witaj, Mae, witajcie, jej widzowie – powiedziała, składając szybki ukłon. – Mam na imię Sharma. Bardzo się cieszę i jestem zaszczycona, że goszczę was dzisiaj. Zademonstrujemy zaraz najwcześniejszą postać Demokranimusza. Normalnie nie działalibyśmy tak błyskawicznie i tak, no cóż, przejrzyście, ale zważywszy na żarliwą wiarę Circle w Demokranimusza i naszą pewność, że zostanie zastosowany szybko i na całym świecie, uznaliśmy, że nie ma co zwlekać.

Ekran ścienny ożył. Pojawiło się na nim słowo D e m o k r a - n i m u s z, zapisane zamaszystą czcionką i osadzone w niebiesko- -białej prążkowanej fladze.

– Celem jest dopilnowanie, by wszyscy, którzy pracują w Circle, mogli wypowiadać się w kwestiach wpływających na ich życie, zazwyczaj w kampusie, ale również poza jego granicami. Tak więc przez cały dzień, w którym Circle musi badać nastroje w jakiejś kwestii, jego pracownicy będą otrzymywać powiadomienie w okienku i prośby o odpowiedź na pytanie bądź pytania. Oczekiwany cykl przetwarzania informacji będzie bardzo krótki. Ponieważ zaś bardzo nam zależy na wkładzie wszystkich pracowników, transmisja danych w innych systemach przesyłania wiadomości zostanie przerwana do czasu, aż odpowiecie. Pokażę wam, jak to działa.

Na ekranie pod logo Demokranimusza widniało pytanie: *Czy powinniśmy mieć więcej jarskich dań do wyboru podczas lunchu?* Z obu stron opatrzone było przyciskami TAK i NIE.

Mae skinęła głową i powiedziała:

– Imponujące!

– Dziękuję – odparła Sharma. – A teraz zechciej zaspokoić naszą ciekawość. Musisz odpowiedzieć – wyjaśniła i poprosiła, by Mae dotknęła jednego z przycisków na ekranie.

– O! – mruknęła Mae, podeszła do ekranu i przycisnęła TAK. Inżynierowie i programiści urządzili jej owację.

Na ekranie ukazała się radosna twarz oraz biegnące nad nią łukiem słowa: *Usłyszano twój głos!* Pytanie zniknęło, zastąpione słowami: *Wynik Demokranimusza – 75% respondentów chce mieć więcej jarskich dań do wyboru. Zapewnione zostaną dodatkowe dania jarskie.*

Sharma promieniała.

– Widzisz? To oczywiście wynik symulacji komputerowej. Nie mamy jeszcze w Demokranimuszu wszystkich pracowników, ale z grubsza wiesz, o co chodzi. Pojawia się pytanie, wszyscy na chwilę

przerywają to, co właśnie robią, odpowiadają i Circle może natychmiast podjąć stosowne działania, znając dokładnie wolę tych ludzi. Niewiarygodne, prawda?
— Owszem — przyznała Mae.
— Wyobraź sobie, że ta aplikacja zostanie wypromowana w całym kraju. Na całym świecie!
— To przekracza moją wyobraźnię.
— Przecież sama na to wpadłaś!
Mae nie wiedziała, co powiedzieć. Czy sama to wymyśliła? Nie była pewna. Skojarzyła kilka rzeczy: efektywność i użyteczność aplikacji CircleSondaże, niezmienny cel Circle w postaci pełnego nasycenia, powszechną nadzieję na rzeczywistą, nieselektywną oraz, co najważniejsze, pełną demokrację. Teraz ten pomysł był w rękach programistów, zatrudnianych w Circle setkami, najlepszych na świecie. Mae powiedziała im to, wyjaśniła, że jest po prostu osobą, która powiązała kilka bardzo bliskich sobie pomysłów. Sharma oraz jej zespół uśmiechnęli się promiennie i uścisnęli jej dłoń, wszyscy też się zgodzili, że to, co już zostało zrobione, kieruje Circle i prawdopodobnie całą ludzkość na nową, ważną drogę.

Mae opuściła budynek Renesansu i tuż za drzwiami została powitana przez grupę młodych pracowników Circle; wszyscy chcieli jej powiedzieć — wszyscy pełni entuzjazmu, tryskający energią — że nigdy wcześniej nie głosowali, że polityka zupełnie ich nie interesowała, że nie czuli żadnego związku z rządem, uważając, że ich głos się nie liczy. Dodali, że zanim ich głos lub podpis pod jakąś petycją przeszedł przez sito lokalnych władz, potem urzędników stanowych, a w końcu ich przedstawicieli w Waszyngtonie, mieli wrażenie, że wysłali wiadomość w butelce na drugi brzeg wzburzonego oceanu. Teraz jednak, zapewnili, czują się emocjonalnie zaangażowani. Gdyby Demokranimusz się sprawdził, powiedzieli, a potem wybuchnęli śmiechem — j a s n e, że się sprawdzi, gdy już zostanie wdrożony — gdy się sprawdzi, ludzie wreszcie w pełni się zaangażują, a wówczas kraj i świat usłyszy młodych, zaś ich idealizm i postępowość diametralnie zmienią naszą planetę. Takie właśnie deklaracje słyszała przez cały dzień, wędrując po kampusie. Nie mogła przedostać się z budynku do budynku nienagabywana. Stoimy u progu rzeczywistych zmian, mówiono. Zmian przeprowadzanych w tempie, jakiego domagają się nasze serca.

Z zastrzeżonego numeru dzwoniono jednak przez całe przedpołudnie. Mae wiedziała, że to Kalden, wiedziała też, iż nie chce mieć z nim nic wspólnego. Rozmowa, a tym bardziej spotkanie z nim byłyby teraz znaczącym krokiem wstecz. W południe Sharma i jej zespół ogłosili, że są gotowi do pierwszego rzeczywistego sprawdzianu Demokranimusza w całym kampusie. O 12:45 wszyscy mieli otrzymać pięć pytań, a wyniki sondażu nie dość, że miały być natychmiast zestawione w tabeli, to jeszcze, jak zapewnili Mędrcy, wola ludzi zostałaby spełniona przed północą.

Mae stała w centrum kampusu, wśród kilkuset pracowników Circle spożywających lunch i rozprawiających o rychłej prezentacji Demokranimusza; myślała o obrazie przedstawiającym konwencję filadelfijską, wszystkich tych mężczyzn w upudrowanych perukach i kamizelkach, stojących w sztywnych pozach, zamożnych białych ludzi, którzy tylko do pewnego stopnia byli zainteresowani reprezentowaniem interesów swoich bliźnich. Byli twórcami wadliwego z natury modelu demokracji, w której wybierano tylko ludzi bogatych, w której ich głos był słyszany najlepiej, w której przekazywali swoje miejsca w Kongresie dowolnemu podobnie uprzywilejowanemu człowiekowi, uznanemu przez nich za odpowiedniego. Być może od tego czasu stopniowo trochę udoskonalono system, ale Demokranimusz by to wszystko obalił. Demokranimusz był prawdziwszy, stanowił jedyną znaną światu szansę na demokrację bezpośrednią.

Było wpół do pierwszej. Ponieważ Mae czuła się silna i bardzo pewna siebie, w końcu uległa i odebrała telefon, wiedząc, że usłyszy głos Kaldena.

– Halo?
– Mae – rzekł lakonicznie – mówi Kalden. Nie wypowiadaj mojego imienia. Ustawiłem to tak, żeby nie było słychać przychodzącego sygnału dźwiękowego.
– Nie.
– Mae, proszę. To kwestia życia i śmierci.
Kalden miał nad nią zawstydzająco silną władzę. Sprawiał, że Mae czuła się słaba i uległa. W każdym innym aspekcie swojego życia panowała nad sobą, ale sam jego głos rozbrajał ją i otwierał przed nią pole złych decyzji. Minutę później była w kabinie toalety, dźwięk w jej kamerze był wyłączony, a telefon znowu dzwonił.
– Ktoś na pewno śledzi tę rozmowę.
– Nie. Zapewniłem nam trochę czasu.
– Czego chcesz?
– Nie możesz tego zrobić. Twój pomysł na obligatoryjne posiadanie konta i pozytywny oddźwięk, z jakim się spotkał... to ostatni krok w kierunku domknięcia Circle, a do tego nie można dopuścić.
– O czym ty mówisz? W tym cała rzecz. Skoro jesteś tu od tak dawna, wiesz lepiej niż ktokolwiek, że to od początku stanowi cel Circle. Przecież to krąg, głupku. Musi się domknąć. Musi być pełny.
– Mae, przez cały czas, przynajmniej we mnie, taki finał budził strach. I wcale nie był celem. Z chwilą wprowadzenia przymusu posiadania konta i uruchomienia wszystkich serwisów administracji rządowej za pośrednictwem Circle pomożesz stworzyć pierwszy despotyczny monopol na świecie. Czy to, że prywatna firma będzie kontrolowała przepływ wszystkich informacji, uważasz za dobry pomysł? Czy to dobrze, że udział w tym przedsięwzięciu, na jej życzenie, będzie obowiązkowy?
– Przecież wiesz, co powiedział Ty.
Mae usłyszała głośne westchnienie.
– Być może. Co powiedział?
– Że istotą Circle jest demokracja. Że dopóki wszyscy nie mają równego dostępu i dopóki ten dostęp nie będzie bezpłatny, nikt nie

jest wolny. Te słowa wyryto na co najmniej kilku płytach w całym kampusie.

– Mae, świetnie, Circle jest dobre. A ktoś, kto wynalazł TruYou, jest kimś w rodzaju złego ducha. Teraz jednak trzeba go powstrzymać. Albo rozerwać Circle.

– Czemu się tym przejmujesz? Skoro to ci się nie podoba, może po prostu odejdź? Wiem, że szpiegujesz na zlecenie konkurencji. Albo senator Williamson. Jakiejś pomylonej anarchistki.

– O to właśnie chodzi. Wiesz, że to dotyczy wszystkich. Kiedy po raz ostatni rozmawiałaś o czymś ważnym ze swoimi rodzicami? Wszystko jest najwyraźniej spaprane, a ty masz wyjątkową możliwość wpłynąć decydująco na bieg historii. O to właśnie chodzi. To moment zwrotny w historii. Wyobraź sobie, że mogłabyś żyć, zanim Hitler został kanclerzem Niemiec. Zanim Stalin zaanektował Europę Wschodnią. Jesteśmy bliscy stworzenia kolejnego szalenie zachłannego imperium zła, Mae. Rozumiesz?

– Czy wiesz, jak szaleńczo brzmią twoje słowa?

– Wiem, że za kilka dni relacjonujesz spotkanie z planktonem. To, na którym młodzi wynalazcy prezentują swoje pomysły w nadziei, że Circle je kupi i pochłonie.

– Więc?

– Więc będziesz miała sporą widownię. Musimy dotrzeć do młodych, a podczas tego spotkania twoi widzowie będą młodzi i bardzo liczni. Idealna sytuacja. Przyjdą też Mędrcy. Musisz skorzystać z tej okazji, żeby wszystkich ostrzec. Musisz powiedzieć: „Zastanówmy się, co naprawdę oznacza dopełnienie Circle".

– Masz na myśli Domknięcie?

– Jak zwał, tak zwał. Co to oznacza dla swobód osobistych, dla swobody podróżowania, robienia tego, co się chce robić, bycia wolnym.

– Jesteś szalony. Nie mogę uwierzyć, że... – Mae zamierzała zakończyć to zdanie słowami „przespałam się z tobą", ale teraz nawet myśl o tym wydawała się chora.

– Mae, żadna istota nie powinna mieć takiej władzy, jaką mają ci ludzie.
– Rozłączam się.
– Mae. Przemyśl to. Będą pisali o tobie pieśni.
Przerwała połączenie.
Gdy dotarła do Wielkiej Auli, wypełniał ją gwar kilku tysięcy pracowników Circle. Resztę poproszono o pozostanie na stanowiskach pracy, żeby zademonstrować światu, jak Demokranimusz sprawdzi się w całej firmie, gdy jej pracownicy będą głosowali sprzed swoich biurek, z tabletów oraz telefonów, a nawet przez interfejsy siatkówkowe. Na ekranie w Wielkiej Auli ogromna mozaika obrazów z kamer SeeChange ukazywała ich w gotowości we wszystkich budynkach. W jednym z całej serii komunikatów Sharma wyjaśniła wcześniej, że z chwilą wysłania pytań możliwość robienia czegokolwiek innego – na przykład rozsyłania komunikatów, używania klawiatury – zostanie zawieszona do czasu oddania głosu. „Tutaj demokracja jest obowiązkowa!" – zaznaczyła i dodała, ku wielkiej radości Mae: „Dzielenie się – lek na wszelkie strapienie". Mae zamierzała głosować na bransolecie i obiecała swoim widzom, że uwzględni również ich opinię, jeśli będą wystarczająco szybcy. Oddawanie głosów, jak zasugerowała Sharma, nie powinno trwać dłużej niż minutę.

I wtedy na ekranie pojawiło się logo Demokranimusza, a pod nim pierwsze pytanie.

1. Czy Circle powinno oferować więcej dań jarskich do wyboru podczas lunchu?

Tłum zgromadzony w Wielkiej Auli roześmiał się. Zespół kierowany przez Sharmę postanowił rozpocząć od pytania, które testowali wcześniej. Mae zerknęła na nadgarstek i zobaczyła, że kilkuset widzów przysłało uśmiechy, wybrała więc tę możliwość i przycisnęła „wyślij". Spojrzała na ekran, obserwując, jak głosują pracownicy firmy, i w ciągu jedenastu sekund zrobił to cały kampus, a wyniki zestawiono w tabeli. Osiemdziesiąt osiem procent obecnych w kampusie pragnęło więcej potraw jarskich do wyboru podczas lunchu.

Przyszedł komunikat od Baileya: *Załatwione.*
Wielka Aula zatrzęsła się od oklasków.
Ukazało się następne pytanie:
2. Czy dzień pod hasłem „Zabierz córkę do pracy" powinien zdarzać się dwa razy do roku zamiast jednego?
Odpowiedź była znana po niespełna dwunastu sekundach. Czterdzieści pięć procent stwierdziło, że tak. Bailey zakomunikował: *Wygląda na to, że tymczasem jeden raz wystarczy.*

Dotychczasowa prezentacja była ewidentnym sukcesem i Mae rozkoszowała się przesłanymi na bransoletę gratulacjami pracowników Circle obecnych na sali oraz od widzów na całym świecie. Pojawiło się trzecie pytanie i sala wybuchnęła śmiechem.
3. John, Paul czy... Ringo?
Odpowiedź, która zajęła respondentom szesnaście sekund, wywołała gwałtowne okrzyki zaskoczenia: wygrał Ringo, uzyskując sześćdziesiąt cztery procent głosów. John i Paul wyszli prawie na remis, dwadzieścia do szesnastu.

Czwarte pytanie zostało poprzedzone rzeczowymi zaleceniami: *Wyobraź sobie, że Biały Dom zażyczył sobie nieprzetworzonej opinii od swoich wyborców. Wyobraź sobie też, że miałeś bezpośrednią i natychmiastową możliwość wpłynięcia na amerykańską politykę zagraniczną. Nie spiesz się z odpowiedzią. Może nadejdzie – powinien nadejść – dzień, gdy w takich sprawach słyszany będzie głos wszystkich Amerykanów.*

Zalecenia zniknęły i nadeszło pytanie:
4. Agencje wywiadowcze w słabo zaludnionej części Pakistanu zlokalizowały kryjówkę przywódcy terrorystów, Khalila al-Hameda. Czy powinniśmy posłać drona, żeby go zabić, biorąc pod uwagę prawdopodobieństwo umiarkowanych zniszczeń i strat wśród ludności cywilnej?

Mae wstrzymała oddech. Wiedziała, że to tylko pokaz, ale poczucie władzy było autentyczne. I wydawało się słuszne. Czemu mądrość trzystu milionów Amerykanów nie miałaby być brana pod uwagę przy podejmowaniu decyzji, która dotyczyła ich wszystkich?

Mae się zawahała, myśląc, ważąc wszystkie za i przeciw. Wyglądało na to, że pracownicy Circle zebrani w sali traktowali tę odpowiedzialność równie poważnie jak Mae. Ile istnień ludzkich uratowano by, zabijając al-Hameda? Możliwe, że tysiące, a świat pozbyłby się jednego nikczemnika. Chyba warto było ponieść ryzyko. Zagłosowała na tak. Głosy podliczono po minucie i jedenastu sekundach: siedemdziesiąt jeden procent pracowników firmy opowiedziało się za atakiem przy użyciu drona. W sali zapanowała cisza.

Potem pojawiło się ostatnie pytanie:

5. *Czy Mae Holland jest fantastyczna?*

Mae się roześmiała i cała sala też wybuchnęła śmiechem; Mae spiekła raka, myśląc, że to lekka przesada. Uznała, że nie może odpowiedzieć na to pytanie, zważywszy, jak absurdalne byłoby oddanie głosu. Spoglądała na monitor na swoim nadgarstku, który z czego szybko zdała sobie sprawę, się zawiesił. Niebawem widoczne na nim pytanie zaczęło natarczywie mrugać, po czym pojawił się napis: *Wszyscy pracownicy Circle muszą głosować*. Mae sobie przypomniała, że sondażu nie można zakończyć, dopóki wszyscy pracownicy nie przekażą swojej opinii. Ponieważ nazywanie siebie fantastyczną wydało jej się niemądre, przycisnęła ikonkę ze skrzywioną buźką, domyślając się, że taka odpowiedź będzie wyjątkiem i wzbudzi śmiech.

Kiedy jednak kilka sekund później podliczono głosy, okazało się, że nie była jedyną osobą, która wysłała taką ikonkę. Głosowano w stosunku dziewięćdziesiąt siedem procent do trzech, wskazującym, że jej współpracownicy w przytłaczającej większości uznali ją za fantastyczną. Gdy pojawiły się rezultaty, w Wielkiej Auli zerwały się gromkie okrzyki, a gdy wszyscy wychodzili gęsiego, przekonani, że eksperyment zakończył się wielkim sukcesem, w dowód uznania klepali ją po plecach. Mae też była o tym przekonana. Wiedziała, że Demokranimusz się sprawdza i ma nieograniczony potencjał. Wiedziała też, że powinna cieszyć się z tego, że dziewięćdziesiąt siedem procent kampusu uważa, iż jest fantastyczna. Kiedy jednak wyszła z sali i ruszyła na drugą stronę kampusu, była w stanie myśleć tylko o tych trzech procentach głosujących, którzy uważali inaczej. Wykonała obliczenie. Skoro obecnie w Circle było 12 318 pracowników – właśnie wchłonęli świeżo utworzoną firmę z Filadelfii, specjalizującą się w gamifikacji mieszkań po przystępnych cenach – i wszyscy głosowali, to oznaczało, że trzysta sześćdziesiąt dziewięć osób patrzy na nią krzywo, uważa, iż nie jest fantastyczna. Nie, trzysta sześćdziesiąt osiem. Sama też tak na siebie spojrzała, zakładając, że będzie wyjątkiem.

Czuła się naga i otępiała. Szła przez klub fitness, zerkając na spocone ciała ćwiczących ludzi, i zastanawiała się, kto z nich spojrzał na nią z dezaprobatą. Trzysta sześćdziesiąt osiem osób jej nie znosiło. Była zdruzgotana. Wyszła z klubu i chcąc zebrać myśli, zaczęła szukać jakiegoś zacisznego miejsca. Skierowała się do budynku, w którym dawniej pracowała, gdzie na tarasie na dachu Dan po raz pierwszy powiedział jej o zaangażowaniu Circle w sprawy wspólnoty. Dzieliło ją od tego miejsca kilkaset metrów i nie była pewna, czy zdoła tam dotrzeć. Zraniono ją. Wbito nóż w plecy. Kim byli ci ludzie? Co im zrobiła? Przecież jej nie znają. A może jednak znają? I którzy członkowie wspólnoty wysłaliby wyrazy dezaprobaty komuś takiemu jak ona, osobie pracującej niestrudzenie z nimi, dla nich, na ich oczach?

Próbowała wziąć się w garść. Uśmiechała się, mijając innych pracowników firmy. Przyjmowała ich gratulacje i wyrazy wdzięczności, zastanawiając się za każdym razem, który z nich jest dwulicowy, który z nich przycisnął tę ikonkę ze skrzywioną buźką, a każde dotknięcie tego przycisku było jak pociągnięcie za spust. Zdała sobie sprawę, że to koniec. Czuła się tak, jakby każdy z nich strzelił do niej z tyłu, tchórze robiący z jej ciała sito. Z trudem trzymała się na nogach.

I wtedy, tuż przed swoim dawnym biurowcem, ujrzała Annie. Od miesięcy ich wzajemne relacje nie były naturalne, ale natychmiast dostrzegła na twarzy przyjaciółki oznaki promiennego szczęścia.

– Hej – zawołała, rzucając się naprzód, by chwycić Mae w ramiona.

Oczy Mae zrobiły się nagle mokre od łez; otarła je, czując się głupio. Była speszona i rozradowana. Na moment przestała bić się z myślami.

– Dobrze sobie radzisz? – zapytała.

– Tak. Owszem. Dzieje się tyle dobrych rzeczy – odparła Annie. – Słyszałaś o projekcie PastPerfect?

Mae wyczuła w głosie przyjaciółki coś, co wskazywało, że Annie zwraca się głównie do jej widzów. Przystała na tę konwencję i odparła:

– Mówiłaś mi już z grubsza, o co chodzi. Co nowego słychać w tej sprawie?

Patrząc na przyjaciółkę i udając zaciekawienie jej informacjami, myślami była gdzie indziej. Czy Annie znalazła się wśród tych trzech procent? Może po to, żeby trochę przytrzeć jej nosa? Jak Annie wypadłaby w sondażu Demokranimusza? Czy zdołałaby przekroczyć dziewięćdziesiąt siedem procent? Czy ktokolwiek mógłby tego dokonać?

– Ojej, bardzo dużo. Jak wiesz, PastPerfect jest przygotowywany od wielu lat. Można by go nazwać owocem pasji Eamona Baileya, który zadał sobie pytanie, co by się stało, gdybyśmy wykorzystali potęgę sieci oraz Circle i miliardów jego użytkowników do próby wypełnienia luk w historii osobistej oraz w historii w ogóle.

Widząc usilne starania przyjaciółki, Mae mogła tylko spróbować dorównać jej w pretensjonalnym entuzjazmie.

– Och, to brzmi niesamowicie. Kiedy ostatnio rozmawiałyśmy, szukano pioniera, którego rodowód miał być sporządzony jako pierwszy. Znaleźli już tę osobę?

– Owszem, Mae. Cieszę się, że o to zapytałaś. Znaleźli tę osobę i to ja nią jestem.

– Och, rozumiem. Więc w gruncie rzeczy jeszcze jej nie wybrano?

– Nie, naprawdę – odparła Annie, zniżając głos i nagle stając się bardziej naturalna. Potem znowu się ożywiła, podnosząc go o oktawę. – To ja!

Mae nabrała już wprawy w ważeniu słów – nauczyła się tego po zadeklarowaniu przejrzystości – i teraz, zamiast powiedzieć: „Spodziewałam się, że to będzie jakiś nowicjusz, ktoś mało doświadczony. Albo przynajmniej ktoś usiłujący zaistnieć, skoczyć na wyższy poziom partycypacji bądź przypochlebić się firmowym Mędrcom. Ale ty?", zdała sobie sprawę, że Annie potrzebuje – lub sądzi, że potrzebuje – jakiegoś bodźca, napięcia. Tak więc zgłosiła się na ochotnika.

– Zgłosiłaś się na ochotnika?

– Owszem. Tak – odparła Annie, przeszywając Mae wzrokiem na wylot. – Im więcej o tym słyszałam, tym bardziej chciałam być tą pierwszą. Jak wiesz, choć twoi widzowie pewnie nie są tego świadomi, moja rodzina przybyła tu na pokładzie żaglowca „Mayflower" – w tym momencie przewróciła oczami – i choć w dziejach naszego rodu nie brak znakomitych osiągnięć, bardzo wielu faktów nie znam.

Mae zaniemówiła. Annie najwyraźniej oszalała.

– I wszyscy biorą w tym udział? Twoi rodzice też?

– Są tacy podekscytowani. Myślę, że zawsze byli dumni z naszego dziedzictwa, i możliwość podzielenia się nim z ludźmi, a przy okazji dowiedzenia się trochę o historii kraju, cóż, spodobała się im. A skoro mówimy o rodzicach, jak się mają twoi?

Mój Boże, jakie to dziwne, pomyślała Mae. Wszystko to rozgrywało się na wielu poziomach i gdy jej umysł je liczył, odwzorowując i nazywając, twarz i usta musiały kontynuować rozmowę.

– Świetnie – odparła, chociaż równie dobrze jak Annie wiedziała, że od tygodni nie ma z nimi żadnego kontaktu. Przez kuzyna przesłali jej informację o stanie swojego zdrowia, który był całkiem dobry, ale opuścili dom, „uciekając", jak się wyrazili w krótkiej wiadomości, i prosząc, by o nic się nie martwiła.

Mae zakończyła rozmowę i powoli, otumaniona, ruszyła z powrotem przez kampus, wiedząc, że Annie jest zadowolona ze sposobu, w jaki zakomunikowała swoje wieści, przebiła swą przyjaciółkę i wprawiła ją w głębokie zakłopotanie, a wszystko to podczas jednego krótkiego spotkania. Annie została centralną postacią projektu PastPerfect, a Mae nic o tym nie wiedziała i miała wyjść na idiotkę. Z pewnością taki był cel tej rozmowy. I dlaczego A n n i e? Zwracanie się z tym do niej nie miało sensu w sytuacji, gdy łatwiej byłoby to zlecić Mae, która przecież już była przejrzysta.

Mae zdała sobie sprawę, że jej przyjaciółka poprosiła o tę nominację. Ubłagała Mędrców. Umożliwiły jej to bliskie kontakty z nimi. A więc Mae nie była im tak bliska, jak sobie wyobrażała; Annie zachowała szczególną pozycję. I znowu rodowód Annie, jej przewaga na starcie, rozmaite, wyniesione z zamierzchłej przeszłości atuty, z których korzystała, dawały jej pierwszeństwo. Mae zawsze była druga, niczym młodsza siostra, która nigdy nie miała szansy objąć spuścizny po starszym, zawsze starszym rodzeństwie. Próbowała zachować spokój, ale na wyświetlaczu bransolety pojawiały się wiadomości, w których jej widzowie jasno dawali do zrozumienia, że dostrzegają jej zniechęcenie i roztargnienie.

Musiała odetchnąć. Musiała pomyśleć. W jej głowie kłębiło się jednak zbyt dużo myśli. O groteskowych wybiegach przyjaciółki. O tym absurdalnym projekcie PastPerfect, w którym to ona powinna brać udział. Czy stało się inaczej, ponieważ jej rodzice wymknęli się spod kontroli? Tak czy owak gdzie się podziali? Czemu sabotowali wszystko, nad czym pracowała? Po co zresztą pracowała, skoro nie znalazła uznania w oczach trzystu sześćdziesięciu ośmiu pracowników Circle? Trzysta sześćdziesiąt osiem osób, które najwyraźniej nie znosiły jej na tyle, by dotknąć przycisk – posłać jej swoją nienawiść, wiedząc, że natychmiast pozna ich odczucia. A ta mutacja komórek, której obawiali się niektórzy szkoccy uczeni? Wywołana nieprawidłową dietą rakotwórcza mutacja, która być może dokonywała się w jej ciele? Czy naprawdę do tego doszło? I czy, myślała ze ściśniętym gardłem, rzeczywiście, cholera, wysłała ikonkę ze skrzywioną buźką grupie uzbrojonych po uszy członków organizacji paramilitarnej w Gwatemali? A jeśli mieli tutaj kontakty? W Kalifornii z pewnością było mnóstwo Gwatemalczyków i na pewno ogromnie by się ucieszyli z takiego trofeum jak Mae, z ukarania jej za ten gest potępienia. Niech to szlag, pomyślała. Niech to szlag. Czuła ból, który rozpościerał w niej swe czarne skrzydła. Jego źródłem było, przede wszystkim, trzysta sześćdziesiąt osiem osób, które najwyraźniej nienawidziły jej tak bardzo, że pragnęły, żeby zniknęła. Jedną rzeczą było wysłanie ikonki ze skrzywioną buźką do Ameryki Centralnej, ale wysłać ją tak po prostu komuś w kampusie? Kto mógł to zrobić? Czemu na świecie było tyle wrogości? I wtedy w przebłysku świadomości przyszła jej do głowy bluźniercza myśl: że wcale n i e c h c e wiedzieć, co sądzą ci ludzie. Ów przebłysk dał początek czemuś ważniejszemu, jeszcze bardziej bluźnierczej refleksji, że jej mózg zgromadził zbyt dużo danych. Że zasób informacji, ocen i miar jest zbyt duży, że jest za dużo ludzi i za dużo pragnień zbyt wielu osób oraz za dużo opinii zbyt wielu osób, a także zbyt dużo bólu zbyt wielu osób, a bezustanne zestawianie, zbieranie, sumowanie oraz łączenie i przedstawianie tego wszystkiego tak, jakby dzięki temu było lepiej poukładane i łatwiejsze do ogarnięcia, to zbyt wiele. Ale nie. Nieprawda, poprawiła ją lepsza część mózgu. Nie. Zostałaś zraniona przez te trzysta sześćdziesiąt osiem osób. To była prawda. Została zraniona przez trzysta sześćdziesiąt osiem głosów domagających się jej śmierci. Wszyscy ci ludzie woleli, by nie żyła. Jaka szkoda, że o tym wie. Jaka szkoda, że nie może wrócić do życia sprzed tego sondażu, gdy mogła chodzić po kampusie, machając do ludzi, uśmiechając się, gawędząc leniwie, jedząc, kontaktując się z nimi i nie wiedząc, co kryje się w sercach tych trzech procent. Spojrzenie na nią krzywo, przytknięcie palców do tego przycisku, załatwienie jej w ten sposób było czymś w rodzaju morderstwa. Na ekranie jej bransolety błyskały dziesiątki wiadomości od zatroskanych internautów. Z pomocą kamer SeeChange zainstalowanych w kampusie widzieli, jak stoi bez ruchu, z twarzą, którą dziki grymas przemienił w paskudną maskę.

Musiała coś zrobić. Poszła z powrotem do biur Działu DK, pomachała dłonią Jaredowi oraz reszcie i zalogowała się do zsypu. Po kilku minutach pomogła w odpowiedzi na zapytanie drobnego wytwórcy biżuterii z Pragi, zajrzała na jego witrynę internetową, stwierdziła, że jego wyroby są wspaniałe i intrygujące, po czym zakomunikowała to na głos i na komunikatorze. W ciągu dziesięciu minut przyniosło to astronomiczny współczynnik konwersji i czystą sprzedaż wartości 52 098 euro. Pomogła dobrze zaopatrzonej hurtowni meblowej, Projekt na Życie, w Karolinie Północnej i gdy już odpowiedziała na ich zapytanie, poprosili, żeby wypełniła ankietę, co było szczególnie ważne, zważywszy na jej wiek i przychody – potrzebowali więcej informacji o preferencjach klientów należących do jej kategorii. Zrobiła to, a także skomentowała serię zdjęć, które jej kontakt z Projektu na Życie, Sherilee Fronteau, zrobiła swojemu synkowi podczas pierwszej lekcji gry w T-ball. Po zamieszczeniu komentarza otrzymała wiadomość od Sherilee z podziękowaniami oraz nachalnym zaproszeniem do przyjazdu do Chapel Hill, by mogła zobaczyć Tylera na własne oczy i zjeść prawdziwe potrawy z grilla. Mae zgodziła się przyjechać, ciesząc się bardzo z tej nowej znajomości na drugim wybrzeżu, i zajęła się drugą wiadomością, od Jerry'ego Ulricha z Grand Rapids w stanie Michigan, który zajmował się transportem w chłodniach. Jerry chciał, żeby Mae posłała dalej do wszystkich, którzy figurowali na jej liście adresowej, wiadomość o usługach przewozowych tej firmy i jej usilnych staraniach zwiększenia swojej obecności na rynku kalifornijskim, i byłby wdzięczny za wszelką pomoc. Mae wysłała mu komunikat, że powiadomi o tym wszystkich znajomych, począwszy od swoich 14 611 002 obserwatorów, a on odpowiedział, iż jest zachwycony taką prezentacją swojej hurtowni i z zadowoleniem przyjmie klientów bądź komentarze 14 611 002 osób – z których 556 natychmiast pozdrowiło Jerry'ego i zadeklarowało, że oni też rozpropagują jego firmę. Potem, ciesząc się z lawiny wiadomości, zapytał Mae, jak jego siostrzenica, która wiosną kończyła Eastern Michigan University, mogłaby się starać o zatrudnienie w Circle; praca tam była jej marzeniem i zastanawiała się, czy powinna się przenieść na zachód, żeby być bliżej, czy też liczyć na zaproszenie na rozmowę kwalifikacyjną na podstawie samego życiorysu. Mae skierowała go do Działu Personalnego i dała kilka własnych wskazówek. Dodała siostrzenicę do listy swoich kontaktów i zanotowała sobie, że ma śledzić jej postępy, gdyby rzeczywiście starała się o tę pracę. Pewien klient, Hector Casilla z Orlando na Florydzie, napisał o swoich ornitologicznych zainteresowaniach, wysłał jej kilka fotografii, które Mae pochwaliła i dołączyła do własnej chmury ze zdjęciami. Hector poprosił o ich ocenę, dzięki niej bowiem mógłby zostać zauważony w grupie internautów udostępniających swoje zdjęcia, do której próbował się przyłączyć. Gdy spełniła jego prośbę, wpadł w ekstazę. Napisał, że już po kilku minutach fakt, że prawdziwy pracownik Circle zainteresował się jego fotografiami, wywołał wielkie wrażenie na kimś z tej grupy, więc znowu jej podziękował. Wysłał też zaproszenie na wystawę zbiorową, w której miał wziąć udział tej zimy w Miami Beach. Mae zapewniła, że obejrzy ją, jeśli znajdzie się tam w styczniu. Hector, chyba opacznie rozumiejąc skalę jej zainteresowania, skontaktował ją ze swoją kuzynką, Natalią, która była właścicielką pensjonatu położonego zaledwie czterdzieści minut od Miami i mogłaby z pewnością potraktować Mae odpowiednio, gdyby postanowiła przyjechać – jej znajomi także byli mile widziani. Natalia przysłała później wiadomość z cenami za nocleg ze śniadaniem, które – jak zauważyła Mae – zmieniały się w zależności od dnia tygodnia. Chwilę później przypomniała o sobie długą wiadomością, pełną linków do artykułów i zdjęć z okolic Miami, ukazujących wiele sposobów aktywnego spędzenia czasu w zimie: wędkarstwo sportowe, jazdę na nartach wodnych, taniec. Mae pracowała dalej, czując znajome rozdarcie, pogłębiający się pesymizm, ale radziła sobie z tym, zabijała to uczucie, dopóki wreszcie nie zauważyła, która godzina: 22:32.

Spędziła w Dziale DK ponad cztery godziny. Poszła do internatu, czując się znacznie lepiej, uspokojona. Francisa zastała w łóżku; pracował na swoim tablecie, wklejając swoją twarz do ulubionych filmów.

– Obejrzyj to – rzekł i pokazał jej sekwencję z filmu akcji, w której głównym bohaterem zamiast Bruce'a Willisa był teraz Francis Garaventa. Zauważył, że to oprogramowanie jest niemal doskonałe i może je obsługiwać każde dziecko. Circle właśnie zakupiło je od małej, trzyosobowej firmy z Kopenhagi. – Sądzę, że jutro zobaczysz więcej nowych rzeczy – dodał, a Mae przypomniała sobie o spotkaniu z przedstawicielami planktonu. – Będzie zabawnie. Czasem ich pomysły są nawet dobre. A skoro mowa o dobrych pomysłach... – Francis przyciągnął ją, pocałował i przywarł do jej bioder. Przez chwilę myślała, że zaraz zaznają oboje prawdziwej seksualnej rozkoszy, ale zdejmując koszulę, zobaczyła, że on zaciska powieki, i gdy wykonał gwałtowny ruch biodrami, zrozumiała, że już skończył. Gdy się przebrał i umył zęby, poprosił, by wystawiła mu ocenę, a ona przyznała mu sto punktów.

Mae otworzyła oczy. Była 4:17. Francis spał cichutko, odwrócony do niej plecami. Zamknęła powieki, ale mogła myśleć wyłącznie o trzystu sześćdziesięciu ośmiu osobach, które – teraz wydawało się to oczywiste – wolałyby, żeby w ogóle się nie urodziła. Musiała wrócić do zsypu w Dziale DK. Usiadła w łóżku.

– O co chodzi? – zapytał Francis.

Gdy się odwróciła, patrzył na nią.

– O nic. Tylko o to głosowanie na Demokranimuszu.

– Nie możesz się tym przejmować. To przecież tylko kilkaset osób.

Wyciągnął rękę ku jej plecom i próbując ją pocieszyć, przeciągnął dłonią po jej talii.

– Ale kto? – zapytała Mae. – Teraz będę chodzić po kampusie, nie wiedząc, kto pragnie mojej śmierci.

Francis usiadł.

– Może to sprawdzisz?
– Sprawdzę co?
– Kto cię nie zaakceptował. Myślisz, że gdzie jesteś? W osiemnastym wieku? To przecież Circle. Możesz się tego dowiedzieć.
– To jest przejrzyste?
Mae natychmiast, zanim jeszcze wypowiedziała to pytanie, poczuła się głupio.
– Mam zobaczyć? – zapytał Francis i po kilku sekundach przeglądał dane na swoim tablecie. – Oto ta lista. Jest publicznie dostępna... O to właśnie chodzi w Demokranimuszu. – Czytając wykaz, zmrużył oczy. – O, ten mnie nie zaskoczył.
– Co? – powiedziała Mae, a serce jej skoczyło. – Kto?
– Pan Portugalia.
– Alistair?
Miała w głowie pożar.
– Dupek – rzekł Francis. – Nieważne. Chrzań go. Chcesz znać całą listę? – Francis obrócił tablet w jej stronę, lecz zanim Mae uzmysłowiła sobie, co robi, cofała się już z zaciśniętymi powiekami. Stanęła w kącie pokoju, zakrywając twarz dłońmi. – Dajże spokój – dodał. – To nie wściekłe zwierzę, tylko nazwiska na liście.
– Przestań – odparła.
– Większość tych ludzi prawdopodobnie nie zrobiła tego w złej wierze. I w i e m, że niektórzy z nich tak naprawdę cię lubią.
– Przestań. Przestań.
– Dobra, w porządku. Chcesz, żebym usunął to z ekranu?
– Proszę.
Francis spełnił jej życzenie.
Mae weszła do łazienki i zamknęła drzwi.
– Mae? – Francis znalazł się po drugiej stronie.
Uruchomiła prysznic i zdjęła ubranie.
– Mogę wejść?
Pod mocnym strumieniem wody poczuła się spokojniejsza. Sięgnęła dłonią ku ścianie i zapaliła światło. Uśmiechnęła się na

myśl o tym, jak głupio zareagowała na możliwość obejrzenia listy. Oczywiście, że głosowanie było jawne. W rzeczywistej, prawdziwszej demokracji ludzie nie baliby się głosować, a co ważniejsze, nie baliby się odpowiedzialności za swój głos. To od niej zależało teraz, czy się dowie, kim byli ci, którzy wyrazili dezaprobatę wobec niej, i przekona ich do siebie. Może nie od razu. Potrzebowała czasu, by się przygotować, ale się dowie – musi wiedzieć, to był jej obowiązek – a gdy już to zrobi, praca nad skorygowaniem opinii tych trzystu sześćdziesięciu ośmiu osób będzie prosta i rzetelna. Kiwała głową i uśmiechnęła się, zdając sobie sprawę, że robi to, będąc sama pod prysznicem. Nie mogła się jednak powstrzymać. Elegancja tego wszystkiego, ideologiczna nieskazitelność Circle, prawdziwej przejrzystości, zapewniły jej spokój, pokrzepiające poczucie logiki i ładu.

Grupa stanowiła wspaniałą tęczową koalicję młodych ludzi, z dredami i piegami, niebiesko-, zielono- i piwnookich. Wszyscy siedzieli pochyleni i mieli rozpłomienione twarze. Każdy miał cztery minuty na przedstawienie swojego pomysłu zespołowi firmowych ekspertów, włączywszy w to Baileya i Stentona, którzy znajdowali się na sali, rozmawiając z uwagą z innymi członkami Bandy Czterdzieściorga, oraz Tya, który pojawiał się za pośrednictwem przekazu wideo. Siedział gdzie indziej, w pustym białym pokoju, mając na sobie za dużą bluzę z kapturem i patrząc – bez znudzenia i bez widocznego zainteresowania – w obiektyw kamery i na zebranych w sali. I właśnie na nim, tak samo lub jeszcze bardziej niż na innych Mędrcach i wyższych rangą pracownikach Circle, prelegenci chcieli zrobić wrażenie. W pewnym sensie byli jego dziećmi: wszystkich motywował jego sukces, jego młodość, jego zdolność realizacji pomysłów i równocześnie pozostania sobą, wyniosłym i szalenie wydajnym. Oni też tego pragnęli, pragnęli również pieniędzy, które jak wiedzieli, szły w parze z tą rolą.

Było to zgromadzenie, o którym mówił Kalden i które, był tego pewien, miało przyciągnąć przed ekrany bardzo szeroką publiczność. Tam także, jak żądał od niej, Mae powinna wszystkim swoim widzom powiedzieć, że Circle nie może się domknąć, że Domknięcie doprowadzi do jakiejś zagłady. Od czasu rozmowy telefonicznej w toalecie nie miała od niego żadnych wieści i cieszyła się z tego. Teraz, bardziej niż kiedykolwiek, miała pewność, że Kalden jest jakimś hakerem i szpiegiem, kimś od potencjalnego konkurenta, próbującym nastawić Mae i inne osoby przeciwko firmie, rozsadzić ją od środka.

Wyrzuciła z głowy wszelkie myśli o nim. Wiedziała, że to forum będzie owocne. Dziesiątki pracowników Circle zatrudniono w tym trybie: przybyli do kampusu jako kandydaci, przedstawili jakiś pomysł i ten pomysł został zakupiony na pniu, a kandydat stał się potem pracownikiem. Wiedziała, że tak trafił tutaj Jared, a także Gina. Była to jedna z najbardziej efektownych dróg do firmy: zaprezentować pomysł, sprzedać go, otrzymać w nagrodę pracę oraz opcje zakupu akcji firmy i doczekać szybkiej realizacji swojego pomysłu.

Mae wyjaśniła to wszystko swoim widzom, gdy w sali zapanował spokój. Znajdowało się tam około pięćdziesięciu pracowników Circle, Mędrcy, Banda Czterdzieściorga oraz kilku asystentów; wszyscy oni zasiedli naprzeciw szeregu kandydatów, z których kilkoro było jeszcze nastolatkami, i każdy cierpliwie czekał na swoją kolej.

– To będzie niezwykle ekscytujące – powiedziała Mae. – Jak wiecie, dziś po raz pierwszy transmitujemy sesję z udziałem kandydatów. – Omal nie użyła słowa „planktonu", ale na szczęście dla siebie w porę ugryzła się w język. Zerknęła na bransoletę. Widzów było ponad dwa miliony, ale spodziewała się, że ich liczba szybko wzrośnie.

Pierwszy student wynalazca, Faisal, wyglądał na nie więcej niż dwadzieścia lat. Jego skóra błyszczała niczym lakierowane drewno, a propozycja była nad wyraz prosta: może zamiast toczyć minibatalie w kwestii tego, czy wydawanie pieniędzy przez daną osobę można czy nie można śledzić w sieci, warto zawrzeć z nią umowę? W przypadku bardzo pożądanych konsumentów, gdyby zgodzili się używać aplikacji CirclePieniądze do wszystkich zakupów oraz udostępnić wiedzę o swoich nawykach i upodobaniach zakupowych CirclePartnerzy, firma na zakończenie każdego miesiąca dawałaby zniżki, punkty i rabaty. Przypominałoby to otrzymywanie dodatkowych punktów na karcie mil za używanie tej samej karty kredytowej.

Mae wiedziała, że sama skorzystałaby z takiego programu, i zakładała, że tym samym zrobiłyby to miliony.

– Intrygujące – orzekł Stenton, a ona dowiedziała się później, że takie słowa w jego ustach oznaczały, że kupi pomysł i zatrudni jego autora.

Drugi pomysł zrodził się w głowie dwudziestodwuletniej Afroamerykanki. Miała na imię Belinda i dzięki jej wynalazkowi, jak zapewniła, dałoby się wyeliminować profilowanie według kryteriów rasowych, stosowane przez funkcjonariuszy policji i lotniskowej ochrony. Mae zaczęła kiwać głową; to właśnie bardzo jej się podobało u ludzi z jej pokolenia – zdolność dostrzegania, w jaki sposób można wykorzystać Circle, by walczyć o sprawiedliwość społeczną i zrealizować ten cel z chirurgiczną precyzją. Belinda pokazała film z ruchliwej miejskiej ulicy, na którym widać było kilkaset osób zbliżających się i oddalających od kamery bez świadomości, że są obserwowane.

– Codziennie policja zatrzymuje ludzi za to, co nazywamy „jazdą pod wpływem czarnego koloru skóry" lub „jazdą pod wpływem ciemnego koloru skóry" – powiedziała spokojnie. – Codziennie też młodzi Afroamerykanie zatrzymywani są na ulicy, rzucani na ścianę, obszukiwani i pozbawiani swoich praw oraz poczucia godności.

Przez chwilę Mae myślała o Mercerze i żałowała, że tego nie słyszy. Tak, czasami wykorzystywanie Internetu mogło nieco razić i mieć charakter komercyjny, ale na każde zastosowanie komercyjne przypadały trzy działania proaktywne, kiedy potęga technologii służyła doskonaleniu człowieczeństwa.

Belinda ciągnęła:
— Praktyki te są tylko źródłem dodatkowej wrogości między ludźmi kolorowymi a policją. Widzicie ten tłum? Składa się głównie z młodych kolorowych mężczyzn. Policyjny radiowóz przejeżdża obok takiego miejsca i oni wszyscy są podejrzani, prawda? Każdy z tych mężczyzn mógłby zostać zatrzymany, przeszukany i potraktowany z brakiem szacunku. Tak jednak wcale być nie musi.

Teraz sylwetki trzech mężczyzn spośród widocznego na ekranie tłumu zaczęły się jarzyć na pomarańczowo i czerwono. Nadal szli, zachowywali się normalnie, ale obecnie byli skąpani w kolorowym świetle, jakby reflektor punktowy wyławiał ich z szarego tła.

— Ci trzej mężczyźni, których widać na pomarańczowo i czerwono, to recydywiści. Kolor pomarańczowy wskazuje na niegroźnego przestępcę, człowieka skazanego za drobne kradzieże, posiadanie narkotyków, przestępstwa popełnione bez użycia przemocy i na ogół bez ofiar. — W kadrze było dwóch mężczyzn, których oznaczono kolorem pomarańczowym. Bliżej kamery szedł wyglądający na pozór niewinnie około pięćdziesięcioletni mężczyzna, jarzący się na czerwono od stóp do głów. — Jednakże mężczyznę wysyłającego czerwony sygnał skazano za przestępstwa z użyciem przemocy. Człowiek ten został uznany za winnego rabunku z bronią w ręku, usiłowania gwałtu i wielokrotnych napaści.

Mae się odwróciła, by stwierdzić, że twarz Stentona zastygła z lekko rozdziawionymi ustami.

— Widzimy to, co zobaczyłby funkcjonariusz, gdyby był wyposażony w WidzęCię. To dość prosty system, który działa za pośrednictwem każdego interfejsu siatkówkowego. Funkcjonariusz nie musi nic robić. Lustruje wzrokiem dowolną grupę ludzi i natychmiast wychwytuje wszystkie osoby z wyrokami skazującymi. Wyobraźmy sobie, że jesteśmy policjantem w Nowym Jorku. Nagle sytuacja w ośmiomilionowym mieście staje się o wiele łatwiejsza do opanowania, gdy wiadomo, na czym skoncentrować siły.

— Skąd to wiadomo? — zapytał Stenton. — Wszczepiają im chipy?

– Być może – odparła Belinda. – Gdybyśmy zdołali to załatwić, wtedy mógłby to być chip. Albo, co jeszcze łatwiejsze, elektroniczna bransoleta. Bransolety zakładane na nogę stosuje się od dziesięcioleci. Modyfikujemy ją zatem tak, by mógł ją wykryć interfejs siatkówkowy i by stwarzała możliwość namierzania jej właściciela. Oczywiście – dodała, patrząc na Mae z serdecznym uśmiechem – można by również zastosować technologię Francisa i użyć chipów. Ale przypuszczam, że to wymagałoby pewnych zabiegów prawnych.

Stenton odchylił się do tyłu.

– Może tak, może nie.

– To oczywiście byłoby idealnym rozwiązaniem – przyznała Belinda. – I w dodatku trwałym. Zawsze wiedzielibyśmy, kim jest złoczyńca, podczas gdy bransoleta może być przedmiotem manipulacji, można ją też zdjąć. Są również tacy, którzy uznaliby, że po pewnym czasie należy to zrobić, a gwałcicieli wykreślić z rejestru.

– Ich podejście bardzo mi się nie podoba – rzekł Stenton. – Społeczność ma prawo wiedzieć, kto popełnił przestępstwa. To po prostu ma sens. Tak właśnie od dziesiątek lat radzono sobie ze sprawcami przestępstw seksualnych. Popełniasz takie przestępstwo, trafiasz do rejestru. Twój adres staje się powszechnie znany, musisz przejść się po okolicy, przedstawić się, zrobić to wszystko, ponieważ ludzie mają prawo wiedzieć, kto wśród nich mieszka.

Belinda kiwała głową.

– Owszem, zgadza się. Oczywiście. Tak więc, z braku lepszego określenia, można powiedzieć, że obrączkujemy ludzi winnych przestępstw i odtąd, jeśli jesteś policjantem, zamiast patrolować ulice, przeszukując każdego, kto przez przypadek jest czarny, śniady lub nosi workowate spodnie, używasz aplikacji na interfejs siatkówkowy, która ukazuje przestępców w wyraźnie widocznych kolorach: żółtym dla sprawców niegroźnych przestępstw, pomarańczowym dla sprawców przestępstw bez użycia przemocy, ale trochę bardziej niebezpiecznych, a czerwonym dla naprawdę brutalnych kryminalistów.

Teraz Stenton siedział pochylony.

– Pójdź krok dalej. Agencje wywiadowcze potrafią błyskawicznie tworzyć sieć kontaktów podejrzanego, współspiskowców. To trwa kilka sekund. Zastanawiam się, czy dałoby się zróżnicować dobór kolorów, uwzględniając tych, których można by nazwać wspólnikami przestępcy, nawet jeśli sami nie zostali jeszcze aresztowani i skazani. Jak wiadomo, wielu szefów mafii nigdy nie zostaje skazanych za cokolwiek.

Belinda energicznie potakiwała.

– Absolutnie tak – powiedziała. – A ponieważ w podobnych przypadkach nie dysponowano by wynikającym z wyroku skazującego przywilejem obligatoryjnego wszczepienia chipa lub założenia elektronicznej bransolety, do oznakowania takich osób stosowane byłyby urządzenia przenośne.

– Słusznie – stwierdził Stenton. – W tym pomyśle kryją się możliwości. Dobry materiał do analizy. Zaintrygowałaś mnie.

Rozpromieniona Belinda usiadła i z udawaną nonszalancją uśmiechnęła się do Garetha, następnego kandydata, który wstał zdenerwowany, mrużąc oczy. Był wysokim mężczyzną o włosach w kolorze kantalupy. Teraz, gdy przykuł uwagę zebranych, wykrzywił usta w nieśmiałym uśmiechu.

– Cóż, dobrze to czy źle, mój pomysł przypomina propozycję Belindy. Gdy zdaliśmy sobie sprawę, że zastanawiamy się nad podobnymi rozwiązaniami, zaczęliśmy trochę współpracować. Główną cechą wspólną jest to, że oboje interesujemy się bezpieczeństwem. Myślę, że dzięki realizacji mojego planu wyeliminowano by przestępczość kwartał po kwartale, dzielnica po dzielnicy.

Gareth stanął przed ekranem i wyświetlił obraz małej dzielnicy złożonej z czterech kwartałów i dwudziestu pięciu domów. Jasnozielone linie wskazywały położenie budynków, pozwalając widzom zajrzeć do środka; Mae przypominało to ekran kamery noktowizyjnej.

– Pomysł opiera się na modelu straży sąsiedzkiej, w którym grupy sąsiadów pilnują się nawzajem i zgłaszają wszelkie przypadki zachowań odbiegających od normy. Przy użyciu systemu PilnujSąsiada... taką nadałem mu nazwę, choć oczywiście można ją zmienić... zwiększamy możliwości SeeChange w szczególności, a Circle w ogóle, aby uczynić popełnianie przestępstw, jakichkolwiek przestępstw, wyjątkowo trudnym w dzielnicach w pełni i aktywnie zaangażowanych w system.

Dotknął jakiegoś przycisku i teraz domy zapełniły się postaciami, dwiema, trzema bądź czterema w każdym budynku, wszystkimi w kolorze niebieskim. Przemieszczały się one w swoich wirtualnych kuchniach, sypialniach i ogródkach za domem.

– W porządku. Jak widać, są tutaj mieszkańcy dzielnicy zajmujący się swoimi sprawami. Pokazani są na niebiesko, ponieważ wszyscy zarejestrowali się w systemie PilnujSąsiada, a ich linie papilarne, siatkówki oczu, numery telefonu i nawet sylwetki zostały zapamiętane przez system.

– Ten obraz może zobaczyć każdy mieszkaniec? – zapytał Stenton.

– Właśnie. To ich domowy wyświetlacz.

– Robi wrażenie – przyznał Mędrzec. – Już jestem zaintrygowany.

– Jak zatem widać, w dzielnicy wszystko gra. Wszyscy, którzy tam przebywają, mają do tego prawo. Teraz jednak zobaczymy, co się dzieje, gdy pojawia się nieznana osoba.

Zobaczyli jakąś postać w czerwonym kolorze, która podeszła do drzwi jednego z domów. Gareth odwrócił się do publiczności i uniósł brwi.

– System nie zna tego człowieka, więc jest on zaznaczony na czerwono. Każda nowa osoba wkraczająca na teren dzielnicy automatycznie uruchomiłaby komputer. Wszyscy sąsiedzi otrzymaliby na domowe i przenośne urządzenia powiadomienie o wizycie w dzielnicy. Zazwyczaj to nic takiego. Wpadł czyjś znajomy lub stryj. Ale tak czy owak widać, że pojawił się ktoś nowy, i wiadomo, gdzie się znajduje.

Stenton siedział wygodnie, jakby znał dalszy ciąg, ale pragnął przyspieszyć tempo narracji.

– Zakładam więc, że jest sposób na jego neutralizację.
– Owszem. Ludzie, których odwiedza, mogą zawiadomić system, że jest u nich, podając jego tożsamość, ręcząc za niego: „To stryj George". Mogliby również zrobić to zawczasu. I wtedy znowu jest oznaczony na niebiesko.

Teraz postać na ekranie, stryj George, z czerwonego stał się niebieski i wszedł do domu.

– W dzielnicy znowu więc wszystko gra.
– Chyba że zjawia się prawdziwy intruz – ponaglił Stenton.
– Zgadza się. Przy rzadkich okazjach, gdy jest to ktoś mający naprawdę złe zamiary... – Teraz ekran ukazał czerwoną postać grasującą przed domem, zerkającą przez okna. – Cóż, wtedy wiedziałaby o tym cała dzielnica. Jej mieszkańcy mieliby świadomość, gdzie ten ktoś się znajduje, i mogliby trzymać się od niego z daleka, wezwać policję albo stawić mu opór, według własnego uznania.

– Bardzo dobre. Bardzo fajne – rzekł Stenton.

Gareth się rozpromienił.

– Dziękuję. Belinda sprawiła, że pomyślałem, że wszyscy byli więźniowie mieszkający w tej dzielnicy ukazywaliby się na każdym ekranie na czerwono lub pomarańczowo. Bądź w jakimś innym kolorze, który świadczyłby o tym, że są jej mieszkańcami, ale byłoby również wiadomo, że siedzieli w więzieniu czy coś.

Stenton skinął głową.

– Mamy prawo wiedzieć.

– Bez dwóch zdań – przyznał Gareth.

– Wydaje się, że to rozwiązuje jeden z problemów SeeChange – zauważył firmowy Mędrzec – czyli to, że nawet jeśli wszędzie są kamery, nie wszyscy mogą wszystko obserwować. Jeżeli jakaś zbrodnia zostaje popełniona o trzeciej nad ranem, kto akurat ogląda wtedy obraz z kamery numer dziewięćset osiemdziesiąt dwa, prawda?

– Prawda – potwierdził Gareth. – W ten sposób kamery są tylko częścią systemu. Oznakowanie kolorami mówi nam, kto odbiega od normy, więc wystarczy zwracać uwagę na to szczególne odstępstwo. Oczywiście problem w tym, czy nie narusza to praw dotyczących ochrony prywatności.

– Cóż, nie uważam, by to był jakiś problem – odparł Stenton. – Mamy prawo wiedzieć, kto mieszka w naszym sąsiedztwie. Czym to się różni od zwykłego przedstawiania się wszystkim mieszkańcom ulicy? To po prostu bardziej nowoczesna i skrupulatna wersja powiedzenia „Gdzie dobre płoty, tam dobrzy sąsiedzi". Sądzę, że to wyeliminowałoby niemal wszystkie przestępstwa popełniane przez obcych na szkodę każdej wspólnoty.

Mae zerknęła na swą bransoletę. Nie mogła ich wszystkich zliczyć, lecz setki widzów domagały się teraz produktów wymyślonych przez Belindę i Garetha. Pytali gdzie, kiedy i za ile.

Teraz głos zabrał Bailey.

– Pozostaje do rozwiązania kwestia, co będzie, jeśli przestępstwo popełni ktoś z mieszkańców dzielnicy? Mieszkaniec domu.

Belinda i Gareth spojrzeli na dobrze ubraną kobietę z bardzo krótkimi włosami i w eleganckich okularach.

– To chyba sygnał dla mnie – powiedziała, wstając i wygładzając czarną spódniczkę. – Nazywam się Finnegan i problemem, którym się zajęłam, jest przemoc wobec dzieci w rodzinie. Sama w młodości padłam ofiarą przemocy domowej – dodała, odczekując chwilę, by wszyscy zdali sobie z tego sprawę. – A temu przestępstwu chyba najtrudniej jest zapobiec, zważywszy, że sprawcy są częścią rodziny, prawda? Potem jednak uświadomiłam sobie, że wszystkie potrzebne instrumenty już istnieją. Po pierwsze, większość ludzi ma już jakieś urządzenie kontrolne, które może wskazywać na bieżąco, kiedy ich gniew wzrasta do niebezpiecznego poziomu. Jeśli sprzęgniemy ten instrument z normalnymi czujnikami ruchu, będziemy wtedy natychmiast wiedzieć, że dzieje się lub zaraz wydarzy coś złego. Dam wam przykład. Oto czujnik ruchu zainstalowany w kuchni. Często używa się ich w fabrykach, a nawet w kuchniach restauracyjnych, żeby rozpoznać, czy szef kuchni lub pracownik wykonuje dane zadanie we wzorcowy sposób. Rozumiem, że Circle stosuje je, aby zapewnić prawidłowość działania w wielu działach firmy.

– Rzeczywiście je stosujemy – przyznał Bailey, wywołując śmiech z końca sali, w której siedział.

Stenton wyjaśnił:

– Mamy patent na tę konkretną technologię. Wiedziałaś o tym?

Finnegan się zaczerwieniła i wydawało się, że się zastanawia, czy ma skłamać, czy powiedzieć prawdę. Czy mogła przyznać, że jednak wiedziała?

– Nie byłam tego świadoma – odparła – ale bardzo mi miło się tego dowiedzieć.

Stenton był chyba pod wrażeniem jej opanowania.

– Jak wiadomo – ciągnęła – na stanowiskach pracy wystarczy jakakolwiek nieprawidłowość w ruchu lub w kolejności operacji, a komputer albo przypomni nam o tym, o czym mogliśmy zapomnieć, albo odnotuje ten błąd w raporcie dla kierownictwa. Pomyślałam więc, że można by użyć tej samej technologii w domu, zwłaszcza zaś w rodzinach wysokiego ryzyka, do rejestrowania wszelkich nienormalnych zachowań.

– Niczym wykrywacz dymu dla ludzi – zauważył Stenton.

– Zgadza się. Wykrywacz dymu uruchomi się, gdy wyczuje nawet najmniejsze zwiększenie stężenia dwutlenku węgla. Chodzi więc o to samo. Zainstalowałam czujnik w tej sali i chcę pokazać, co on widzi.

Na ekranie za jej plecami pojawia się jakaś postać, kształtem i wielkością odpowiadająca Finnegan, choć pozbawiona charakterystycznych cech pierwowzoru – niebieskie widmo odzwierciedlające jej ruchy.

– W porządku, to ja. A teraz obserwujcie moje ruchy. Gdy chodzę, wtedy czujniki postrzegają to jako zachowanie mieszczące się w granicach normy.

Postać za nią pozostała niebieska.

– Gdy kroję pomidory – powiedziała, naśladując ruchy przy wyimaginowanym krojeniu pomidorów – tak samo. To normalne. Postać za jej plecami, jej niebieski cień, naśladowała ruchy kobiety. – Zobaczcie jednak, co się dzieje, gdy zrobię coś gwałtownego. Finnegan uniosła szybko ręce i opuściła je przed sobą, jakby biła małe dziecko. Jej postać na ekranie natychmiast zrobiła się pomarańczowa i rozległ się głośny sygnał alarmowy w postaci krótkich rytmicznych pisków. Mae zdała sobie sprawę, że jest stanowczo zbyt głośny jak na prezentację. Spojrzała na Stentona, który zrobił okrągłe oczy.

– Wyłącz to – rzekł, ledwie panując nad furią.

Finnegan nie słyszała Mędrca i kontynuowała swój pokaz, jakby ten hałas był jego dopuszczalną częścią.

– To oczywiście sygnał alarmu i…

– Wyłącz to! – krzyknął Stenton. Tym razem Finnegan usłyszała i zaczęła się miotać przy swoim tablecie, szukając właściwego przycisku.

Stenton spojrzał na sufit.

– Skąd dochodzi ten dźwięk? Jak to możliwe, że jest taki głośny?

Pisk nie ustawał. Połowa zebranych zatykała sobie uszy.

– Wyłącz to, bo stąd wyjdziemy – ostrzegł Mędrzec, wstając z zaciśniętymi w wyrazie wściekłości ustami.

Wreszcie młoda prelegentka znalazła właściwy przycisk i sygnał umilkł.

– To był błąd – stwierdził Stenton. – Nie karze się ludzi, którym się coś proponuje. Rozumiesz to?

Finnegan patrzyła na niego błędnym wzrokiem, pod drżące powieki napływały jej łzy.

– Rozumiem.

– Mogłaś po prostu powiedzieć, że uruchamia się alarm. Nie ma potrzeby go włączać. To moja nauka biznesowa na dzisiaj.

– Dziękuję panu – odparła kobieta ze splecionymi przed sobą zbielałymi dłońmi. – Mam kontynuować?

– Sam nie wiem – rzekł Stenton, nadal wściekły.
– Mów dalej, Finnegan – wtrącił się Bailey. – Tylko się streszczaj.
– Dobrze – obiecała drżącym głosem kobieta. – Istotą tego rozwiązania jest to, że czujniki będą instalowane we wszystkich pokojach i zaprogramowane tak, by odróżniać normę od anormalnych zachowań. Dzieje się coś nienormalnego, uruchamia się alarm i byłoby najlepiej, gdyby sam sygnał dźwiękowy kładł kres temu, co się dzieje w pokoju, albo hamował gwałtowne zapędy ludzi. Tymczasem zostają powiadomione władze. Można by podłączyć to tak, by alarmowano również sąsiadów, zważywszy, że byliby najbliżej i pewnie mogliby natychmiast interweniować i pomóc.

– Dobra. Rozumiem – rzekł Stenton. – Przejdźmy dalej. – Miał na myśli wysłuchanie następnego prelegenta, ale Finnegan kontynuowała z podziwu godną determinacją:

– Oczywiście jeśli połączy się wszystkie te rozwiązania, można szybko zapewnić przestrzeganie norm zachowań w dowolnym środowisku. Pomyślmy o więzieniach i szkołach. Chodzi mi o to, że chodziłam do szkoły średniej z czterema tysiącami uczniów, a tylko dwadzieścioro sprawiało kłopoty. Mogłabym sobie wyobrazić sytuację, w której nauczyciele nosiliby interfejsy siatkówkowe i widzieli z daleka uczniów zakodowanych na czerwono... Przecież to wyeliminowałoby większość kłopotów. I wtedy czujniki dokładnie wskazywałyby wszystkie antyspołeczne zachowania.

Teraz Stenton siedział wygodnie na swoim krześle, z kciukami w szlufkach. Znowu się odprężył.

– Wydaje mi się, że popełnianych jest tyle przestępstw i wykroczeń, ponieważ musimy poddać obserwacji zbyt dużo obiektów. Zbyt dużo miejsc, zbyt dużo ludzi. Jeśli będziemy mogli skupić się na wyodrębnieniu obiektów odbiegających od normy i na możliwości ich lepszego oznakowania i śledzenia, to oszczędzimy sobie mnóstwo czasu i unikniemy rozproszenia uwagi.

– Właśnie, proszę pana – przyznała Finnegan.

Stenton złagodniał i patrząc na swój tablet, widział chyba to, co Mae widziała na swojej bransolecie; Finnegan oraz jej program mieli ogromne powodzenie. Najważniejsze wiadomości przesyłały ofiary różnych przestępstw, kobiety i dzieci, które były maltretowane w swoich domach. Stwierdzały rzecz oczywistą: *Jaka szkoda, że taki system nie istniał dziesięć lub piętnaście lat temu. Przynajmniej* – pisały wszystkie w ten lub inny sposób – *taki dramat nie wydarzy się ponownie.*

Gdy Mae wróciła do swojego biurka, leżała tam napisana na kartce wiadomość od Annie. *Możemy się zobaczyć? Po prostu, gdy będziesz mogła, wyślij SMS „teraz", a spotkam się z tobą w toalecie.*

Dziesięć minut później, siedząc w kabinie, usłyszała, jak jej przyjaciółka otwiera drzwi obok. Odetchnęła z ulgą na myśl, że Annie chce się z nią spotkać, i była podekscytowana, że znów spotkały się sam na sam. Mogła teraz naprawić wszystkie krzywdy i była zdecydowana to uczynić.

– Jesteśmy same? – zapytała Annie.

– Dźwięk jest wyłączony na trzy minuty. Co się stało?

– Nic. Chodzi po prostu o ten PastPerfect. Zaczęłam otrzymywać wyniki kwerendy i już one są dość niepokojące. A jutro zostaną ujawnione i przypuszczam, że potem będzie jeszcze gorzej.

– Zaczekaj. Co takiego znaleźli? Myślałam, że zaczną od średniowiecza lub w podobnych czasach.

– Zaczęli. Ale okazuje się, że po obu stronach mojej rodziny nie brak typów spod ciemnej gwiazdy. Nie wiedziałam nawet, że Brytyjczycy mieli irlandzkich niewolników, a ty?

– Nie. Chyba nie. Masz na myśli białych niewolników z Irlandii?

– Tysiące. Moi protoplaści byli hersztami bandy lub kimś takim. Najeżdżali Irlandię, przywozili stamtąd niewolników i sprzedawali ich na całym świecie. Kompletna poruta.

– Annie...
– I wiem, że są pewni tych informacji, bo zweryfikowali je na tysiące sposobów, ale czy ja wyglądam jak potomek właścicieli niewolników?
– Annie, wyluzuj. Coś, co wydarzyło się sześćset lat temu, nie ma nic wspólnego z tobą. Jestem pewna, że w rodowodach wszystkich ludzi są niechlubne karty. Nie możesz brać tego do siebie.
– Jasne, ale to jest w najlepszym razie żenujące, prawda? To część mojej tożsamości, przynajmniej w oczach wszystkich moich znajomych. Ludzie, z którymi się spotkam, również będą uważali, że to część mnie. Będą się ze mną widywać i ze mną rozmawiać, wciąż mając to przed oczami. To mi przyprawia gębę i czuję, że to niesprawiedliwe. Tak jakbym wiedziała, że twój tato jest byłym członkiem Ku-Klux-Klanu...
– Stanowczo za bardzo bierzesz to sobie do serca. Nikt, ale to nikt nie spojrzy na ciebie dziwnie, bo jakiś twój przodek miał dawno temu niewolników z Irlandii. Przecież to tak chore i tak odległe, że nikt w żadnym razie cię z tym nie powiąże. Wiesz, jacy są ludzie. Zresztą i tak nikt czegoś takiego nie zapamięta. Wykluczone, by ktoś obarczał cię za to odpowiedzialnością.
– I do tego masę tych niewolników zabili. Podobno wybuchł bunt i jakiś mój krewny przewodził rzezi setek mężczyzn, kobiet i dzieci. To obrzydliwe. Ja po prostu...
– Annie. Annie, musisz się uspokoić. Po pierwsze, kończymy. Za chwilę z powrotem włączy się dźwięk. Po drugie, po prostu nie możesz się tym przejmować. Ci ludzie byli właściwie jaskiniowcami. Jaskiniowi przodkowie wszystkich ludzi byli dupkami.
Annie parsknęła głośnym śmiechem.
– Obiecujesz, że nie będziesz się przejmować?
– Jasne.
– Annie, nie przejmuj się tym. Obiecaj mi to.
– W porządku.
– Obiecujesz?

– Obiecuję. Postaram się.
– Dobra. Czas minął.

Kiedy nazajutrz ogłoszono informacje o przodkach Annie, Mae uznała, że rzeczywistość przynajmniej częściowo przyznała jej rację. Pojawiło się oczywiście trochę jałowych komentarzy, ale na ogół odpowiedzią było powszechne wzruszenie ramion. Nikogo specjalnie nie obchodziło, jaki ta historia ma związek z Annie, zwrócono za to na nowo uwagę, i było to zapewne pożyteczne, na dawno zapomniany moment w dziejach, gdy Brytyjczycy wyprawiali się do Irlandii i wyjeżdżali stamtąd z ludźmi na sprzedaż.

Wydawało się, że Annie radzi sobie z tym wszystkim z łatwością. Wiadomości na jej komunikatorze były pozytywne, nagrała też krótkie oświadczenie dla swojego filmowego kanału informacyjnego, mówiąc o zaskoczeniu na wieść o niefortunnej roli, jaką odległa gałąź jej rodu odegrała w tym ponurym momencie dziejów. Potem jednak próbowała spojrzeć na sprawę z większym dystansem oraz poczuciem humoru i nie dopuścić do tego, by ta rewelacja odwiodła innych od zamiaru zgłębiania dziejów własnej rodziny za pośrednictwem PastPerfect. „Przodkowie wszystkich ludzi byli dupkami" – powiedziała i Mae się roześmiała, oglądając ten materiał na ekranie swojej bransolety.

Ale Mercer, jak to zwykle on, się nie śmiał. Mae nie miała od niego wieści od ponad miesiąca, po czym w poczcie z piątku (jedynego dnia, w którym urząd pocztowy jeszcze działał) przyszedł list. Nie chciała go czytać, ponieważ wiedziała, że będzie wredny, oskarżycielski i krytyczny. Ale przecież napisał już kiedyś taki list, czyż nie? Otworzyła kopertę, uznając, że ten w żadnym razie nie może być gorszy niż poprzedni.

Myliła się. Tym razem Mercer nie mógł się nawet zdobyć na poprzedzenie jej imienia słowem „Droga".

Mae!
Wiem, że zapowiedziałem, iż więcej nie będę do Ciebie pisał. Ale teraz, gdy Annie jest na skraju upadku, mam nadzieję, że skłoni Cię to do zastanowienia. Powiedz jej, proszę, że powinna zakończyć swój udział w tym eksperymencie, który o czym Was obie zapewniam, nie skończy się dobrze. Pełnia wiedzy nie jest nam pisana, Mae. Czy zastanawiałaś się kiedyś nad tym, że nasze umysły są delikatnie skalibrowane między tym, co wiadome, a tym, co niewiadome? Że nasze dusze potrzebują tajemnic nocy i jasności dnia? Tworzycie świat bezustannego światła dziennego i myślę, że ono spali nas wszystkich żywcem. Nie będzie czasu na refleksję, na sen, na ochłonięcie. Czy kiedykolwiek przyszło wam, pracownikom Circle, do głowy, że więcej nie zdołamy w niej pomieścić? Spójrzcie na nas. Jesteśmy malutcy. Nasze głowy są niewielkie, mają wielkość melona. Chcecie, żeby w tych naszych głowach zmieściło się wszystko, co kiedykolwiek widział świat? To się nie uda.

Na ekranie bransolety Mae pojawiały się kolejne wiadomości.
Czemu się nim przejmujesz, Mae?
Już mnie to nudzi.
Tylko karmisz Wielką Stopę. Nie rób tego!
Serce już waliło jej jak młot i wiedziała, że nie powinna czytać reszty. Ale nie mogła przestać.

Tak się przypadkiem złożyło, że gdy urządziliście sobie spotkanko wynalazców z Brunatnymi Koszulami Cyfryzacji, byłem u moich rodziców. Nalegali, żeby obejrzeć transmisję; są z Ciebie bardzo dumni, choć był to przerażający spektakl. Mimo to cieszę się, że go oglądałem (podobnie jak się cieszę, że oglądałem *Triumf woli*). Zawdzięczam temu ostatni bodziec, jakiego potrzebowałem, by zrobić krok, który i tak planowałem.

Przenoszę się na północ, do najgęstszego i najmniej interesującego lasu, jaki zdołam znaleźć. Wiem, że wasze kamery pokażą te obszary, tak jak pokazały Amazonkę, Antarktydę, Saharę itd. Ale przynajmniej będę miał przewagę. A gdy kamery się tam pojawią, będę się posuwał dalej na północ.

Muszę przyznać, że Ty i Twoi przyjaciele wygraliście. Właściwie to już koniec i zdaję sobie z tego sprawę. Ale przed tą sesją miałem jeszcze nadzieję, że to szaleństwo ogranicza się do waszej firmy, do poddanych praniu mózgu tysięcy, które dla was pracują, lub do milionów, które otaczają czcią złotego cielca, czyli Circle. Miałem nadzieję, że znajdą się tacy, którzy powstaną przeciwko wam. Albo że nowe pokolenie uzna to wszystko za niedorzeczne, opresywne i zupełnie nie do opanowania.

Mae sprawdziła wiadomości na ekranie bransolety. W sieci powstały już cztery kluby ludzi nieznoszących Mercera. Ktoś zaproponował, by zlikwidować mu konto w banku. *Powiedz tylko słowo* – brzmiała wiadomość.

Teraz jednak wiem, że nawet gdyby ktoś miał doprowadzić was do upadku, gdyby Circle przestało jutro istnieć, jego miejsce zajęłoby prawdopodobnie coś jeszcze gorszego. Na świecie są setki następnych Mędrców, ludzi z jeszcze bardziej radykalnymi poglądami na rzekomo przestępczy charakter prywatności.

Ilekroć myślę, że gorzej być nie może, pojawia się jakiś dziewiętnastolatek, przy którego pomysłach Circle wydaje się jakąś utopią ACLU*. A was (i wiem, że w y to w i ę k s z o ś ć ludzi) nie sposób przestraszyć. Nawet najściślejsza inwigilacja nie budzi w was najmniejszych obaw i nie wywołuje żadnego oporu.

Chęć pomiaru parametrów życiowych, Mae – Ty i te Twoje bransolety – to jedno. Mogę zaakceptować, że śledzicie swoje ruchy, rejestrujecie każdą swoją czynność, gromadzicie dane o sobie w interesie... Cóż, nieważne, co staracie się zrobić. Ale to nie wystarcza, prawda? Nie chcecie mieć tylko s w o i c h danych, potrzebne są wam m o j e. Bez nich czegoś wam brak. To jest chore.

Więc wyjeżdżam. Gdy to przeczytasz, będę poza zasięgiem sieci i spodziewam się, że dołączą do mnie inni. Będziemy żyć w podziemiu, na pustyni, w lasach. Będziemy jak uchodźcy, eremici, jakieś pożałowania godne, lecz niezbędne połączenie jednych i drugich. Właśnie nimi bowiem jesteśmy.

Sądzę, że zaczyna się druga wielka schizma, kiedy to ludzkość rozpadnie się na dwie części, żyjące oddzielnie, lecz równolegle. Będą ci, którzy żyją pod kloszem inwigilacji, który pomagasz stworzyć, oraz ci, którzy żyją bądź próbują żyć poza nim. Boję się śmiertelnie o nas wszystkich.

Mercer

Czytała ten list w obiektywie kamery i wiedziała, że dla jej widzów jest równie dziwaczny i komiczny jak dla niej. Pojawiały się

---

* American Civil Liberties Union – Amerykańska Unia na rzecz Swobód Obywatelskich.

komentarze, niektóre całkiem niezłe. *Teraz Wielka Stopa wróci do swojego naturalnego siedliska!* oraz *Krzyżyk na drogę, Wielka Stopo.* Mae jednak była nim tak rozbawiona, że odszukała Francisa, który jeszcze zanim się spotkali, widział list przepisany i zamieszczony na sześciu podstronach; jeden widz z Missouli odczytał go już w upudrowanej peruce z pseudopatriotyczną muzyką w tle. Film miał trzy miliony odsłon. Mae się śmiała, oglądając go dwa razy, ale okazało się, że współczuje Mercerowi. Był uparty, ale nie był idiotą. Istniała dla niego nadzieja. Można było jeszcze trafić mu do przekonania.

Nazajutrz Annie zostawiła jej kolejną wiadomość na kartce i znowu zaplanowały spotkanie w sąsiednich kabinach w toalecie. Mae miała nadzieję, że od czasu, gdy pojawiła się druga tura ważnych informacji, przyjaciółka znalazła sposób na rozpatrywanie ich w szerszym kontekście. Gdy dostrzegła czubek jej buta pod drzwiami następnej kabiny, wyłączyła dźwięk w kamerze.

Głos Annie brzmiał szorstko.
– Słyszałaś, że jest jeszcze gorzej, prawda?
– Rzeczywiście, coś słyszałam. Płakałaś? Annie...
– Mae, chyba sobie z tym nie poradzę. Dowiedzieć się czegoś o swoich przodkach w starej wesołej Anglii to jedna sprawa... Myślałam, no wiesz, nie ma sprawy, moi krewniacy przybyli do Ameryki Północnej, zaczęli od nowa, odsunęli to wszystko w przeszłość. Ale, cholera, wiedzieć, że t u t a j też byli właścicielami niewolników? Przecież to jakiś kurewski cyrk. Skąd ja jestem? We mnie też musi drzemać jakaś zaraza.
– Annie. Nie możesz się tym zadręczać.
– Oczywiście, że mogę. Nie potrafię myśleć o niczym innym...
– Dobra. Świetnie. Ale po pierwsze, uspokój się. A po drugie, nie możesz brać tego do siebie. Musisz się od tego odgrodzić. Postaraj się popatrzeć na to w bardziej abstrakcyjny sposób.

– I dostaję te pełne szaleńczej nienawiści maile. Dziś rano otrzymałam sześć wiadomości od ludzi nazywających mnie Panienką Annie. Połowa kolorowych, których przez lata zatrudniałam, patrzy na mnie teraz podejrzliwie. Jakbym była jakąś genetycznie zaprogramowaną międzypokoleniową właścicielką niewolników! Nie mogę teraz poradzić sobie z myślą, że Vickie dla mnie pracuje. Jutro pozwolę jej odejść.

– Czy zdajesz sobie sprawę, jak idiotycznie to wszystko brzmi? A poza tym, czy jesteś pewna, że twoi t u t e j s i protoplaści mieli czarnych niewolników? Że tutejsi niewolnicy nie byli Irlandczykami?

Annie głośno westchnęła.

– Nie, nie. Moi krewni z właścicieli Irlandczyków stali się właścicielami Afrykanów. Jak to możliwe? Nie mogli zrezygnować z posiadania ludzi. Widziałaś też świadectwa, że walczyli w wojnie secesyjnej po stronie Konfederacji?

– Widziałam, ale przecież ludzi, których przodkowie walczyli dla Południa, były miliony. Kraj pogrążył się w wojnie, podzielił na połowę.

– Tyle że m o i byli w tej złej. Czy wiesz, jaki zamęt powoduje to w mojej rodzinie?

– Przecież twoi rodzice nigdy nie traktowali rodowej spuścizny poważnie, prawda?

– Dopóki zakładali, że w naszych żyłach płynie b ł ę k i t n a krew! Dopóki sądzili, że jesteśmy potomkami osadników z „M a y f l o w e r" z wiarygodnym rodowodem! Teraz traktują je n a p r a w d ę cholernie poważnie. Mama od dwóch dni nie wychodzi z domu. Nie chcę wiedzieć, co nasi reserczerzy znajdą w następnej kolejności.

To, co znaleźli dwa dni później, było o wiele gorsze. Mae nie miała wcześniej pojęcia, o co chodzi, wiedziała jednak, że Annie to wie i że posłała w świat bardzo dziwny komunikat. Brzmiał tak: *Właściwie to nie wiem, czy powinniśmy wszystko wiedzieć.* Gdy spotkały się w toalecie, Mae nie mogła uwierzyć, że jej przyjaciółka własnoręcznie napisała to zdanie. Circle nie mogło oczywiście go skasować, ale ktoś – miała nadzieję, że sama Annie – zmodyfikował je do postaci: *Nie powinniśmy wiedzieć wszystkiego, nie przygotowawszy wcześniej odpowiedniego magazynu. Lepiej tego nie zgubić!*

– Oczywiście, że go wysłałam – odparła Annie. – W każdym razie ten pierwszy.

Mae miała wcześniej nadzieję, że to jakaś fatalna pomyłka.

– Jak mogłaś to zrobić?

– Tak właśnie uważam, Mae. Nie masz pojęcia, co czuję.

– Wiem, że nie mam. A ty masz? Wiesz, w jakie gówno się wpakowałaś? Jak możesz, akurat ty, opowiadać się za czymś takim? Jesteś wizytówką otwartego dostępu do przeszłości, a teraz chcesz powiedzieć, że... A tak w ogóle, to co chcesz powiedzieć?

– Sama nie wiem, do cholery. Wiem tylko, że mam już dość. Muszę to zamknąć.

– Zamknąć co?

– PastPerfect. I wszystko, co go przypomina.

– Wiesz, że to niemożliwe.

– Mam zamiar spróbować.

– W takim razie musiałaś już wdepnąć w niezłe gówno.

– Wdepnęłam. Ale Mędrcy są mi winni tę jedną przysługę. Nie dam sobie z tym rady. Już, cytuję, zwolnili mnie z części obowiązków, koniec cytatu. Nieważne. Nawet się nie przejmuję. Ale jeśli tego nie zamkną, zapadnę w coś w rodzaju śpiączki. Już mam wrażenie, że ledwie stoję i oddycham.

Przez chwilę siedziały w milczeniu. Mae się zastanawiała, czy nie powinna wyjść. Annie traciła panowanie nad czymś, co miało dla niej kluczowe znaczenie; sprawiała wrażenie nieprzewidywalnej, zdolnej do pochopnych i nieodwracalnych działań. Sama rozmowa z nią była ryzykowna.

Usłyszała, że przyjaciółka sapie.

– Annie, oddychaj.

– Przed chwilą powiedziałam ci, że nie mogę. Od dwóch dni nie zmrużyłam oka.
– Co się stało?
– Wszystko, kurwa. Nic. Znaleźli jakieś dziwne materiały z moimi rodzicami. To znaczy sporo dziwnych materiałów.
– Kiedy się pojawią?
– Jutro.
– Dobra. Może to nie jest takie kompromitujące, jak myślisz.
– Jest o wiele gorsze, niż można sobie wyobrazić.
– Powiedz mi. Założę się, że to nic takiego.
– Mylisz się, Mae. Bardzo się mylisz. Po pierwsze, dowiedziałam się, że moich rodziców wiąże coś w rodzaju małżeństwa otwartego. Nie zdążyłam ich nawet jeszcze o to zapytać. Istnieją jednak ich zdjęcia i filmy z najróżniejszymi osobami. Mam na myśli seryjne cudzołóstwo po obu stronach. To ma być n i c   t a k i e g o?
– Skąd wiesz, że to był romans? Może te zdjęcia o niczym nie świadczą? I to były lata osiemdziesiąte, zgadza się?
– Raczej dziewięćdziesiąte. I wierz mi, to pewne.
– Chodzi o zdjęcia aktów seksualnych?
– Nie. Ale z pocałunkami. To znaczy, jest jedno z moim tatą obejmującym jakąś kobietę w talii i trzymającym drugą dłoń na jej cycku. Naprawdę zgroza. Inne z mamą i jakimś brodaczem, seria rozbieranych zdjęć. Najwyraźniej ten facet zmarł, miał je schowane, kupiono je na wyprzedaży, zeskanowano i umieszczono w chmurze. Potem zrobili globalną identyfikację na podstawie obrazu twarzy i proszę bardzo, mama goła z jakimś motocyklistą. To znaczy, oni dwoje stojący razem, czasem nago, jakby pozowali na balu.
– Przykro mi.
– I k t o zrobił te zdjęcia? W pokoju znajdował się jakiś drugi facet? Kim on był? Uczynnym sąsiadem?
– Zapytałaś ich o to?
– Nie. Ale to i tak nie było najgorsze. Miałam właśnie im to unaocznić, gdy pojawiła się ta druga sprawa. Tak paskudna, że prze-

423

stałam się przejmować ich romansami. Te zdjęcia były niczym w porównaniu z filmem, który znaleziono.

– Co to za film?

– Już wyjaśniam. Była to jedna z rzadkich sytuacji, gdy oboje byli rzeczywiście razem... przynajmniej w nocy. To fragment jakiegoś filmu zrobionego gdzieś na przystani. Była tam kamera monitoringu, bo pewnie w magazynach nad wodą składują różne rzeczy. Istnieje więc nagranie, na którym moi rodzice pałętają się nocą na tej przystani.

– Sekstaśma?

– Nie, znacznie gorzej. O kurwa, ale kanał. Mae, to jest tak cholernie pokręcone. Wiesz, że moi starzy robią to od czasu do czasu... urządzają coś w rodzaju wieczoru we dwoje i wtedy idą w tango? Opowiedzieli mi o tym. Upijają się, tańczą, całą noc spędzają poza domem. Co roku, w rocznicę swojego ślubu. Czasami jest to w mieście, czasem gdzieś jadą, na przykład do Meksyku. Całonocna impreza, która ma odjąć im lat, uchronić ich związek od rutyny, coś w tym stylu.

– Rozumiem.

– Tak więc wiem, że stało się to w rocznicę ich ślubu. Miałam s z e ś ć l a t.

– No i?

– Gdybym się nie urodziła, to nie wyszłoby to na jaw... Kurza twarz. Więc dobra. Nie wiem, co robili wcześniej, ale kamera zarejestrowała ich około pierwszej nad ranem. Piją wino z butelki i siedzą, dyndając nogami nad wodą, a wszystko to przez jakiś czas wydaje się niewinne i nudne. Potem jednak w kadrze pojawia się jakiś mężczyzna. Sprawia wrażenie bezdomnego, zatacza się. Moi rodzice patrzą na niego i obserwują, jak błąka się po pirsie. Wygląda na to, że coś do nich mówi, a oni śmieją się i wracają do konsumpcji wina. Potem przez pewien czas nic się nie dzieje i bezdomny znika z kadru. Około dziesięciu minut później wraca, po czym spada z pirsu do wody.

Mae odetchnęła szybko. Wiedziała, że swoim pytaniem pogorszy sprawę.
– Twoi rodzice widzieli, jak wpadł do wody?
Annie zaczęła szlochać.
– W tym sęk. Widzieli to doskonale. Doszło do tego niespełna metr od miejsca, gdzie siedzieli. Na nagraniu widać, jak wstają, pochylają się, krzycząc coś w kierunku wody. Widać, że szaleją. Potem można odnieść wrażenie, że rozglądają się w poszukiwaniu telefonu czy czegoś.
– I był tam telefon?
– Nie wiem. Wygląda na to, że nie. Tak naprawdę nie wyszli poza kadr. I to właśnie jest takie porąbane. Widzą, jak ten gość wpada do wody, i po prostu nie ruszają się z miejsca. Nie biegną, żeby ściągnąć pomoc, zadzwonić po policję czy coś takiego. Nie skaczą do wody, żeby go uratować. Po kilku minutach szalonej nerwowości po prostu znowu siadają, a mama kładzie głowę na ramieniu taty. Siedzą tam we dwójkę przez kolejne dziesięć minut, a potem wstają i odchodzą.
– Może byli w szoku.
– Mae, oni po prostu wstali i odeszli. Nie zadzwonili pod alarmowy czy coś takiego. Nie odnotowano takiego telefonu. Nigdy nie zgłosili tego faktu. Ale ciało znaleziono następnego dnia. Ten człowiek nie był nawet bezdomny. Był chyba trochę niepełnosprawny umysłowo, ale mieszkał z rodzicami i pracował w barze, na zmywaku. A moi rodzice po prostu się przyglądali, jak tonął.
Annie powstrzymywała łzy.
– Powiedziałaś im o tym?
– Nie. Nie jestem w stanie z nimi rozmawiać. Teraz budzą we mnie prawdziwą odrazę.
– Ale film jeszcze nie został wypuszczony?
Annie spojrzała na zegar.
– Będzie już niebawem. Za niespełna dwanaście godzin.
– A Bailey powiedział, że...?

– Nie może nic zrobić. Znasz go.
– Może mnie uda się coś zrobić – powiedziała Mae, nie wiedząc, co dokładnie ma na myśli. Annie nie dała po sobie poznać, że wierzy w jej zdolność opóźnienia lub powstrzymania nadciągającej burzy.
– To jest totalnie chore. Kurza twarz – powiedziała Annie, jakby właśnie zdała sobie z tego sprawę. – Nie mam już rodziców.

Gdy minęły trzy minuty, Annie poszła do swojego biura, gdzie jak wyjaśniła, miała zamiar obijać się bez końca, a Mae wróciła do swojej dawnej grupy. Musiała pomyśleć. Stanęła w drzwiach, w których kiedyś ujrzała obserwującego ją Kaldena, i przyglądała się nowicjuszom z Działu DK, czerpiąc pociechę z ich rzetelnej pracy i skinień głowami. Ich wyrażające aprobatę i dezaprobatę pomruki dawały jej poczucie ładu i trafności wyboru. Od czasu do czasu jeden z pracowników unosił wzrok, by się do niej uśmiechnąć, pomachać powściągliwie do kamery, do jej publiczności, po czym wracał do wykonywanej pracy. Mae czuła, jak wzbiera w niej duma z nich, z Circle, z przyciągania tak nieskalanych dusz. Byli otwarci. Byli szczerzy. Niczego nie ukrywali, nie gromadzili ani nie zaciemniali.

Niedaleko niej siedział nowicjusz, mężczyzna liczący niewiele ponad dwadzieścia lat, z niesfornymi włosami wyrastającymi mu z głowy niczym pnącza. Pracował w takim skupieniu, że nie zauważył stojącej za nim Mae. Jego palce stukały jak szalone w klawiaturę, poruszając się po niej płynnie i niemal bezgłośnie, gdy równocześnie odpowiadał na zapytania klientów i pytania sondażu.
– Nie, nie, uśmiech, dezaprobata – mówił, kiwając głową szybko i swobodnie. – Tak, tak, nie, Cancun, nurkowanie na dużych głębokościach, ekskluzywny ośrodek, weekend poza miastem, styczeń, styczeń, obojętność, trzy, dwa, uśmiech, uśmiech, obojętność, tak, Prada, Converse, nie, dezaprobata, dezaprobata, uśmiech, Paryż.
Gdy go obserwowała, rozwiązanie problemu jej przyjaciółki wydawało się oczywiste. Annie potrzebowała wsparcia. Musiała

wiedzieć, że nie jest sama. I wtedy to wszystko ułożyło się w całość. Rozwiązanie kryło się rzecz jasna w samym Circle. Są w nim miliony ludzi, którzy bez wątpienia opowiedzą się za nią i dowiodą swojego serdecznego poparcia na mnóstwo niespodziewanych sposobów. Cierpienie jest cierpieniem tylko wtedy, gdy doznajemy go w ciszy, w samotności. Ból, którego doświadcza się publicznie, na oczach współczujących milionów, przestaje być bólem. Jest duchową bliskością.

Mae odwróciła się od drzwi i skierowała na taras na dachu. Miała tutaj obowiązki, nie tylko wobec Annie, swojej przyjaciółki, ale i wobec widzów. I będąc świadkiem szczerości i otwartości firmowych nowicjuszy, tego młodzieńca z niesfornymi włosami, poczuła, że sama jest hipokrytką. Gdy wchodziła po schodach, oceniła swoje możliwości i samą siebie. Kilka chwil wcześniej celowo zaciemniła obraz sytuacji. Było to zaprzeczeniem otwartości, zaprzeczeniem szczerości. Ukryła sygnał dźwiękowy przed światem, co było równoznaczne z okłamaniem świata, milionów, które zakładały, że zawsze jest prostolinijna i zawsze przejrzysta.

Spojrzała na kampus. Jej widzowie zastanawiali się, na co patrzy, skąd ta cisza.

– Chcę, żebyście wszyscy widzieli to, co ja widzę – powiedziała.

Annie chciała się ukryć, cierpieć w samotności, zatuszować sprawę. I Mae pragnęła to uszanować, być lojalna. Czy jednak lojalność względem j e d n o s t k i mogła przeważyć nad lojalnością względem m i l i o n ó w? Czy nie był to rodzaj myślenia przedkładającego osobistą i tymczasową korzyść nad większe dobro, który umożliwił wszelkie dawne okropieństwa? I znowu wydawało się, że rozwiązanie ma przed sobą, wokół siebie. Musiała pomóc Annie i zweryfikować swą własną przejrzystość, a obu tych rzeczy można było dokonać jednym śmiałym aktem. Sprawdziła, która godzina. Do prezentacji jej Wyszukiwarki Dusz zostały dwie godziny. Weszła na taras, układając w myślach jakieś klarowne oświadczenie. Po chwili ruszyła do toalety, niejako na miejsce zbrodni, a gdy się tam znalazła i zobaczyła swą twarz w lustrze, wiedziała już, co musi powiedzieć. Odetchnęła i rzekła:

– Witajcie. Muszę wam coś wyznać i nie będzie to przyjemne. Myślę jednak, że tak należy postąpić. Jak wielu z was wie, zaledwie godzinę temu weszłam do tej toalety pod pretekstem skorzystania z drugiej kabiny, którą tu widzicie. – Odwróciła się w stronę rzędu kabin. – Ale kiedy weszłam do środka, usiadłam i wyłączywszy dźwięk, odbyłam prywatną rozmowę z moją przyjaciółką, Annie Allerton.

Przez ekran na jej bransolecie przelatywało już kilkaset wiadomości, a w tej, która cieszyła się największą aprobatą, już jej wybaczono: *Mae, nie martw się. Rozmowa w toalecie nie jest zakazana! Wierzymy ci.*

– Chcę podziękować tym, którzy właśnie ślą mi ciepłe słowa. Ale ważniejsze od mojego przyznania się jest to, o czym rozmawiałyśmy. Wielu z was wie, że Annie jest częścią przeprowadzanego tutaj eksperymentu, programu śledzącego losy przodków tak daleko w przeszłości, jak pozwoli na to istniejąca technologia. I Annie odkryła w zakamarkach swojej historii rodzinnej pewne niefortunne fakty. Jej protoplaści dopuścili się karygodnych czynów i to wszystko wzbudziło jej niesmak. Co gorsza, jutro zostanie ujawniony kolejny niefortunny epizod, tym razem z bliższych nam czasów i chyba jeszcze bardziej bolesny.

Mae zerknęła na swoją bransoletę i stwierdziła, że w ostatniej minucie liczba aktywnych widzów prawie się podwoiła i wynosiła teraz 3 202 984. Wiedziała, że wiele osób podczas pracy ma na swoich ekranach jej kanał informacyjny, ale rzadko go oglądają. Było jasne, że jej nieuchronnie zbliżające się oświadczenie skupiło uwagę milionów. A przecież potrzebowała współczucia tych milionów, żeby zamortyzować jutrzejszy upadek Annie. Przyjaciółka na to zasługiwała.

– Tak więc, moi przyjaciele, myślę, że musimy wykorzystać potęgę Circle. Musimy wykorzystać zasoby współczucia wszystkich ludzi, którzy już znają i kochają Annie i którzy potrafią się wczuć w jej sytuację. Mam nadzieję, że wszyscy możecie przesłać jej najlepsze życzenia, własne opowieści o tym, jak odkryliście ciemne karty w przeszłości waszych rodzin, i sprawić, by Annie poczuła się mniej samotna. Powiedzcie jej, że trzymacie jej stronę. Powiedzcie, że lubicie ją tak samo i że przestępstwa jakichś dalekich przodków nie mają z nią związku i nie zmienią tego, jak o niej myślicie.

Zakończyła, podając adres mailowy przyjaciółki, adres jej kanału informacyjnego na komunikatorze i strony z jej profilem. Reakcja była natychmiastowa. Liczba obserwatorów Annie wzrosła z 88 198 do 243 087, a po tym, jak oświadczenie Mae puszczono w obieg, pod koniec dnia mogła przekroczyć milion. Wiadomości napływały wartkim strumieniem, najbardziej popularna brzmiała: *Przeszłość to przeszłość, Annie to Annie.* Była trochę niejasna, lecz Mae doceniała dobre chęci nadawcy. Następna wiadomość przebijająca się przez masę pozostałych brzmiała następująco: *Nie chcę się wtrącać, ale myślę, że zło tkwi w DNA i martwiłbym się o Annie. Annie musi starać się w dwójnasób, żeby dowieść komuś takiemu jak ja, Afroamerykaninowi, którego przodków uczyniono niewolnikami, iż kroczy drogą sprawiedliwości.*

Ten komentarz był opatrzony 98 201 uśmiechami i niemal równie dużą liczbą krzywych buziek, 80 198. W sumie jednak, gdy Mae przeglądała nadsyłane wiadomości, była w nich – jak zawsze, gdy proszono o okazanie uczuć – miłość, zrozumienie oraz pragnienie, by już nie wracać do przeszłości.

Śledząc reakcje internautów, Mae obserwowała wskazania zegara; wiedziała, że do jej prezentacji, pierwszej w Wielkiej Auli budynku Oświecenia, została tylko godzina. Czuła jednak, że jest gotowa, a ta sprawa z Annie dodawała jej odwagi, czyniąc ją bardziej niż kiedykolwiek świadomą, iż stoją za nią tłumy. Wiedziała również, że sama technologia oraz społeczność Circle zdecydują o sukcesie pokazu. Przygotowując się, szukała na ekranie bransolety jakiegokolwiek znaku od przyjaciółki. Spodziewała się jakiejś reak-

cji, z pewnością czegoś przypominającego wdzięczność, zważywszy, że Annie na pewno została zasypana lawiną dowodów dobrej woli. Nie doczekała się jednak niczego.
Wysłała jej serię komunikatów, ale nie dostała odpowiedzi. Sprawdziła, gdzie Annie się znajduje, i znalazła ją, pulsującą czerwoną kropkę, w biurze. Myślała przez chwilę, żeby ją odwiedzić, ale postanowiła tego nie robić. Musiała się skupić i chyba lepiej było pozwolić Annie ogarnąć to wszystko w pojedynkę. Z pewnością po południu dotrze do niej serdeczność zatroskanych o nią milionów i będzie gotowa należycie podziękować Mae, powiedzieć jej, że teraz, z nowym dystansem do sprawy, może umieścić przestępstwa swoich krewnych w szerszym kontekście i ruszyć naprzód, w rozwiązywalną przyszłość, a nie wstecz, w chaos nieodwracalnej przeszłości.

– Zrobiłaś dzisiaj rzecz wymagającą dużej odwagi – powiedział Bailey. – To było śmiałe i właściwe.
Znajdowali się za kulisami Wielkiej Auli. Mae była ubrana w czarną spódnicę i czerwoną jedwabną bluzkę, obie nowe. Stylistka krążyła wokół niej, pudrując jej nos oraz czoło i smarując usta wazeliną. Za kilka minut Mae miała zacząć swą pierwszą dużą prezentację.
– Normalnie porozmawiałbym z tobą o tym, dlaczego najpierw postanowiłaś zataić całą sytuację – dodał – ale twoja szczerość była autentyczna i wiem, że już dostałaś nauczkę, jaką mógłbym ci dać. Bardzo cieszymy się, że jesteś z nami, Mae.
– Dziękuję.
– Jesteś gotowa?
– Chyba tak.
– No to spraw, byśmy byli z ciebie dumni.
Wychodząc na scenę, w jasny krąg światła reflektora, czuła pewność, że zdoła to zrobić. Zanim jednak zdążyła dotrzeć do podium z akrylowego szkła, nagła burza oklasków omal nie zwaliła jej z nóg. Skierowała się do wyznaczonego jej miejsca, ale aplauz tylko przy-

brał na sile. Publiczność wstała, najpierw ci w pierwszych rzędach, potem wszyscy. Uciszenie ich wymagało od Mae sporego wysiłku.

– Witam wszystkich, jestem Mae Holland – powiedziała i znowu rozległy się oklaski. Nie mogła powstrzymać śmiechu i gdy się roześmiała, w sali zrobiło się jeszcze gwarniej. To uwielbienie było szczere i przytłaczające. Otwartość jest wszystkim, pomyślała. Prawda sama w sobie jest nagrodą. To mogłoby być niezłe hasło, pomyślała i wyobraziła sobie te słowa wyryte laserem w kamieniu. To wszystko jest zbyt dobre, dodała w myślach. Spojrzała na pracowników Circle, pozwalając im klaskać, czując przypływ świeżych sił, które zawdzięczała swej hojności. Ofiarowała im wszystko, dała im nieograniczoną prawdę, pełną przejrzystość, a oni obdarowali ją zaufaniem, swą ogromną miłością.

– Dobra, w porządku – powiedziała w końcu, podnosząc ręce, nalegając, by zebrani na sali usiedli. – Dzisiaj zademonstrujemy jedyne w swoim rodzaju narzędzie wyszukujące. Słyszeliście o Wyszukiwarce Dusz, pewnie tu i tam krążyły jakieś pogłoski. A teraz poddajemy ją próbie na oczach całej firmowej widowni tutaj i na świecie. Czujecie się gotowi?

Tłum udzielił jej gromkiej odpowiedzi.

– To, co zaraz zobaczycie, jest zupełnie spontaniczne i zaimprowizowane. Nawet ja nie wiem, kogo będziemy dziś szukać. Ten ktoś zostanie wybrany na chybił trafił z bazy danych gromadzącej informacje o znanych zbiegach na całym świecie.

Na ekranie zawirował olbrzymi wirtualny glob.

– Jak wiecie, znaczna część tego, co robimy w Circle, polega na wykorzystaniu mediów społecznościowych do tworzenia bezpieczniejszego i zdrowszego świata. Oczywiście mamy już na tym polu mnóstwo osiągnięć. Na przykład nasz program Wykrywacz Broni niedawno zaczął działać i rejestruje wniesienie dowolnej broni palnej do dowolnego budynku, wywołując alarm, który ostrzega wszystkich mieszkańców i policję. Testuje się go od pięciu tygodni w dwóch dzielnicach Cleveland i nastąpił tam pięćdziesięciosiedmioprocentowy spadek przestępstw popełnianych z użyciem broni. Nieźle, prawda?

Mae przerwała na czas oklasków, czując się bardzo pewnie i wiedząc, że to, co zaraz zaprezentuje, zmieni świat, natychmiast i definitywnie.

– Jak na razie, świetna robota – usłyszała głos Stentona w słuchawce. Uprzedził ją wcześniej, że będzie tego dnia pełnił funkcję pracownika Centrum Dodatkowych Zaleceń. Wyszukiwarka Dusz była przedmiotem jego szczególnego zainteresowania i chciał być obecny, by pokierować jej prezentacją.

Mae odetchnęła i kontynuowała:

– Jednym z najdziwniejszych fenomenów naszego świata jest to, że zbiegli przestępcy mogą się ukryć w świecie tak pozbawionym barier jak nasz. Odnalezienie Osamy bin Ladena zajęło nam dziesięć lat. D. B. Cooper, sławetny złodziej, który wyskoczył z samolotu z walizką pieniędzy, nadal jest nieuchwytny, kilkadziesiąt lat po ucieczce. Ale tego rodzaju rzeczy nie powinny mieć już miejsca. I wierzę, że odtąd już mieć nie będą.

Za jej plecami pojawiła się sylwetka człowieka, tułów i głowa, ze znajomymi podziałkami zdjęcia z policyjnej kartoteki w tle.

– Za kilka sekund komputer na chybił trafił wybierze zbiegłego przestępcę. Nie wiem, kto to będzie. Nikt nie wie. Ktokolwiek jednak to jest, okazał się zagrożeniem dla naszej globalnej wspólnoty, a my twierdzimy, że bez względu na tożsamość tego kogoś Wyszukiwarka Dusz zlokalizuje go w ciągu niespełna dwudziestu minut. Gotowi?

W sali rozległy się szmery, a po nich pojedyncze oklaski.

– Dobrze. Wybierzmy tego zbiega.

Piksel po pikselu sylwetka powoli stała się rzeczywistą i konkretną osobą i na końcu ukazała się jej twarz, a Mae ze zdumieniem stwierdziła, że to kobieta. Surowy wyraz twarzy, spojrzenie spod przymrużonych powiek skierowane w obiektyw policyjnego aparatu. Coś w tej kobiecie, jej małe oczy i proste usta, przywodziło na myśl fotografie Dorothei Lange – spalone słońcem twarze ludzi z terenów Dust Bowl*. Kiedy jednak pod zdjęciem pojawiły się dane personalne, Mae zdała sobie sprawę, że kobieta jest Brytyjką, i to bardzo żywotną. Zlustrowała wzrokiem informacje na ekranie i skupiła uwagę publiczności na sprawach zasadniczych.

– Dobra. Oto Fiona Highbridge. Czterdzieści cztery lata. Urodzona w Manchesterze, w Anglii. W dwa tysiące drugim roku została skazana za potrójne morderstwo. Zamknęła trójkę swoich dzieci w garderobie i wyjechała na miesiąc do Hiszpanii. Wszystkie zmarły z głodu. Żadne nie przekroczyło piątego roku życia. Została posłana do więzienia w Anglii, ale uciekła z pomocą strażnika, którego najwyraźniej uwiodła. Minęła dekada, odkąd ją widziano, i policja niemal zrezygnowała z poszukiwań. Ja jednak wierzę, że teraz, gdy mamy narzędzia i zapewniony udział Circle, możemy ją odnaleźć.

– Dobrze – rzekł Stenton do ucha Mae. – A teraz skoncentrujmy się na Wielkiej Brytanii.

– Jak wam wszystkim wiadomo, wczoraj uprzedziliśmy trzy miliardy użytkowników Circle, że dzisiaj wydamy oświadczenie, które zmieni świat. Tak więc aktualnie tyle osób ogląda transmisję na żywo. – Mae odwróciła się do ekranu i obserwowała, jak licznik, tykając, dochodzi do 1 109 001 887 widzów. – W porządku, obserwuje nas ponad miliard ludzi. A teraz zobaczmy, ilu widzów mamy w Wielkiej Brytanii. – Zawirował drugi licznik i zatrzymał się na liczbie 14 028 981. – W porządku. Z posiadanych przez nas informacji wynika, że jej paszport został unieważniony wiele lat temu, więc Fiona przypuszczalnie nadal przebywa w Zjednoczonym Królestwie. Czy myślicie, że czternaście milionów Brytyjczyków i miliard uczestników poszukiwań na całym świecie zdoła odnaleźć Fionę Highbridge w ciągu dwudziestu minut?

Publiczność ryknęła w odpowiedzi, lecz Mae tak naprawdę nie wiedziała, czy to się uda. Właściwie to nie byłaby zaskoczona, gdy-

---

* Obszar Stanów Zjednoczonych dotknięty w latach 30. XX wieku burzami piaskowymi.

by się nie powiodło – albo gdyby zajęło to trzydzieści minut bądź godzinę. Ale z drugiej strony, gdy wykorzystywano pełnię możliwości użytkowników Circle, wyniki zawsze miały w sobie coś niespodziewanego, coś cudownego. Była pewna, że przed końcem lunchu zadanie zostanie wykonane.

– Dobra, wszyscy gotowi? Pokażmy zegar. – Olbrzymi sześciocyfrowy czasomierz, wskazujący godziny, minuty i sekundy, pojawił się w rogu ekranu. – Pozwólcie, że przedstawię wam grupy, które razem nad tym pracują. Zobaczmy grupę na Uniwersytecie Anglii Wschodniej. – Pojawił się obraz ukazujący kilkuset studentów w dużej auli. Zaczęli wiwatować. – Zobaczmy miasto Leeds. – Teraz ujęcie z miejskiego placu pełnego ludzi, ubranych ciepło na, jak się wydawało, zimną i wietrzną pogodę. – Oprócz potęgi sieci jako całości mamy dziesiątki grup w całym kraju, które będą się jednoczyć w działaniu. Wszyscy gotowi? – Tłum w Manchesterze podniósł ręce i zaczął wiwatować, studenci w Anglii Wschodniej również.

– Dobrze – powiedziała Mae. – A teraz: na miejsca, gotowi, start!

Mae opuściła rękę; obok zdjęcia Fiony Highbridge ciąg kolumn pokazywał kanał informacyjny z komentarzami, z których najwyżej notowane pojawiały się u góry. Najbardziej popularny dotychczas wysłał Simon Hensley z Brighton: *Czy na pewno chcemy odnaleźć tę wiedźmę? Wygląda jak Strach na Wróble z Czarodzieja z Oz.*

W całej auli rozległy się śmiechy.

– W porządku. Dość żartów – powiedziała Mae.

W kolejnej kolumnie pojawiły się własne zdjęcia użytkowników, zamieszczone według stopnia podobieństwa. W ciągu trzech minut zamieszczono dwieście jeden zdjęć kobiet, w większości bardzo podobnych do Fiony Highbridge. Na ekranie podliczano głosy wskazujące, które z nich przedstawiają właśnie ją. W ciągu czterech minut w grze pozostało pięć głównych kandydatek. Jedna mieszkała w Bend w stanie Oregon. Inna w Banff w Kanadzie. Kolejna w Glasgow. Potem stała się rzecz cudowna, coś, co było możliwe tylko wtedy, gdy całe Circle zmierzało do jednego celu: dwa zdjęcia zostały zrobione w tym samym mieście – walijskim Carmarthen. Obydwa sprawiały wrażenie zdjęć tej samej kobiety i na obydwu wyglądała dokładnie tak jak Fiona Highbridge.

Po następnych dziewięćdziesięciu sekundach ktoś rozpoznał sfotografowaną kobietę. Znano ją jako Fatimę Hilensky, co głosujący uznali za obiecujący trop. Czy ktoś, kto próbuje zniknąć, zmieniłby swoje imię i nazwisko całkowicie czy też czułby się pewniej z tymi samymi inicjałami, z takim nazwiskiem jak to – wystarczająco odmienne, by zgubić nieudolny pościg, ale pozwalające podpisywać się w nieznacznie tylko zmodyfikowany sposób?

W Carmarthen lub w pobliżu tego miasta mieszkało siedemdziesięcioro dziewięcioro widzów, a troje z nich przysłało wiadomości z informacją, że widują kobietę niemal codziennie. Brzmiało to dosyć obiecująco, ale potem, w komentarzu, który szybko trafił na szczyt ekranu dzięki setkom tysięcy głosów aprobaty, Gretchen Karapcek wysłała z telefonu komórkowego wiadomość, że pracuje z kobietą ze zdjęcia w pralni na przedmieściach Swansea. Publiczność nalegała, by Gretchen od razu ją tam znalazła i sfotografowała bądź sfilmowała. Gretchen natychmiast włączyła funkcję wideo w swoim telefonie i – chociaż miliony ludzi nadal badały inne tropy – większość widzów była przekonana, że odnalazła właściwą osobę. Mae i niemal cała reszta zebranych w całkowitym bezruchu oglądali, jak kamera Gretchen wędruje między ogromnymi parującymi maszynami, a jej współpracownicy patrzą z zaciekawieniem, gdy ona szybko przechodzi przez olbrzymią halę, coraz bardziej zbliżając się do chudej kobiety, która pochylona wsuwa prześcieradło między dwa masywne koła.

Mae sprawdziła czas na zegarze. Sześć minut, trzydzieści trzy sekundy. Miała pewność, że ogląda Fionę Highbridge. Było coś takiego w kształcie jej głowy i w jej ruchach, a teraz, gdy uniosła wzrok i spostrzegła sunącą ku niej kamerę Gretchen, w jej oczach pojawiła się wyraźna świadomość, że dzieje się coś ważnego. Nie było to prawdziwe zaskoczenie czy konsternacja, tylko spojrzenie zwierzęcia przyłapanego na grzebaniu w śmieciach. Zdziczały wyraz poczucia winy i świadomość zagrożenia.

Mae wstrzymała na sekundę oddech; zdawało jej się, że kobieta da za wygraną i przemówi do kamery, przyznając się do popełnionych przestępstw i potwierdzając, że została odnaleziona. Zamiast to zrobić, rzuciła się do ucieczki.

Właścicielka telefonu stała przez długą chwilę, a jej kamera pokazywała tylko Fionę Highbridge – nie było bowiem wątpliwości, że to właśnie ona była w kadrze – uciekającą szybko przez halę i wbiegającą po schodach.

– Biegnij za nią! – krzyknęła w końcu Mae i Gretchen Karapcek ruszyła w pościg ze swoją kamerą. Mae obawiała się przez chwilę, że będą świadkami nieudanej próby, w której zbieg został odnaleziony, a potem szybko zgubiony przez jakąś guzdrzącą się współpracownicę. Kamera drżała gwałtownie, gdy Gretchen biegła po betonowych schodach, przez korytarz ze ścianami z pustaków i w końcu zbliżyła się do drzwi z kwadratowym okienkiem, przez które widać było białe niebo.

A kiedy drzwi otworzyły się raptownie, Mae ujrzała z wielką ulgą, że Fiona Highbridge utknęła pod ścianą w otoczeniu tuzina ludzi, z których większość celowała do niej z trzymanych w dłoniach telefonów. Nie mogła uciec. Twarz przestępczyni wyrażała wściekłość, przerażenie, a zarazem była wyzywająca. Wydawało się, że kobieta szuka luki w ciżbie, dziury, przez którą mogłaby się prześliznąć.

– Mamy cię, dzieciobójczyni – powiedział ktoś z tłumu i Fiona Highbridge się załamała; osunęła się po ścianie na ziemię, zakrywając twarz.

Po kilku sekundach większość filmów nakręconych przez stojących w tłumie pojawiła się na ekranie Wielkiej Auli i publiczność zobaczyła mozaikę wizerunków Fiony Highbridge, jej obojętną i surową twarz w ujęciach z dziesięciu różnych stron; każde z nich potwierdzało jej winę.

– Zlinczować ją! – krzyknął ktoś ze stojących przed pralnią.

– Nie dopuść do samosądu – syknął Stenton do ucha Mae.

– Nie dopuśćcie do samosądu – zaapelowała do tłumu. – Czy ktoś wezwał policję... posterunkowych?

Po kilku sekundach rozległy się syreny i gdy Mae ujrzała, jak dwa radiowozy pędzą przez parking, znowu sprawdziła czas na zegarze. Gdy czterech funkcjonariuszy dotarło do Fiony Highbridge i zakuło ją w kajdanki, zegar na ekranie w Wielkiej Auli wskazywał dziesięć minut i dwadzieścia sześć sekund.

– To chyba wszystko – powiedziała i zatrzymała pomiar czasu.

Na widowni rozległy się gromkie okrzyki, a po kilku sekundach do uczestników poszukiwań, którzy schwytali Fionę w pułapkę, napłynęły gratulacje z całego świata.

– Zakończmy transmisję obrazu – polecił Stenton – żeby mogła zachować resztki godności.

Mae powtórzyła to zalecenie technikom. Obrazy ukazujące dzieciobójczynię zniknęły i ekran na powrót stał się pusty.

– Cóż – zwróciła się do publiczności Mae. – W rzeczywistości poszło znacznie łatwiej, niż przypuszczałam. I potrzebowaliśmy tylko niektórych narzędzi, którymi obecnie dysponujemy.

– Poszukajmy kogoś innego! – krzyknął ktoś z widowni.

– Cóż, chyba m o g l i b y ś m y to zrobić – odparła z uśmiechem i spojrzała na stojącego za kulisami Baileya. Ten wzruszył ramionami.

– Może nie kolejnego zbiega – podpowiedział Stenton w słuchawce. – Spróbujmy ze zwykłym cywilem.

Po twarzy Mae rozlał się uśmiech.

– W porządku – oznajmiła, szybko znajdując zdjęcie w swoim tablecie i przenosząc je na ekran za sobą. Było to zdjęcie migawkowe Mercera zrobione trzy lata wcześniej, tuż po tym, gdy przestali ze sobą chodzić, ale wciąż byli sobie bliscy; stali we dwójkę u wejścia na nadmorski szlak, którym mieli wędrować.

Do tej pory ani razu nie pomyślała o wykorzystaniu Circle do odnalezienia Mercera, teraz jednak wydawało się to bardzo sensowne. Nie było lepszego sposobu, żeby mu udowodnić, jaki jest zasięg i potęga sieci oraz ludzi w niej działających. To na pewno sprawi, że jego sceptycyzm osłabnie.

– W porządku – powtórzyła. – Naszym drugim dzisiejszym celem nie jest zbiegły przestępca, lecz człowiek ukrywający się, można by rzec, przed przyjaźnią.

Uśmiechnęła się w odpowiedzi na śmiech na sali.

– Oto Mercer Medeiros. Nie widziałam go od kilku miesięcy, a bardzo chciałabym znowu go zobaczyć. Jednak podobnie jak Fiona Highbridge Mercer jest kimś, kto dokłada starań, żeby go nie odnaleziono. Sprawdźmy zatem, czy uda nam się pobić poprzedni rekord. Wszyscy gotowi? Uruchommy zegar.

I zegar ruszył.

W ciągu dziewięćdziesięciu sekund zamieszczone zostały setki wiadomości od ludzi, którzy go znali – ze szkoły podstawowej, średniej, college'u i z pracy. Przysłano nawet kilka zdjęć przedstawiających Mae, co wszystkich bardzo ubawiło. Potem jednak, ku jej przerażeniu, powstała czteroipółminutowa luka, kiedy to nikt nie dostarczył żadnych przydatnych informacji o aktualnym miejscu pobytu Mercera. Jego była dziewczyna napisała, że ona też chciałaby wiedzieć, gdzie przebywa, zważywszy, że Mercer ma jej cały sprzęt do nurkowania. Przez pewien czas stanowiło to najbardziej istotną dla sprawy informację, potem jednak pojawił się komunikat od Jaspera z Oregonu, który natychmiast trafił na czoło listy głosujących.

Widziałem tego człowieka w naszym sklepie spożywczym. Sprawdzę to.

Autor wpisu, Adam Frankenthaler, skontaktował się z sąsiadami i szybko ustalono, że wszyscy oni widzieli Mercera – w sklepie z alkoholem, w sklepie spożywczym i w bibliotece. Potem jednak nastąpiła kolejna nieznośna przerwa, prawie dwuminutowa, gdy nikt nie umiał dojść do tego, gdzie Mercer mieszka. Zegar wskazywał siedem minut i trzydzieści jeden sekund.

– W porządku – powiedziała Mae. – W tym przypadku w grę wchodzą potężniejsze narzędzia. Sprawdźmy rejestry wynajmu

w witrynach lokalnych agencji nieruchomości. Sprawdźmy rejestry płatności kartą kredytową, rejestry rozmów telefonicznych, członkostwo w bibliotekach, wszystkie instytucje, do których mógł się zapisać. Czekajcie. – Mae uniosła wzrok, by stwierdzić, że znaleziono dwa adresy, obydwa w tym samym miasteczku w stanie Oregon.
– Czy wiadomo, skąd je mamy? – zapytała, ale to chyba w ogóle nie miało znaczenia. Teraz wszystko działo się zbyt szybko.

W ciągu kilku następnych minut do obu tych miejsc zjechały się samochody, a ich pasażerowie filmowali moment swojego przybycia. Jedno znajdowało się nad punktem sprzedaży środków homeopatycznych, przed którym rosły wysokie sekwoje. Kamera pokazała dłoń pukającą do drzwi, a potem zajrzała przez szybę. Najpierw nie było żadnej reakcji, w końcu jednak drzwi się otworzyły i obiektyw powędrował w dół, by natrafić na malca w wieku około pięciu lat, który na widok tłumu przed progiem zrobił wystraszoną minę.

– Czy zastaliśmy Mercera Medeirosa?

Chłopczyk się odwrócił i zniknął w ciemnym wnętrzu domu.

– Tato!

Mae wpadła na chwilę w panikę, sądząc, że to syn Mercera – wszystko działo się zbyt szybko, by zdążyła dobrze policzyć. Ma już syna? Zdała sobie sprawę, że to wykluczone, że to nie może być jego dziecko. Może wprowadził się do kobiety, która już je miała?

Kiedy jednak cień jakiegoś mężczyzny ukazał się w świetle wejścia, nie był to Mercer, ale czterdziestolatek z kozią bródką we flanelowej koszuli i spodniach od dresu. Ślepa uliczka. Minęło niewiele ponad osiem minut.

Znaleziono drugie miejsce, w lesie, wysoko na zboczu góry. Główny kanał wideo za plecami Mae przełączył się na ten obraz, gdy jakiś samochód przemknął krętym podjazdem i zatrzymał się przed dużą szarą chatą.

Tym razem praca kamery była bardziej profesjonalna, a obraz wyraźniejszy. Ktoś filmował, jak uczestniczka poszukiwań, uśmiechnięta młoda kobieta, puka do drzwi, poruszając figlarnie brwiami.

– Mercer? – rzuciła w stronę drzwi. – Mercerze, jesteś tam? – Poufałość pobrzmiewająca w jej głosie momentami działała Mae na nerwy. – Robisz może żyrandole?

Mae zrobiło się niedobrze. Miała wrażenie, że to pytanie, jego lekceważący ton, nie spodobają się Mercerowi. Pragnęła, by jego twarz jak najszybciej pojawiła się w kadrze, żeby mogła zwrócić się do niego bezpośrednio. Nikt jednak nie otworzył drzwi.

– Mercerze! – zawołała młoda kobieta. – Wiem, że tam jesteś. Widzimy twój samochód. – Kamera skierowała się na podjazd i Mae, czując dreszcz emocji, przekonała się, że to rzeczywiście pick-up Mercera. Gdy obraz z kamery przesunął się z powrotem, ukazał grupę dziesięciu lub dwunastu ludzi, w większości wyglądających na miejscowych, w bejsbolówkach; co najmniej jeden miał na sobie strój maskujący. Kiedy obiektyw kamery zatrzymał się ponownie na drzwiach chaty, grupa zaczęła skandować:

– Mercer! Mercer! Mercer!

Mae spojrzała na zegar. Dziewięć minut, dwadzieścia cztery sekundy. Co najmniej o minutę pobiliby czas poszukiwania Fiony Highbridge. Najpierw jednak Mercer musiał podejść do drzwi.

– Idźcie od tyłu – powiedziała kobieta i teraz na kanale wideo śledzili obraz z drugiej kamery, zaglądając za werandę i do okien. Wewnątrz nie było nikogo widać. Stały tam wędki i dało się dojrzeć stertę poroży, przy zakurzonych kanapach i fotelach leżały stosy książek i gazet. Mae była pewna, że na gzymsie kominka widzi znane jej zdjęcie Mercera z braćmi i rodzicami, zrobione w podróży do Yosemite. Pamiętała tę fotografię i wiedziała, kogo przedstawia, zawsze bowiem fakt, że Mercer, który miał wówczas szesnaście lat, opiera głowę na ramieniu matki w spontanicznym wyrazie synowskiej miłości, wydawał jej się dziwny i cudowny.

– Mercer! Mercer! Mercer! – skandowano.

Mae zdała sobie jednak sprawę, że Mercer prawdopodobnie jest na wycieczce lub, niczym jaskiniowiec, zbiera drewno na opał i może wrócić dopiero za kilka godzin. Była gotowa odwrócić się do publiczności, ogłosić, że poszukiwanie zakończyło się sukcesem, i przerwać prezentację – ostatecznie odnaleźli go ponad wszelką wątpliwość – gdy usłyszała pisklwy głos.

– Tam jest! Na podjeździe!

Obie kamery zaczęły się przesuwać i drżeć, gdy ich właściciele rzucili się biegiem z werandy ku toyocie. Ktoś, młody mężczyzna, wsiadał do samochodu i Mae poznała, że to Mercer, gdy obiektywy kamer zwróciły się na niego. Kiedy jednak przybliżyły się – na tyle, by Mercer usłyszał głos Mae – on już cofał na podjeździe.

Jakiś młody mężczyzna biegł obok pick-upa. Widać było, że mocuje coś do okna od strony pasażera. Mercer wycofał na główną drogę i szybko odjechał. Przy akompaniamencie śmiechów wszyscy tropiciele zebrani przed domem Mercera zaczęli chaotycznie biegać, by wreszcie wsiąść do aut i ruszyć za nim.

Wiadomość od jednego z uczestników pościgu wyjaśniła, że umieścił kamerę SeeChange na szybie toyoty. Natychmiast została włączona i na ekranie ukazał się bardzo wyraźny obraz Mercera za kierownicą.

Mae miała świadomość, że kamera tylko zbiera dźwięk, więc nie może rozmawiać z Mercerem. Wiedziała jednak, że musi to zrobić. Nie zdawał sobie jeszcze sprawy, że to ona stoi za tym wszystkim. Musiała go zapewnić, że nie chodzi o ekspedycję odrażających prześladowców, że to po prostu jego przyjaciółka Mae, prezentująca firmowy program Wyszukiwarka Dusz, i jedyne, czego chce, to przez chwilę porozmawiać, pośmiać się z tego razem z nim.

Kiedy jednak drzewa przemykały za oknem jego samochodu niewyraźną smugą brązu, bieli i zieleni, usta Mercera były okropnie wykrzywione przez gniew i przerażenie. Często i brawurowo skręcał, wydawało się, że jedzie pod górę. Mae się obawiała, że uczestnicy poszukiwań nie zdołają go dogonić, ale wiedziała, że mają kamerę SeeChange, która zapewniała tak wyraźny filmowy obraz, że było to szalenie zajmujące. Mercer wyglądał jak jego idol, Steve McQueen, wściekły, lecz opanowany za kierownicą swojego podskakującego wozu dostawczego. Mae myślała przez chwilę o programie, jaki można by stworzyć, w którym ludzie po prostu pokazywaliby siebie jadących przez ciekawą okolicę z dużą prędkością. Mogliby go zatytułować *Powiedziała: Jedź!* Z zadumy wyrwał ją przepełniony jadem głos Mercera.

— Kurwa! — krzyknął. — Niech was szlag!

Patrzył w kamerę. Spostrzegł ją. Po chwili obraz z kamery zaczął się obniżać. Mercer opuszczał szybę. Mae się zastanawiała, czy kamera się utrzyma, czy klej pokona siłę, z jaką wędrowała w dół szyba; odpowiedź nadeszła po kilku sekundach, gdy urządzenie odpadło od okna, oko kamery zakołysało się gwałtownie i spadając, pokazało las, potem pobocze, a następnie, gdy już znieruchomiało na drodze, niebo.

Zegar wskazywał jedenaście minut i pięćdziesiąt jeden sekund.

Przez długich kilka minut Mercera w ogóle nie było widać. Mae zakładała, że lada moment jeden z samochodów uczestniczących w pościgu go znajdzie, lecz na obrazach ze wszystkich czterech aut nie było po nim ani śladu. Każdy jechał inną drogą, a wypowiedzi kierowców wyraźnie świadczyły o tym, że nie mają pojęcia, gdzie się podział ścigany obiekt.

— W porządku — powiedziała Mae, wiedząc, że zaraz zadziwi publiczność. — Wypuśćcie drony! — ryknęła niczym jakaś nikczemna wiedźma.

Trwało to znośnie długo — około trzech minut — wkrótce jednak wszystkie dostępne prywatne drony w tym rejonie, w liczbie jedenastu, były w powietrzu, każdy prowadzony przez swojego właściciela. Wszystkie krążyły nad górą, po której jak przypuszczano, jeździł Mercer. Ich systemy GPS chroniły je przed kolizjami; koordynując swoje wskazania z obrazem z satelity, znalazły jego bladoniebieski samochód w ciągu sześćdziesięciu siedmiu sekund. Zegar wskazywał piętnaście minut i cztery sekundy.

Obrazy z kamer dronów ukazały się teraz na ekranie, tworząc na nim niesamowitą mozaikę. Wszystkie drony leciały w odpowiedniej odległości od siebie, zapewniając kalejdoskopowe spojrzenie na pick-upa pędzącego po górskiej drodze wśród potężnych sosen. Kilka mniejszych dronów zdołało zanurkować i zbliżyć się do celu obserwacji, pozostałe natomiast, zbyt duże, by kluczyć między drzewami, śledziły go z góry. Jeden z mniejszych dronów, o nazwie Zwiadowca10, opadł pod zielony baldachim i leciał tak, jakby przyczepił się do okna drzwi od strony kierowcy. Obraz był stabilny i wyraźny. Mercer odwrócił się do kamery, zdając sobie sprawę z jej obecności i nieustępliwości prześladowców, a twarz wykrzywiła mu się w wyrazie bezbrzeżnej grozy. Mae nigdy wcześniej go takim nie widziała.

– Czy ktoś może mnie połączyć z dronem o nazwie Zwiadowca10? – zapytała, wiedząc, że szyba w pick-upie jest nadal opuszczona. Gdyby przemówiła przez głośnik drona, Mercer by ją usłyszał, poznałby, że to ona. Otrzymała sygnał, że dźwięk został włączony.

– Mercerze, to ja, Mae! Słyszysz mnie?

Nieznaczna zmiana w wyrazie jego twarzy zdradziła, że rozpoznał jej głos. Zmrużył oczy i znowu spojrzał z niedowierzaniem w stronę drona.

– Zatrzymaj się. To tylko ja, Mae – wyjaśniła, po czym niemal ze śmiechem dodała: – Chciałam po prostu powiedzieć ci „cześć".

Publiczność ryknęła w odpowiedzi śmiechem.

Ten śmiech dodał jej energii. Liczyła na to, że Mercer też się roześmieje, zatrzyma samochód i pokręci głową z podziwem dla cudownych możliwości narzędzi, które miała do dyspozycji. Chciała, żeby powiedział: „W porządku, dopadłaś mnie. Poddaję się. Wygrałaś".

On jednak się nie uśmiechał i jechał dalej. Nie patrzył już nawet na drona, jakby wybrał nową drogę ucieczki, z której nie było odwrotu.

– Mercerze! – powiedziała dla żartu głosem nieznoszącym sprzeciwu. – Zatrzymaj samochód i poddaj się. Jesteś otoczony. – Potem pomyślała o czymś, co znowu ją rozbawiło. – Jesteś otoczony... – powtórzyła obniżonym głosem, po czym radosnym kontraltem dodała: – ...przez przyjaciół! – Jak się spodziewała, przez aulę przetoczyła się fala śmiechu i gromkie wiwaty.

Mercer nadal jednak jechał. Od kilku minut nie spojrzał na drona. Mae zerknęła na zegar. Dziewiętnaście minut i pięćdziesiąt sekund. Nie potrafiła rozstrzygnąć, czy to, czy się zatrzyma i potwierdzi swoją tożsamość przed kamerami, ma jakieś znaczenie. Przecież został odnaleziony. Gdy go sfilmowali podczas biegu do samochodu, przypuszczalnie pobili poprzedni rekord. To wtedy potwierdzili jego tożsamość. Przemknęło jej przez myśl, że powinni odwołać drony i wyłączyć kamery, ponieważ Mercer był w tym swoim nastroju i nie chciał współpracować – a poza tym dowiodła już tego, czego zamierzała dowieść.

Ale przez jego niezdolność do kapitulacji, przyznania się do porażki lub przynajmniej uznania niewiarygodnych możliwości technologii, którą oddano do jej dyspozycji, Mae wiedziała, że nie może zrezygnować, dopóki nie odniesie wrażenia, że Mercer uległ. Co jednak miałoby o tym świadczyć? Nie znała odpowiedzi na to pytanie, ale wiedziała, że zorientuje się we właściwym momencie.

I wtedy pejzaż przesuwający się szybko za oknem samochodu zmienił się w otwartą przestrzeń. Zniknął las, gęsty i zamazany. Teraz widać było jedynie błękit nieba, czubki drzew i śnieżnobiałe chmury.

Mae spojrzała na obraz z innej kamery i zobaczyła widok z lecącego u góry drona. Mercer jechał wąskim mostem łączącym zbocza dwóch gór, którego przęsło wznosiło się trzydzieści metrów nad oddzielającym je wąwozem.

– Czy możemy jeszcze podkręcić dźwięk w mikrofonie? – zapytała.

Na ekranie ukazała się ikonka pokazująca, że wcześniej dźwięk był ustawiony na pół mocy, a teraz na cały regulator.

– Mercerze! – powiedziała maksymalnie złowieszczym tonem. Mercer, zaszokowany natężeniem dźwięku, wykonał gwałtowny ruch głową w kierunku drona. Może wcześniej jej nie słyszał?

– Mercerze! To ja, Mae! – zawołała, mając nadzieję, że dotychczas nie wiedział, iż to właśnie ona stoi za tym wszystkim. Ale Mercer się nie uśmiechnął. Pokręcił tylko głową, powoli, jakby przeżył bardzo głębokie rozczarowanie.

Teraz Mae zobaczyła kolejne dwa drony za oknem od strony pasażera. Z jednego z nich zagrzmiał jakiś nowy, męski głos:

– Mercer, skurwielu! Zatrzymaj się, ty pierdolony dupku!

Mercer obrócił głowę w kierunku tego głosu, a kiedy ponownie skierował wzrok na jezdnię, na jego twarzy malowała się prawdziwa panika.

Mae spostrzegła, że do mozaiki na ekranie dodano obrazy z dwóch umieszczonych na moście kamer SeeChange. Kilka sekund później ożyła trzecia, zapewniająca widok przęsła mostu z położonego znacznie niżej brzegu rzeki.

Kolejny głos, tym razem kobiecy i roześmiany, zagrzmiał z trzeciego drona:

– Mercerze, poddaj się nam! Poddaj się naszej woli! Bądź naszym przyjacielem!

Mercer skręcił w kierunku drona, jakby zamierzał go staranować, ale dron samoczynnie skorygował trajektorię lotu i synchronizując ją z torem jazdy samochodu, również skręcił.

– Nie zdołasz uciec, Mercerze! – rozległ się ryk z głośnika. – Nigdy, przenigdy. To koniec. Poddaj się. Bądź naszym przyjacielem! – Ta ostatnia prośba została wypowiedziana dziecięcym głosem i kobietę przekazującą ją przez elektroniczny głośnik rozśmieszyła świadomość, że ten dziwny nosowy dźwięk wydobywa się z matowego czarnego drona.

Publiczność wiwatowała, przybywało komentarzy, liczba widzów świadczyła, że to najwspanialsze doświadczenie w ich wirtualnym życiu.

Podczas gdy wiwaty stawały się coraz głośniejsze, Mae spostrzegła, że na twarzy Mercera odmalowuje się coś w rodzaju zdecydowania, coś na kształt spokoju. Prawą ręką obrócił kierownicę i przynajmniej na chwilę zniknął dronom z pola widzenia, a gdy już odzyskały kontakt z celem obserwacji, pick-up przejeżdżał na drugą stronę szosy, pędząc w stronę betonowej bariery mostu tak szybko, że ta w żadnym razie nie mogła go zatrzymać. Samochód przebił barierę i przez krótki moment zdawał się frunąć nad wąwozem na tle widocznych w oddali gór. Po czym zniknął z pola widzenia.

Mae odruchowo skierowała wzrok ku obrazowi z kamery na brzegu rzeki i ujrzała wyraźnie maleńki obiekt spadający z mostu i lądujący niczym blaszana zabawka na skałach poniżej. Chociaż wiedziała, że to pick-up Mercera, i miała świadomość, że nikt nie mógł przeżyć takiego upadku, spojrzała z powrotem na obraz z kamer dronów wciąż unoszących się nad drogą, licząc na to, że zobaczy Mercera na moście, patrzącego na wrak samochodu. Na moście nie było jednak nikogo.

– Dobrze się dzisiaj czujesz? – zapytał Bailey.

Znajdowali się w jego bibliotece, sami, jeśli nie liczyć jej widzów. Od czasu śmierci Mercera, która miała miejsce tydzień wcześniej, ich liczba utrzymywała się na stałym poziomie około dwudziestu ośmiu milionów.

– Owszem, dzięki – odparła Mae, ważąc słowa, wyobrażając sobie, jak prezydent, niezależnie od sytuacji, musi znaleźć złoty środek między nieskrywanymi emocjami a spokojną godnością, wyćwiczonym opanowaniem. Myślała o sobie jako o prezydencie. Sporo ją z nim łączyło: odpowiedzialność wobec tak wielu ludzi, możliwość wpływania na bieg wydarzeń na świecie. A w parze z jej pozycją szły kryzysy. Śmierć Mercera. Zapaść Annie. Pomyślała o rodzie Kennedych. – Chyba to jeszcze do mnie nie dotarło – dodała.

– Pewnie dotrze dopiero za jakiś czas – rzekł Bailey. – Żal nie przychodzi na zawołanie, choć bardzo byśmy tego pragnęli. Nie chcę jednak, byś się obwiniała. Mam nadzieję, że tego nie robisz.

– Cóż, trochę trudno tego uniknąć – zauważyła Mae i się skrzywiła. To nie były słowa godne prezydenta i Bailey natychmiast się do nich odniósł.

– Próbowałaś pomóc bardzo niezrównoważonemu, aspołecznemu młodemu człowiekowi. Wraz z innymi uczestnikami poszukiwań wyciągaliście do niego rękę, staraliście się go wciągnąć w orbitę człowieczeństwa, a on to odrzucił. To oczywiste, że byłaś wręcz jego jedyną nadzieją.

– Dziękuję, że to mówisz.

– Byłaś niczym lekarz przychodzący na pomoc choremu pacjentowi, który na jego widok skacze z okna. Trudno cię za to winić.

– Dziękuję – powtórzyła Mae.

– A twoi rodzice? Dobrze się mają?

– W porządku. Dziękuję.

– Pewnie dobrze było zobaczyć ich na nabożeństwie.

– Owszem – odparła Mae, choć wtedy prawie w ogóle się nie odzywali, a potem zupełnie zamilkli.

– Wiem, że nadal zachowujecie się wobec siebie z rezerwą, ale ona z czasem osłabnie. Zawsze tak się dzieje.

Mae była wdzięczna losowi za Baileya, za jego siłę i spokój. W tym momencie uznawała go za swego najlepszego przyjaciela, czasem był też jak ojciec. Kochała swoich rodziców, ale oni nie dorównywali mu mądrością ani siłą. Była wdzięczna za Baileya i za Stentona, zwłaszcza zaś za Francisa, który od tamtej pory spędzał z nią większość każdego dnia.

– Fakt, że byłem świadkiem takiego zdarzenia, bardzo mnie irytuje – ciągnął Bailey. – To naprawdę denerwujące. Wiem, że ma to luźny związek z tą sprawą i że to mój ulubiony temat, ale naprawdę: nigdy by do tego nie doszło, gdyby Mercer był w pojeździe automatycznym. Ich oprogramowanie wykluczyłoby taką ewentualność. Szczerze mówiąc, używanie takich samochodów jak ten, którym jechał, powinno być zabronione.

– Słusznie – przyznała Mae. – Ten idiotyczny pick-up.

– Nie żeby chodziło o pieniądze, ale czy wiesz, ile będzie kosztowała naprawa tego mostu? I ile już kosztowało uprzątnięcie całego tego bałaganu pod mostem? Wsadzasz go do pojazdu automatycznego i nie ma mowy o samounicestwieniu. Taki samochód by się wyłączył. Przepraszam. Nie powinienem był wsiadać na swojego konika, nie bacząc na twój żal.

– Nie ma sprawy.

– No i mieszkał samotnie w jakiejś chacie. Jasne, że musiał wpaść w depresję i doprowadzić się do szaleństwa i paranoi. Przecież gdy uczestnicy poszukiwań przybyli na miejsce, był już u kresu sił. Siedział tam sam, niedostępny dla tysięcy, a nawet milionów ludzi, którzy pomogliby mu na wszelki możliwy sposób, gdyby wiedzieli, co się z nim dzieje.

Mae spojrzała na sufit z barwionego szkła, na widoczne na nim anioły, myśląc, jak bardzo Mercer chciałby być uznany za męczennika.

– Tyle osób go kochało – powiedziała.

– Tyle osób. Widziałaś te komentarze i wyrazy uznania? Ludzie chcieli mu pomóc. Próbowali pomóc. Ty próbowałaś. I z pewnością byłyby tysiące następnych prób, gdyby się przed nimi nie wzbraniał. Jeśli odrzucimy człowieczeństwo, jeśli zrezygnujemy z wszystkich dostępnych nam narzędzi, wszelkiej pomocy, jakiej możemy udzielić, to będą się zdarzały nieszczęścia. Odrzućmy technologię, która zapobiega wypadaniu aut z drogi, a spadniemy w przepaść... dosłownie. Odrzućmy pomoc i miłość współczujących milionów na całym świecie, a spadniemy w przepaść... emocjonalnie. Prawda? – Bailey zrobił pauzę, jakby chciał, żeby oboje mogli napawać się jego trafną i zgrabną metaforą. – Odrzućmy grupy, ludzi, słuchaczy, którzy chcą znaleźć bratnią duszę, okazać komuś współczucie i kogoś uścisnąć, a nieszczęście gotowe. Mae, to był głęboko przygnębiony i samotny młody człowiek, który nie potrafił przetrwać w świecie takim jak ten, świecie zmierzającym do jedności i duchowej bliskości. Żałuję, że go nie znałem. Prześledziwszy wydarzenia tamtego dnia, mam wrażenie, że trochę go poznałem. Mimo to żałuję.

Bailey wydał z siebie gardłowe westchnienie, będące oznaką głębokiej frustracji.

– Kilka lat temu pomyślałem, że postaram się poznać za swego życia wszystkich ludzi na Ziemi. Każdego człowieka, choćby troszeczkę. Uścisnąć mu dłoń i się przywitać. I gdy doznałem tego olśnienia, naprawdę sądziłem, że mogę to zrobić. Czy zdajesz sobie sprawę z atrakcyjności tego pomysłu?

– Jak najbardziej – odparła Mae.

– Ale na naszej planecie jest około siedmiu miliardów ludzi! Zrobiłem więc obliczenia. I oto wniosek, do jakiego udało mi się dojść: gdybym spędził z każdą osobą trzy sekundy, daje to dwadzieścia osób na minutę. Tysiąc dwieście na godzinę! Całkiem sporo, prawda? Ale nawet wtedy po roku znałbym tylko dziesięć milionów pięćset dwanaście tysięcy ludzi. Przy tym tempie poznanie wszystkich zajęłoby mi sześćset sześćdziesiąt pięć lat! Czyż to nie przygnębiające?

– Owszem – przyznała Mae. Sama wykonała podobne obliczenia. Czy wystarczy, zastanawiała się, że z o b a c z y ł a mnie pewna część ludzi? Chyba jednak miało to jakieś znaczenie.

– Tak więc musimy poprzestać na kontaktach z ludźmi, których rzeczywiście znamy i możemy poznać – zauważył Bailey, znowu głośno wzdychając. – I zadowolić się tym, że wiemy, ilu ich jest. Jest ich bardzo dużo i mamy z czego wybierać. W osobie twojego zafrasowanego Mercera straciliśmy jednego z bardzo wielu ludzi, co przypomina nam o tym, jak drogocenne i jak bujne jest życie. Mam rację?

– Tak.

Myśli Mae biegły tą samą drogą. Po śmierci Mercera, po zapaści Annie, gdy tak bardzo doskwierała jej samotność, znowu miała wrażenie wewnętrznego rozdarcia, silniejsze i dotkliwsze niż kiedykolwiek przedtem. Wtedy jednak widzowie ze wszystkich stron świata wyciągnęli do niej pomocną dłoń, przesyłając wyrazy poparcia, swoje uśmiechy – otrzymała ich miliony, dziesiątki milionów – i wiedziała już, jak się pozbyć tego uczucia. To rozdarcie było skutkiem niewiedzy. Niewiedzy, kto będzie ją kochał i jak długo. To rozdarcie było szaleństwem niewiedzy – niewiedzy, kim jest Kalden, niewiedzy, co się kryło w umyśle Mercera, co kryje się w umyśle Annie i jakie ma plany. Mercera można by było – udałoby się – ocalić, gdyby odsłonił swoje myśli, gdyby dopuścił do nich Mae oraz resztę świata. To właśnie niewiedza rodziła szaleństwo, osamotnienie, podejrzliwość i strach. Temu wszystkiemu można było jednak zaradzić. Przejrzystość uczyniła z niej osobę znaną światu i sprawiła, że stała się lepsza; przybliżyła ją – taką miała nadzieję – do doskonałości. Teraz świat podąży jej śladem. Pełna przejrzystość przyniesie pełny dostęp i już nie będzie niewiedzy. Mae uśmiechnęła się na myśl o tym, jakie to wszystko proste, jakie prawdziwe. Bailey odwzajemnił uśmiech.

– No – rzekł – skoro mówimy o ludziach, na których nam zależy i których nie chcemy stracić, wiem, że wczoraj odwiedziłaś Annie. Jak ona się miewa? Jej stan się nie zmienił?

– Nie. Ale znasz Annie. Jest silna.

– O tak. I jest dla nas tutaj bardzo ważna. Tak samo jak ty. Zawsze będziemy z tobą i z Annie. Wiem, że obie zdajecie sobie z tego sprawę, ale chcę to powtórzyć. Circle nigdy was nie opuści. W porządku?

Mae usiłowała się nie rozpłakać.

– W porządku.

– Dobrze więc. – Bailey znowu się uśmiechnął. – Powinniśmy już kończyć. Czeka na nas Stenton i sądzę, że moglibyśmy wszyscy – w tym momencie wskazał na Mae i jej widzów – zażyć trochę rozrywki. Gotowi?

Gdy szli ciemnym korytarzem w stronę promieniującego żywym błękitem nowego akwarium, Mae zobaczyła, że nowy opiekun wchodzi po drabinie. Stenton zatrudnił kolejnego biologa morskiego, gdy między nim a Georgią doszło do sporu natury filozoficznej. Miała zastrzeżenia do jego eksperymentów z karmieniem rekina i nie zgadzała się zrobić tego, na co przystał jej następca, wysoki mężczyzna z wygoloną głową, czyli umieścić wszystkie stworzenia wyłowione przez Stentona z Rowu Mariańskiego w jednym zbiorniku w celu stworzenia czegoś bliższego środowisku, w którym je znalazł. Wydawało się to pomysłem tak logicznym, że Mae była zadowolona, że Georgia została zwolniona i zastąpiona przez nowego pracownika. Któż nie chciałby zobaczyć wszystkich tych zwierząt w niemal rodzimym ekosystemie? Georgia była nieśmiała i brakowało jej wizji, a dla takiej osoby nie było miejsca przy tych zbiornikach, w pobliżu Stentona i w Circle.

– Tam jest – powiedział Bailey, gdy zbliżyli się do akwarium. Stenton wszedł w pole widzenia kamery i Bailey uścisnął mu dłoń. Potem ten oceanograf amator odwrócił się do Mae.

– Jak miło cię znowu zobaczyć, Mae – rzekł, ujmując oburącz jej dłonie. Był w entuzjastycznym nastroju, ale przez wzgląd na jej niedawne przeżycia na chwilę skrzywił usta. Uśmiechnęła się nieśmiało, po czym uniosła wzrok. Chciała, żeby wiedział, że czuje się świetnie, że jest gotowa. Stenton skinął głową, cofnął się i odwrócił w stronę akwarium. Z tej okazji firmowy Mędrzec zbudował znacznie większy zbiornik i wypełnił go wspaniałym koralowcem i morskimi wodorostami, tworzącymi prawdziwą symfonię barw w jasnym akwariowym świetle. Były tam lawendowe zawilce morskie i zielono-żółte pęcherzykowate koralowce z gatunku *Plerogyra sinuosa* oraz dziwne białe kule morskich gąbek. Woda była spokojna, ale nieznaczny prąd kołysał fioletową roślinnością wciśniętą we wnęki przypominającego plaster miodu koralowca *Favites abdita*.

– Piękne, po prostu piękne – powiedział Bailey.

Stali obaj z Mae, której kamera była skierowana na zbiornik, pozwalając widzom zgłębić ten wspaniały podwodny obraz.

– A niebawem będzie kompletne – odparł Stenton.

W tym momencie Mae poczuła czyjąś obecność, przesuwający się z lewej na prawą stronę gorący oddech na karku.

– Och, przyszedł – rzekł Bailey. – Chyba nie poznałaś jeszcze Tya, prawda, Mae?

Odwróciła się i ujrzała Kaldena, stojącego z dwoma pozostałymi Mędrcami. Uśmiechał się, wyciągając do niej rękę. Miał na sobie wełnianą czapkę i za dużą bluzę z kapturem. Ale to niewątpliwie był Kalden. Zanim zdążyła się powstrzymać, wydała stłumiony okrzyk.

Uśmiechnął się, a ona natychmiast zrozumiała, że to, iż zareagowała w ten sposób na obecność Tya, wyda się jej widzom oraz firmowym Mędrcom naturalne. Spuściła wzrok i zdała sobie sprawę, że już ściska mu dłoń. Nie mogła złapać tchu.

Uniosła spojrzenie i zobaczyła uśmiechnięte szeroko twarze Baileya i Stentona. Przypuszczali, że uległa czarowi twórcy tego wszystkiego, tajemniczego młodzieńca stojącego za sukcesem Circle. Zerknęła z powrotem na Kaldena, szukając jakiegoś wyjaśnienia, ale on nadal się uśmiechał, a jego oczy pozostały zupełnie nieprzeniknione.

– Miło mi cię poznać, Mae – rzekł. Powiedział to nieśmiało, prawie mamrocząc pod nosem, ale dobrze wiedział, co robi, wiedział, czego publiczność oczekuje od Tya.

– Wzajemnie – odparła.

Co się tu, do cholery, dzieje? – to pytanie tkwiło w jej mózgu jak zadra. Znowu zlustrowała wzrokiem jego twarz, dostrzegając pod wełnianą czapką kilka siwych włosów. Tylko ona wiedziała, że są siwe. Czy Bailey i Stenton mieli świadomość, że tak bardzo się postarzał? Że udaje kogoś innego, nic nieznaczącego człowieka o imieniu Kalden? Wydawało jej się, że muszą o tym wiedzieć. Jasne, że wiedzą. Właśnie dlatego pojawiał się na filmach – prawdopodobnie nagranych dawno temu. Utrwalali to wszystko, pomagając mu znikać.

Nadal trzymała jego dłoń. Cofnęła rękę.

– To powinno się stać wcześniej – powiedział. – Przepraszam.

– I teraz mówił do jej kamery, dając zupełnie naturalny występ dla widzów. – Pracuję nad kilkoma nowymi projektami, masą bardzo fajnych rzeczy, więc udzielałem się towarzysko mniej, niż powinienem. Liczba widzów Mae natychmiast skoczyła z niewiele ponad trzydziestu milionów do trzydziestu dwóch i szybko rosła.

– Już od dawna wszyscy trzej nie byliśmy w jednym miejscu! – zauważył Bailey. Serce Mae biło jak szalone. Sypiała z Tyem. Co to oznacza? I to Ty, nie Kalden, ostrzegał ją przed Domknięciem? Jak to możliwe? Jak t o należy rozumieć?

– Co będziemy oglądali? – zapytał Kalden, wskazując ruchem głowy na wodę. – Chyba wiem, ale nie mogę się doczekać, żeby to zobaczyć.

– W porządku – rzekł Bailey, klaszcząc w dłonie i wykręcając je niecierpliwie. Odwrócił się do Mae, a ona skierowała na niego obiektyw kamery. – Ponieważ mój przyjaciel wdałby się w niepotrzebne szczegóły, poprosił, żebym ja to wyjaśnił. Jak wszyscy wiecie, przywiózł trochę niesamowitych stworzeń z niespenetrowanych wcześniej głębin Rowu Mariańskiego. Niektóre z nich, a zwłaszcza ośmiornicę, konika morskiego i jego potomstwo oraz, w najbardziej drastycznych scenach, rekina, już widzieliście.

Rozeszła się wieść, że Trzej Mędrcy są razem, i to przed kamerą, i liczba widzów osiągnęła czterdzieści milionów. Mae odwróciła się do trzech mężczyzn i zobaczyła na wyświetlaczu w swojej bransolecie, że sfilmowała ich wyraziste profile, jako że wszyscy patrzyli na szklaną ścianę akwarium, z twarzami skąpanymi w błękitnym świetle i oczami odzwierciedlającymi irracjonalne życie w jego wnętrzu. Zauważyła, że liczba widzów skoczyła do pięćdziesięciu milionów. Napotkała spojrzenie Stentona, który niemal niedostrzegalnym ruchem głowy dał do zrozumienia, że powinna skierować obiektyw z powrotem na akwarium. Zrobiła to, wytężając wzrok, by zobaczyć, czy Kalden w jakikolwiek sposób odwzajemnia jej uwagę. Wpatrywał się w wodę, nie zdradzając cienia zainteresowania jej obecnością. Bailey ciągnął:

– Do tej chwili, na czas oswajania się z życiem w Circle, nasze trzy gwiazdy trzymano w oddzielnych zbiornikach. Była to jednak sztuczna separacja. One stanowią całość, tak samo jak w oceanie, w którym je znaleziono. A więc zaraz ujrzymy tę trójkę ponownie razem, żeby mogła koegzystować i stworzyć bliższy naturze obraz życia w głębi oceanu.

Po drugiej stronie zbiornika Mae dostrzegła teraz opiekuna, który wchodził po czerwonej drabinie z dużym foliowym workiem, ciężkim od wody i maleńkich pasażerów. Mae starała się spowolnić oddech, ale nie mogła. Czuła, że zaraz zwymiotuje. Pomyślała o ucieczce gdzieś bardzo daleko. Ucieczce z Annie. Gdzie ona jest?

Zauważyła, że Stenton patrzy na nią surowo, a jego oczy mówią, by wzięła się w garść. Próbowała oddychać, skupić się na tym, co się dzieje. Pomyślała, że po wszystkim będzie miała czas uporządkować chaos wywołany widokiem Kaldena-Tya. Serce zaczęło jej bić trochę wolniej.

– Jak pewnie widzicie – rzekł Bailey – Victor niesie bardzo delikatny ładunek, konika morskiego oraz jego liczne potomstwo. Zauważcie też, że koniki morskie przenoszone są do nowego zbiornika w foliowej torebce, w jakiej przywieźlibyście z jarmarku złotą rybkę. Okazało się, że to najlepszy sposób transportowania takich delikatnych stworzeń. Nie ma twardych powierzchni, o które mogłyby uderzyć, a folia jest znacznie lżejsza od szkła akrylowego i jakiegokolwiek sztywnego materiału.

Opiekun znalazł się na szczycie drabiny i wymieniwszy się szybko spojrzeniem ze Stentonem, ostrożnie opuścił torebkę, aż spoczęła na powierzchni wody. Koniki morskie, jak zawsze pasywne, na wpół leżąc, unosiły się blisko dna; nie dawały żadnych oznak życia i nie wydawały się świadome, że są przenoszone i że znajdują się w worku. Prawie się nie ruszały i nie protestowały.

Mae sprawdziła licznik. Sześćdziesiąt dwa miliony widzów. Bailey zaznaczył, że zaczekają chwilę, aż temperatura wody w torebce zrówna się z temperaturą wody w zbiorniku, i Mae skorzystała z okazji, by odwrócić się znowu do Kaldena. Próbowała nawiązać z nim kontakt wzrokowy, ale on postanowił nie odrywać oczu od akwarium. Patrzył przez szybę, uśmiechając się dobrotliwie do koników morskich, jakby spoglądał na własne dzieci.

Po drugiej stronie zbiornika Victor znowu wspinał się po czerwonej drabinie.

– To niezwykle ekscytujące – rzekł Bailey. – Teraz widzimy, jak niesiona jest ośmiornica. Potrzebuje większego pojemnika, ale niewspółmiernie małego w stosunku do swoich rozmiarów. Gdyby chciała, mogłaby się zmieścić do pojemnika na kanapki... Nie ma kręgosłupa ani kości. Jest plastyczna i niezmiernie giętka.

Wkrótce oba worki, ten mieszczący ośmiornicę i ten z konikami morskimi, kołysały się łagodnie na rozświetlonej powierzchni wody. Ośmiornica sprawiała wrażenie do pewnego stopnia świadomej, że pod nią jest znacznie więcej miejsca, i napierała na dno swojego tymczasowego siedliska.

Mae zobaczyła, że Victor wskazuje na koniki morskie i daje Baileyowi i Stentonowi znak krótkim skinieniem.

– W porządku – rzekł ten pierwszy. – Wygląda na to, że już czas wypuścić naszych przyjaciół do nowego siedliska. Spodziewam się pięknego spektaklu. Gdy będziesz gotowy, Victorze, zaczynaj.

– Gdy opiekun wypuścił koniki morskie, widok rzeczywiście był piękny. Koniki, półprzezroczyste, ale jakby leciutko złotawe, wpadły do zbiornika i spływały niczym powolny deszcz złotych znaków zapytania.

– No, no! – mruknął Bailey. – Popatrzcie.

I w końcu ich ojciec z niepewną miną wypadł z worka do akwarium. W odróżnieniu od swoich dzieci, które opadały bezwładnie, w rozproszeniu, skierował się zdecydowanie na dno i szybko ukrył pośród koralowców i morskich roślin. Po kilku sekundach zniknął z pola widzenia.

– No, no! To ci dopiero wstydliwa ryba – skomentował Bailey.

Małe koniki nadal opadały i pływały pośrodku zbiornika, tylko nieliczne pragnęły trafić w konkretne miejsca.

– Jesteśmy gotowi? – zapytał Bailey, spoglądając na Victora. – Cóż, wszystko idzie zgodnie z planem! Chyba możemy wypuścić ośmiornicę. – Victor rozpruł dno worka i głowonóg natychmiast rozpostarł się niczym przyjazna dłoń. Podobnie jak wtedy, gdy był sam, wędrował wzdłuż ścian akwarium, dotykając koralowca i wodorostów, delikatny, pragnący wszystko poznać i wszystkiego dotknąć.

– Patrzcie. Zachwycające – rzekł Bailey. – Cóż za olśniewające stworzenie. Musi mieć coś takiego jak mózg w tym swoim olbrzymim balonie, prawda? – W tym momencie odwrócił się do Stentona, prosząc o odpowiedź, ale Stenton postanowił uznać to pytanie za retoryczne. W kąciku jego ust drgał mu blady uśmiech, ale Mędrzec nie odwrócił wzroku od rozgrywającej się przed nim sceny.

Ośmiornica rozkwitała, rosła i fruwała z jednej strony zbiornika na drugą, muskając ledwie koniki morskie i inne żywe istoty; patrzyła tylko na nie, chciała się z nimi zapoznać. Gdy już wszystkiego dotknęła i wszystko w obrębie zbiornika zmierzyła, Mae znowu dostrzegła ruch na czerwonej drabinie.

– A teraz Victor oraz jego pomocnik przyniosą prawdziwą atrakcję – skomentował Bailey, obserwując pierwszego opiekuna, do którego dołączył teraz drugi, również w białym stroju, który obsługiwał coś w rodzaju wózka widłowego. Ładunek stanowiła skrzynia ze szkła akrylowego, a umieszczony w niej rekin rzucił się kilka razy w swoim tymczasowym siedlisku, smagając płetwą ogonową obie ściany. I tak był jednak spokojniejszy niż poprzednim razem.

Victor zsunął skrzynię na powierzchnię wody ze szczytu drabiny i gdy Mae się spodziewała, że ośmiornica i koniki morskie odpłyną, żeby się ukryć, rekin zupełnie znieruchomiał.

– Patrzcie tylko – zdumiał się Bailey.

Liczba widzów znowu nagle skoczyła, do siedemdziesięciu pięciu milionów, i rosła dalej w szalonym tempie, po pół miliona co kilka sekund.

Ośmiornica wydawała się nie zważać na rekina i ryzyko, że dołączy do niej w akwarium. Rekin zastygł w bezruchu, jak gdyby nie dopuszczał możliwości, że lokatorzy akwarium są w stanie wyczuć jego obecność. Tymczasem Victor i jego pomocnik zeszli z drabiny i Victor wracał teraz na nią z dużym wiadrem.

— Jak widać — wyjaśniał Bailey — Victor wrzuci najpierw do zbiornika ulubione pożywienie rekina. To odwróci jego uwagę oraz zaspokoi apetyt i pozwoli się zaaklimatyzować jego nowym sąsiadom. Victor karmi rekina cały dzień, więc ten powinien być syty. Tuńczyk posłuży mu jednak za śniadanie, obiad i kolację, na wypadek gdyby nadal odczuwał głód.

Tak więc Victor wrzucił do zbiornika sześć dużych tuńczyków, co najmniej po pięć kilo każdy; ryby szybko zbadały otoczenie.

— Nie ma potrzeby powoli oswajać tych gości ze zbiornikiem — zauważył Bailey. — Dość szybko staną się pokarmem, więc ich szczęście jest mniej ważne od szczęścia rekina. Spójrzcie, jak pływają. — Tuńczyki przemykały w zbiorniku po przekątnych, a ich nagła obecność sprawiła, że ośmiornica i konik morski uciekły do koralowca i między pierzaste liście na dnie akwarium. Wkrótce jednak tuńczyki przestały się miotać i zaczęły spokojnie wędrować po całym zbiorniku. Ojciec małych koników morskich był nadal niewidoczny, dało się jednak dostrzec jego liczne potomstwo z ogonami owiniętymi na pierzastych liściach i włoskach zawilców. Ta tchnąca spokojem scena na chwilę pochłonęła całą uwagę Mae.

— Cóż, to po prostu wspaniałe — stwierdził Bailey, lustrując wzrokiem koralowiec oraz roślinność o barwach cytryny, błękitu i burgunda. — Spójrz na te radosne stworzenia. Królestwo spokoju. Zakłócanie go w jakikolwiek sposób wydaje się niemal skandalem — dodał. Mae zerknęła pośpiesznie na Baileya, który wyglądał na zaskoczonego własnymi słowami, wiedząc, że kłócą się z tym, co właśnie starają się zrobić. On i Stenton wymienili szybkie spojrzenia i Bailey spróbował ratować sytuację.

— Dążymy tutaj do realistycznego i całościowego spojrzenia na świat — rzekł. — To zaś oznacza uwzględnienie w s z y s t k i c h mieszkańców tego ekosystemu. I właśnie otrzymuję sygnał od Victora, że pora już zaprosić rekina, żeby do nich dołączył.

Mae uniosła wzrok i zobaczyła, jak Victor usiłuje otworzyć dolną zapadnię pojemnika. Rekin, uosobienie samokontroli, nadal się nie ruszał. Po chwili zaczął się zsuwać po szklanej pochylni. Patrząc na to, Mae była rozdarta. Wiedziała, że fakt, iż dołączy do reszty zwierząt ze swojego pierwotnego środowiska, jest rzeczą naturalną. Wiedziała, że to słuszne i nieuniknione, ale naszła ją myśl, iż ten widok jest równie naturalny, jak naturalna może się wydawać obserwacja spadającego z nieba samolotu. Horror przychodzi później.

– A teraz ostatni członek tej podwodnej rodziny – rzekł Bailey. – Gdy rekin zostanie wypuszczony, po raz pierwszy w historii uzyskamy prawdziwy obraz życia na dnie rowu oceanicznego i wgląd w to, jak takie stworzenia koegzystują. Jesteśmy gotowi? – Bailey popatrzył na Stentona, który stał obok w milczeniu. Stenton skinął obcesowo głową, jakby zwracanie się do niego o zgodę było niepotrzebne.

Victor wypuścił rekina, ten zaś pomknął w dół, szybko pochwycił największego tuńczyka i pożarł go dwoma kłapnięciami paszczy, jakby śledził wzrokiem swą ofiarę przez szkło pojemnika, przygotowując się do posiłku i znając dokładnie jej położenie. Gdy pierwszy tuńczyk wędrował przez przewód pokarmowy bestii, zjadła dwa następne, jednego za drugim. Czwarty tuńczyk był jeszcze w szczękach drapieżnika, gdy ziarniste pozostałości pierwszego opadały jak śnieg na dno akwarium.

Mae spojrzała tam i stwierdziła, że ośmiornica i potomstwo konika morskiego zniknęły z pola widzenia. W dziurach w koralowcu ujrzała jakieś oznaki ruchu i dostrzegła coś, co uznała za mackę głowonoga. Chociaż była pewna, że rekin nie może być dla nich zagrożeniem – ostatecznie Stenton znalazł je wszystkie w jednym miejscu – ukrywały się przed drapieżnikiem, jakby dość dobrze znały jego zamiary. Uniosła wzrok i zobaczyła, że bestia krąży po akwarium, które teraz wyglądało na puste. W ciągu tych kilku sekund, gdy szukała spojrzeniem ośmiornicy i koników morskich, rekin pozbył się strawionych pozostałości dwóch pożartych wcześniej ryb. Opadły na dno niczym pył.

Bailey zaśmiał się nerwowo.

– Cóż, zastanawiam się teraz... – zaczął, lecz urwał w pół zdania. Mae uniosła wzrok i spostrzegła, że wyraz zmrużonych oczu Stentona świadczy o tym, że nie ma innej możliwości, a eksperyment nie zostanie przerwany. Popatrzyła na Kaldena, czyli Tya, który nie odrywał oczu od zbiornika i spokojnie obserwował przebieg zdarzeń, jakby widział to już kiedyś i wiedział, jak to się skończy.

– W porządku – rzekł Bailey. – Nasz rekin to wygłodniały koleś i gdybym nie miał lepszego rozeznania, martwiłbym się o los innych lokatorów naszego mikroświata. Ale dobrze się w tym orientuję. Stoję bowiem obok jednego z wielkich badaczy głębin, człowieka, który wie, co robi. – Mae przyglądała mu się, gdy mówił. On zaś patrzył na Stentona, wypatrując gotowości do jakichś ustępstw, jakiegoś znaku, że może to odwołać, przedstawić jakieś wyjaśnienie lub zapewnić, że wszystko gra. Lecz Stenton wpatrywał się z podziwem w rekina.

Szybki i gwałtowny ruch sprawił, że Mae z powrotem zwróciła wzrok w kierunku zbiornika. Pysk rekina tkwił teraz głęboko w koralowcu, nacierając nań z brutalną siłą.

– O nie – mruknął Bailey.

Koralowiec szybko pękł i rekin zanurkował, niemal natychmiast wypływając z ośmiornicą, którą zawlókł na otwarte wody akwarium, jakby chciał zapewnić wszystkim – Mae, jej widzom i firmowym Mędrcom – lepszy widok, gdy będzie rozrywał głowonoga na strzępy.

– O Boże – jęknął Bailey, ciszej niż poprzednio.

Przypadkiem bądź nie, ośmiornica postanowiła sprzeciwić się swemu losowi. Rekin odgryzł jej jedno ramię, po czym wpakował sobie głowę ośmiornicy do paszczy, by kilka sekund później przekonać się, że ta nadal żyje i w znacznym stopniu nietknięta, znajduje się za nim. Ale nie na długo.

– O nie. O nie – szeptał Bailey.

Rekin się odwrócił i w nagłym wybuchu agresji zaczął odgryzać swej ofierze macki, jedną po drugiej, aż z martwego głowonoga została poszarpana mlecznobiała masa. Bestia pożarła resztę łupu dwoma kłapnięciami paszczy i ośmiornica zniknęła.

Bailey wydał z siebie coś na kształt jęku i Mae spojrzała przez ramię, by stwierdzić, że się odwrócił, zakrywając dłońmi oczy. Stenton patrzył jednak na rekina z fascynacją przemieszaną z dumą, niczym rodzic obserwujący po raz pierwszy, jak jego dziecko robi coś szczególnie poruszającego, coś, na co liczył, czego się spodziewał i co nastąpiło zachwycająco szybko.

Victor spoglądał niepewnie znad zbiornika i starał się napotkać wzrok oceanografa. Zastanawiał się chyba nad tym samym co Mae, czyli nad tym, czy nie powinni jakoś odseparować rekina od konika morskiego, zanim on także zostanie pożarty. Kiedy jednak Mae odwróciła się do Stentona, ten nadal obserwował drapieżnika z tym samym wyrazem twarzy.

W ciągu kilku następnych sekund, po serii nagłych uderzeń, bestia złamała kolejny łuk koralowca i wyciągnęła spod niego konika morskiego, który nie miał jak się bronić i został zjedzony w dwóch kęsach; najpierw rekin połknął delikatną głowę, a następnie kruchy jak papier mâché zakrzywiony tułów i ogon.

Potem, niczym pracowita maszyna, rekin krążył po akwarium i kłapał zębami, dopóki nie pożarł tysiąca maleńkich koników, wodorostów, koralowca i morskich zawilców. Zjadł wszystko i szybko wydalił niestrawione resztki, wyściełając puste akwarium cienką warstwą białego popiołu.

– Cóż – rzekł Ty – mniej więcej tak to sobie wyobrażałem. – Wydawał się niewzruszony, wręcz pogodny, gdy ściskał dłonie Stentona i Baileya, a potem, wciąż trzymając prawą ręką dłoń tego ostatniego, lewą uchwycił rękę Mae, jakby mieli zaraz we troje zatańczyć.

Mae wyczuła coś w dłoni i szybko zacisnęła palce. Wtedy Ty odsunął się i wyszedł.

– Chyba lepiej też pójdę – powiedział szeptem Bailey. Odwrócił się oszołomiony i ruszył zaciemnionym korytarzem.

Później, gdy rekin został sam w akwarium i krążył po nim, nadal wygłodniały, nie zatrzymując się nawet na chwilę, Mae się zastanawiała, jak długo powinna zostać na miejscu, umożliwiając widzom dalsze oglądanie. Postanowiła, że zostanie tak długo jak Stenton. On zaś zwlekał z odejściem. Najwidoczniej nie mógł się nasycić widokiem rekina i jego niespokojnej wędrówki.

– Do następnego razu – powiedział w końcu i skinął głową Mae, a potem jej widzom, których było teraz sto milionów, wielu przerażonych, a jeszcze więcej zadziwionych i spragnionych kolejnej porcji takich samych wrażeń.

W ubikacji, skierowawszy kamerę na drzwi, Mae poza zasięgiem obiektywu uniosła liścik Tya do oczu. Nalegał, by zobaczyli się na osobności, i dostarczył szczegółowych wskazówek w sprawie miejsca spotkania. Napisał, że gdy już będzie gotowa, musi tylko wyjść z toalety, a potem zawrócić i powiedzieć do mikrofonu „Wracam". Zasugeruje w ten sposób, że idzie do toalety za nienazwaną nagłą potrzebą. W tym momencie on na trzydzieści minut zablokuje jej kanał informacyjny i wszystkie kamery SeeChange, które mogą ją widzieć. Wywoła to drobne protesty, ale trzeba tak zrobić. Napisał, że stawką jest jej życie i życie Annie oraz jej rodziców. „Wszyscy i wszystko – zaznaczył – balansują nad przepaścią".

Popełni ten ostatni błąd. Wiedziała, że spotkanie z nim, zwłaszcza poza zasięgiem kamery, jest błędem, ale coś w tej historii z rekinem zaniepokoiło ją, sprawiło, że była gotowa podejmować złe decyzje. Gdyby tylko ktoś mógł podjąć je za nią – rozwiać jakoś wątpliwości, wykluczyć możliwość niepowodzenia. Musiała jednak się dowiedzieć, jak to wszystko mu się udawało. Może był to rodzaj testu? Nie można było tego wykluczyć. Czyż nie poddano by jej próbie, gdyby sposobiono ją do wielkich wyzwań? Wiedziała, że tak.

Wyszła z toalety, powiedziała swoim widzom, że tam wraca, a gdy połączenie z jej kanałem informacyjnym zostało przerwane, zastosowała się do wskazówek Kaldena. Zeszła na dół, jak tamtej dziwnej nocy, podążając drogą, którą przebyli, gdy po raz pierwszy przyprowadził ją do tego pomieszczenia głęboko pod ziemią, gdzie umieszczono i chłodzono wodą Stewarta oraz wszystko, co widział. Gdy dotarła na miejsce, okazało się, że Kalden, czyli Ty, czeka na nią, oparty plecami o czerwoną skrzynię. Zdjął wełnianą czapkę, odsłaniając siwe włosy, ale nadal miał na sobie bluzę z kapturem i połączenie tych dwóch mężczyzn, Tya i Kaldena, w jednej postaci, wzbudziło w niej odrazę. Gdy ruszył ku niej, krzyknęła:

– Nie!

Zatrzymał się.

– Zostań tam – powiedziała.

– Nie jestem groźny, Mae.

– Nic o tobie nie wiem.

– Przepraszam, że nie powiedziałem ci, kim jestem. Ale nie kłamałem.

– Powiedziałeś, że masz na imię Kalden! To nie było kłamstwo?

– Poza tym nigdy nie skłamałem.

– Poza tym? Poza tym, że z a t a i ł e ś s w o j ą t o ż s a m o ś ć?

– Chyba wiesz, że nie mam innego wyboru.

– Zresztą co to za imię? Ściągnąłeś je z jakiejś strony z imionami dla noworodków?

– Owszem. Podoba ci się?

Uśmiechnął się w irytujący sposób. Mae poczuła, że nie powinno jej tu być, że należy natychmiast opuścić to miejsce.

– Chyba muszę już iść – powiedziała i zrobiła krok w stronę schodów. – Mam wrażenie, że to jakiś przerażający żart.

– Mae, zastanów się. Proszę – rzekł i wręczył jej swoje prawo jazdy. Dokument przedstawiał gładko ogolonego, ciemnowłosego mężczyznę w okularach, który z grubsza wyglądał tak, jak zapamiętała Tya, Tya z filmów, starych zdjęć i portretu olejnego wiszącego przed wejściem do biblioteki Baileya. Widniało na nim nazwisko Gospodinov, Tyler Alexander Gospodinov. – Spójrz na mnie. Nie ma podobieństwa? – Wycofał się do groty w grocie, którą kiedyś dzielili, i wrócił w okularach. – Widzisz? – zapytał. – Teraz to oczywiste, prawda? – I jakby w odpowiedzi na jej następne pytanie dodał: – Zawsze byłem bardzo przeciętnie wyglądającym facetem. Wiesz o tym. A potem pozbywam się okularów, wkładam bluzę z kapturem. Zmieniam wygląd, inaczej się poruszam. Ale co najważniejsze, posiwiały mi włosy. Jak myślisz, dlaczego tak się stało?

– Nie mam pojęcia – odparła Mae.

Ty rozłożył ręce, ogarniając wszystko, co ich otaczało, rozległy kampus nad nimi.

– Przez to wszystko. Przez tego pieprzonego rekina, który pożera świat.

– Czy Bailey i Stenton wiedzą, że chodzisz po kampusie i podajesz się za kogoś innego?

– Oczywiście. Tak. Oczekują, że tu będę. Mam formalny zakaz opuszczania kampusu. Dopóki tu jestem, są zadowoleni.

– Annie o tym wie?

– Nie.

– Więc jestem...

– Jesteś trzecią osobą, która zdaje sobie z tego sprawę.

– A powiesz mi dlaczego?

– Dlatego że masz tutaj wielkie wpływy i dlatego że musisz mi pomóc. Jesteś jedyną osobą, która może to wszystko spowolnić.

– Spowolnić co? Rozwój firmy, którą stworzyłeś?

– Mae, nie o to mi chodziło. I to się dzieje zbyt szybko. Idea Domknięcia znacznie przekracza moje początkowe pomysły i to, co słuszne. Trzeba to cofnąć do stanu pewnej równowagi.

– Po pierwsze, nie zgadzam się. Po drugie, nie mogę ci pomóc.

– Mae, Circle nie może się domknąć.

– O czym ty gadasz? Jak możesz tak mówić? Skoro jesteś Tyem, większość tych rzeczy zrodziła się w twojej głowie.

– Nie, nie. Próbowałem ucywilizować sieć. Starałem się sprawić, by stała się bardziej eleganckim miejscem. Pozbyłem się anonimowości. Połączyłem tysiąc różnych elementów w jeden zunifikowany system. Ale nie wyobrażałem sobie świata, w którym członkostwo w Circle jest obowiązkowe, gdzie cała władza i całe życie są sterowane za pośrednictwem jednej sieci...

– Wychodzę – oświadczyła Mae i się odwróciła. – I nie rozumiem, czemu ty też po prostu nie odejdziesz, nie zostawisz tego wszystkiego. Jeśli w to nie wierzysz, odejdź. Zamieszkaj w lesie.

– Mercerowi to się nie udało, prawda?

– Pierdol się.

– Przepraszam. Bardzo przepraszam. Ale to właśnie z tego powodu się z tobą skontaktowałem. Nie rozumiesz, że to po prostu jedna z konsekwencji tego wszystkiego? Będą następni Mercerowie. Całe mnóstwo. Bardzo wielu ludzi, którzy nie chcą być odnalezieni, ale i tak zostaną. Jest bardzo wielu ludzi, którzy nic chcą mieć z tym nic wspólnego. To właśnie się zmieniło. Kiedyś można było zostawić na boku całą tę politykę. Ale teraz się nie da. Domknięcie oznacza koniec. Domykamy Circle wokół wszystkich... To spełnienie totalitarnego koszmaru.

– I to moja wina?

– Nie, nie. Wcale nie. Ale teraz jesteś przedstawicielką, twarzą tego projektu. Łagodną, życzliwą twarzą tego wszystkiego. A domknięcie Circle jest możliwe dzięki tobie i twojemu przyjacielowi, Francisowi. Twój pomysł obowiązkowego konta w Circle i jego chip. TruYouth? To chore, Mae. Nie rozumiesz? Wszystkim dzieciom w wieku niemowlęcym wszczepiany jest chip, dla ich bezpieczeństwa. Owszem, to pozwoli ratować im życie. Ale potem co, myślisz, że gdy skończą osiemnaście lat, nagle je usuną? Nie. Ze względu na dalszą edukację i bezpieczeństwo wszystko, co dotąd zrobili, będzie rejestrowane, uaktualniane na bieżąco, katalogowane i analizowane.

Tego się nie da usunąć. Potem, gdy będą na tyle dorośli, żeby głosować, ich przynależność do Circle będzie obowiązkowa. Wtedy właśnie Circle się domknie. Wszyscy będą obserwowani, od kołyski aż po grób, bez możliwości ucieczki.

– Teraz naprawdę mówisz jak Mercer. Tego rodzaju paranoję...

– Ale wiem więcej niż on. Nie sądzisz, że skoro ktoś taki jak ja, ktoś, kto wymyślił znaczną część tego gówna, się boi, ty też powinnaś się bać?

– Nie, sądzę, że się starzejesz.

– Mae, bardzo wiele moich wynalazków powstało tak naprawdę dla zabawy, z przewrotnej chęci przekonania się, czy się sprawdzą, czy ludzie będą z nich korzystać. Przypominało to wzniesienie gilotyny w miejscu publicznym. Nie spodziewasz się, że tysiąc osób ustawi się w kolejce do ścięcia.

– Tak właśnie to widzisz?

– Nie, przepraszam. To złe porównanie. Ale pewne rzeczy, które zrobiliśmy, po prostu... zrobiłem po prostu po to, żeby zobaczyć, czy ktoś rzeczywiście ich użyje, czy nie zaprotestuje. Gdy je akceptowano, często nie mogłem w to uwierzyć. A potem było za późno. Był Bailey, był Stenton oraz oferta publiczna akcji. Wtedy sprawy toczyły się już zbyt szybko i mieliśmy wystarczająco dużo forsy, żeby zrealizować każdy głupi pomysł. Chcę, żebyś sobie wyobraziła, dokąd to wszystko zmierza.

– Wiem dokąd.

– Zamknij oczy.

– Nie.

– Mae, proszę. Zamknij oczy.

Spełniła jego prośbę.

– Chcę, żebyś powiązała podane przeze mnie fakty i sprawdziła, czy widzisz to co ja. Wyobraź to sobie. Circle od lat połyka wszystkich konkurentów, zgadza się? To tylko wzmacnia firmę. Już teraz dziewięćdziesiąt procent wyszukiwania informacji w sieci odbywa się za pośrednictwem Circle. Bez konkurentów ten wskaźnik się zwiększy. Wkrótce wyniesie blisko sto procent. Oboje wiemy, że możliwość kontrolowania przepływu informacji oznacza możliwość kontroli nad wszystkim. Można kontrolować większość tego, co każdy widzi i wie. Gdy się chce ukryć jakąś informację, wystarczą dwie sekundy. Gdy się chce kogoś zniszczyć, wystarczy pięć minut. Jakim cudem ktokolwiek może się zbuntować przeciwko Circle, jeśli ta firma kontroluje wszystkie informacje i dostęp do nich? Chcą, żeby każdy miał konto w Circle, i są na dobrej drodze, żeby jego brak uczynić nielegalnym. Co się wtedy stanie? Co się stanie, gdy opanują wszystkie przeglądarki i uzyskają pełny dostęp do wszystkich danych na temat każdej osoby? Gdy będą znali każdy jej krok? Jeśli wszystkie transakcje finansowe, wszystkie informacje na temat zdrowia i kodu genetycznego, każdy element ludzkiego życia, dobry czy zły, każde wypowiedziane słowo płyną jednym kanałem?

– Ale są tysiące zabezpieczeń, które mają temu zapobiec. To po prostu niemożliwe. Przecież władze dopilnują, by...

– Władze, które są przejrzyste? Ustawodawcy, którzy zawdzięczają swoją reputację Circle? Których można zniszczyć, gdy tylko otwarcie wystąpią przeciw niemu? Jak myślisz, co się stało z Williamson? Pamiętasz ją? Zagraża monopolistycznej pozycji Circle i proszę, cóż za niespodzianka, agenci FBI znajdują obciążające materiały w jej komputerze. Myślisz, że to zbieg okoliczności? To chyba setna osoba, której Stenton wykręcił taki numer. Gdy Circle się domknie, to koniec. I ty pomogłaś je domknąć. Ta demokracja, czyli Demokranimusz, jak zwał, tak zwał, dobry Boże. Pod pozorem potrzeby usłyszenia wszystkich głosów tworzycie rządy ulicy, społeczeństwo, w którym sekrety są przestępstwami. To genialne, Mae. To znaczy, ty jesteś genialna. Jesteś tym, na co liczyli od samego początku.

– Ale Bailey...

– Bailey sądzi, że życie stanie się lepsze, będzie idealne, gdy wszyscy będą mieli nieograniczony dostęp do wszystkich i całej ich wiedzy. Szczerze wierzy, że odpowiedzi na wszystkie życiowe pytania można znaleźć u innych. Naprawdę wierzy, że otwartość, ów pełny i nieprzerwany dostęp do wszystkich ludzi, pomoże światu. Świat na to właśnie czeka, na chwilę, w której wszyscy ludzie będą powiązani. To doprowadza go do ekstazy! Nie rozumiesz, jak skrajny jest ten pogląd? Jego pomysł, że wszystkie informacje, osobiste lub nie, powinny być wszystkim znane, jest radykalny i w innej epoce byłby marginalną koncepcją wspieraną przez ekscentrycznego wykładowcę na jakimś uniwersytecie. Jego zdaniem wiedza jest wspólną własnością i nikt nie może jej posiadać dla siebie. Infokomunizm. Ma prawo do takiej opinii. Ale w zestawieniu z bezwzględną kapitalistyczną ambicją...

– Więc to Stenton?

– Stenton sprofesjonalizował nasz idealizm, zaczął zarabiać na naszej utopii. To on dostrzegł związek między naszymi pracami a polityką oraz między polityką a kontrolą. Partnerstwo publiczno-prywatne prowadzi do całkowitej prywaty i wkrótce Circle pokieruje większością lub nawet wszystkimi rządowymi usługami z niewiarygodną sprawnością sektora prywatnego i nienasyconym apetytem. Wszyscy staną się obywatelami Circle.

– I to jest takie złe? Jeśli wszyscy mają równy dostęp do usług, do informacji, w końcu uzyskujemy prawdziwą szansę na równość. Wszystkie informacje powinny być bezpłatne. Nie powinno być żadnych przeszkód, by wszystko wiedzieć, by mieć dostęp do wszystkich...

– A jeśli wszyscy będą obserwowani...

– Wtedy nie będzie przestępczości. Żadnych morderstw, porwań i gwałtów. Żadnych zaginionych osób. Koniec z prześladowaniem dzieci. Przecież już samo to...

– Czy nie rozumiesz jednak, co się stało z twoim przyjacielem, Mercerem? Był ścigany aż po krańce świata i teraz nie żyje.

– Ale to jest po prostu kluczowy moment w historii. Rozmawiałeś o tym z Baileyem? Przecież zawsze w punktach zwrotnych dziejów następują wstrząsy. Niektórzy zostają w tyle, niektórzy robią to z własnego wyboru.

– Uważasz więc, że wszyscy powinni być śledzeni i obserwowani?
– Uważam, że wszystko i wszyscy powinni być widziani. Żeby zaś tak się stało, musimy być oglądani. Jedno z drugim idzie w parze.
– Ale kto chce być oglądany przez cały czas?
– Ja. C h c ę być widziana. Chcę dowodu swojego istnienia.
– Mae.
– Pragnie tego większość ludzi. Większość ludzi zamieniłaby wszystko, co wiedzą, wszystkich, których znają... zamieniliby to wszystko na świadomość, że ich widziano i zauważono, a może nawet zapamiętano. Wszyscy wiemy, że czeka nas śmierć. Wszyscy wiemy, że świat jest zbyt duży, byśmy odgrywali w nim znaczącą rolę. Mamy więc tylko nadzieję, że nas widziano bądź słyszano, choćby przez chwilę.
– Ale, Mae, przecież widzieliśmy wszystkie stworzenia w tym zbiorniku. Widzieliśmy, jak są pożerane przez bestię, która przerobiła je na popiół. Nie rozumiesz, że wszystko, co trafia do zbiornika z t ą bestią, spotka taki sam los?
– Więc czego właściwie ode mnie chcesz?
– Chcę, żebyś w momencie, gdy będziesz miała maksymalną widownię, odczytała to oświadczenie. – Wręczył Mae kartkę, na której koślawymi drukowanymi literami spisał listę twierdzeń pod tytułem *Prawa ludzi w erze cyfryzacji*. Mae przejrzała tekst, wychwytując fragmenty: „Wszyscy musimy mieć prawo do anonimowości". „Nie każdą ludzką aktywność da się zmierzyć". „Bezustanna pogoń za danymi, żeby określić ilościowo wartość wszelkich poczynań, jest katastrofą dla prawdziwego zrozumienia". „Granica między tym, co publiczne, a tym, co prywatne, musi pozostać nienaruszalna". – Na końcu listy znalazła jeden wers zapisany czerwonym atramentem: „Wszyscy musimy mieć prawo zniknąć".
– Mam to wszystko odczytać widzom?
– Tak – odparł Kalden z dzikim spojrzeniem.
– A potem co?

– Przygotowałem serię kroków, które możemy razem podjąć i które mogą zapoczątkować demontaż tego systemu. Wiem o wszystkim, co się tutaj kiedykolwiek stało. I mnóstwo tego, co się u nas działo, przekonałoby nawet ślepca, że Circle należy zdemontować. Wiem, że mogę to zrobić, ale potrzebna mi twoja pomoc.

– A co potem?

– Potem ty i ja wyjedziemy. Mam wiele pomysłów. Znikniemy. Możemy wędrować pieszo przez Tybet. Możemy jeździć rowerami po mongolskim stepie. Możemy opłynąć świat na jachcie, który sami zbudujemy.

Mae wyobraziła sobie to wszystko. Wyobraziła sobie Circle rozkładane na części, sprzedawane w atmosferze skandalu, trzynaście tysięcy ludzi bez pracy, kampus przejęty, podzielony, przekształcony w college, galerię handlową lub coś jeszcze gorszego. W końcu zaś spróbowała sobie wyobrazić życie na jachcie z tym człowiekiem, nieskrępowane żeglowanie po całym świecie. Ale zamiast tego ujrzała dwoje ludzi na barce w zatoce, których poznała wiele miesięcy wcześniej. Na wodzie, samych, mieszkających pod plandeką, popijających wino z papierowych kubków, nadających imiona fokom, wspominających pożar na wyspie.

W tym momencie zrozumiała, co musi zrobić.

– Kaldenie, jesteś pewien, że nikt nas nie słyszy?

– Oczywiście.

– W porządku. Dobrze. Teraz widzę wszystko jak na dłoni.

KSIĘGA III

Myśl o tym, że byli tak blisko katastrofy, nadal wyprowadzała ją z równowagi. Owszem, Mae zapobiegła jej, okazała się nadspodziewanie dla samej siebie odważna, lecz po upływie tylu miesięcy wciąż miała stargane nerwy. A gdyby Kalden wtedy do niej nie dotarł? Gdyby jej nie zaufał? Gdyby wziął sprawy w swoje ręce lub, co gorsza, powierzył swoje tajemnice komuś innemu? Komuś bez jej prawości. Pozbawionemu jej siły charakteru, jej determinacji, jej lojalności.

W ciszy kliniki, siedząc obok Annie, błądziła myślami. Tutaj panował spokój, słychać było rytmiczny szmer respiratora, odgłos otwieranych i zamykanych od czasu do czasu drzwi, szum maszyn, które utrzymywały jej przyjaciółkę przy życiu. Dostała zapaści przy swoim biurku, została znaleziona na podłodze, w katatonicznym bezruchu, i niezwłocznie przywieziono ją tutaj, gdzie opieka medyczna przewyższała to, co mogłaby otrzymać gdziekolwiek indziej. Od tamtego czasu jej stan się ustabilizował i rokowania były dobre. Przyczyna śpiączki, jak stwierdziła doktor Villalobos, stanowiła nadal przedmiot sporu, ale najprawdopodobniej był nią stres, szok bądź zwykłe wyczerpanie. Firmowi lekarze, podobnie jak setki lekarzy na całym świecie, którzy oglądali jej organy wewnętrzne, byli przekonani, że z tego wyjdzie, a utwierdzały ich w tym przekonaniu częste trzepotanie rzęs i sporadyczne ruchy palca. Obok elektrokardiografu znajdował się ekran z coraz dłuższym ciągiem dobrych życzeń od internautów z całego świata. Mae pomyślała ze smutkiem, że nikogo lub większości z nich Annie nigdy nie pozna. Spojrzała na przyjaciółkę, na jej kamienną twarz, lśniącą skórę, na żebrowaną rurkę wychodzącą z jej ust. Pogrążona w kojącym śnie Annie wyglądała cudownie spokojnie i przez chwilę Mae poczuła ukłucie zazdrości. Zastanawiała się, o czym Annie myśli. Lekarze powiedzieli, że prawdopodobnie śni; podczas śpiączki rejestrowali stałą aktywność mózgu, ale nikt z nich nie wiedział, co dokładnie dzieje się w jej umyśle, i to budziło w Mae mimowolne rozdrażnienie. Z miejsca, gdzie siedziała, widać było monitor ukazujący obraz aktywności mózgu Annie w czasie rzeczywistym, z okresowymi eksplozjami barw sugerującymi, że dzieją się w nim niezwykłe rzeczy. Ale o czym myślała?

Pukanie ją zaskoczyło. Spojrzawszy nad leżącą plackiem Annie, zobaczyła za szybą, w pomieszczeniu obserwacyjnym, Francisa. Uniósł niepewnie rękę i Mae pomachała mu w odpowiedzi. Miała zobaczyć się z nim później, na kampusowej imprezie zorganizowanej dla uczczenia ostatniego kamienia milowego na drodze Wyjaśniania. Na całym świecie przejrzystość zadeklarowało już dziesięć milionów ludzi i trend był nieodwracalny.

Annie odegrała bardzo ważną rolę, by stało się to możliwe, i Mae żałowała, że przyjaciółka nie może być tego świadkiem. Pragnęła powiedzieć jej tyle rzeczy. Z poczuciem obowiązku, który wydawał się święty, poinformowała świat o Kaldenie, który okazał się Tyem, o jego dziwacznych tezach i chybionych próbach udaremnienia projektu domknięcia Circle. Gdy wspominała to teraz, wydawało jej się, że wizyta tak głęboko pod ziemią u tego szaleńca, bez kontaktu z widzami i resztą świata, to jakiś koszmar. Udała, że chce współpracować, i uciekła, po czym opowiedziała o wszystkim pozostałym Mędrcom. Ze zwyczajnym u nich współczuciem i dalekowzrocznością pozwolili mu zostać w kampusie jako doradcy, z ustronnym biurem i bez konkretnych obowiązków. Mae nie widziała go od czasu ich podziemnego spotkania i nie chciała widzieć.

Od kilku miesięcy próbowała dotrzeć do rodziców, ale to było jedynie kwestią czasu. Dość szybko odnajdą się w świecie, gdzie wszyscy mogą poznać się nawzajem naprawdę i w pełni, bez tajemnic, bez wstydu i bez potrzeby pytania o pozwolenie, bez samolubnego ukrywania życia – jakiegokolwiek jego fragmentu, jakiegokolwiek momentu. Wszystko to w bardzo niedługim czasie zastąpi nowa, wspaniała otwartość, świat nieustannego światła. Domknięcie Circle jest bliskie i przyniesie pokój, przyniesie jedność, a całe dotychczasowe niechlujstwo ludzkości, wszystkie te wcześniejsze niewiadome towarzyszące światu staną się tylko wspomnieniem.

Na ekranie monitorującym pracę umysłu Annie nastąpiła kolejna eksplozja barw. Mae sięgnęła dłonią, by dotknąć czoła przyjaciółki, nie mogąc się nadziwić, jaki dystans stwarza między nimi ludzkie ciało. Co się dzieje w jej głowie? Pomyślała, że ta niewiedza jest naprawdę nieznośna. Stanowiła afront, pozbawiała ją i cały świat przysługującego im prawa. Przy najbliższej okazji poruszy tę sprawę na spotkaniu ze Stentonem i Baileyem, z Bandą Czterdzieściorga. Muszą porozmawiać o Annie, o jej myślach. Czemu mieliby ich nie poznać? Świat na to zasługuje i nie chce czekać.

Podziękowania

Dziękuję Vendeli, Billowi i Tophowi, Vanessie i Scottowi oraz Inger i Paulowi. A także: Jenny Jackson, Sally Willcox, Andrew Wylie'emu, Lindsayowi Williamsowi, Debby Klein i Kimberley Jaime. Dziękuję Clarze Sankey. Dziękuję Em-J Staples, Michelle Quint, Brentowi Hoffowi, Samowi Rileyowi, Brianowi Christianowi, Sarah Stewart Taylor, Ianowi Delaneyowi, Andrew Lelandowi, Caseyowi Jarmanowi oraz Jill Stauffer. Dziękuję Laurze Howard, Danielowi Gumbinerowi, Adamowi Krefmanowi, Jordanowi Bassowi, Brianowi McMullenowi, Danowi McKinleyowi, Isaacowi Fitzgeraldowi, Sunrze Thompsonowi, Andi Winnette, Jordan Karnes, Ruby Perez i Rachel Khong. Dziękuję wszystkim pracownikom wydawnictw Vintage oraz Knopf. Dziękuję Jessice Hische. Dziękuję Kenowi Jacksonowi, Johnowi McCoskerowi i Nickowi Goldmanowi. Dziękuję Kevinowi Spallowi i wszystkim pracownikom drukarni Thomson-Shore. Poza tym: San Vincenzo to miejsce fikcyjne. Autor w swej książce pozwolił sobie również na inne drobne zmiany w odniesieniu do geografii obszaru Zatoki San Francisco.